Bret Easton Ellis
Glamorama

Roman

Aus dem Amerikanischen von
Joachim Kalka

DIANA VERLAG
München Zürich

Diana Taschenbuch Nr. 62/0184

Titel der Originalausgabe:
»Glamorama«

Überarbeitung der ersten Übersetzung von
Urte Beer

2. Auflage

Taschenbucherstausgabe 08/2001
Copyright © 1998 by Bret Easton Ellis
Copyright © 1999 by Verlag Kiepenheuer & Witsch, Köln
Der Diana Verlag ist ein Unternehmen
der Heyne Verlagsgruppe München
Printed in Germany 2001

Umschlagillustration: Patrick McMullarn
Umschlaggestaltung: Hauptmann und Kampa
Werbeagentur, CH-Zug
Satz: Schaber Satz- und Datentechnik, Wels
Druck und Bindung: Elsnerdruck, Berlin
Gedruckt auf chlor- und säurefreiem Papier

ISBN 3-453-19014-9

http://www.heyne.de

Über das Buch

Victor Ward, Model und Nightlife-Profi, lebt in der modebesessenen und prominenzgeilen Welt Manhattans, wo er seinen eigenen Szene-Club eröffnet. Er hat ein Supermodel als Freundin und betrügt sie. Wie alle anderen im Schatten der Stars, kämpft auch er um Geld, Macht und Ruhm. In seinen akribisch detaillierten Beschreibungen der Designer-Marken, Bars, Musikstile dürfen auch die Stars nicht fehlen: Kate Moss, Naomi Campbell, Michael Douglas, Brad Pitt – »Glamorama ist ein Panorama der Berühmtheiten« *(Die Zeit)*. Zunehmend gerät Victor jedoch in den Sog der düsteren Seite dieser Hochglanz-Welt, die eng vernetzt ist mit Verbrechen und Gewalt. Ein mysteriöser Auftrag führt ihn nach London und Paris, wo er Kontakt zu einer terroristischen Vereinigung aufnimmt, die – angeführt von einem Model - Hotels in die Luft jagt und Flugzeuge sprengt. Und plötzlich merkt er, dass er in der Falle sitzt, und Fluchtmöglichkeiten gibt es nicht.

Für die vorliegende Taschenbuchausgabe wurde der Roman noch einmal gründlich überarbeitet.

»Niemand beschreibt die Krise unserer Zeit genauer, besser und grausamer als dieser Mann. Ein Meister und sein Meisterwerk.«
PRINZ

Über den Autor

Bret Easton Ellis, geboren 1964 in einem Vorort von Los Angeles, wohnhaft in New York City, gilt als einer der kontroversesten, aber auch sprachgewaltigsten jungen Autoren seiner Generation. Mit 19 schrieb er seinen Debütroman *Unter Null*, einen schonungslosen Zustandsbericht über das dekadente aber orientierungslose Leben der Yuppies in den 80ern, der 1996 erfolgreich verfilmt wurde. 1987 erschien sein zweiter Roman *Einfach unwiderstehlich*, bevor er 1991 mit *American Psycho*, dessen Verfilmung im Jahr 2000 in die Kinos kam, endgültig zum Kultautor aufstieg. 1994 erschien mit *Die Informanten* sein vierter Roman, der das oberflächliche Leben in L.A. unter die Lupe nahm. Weitere Romane sind in Vorbereitung.

für Jim Severt

ich danke

gary fisketjon
amanda urban
julie grau
heather schroder
sonny mehta

Nie gab es eine Zeit, da du und ich und diese Könige
nicht auf der Welt waren.

Krishna

Wer den Nationalsozialismus nur als
politische Bewegung versteht, weiß fast nichts von ihm.

Hitler

1

33

Flecken – das ganze dritte Paneel ist voller Flecken, da! – nein, das – das zweite von unten, und ich wollte das ja schon gestern jemandem sagen, aber da kam der Fototermin dazwischen, und Yaki Nakamari oder wie zum Teufel der Designer schon heißt – ein Meister seines Fachs, hah*aha* – hat mich mit jemand anderem verwechselt, also konnt ich mich nicht gleich beklagen, aber meine Herren – und Damen –, da SIND sie, die *Flecken*, sehr sehr ärgerliche kleine Flecken, und die sehen mir gar nicht zufällig aus, eher wie mit der Maschine gemacht – also ich will jetzt keine langen Opern hören, nur kurz die Story bitte, zack, kein großes Gesülze: Wer, was, wo, wann bittesehr und vor allem *warum*, obwohl ich jetzt echt den Eindruck hab, wenn ich mir eure mitleidigen Gesichter anschaue, dass es auf dieses Warum keine Antwort: gibt – also los, los, verdammt noch mal, was läuft hier eigentlich?«

Hier muss niemand lange warten, bis irgendjemand irgendwas sagt.

»Baby, diesen Bereich hier um die Bar hat George Nakashima entworfen«, korrigiert mich JD leise. »Nicht, ääh, Yaki Nakamashi, ich meine … Yuki Nakamorti, will sagen – ach Scheiße, Peyton, hilf mir.«

»*Yoki* Naka*muri* hat für diese Etage den Zuschlag gekriegt«, sagt Peyton.

»Ach ja?«, sage ich. »Von wem hat er denn den Zuschlag gekriegt?«

»Nun ja, von *moi*«, sagt Peyton.

Pause. Böse Blicke durchbohren Peyton und JD.

»Wer ist denn Moi?«, frage ich. »Ich habe keine blasse Ahnung, wer hier Moi sein soll, Baby.«

»Victor, bitte«, sagte Peyton. »Ich bin ganz sicher, dass Damien das alles mit dir durchgesehen hat.«

»Oja, das *hat* Damien, JD. Das hat Damien gemacht, Peyton. Aber sag mir doch, wer Moi ist, Baby«, rufe ich laut. »Weil ich nämlich anfange zu hyperventilieren.«

»Moi ist Peyton, Victor«, sagt JD leise.

»Moi, das bin ich«, nickt Peyton. »Moi ist, öh, französisch.«

»Bist du sicher, dass diese Flecken hier wirklich nicht drauf sein sollen?« JD berührt das Paneel vorsichtig. »Ich meine, vielleicht ist das Ganze irgendwie so gemeint, vielleicht ist das in oder so?«

»Moment.« Ich hebe eine Hand. »Du willst mir sagen, diese Flecken sind in?«

»Victor – wir haben eine lange Liste mit Sachen, die wir checken müssen, Baby.« JD hält die lange Liste mit Sachen, die wir kontrollieren müssen, in die Höhe. »Um die Flecken wird sich gekümmert. Die Flecken werden diskret hinauskomplimentiert. Unten wartet ein Zauberkünstler.«

»Bis morgen Abend?«, brülle ich. »Bis *mor-gen a-bend*, JD?«

»Kann doch bis morgen Abend erledigt werden, was?« JD sieht Peyton an, und der nickt.

»Hier heißt ›bis morgen Abend‹ ja so ziemlich alles von drei Tagen bis einem Monat. Herrgott, fällt eigentlich niemandem auf, dass ich *koche?*«

»Wir haben alle nicht gerade die Füße hochgelegt, Victor.«

»Ich würd sagen, die Situation ist doch ziemlich eindeutig. Das« – ich deute darauf – »sind Flecken. Brauchst du jemanden, der dir diesen Satz buchstabiert, JD, oder was meinst du, ist das *okay* für dich?«

Die »Reporterin« von *Details* steht neben uns. Auftrag: Mir eine Woche lang überallhin zu folgen. Headline: EIN KLUB ENTSTEHT. Das Girl: Push-up-BH, Überdosis Eyeliner, sowjetische Matrosenmütze, Schmuck aus Plastikblumen, zusammengerollte Nummer von *W* unter dem blassen, studiotrainierten Arm. Uma Thurman, wenn Uma Thurman eins achtundfünfzig groß wäre und schlafwandelte. Hinter ihr folgt uns ein Typ mit einer Velcro-Weste über einem Rugbyhemd und mit einer ledernen Segeljacke und filmt alles mit dem Camcorder.

»Na, Baby.« Ich nehme einen tiefen Zug aus einer Marlboro, die mir jemand gegeben hat. »Was hältst du denn von den Flecken?«

Die kleine Reporterin zieht ihre Sonnenbrille ein Stückchen runter. »Ich weiß nicht so recht.« Sie überlegt sich, welchen Standpunkt sie hier einnehmen sollte.

»East-Coast-Girls sind einfach hip«, sage ich achselzuckend. »Und ich steh auch voll auf diesen Stil.«

»Ich glaube, ich bin eigentlich nicht Teil der Geschichte«, sagt sie.

»Glaubst du, irgendeiner von diesen Pennern hier ist das?«, frage ich. »Erbarmen.«

In der oberen Etage lehnt sich Beau übers Geländer und ruft runter: »Victor – Anruf von Chloe auf zehn.«

Die Reporterin hebt sogleich das *W*, ein Notizblock kommt zum Vorschein, auf den sie jetzt etwas krakelt, na klar, einen Augenblick lang wird sie lebendig.

Ich rufe nach oben, starre dabei kalt die Flecken an: »Sag ihr, ich hab zu tun. Ich bin in einer Besprechung. Oder es ist ein Notfall. Sag ihr, ich bin in einer Besprechung *wegen* einem Notfall. Ich ruf zurück, wenn ich den Brand unter Kontrolle habe.«

»Victor«, ruft Beau herab. »Das ist das *sechste* Mal, dass sie heute anruft. Das *dritte* Mal in der letzten Stunde!«

»Sag ihr, ich treff sie um zehn im Doppelganger's.« Ich knie mich mit Peyton und JD hin und fahre mit der Hand an dem Paneel entlang, ich zeige, wo diese

15

Flecken anfangen und aufhören und wieder beginnen. »Flecken, Mann, schau dir das Saupack an hier. Die leuchten richtig. Die glänzen, JD«, flüstere ich. »Herrgott, sie sind überall.« Plötzlich fällt mir eine ganze Horde neuer Flecken auf, und ich reiße die Augen auf und schreie: »Und ich glaube, die breiten sich aus! Ich glaube, die hier waren vorher noch gar nicht da!« Ich schlucke und krächze hastig: »Mein Mund ist unglaublich trocken von alldem hier – kann mir mal jemand einen Arizona-Light-Eistee in der Flasche holen, *nicht* in der Dose?«

»Hat Damien das Design nicht mit dir durchgesprochen, Victor?«, fragt JD. »Hast du von diesen Flecken nichts gewusst?«

»Ich weiß überhaupt nichts, JD. Gar nichts. Nada. Denk da immer dran: Ich – weiß – nichts. Du darfst nie voraussetzen, dass ich irgendwas weiß. Nada. Ich weiß nix. Schluss. Aus. Nie …«

»Schon gut, schon gut«, sagt JD müde und steht auf.

»Ich kann echt nichts sehen, Baby«, sagt Peyton, immer noch am Boden kauernd.

JD seufzt. »Nicht mal Peyton kann sie sehen, Victor.«

»Dann sag dem Vampir, er soll seine verdammte Sonnenbrille absetzen«, knurre ich. »Erbarmen, Mann.«

»Dass man mich einen Vampir nennt, also das kann ich nicht hinnehmen, Victor«, schmollt Peyton.

»Wie? Sodomie nimmst du hin, aber *nicht*, dass man dich im Scherz Dracula nennt? Bin ich auf demselben Planeten? Weiter jetzt.« Ich schwenke den Arm, gestikuliere zu etwas Unsichtbarem hinüber.

Die ganze Gruppe folgt mir hinunter in die dritte Etage, und der Koch – Bongo aus Venezuela via Vunderbahr, Moonclub, Paddy-O und Masa Masa – zündet sich eine Zigarette an, schiebt die Sonnenbrille auf die Nase runter und versucht, mit mir Schritt zu halten. »Victor, wir müssen miteinander reden.« Er hustet, wedelt

Rauch beiseite. »Bitte! Meine Füße bringen mich noch um.«

Die Gruppe bleibt stehen. »Uno momento, Bongo«, sage ich und bemerke, wie er Kenny Kenny besorgte Blicke zuwirft, der auf irgendeine zwielichtige Weise mit Glorious Food zusammenhängt und noch gesagt bekommen muss, dass er mit dem Catering fürs Essen morgen Abend nichts zu tun haben wird. Peyton, JD, Bongo, Kenny Kenny, Camcorderboy und *Details*-Girl warten, dass ich was tue, und weil mir nichts einfällt, spähe ich übers Geländer von der dritten Etage. »Kommt schon, Jungs. Scheiße, ich meine, ich hab hier noch drei Etagen und fünf Bars durchzuchecken. Lasst mir doch mal Luft zum Atmen. Das ist alles sehr schwierig. Von diesen Flecken ist es mir buchstäblich fast schlecht geworden.«

»Victor, niemand würde das Vorhandensein dieser Flecken bestreiten«, sagt Peyton vorsichtig. »Aber du musst diese Flecken in einen, hmmm, einen gewissen Kontext setzen.«

Auf einem der Monitore, die in der dritten Etage die Wände bedecken, läuft MTV, ein Werbespot, Helena Christensen, »Rock the Vote«.

»Beau!«, brülle ich hoch. »Beau!«

Beau lehnt sich über das oberste Geländer. »Chloe sagt, sie ist um halb zwölf im Metro CC.«

»Warte mal, Beau – Ingrid Chavez? Hat Ingrid Chavez schon RSVPt?«

»Ich schau mal – Moment: Zum Essen?«

»Ja, und ich beiß die Zähne zusammen, Beau. Schau beim Essen nach, unter C.«

»O mein Gott, Victor, ich *muss* mit dir sprechen«, sagt Bongo mit einem derart starken Akzent, dass ich schon gar nicht mehr weiß, wo der nun herkommt, und packt mich am Arm. »Du musst dir jetzt Zeit für mich nehmen.«

»Bongo, warum haust du hier nicht einfach ab«, sagt Kenny Kenny mit verkniffenem Gesicht. »Hier, Victor, probier mal einen Crouton.«

Ich reiße ihm einen aus den Händen. »Mmmm, Rosmarin. Herrlich.«

»Es ist Salbei, Victor. *Salbei*.«

»G-geh doch zum T-Teufel«, stottert Bongo. »Und nimm diese widerlichen Croutons mit.«

»Könntet ihr beiden Idioten vielleicht einfach eine Xanax schlucken und die Fresse halten? Verpisst euch, backt Pastetchen oder sonstwas. Beau – verdammt noch mal! Sag mir's!«

»Naomi Campbell, Helena Christensen, Cindy Crawford, Sheryl Crow, David Charvet, Courteney Cox, Harry Connick Jr., Francesco Clemente, Nick Constantine, Zoe Cassavetes, Nicolas Cage, Thomas Calabro, Cristi Conway, Bob Collacello, Whitfiled Crane, John Cusack, Dean Cain, Jim Courier, Roger Clemens, Russell Crowe, Tia Carrere und Helena Bonham Carter, aber bei der weiß ich nicht, ob sie unter B oder C gehört.«

»Ingrid Chavez! Ingrid Chavez!«, brülle ich hoch. »Hat Ingrid Chavez zugesagt oder gottverdammt noch mal *nicht*?«

»Victor, die Promis und ihre ganzen überhöflichen Publicityfiguren beklagen sich, dass dein Anrufbeantworter nicht funktioniert«, ruft Beau runter. »Sie sagen, der spielt dreißig Sekunden lang ›Love Shack‹, und dann hat man grade mal fünf Sekunden für die Nachricht.«

»Es handelt sich um eine schlichte Frage. Die Antwort lautet ja oder Nein. Was sollten diese Leute mir sonst auch zu sagen haben? Die Frage ist auch gar nicht schwierig: Kommen Sie zum Abendessen und zur Eröffnung des Clubs oder nicht? Ist das so schwer zu begreifen? Und du siehst aus wie Uma Thurman, Baby.«

»Victor, Cindy ist nicht ›diese Leute‹, Veronica Webb

ist nicht »diese Leute«, Elaine Irwin ist nicht ›diese Leute‹ …«

»Beau? Wie sieht's denn bei A aus? Kenny Kenny, lass das. Kneif Bongo nicht.«

»Alle neun?«, ruft Beau herunter. »Carol Alt, Pedro Almodóvar, Dana Ashbrook, Kevyn Aucoin, Patricia, Rosanna, David und Alexis Arquette und Andre Agassi, aber kein Giorgio Armani und keine Pamela Anderson.«

»Scheiße.« Ich zünde mir wieder eine Zigarette an, dann schaue ich zu der *Details*-Frau *rüber.* »Also ich mein das positiv.«

»Also ist es … gute Scheiße?«, fragt sie.

»Mhm. He, Beau!«, ruf ich rauf. »Sieh zu, dass alle Monitoren entweder mit dem Virtual-Reality-Video laufen oder jedenfalls mit MTV oder so. Ich bin vorher an einem Bildschirm vorbeigekommen, auf dem VH-1 lief und da flennte irgendein fetter Hinterwäldler im Cowboyhut …«

»Triffst du dich jetzt mit Chloe bei Flowers – ich meine, Metro CC?«, schreit Beau runter. »Weil ich jetzt nämlich nicht weiter rumlüge.«

»O doch, du lügst weiter!«, brülle ich hoch. »Du tust ja nix anderes.« Dann nach einem beiläufigen Blick zu Miss *Details:* »Frag Chloe, ob sie Beatrice und Julie mitbringt.«

Das Schweigen von oben lässt mich zusammenzucken, dann fragt Beau, gründlich verärgert: »Meinst du Beatrice *Arthur* und Julie *Hagerty?*«

»Nein!«, schreie ich und beiß die Zähne zusammen. »Julie *Delpy* und Beatrice *Dalle.* Erbarmen. Mach's einfach, Beau.«

»Beatrice Dalle dreht diesen Ridley Scott …«

»Diese Fleckensache macht mich echt fertig. Weißt du, warum?«, frage ich das *Details*-Girl.

»Weil es … so viele sind?«

»Nee. Weil ich ein Perfektionist bin, Baby. Und das

19

kannst du aufschreiben. Ich wart jetzt auch einen Augenblick, bis du's hast.« Plötzlich renne ich zu dem Paneel unter der Bar zurück, alles läuft mit mir zusammen wieder die Treppe hoch, und ich heule: »Flecken! Lieber Gott! Warum hilft mit denn keiner? Bitte! Ich meine, hier tun alle so, als ging's darum, ob diese Flecken Einbildung oder Wirklichkeit sind. Ich würde sagen, die sind gottverdammt real.«

»Die Realität *ist* Einbildung, eine Illusion, Baby«, sagt JD begütigend. »Die Realität *ist* eine Illusion, Victor.«

Niemand sagt etwas, bis man mir einen Aschenbecher reicht, in dem ich die Zigarette ausdrücke, die ich soeben angesteckt habe.

»Das ist ähhh ziemlich heavy«, sage ich und schaue die Reporterin an. »Das ist schon ziemlich heavy, was?«

Sie zuckt die Achseln, rollt die Schultern, krakelt wieder.

»Ganz genau so seh ich das auch«, murmele ich.

»Ach, ehe ich's vergesse«, sagt JD. »Jann Wenner schafft es nicht, aber er möchte auf jeden Fall gerne einen« – JD schaut rasch auf seinen Notizblock – »Scheck schicken.«

»Einen Scheck? Einen Scheck *wofür?*«

»Einfach einen« – JD schaut wieder auf seinen Block –, »einen, aah, Scheck?«

»O Gott, Beau! *Beau!*«, rufe ich hoch.

»Ich glaub, die Leute wundern sich sowieso, dass wir keinen Dingens haben«, sagt Peyton. Dann, nach längerem Fingerschnippen: »Ja! – keinen guten Zweck.«

»Einen guten Zweck?«, stöhne ich. »O Gott, ich kann mir vorstellen, was für ein guter Zweck dir vorschwebt. Stipendium für Keanu. Ein schwules Hirn als Transplantat für Marky Mark. Linda Evangelista in den Regenwald schicken, damit wir Kyle MacLachlan bespringen können. Nein, danke.«

»Victor, sollten wir nicht einen guten Zweck haben?«,

sagt JD. »Globale Erwärmung vielleicht oder der Amazonas? So was. Irgendwas.«

»Alles passé. Passé. Passé.« Ich halte inne. »Moment – Beau! Kommt Suzanne DePasse?«

»Oder Aids vielleicht?«

»Passé. Passé.«

»Brustkrebs.«

»Wahnsinn, echt stark«, seufze ich und verpasse ihm einen leichten Schlag ins Gesicht. »Jetzt beherrsch dich mal. Für wen denn? David Barton? Der ist der Einzige, der noch Titten trägt.«

»Du weißt doch, was ich sagen will, Victor«, sagt JD. »So was wie … *Don't Bungle the Jungle.*«

»Dich forste ich gleich so was von ab.« Ich überlege. »Einen guten Zweck, hmm? Weil wir dann« – ich zünde mir gedankenlos noch eine Zigarette an – »mehr Geld machen können?«

»*Und* die Leute Spaß haben«, erinnert mich JD und kratzt an seiner Tätowierung, einem kleinen Muskelmännchen auf dem Bizeps.

»Hm. Und die Leute Spaß haben.« Ich ziehe an der Zigarette. »Ich überleg's mir, weißt du. Allerdings, bis zur Eröffnung sind es, oh, keine vierundzwanzig Stunden mehr.«

»Weißt du was, Victor?«, fragt Peyton aufgekratzt. »Ich spür langsam die, ääh, perverse Versuchung, Baby – jetzt erschrick nicht, ja, versprochen?«

»Nur wenn du mir nicht erzählst, mit wem du letzte Woche geschlafen hast.«

Mit großen Augen klatscht Peyton in die Hände und säuselt: »Die Flecken zulassen.« Dann, als er sieht, wie mein Gesicht sich verzerrt, schüchterner: »Die Flecken behalten?«

»Die Flecken behalten?«, stößt JD mit erstickter Stimme hervor.

»Ja, die Flecken behalten«, sagt Peyton. »Damien will

Techno haben, und diese hübschen Kleinen können allemal als Techno durchgehen.«

»Wir wollen *alle* Techno, aber wir wollen Techno ohne Flecken«, klagt JD.

Der Camcorderboy zoomt voll auf die Flecken, und es ist still, bis er schließlich gähnend sagt: »Gut, Spitze.«

»Leute Leute Leute.« Ich hebe die Hände. »Wäre es vielleicht möglich, dass wir den Club eröffnen, ohne uns dabei total zu erniedrigen?« Ich will hier weg. »Weil ich nämlich glaube, dass das unmöglich ist. Comprende?«

»Victor, o mein Gott, bitte«, sagt Bongo, als ich weggehe.

»Victor, warte doch.« Kenny Kenny kommt hinterher, eine Tüte Croutons in der ausgestreckten Hand.

»Es ist alles so … so … neunundachtziger!«, stoße ich hervor.

»Ein gutes Jahr, Victor«, sagt Peyton und versucht, mit mir Schritt zu halten. »Ein triumphales Jahr.«

Ich bleibe stehen, warte, drehe mich dann langsam zu ihm um. Peyton steht da und sieht mich hoffnungsvoll bebend an.

»Hör mal, Peyton, du bist echt total zugeknallt, hm?«, frage ich ruhig.

Beschämt nickt Peyton, als hätte ich ihn überzeugt. Er schaut zur Seite.

»Du hattest ein ziemlich schweres Leben, was?«, frage ich sanft.

»Victor, bitte.« JD fährt dazwischen. »Peyton hat mit den Flecken nur Spaß gemacht. Wir lassen die Flecken nicht. Ich bin ganz deiner Ansicht. Die sind 's einfach nicht wert. Die werden *ausgelöscht*.«

Während er sich einen gigantischen Joint anzündet, filmt der Camcordertyp zur mächtigen Fensterfront raus, die Linse starrt in den laublosen Union Square Park, auf einen vorbeirollenden Laster mit einem knalligen *Snapple*-Logo, auf Limousinen, die am Straßenrand geparkt sind. Wir rennen noch eine Treppe zum Erdgeschoss runter.

»Kann nicht irgendjemand mal spontan nett zu mir sein? Die Flecken wegmachen? Bongo, geh wieder in die Küche. Kenny Kenny, du bekommst einen Trostpreis. Peyton, sieh zu, dass Kenny Kenny auf jeden Fall ein paar Salatsiebe und einen hübschen flachen Bratenwender kriegt.« Ich starre sie böse an und winke sie weg. Wir lassen Kenny Kenny zurück, er heult fast und reibt zitternd an dem Caspar-der-kleine-Geist-Tattoo auf seinem Bizeps herum. »Ciao.«

»Komm, Victor. Die durchschnittliche Lebenserwartung von einem Club ist – was? Vier Wochen? Wenn wir dann zumachen, hat sie niemand gesehen.«

»Wenn das dein Standpunkt ist, JD, dort ist die Tür.«

»Victor, seien wir realistisch. Oder tun wir wenigstens so. Wir haben nicht mehr 1987.«

»Ich bin nicht realistisch aufgelegt, JD, also bitte. Erbarmen.«

Als wir an einem Billardtisch vorbeikommen, schnapp ich mir den Eightball und feure ihn in das Loch in der Ecke. Die Gruppe geht weiter in den Club hinunter. Wir sind jetzt im Erdgeschoss, es wird dunkler, und Peyton stellt mir einen großen breiten schwarzen Typ mit Panorama-Sonnenbrille vor, der am Eingang steht und eine Portion Take-out-Sushi isst.

»Victor, das ist Abdullah, aber wir werden ihn Rocko nennen. Er kümmert sich um die ganze Sicherheitskiste, war in dem TLC-Video, wo Matthew Ralston Regie geführt hat. Sieht nicht schlecht aus, dieser Stier.«

»Mein zweiter Vorname ist Grand Master B.«

»Sein zweiter Vorname ist Grand Master B«, sagt JD.

»Wir haben uns letzte Woche in South Beach die Hand gegeben«, sagt Abdullah zu mir.

»Sehr nett, Abdullah, aber ich war letzte Woche nicht

in South Beach, obwohl ich dort sozusagen berühmt bin.« Ich schaue zu Miss *Details* rüber. »Das kannst du aufschreiben.«

»Ja doch, Mann, du warst in der Halle vom Flying Dolphin, bist fotografiert worden«, teilt mir Rocko mit. »Von Schalentieren umgeben.«

Aber ich schaue Rocko nicht an. Mein Blick ist an den drei Metalldetektoren klebengeblieben, die im Foyer aufgereiht stehen – darüber hängt schwach glitzernd ein riesiger weißer Leuchter.

»Das mit denen, aah, das hast du doch gewusst, ja, alles klar?«, fragt JD. Unterwürfige Pause. »Damien … möchte die haben.«

»Damien möchte *was* haben?«

»Ähh!« Peyton schwenkt die Arme, als wären die Metalldetektoren wertvolle Preise. »Die da.«

»Na, warum nicht noch zwanzig Check-In-Schalter, ein paar Stewardessen und eine DC-10? Ich meine, was zum Teufel soll das?«

»Wegen der Sicherheit, Mann«, sagt Abdullah.

»Sicherheit? Warum filzt ihr nicht gleich den ganzen Abend lang die Prominenz?«, frage ich. »Hm? Glaubt ihr, das ist eine Party für Ganoven?«

»Mickey Rourke und Johnny Depp haben beide fürs Essen zugesagt«, flüstert mir Peyton ins Ohr.

»Wenn ihr wollt, dass wir die Gäste filzen …«, fängt Rocko an.

»Was? Soll ich Donna Karan filzen lassen? Marky Mark? Die gottverdammte Diane von Fürstenberg?«, schreie ich. »Wohl kaum!«

»Nein, Baby«, sagt Peyton. »Dafür hast du ja die Metalldetektoren, damit Diane von Fürstenberg und Marky Mark *nicht* gefilzt werden.«

»Chuck Pfeiffer hat eine Metallplatte in seinem gott-verdammten Schädel! Princess Cuddles eine Stahlstange im Bein!«, brülle ich.

JD sagt zu der Reporterin: »Skiunfall in Gstaad, aber fragen Sie mich bloß nicht, wie man das schreibt.«

»Was ist denn, wenn Princess Cuddles da durchgeht und der Alarm anfängt und alles heult und blinkt und – Herrgott, die kriegt ja nen Herzschlag. Wollt ihr das etwa, Princess Cuddles mit 'nem Herzinfarkt?«

»Wir machen einen Vermerk auf der Gästeliste, dass Chuck Pfeiffer eine Metallplatte im Kopf hat und Princess Cuddles eine Stahlstange im Bein«, sagt Peyton und kritzelt das erst mal auf einen Notizblock.

»Hör zu, Abdullah, ich will bloß sichergehen, dass niemand reinkommt, den wir hier nicht haben wollen. Ich will nicht, dass *irgendjemand* Einladungen in anderen Clubs rumreicht. Mir soll bloß nicht so ein kleiner Wichser beim Essen Barry Diller eine Einladung ins Spermbar rüberschieben – klar? Ich will nicht, dass *irgendjemand* Einladungen in anderen Clubs rumreicht.«

»*Was* für andere Clubs?«, wimmern Peyton und JD. »Es *gibt* keine anderen Clubs!«

»Ach! Erbarmen!«, wimmere ich und renne im Erdgeschoss hin und her. »Jesus – glaubt ihr, dass Christian Laetner unter einem von den Dingern durchpasst?« Es wird dunkler, als wir nach hinten gehen, in Richtung der Treppe, die zu einer der Tanzflächen im Souterrain führt.

Aus dem obersten Stockwerk ruft Beau runter: »Alison Poole auf vierzehn! Sie will dich *jetzt* sprechen, Victor.«

Alle schauen weg, als das *Details*-Girl was auf ihren kleinen Notizblock schreibt. Camcorderboy flüstert was, und sie nickt, immer noch am Schreiben. Irgendwo läuft was Altes von C + C Music Factory.

»Sag ihr, ich bin weg. Sag ihr, ich sprech auf sieben.«

»Sie sagt, es ist sehr wichtig«, leiert Beau.

Ich halte inne und sehe die anderen an, alle schauen irgendwohin, bloß nicht zu mir. Peyton flüstert JD etwas zu, der nickt knapp. »He, Schluss damit!«, fahre ich sie an. Ich folge mit den Augen der Linie von Camcorder-Manns Linse zu einer Reihe Kerzenhalter an der Wand und warte auf Beau, der sich schließlich übers oberste Geländer beugt und sagt: »Ein Wunder. Sie hat ein Einsehen. Sie trifft dich dann um sechs.«

»Okay, Herrschaften.« Ich drehe mich plötzlich zu der Gruppe um. »Jetzt machen wir mal kurz Pause. Bongo, du kannst dich jetzt zurückziehen. Sprich mit niemandem über deine Zeugenaussage. Geh. JD, komm hier rüber, ich muss dir was flüstern. Ihr anderen könnt an die Bar gehen und nach Flecken gucken. Meister Camcorder – dreh das Ding von uns weg. Kurze Auszeit.«

Ich ziehe JD zu mir her, und sofort fängt er zu plappern an.

»Victor, wenn es wegen Mica ist, dass die noch nicht da ist und wir sie nicht finden können, fang um Gottes willen jetzt nicht davon an. Wir können jederzeit einen anderen JD finden …«

»Schnauze. Um Mica geht's nicht.« Ich stocke. »Aber he, wo *ist* Mica?«

»O Gott, ich weiß es nicht. Am Dienstag hat sie im Jackie 60 aufgelegt, dann auf Edward Furlongs Geburtstagsparty, und dann puff!«

»Was soll das heißen? Was meinst du mit *puff*?«

»Sie ist verschwunden. Niemand kann sie finden.«

»Ach, Scheiße, JD. Was sollen wir – nein, nein – du bringst das in Ordnung«, sage ich ihm. »Ich will jetzt was anderes mit dir besprechen.«

»Will Kenny Kenny uns verklagen?«

»Nein.«

»Die Sitzordnung fürs Essen?«

»Nein.«

»Dieser schrecklich schnuckelige Zauberkünstler unten?«

»Herr*gott*, nein.« Ich senke die Stimme. »Es ist jetzt

mehr ein, wie soll ich sagen, persönliches Problem. Ich brauche deinen Rat.«

»O zieh mich bitte nicht in eine *fiese* Sache rein, Victor«, sagt JD bittend. »Ich halt's einfach nicht aus, wenn man mir mit so schrillen Geschichten kommt.«

»Pass auf …« Ich schaue hinüber zu Miss *Details* usw., die alle an der Bar rumhängen. »Hast du irgendwas gehört wegen … einem Foto?«

»Einem Foto von wem?«, sagt er laut.

»Psssst, Schnauze, Herrgott noch mal.« Ich sehe mich um. »Also gut, obwohl du glaubst, Erasure ist ne gute Band, vertraue ich dir immer noch.«

»Das sind sie auch, Victor, und …«

»Jemand hat ein, sagen wir mal einfach, belastendes Foto von mir und einer gewissen jungen« – ich huste –, »jungen Dame, und du musst für mich rauskriegen, ob das ääh in absehbarer Zeit gedruckt wird, morgen vielleicht sogar, in einer der miesesten, aber immer noch vielgelesenen Zeitungen der Stadt, oder ob das durch irgendein Wunder nicht passiert, und das wär's eigentlich.«

»Du könntest dich noch undeutlicher ausdrücken, Victor, aber schließlich bin ich's gewohnt«, sagt JD. »Lass mir nur zwanzig Sekunden zum Dechiffrieren, und ich meld mich wieder.«

»Ich hab keine zwanzig Sekunden.«

»Die junge Dame, nehme ich an – hoffe ich, besser gesagt –, ist doch deine Freundin Chloe Byrnes?«

»Wenn ich mir's recht überlege, lass dir besser gleich dreißig Sekunden.«

»Geht's hier um so einen Augenblick von *That's Me in the Corner/That's Me in the Spotlight?*«

»Okay, also, ich darf mal klarstellen: Ein kompromittierendes Foto eines gewissen grad mächtig angesagten Mannes mit einem Mädchen, das … Und es ist gar nicht so schlimm oder irgendwie so was. Sagen wir nur, dieses Mädchen ist bei einer Premiere letzte Woche im Central Park über ihn hergefallen, und jemand hat das ohne Wissen der beiden fotografiert, und jetzt wirkt's irgendwie komisch, weil *ich* der Typ auf dem Foto bin ... Ich habe das Gefühl, wenn *ich* mich selber erkundige, wird man das – ahem – missverstehen ... Muss ich noch mehr sagen?«

Plötzlich ruft Beau schrill herunter: »Chloe trifft dich dann um halb zehn im Doppelganger's!«

»Was ist mit Flowers? Ich meine, halb zwölf im Metro CC?«, schrei ich zurück. »Was ist mit zehn Uhr im Café Tabac?«

Längere Pause. »Jetzt sagt sie, neun Uhr dreißig, Bowery Bar. Das wär's, Victor.« Dann Stille.

»Was soll ich denn nun Entsetzliches für dich tun?« JD macht eine Pause. »Victor, würde dieses Foto – *falls* veröffentlicht – die Beziehung dieses Typs zu einem gewissen jungen Model namens Chloe Byrnes ruinieren und zu einem gewissen launischen Clubbesitzer, dem Besitzer von ... sagen wir einfach mal hypothetisch, *diesem* Club, einem gewissen Damien Nutchs Ross?«

»Aber das ist nicht das Problem.« Ich ziehe JD dichter an mich heran, und er blinzelt überrascht und klappert mit den Wimpern, dass ich ihm sagen muss: »Bild dir bloß nix Falsches ein.« Ich seufze, hole Luft. »Das Problem ist, dass wirklich ein Foto existiert. Ein bestimmter debiler Klatschjournalist wird dieses Foto abdrucken, und wenn wir glauben, ein Infarkt von Princess Cuddles wäre peinlich ... das ist im Vergleich *gar nichts*.« Ich schaue mich immer wieder um und sage schließlich zu allen: »Wir müssen mal runter und uns den Zauberkünstler angucken. Entschuldigt uns.«

»Aber was ist mit Matthew Broderick?«, fragt Peyton. »Was ist mit den Salaten?«

»Kann zwei kriegen!«, rufe ich und ziehe JD die lange

steile Treppenflucht ins Souterrain hinunter, das Licht wird dämmriger, wir bewegen uns beide vorsichtig.

JD plappert unablässig. »Du weißt, ich bin für dich da, Victor. Du weißt, ich häng dir den Himmel voller Stars. Du weißt, ich hab geholfen, diese Party bis zum Dach mit Promis vollzupacken. Du weißt, ich würde alles tun, aber hier kann ich dir nicht helfen, weil …«

»JD. Morgen habe ich, die Reihenfolge spielt jetzt keine Rolle, einen Fototermin, eine Modenshow, ein MTV-Interview mit ›House of Style‹, Mittagessen mit meinem Vater, Bandprobe. Ich muss sogar noch meinen scheiß Smoking abholen. Ich bin ausgebucht. *Und* dieser Scheiß-Laden hier macht auf. Ich – habe – keine – Zeit.«

»Victor, wie üblich sehe ich, was ich tun kann.« JD turnt vorsichtig die Stufen hinunter. »Und wegen des Zauberers …«

»Scheiß drauf. Warum mieten wir nicht einfach ein paar Clowns auf Stelzen und lassen ein, zwei Elefanten ankarren?«

»Er macht Kartentricks. Er ist eben bei Brad Pitts Geburtstag im Jones in L. A. aufgetreten.«

»Ja?«, frage ich misstrauisch. »Wer war da?«

»Ed Limato. Mike Ovitz. Julia Ormond. Madonna. Models. Jede Menge Juristen und Leute, die auf ›Spaß‹ stehen.«

Es wird sogar noch kälter, als wir uns dem Fuß der Treppe nähern.

»Ich meine«, fährt JD fort, »vergleichsweise ist das ziemlich in.«

»Aber in ist out«, erkläre ich und kneife die Augen halb zusammen, um zu sehen, wo's langgeht. Es ist so kalt, dass unser Atem dampft, und als ich das Geländer anfasse, fühlt es sich an wie Eis.

»Was meinst du, Victor?«

»Out ist in. Klar?«

»In ist … *nicht* mehr in?«, fragt JD. »Ja?«

Ich sehe ihn an, während wir die nächste Treppe hinuntergehen. »Nein, in ist out. Out ist in. Ganz einfach, n'est-ce pas?«

JD zwinkert zweimal und erschauert, wir beide gehen tiefer hinab in die Dunkelheit.

»Du begreifst, out ist in, JD.«

»Victor, ich bin eh schon echt nervös«, sagt er. »Bitte fang heute nicht mit mir an.«

»Du musst nicht einmal drüber nachdenken. Out ist in. In ist out.«

»Warte, ja? In ist out? Hab ich das bis hierher richtig verstanden?«

Unten ist es so kalt, dass Kerzen, wie mir auffällt, nicht lange brennen, sie erlöschen, als wir vorbeigehen, und auf den TV-Monitoren ist nur Schnee. Am Fuß der Treppe neben der Bar mischt ein Zauberkünstler, der aussieht wie eine junge deutsche Version von Antonio Banderas mit einem 3-mm-Haarschnitt, müssig ein Päckchen Karten, mit hängenden Schultern raucht er einen kleinen Joint, trinkt eine Diet-Coke, trägt zerfetzte Jeans und ein T-Shirt mit Brusttaschen, der Back-to-Basics-Look, übertrieben schlampig, die Reihen leerer Champagnergläser hinter ihm spiegeln das wenige Licht, das es hier unten gibt.

»Richtig. Out ist in.«

»Aber was genau ist dann in?«, fragt JD, sein Atem dampft.

»Out natürlich, JD.«

»Also ... in ist dann *nicht* in?«

»Das ist der springende P-punkt.« Es ist so kalt, dass ich am Bizeps eine Gänsehaut hab.

»Aber was ist dann out? Ist es immer in? Nenn doch mal ein Beispiel!«

»Wenn man dir das erklären muss, bist du vielleicht in der falschen Welt«, murmele ich.

Der Zauberkünstler macht vage das Peacezeichen.

»Sie waren bei Brad Pitt auf der Party?«

Der Zauberkünstler lässt ein Päckchen Karten, den Schemel, auf dem er gesessen hat, einen von meinen Slippern und eine große Flasche Absolut Currant verschwinden und sagt dann: »Abracadabra.«

»Sie waren bei Brad Pitt auf der Party?«, seufze ich.

JD stößt mich an und deutet nach oben. Ich sehe das dicke rote Hakenkreuz, das an die gewölbte Decke über uns gemalt ist.

»Sollten wir vielleicht besser wegmachen.«

Im Zickzack Richtung Chemical Bank am neuen Gap vorbei, es ist Mittwoch, aber draußen fühlt sich's montäglich an, und die Stadt sieht irgendwie unwirklich aus, es hängt ein Himmel wie vom Oktober 1973 oder in der Art drüber, und eben jetzt um halb sechs haben wir Manhattan hier als Ort des LÄRMS: Presslufthämmer, Hupen, Sirenen, splitterndes Glas, Recyclinglaster, Trillerpfeifen, dröhnender Bass von der neuen Ice Cube, überflüssiges Geräusch, das hinter mir herweht, als ich meine Vespa in die Bank schiebe, mich in die Schlange vor dem Geldautomaten einreibe, die ist hauptsächlich aus Asiaten gebildet, die mich böse anstarren, während sie zurückweichen, ein paar beugen sich vor, flüstern miteinander.

»Was gibt das mit dem Moped da?«, fragt so ein Wichser.

»He, und was gibt das mit deiner Hose da? Hör zu, das Rad hat keine Karte, es holt kein Geld aus dem Automaten, also reg dich ab. Herrgott.«

Nur einer von den zehn Automaten scheint Geld zu haben, also heißt's warten, und währenddessen muss ich zu meinem Spiegelbild in den blanken Stahlplatten an den Säulen über den aufgereihten Geldautomaten hochsehen: Hohe Wangenknochen, Elfenbeinhaut, rabenschwarzes Haar, halbasiatische Augen, eine makellose Nase, volle Lippen, klarumrissenes Profil, aufgefetzte Jeansknie, T-Shirt unter einem Hemd mit langem Kragen, rote Weste, Samtsakko, und ich stehe ein bisschen in mich zusammengesunken da, Rollerblades flott über die Schulter gehängt, erinnere mich plötzlich daran, dass ich vergessen habe, wo ich heute Abend

Chloe treffen soll, und in dem Moment geht der Beeper los. Beau ist dran. Ich lass das Panasonic EBH 70 aufschnalzen und ruf ihn zurück, im Club.

»Ich hoffe, Bongo dreht nicht durch.«

»Es sind die Rückmeldungen, Victor. Damien dreht durch. Er hat eben angerufen, hat total rumgetobt …«

»Hast du ihm gesagt, wo ich bin?«

»Wie denn, wenn ich selber nicht weiß, wo du bist?« Pause. »Wo bist du? Damien war in einem Hubschrauber. Stieg grade aus einem Hubschrauber, genau gesagt.«

»Ich weiß nicht mal, wo ich bin, Beau. Na, ist das ne gute Antwort?« Die Schlange kriecht langsam voran. »Ist er in der Stadt?«

»Nein. Ich sag doch, er war in einem Hubschrauber. Ich sagte: In einem Hub-schrau-ber.«

»Aber wo war der? Der Hub-schrau-ber?«

»Damien glaubt, wir sitzen in der Scheiße. Etwa vierzig haben auf die Einladung zum Diner *nicht* geantwortet, also könnte man wohl sagen, unsere Sitzordnung ist eher sinnlos.«

»Beau, das kommt immer darauf an, was man unter ›sinnlos‹ versteht.«

Eine lange Pause. »Sag mir nicht, dass es mal den Sinn hat und mal den, Victor. Beispielsweise haben wir hier im Falle O folgende Situation: Tatum O'Neal, Chris O'Donnell, Sinead O'Connor und Conan O'Brien alle ja, aber nix von Todd Oldham, dem hängt anscheinend einer ständig an der Hacke, der dreht völlig ab, nix von Carrie Otis oder Oribe …«

»Keine Angst«, flüstere ich. »Das kommt, weil sie alle in den Shows sind. Ich red morgen mit Todd – ich seh ihn auf der Show – aber ich meine, *was läuft hier eigentlich*, Beau? Conan O'Brien kommt, aber Todd Oldham und Carrie Otis möglicherweise nicht? Das ist einfach kein akzeptables Szenario, Baby, aber ich bin hier grade mit meiner Vespa am Geldautomat, ich kann jetzt eigentlich nicht – he, was glotztste denn so blöd? –, aber ich will jedenfalls Chris O'Donnell beim Essen nicht irgendwo an *meinem* Tisch haben. Chloe findet ihn ja so wahnsinnig süß, und auf den ganzen Scheißdreck kann ich morgen aber so was von verzichten.«

»Mhm. Alles klar, kein Chris O'Donnell, okay, hab ich. Also, Victor, gleich morgen früh müssen wir die Langen durchgehen, die M und S ...«

»Wir kriegen's auf die Reihe. Heul nicht, Beau. Du klingst so traurig. Jetzt bin ich dran mit Abheben. Ich muss jetzt ...«

»Warte noch! Rande Gerber ist in der Stadt ...«

»Tu ihn unter G, aber bitte nicht fürs Essen, wenn er nicht mit Cindy Crawford kommt, in dem Fall ist er eingeladen, und dann weißt du ja auch unter welchem Buchstaben, Baby.«

»Victor, du solltest mal versuchen, mit der Publicityfrau von Cindy zu Rande zu kommen. Versuch mal, von Anthony Sabato Jr.s Publicitytyp eine ehrliche Antwort zu kriegen ...«

Ich schalte aus, schiebe endlich meine Karte rein, tippe den Code (COOLGUY) ein und warte, ich denke dabei an die Sitzordnung für Tisch 1 und 3, und dann teilen mir grüne Wörter auf dem schwarzen Schirm mit, dass dieses Konto über kein Bargeld mehr verfügt (Kontostand 143 Dollar Soll) und mir kein Geld ausgezahlt wird, und ich habe mein letztes Bares für einen Eisschrank mit Glastür ausgegeben, weil *Elle Decor* was über mein Apartment aufgenommen hat, was dann nie erschienen ist, also knalle ich die Faust gegen den Automaten, stöhne »Erbarmen«, und weil ein erneuter Versuch ja völlig hoffnungslos ist, wühle ich meine Taschen nach einem Xanax durch, bis mich jemand wegschiebt und ich das Moped rausrollere, total fertig.

Ich fahre langsam die Madison hoch, halte vor Barneys an einer Ampel, und Bill Cunningham knipst mich und schreit: »Is das ne Vespa?«, und ich zeig mit dem Daumen nach oben, er steht neben Holly, einer kurvigen Blondine, sie sieht aus wie Patsy Kensit, und als wir letzte Woche zusammen Heroin gequalmt haben, hat sie mir erzählt, sie sei vielleicht lesbisch, was in gewissen Kreisen natürlich eine gute Nachricht ist, und sie winkt mich rüber, Satin-Hotpants, rot-weiß-gestreifte Plateaustiefel, ein silbernes Peacezeichen, und sie ist ultradünn, diesen Monat auf dem Cover von *Mademoiselle*, und nach einem Tag Modenschau im Bryant Park sieht sie etwas hektisch aus, aber doch sehr cool.

»He Victor!« Sie winkt mich immer noch her, nachdem ich schon die Vespa an den Bordstein geschoben habe.

»Hallo Holly.«

»Anjanette, Victor.«

»Hallo Anjanette, was liegt an, Pussycat. Du siehst äußerst Umamäßig aus. Scharfes Outfit.«

»Das ist Retro-abgedreht. Sechs Shows heute. Ich bin erschöpft«, sagt sie und gibt jemandem ein Autogramm. »Ich hab dich bei der Calvin-Klein-Show gesehen, wie du Chloe moralisch unterstützt hast. War ja derart cool von dir.«

»Baby, ich war nicht bei der Calvin-Klein-Show, aber du siehst trotzdem äußerst Uma-mäßig aus.«

»Victor, ich bin mir völlig sicher, dass du bei der Calvin-Klein Show warst. Ich hab dich in der zweiten Reihe gesehen, neben Stephen Dorff und David Salle und Roy Liebenthal. Ich hab dich gesehen, wie du auf der 42. Straße für ein Foto posiert hast, und dann rein in so ein wüstes schwarzes Auto.«

Pause, während ich mir dieses Szenario überlege, dann: »In der *zweiten* Reihe? Niemals, Baby. Da bist du noch nicht warmgelaufen. Seh ich dich denn morgen Abend, Baby?«

»Ich komm mit Jason Priestley.«

»Warum kommst du nicht mit mir? Bin ich eigentlich der einzige, der meint, dass Jason Priestley aussieht wie eine kleine Raupe?«

»Victor, das ist aber nicht nett«, schmollt sie. »Was würde Chloe denn denken?«

»Die denkt auch, dass Jason Priestley wie eine kleine Raupe aussieht«, murmele ich gedankenverloren. »In der gottverdammten *zweiten* Reihe?«

»Das meine ich nicht«, sagt Anjanette. »Was würde Chloe denken, wenn …«

»Erbarmen, Baby, aber du bist megatoll.« Ich lass die Vespa wieder an. »Nimm deine ganze Leidenschaft zusammen, lass es passieren.«

»Ich hab ohnehin gehört, dass du ein böser Junge warst, also überrascht's mich nicht«, sagt sie und droht mir müde mit dem Finger, was Scooter, der Leibwächter, der aussieht wie Marcellus in *Pulp Fiction*, als Signal interpretiert, näher zu kommen.

»Was meinst du damit, Pussilein?«, frage ich. »Was hört man denn so?«

Scooter flüstert was und deutet auf seine Uhr, Anjanette zündet sich eine Zigarette an. »Immer wartet irgendein Auto. Immer haben wir einen Fototermin mit Steven Meisel. Jesus, wie schaffen wir's bloß, Victor? Wie überleben wir den ganzen Krampf?« Eine spiegelnde schwarze Limousine gleitet heran, und Scooter öffnet die Tür.

»Bis dann, Baby.« Ich reiche ihr eine geflammte Tulpe, die ich zufällig in der Hand habe, und rolle langsam vom Bordstein weg.

»Ach Victor«, ruft sie und reicht Scooter die Tulpe. »Ich hab den Job! Ich hab den Vertrag.«

»Großartig, Baby. Ich muss weiter. Welchen Job, du verrücktes Huhn?«

»Rat mal.«

»Matsuda? The Gap?« Ich grinse, hinter mir hupen diverse Limos.

»Baby, hör zu, bis morgen Abend dann.«

»Nein. *Rate* mal.«

»Hab ich doch schon, Baby. Du wirfst mich echt um.«

»Victor! *Raten!*«, ruft sie, als ich wegfahre.

»Baby, du bist super«, rufe ich zurück. »Ruf mich an. Hinterlass ne Nachricht. Aber nur im Club. Also dann. Peace.«

»Rat mal, Victor!«, ruft sie laut.

»Baby, du bist ein Gesicht mit Zukunft«, sage ich, zieh mir schon den Walkman über, bin schon auf der 61. »Ein Star von morgen!«, schreie ich und winke. »Wir trinken dann was, Monkey Bar, wenn Sonntag die Shows alle durch sind!« Ich sprech jetzt mit mir selber und fahre Richtung Alisons Wohnung. Als ich an einem Kiosk neben dem neuen Gap vorbeikomme, sehe ich, dass ich immer noch auf dem Cover der letzten Ausgabe von *YouthQuake* bin und mächtig cool aussehe – die Headline über meinem lächelnden, ausdruckslosen Gesicht heißt 27 UND HIP, in dicken violetten Lettern, und ich muss mir einfach noch ein Exemplar kaufen, aber weil ich kein Bargeld hab, geht das nun mal nicht.

Von der 72. und Madison rufe ich bei Alisons Portier an, und er sieht nach, ob vor ihrem Haus an der 80. und Park auch keine Gorillas von Damien in einem schwarzen Jeep warten, also fahr ich am Eingang vor und rolle meine Vespa ins Foyer, wo Juan – ein recht gut aussehender Typ, vielleicht vierundzwanzig – in seiner Uniform rumhängt. Ich zeige ihm das *Peace*-Zeichen, schiebe das Moped in den Fahrstuhl, und da hüpft Juan hinter der Rezeption vor.

»He Victor, hast du schon mit Joel Wilkenfeld geredet?«, fragt Juan und kommt hinter mir her. »Ich meine, letzte Woche hast du gesagt, du machst's, und …«

»Hey Baby, alles ist cool, Juan, alles in Ordnung«, sage ich, schiebe den Schlüssel rein, stelle den Fahrstuhl an, drücke den Knopf fürs oberste Stockwerk.

Juan drückt einen anderen Knopf, damit die Tür offen bleibt. »Aber Mann, du hast gesagt, er lässt mich kommen und arrangiert was mit …«

»Ich sorg dafür, Amigo, ist alles cool«, sage ich betont, drücke wieder meinen Knopf. »Du bist der nächste Marcus Schenkenberg, du bist der weiße Tyson.« Ich lange rüber und schiebe seine Hand weg.

»He Mann, ich bin Latino …« Er haut immer wieder auf den TÜR-AUF-Knopf.

»Du bist der nächste Latino-Schenkenberg. Du bist der äääh Latino-Tyson.« Ich lange rüber und schiebe wieder seine Hand weg. »Du bist ein Star, Mann. Jederzeit.«

»Ich will bloß nicht, dass das jetzt so wie im Nachhinein …«

»He, Mann, Erbarmen.« Ich grins ihn an. »Nachhinein

gehört gar nicht zum Vokabular von *dem* hier«, sage ich und deute auf mich selbst.

»Okay, Mann«, sagte Juan und lässt den TÜR-AUF-Knopf in Ruhe.

Er streckt etwas zittrig den Daumen nach oben. »Ich, also ich vertrau dir.«

Der Fahrstuhl zischt rauf in die oberste Etage, wo sich die Tür zu Alisons Penthouse öffnet. Ich schiele angestrengt in den Eingangskorridor, sehe und höre die Hunde nicht, rolle dann leise die Vespa rein und lehne sie im Foyer an die Wand neben eine Vivienne-Tam Bettcouch.

Ich schleiche auf Zehenspitzen Richtung Küche, bleib aber stehen, als ich den heiseren Atem der beiden Chow-Chows höre, die mich vom anderen Ende des Korridors aus konzentriert beobachtet haben, leise knurrend, was ich jetzt erst höre. Ich drehe mich um und offeriere ihnen ein schwaches Lächeln.

Ich kann kaum »Ach du Scheiße« sagen, ehe sie beide wild loszurennen beginnen und auf ihr Ziel zustürzen: mich.

Die beiden Chows – einer schoko-, einer zimtfarben – springen an mir hoch, blecken das Gebiss, schnappen nach meinen Knien, tatzen nach meinen Knöcheln, bellen wie wild.

»Alison! Alison!«, rufe ich und versuche verzweifelt, die Viecher mit Schlägen der flachen Hand wegzuscheuchen.

Bei diesem Namen hören beide auf zu bellen. Dann schauen sie den Korridor hinunter, um zu sehen, ob sie kommt. Als sie nach einer Pause nichts von ihr gehört haben – wir sind erstarrt in unseren Positionen, der rötliche Chow auf den Hinterbeinen, die Pfoten bei mir im Schritt, der schwarze Chow auf die Vorderpfoten gekauert, einen Gucci-Stiefel im Maul –, fangen sie sofort wieder an, mich zu traktieren, knurrend und im Grunde total durchgedreht, wie immer.

»Alison!«, kreische ich. »Herrgott noch mal!«

Ich schätze die Entfernung von meinem Standort zur Küchentür ab und entscheide mich zu einem Ausbruch, und als ich losrenne, sausen die Chows mit hinterher, blaffend, nach meinen Knöcheln schnappend.

Ich erreiche die Küche, schmeiß die Tür hinter mir zu, ich höre beide über den Marmorfußboden gegen die Küchentür knallen, zweimal ein lautes *Wumm*, höre die Hunde umfallen, aufspringen, die Tür attackieren. Noch etwas zittrig mach ich ein Snapple auf, trink's zur Hälfte aus, zünde mir dann eine Zigarette an und untersuche mich auf Bisswunden. Ich höre Alison in die Hände klatschen, dann kommt sie in die Küche, nackt unter einem offenen Aerosmith-Kimono, ein Handy in die Halsbeuge geklemmt, einen noch nicht angezündeten Joint zwischen den Lippen. »Mr. Chow, Mrs. Chow, hinlegen. Hinlegen, verdammt, *hinlegen!*«

Sie schleudert die Hunde in die Speisekammer, zieht eine Handvoll bunter Hundekuchen aus der Manteltasche und wirft damit nach den Kötern, ehe sie die Speisekammertür zuknallt, was den Lärm der um die Hundekuchen raufenden Chows gnädig abschneidet.

»Okay, mhm, alles klar, Malcolm McLaren … Jawoll, nein, Frederic Fekkai. Jaha. *Alle* haben wir nen Kater, Baby.« Sie schneidet eine Grimasse. »Andrew Shue und Leonardo DiCaprio? … Was? … O Baby, niiie im Leben. Läuft nicht.« Alison blinzelt mir zu. »Du bist jetzt nicht am Fenstertisch im Mortimer's. Wach auf! Ach Gottchen … Ciao, ciao.« Sie klickt das Handy aus, legt den Joint sorgfältig auf die Küchentheke und sagt: »Das war ne Konferenz mit Dr. Dre, Yasmine Bleeth und Jared Leto.«

»Alison, diese beiden kleinen Scheißer wollten mich umbringen«, sage ich nachdrücklich, als sie hochspringt und die Beine um meine Hüften schlingt.

»Mr. und Mrs. Chow *sind* keine kleinen Scheißer, Baby.« Sie presst ihren Mund auf meinen, während ich mit ihr Richtung Schlafzimmer stolpere. Dort angelangt fällt sie auf die Knie, reißt meine Jeans auf und beginnt, mir souverän einen zu blasen, eine unglücklicherweise höchst geübte Deep-Throat-Nummer, wobei sie mich so fest am Arsch packt, dass ich eine ihrer Hände wegzerren muss. Ich ziehe ein letztes Mal an der Zigarette, die ich immer noch zwischen den Fingern habe, schaue mich nach einer Stelle um, wo ich sie ausdrücken kann, finde eine halbleere Snappleflasche, lass den Rest von der Marlboro reinfallen, hör's zischen.

»Langsamer, Alison, du bist zu schnell«, murmele ich.

Sie zieht meinen Schwanz aus ihrem Mund, schaut zu mir hoch und sagt mit leiser, »sexy« Stimme: »Eile ist meine Spezialität, Baby.«

Sie steht plötzlich auf, lässt den Mantel fallen und legt sich rücklings aufs Bett, sie spreizt die Beine und drängt mich auf den Fußboden runter, der mit diversen Nummern von WWD übersät ist, mein rechtes Knie zerknittert ein Foto (hinterer Umschlag) von Alison und Damien und Chloe und mir auf Naomi Campbells Geburtstagsparty, wir sitzen in einer engen Nische im Doppelganger's, und jetzt knabbere ich an einer kleinen Tätowierung auf der Innenseite eines muskulösen Schenkels, und als meine Zunge sie dann berührt, kommt sie schon – einmal, zwei-, dreimal. Da ich weiß, wo das bestimmt nicht enden wird, wichse ich ein wenig an mir rum, bis ich fast komme, und dann denke ich, scheiß drauf, ich hab jetzt einfach keine Zeit für diese Nummer, also tu ich bloß so, stöhne laut, den Kopf zwischen ihren Beinen, das Auf und Ab meines rechten Arms muss auf sie so wirken, als würde ich's mir tatsächlich besorgen. Die Musik im Hintergrund: Duran Duran, mittlere Periode. Unsere Rendezvous haben sich unter anderem im Remi, in Zimmer 101 im Paramount, im Cooper-Hewitt-Museum abgespielt.

Ich steige aufs Bett hoch und liege da, ich tu so, als

müsste ich keuchen. »Baby, wo hast du gelernt, so zu blasen? Sotheby's? O Mann.« Ich lang nach einer Zigarette.

»Moment mal. Das war's?« Sie steckt sich einen Joint an, inhaliert so tief, dass er zur Hälfte zu Asche wird. »Was ist mit dir?«

»Ich bin glücklich.« Ich gähne. »Solang du jetzt nicht das, aah, Ledergeschirr rausholst und Fido den großen Arschstöpsel.« Ich erhebe mich vom Bett, ziehe meine Jeans und Calvins hoch und gehe rüber zum Fenster, wo ich die Jalousie ein Stück hochhebe. Unten auf der Park Avenue zwischen 79. und 80. steht ein schwarzer Jeep mit zwei von Damiens Gorillas drin, die sitzen da und lesen etwas, das wie die neue Ausgabe von *Interview* aussieht, mit Drew Barrymore auf der Titelseite, und der eine sieht aus wie ein schwarzer Woody Harrelson und der andere wie ein weißer Damon Wayans.

Alison weiß, was ich sehe, und sagt vom Bett aus: »Keine Sorge, ich muss mich mit Grant Hill treffen, auf nen Drink im Mad. 61. Die fahren mir dann nach, dann kannst *du* abhauen.«

Ich kippe aufs Bett, schalte das Nintendo an, hol mir den Joystick und fange an, Super Mario Brothers zu spielen.

»Damien sagt, Julia Roberts kommt und Sandra Bullock auch«, sagt Alison abwesend. »Laura Leighton und Halle Berry und Dalton James.« Sie nimmt noch einen Zug von dem Joint und gibt ihn dann mir. »Ich hab Elle Macpherson bei der Anna-Sui-Show gesehen, sie sagt, sie kommt zum Essen.« Sie blättert rasch durch ein *Detour* mit Robert Downey Jr., auf dem Titelblatt, Beine breit, scharfes Schrittfoto. »Ah ja, und Scott Wolf auch.«

»Schhh, ich spiel jetzt«, sage ich. »Yoshi hat vier Goldmünzen verspeist, und jetzt sucht er nach der fünften. Ich muss mich konzentrieren.«

»O mein Gott, das ist doch so scheißegal«, seufzt Alison. »Geht's hier vielleicht um einen dicken Zwerg, der auf einem Dinosaurier reitet und seine kleine Freundin vor einem Gorilla rettet? Victor, jetzt mal im Ernst.«

»Ist nicht seine Freundin. Das ist Prinzessin Toadstool. Und es ist kein Gorilla«, sage ich mir erhobener Stimme. »Das ist Lemmy Koopa vom bösen Koopa-Stamm. Und Baby, wie üblich entgeht dir der Witz an der Sache.«

»Dann klär mich bitte auf.«

»Der Witz an Super Mario ist, dass es das Leben widerspiegelt.«

»Ich höre.« Sie sieht sich ihre Fingernägel an. »Weiß Gott, weshalb.«

»Töten oder getötet werden.«

»Mhm.«

»Die Zeit läuft ab.«

»Verstehe.«

»Und am Ende, Baby, da bist … du … allein.«

»Korrekt.« Sie steht auf. »Na, Victor, das fängt das Wesen unserer Beziehung ja wirklich ein, mein Süßer.« Sie verschwindet in einem begehbaren Schrank, der größer ist als das Schlafzimmer. »Wenn du dich von Worth hättest interviewen lassen müssen, all der Quatsch wegen Damiens Nintendo-Aktien, dann würdest du Yoshi auch umbringen wollen.«

»Ich glaube, all das ist irgendwie außerhalb deines Erfahrungshorizonts«, murmele ich. »Hä?«

»Was machst du heut Abend, wo isst du?«, ruft sie aus dem Schrank.

»Warum? Wo ist denn Damien?«

»In Atlantic City. Also können wir beide ausgehen, denn Chloe ist ja sicher *très* erschöpft von all der vielen böösen böösen Laufstegarbeit heute.«

»Kann nicht«, rufe ich. »Muss zeitig ins Bett. Ich lass das Essen einfach aus. Ich muss die – o Scheiße, Scheiße – Sitzordnung durchgehen.«

»Ooh aber Baby, ich will ins Nobu heut Abend«, jammert sie aus dem Schrank. »Ich will ein Babyshrimp-tempuraröllchen.«

»Du *bist* ein Babyshrimptempuraröllchen«, jammere ich zurück.

Das Telefon klingelt, der Anrufbeantworter springt an, es läuft die neue Portishead, dann ein Piepton.

»Hallo Alison, Chloe hier, ich ruf zurück.« Ich rolle die Augen. »Amber und Shalom und ich haben noch was für Fashion TV im Royalton, und dann geh ich mit Victor im Bowery Bar essen, um halb zehn. Ich bin soo, soo müde ... Shows den ganzen Tag. Okay, bist wohl nicht da. Wir reden dann bald mal – ach so, ja, du hast dann ne Backstage-Karte für Todds Show morgen. Ciao-ciao.« Die Maschine schaltet sich aus.

Schweigen aus dem Schrank, dann leise und wutent-brannt: »*Sitz*ordnung? Du musst *zeitig* ins Bett?«

»Du kannst mich nicht in deinem Penthouse fest-halten«, sage ich. »Ich gehe zurück an meinen Pflug.«

»Du gehst mit *ihr* essen?«, schreit sie.

»Darling, ich hab keine Ahnung davon gehabt.«

Alison kommt aus dem begehbaren Schrank, sie hält ein Todd-Oldham-Wickelkleid vor sich und wartet auf meine Reaktion, als sie es vorführt: ein nicht gerade schlichtes Schwarz-Schrägstrich-Beiges, trägerlos, Na-vajostil mit Neonquilt.

»Das ist ein Todd Oldham, Baby«, sage ich schließlich.

»Das zieh ich morgen Abend an.« Pause. »Es ist ein Original«, flüstert sie verführerisch mit funkelnden Augen. »Ich sorg dafür, dass deine kleine Freundin aus-sieht wie ein Stück *Scheiße!*«

Alison langt rüber und schlägt mir den Joystick aus der Hand, wirft ein Green-Day-Video an und tanzt zu dem von Vivienne Tam entworfenen Spiegel rüber, betrachtet sich mit dem Kleid vorm Körper und dreht dann eine halbherzige Pirouette, sie sieht sehr glücklich aus, aber auch sehr gestresst.

Ich sehe mir meine Fingernägel an. Es ist so kalt in dem Apartment, dass die Fensterscheiben zufrieren. »Liegt das an mir, oder wird's hier drin wirklich kalt?«

Alison hält ein letztes Mal das Kleid hoch, quiekt manisch und rennt in den Schrank zurück. »Was hast du gesagt, Baby?«

»Hast du gewusst, dass Vitamine die Nägel kräftigen?«

»Wer hat dir das erzählt, Baby?«, ruft sie.

»Chloe«, knurre ich und beiße an einem Nagelhäutchen herum.

»Das arme Kind. O mein Gott, sie ist so blöd.«

»Sie ist grade von den MTV Awards zurück. Davor hat sie einen Nervenzusammenbruch gehabt, also sei so gut, sei vernünftig.«

»Einen massiven«, ruft Alison rüber. »Ihr Faible für Heroin hat sie hinter sich, nehme ich an.«

»Sei ein bisschen geduldig. Sie ist nicht sehr stabil«, sage ich. »Und, jawohl, ihr Faible für Heroin hat sie hinter sich.«

»Ohne besondere Hilfe von dir, nehme ich an.«

»Hör mal, ich hab ihr sehr wohl schwer geholfen«, sage ich, setze mich auf und höre jetzt genauer zu. »Wenn ich nicht gewesen wäre, dann könnte sie jetzt sogar tot sein, Alison.«

»Wenn du nicht gewesen wärst, Spatzenhirn, dann hätte sie sich ja vielleicht auch überhaupt nichts von der Kacke gespritzt.«

»Sie hat sich nichts ›gespritzt‹«, betone ich. »War nur durch die Nase.« Pause, ich sehe mir wieder meine Fingernägel an. »Sie ist jetzt gerade wirklich nicht sehr stabil.«

»Was soll das? Sie kriegt einen Mitesser und will sich sofort umbringen?«

»He, wer wohl nicht?« Ich setzte mich noch aufrechter hin.

»Gar nicht blöd. Gar nicht blöd. Gar nicht ...«

»Axl Rose und Prince haben beide Songs über sie geschrieben, wenn ich dich vielleicht daran erinnern darf.«

»Ja, schon klar, ›Welcome to the Jungle‹ und ›Let's Go Crazy‹.« Alison kommt in ein schwarzes Handtuch gewickelt aus dem Schrank und winkt mich weg. »Ich weiß, ich weiß. Chloe, das gebo-re-ne Model.«

»Meinst du, bei deiner Eifersucht krieg ich 'nen Steifen?«

»Nein, das schafft nur mein Freund.«

»He, mit Damien hab ich nichts vor.«

»Jesus. Wie üblich nimmst du alles furchtbar wörtlich.«

»O Gott, dein Freund ist ein totaler Gangster. Und vielleicht eitel.«

»Mein Freund ist der einzige Grund, Herzblatt, dass du überhaupt im Geschäft bist.«

»Das ist totaler Quatsch!«, schreie ich. »Ich bin diesen Monat auf dem Cover vom *YouthQuake!*«

»Genau.« Alison wird plötzlich lieb und kommt zum Bett und setzt sich neben mich, nimmt sanft meine Hand. »Victor, du hast für alle drei ›Real World‹-Programme vorgesprochen, MTV hat dich *alle dreimal* abgelehnt.« Sie macht – aufrichtig – eine Pause. »Was sagt dir das?«

»Ja gut, aber ich bin nur *einen* gottverdammten Anruf von Lorne Michaels weg.«

Alison sieht mich an, meine Hand liegt immer noch in ihrer, und sie sagt lächelnd: »Armer Victor, du solltest sehen, wie hübsch und unzufrieden du jetzt gerade aussiehst.«

»Ein attraktives Paar«, murmele ich mürrisch.

»Nett, dass du das findest«, sagt sie abwesend.

»Auszusehen wie ein deformierter Spacken und an Selbstmord zu denken ist besser?«, sag ich zu ihr. »Herrgott, Alison, bring mal deine Prioritäten auf die Reihe!«

»*Meine* Prioritäten – auf die Reihe?«, fragt sie wie betäubt, lässt meine Hand los und legt sich die ihre auf die Brust. »*Meine* Prioritäten auf die Reihe!« Sie lacht wie ein Teenager.

»Begreifst du nicht?« Ich stehe auf, zünde mir eine Zigarette an, gehe hin und her. »Scheißspiel.«

»Victor, sag mir, was dir solche Sorgen macht.«

»Willst du's wirklich wissen?«

»Nicht wirklich, aber: Ja.« Sie geht rüber zum Kleiderschrank und zieht eine Kokosnuss raus, was mich völlig ungerührt lässt.

»Mein gottverdammter DJ ist weg. Das ist los. Das macht mir Sorgen.« Ich ziehe so fest an der Marlboro, dass ich sie ausmachen muss. »Keiner weiß, wo zum Teufel mein DJ steckt.«

»Mica ist weg?«, fragt Alison. »Bist du sicher, dass sie nicht auf Entzug ist?«

»Ich bin mir bei überhaupt nix mehr sicher«, murmele ich.

»Da hast du aber Recht, Baby«, sagt sie pseudobesänftigend, lässt sich aufs Bett fallen, sucht nach etwas, dann schlägt ihre Stimme um, und sie kreischt: »Und du *lügst!* Warum hast du mir nicht gesagt, dass du letztes Wochenende in South Beach warst?«

»Ich war letztes Wochenende nicht in South Beach, und ich war auch nicht auf der gottverdammten Calvin-Klein-Show.« Endlich ist es soweit. »Alison, wir müssen da über etwas reden …«

»Sag es *nicht.*« Sie lässt sich die Kokosnuss in den Schoß fallen und hebt beide Hände, dann bemerkt sie den Joint auf dem Nachttisch und schnappt ihn sich. »Ich weiß, ich weiß«, intoniert sie theatralisch. »Es gibt ein gewisses kompromittierendes Foto von dir mit einer Frau« – sie klappert wie ein Cartoongirl mit den Wimpern –, »die angeblich mit *moi* identisch ist, blah blah blah, und das wird deine Beziehung mit der dummen kleinen Pute ruinieren, mit der du gehst, aber es wird auch« – und jetzt wird mit gespielter Melancholie der Joint angesteckt – »*meine* Beziehung ruinieren. Und nun« – sie klatscht in die Hände – »geht das Gerücht, dass das Foto morgen entweder in der *Post* oder der *Trib* oder *den News* erscheint. Ich arbeite dran. Ich hab jede Menge Leute drangesetzt. Die Sache hat bei mir absolute Top-Priorität. Also zerbrich dir bloß nicht deswegen« – sie zieht, sie atmet aus – »deinen wunderschönen Kopfersatz.« Sie entdeckt das, wonach sie gesucht hat, es war in der Tagesdecke verschwunden, und sie packt es: einen Schraubenzieher.

»Warum, Alison? Warum musstest du bei einer *Filmpremiere* über mich herfallen?«, jammere ich.

»Dazu braucht's zwei, du schlimmer Junge.«

»Nicht, wenn du mich bewusstlos schlägst und dich auf mein Gesicht setzt.«

»Wenn ich auf deinem Gesicht gesessen hab, wird nie jemand erfahren, dass du das warst.« Sie zuckt die Achseln, steht auf, ergreift die Kokosnuss. »Und so sind wir alle gerettet – tralalalala.«

»Nicht in dem Moment ist das Foto gemacht worden, Baby.« Ich folge ihr ins Bad, wo sie mit dem Schraubenzieher vier Löcher in die Kokosnuss schlägt, um sich dann über das von Vivienne Tam entworfene Waschbecken zu neigen und sich die Milch über den Kopf zu gießen.

»Ich weiß, es stimmt schon.« Sie wirft die leere Schale in einen Abfalleimer und massiert sich die Milch in die Kopfhaut ein. »Wenn Damien das rauskriegt, arbeitest du demnächst in irgendeinem White Castle.«

»Und du zahlst dir selber die Abtreibung, also bitte Erbarmen.« Ich hebe hilflos die Hände. »Warum muss ich dich ständig daran erinnern, dass wir uns gar nicht sehen sollten? Wenn das Foto gedruckt wird, ist es wirklich Zeit, dass wir *aufwachen*.«

»Wenn das Foto gedruckt wird, sagen wir, das war einfach ein schwacher Moment.« Sie lässt den Kopf in den Nacken schnellen und wickelt ein Handtuch um ihr Haar. »Hört sich doch gut an.«

»Herrgott, Baby, da draußen sitzen Figuren, die dein Apartment beobachten.«

»Ich weiß.« Sie strahlt in den Spiegel. »Ist das nicht süß?«

»Warum muss ich dich ständig daran erinnern, dass ich im Grunde immer noch mit, also, *Chloe* zusammen bin und du immer noch mit Damien?«

Sie dreht sich vom Spiegel weg und lehnt sich gegen das Waschbecken. »Wenn du mich fallen lässt, Baby, dann kriegst du noch sehr viel größere Schwierigkeiten.« Sie marschiert zum Schrank.

»Was soll das heißen?«, frage ich und folge ihr. »Was meinst du, Alison?«

»Ach, sagen wir einfach, es gibt da Gerüchte, dass du dich nach nem Raum für was Eigenes umschaust.« Sie stockt und hält ein Paar Schuhe hoch. »Und wir wissen doch beide, wenn Damien wüsste, dass du auch nur daran denkst, deinen eigenen schäbigen kleinen Restaurant-Schrägstrich-Club aufzumachen, während du augenblicklich dafür bezahlt wirst, dich um das Superclub-Schrägstrich-Fresslokal von Damien zu kümmern, dass du also auf diese Art und Weise Damiens eigenartigen Sinn für Loyalität verletzt, dann muss man doch irgendwie vage an den Ausdruck ›am Arsch‹ denken.« Sie lässt die Schuhe fallen, tritt aus dem begehbaren Schrank.

»Tu ich nicht«, beteuere ich und folge ihr. »Ich schwör's. O mein Gott, wer hat dir denn das gesagt?«

»Streitest du's ab?«

»Nnnein. Ich meine, ja, ich streit's natürlich ab! Ich meine …« Ich stehe da.

»Ach lass gut sein.« Alison lässt den Hausmantel fallen und zieht ein Höschen an. »Drei Uhr dann morgen?«

»Ich bin morgen total zu, Baby, also bitte Erbarmen«, stammele ich. »Also wer hat dir jetzt gesagt, dass ich mich nach was Eigenem umschaue? Nach einem Raum?«

»Gut, drei Uhr am Montag.«

»Warum drei? Warum Montag?«

»Damien lässt sich den Apparat saubermachen.« Sie wirft sich eine Bluse um.

»Den Apparat?«

»Seine« – sie flüstert – »Vergrößerung.«

»Damien hatte eine Vergrößerung?« frage ich. »Er ist wirklich der ekelhafteste Typ überhaupt, Baby. Absolut verdorben.«

Sie geht zur Kommode rüber, wühlt eine riesige Schachtel Ohrringe durch. »O Baby, ich hab Tina Brown heute im 44 beim Mittagessen gesehen, und sie kommt morgen sans Harry und Nick Scotti auch, der – ich weiß, ich weiß –, der ist passé, aber er sieht einfach *Spitze* aus.«

Ich gehe langsam wieder hinüber zu dem frostbedeckten Fenster, spähe an der Jalousie vorbei hinab zu dem Jeep auf der Avenue.

»Mit Winona hab ich auch gesprochen. Sie kommt. Wart mal.« Alison klemmt zwei Ohrringe in ein Ohr, drei in das andere, und zieht sie jetzt wieder ab. »Kommt Johnny?«

»Was?«, flüstere ich. »Wer?«

»Johnny Depp!«, ruft sie und wirft einen Schuh nach mir.

»Ich nehm's doch an«, sage ich vage. »Ja.«

»Schön«, hör ich sie sagen. »Es gehen Gerüchte, dass Dave Pirner Heroin sehr gut leiden mag – ooh, lass Chloe nicht zu nah an Davey ran, *und* ich hab auch gehört, dass Winona vielleicht zu Johnny zurückgehen könnte, wenn Kate Moss sich plötzlich in Luft auflösen würde oder ein kleiner Tornado sie nach Auschwitz zurückwirbelte, was wir alle ja so sehr hoffen.« Sie ent-

deckt die halbgerauchte Zigarette, die in der Snapple-
flasche treibt, dreht sich zu mir, streckt mir die Flasche
anklagend entgegen und betont, wie *sehr* Mrs. Chow
Snapple mit Kiwigeschmack schätzt oder was. Ich habe
mich in einen riesigen von Vivienne Tam entworfenen
Sessel gefläzt.

»Mein Gott, Victor«, sagt Alison mit gedämpfter Stimme. »In diesem Licht« – sie hält aufrichtig bewegt inne –
»siehst du wahnsinnig aus.«

Ich sammle die Kraft, mit zusammengekniffenen
Augen zu ihr hochzuschauen, und sage schließlich: »Je
besser man ausschaut, desto mehr sieht man.«

Zurück in meiner Wohnung, downtown, wo ich mich umziehe, um mich dann um zehn mit Chloe in der Bowery Bar zu treffen, gehe ich mit dem Handy umher, mein Agent bei CAA hat mich in der Warteschleife. Ich zünde nach Zitrus duftende Altarkerzen an, damit das Zimmer freundlicher wird, damit die Spannung runtergeht, außerdem ist das Apartment so kalt wie ein Iglu. Schwarzer Rollkragenpulli, weiße Jeans, Matsuda-Jacke, Slippers, schlicht und cool. Ein Stück von Weezer läuft leise im Hintergrund. Der Fernseher ist an – kein Ton –, Highlights von der Show im Bryant Park werden gezeigt, überall Chloe. Endlich klickt's, ein Seufzer, im Hintergrund unverständliche Stimmen. Bill seufzt.

»Bill? Hallo?«, sage ich. »Bill? Was treibst du? Lässt du dich auf der Melrose drüben bewundern? Sitzt mit Riesenkopfhörern da, siehst aus wie ein Fluglotse aus dem Tower des LAX?«

»Muss ich dich daran erinnern, dass ich mächtiger bin als du?«‚fragt Bill müde. »Muss ich dich daran erinnern, dass riesige Kopfhörer ein absolutes Muss sind?«

»Du bist der Makler meiner Möglichkeiten, Baby.«

»Ich hoffe, ich kann von dir profitieren.«

»Also Baby, was läuft denn mit *Flatliners II?* Das Drehbuch ist, muss ich sagen, brillant. Wie sieht's aus?«

»Wie's aussieht?«, fragte Bill leise. »Es sieht folgendermaßen aus: Ich war heut Morgen bei einer Vorführung, und das Produkt hatte einige ganz außergewöhnliche Qualitäten. Es war populär, gut strukturiert und nicht besonders traurig, aber am Ende blieb es seltsam unbefriedigend. Das hatte möglicherweise etwas mit der Tatsache zu tun, dass das Produkt sehr viel besser gewesen wäre, wenn lediglich Stabpuppen mitgespielt hätten.«

»Was war das für ein Film?«

»Hat noch keinen Titel«, murmelt Bill. »So eine Art Kreuzung aus Caligula und *The Breakfast Club*.«

»Ich glaube, den Film hab ich gesehen. Zweimal sogar. Hör mal, Bill …«

»Ich hab einen großen Teil der Mittagessenszeit bei Barney Greengrass verbracht und mir die Berge um Hollywood angesehen und Leuten zugehört, die mir was über einen gigantischen Pastakoch verkaufen wollten, der da irgendwie Amok läuft.«

Ich schalte den Fernseher aus, suche die Wohnung nach meiner Uhr ab. »Und … was meinst du?«

»Wie nah bin ich dem Tod?« Bill macht eine Pause. »Ich glaube, solche Gedanken sollten mir mit achtundzwanzig nicht kommen. Ich glaube, ich sollte bei Barney Greengrass nicht an solche Sachen denken.«

»Naja, Bill, du *bist* achtundzwanzig.«

»Als ich eine Sprudelflasche berührt hab, die in einem Sektkübel lag, hat mich das in die sogenannte Wirklichkeit zurückgebracht, und als ich dann einen halben Eggcreamshake getrunken hab, hat mich das konsolidiert. Der Promoter versuchte schließlich, Witze zu reißen, ich hab versucht, zu lachen.« Eine Pause. »Dinner im Viper Room schien mir schon irgendwie ein plausibler Plan zu sein, also, ich meine, kein schlechter Abend.«

Ich öffne den Glastüreisschrank, greife mir eine Blutorange und rolle die Augen, während ich sie schäle und flüsternd »Erbarmen« sage.

»Bei diesem Mittagessen«, fährt Bill fort, »ist jemand von einer Konkurrenzagentur plötzlich von hinten gekommen und hat mir mit Instantkleber einen großen Seestern an den Hinterkopf gepappt, aus Gründen, die mir immer noch nicht ganz klar sind.« Pause. »Zwei meiner Angestellten versuchen gerade, den Seestern zu entfernen.«

»Ganz ruhig, Baby«, huste ich. »Du machst jetzt gerade zu viel Krach.«

»Während wir hier reden, lasse ich mich außerdem für *Buzz* fotografieren, von Fahoorzi Zaheedi ...« Pause, dann nicht zu mir gesprochen: »So spricht man das nicht aus? Glauben Sie, weil das *Ihr* Name ist, wissen *Sie* das?«

»Billy? Bill – he, was läuft denn da?«, frage ich. »*Buzz*, Mann? Das Magazin kann man doch den Geiern zum Fraß vorwerfen, Baby. Komm schon, Bill, was tut sich mit *Flatliners II?* Ich hab das Drehbuch gelesen, und ich hab da zwar ein paar Strukturprobleme entdeckt und mir einige Notizen gemacht, aber ich glaub immer noch, dass es super ist, und du weißt doch, und ich weiß es, dass ich für die Rolle des Ohman einfach perfekt bin.« Ich schiebe mir noch einen Blutorangenschnitz in den Mund und sage kauend zu Bill: »Und ich meine, Alicia Silverstone wäre ideal für die Rolle von Julia Roberts' gestörter Schwester. Froufrou.«

»Ich war gestern mit Alicia Silverstone weg«, sagt Bill geistesabwesend. »Morgen Drew Barrymore.« Pause. »Die ist gerade so zwischen zwei Ehen.«

»Was habt ihr gemacht, du und Alicia?«

»Rumgesessen und uns dann *The Lion King* auf Video angesehen und dabei eine Melone gegessen, die ich in meinem Garten hinten gefunden hab, alles in allem kein schlechter Abend, immer unter Berücksichtigung der jeweiligen Definition von ›schlechter Abend‹ natürlich. Ich hab sie zusehen lassen, wie ich eine Zigarre rauche, und sie hat mir Diättips gegeben, beispielsweise: Die Hors d'œuvres ganz ignorieren.« Pause. »Genau dasselbe hab ich nächste Woche mit Kurt Cobains Witwe vor.«

»Das ist ja echt, äh, ganz weit vorn, Bill.«

»Im Augenblick, während *Buzz* mich fotografieren

lässt, bereite ich den großen neuen politisch korrekten Horrorfilm vor. Wir haben eben diskutiert, wie viele Vergewaltigungen vorkommen sollen. Meine Partner sagen zwei, ich sage ein halbes Dutzend.« Pause. »Außerdem muss die Behinderung der Heldin mehr Glamour kriegen.«

»Was hat die Heldin denn?«

»Keinen Kopf.«

»Cool, cool, das ist echt cool.«

»Dazu kommt noch, dass mein Hund sich grade umgebracht hat. Er hat einen Eimer Farbe ausgesoffen.«

»Hör mal, Bill, *Flatliners II,* ja oder nein? Sag mir's einfach. *Flatliners II* oder nicht. Ja, Bill?«

»Weißt du, was passiert, wenn ein Hund einen Eimer Farbe trinkt?«, fragt Bill und hört sich dabei völlig weggetreten an.

»Ist Shumacher dabei oder nicht? Ist Kiefer an Bord?«

»Mein Hund war ein Sexmaniak und litt stark unter Depressionen. Er hieß Max der Jude und litt stark unter Depressionen.«

»Na, dann hat er ja wohl deshalb, du weißt schon, die Farbe gesoffen, was?«

»Möglich. Könnte auch damit zusammenhängen, dass ABC ›Willkommen im Leben‹ abgesetzt hat.« Er macht eine Pause. »Ist alles ziemlich in der Schwebe.«

»Hast du eigentlich schon einmal den Ausdruck ›seine zehn Prozent verdienen‹ gehört?«, frage ich, während ich mir die Hände wasche. *»Have you seen your mother, baby, standing in the shadows?«*

»The center cannot hold my friend«, leiert Bill herunter.

»He Bill, was ist, wenn es gar keine Mitte gibt? Hm?«, frage ich, ziemlich angepisst.

»Dem gehe ich nach.« Pause. »Im Augenblick aber erbittert es mich insgeheim, dass Firhoozi meint, der Seestern sei scharf, also muss ich jetzt gehen. Wir reden miteinander, sobald es eine Möglichkeit gibt.«

»Bill, ich muss auch weiter, aber hör zu, können wir morgen miteinander telefonieren?« Ich blättere hektisch in meinem Kalender. »Ääh also entweder um drei Uhr fünfundzwanzig oder um ... sagen wir vier oder vier Uhr fünfzehn ... oder vielleicht sogar um, ach Scheiße, sechs Uhr zehn?«

»Zwischen Mittagessen und Mitternacht sammle ich Kunst mit den Schauspielern von ›Friends‹.«

»Das ist ja ziemlich ultraarrogant, Bill.«

»Dagby, ich muss Schluss machen. Firhoozi will eine Aufnahme im Profil machen, ohne Seestern.«

»He, Bill, einen Moment noch. Ich will nur wissen, ob du mich für *Flatliners II* ins Gespräch bringst. Und ich heiße nicht Dagby.«

»Wenn Sie nicht Dagby sind, wer sind Sie dann?«, fragt er mit leerer Stimme. »Mit wem spreche ich, wenn nicht mit Dagby?«

»Ich bin's. Victor Ward. Ich eröffne morgen Abend so was wie den größten Club in New York.«

Pause, dann: »Nein ...«

»Ich hab für Paul Smith als Model gearbeitet. Ich hab ne Calvin-Klein-Anzeige gemacht.«

Pause, dann »Nein ...« Ich kann hören, wie er sich im Stuhl herumwälzt, eine neue Position einnimmt.

»Ich bin der Mann, von dem alle glaubten, dass David Geffen auf ihn abfährt, aber ich war's nicht.«

»Das langt wirklich nicht.«

»Ich geh mit Chloe Byrnes aus«, schreie ich. »Chloe Byrnes, ja, das Supermodel?«

»Von ihr hab ich gehört, aber nicht von Ihnen, Dagby.«

»Herrgott, Bill, ich bin diesen Monat auf dem Cover von *YouthQuake*. Deine Tranquilizer sind überdosiert, Mann.«

»Ich denke in diesem Moment nicht an Sie.«

»He!«, schreie ich. »Für euch hab ich ICM abgestoßen! Um mein Leben zu retten!«

»Hör mal, Dagby oder wie du heißt, ich kann dich nicht mehr richtig verstehen, ich bin jetzt auf der Mulholland, und jetzt bin ich unter ... einem großen langen Tunnel.« Pause. »Hörst du nicht die Störgeräusche?«

»Aber ich hab doch eben bei dir im Büro angerufen, Bill. Du hast mir gesagt, Firhoozi Zahidi fotografiert dich in deinem Büro. Gib mir mal Zahidi.«

Eine lange Pause, dann sagt Bill verachtungsvoll: »Du hältst dich ja für ziemlich schlau.«

Vor der Bowery Bar ist ein so höllisches Gedränge, dass ich über eine eingekeilte Limo, die schräg am Bordstein geparkt ist, kriechen muss, um mich überhaupt erst mal durch die Menge schlängeln zu können, während Paparazzi, die nicht reinkönnen, verzweifelt Bilder von mir machen und meinen Namen rufen, als ich Liam Neeson, Carol Alt und Spike Lee zu Chad und Anton folge, die uns mit ins Innere des Gebäudes zerren, wo die ersten Riffs von Matthew Swets »Sick of myself« zu dröhnen beginnen. Die Bar wird von einem tobenden Haufen belagert, weiße Jungs mit Dreadlocks, schwarze Girls mit Nirvana-T-Shirts, schwarze Jungs im Grunge-Look, Sportstudio-Tussis mit 3-mm-Frisur, Mohair, Neon, Janice Dickerson, Leibwächter und ihre Models aus den Shows heute, die scharf, aber erschöpft aussehen, Vlies und Neopren und Zöpfe und Silikon und Brent Fraser sowie Brenadan Fraser und Pompons und Chenilleärmel und Falknerhandschuhe, und alle, alle sind wir schmusig, Küsschen, Küsschen. Ich winke zu Pell und Vivien rüber, die mit Marcus Cosmopolitans trinken (der trägt eine englische Anwaltsperücke), und diese echt coole Lesbe Egg trägt eine Imperial-Margarine-Krone und sitzt neben zwei Leuten, die wie zwei von den Banana Splits gekleidet sind, aber welche beiden, könnt ich jetzt echt nicht sagen. Das Motto der Nacht lautet: Kitsch ist cool, und es gibt tonnenweise chice Bewunderer.

Während ich mich im Restaurant nach Chloe umsehe (was völlig daneben ist, weil sie – wie mir reichlich spät einfällt – ja immer in einer von den drei großen Nischen vorne sitzt), mit Mick und Anne Jones im Schlepp, bemerke ich Richard Johnson von »Page Six« neben mir, der sich ebenfalls suchend umsieht, und ich schlendere rüber und lass meine Handfläche gegen seine klatschen.

»Hey Dick«, brülle ich durch den Lärm, »ich muss dich was fragen, por favor.«

»Aber immer, Victor«, sagt Richard. »Ich suche allerdings gerade nach Jenny Shimuzu und Scott Bakula.«

»Hey, Jenny wohnt bei mir im Haus, eine ultracoole Frau, ganz verrückt nach dem Frozen Yogurt von Häagen-Dazs, vor allem Piña Colada, und im Übrigen ne gute Freundin von mir. Aber hör mal, Mann, hast du was von einem Foto gehört, das morgen zum Beispiel in den *News* sein könnte?«

»Ein Foto?«, fragt er. »Ein *Foto?*«

»B-b-baby«, stottere ich. »Das hört sich so bedrohlich an, wenn du das zweimal sagst. Aber es geht um, ääh, kennst du Alison Poole?«

»Klar, das ist die Schnitte von Damien Nutchs Ross«, sagt er und entdeckt jemanden, macht schnell Zeichen, Daumen rauf, Daumen runter, Daumen wieder rauf. »Wie läuft's mit dem Club? Alles klar für morgen Abend?«

»Cool, cool, cool. Aber ist da nicht, also ein – mmmm – peinliches Foto von mir?«

Richard hat seine Aufmerksamkeit einem Journalisten zugewandt, der neben uns steht und einen sehr gut aussehenden Pikkolo interviewt.

»Victor, das ist Byron von *Time.*« Richard wedelt mit der Hand.

»Find ganz toll, was du machst, Mann. Peace«, sag ich zu Byron. »Richard, wegen …«

»Byron schreibt einen Artikel über sehr gut aussehende Pikkolos für *Time*«, sagt Richard gleichmütig.

»Na *endlich*«, sage ich zu Byron. »Warte mal, Richard …«

»Wenn es ein abstoßendes Foto ist, dann bringt die

Post das abstoßende Foto nicht, blah blah blah«, sagt Richard und geht weiter.

»He, wer hat hier irgendwas von *abstoßend* gesagt?«, rufe ich. »*Peinlich* hab ich gesagt.«

Candy Buschnell drängt sich plötzlich durch die Menge und kreischt: »Richard«, und als sie mich sieht, wird ihre Stimme etwa achtzig Oktaven höher, und sie quiekt: »Pony!« und klatscht mir einen enormen Kuss ins Gesicht, während sie mich rasch befummelt, und Richard findet Jenny Shimuzu, aber nicht Scott Bakula, und Chloe ist umringt von Roy Liebenthal, Eric Goode, Quentin Tarantino, Kato Kaelin und Baxter Priestly, der in der riesigen aquamarinblauen Nische viel zu eng neben ihr sitzt, und das muss ich unterbinden, oder ich habe mit einem unvorstellbar schmerzhaften Kopfweh zu kämpfen. Ich winke hinüber zu John Cusack, der sich mit Julien Temple einen Teller Calamari teilt, und gehe durch die Menschenmenge zu dem Tisch, wo Chloe, die sehr beschäftigt tut, nervös eine Marlboro Light raucht.

Chloe ist 1970 geboren, ein Fisch und eine CAA-Klientin. Volle Lippen, knochendünn, große Brüste (Implantate), lange muskulöse Beine, hohe Wangenknochen, große blaue Augen, makelloser Teint, gerade Nase, eine Taille von achtundfünfzig Zentimetern, ein Lächeln, das niemals zum Grinsen wird, eine Handy-Rechnung, die monatlich auf zwölfhundert Dollar kommt. Chloe hasst sich selbst, sollte das aber eigentlich nicht tun. Entdeckt wurde sie, als sie am Strand von Miami tanzte, und mittlerweile hat man sie halbnackt in einem Aerosmith-Video gesehen, im *Playboy* und zweimal auf der Sports-Illustrated-Bademoden-Nummer sowie auf der Titelseite von vierhundert Magazinen. Von einem Kalender, der in St. Bart's fotografiert wurde, sind zwei Millionen Exemplare verkauft worden. Ein Buch mit dem Titel *Das bin ich wirklich*, mit Bill Zehme als Ghostwriter, war etwa zwölf Wochen lang auf der Bestsellerliste der *New York Times*. Sie ist ständig am Telefon und lässt sich von ihren Managern erzählen, was für Deals die neu verhandelt haben, und sie hat einen Agenten, der fünfzehn Prozent nimmt, drei Publicity-Figuren (obwohl eigentlich ja PMK *alles* erledigt), zwei Rechtsanwälte, zahlreiche geschäftliche Berater. Im Augenblick ist Chloe gerade dabei, einen Multimillionenvertrag mit Lancôme abzuschließen, aber es sind noch sehr viele andere Marken hinter ihr her, vor allem, nachdem die »Gerüchte« von einem »kleinen« Drogenproblem rasch »zerstreut« wurden: Banana Republic (nein), Benetton (nein), Chanel (ja), The Gap (möglich), Christian Dior (hmm …), French Connection (ein Witz), Guess? (nix da), Ralph Lauren (problematisch), Pepe Jeans (wo sind wir denn eigentlich?), Calvin Klein (da warn wir schon), Pepsi (schlecht, aber doch möglich) und so fort. Pralinen, die einzige Nahrung, die Chloe mag, werden streng rationiert. Kein Reis, keine Kartoffeln, kein Öl, kein Brot. Nur gedämpftes Gemüse, bestimmte Sorten Obst, Fisch ohne alles, gekochtes Huhn. Wir haben lange nicht mehr zusammen zu Abend gegessen, weil sie letzte Woche die Anproben für die fünfzehn Modenschauauftritte dieser Woche hatte, was bedeutet, dass jeder Designer etwa hundertzwanzig Modelle für sie zum Anprobieren hatte, und neben den beiden Shows morgen muss sie noch einen Teil eines japanischen Fernsehwerbespots abdrehen und sich mit einem Videoregisseur treffen, der mit ihr die Storyboards durchgehen will, die Chloe sowieso nicht begreift. Basispreis für zehn Tage Arbeit: 1,7 Millionen Dollar. Ein Vertrag enthält irgendwo diese Klausel.

Im Augenblick trägt sie ein schwarzes Prada-Abendkleid, rückenfrei, Halsträger, dazu schwarze Kunstledersandalen und eine metallicgrüne Panorama-Sonnenbrille, die sie absetzt, sobald sie mich rüberkommen sieht.

»Entschuldige, Baby, hab mich verlaufen«, sage ich und lasse mich auf die Sitzbank gleiten.

»Mein Retter«, sagt Chloe und lächelt knapp.

Roy, Quentin, Kato und Eric hauen ab, allesamt sehr enttäuscht, sie murmeln »Hey, Mann« in meine Richtung, und dass sie morgen bei der Eröffnung dasein werden, aber Baxter Priestly bleibt sitzen – eine Kragenspitze schaut unter einem Pepto-Bismol-rosa Pullover raus, die andere ist drin – und lutscht an einer Pfefferminzstange. Absolvent der Filmakademie an der NYU, reich und fünfundzwanzig, Teilzeitmodel (bis jetzt nur Gruppenfotos in Anzeigen für Guess?, Banana Republic und Tommy Hilfinger), blonder Pagenschnitt, ist ebenso wie ich mal mit Elizabeth Saltzman gegangen, wow.

»He, Mann«, seufze ich, während ich mich über den Tisch beuge, um Chloe auf den Mund zu küssen, und hab schon genug von dem bevorstehenden Austausch von Freundlichkeiten.

»He Victor.« Baxter schüttelt mir die Hand. »Wie steht's mit dem Club? Alles fertig für morgen?«

»Hast du denn Zeit, dir mein Gejammer anzuhören?«

Wir sitzen da und schauen in den Raum, mein Blick richtet sich auf den großen Tisch in der Mitte, neben einem Kerzenständer aus Toilettenkastenschwimmern und recycelten Kühlschrankkabeln. Dort essen Eric Bogosian, Jim Jarmusch, Larry Gagosian, Harvey Keitel, Tim Roth und seltsamerweise Ricki Lake alle Salat, was in mir etwas auslöst, mich daran erinnert, dass ich diese Croutongeschichte regeln muss, ehe sie völlig danebengeht.

Baxter spürt endlich, in welcher Stimmung ich bin, er steht auf, steckt sein Audivox-MVX-Handy ein, das da neben Chloes Ericsson DF liegt, und schüttelt mir ungeschickt noch mal die Hand.

»Seh euch dann morgen.« Er bleibt noch stehen, zieht die Pfefferminzstange zwischen den vollen rosa Lippen heraus. »Also dann wohl bis dann.«

»Tschüs, Baxter«, sagt Chloe, müde, aber lieb wie immer.

»Ja, bye, Mann«, murmele ich, eine oft trainierte Fort-mit-dir-Formel, und als er kaum außer Hörweite ist, frage ich zartfühlend: »Was läuft denn da, Baby? Wer war das denn?«

Sie antwortet nicht, sieht mich nur böse an.

Pause. »He, Darling, du schaust mich an wie bei einem Konzert von Hootie and the Blowfish. Entspann dich.«

»Baxter Priestly?«, fragt sie mürrisch und stochert zierlich auf einem Teller Cilantro herum.

»Wer ist Baxter Priestly?« Ich ziehe eine Portion her-vorragendes Gras raus und Blättchen. »Wer zum Teufel ist Baxter Priestly?«

»Er ist in der neuen Darren-Star-Show, und er spielt Bass in der Band ›Hey That's My Shoe‹«, sagt sie und zündet sich noch eine Zigarette an.

»Baxter Priestly? Was zum Teufel ist denn das für ein Name?«, murmele ich und entdecke Krümel, die unbe-dingt verschwinden sollten.

»*Du* beklagst dich über den Namen von jemand? *Du* kennst doch Plez und Fetish und einen, den die Eltern tatsächlich Tomato genannt haben …«

»Sie haben eingeräumt, dass das vielleicht ein Fehler war.«

»… und du machst Geschäfte mit Leuten, die Benny Benny heißen und Damien Nutchs Ross? Und du hast dich nicht dafür entschuldigt, dass du eine Stunde zu spät kommst? Ich musste oben in Erics Büro warten.«

»O Gott, das wird ihm aber gefallen haben«, stöhne ich und konzentriere mich auf das Gras. »Ach Mensch, Baby, ich hab gedacht, du kannst noch ein bisschen die Paparazzi unterhalten.« Pause. »Und der heißt Kenny Kenny, Darling.«

»Das hab ich den ganzen Tag lang getan«, seufzt sie.

»Baxter Priestly? Warum sagt mir das nichts?«, frage ich nachdenklich und winke Cliff, den Oberkellner, wegen was zu trinken, aber es ist zu spät, Eric hat uns schon eine Flasche Cristal 1985 an den Tisch geschickt.

»Ich bin deine Vergesslichkeit ja gewohnt, Victor«, sagt sie.

»Chloe. *Du* machst Pelzwerbung und schickst Geld an Greenpeace. *Du* bist ein sogenannter wandelnder Widerspruch, ich doch nicht.«

»Baxter war mal mit Lauren Hynde zusammen.« Sie drückt die Zigarette aus und lächelt den sehr gut aussehenden Pikkolo dankbar an, der den Champagner in die Kelche gießt.

»Baxter war mit Lauren Hynde zusammen?«

»So ist es.«

»Wer ist Lauren Hynde?«

»Lauren Hynde, Victor«, sie betont den Namen, wie wenn er etwas bedeuten müsste. »Du hast sie gekannt.«

»Ich? Ich, hab ich das? Tatsache? Hmmm.«

»Gute Nacht, Victor.«

»Ich erinnere mich einfach nicht an Lauren Hynde, Baby. Sorry, wirklich sorry.«

»Lauren Hynde?«, fragt sie ungläubig. »Du erinnerst dich nicht mehr an sie, an deine Freundin? Mein Gott, was wirst du mal über mich sagen?«

»Nichts, Baby«, sage ich, nachdem ich endlich mit dem Entkrümeln fertig bin. »Wir heiraten und werden zusammen alt. Wie sind die Shows gelaufen? Schau mal – da ist Scott Bakula. He, Peace, Mann. Richard sucht nach dir, Meister.«

»Lauren Hynde, Victor.«

»Das ist so cool. He, Alfonse – Wahnsinnstätowierung, mein Junge.« Ich wende mich wieder an Chloe. »Hast du gewusst, dass Damien ein Toupet trägt? Er ist so eine Art wahnsinniger Perückenfreak.«

»Wer hat dir das erzählt?«

»Einer von den Typen im Club«, sage ich, ohne eine Pause zu machen.

»Lauren Hynde, Victor. Lauren Hynde.«

»Wer is'n das?«, sage ich, schneide ein verrücktes Gesicht, lehne mich rüber, küsse sie richtig laut. Plötzlich gleitet Patrick McMullan vorbei, bittet höflich um ein Foto, macht Chloe Komplimente wegen der Shows heute. Wir beugen uns nahe zueinander, schauen hoch, lächeln, das Blitzlicht geht los. »He, schneid das Gras raus«, warne ich, als er Patrick Kelly entdeckt und davonrennt.

»Glaubst du, er hat mich gehört?«

»Lauren Hynde ist eine meiner besten Freundinnen, Victor.«

»Ich kenn sie nicht, aber hey, wenn sie ne Freundin von dir ist, das versteht sich ja wohl von selbst, dass sie dann *automatisch* ...!« Ich drehe den Joint.

»Victor, du bist mit ihr aufs College gegangen.«

»Ich bin mit ihr nicht aufs College gegangen, Baby«, murmele ich und winke zu Ross Bleckner und seinem neuen Freund rüber, Mr. Ross Bleckner, ein Typ, der in einem Club in Amagansett namens Salamander gearbeitet hat und über den kürzlich ein Artikel in *Bikini* kam.

»Entschuldige, wenn ich mich da täusche, aber du bist zusammen mit Lauren Hynde in Camden gewesen.« Sie zündet sich noch eine Zigarette an, nimmt endlich einen Schluck von ihrem Champagner.

»Natürlich. So war's«, sage ich und versuche, sie zu beruhigen. »O ja. Ja.«

»Bist du aufs College gegangen, Victor?«

»Meinst du buchstäblich oder metaphorisch?«

»Gibt's da bei dir einen Unterschied?«, fragt sie. »Wie kannst du nur so beschränkt sein.«

»Ich weiß auch nicht, Baby. Eine Art genetischer Defekt.«

»Ich kann mir das nicht mehr länger anhören. Du

beklagst dich über Baxter Priestlys *Namen*, und dabei kennst du lauter Leute, die Huggy heißen und Pigeon und Na Na.«

»He«, ich werde allmählich ärgerlich, »und du hast mit Charlie Sheen geschlafen. Wir haben alle unsre kleinen Fehler.«

»Ich hätte einfach mit Baxter zu Abend essen sollen«, sagt sie vor sich hin.

»Baby, komm schon, bisschen Champagner, ein wenig Sorbet. Ich roll einen Joint, das wird uns beruhigen. Also, wer ist dieser Baxter?«

»Du hast ihn bei einem Spiel von den Knicks getroffen.«

»O mein Gott, ja, das stimmt – das Waisenkind unserer Zeit, unterernährt, mit wirrem Haar, ein klassisches Entzugsopfer.« Ich höre sofort auf, schaue nervös zu Chloe hinüber, um dann wunderbar flüssig fortzufahren: »Diese ganze Grunge-Ästhetik hat das Aussehen des amerikanischen Mannes ruiniert. Da sehnt man sich nach den Achtzigern.«

»Nur du kannst so was sagen, Victor.«

»Na ja, ich seh dich bei den Knicks-Spielen immer mit John-John flirten.«

»Als ob du mich nicht jederzeit wegen Daryl Hannah sitzenlassen würdest.«

»Baby, ich würd dich ja wegen John-John sitzenlassen, wenn ich wirklich die Publicity haben wollte.« Pause, mitten in der Suada, und ich schaue auf. »Das ist ääh ja keine reale Möglichkeit … oder?«

Sie starrt mich bloß an.

Ich pack sie. »Komm her, Baby.« Ich küsse sie wieder, meine Wange ist jetzt feucht, weil Chloes Haar immer nass und mit Kokosöl zurückgekämmt ist. »Baby? Warum ist eigentlich dein Haar nie trocken?«

Videokameras von Fashion TV fegen durch den Raum, und ich muss Eric durch Cliff sagen lassen, dass sie auf keinen Fall in die Nähe von Chloe dürfen. M People geht in etwas aus Elvis Costellos mittlerer Periode über und das in was Neues von Better Than Ezra. Ich bestelle eine Schale Himbeersorbet und versuche, Chloe aufzuheitern, indem ich einen Song à la Prince draus mache: »*She ate a raspberry sorbet ... The kind you find at the Bowery Bar ...*«

Chloe starrt nur düster auf ihren Teller.

»Darling, das ist ein Teller Cilantro. Was gibt's denn?«

»Ich bin seit fünf Uhr auf, und ich möchte weinen.«

»He, wie war das große Mittagessen im Fashion Café?«

»Da musste ich dabeisitzen und zusehen, wie James Truman eine riesige Trüffel gegessen hat, und das hat mich wirklich irritiert.«

»Weil ... du auch eine Trüffel wolltest?«

»Nein, Victor. O Gott, du kapierst überhaupt nichts.«

»Jesus, Baby, Erbarmen. Was soll ich denn machen? Soll ich ein Jahr lang in Florenz rumhängen und Renaissancetöpferei studieren? Du lässt dir zehnmal im Monat bei Elizabeth Arden die Beine wachsen.«

»Du hockst herum und tüftelst Sitzordnungen aus.«

»Baby, Baby, Baby«, jaule ich und zünde den Joint an. »Jetzt komm, mein DJ ist weg, der Club eröffnet morgen, ich hab einen Fototermin, eine gottverdammte Show, und ich esse mit meinem Vater zu Mittag.« Pause. »Ach Scheiße – Probe mit der Band.«

»Was ist mit deinem Vater?«, fragt sie desinteressiert.

»Er ist Beiwerk«, murmele ich. »Ein Gestaltungselement.«

Peggy Siegal kommt in viel Taft vorbei, und ich ducke mich unter den Tisch, mein Kopf sinkt in Chloes Schoß, und ich schaue in ihr Gesicht rauf, ich grinse, während ich einen tiefen Zug nehme. »Peggy wollte unbedingt die Publicity machen«, erkläre ich und setze mich wieder auf.

Chloe starrt mich nur an.

»Alsooo wie gesagt«, fahre ich fort, »James Truman isst eine Riesentrüffel? Euer Mittagessen? ›Wir bieten Ihnen heute‹, alles klar – weiter.«

»Es war so hipp, dass ich scherzte«, höre ich sie sagen.

»Was, du hast gescherzt?«, murmele ich gleichgültig und winke zu Frederique rüber, die ihre Lippen vorschiebt, mit zusammengekniffenen Äuglein, als würde sie Eideidei zu einem Baby sagen oder auch zu einem sehr großen jungen Hund.

»Dass es schmerzte, *schmerzte*, Victor. O Gott, du hörst mir nie zu.«

»Ein Spaß, Baby. Nur ein kleiner Spaß. Ich bekomm schon mit, was du sagst.«

Sie starrt mich wartend an.

»Äh, du warst nicht fit und hattest Schmerzen? Hab ich's richtig verstanden?«

Sie starrt mich bloß an.

»Okay, okay, die Realität hat mich soeben geküsst …« Ich nehme noch einmal einen Zug, sehe sie nervös an. »Jaaaa und das Video also morgen, hm? Worum geht's da genau?« Pause. »Bist du dabei, ich meine, nackt oder irgendwas?« Pause, noch einen Zug, dann neige ich meinen Kopf schräg zum Ausatmen, damit der Rauch ihr nicht direkt ins Gesicht kommt. »Also was?«

Sie starrt mich nur an.

»Du bist nicht nackt … oder … bist du, hm, nackt?«

»Warum?«, fragt sie brüsk. »Macht's dir was aus?«

»Baby. Das letzte Mal, als du ein Video gemacht hast, da hast du auf einer Kühlerhaube getanzt, im *BH*. Baby, Baby, Baby …« Ich schüttele schmerzvoll den Kopf. »Ich hechele und schwitze vor Sorgen.«

»Victor, wie viele Bademodenanzeigen hast du gemacht? Du hast dich für Madonnas Sexbuch fotografieren lassen. Herrgott, du warst in dieser Versace-Anzeige,

wo – täusche ich mich da vielleicht? – wir dein Schamhaar gesehen haben oder nicht?«

»Na ja, aber Madonna hat diese Fotos ja wieder rausgeschmissen, und dafür wollen wir auch lieber *dankbar*
sein, und es gibt einen sehr großen Unterschied zwischen meinem Schamhaar – das übrigens *aufgehellt* worden ist – und deinen Titten, Baby. Sei so gut. Erbarmen,
vergiss es, das ist, wie sagt man noch ...«

»Man sagt dazu Doppelmoral, Victor.«

»Doppelmoral?« Ich nehme noch einen tiefen Zug,
ohne mich groß anzustrengen, und komme mir besonders gut vor, als ich sage: »Also, *Playgirl* hab ich ja nicht
gemacht.«

»Gratuliere. Aber das war nicht meinetwegen, das
war wegen deinem Vater. Keine Tricksereien jetzt.«

»Ich trickse gern.« Ich schaffe ein erstaunlich beiläufiges Achselzucken.

»Sehr schön, wenn man sieben ist, Victor, aber zwanzig Jahre dazu und du bist bloß noch stark zurückge-
blieben.«

»Liebling, ich bin einfach fertig. Mica der DJ ist weg,
morgen ist die Hölle, und diese *Flatliners II*-Geschichte
ist so unscharf und wässrig, wer weiß, was zum Teufel
da eigentlich vor sich geht. Bill glaubt, ich bin jemand
namens Dagby, Herrgott, du weißt ja, wie viel Zeit ich in
die Notizen zu dem Drehbuch reingehängt hab, damit
es eine Form bekommt ...«

»Und was ist mit dem Kartoffelchipsspot, da warst du
doch dran?«

»Baby, Baby, Baby. Am Strand rumhüpfen, mir ein
Pringle in den Mund stecken und überrascht schauen,
weil – warum? –, weil es so *würzig* ist? 0 Baby«, stöhne
ich und rutsche tiefer in die Nische. »Hast du Visine
dabei?«

»Das ist ein Job, Victor«, sagt sie. »Das ist Geld.«

»Ich glaube, CAA ist überhaupt ein Fehler. Ich meine,

als ich mit Bill gesprochen hab, ist mir diese echt gespenstische Geschichte eingefallen, die du mir von Mike Ovitz erzählt hast.«

»Welche gespenstische Geschichte?«

»Du weißt doch – du bist eingeladen gewesen, um all diese CAA-Figuren wie Bob Bookman und Jay Mahoney bei der Vorführung zu treffen, Wilshire Boulevard, und du bist hin, und das war eine nagelneue Kopie von *Tora! Tora! Tora!*, und den ganzen Film über *haben alle gelacht?* Weißt du nicht mehr, wie du mir das erzählt hast?«

»Victor«, seufzt Chloe, die mir nicht zuhört, »ich war neulich mit Lauren in SoHo, und wir waren zum Lunch bei Zoe, und da kam jemand an den Tisch und hat gesagt: Ach, Sie sehen genau so aus wie Chloe Byrnes.«

»Und du hast gesagt ääh ›Frechheit‹ …?«, frage ich und schaue sie von der Seite an.

»Und ich hab gesagt: ›Ach! Tatsächlich?‹«

»Hört sich an, als hättest du einen recht beschaulichen ääh Nachmittag gehabt«, ich huste und spüle den Rauch mit einem Schluck Champagner runter. »Lauren *wer?*«

»Du hörst mir nicht zu, Victor.«

»Ach jetzt komm, Baby, *when you were young and your heart was an open book you used to say live and let die.*« Ich halte inne, nehme noch einen Zug aus dem Joint. »*You know you did. You know you did. You know you did.*« Ich huste wieder, keuche Rauch hervor.

»Du sprichst nicht mit mir«, sagt Chloe streng, mit zu viel Emotion. »Du schaust mich an, aber du sprichst nicht mit mir.«

»Baby ich bin dein größter Fan«, sage ich. »Und das gebe ich nur einigermaßen besäuselt zu.«

»Ach, wie erwachsen von dir.«

Die neuen hippen Girls flattern an unserer Nische vorbei, beäugen Chloe nervös (eine knabbert einen Stengel lila Zuckerwatte), sie sind auf dem Weg zum Tanzen in der Nähe der Toiletten. Ich bemerke Chloes unruhig scharfen Blick, als hätte sie was Falsches getrunken oder ein Stückchen schlechtes Sashimi gegessen.

»Ach komm schon, Baby. Willst du am Ende deiner Tage in Australien auf einer Schaffarm hocken und die gottverdammten Dingos melken? Willst du den Rest deines Lebens im Internet verbringen und E-Mails beantworten? Erbarmen. Komm. Immer munter.«

Eine lange Pause, und dann: »*Dingos* melken?«

»Die meisten von diesen Mädels haben keinen schlechten Schulabschluss.«

»Du warst ja in Camden – kommt auf eins raus. Geh und sprich mit ihnen.«

Immer wieder bleiben Leute bei uns stehen, betteln um Einladungen für die Eröffnung, und entsprechend zögernd rücke ich die raus, sie erzählen mir, sie hätten mein Gesicht letzte Woche im Marlin in Miami gesehen, in den Elite-Büros im ersten Stock des Hotels, dann im Strand, und als mir Michael Bergen schließlich sagt, wir hätten uns beim Bruce-Weber-Ralph-Lauren-Fototermin in Key Biscayne einen eisgekühlten Latte geteilt, bin ich zu müde, um noch zu bestreiten, dass ich am letzten Wochenende in Miami gewesen bin, ich frage Michael nur noch, ob's der Latte denn gebracht hat, er sagt, es ging so, und im Raum wird's merklich kühler. Chloe sieht abwesend zu und nippt Champagner. Patrick Bateman, der mit einem Rudel Zeitungsleuten und den drei Söhnen eines bekannten Filmproduzenten da ist, kommt rüber, schüttelt mir die Hand, schielt zu Chloe, fragt, wie der Club sich macht, ob es morgen Abend hinhaut, sagt, Damien hätte ihn eingeladen, reicht mir eine Zigarre, hat eigenartige Flecken auf dem Revers seines Armani-Anzugs, der so viel kostet wie ein Auto.

»Der sprichwörtliche Vorhang geht sprichwörtlich pünktlich hoch.«

»Ich bin bei so 'nem Anlass gerne rechtzeitig da«, sagt er und zwinkert Chloe zu.

Nachdem er weg ist, rauche ich den Joint fertig, dann schaue ich auf die Uhr, da ich aber keine trage, betrachte ich stattdessen mein Handgelenk.

»Der ist komisch«, sagt Chloe. »Und ich brauch jetzt eine Suppe.«

»Ist ein netter Typ, Baby.«

Chloe lässt sich nach hinten sinken, sieht mich angewidert an.

»Was? He, der hat sein eigenes Wappen.«

»Wer hat dir das erzählt?«

»Er. Er hat mir erzählt, er hat sein eigenes Wappen.«

»Da sag *ich:* Erbarmen«, sagt Chloe.

Chloe nimmt die Rechnung, und um die Situation zu überspielen, beuge ich mich hinüber, um sie zu küssen, der Schwarm der Paparazzi sorgt für den kleinen Aufruhr, den wir gewohnt sind.

Momentaufnahmen aus Chloes Loft, aus einem Raum, der aussieht wie von Dan Flavin entworfen: zwei Futonsofas von Toshuyuki Kita, eine weite Fläche heller Ahornfußböden, sechs Baccarat-Tastevin-Weingläser (ein Geschenk von Bruce und Nan Weber), Dutzende von weißen Tulpen, ein StairMaster-Laufband und eine Langhantelstange, Fotobände (Matthew Rolston, Annie Leibovitz, Herb Ritts), alle signiert, ein Fabergé-Ei aus dem Besitz der Zarenfamilie (ein Geschenk von Bruce Willis, aus der Ära vor Demi), ein großes schlichtes Porträt Chloes von Richard Avedon, überall verstreut Sonnenbrillen, ein Foto von Helmut Newton, das Chloe zeigt, wie sie halbnackt durchs Foyer des Malperisa-Hotels in Mailand geht, und niemand beachtet es, ein großer William Wegman und riesige Plakate für die Filme *Butterfield 8, The Bachelor Party* mit Carolyn Jons, Audrey Hepburn in *Breakfast at Tiffanys.* Ein langes Fax, das über Chloes Make-up-Tisch an die Wand geklebt ist, listet Montag 9h Byron Lars auf, 11h Mark Eisen, 14h Nicole Miller, 18h Ghost, Dienstag 10h Ralph Lauren, Mittwoch 11h Anna Sui, 14h Calvin Klein, 16h Bill Blass, 19h Isaac Mizrahi, Donnerstag 9h Donna Karan, 17h Todd Oldham und so weiter und weiter bis Sonntag. Stapel diverser fremder Währungen und leere Glacier-Flaschen überall auf Tischen und Theken. Im Eisschrank das Frühstück, das Luna schon vorbereitet hat: rubinrote Grapefruit, Evian, gekühlter Kräutertee, fettfreier Joghurt mit schwarzen Johannisbeeren, ein Viertel von einem Mohnbagel, manchmal getoastet, manchmal nicht, Beluga-Kaviar, wenn's ein »besonderer Tag« ist. Gilles Bensimon, Juliette Lewis, Patrick Demarcheller, Ron Galotti, Peter Lindbergh und Baxter Priestly haben alle eine Nachricht auf dem Band hinterlassen.

Ich dusche, reibe mir ein wenig Preparation H und Clinique Eye Fitness unter die Augen und höre meinen Anrufbeantworter ab: Ellen von Unwerth, Eric Stoltz, Alison Poole, Nicolas Cage, Nicollette Sheridan, Stephen Dorff und jemand Ominöses von TriStar. Als ich mit einem flauschigen Ralph-Lauren-Handtuch um die Hüften aus dem Bad komme, sitzt Chloe auf dem Bett und sieht verloren aus, die Knie an die Brust gezogen. Tränen füllen ihre Augen, sie erschauert, schluckt ein Xanax, kämpft einen neuen Angstanfall zurück. Auf dem großen Fernsehschirm läuft eine Dokumentation über die Gefahren von Brustimplantationen.

»Ist nur Silikon, Baby«, sage ich, um sie zu beruhigen. »Ich nehme zum Beispiel Halcion, okay? Ich hab neulich ein halbes Schinkensandwich gegessen. Und wir rauchen.«

»O Gott, Victor.« Sie zittert noch immer.

»Weißt du noch damals, wie du dein ganzes Haar abgesäbelt hast und es immer verschieden gefärbt und nur noch geweint hast?«

»Victor, ich war selbstmordgefährdet«, schluchzt sie. »Ich hab beinahe eine Überdosis genommen!«

»Baby, der springende Punkt ist, dass du nicht einen einzigen Termin verpasst hast.«

»Victor, ich bin sechsundzwanzig. Das sind für ein Model hundertundfünf Jahre.«

»Baby, diese Unsicherheit bei dir muss jetzt irgendwie raus.« Ich reibe ihr die Schultern. »Du bist eine Ikone, Baby«, flüstere ich ihr ins Ohr. »Du bist der Maßstab.« Ich küsse ihr leicht den Nacken. »Du verkörperst das Schönheitsideal deiner Zeit«, und dann: »Baby, du bist nicht bloß ein Model. Du bist ein Star.« Schließlich nehme ich ihr Gesicht in die Hände und sage ihr: »Schönheit kommt aus der Seele.«

»Aber meine Seele macht keine zwanzig Modenschauen«, heult sie. »Meine Seele ist nächsten Monat nicht auf dem Cover vom gottverdammten *Harper's*. Meine Seele verhandelt nicht über einen Vertrag mit Lancôme.« Sie schluchzt, ringt nach Atem, die ganze Nummer, das Ende der Welt, alles.

»Baby ...« Ich ziehe mich zurück. »Ich will nicht aufwachen und feststellen, dass du wieder wegen deiner Implantate durchgeknallt bist und dich in Hollywood versteckt hast, im Château Marmont, wo du dann mit Kiefer und Dermot und Sly zusammensteckst. Also, verstehst du, lass jetzt gut sein, Baby.«

Nach zehn Minuten Schweigen, oder vielleicht auch nur zwei, schlägt das Xanax zu, und sie räumt ein: »Ich fühl mich etwas besser.«

»Baby, Andy hat mal gesagt, dass Schönheit eben doch ein Zeichen von Intelligenz ist.«

Sie dreht sich langsam zu mir. »Wer, Victor? Wer? Andy wer?« Sie hustet und putzt sich die Nase. »Andy Kaufman? Andy Griffith? Wer um alles in der Welt hat dir das erzählt? Andy Rooney?«

»Warhol«, sage ich leise, verletzt. »Baby ...«

Sie steht vom Bett auf und geht ins Bad, spritzt sich Wasser ins Gesicht, reibt sich Preparation H unter die Augen. »Die Modewelt stirbt so oder so«, gähnt Chloe, reckt sich, geht hinüber zu einem ihrer begehbaren Schränke und öffnet ihn. »Ich meine, was kann ich sonst sagen?«

»Wär nicht unbedingt was Schlechtes, Baby«, sage ich vage und gehe rüber zum Fernseher.

»Victor – wem gehört die Hypothek?«, ruft sie und schwenkt die Arme herum.

Ich suche nach einer Kopie von dem *Flatliners*-Video, die ich letzte Woche hiergelassen habe, aber ich kann nur einen alten Arsenio finden, bei dem Chloe dabei war, zwei Filme, in denen sie mitgespielt hat, *Party Mountain* mit Emery Roberts und *Teen Town* mit Hurley

Thompson, noch mal eine Dokumentation über Brust-implantat-Risiken und die Folge »Melrose Place« von letzter Woche. Auf dem Bildschirm jetzt ein kommerzielles, körniges Durcheinander, die Reproduktion einer Reproduktion. Als ich mich umdrehe, hält Chloe vor dem mannshohen Spiegel ein Kleid in die Höhe und blinzelt sich selbst zu.

Dieses Wickelkleid ist ein Todd-Oldham-Original: ein nicht gerade kleines Schwarzes-Schrägstrich-Beiges, trägerlos, Navajostil mit Neonquilt.

Meine erste Reaktion: Das hat sie Alison gestohlen.

»Ähhm, Baby …« Ich räuspere mich. »Was ist das?«

»Ich übe fürs Video Blinzeln«, sagt sie und blinzelt erneut. »Rupert sagt, ich mach das nicht richtig.«

»Mhm. Na, ich nehm mir mal frei, und wir üben's zusammen.« Ich mache eine Pause, dann frage ich vorsichtig: »Aber das Kleid?«

»Gefällt's dir?«, fragt sie munterer und dreht sich herum. »Das zieh ich morgen Abend an.«

»Ahhm … Baby?«

»Was? Was ist?« Sie hängt das Kleid in den Schrank zurück.

»Also, Darling«, sage ich kopfschüttelnd. »Ich weiß nicht so recht mit dem Kleid.«

»Du musst es ja nicht tragen, Victor.«

»Aber du ja auch nicht, oder?«

»Moment mal. Ich kann mich nicht …«

»Baby, in dem Ding siehst du aus wie Pocahontas.«

»Todd hat mir das Kleid speziell für die Eröffnung …«

»Wie wär's mit was Einfacherem, weniger Multikulti? Politisch vielleicht nicht ganz so korrekt? Mehr Richtung Armani?« Ich gehe zum Schrank. »Ich schau mal, ich such dir was aus.«

»Victor.« Sie stellt sich vor die Schranktür. »*Das* ziehe ich an.« Sie schaut plötzlich auf meine Knöchel hinunter. »Sind das Kratzer?«

»Wo?« Ich schaue auch hinab.

»An deinen Knöcheln!« Sie schiebt mich aufs Bett und inspiziert meine Knöchel, dann die Rötungen an den Waden. »Das sieht aus, als wären es Hunde gewesen. Warst du heute irgendwo unter Hunden?«

»O Baby, den ganzen Tag«, stöhne ich und starre an die Decke. »Du machst dir ja keine Vorstellung.«

»Das sind Hundekratzer, Victor.«

»Ach die?«, sage ich und setze mich auf, ich tue so, als fielen sie mir jetzt auch auf. »Beau und JD werfen sich mir zu Füßen, kratzen an mir herum ... Hast du irgendwie, äh Jod oder so?«

»Wann warst du denn bei Hunden?«, fragt sie wieder.

»Baby, ich hab's begriffen.«

Sie starrt noch einmal die Kratzspuren an, dann steigt sie schweigend auf ihrer Seite ins Bett und greift nach dem Drehbuch, das CAA ihr geschickt hat, eine Kurz-serie, die wieder einmal auf einer tropischen Insel spielt – was sie furchtbar findet, obwohl in ihren Kreisen »Kurz-serie« gewiss kein unanständiges Wort ist. Ich überlege, ob ich irgendwas sagen soll, wie *Baby, morgen könnte was in der Zeitung stehen, was dich, ich meine, vielleicht irgend-wie aufregt.* Im Fernsehen fegt eine Steadicam in einem einzigen ununterbrochenen Shot durch ein spärlich möbliertes Haus.

Ich sause hinüber, setze mich neben sie.

»Sieht so aus, als hätten wir den neuen Raum«, sage ich. »Morgen treff ich Waverly.«

Chloe sagt nichts.

»Ich könnte den neuen Club, Burls Meinung nach, in drei Monaten eröffnen.« Ich sehe zu ihr hin. »Du siehst irgendwie ein bisschen beunruhigt aus, Baby.«

»Ich weiß nicht, ob das wirklich so eine gute Idee ist.«

»Was? Meinen eigenen Club aufmachen?«

»Es könnte gewisse Beziehungen kaputtmachen.«

»Nicht unsere, hoff ich«, sage ich und greife nach ihrer Hand.

Sie starrt das Drehbuch an.

»Was ist denn?« Ich setze mich auf. »Das Einzige, was ich jetzt an diesem Punkt meines Lebens wirklich möchte – abgesehen von *Flatliners II* –, das ist mein eigener Club, mein eigenes Geschäft.«

Chloe seufzt, blättert eine ungelesene Seite um. Schließlich legt sie das Drehbuch weg. »Victor …«

»Sag's nicht, Baby. Ich meine, ist es denn so unvernünftig, das zu wollen? Verlang ich wirklich zu viel von irgendjemandem? Wenn ich was aus meinem Leben machen möchte, langweilt dich das dann zu Tode oder wie?«

»Victor …«

»Baby, mein ganzes Leben lang …«

Dann aus heiterem Himmel: »Hast du mich jemals betrogen?«

Nicht zu lange schweigen, ehe das »O Baby« kommt Ich beuge mich über sie, ich drücke die Finger, die auf dem CAA-Logo liegen. »Warum fragst du mich das?« Und dann frage ich, aber ich weiß es ja: »Du denn?«

»Ich will bloß wissen, ob du mir immer … treu gewesen bist.« Sie schaut wieder auf das Drehbuch, schaut ins Fernsehen, wo ein herrlicher rosa Nebel vorgeführt wird, minutenlang. »Das ist mir wichtig, Victor.«

»O Baby, immer, *immer*. Unterschätz mich nicht.«

»Liebe mich, Victor«, flüstert sie.

Ich küsse sie sanft auf die Lippen. Als Antwort drängt sie sich zu fest an mich, und ich muss mich etwas zurückziehen und flüstern: »O Baby, ich bin total fix und fertig.« Ich hebe den Kopf, weil jetzt das neue Soul-Asylum-Video auf MTV läuft, und ich möchte, dass Chloe es auch sieht, aber sie hat sich schon zur Seite gedreht, von mir weg. Ein Foto von mir, ein ziemlich gutes, von Herb Ritts aufgenommen, steht auf Chloes

Nachttisch, das Einzige, bei dem ich erlaubt habe, dass sie es rahmt.

»Kommt Herb morgen?«, frage ich leise.

»Ich glaube nicht«, sagt sie mit von den Kissen gedämpfter Stimme.

»Weißt du, wo er ist?«, frage ich ihr Haar, ihren Nacken.

»Vielleicht spielt es keine Rolle.«

Stimulierung à la Chloe: Eine Sinead-O'Connor-CD, Bienenwachskerzen, mein Toilettenwasser, eine Lüge. Unter dem Kokosgeruch duftet ihr Haar wie Wacholder, ja wie Weide. Chloe schläft drüben auf der anderen Seite, träumt von Fotografen, die Zentimeter vor ihrem Gesicht Belichtungsmesser blinken lassen, träumt davon, nackt einen eisigen Strand entlangzulaufen und so zu tun, als sei es Sommer, in Borneo unter einer Palme voller Spinnen zu sitzen, nach einem Nachtflug die Maschine zu verlassen, über einen weiteren roten Teppich zu gleiten, während die Paparazzi warten, Miramax ständig anruft, ein Traum im Traum, in dem sechshundert Interviewtermine sich mit Alpträumen vermischen – weiße Sandstrände im Südpazifik, ein Sonnenuntergang über dem Mittelmeer, die Französischen Alpen, Mailand, Paris, Tokio, die eisigen Wogen, die rosafarbenen Tageszeitungen aus fremden Ländern, Stapel von Magazinen mit ihrem makellosen Gesicht, das zu Tode retuschiert und an den Rändern sehr knapp abgeschnitten worden ist, und es ist schwer, zu schlafen, wenn ein Satz aus einem *Vanity Fair*-Artikel über Chloe von Kevin Sessums mir nicht aus dem Kopf gehen will: »Obwohl wir einander nie begegnet sind, sieht sie eigenartig vertraut aus, als hätten wir sie schon immer gekannt.«

Vespa zum Club, um dort um halb acht mit Damien zu frühstücken, unterwegs Halt an drei Kiosken, um die Zeitungen zu checken (nichts, kein Foto, kurze Erleichterung, vielleicht etwas mehr), und im großen Speisesaal, der an diesem Morgen kahl und anonym aussieht, nichts wie weiße Wände und schwarze Polsterbänke, wird mir die Sicht immer wieder vom Blitzlicht eines Fotografen mit einem thailändischen Reisbauernhut genommen, *Vanity Fair* hat den Typ vorbeigeschickt, und auf einem von den Monitoren läuft ein Video von CN *Casino Royale*, auf anderen *Downhill Racer*, und oben bemannen (ahem) Beau und Peyton die Telefone. An unserem Tisch sind Damien und ich und JD (der neben mir sitzt und seine Notizen macht) und die zwei Gorillas aus dem schwarzen Jeep, die beide schwarze T-Shirts tragen, fast mit dem Frühstück fertig, die Tageszeitungen liegen überall aufgeschlagen rum, mit dicken Meldungen über die Eröffnung heute Abend: Richard Johnson in der *Post*, George Rush in der *News* (ein großes Foto von mir, mit der Überschrift »Boy of the Moment«), Michael Fleming in *Variety*, Michael Musto stößt in der *Voice* ins Horn, Hinweise in den Kolumnen von Cindy Adams, Liz Smith, Buddy Seagull, Billy Norwich, Jeanne Williams und A. J. Benza. Ich hab gerade unter dem Namen Dagby meinem Agenten Bill eine Nachricht auf die Mailbox gesprochen. Damien nippt an einem koffeinfreien Vanille-Haselnuss-Eis-Latte und hält eine Monte Cristo zwischen den Fingern, die er ständig anzuzünden droht, aber er tut's dann doch nicht, er sieht sehr deckhengstmäßig aus in einem schwarzen Comme-des-Garçons-

T-Shirt unter einem schwarzen zweireihigen Sakko, am semi-behaarten Handgelenk eine Panthère von Cartier, die auf Rezept geschliffene Armani-Sonnenbrille vor dem recht anständig aussehenden Kopf, neben dem semi-behaarten Handgelenk liegt ein Motorola-Stortac-Handy. Damien hat letzte Woche einen 600 SEL gekauft, und er und die Gorillas haben soeben Linda Evangelista bei der Cynthia-Rowley-Show abgesetzt, und hier in dem großen Raum ist's kalt, und wir essen alle Müsli und tragen Koteletten, und alles wäre flach und scharf und cool, wenn's nicht so früh am Tage wär.

»Dann sind Dolph und ich gestern bei der Calvin-Klein-Show nach hinten, einfach so, zwei Typen mit 'ner Flasche Dewar's – und da ist plötzlich Kate Moss, ohne Bluse, die Arme vor den Titten verschränkt, und ich denke mir bloß: Was soll's? Dann hab ich abends im Match Uptown einen Todesmartini zu viel getrunken. Dolph hat ein Diplom in Industriechemie, er ist verheiratet, und ich meine hier *Ehefrau* kursiv geschrieben, Baby, also war mit Schnitten nix in Sicht, obwohl der VIP-Raum voller Eurowölfe war, aber kein Heroin, keine Lesben, keine japanischen Einflüsse, kein *British Esquire*. Wir saßen dann mit Irina zusammen, diesem kommenden sibirischen Supermodel, nach meinem fünften Todesmartini hab ich Irina gefragt, wie das denn so ist, wenn man im Iglu aufwächst.« Eine Pause. »Der Abend ging dann äāh kurze Zeit darauf zu Ende.« Damien nimmt die Sonnenbrille ab, reibt sich die Augen, die zum ersten Mal an diesem Morgen mit dem Tageslicht umgehen müssen, und schaut die Schlagzeilen an, die quer über die diversen Zeitungen geknallt sind. »Helena Christensen trennt sich von Michael Hutchence? Prince führt Veronica Webb aus? Mein Gott, die Welt ist ein einziges Chaos.«

Plötzlich beugt sich Beau mit der neuen, revidierten Gästeliste über mich, flüstert mir was Unverständliches über The Gap ins Ohr, reicht ein Muster für die Einladungen weiter, um die sich Damien bis jetzt nicht gekümmert hat, die er aber jetzt sehen will, zusammen mit gewissen 8x10-Fotos und Polaroids von den diversen Kellnerinnen heute Abend – er klaut sich seine beiden Lieblinge, Rebecca und Pumpkin, beide von Doppelganger's.

»Shalom Harlow hat mich angeniest«, sagt Damien.

»Ich fröstele immerzu«, gebe ich zu. »Wird immer schlimmer.«

Ich schau das Menü durch, das Bongo und Bobby Flay ausgebrütet haben: Mit Jalapeños gebeizter Graved-Lachs auf Pumpernickel, pikanter Rukola-Mesclun-Salat, Artischockenherzen mit Focaccia à la Southwest, Funghi porcini und mit Kräutern gebratene Hühnerbrust und/oder gegrillter Thunfisch mit schwarzen Pfefferkörnern, in Schokolade getauchte Erdbeeren, diverse erlesene Granitas.

»Hat irgendjemand das Interview mit Marky Mark in der *Times* gesehen?«, fragt Damien. »Diese Unterwäschen-Geschichte macht ihn ›semi-nervös‹.«

»Mich auch, Damien, semi-nervös bin ich schon lange«, sage ich. »Hör mal, hier ist die Sitzordnung.«

Damien beobachtet misstrauisch Beau, wie der wohl reagiert.

Beau merkt das, weist auf bestimmte Elemente des Menüs hin, sagt dann vorsichtig: »Auch ich ... bin semi-nervös.«

»Gestern wollte ich etwa zwanzig völlig fremde Frauen ficken. Girls einfach, einfach Passantinnen auf der Straße. Diese eine da – die einzige, die den 600 SEL *nicht* gesehen hat, die Versace nicht von The Gap unterscheiden kann, die nicht mal einen *Blick* auf die Patek Philippe geworfen hat ...« Er dreht sich zu den Gorillas hin, von denen mich der eine immer wieder auf eine irgendwie durchgeknallte Art anstarrt. »Das ist eine Uhr, wie *ihr* sie wohl nie tragen werdet. Jedenfalls, das war die Einzige, die mit mir geredet hat, irgend so eine dicke Tante, die mich in der Chemical Bank angeschaut hat, und da hab ich ihr so traurig mit Gesten klargemacht, dass ich *stumm* bin, versteht ihr, ohne *Zunge,* dass ich einfach nicht *sprechen* kann, alles. Aber jetzt kommt's – die konnte die Zeichensprache.«

Da Damien mich anstarrt, sage ich: »Ah ja.«

»Ich sag's dir, Victor«, fährt Damien fort, »die Welt ist voller Überraschungen. Die meisten nicht sehr interessant, aber trotzdem überraschend. Ich brauch nicht extra zu sagen, dass das ein leicht erschreckender, demütigender Augenblick für mich war. Es war nahezu Horrror, aber ich hab's durchgestanden.« Er nippt an seinem Latte. »Könnte es tatsächlich sein, dass ich nicht *en vogue* bin? Ich hab Panik bekommen, Mann. Ich hab mich … *alt* gefühlt.«

»Ach Mann, du bist bloß achtundzwanzig.« Ich nicke Beau zu und geb ihm zu verstehen, dass er sich wieder nach oben schleichen kann.

»Achtundzwanzig, tja.« Damien merkt das, aber anstatt zu reagieren, schwenkt er nur die Hand über die Stapel Papier auf dem Tisch. »Geht alles wie geplant? Oder gibt's irgendwelche drohenden Katastrophen, von denen ich was wissen sollte?«

»Da sind die Einladungen.« Ich geb ihm eine. »Ich glaub, du hast bis jetzt noch nicht die Zeit gehabt, sie dir anzusehen.«

»Hübsch. Nice. Oder, wie meine Freundin Diana von Fürstenberg sagen würde: *Nass.*«

»Ja, sind auf Recyclingpapier gedruckt, mit Sojatunte … ich meine Tinte.« Ich schließe die Augen, schüttle den Kopf, versuche mein Hirn zu klären. »Tut mir Leid, die kleinen Süßen oben, das färbt ab.«

»Die Eröffnung dieses Clubs, Victor, ist eine eindeutige politische Aussage«, sagt Damien. »Ein Statement. Ich hoffe, du weißt das.«

Ich denke: Erbarmen, aber ich sage: »Ja, Mann?«

»Wir verkaufen Mythen.«

»Was verkaufen wir?«

»Mythen. *Myths.* Pass auf, wenn eine Tunte dich der Miss America vorstellt, was sagt die dann?«

»*Myth* … America?«

»So isses, Baby.« Damien reckt sich, dann lässt er sich zurück in die Nische fallen. »Ich kann's nicht ändern, Victor«, sagt er mit ausdruckslosem Gesicht. »Ich spüre Sex, wenn ich durch den Club gehe. Ich fühle mich … getrieben.«

»Mann, ich versteh dich ja so.«

»Das ist kein Club, Victor. Das ist ein Aphrodisiakum.«

»Hier hätten wir dann das ähhm Sitzarrangement für das Diner, und dann die Liste von den Journalisten, die zur Cocktailparty vorher eingeladen sind.« Ich gebe ihm ein Bündel Papiere, die Damien an einen seiner Gorillas weiterreicht, der sie wie blöd anglotzt.

»Ich will bloß wissen, wer an meinem Tisch sitzt«, sagt Dannen ausdruckslos.

»Äh, hier also …« Ich strecke die Hand rüber, um mir die Papiere zurückzuholen, und einen Augenblick lang starrt mich der Gorilla misstrauisch an, ehe er allmählich seinen Griff lockert. »Äh, Tisch eins, das bist du mit Alison und Alec Baldwin und Kim Basinger und Tim Hutton und Uma Thurman und Jimmy und Jane Buffett und Ted Field und Christy Turlington und David Geffen und Calvin und Kelly Klein und Julian Schnabel und Ian Schrager und Russell Simmons, mit diversen Begleitungen und Gattinnen.«

»Ich sitze zwischen Uma Thurman und Christy Turlington, ja?«

»Also, Alison und Kelly …«

»Neinneinneinnein. Ich sitze zwischen Christy und Uma«, sagt Damien und richtet einen Finger auf mich.

»Ich weiß nicht, wie das …« – ich räuspere mich – »bei Alison ankommt.«

»Ja, was soll sie machen? Mich *kneifen?*«

»Cool, cool, cool.« Ich nicke. »JD, du weißt, was los ist.«

»Nach heute Abend sollte niemand mehr hier umsonst reinkommen. Ah ja – bis auf sehr gut aussehende Lesben. Wer sich anzieht wie Garth Brooks, wird aussortiert. Wir wollen eine Kundschaft, die den Qualitätsfaktor *hochfährt.*«

»Qualitätsfaktor hochfahren. Gut, gut.« Plötzlich kann ich den Blick nicht von Damiens Kopf lösen.

»Ground Control to Major Tom!«, sagt Damien und schnippt mit den Fingern.

»Was?«

»Was zum Teufel starrst du die ganze Zeit an?«

»Nichts. War nur grad weg. Mach weiter.«

Nach einer kurzen unheimlichen Pause fährt Damien eisig fort. »Wenn ich heute Abend irgendjemanden, und ich meine: *irgend*jemanden auf dieser Party rumlaufen sehe, der nicht ultracool ist, bring ich dich um.«

»Mein Mund ist plötzlich so trocken, ich kann gar nicht schlucken, Mann.«

Damien fängt an, zu lachen und Witze zu machen, also versuche ich's auch, ich lache und mache Witze.

»Hör mal«, sagt er. »Ich will auf keinen Fall die bizarrste Boheme der Stadt hier bei mir und meinen Freunden haben oder irgendjemanden, der den Ausdruck ›tunterbar‹ verwendet.«

»Kannst du das aufschreiben, JD?«, frage ich.

»Niemand, der den Ausdruck ›tunterbar‹ verwendet. JD nickt und macht sich eine Notiz.

»Und wie ist die verdammte DJ-Situation?« fragt Damien gleichgültig. »Alison sagt, dass jemand namens Misha weg ist?«

»Damien, wir suchen in allen Hotels in South Beach,

Prag, Seattle«, sage ich. »Wir suchen in jeder einzelnen Entzugsklinik im Nordosten.«

»Bisschen spät, hmmm?«, fragt Damien. »Bisschen spät für Misha, hmm?«

»Victor und ich werden den ganzen Tag lang andere DJs interviewen«, versichert ihm JD. »Wir haben alle von Anita Sarko über Sister Bliss bis Smokin' Jo herbestellt. Das läuft.«

»Es ist jetzt außerdem schon fast acht, Leute«, sagte Damien. »Das Schlimmste auf der Welt, Leute, ist ein beschissener DJ. Ich wäre lieber *tot*, als dass ich einen beschissenen DJ engagiere.«

»Mann, das sehe ich ganz genauso, unglaublich«, sage ich zu ihm. »Wir haben hundert Ersatzleute, das läuft also auf jeden Fall.« Ich schwitze aus irgendeinem Grund, ich habe Angst vor dem letzten Teil dieses Frühstücks. »Damien, wo bist du zu finden, wenn wir dich heute noch erreichen müssen?«

»Ich bin in der Präsidentensuite im Mark, die sind in meinem Apartment noch nicht fertig. Mit irgendwas.« Er zuckt die Schultern, kaut etwas Müsli. »Wohnst du noch downtown?«

»Ja, ja.«

»Wann ziehst du denn uptown wie alle anderen auch – he, die Füße werden draußen abgetreten«, sagte er und starrt einen schwarzen Schnürschuh von Agnès b. an, in dem mein Fuß zufällig steckt.

»Alles klar. Damien, wir müssen …«

»Was ist denn?« Er hört zu kauen auf und mustert mich nun eingehend.

»Ich wollte bloß fragen …« Ich atme tief ein.

»Was verbirgst du, Victor?«

»Nichts, Mann.«

»Lass mich raten. Du hast dich heimlich in Harvard eingeschrieben?« Damien lacht und sieht sich im Raum um, ermuntert alle, mitzulachen.

»Jawoll, genau so isses.« Ich lache auch.

»Ich höre immer wieder so vage Gerüchte, Mann, dass du meine Freundin fickst, aber irgendwie gibt's keine Beweise.« Damien lacht immer noch. »Insofern, musst du wissen, interessiert mich das schon.«

Die Gorillas lachen nicht.

JD studiert intensiv sein Klemmbrett.

Ich rudere unwillkürlich mit den Armen. »O Mann, das stimmt so aber nicht. Ich würd sie nie anrühren, ich schwör's bei Gott.«

»Ja …« Man kann sehen, wie er sich die Sache überlegt. »Du hast Chloe Byrnes. Warum solltest du's Alison besorgen?«

Damien seufzt. »Chloe, verdammt noch mal, Chloe Byrnes.« Pause. »Wie machst du das, Mann?«

»Wie mach ich … was?«

»He, Madonna hat diesen Typ mal gefragt, ob er mit ihr ausgeht«, sagt Damien zu den Leibwächtern, die es zwar nicht zeigen, aber tatsächlich beeindruckt sind.

Ich lächle töricht. »Na ja, Meister, *du* warst mit Tatjana Patitz unterwegs.«

»Mit wem?«

»Dem Girl, das in *Die Wiege der Sonne* auf dem Tisch zu Tode gevögelt wird.«

»Riiiichtig! Aber du hast verdammt noch mal Chloe Byrnes«, sagt Damien ehrfurchtsvoll. »Wie machst du das, Mann? Was ist dein Geheimnis?«

»Wegen … He, äh, ich hab kein Geheimnis.«

»Nein, Flachkopf.« Damien wirft eine Rosine nach mir. »Dein Geheimnis bei den Frauen.«

»Aaah … Ihnen nie Komplimente machen?«, quetsche ich heraus.

»Was?« Damien beugt sich weiter vor.

»Nicht ganz uninteressiert sein. Wenn sie fragen, verstehst du, ihnen sagen, dass ihr Haar gebleicht aussieht … Oder wenn sie fragen, ihnen sagen, dass ihre

Nase zu breit ist …« Ich schwitze. »Aber, klar, immer bisschen vorsichtig …« Ich halte pseudo-sehnsuchtsvoll inne. »Dann gehören sie dir.«

»Herrgottnochmal«, sagt Damien bewundernd und stößt einen von den Gorillas an. »Habt ihr das gehört?«

»Wie geht's Alison?«, frage ich.

»Scheiße, du siehst sie ja wahrscheinlich öfter als ich.«

»Na kaum.«

»Ich meine, stimmt doch, Vic, oder?«

»Ach, weißt du, Chloe und ich und, ähm, wahrscheinlich nicht, aber na ja, spielt ja keine Rolle.«

Nach einem langen kalten Schweigen sagt Damien: »Du isst dein Müsli nicht.«

»Jetzt aber«, sage ich und nehme meinen Löffel in die Hand. »JD, die Milch, bitte.«

»Alison, ach Scheiße«, stöhnt Damien, »ich weiß nie, ist sie sexy oder ist sie crazy.«

Ein Flash: Alison grinst mich höhnisch an, während sie sich von Mr. Chow die Füße lecken lässt; Alison öffnet eine Kokosnuss; Alison listet ihre Lieblingsschauspieler unter vierundzwanzig auf, darunter auch die, mit denen sie geschlafen hat; Alison kippt Snapple auf Snapple auf Snapple runter.

»Beides?«, wage ich vorzuschlagen.

»Ach Scheiße, ich liebe sie. Sie ist wie ein Regenbogen. Sie ist wie eine Blume. O Gott«, stöhnt er. »Sie hat diesen verdammten Nabelring, und die Tätowierungen müssen mal gründlich durchgecheckt werden.«

»Ich … hab nicht gewusst, dass Alison einen, äh, Nabelring hat.«

»Woher solltest *du* das denn auch wissen?«, fragt er.

»Alsooo …« fängt JD an.

»Außerdem habe ich auch gehört, dass du dich nach was Eigenem umschaust.« Damien seufzt und starrt mich direkt an. »Sag mir doch bitte, dass das völlig abstrakte, unglückselige Gerüchte sind.«

»Ein *gemeines* Gerücht, mein Freund. Ich denk nicht mal im Traum an einen eigenen Club, Damien. Ich schau mir jetzt Drehbücher an.«

»Na ja, ich weiß schon, Victor, aber es ist einfach so, dass wir hier ne Menge gute Presse kriegen, und unbestreitbar hilft dein Name dabei ...«

»Danke, Mann.«

»... aber es ist auch unbestreitbar, wenn du jetzt diese Sache als ... wie soll man sagen, als *Sprungbrett* nimmst und uns alle in der nächsten Sekunde im Stich lässt, sobald der Laden angelaufen ist, und dann mit dem Image, mit der Publicity von hier dein eigenes Ding aufmachst ...«

»Damien, wart mal einen Augenblick, das ist eine komplizierte Frage, aber warte mal einen ...«

»... und mich und diverse Investoren zusammen mit einigen Kieferorthopäden aus Brentwood (von denen einer die Intelligenz einer Steckrübe hat) gegen den Schrank laufen lässt, und alle haben wir einiges Moos in diese Geschichte gesteckt ...«

»Damien, Mann, wo sollte ich denn das Geld für so was herkriegen?«

»Japse?« Er zuckt die Achseln. »Irgendne Schauspielerin, die du gevögelt hast? Irgendein reicher Schwuler, der auf deinen Arsch scharf ist?«

»Also das kommt jetzt als völlige Überraschung. Das ist mir völlig neu, Damien, und ich werde sehr genau darüber nachdenken, wer dieses Gerücht in Umlauf gesetzt hat.«

»Meinen herzlichsten Dank.«

»Ich will ja nur, dass man im Club der Investoren wieder lächelt.«

»Muss jetzt Golf spielen«, sagt Damien gleichgültig und schaut auf die Uhr. »Dann ess ich zu Mittag im Fashion Café, mit Christy Turlington, die ist gerade im neuen *Top Model* in die Kategorie ›Lässt sich bestimmt nicht korrumpieren‹ gewählt worden. Gibt übrigens eine virtuelle Christy im Fashion Café, solltest du dir mal ansehen. Nennt sich ein Charmannequin. Sieht genau wie Christy aus. Sagt Sachen wie ›Ich würde mich freuen, Sie bald wieder hier zu sehen, vielleicht persönlich‹, zitiert Somerset Maugham und diskutiert die Politik in El Salvador, aber auch ihren Vertrag mit Kelloggs Cornflakes. Ich weiß schon, was du denkst, aber bei ihr ist das echte Klasse.«

Damien steht endlich auf, die Gorillas auch.

»Gehst du heute zu irgendwelchen Shows?«, frage ich. »Oder steht wieder ein Gotti vor Gericht?«

»Was? Gibt's noch einen?« Damien begreift was. »Oh, ja, bist sehr komisch. Aber eigentlich doch nicht so.«

»Danke.«

»Ich geh zu Shows. Wir haben Modewoche, was sonst soll man auf der Welt tun?« Damien seufzt. »Du bist bei einer dabei, was?«

»Ja. Todd Oldham. Nur Typen, die mit den Models befreundet sind, wir eskortieren sie über den Laufsteg. Wie so ein Leitmotiv, weißt du? Hinter jeder Frau …«

»Steht eine Ratte? Ha!« Damien reckt sich. »Hört sich scheißfantastisch an. Also, bereit für heut' Abend?«

»He, Mann, ich bin ein Fels. Ich bin eine Insel.«

»Wer würd's bestreiten?«

»So bin ich nun mal, Damien. Alles klar, und nix für unklar.«

»*Are you down with OPP?*«

»*Hey, you know me.*«

»Verrückter Hund«, lachte er vor sich hin.

»Luzid. Total luzid, Baby.«

»Ich wünschte, ich wüsste, was das bedeutet, Victor.«

»Drei Worte, mein Freund: Prada, Prada, Prada.«

In einem schmalen und in Kürze topaktuellen Block in TriBeCa, eine nicht zu steile Treppe rauf und einen dunklen Korridor lang: Eine lange Bar aus Granit, an den Wänden Reihen mattierter Metalleuchten, eine mittelgroße Tanzfläche, ein Dutzend Videomonitoren, ein kleiner Alkoven, der sich leicht in eine DJ-Kabine verwandeln lässt, ein kleinerer Raum nebenan, der nach VIPS schreit, Spiegelkugeln hängen von der hohen Decke. Mit anderen Worten: Die Grundlagen sind da. Du siehst ein grell blinkendes Licht, du glaubst, du bist dieses grell blinkende Licht.

»Ah«, seufze ich und sehe mich im Raum um. »Der Club. Die Szene.«

»Ja.« JD folgt mir nervös hin und her, wir nuckeln beide an Diät-Melonberry-Snapples, die er gekauft hat.

»Ist doch irgendwie wunderbar JD«, sage ich. »Gib's zu, du kleine Tunte, gib's zu.«

»Victor, ich ...«

»Ich weiß doch, dass du schon vom Einatmen meines männlichen Geruchs fast ohnmächtig wirst.«

»Victor, häng dich nicht zu sehr rein«, warnt JD. »Ich brauch dich nicht daran zu erinnern, dass dieser Club nur eine kurze Lebensdauer haben wird, dass in dem Geschäft *alles* kurzlebig ist.«

»*Du* bist kurzlebig.« Ich fahre mit den Händen über die glatte Granitbar: Frösteln.

»Und du steckst eine Menge Energie rein, und dann gehen all die Leute, die es ursprünglich so wunderbar und interessant gemacht haben – he, lach nicht –, die gehen dann irgendwo anders hin.«

Ich gähne. »Das hört sich wie eine homosexuelle Beziehung an.«

»Sorry, Darling, wir haben uns verlaufen.« Waverly Spear – unsere Innenarchitektin, ein Abklatsch von Parker Posey – fegt herein: Sonnenbrille, enganliegender Catsuit, Wollbaskenmützchen, und hinter ihr ein Hip-hop-Flittchen direkt aus der Hölle und dann dieser entsetzlich großartige Outsider-Rocker, der ein I AM THE GOD OF FUCK-T-Shirt trägt

»Warum kommst du so spät, Baby?«

»Ich hab mich im Foyer vom Paramount verlaufen«, sagt Waverley. »Bin die Treppe *rauf* statt die Treppe *runter*.«

»Ooh.«

»Und außerdem, tja, mein Lieber ...« Sie wühlt in ihrer strassfunkelnden Todd-Oldham-Handtasche mit dem schwarzen Schleifchen. »Hurley Thompson ist in der Stadt.«

»Bitte weiter.«

»Hurley Thompson ist in der Stadt.«

»Aber sollte Hurley Thompson nicht die Fortsetzung zu *Sun City 2* abdrehen? *Sun City 3?*«, frage ich irgendwie empört. »In *Phoenix?*«

Waverley entfernt sich ein Stück weg von ihren Zombies und winkt mich rüber, zieht mich weg von JD.

»Hurley Thompson, Victor, ist in der Celine Dion Suite im Paramount und will in eben diesem Augenblick, während wir hier reden, jemanden überreden, es doch ohne Gummi zu machen.«

»Hurley Thompson ist *nicht* in Phoenix?«

»Gewisse Leute wissen es *besser*.« Sie senkt ernst die Stimme. »Sie wissen nur nicht, *warum*.«

»Und weiß es einer hier in diesem Raum? Und erzähl mir bloß nicht, einer von den Idioten, die du angeschleppt hast.«

»Sagen wir einfach so: Sherry Gibson kann eine ganze

Welle keine ›Baywatch Nights‹ mehr abdrehen.« Waverley pafft gierig ihre Zigarette.

»Sherry Gibson, Hurley Thompson, okay, ich seh den Zusammenhang. Freunde, Lovers, tolle Publicity.«

»Er hat sich so viel Kokain reingehauen, Freebase, dass er bei den Dreharbeiten zu SC3 verschwinden musste, nachdem er Sherry Gibson geschlagen hat – ja, ins Gesicht –, und jetzt ist Hurley unter dem Namen Carrie Fisher im Paramount abgestiegen.«

»Also ist er bei *Sun City raus?*«

»Und Sherry Gibson gleicht einem verheulten Waschbär.«

»Weiß das niemand?«

»Niemand weiß es außer *moi*.«

»Wer ist denn Moi?«

»Das heißt: Ich, Victor.«

»Wir schweigen wie ein Grab.« Ich gehe ein paar Schritte weiter, klatsche in die Hände, dass die anderen im Raum zusammenfahren, und stelle mich in die Mitte.

»Waverley, ich will einen minimalen Allgemeinlook. Industrielle plus reiche Teenies, in der Art.«

»Aber mit 'nem Touch internationaler Stil?«, fragt sie und folgt mir außer Atem, wobei sie sich noch eine Benson & Hedges Menthol 100 anzündet.

»Die Neunziger sind ehrlich und direkt. Das bilden wir ab«, sage ich und gehe hin und her. »Ich will was unbewusst Klassisches. Ich will keine Unterschiede zwischen draußen und drinnen, förmlich und locker, nass und trocken, schwarz und weiß, voll und leer – o mein Gott, tut mir einen kalten Umschlag auf die Stirn.«

»Du willst Schlichtheit, Baby.«

»Ich will einen direkten Ansatz, ich will das unornamentierte Nachtleben.« Ich stecke mir eine Marlboro an.

»Mach weiter so, Baby, wir sind auf dem besten Weg.«

»Damit man nicht absäuft, Waverley, muss man sich einen Ruf als guter Geschäftsmann *und* als ein in jeder

Hinsicht ultracooler Typ erwerben.« Ich mache eine kleine Pause. »Und ich *bin* ein ultracooler Typ. In jeder Hinsicht.«

»Und, ähem, ein Geschäftsmann?«, fragt JD.

»Ich bin viel zu cool, um das zu beantworten, Baby«, sage ich und inhaliere. »He, hast du mich auf dem Cover von *YouthQuake* gesehen?«

»Nein, äh …«, sagt Waverley, schnallt dann etwas und fügt hinzu: »Das warst du? Bist hervorragend rausgekommen.«

»Mhm«, sage ich mit gewissen Zweifeln.

»Aber ich hab dich bei der Calvin-Klein-Show gesehen, Baby, und …«

»Ich war nicht bei der Calvin-Klein-Show, Baby, und ist dir schon aufgefallen, dass die ganze Wand hier die Farbe von Pesto hat, was ja irgendwie überhaupt nicht hinhaut, Baby?«

»Kommt hervorragend«, sagt die makellos zusammengesetzte Kleine hinter ihr.

»Victor«, sagt Waverley, »das ist Ruby. Sie ist Schalendesignerin. Sie macht Schalen aus so Sachen wie Reis.«

»Eine Schalendesignerin? Wow.«

»Sie macht Schalen aus so Sachen wie Reis«, sagt Waverley noch einmal mit starrem Blick.

»Schalen aus Reis? Wow.« Ich starre zurück. »Hast du gehört, wie ich ›Wow‹ gesagt habe?«

Der Outsider-Rocker wandert zur Tanzfläche rüber und schaut nach oben auf das runde Dutzend Diskokugeln, total in Trance.

»Was läuft denn hier mit unserem Schrat?«

»Felix hat früher in The Gap gearbeitet«, sagt Waverley, Rauch rein, Rauch raus. »Dann hat er Kulissen für ›The Real World‹ in Bali entworfen.«

»Bitte erwähne nicht diese Show in meiner Gegenwart«, sage ich zähneknirschend.

»Sorry, Darling, es ist noch so *früh*. Aber bitte sei nett zu Felix, er kommt grade aus dem Entzug.«

»Weshalb denn, hat er sich Stuck gespritzt?«

»Er ist gut befreundet mit Blowtop und Pickle, und jetzt hat er gerade für Connie Chung und Jeff Zucker und Isabella Rossellini und Sarah Jessica Parker die, aah, Kleiderschränke entworfen.«

»Cool, cool«, nicke ich beifällig.

»Letzten Monat hat er noch mal seinen Exfreund – Jackson – gevögelt, in der Salzwüste bei Bonneville, und erst vor drei Tagen hat man den Schädel von Jackson in einem Sumpf gefunden, also, du verstehst schon, wir müssen vorsichtig sein.«

»Mhm. Mein Gott, hier drinnen ist es eiskalt.«

»Ich sehe orangene Blumen, ich sehe Bambus, ich sehe spanische Türsteher, ich höre Steely Dan, ich sehe Fellini.« Waverley stöhnt plötzlich auf, stößt noch mal Rauch aus, klopft ihre Zigarette ab. »Ich sehe die Siebziger, Baby, und ich bin feucht.«

»Baby, du aschst hier in meinem Club rum«, sage ich äußerst irritiert.

»Und was ist jetzt mit der Idee von Felix, mit der Saftbar?«

»Felix überlegt sich bloß noch, wo er einen Veterinär findet, der ihm den nächsten Pferdetranquilizer setzt.« Ich lasse meine Zigarette sorgsam in die halbleere Snapple-Flasche fallen, die mir JD hinhält. »Und außerdem – o Gott, Baby, ich will mich doch jetzt nicht wegen einer Saftbar krummlegen, wo man nix serviert als – was? O Gott – *Saft!* Weißt du eigentlich, was ich alles am Hals habe? Erbarmen.«

»Also fliegt die Saftbar raus?«, fragt Waverley und macht sich Notizen.

»O *bitte*«, stöhne ich. »Verkaufen wir doch meinetwegen Baguettes, verkaufen wir Pizza, verkaufen wir gottverdammte Nachos«, seufze ich. »Du und Felix, ihr seid dabei, euch *muy muy* zu verzetteln.«

»Baby, du hast ja so Recht«, sagt Waverley und wischt

sich pantomimisch den Schweiß von der Stirn. »Wir müssen unseren Scheiß auf die Reihe kriegen.«

»Waverley, hör mir gut zu. Der neue Trend ist kein Trend.«

»Kein Trend ist ein neuer Trend?«, fragt sie.

»Nein, *kein* Trend ist *der* neue Trend«, sage ich.

»In ist out?«, fragt Waverley.

Ich klatsche JD auf die Schulter. »Siehst du? *Sie* begreift's.«

»Guck mal – Gänsehaut«, sagt DJ und streckt einen Arm aus.

»Überall Zitronen, Zitronen! Überall!«, sagt Waverley und dreht Pirouetten durch den Raum.

»Und Onkel Heshy ist *nicht* eingeladen, was, Baby?«

»*Sweet dreams are made of this*, was Victor?«, fragt JD und schaut gleichgültig zu, wie Waverley durch den Raum wirbelt.

»Glaubst du, dass man uns hierher gefolgt ist?«, frag ich ihn, zünde mir noch eine an und schaue Waverley zu.

»Wenn du diese Frage schon stellst – glaubst du dann nicht auch, dass es irgendwie nicht so eine tolle Idee ist, hinter Damiens Rücken einen Club aufzumachen?«

»Antwort abgelehnt. Ich schlag jetzt zu«, sage ich und schaue ihn böse an. »Für dich heißt hip, dass man immer den Zug verpasst.«

»Ich glaub bloß nicht, dass es besonders hip ist, wenn einem beide Beine gebrochen werden«, sagt JD vorsichtig. »Wegen einem Club? Hast du schon mal den Satz gehört: ›Kämpf dagegen an‹?«

»Damien Nutchs Ross zählt zu den nichtmenschlichen Primaten«, sage ich seufzend. »Und dein persönlicher Leitspruch sollte sein: schlafen schnarchen zzzzzzzz.«

»Warum *willst* du überhaupt noch einen Club aufmachen?«

»Meinen *eigenen* Club.«

»Lass mich mal raten. Bingo! Tausend wunderbare Instant-Freunde?« JD erschauert, sein Atem dampft.

»Ach! Erbarmen. Ich seh das alles, und ich denk mir: So gut wie Geld auf der Bank. Du kleine Tunte.«

»Ein Mann braucht einfach ein Hobby, was?«

»Und du brauchst bisschen mehr Prozac, dass dir der Homo wegkuriert wird.«

»Und du brauchst eine massive Dosis Realität.«

»Und du hast deine Tage, Baby, keine Frage, Baby.«

»Victor. Wir spielen hier keine Spielchen«, sagt JD. »Oder?«

»Nein«, sage ich. »Wir gehen ins Sportstudio.«

In einem Sportstudio im Flatiron-District, in dem
Abschnitt der unteren Fifth Avenue, der letzte Woche
gerade topaktuell geworden ist, wird mein Trainer Reed
gerade gefilmt, ein Beitrag in »Entertainment Tonight«
über Prominententrainer, die prominenter sind als die
Leute, die von ihnen trainiert werden, und im Studio –
es hat keinen Namen, nur ein Symbol über dem Motto »Schwäche ist ein Verbrechen – hier herrscht das
Gesetz« – unter der langen Reihe von Monitoren mit
alten Fred-Feuerstein-Episoden und dem gedämpften
Licht eines Kristall-Leuchters: Matt Dillon, Toni Braxton,
die Frau des Sultans von Brunei, Tim Jeffries, Scott Flen-
nes – alle gemartert. Zwei männliche Models, Craig Palmer und Scott Benolt, sind wegen irgendwas sauer, was
ich über das Glück von Matt Nye gesagt hab, und zeigen
mir die semi-kalte Schulter, während sie sich in dem von
Philippe Starck entworfenen Umkleideraum abrubbeln.
Danny Errico von Equinox hat Reed das Studio eingerichtet, nachdem etwa zehn Millionen Exemplare von
der Playgirl-Nummer, in der Reed war, verkauft wurden und Reed prompt aus der neuen Werbekampagne
von The Gap rausflog. Jetzt spielt Reed in einem Film
über einen Detektiv mit, der als neuen Partner zwei
Paviane zugeteilt kriegt. Reed: 175 Dollar die Stunde
und jeden Cent davon wert (wie ich Chloe gegenüber
gerne betone), langes blondes Haar, das *niemals* zu
einem Pferdeschwanz gebunden ist, leicht und sexy
unrasiert, natürliche Bräune, Silberniete im rechten Ohr,
Gewichthebergürtel, ein Körper mit so präzise ausge-
prägten Muskeln, dass er wie gehäutet aussieht, auf
dem Nummernschild seines schwarzen BMWs steht VAR-

MINT, alle Voraussetzungen sind da. Es ist derart kalt im Saal, dass von den Scheinwerfern der ET-Kameracrew der Dampf aufsteigt.

Die *Details*-Reporterin kommt zu spät. »Tut mir Leid, hab mich verlaufen«, sagt sie ausdruckslos, sie trägt einen schwarzen Kaschmirsweater, ein weißes Baumwollhemd, weiße Seidenhosen und – in klassischer Die-rasende-Reporterin-von-*Details*-Manier – gelbe Ellbogenschützer und ein Armband mit Fahrradreflektoren. »Ich musste Präsident Omar Bongo von Gabun interviewen und seinen netten Neffen äähm …« Sie schaut auf ihren Block: »Spencer.«

»Meine Damen und Herren.« Reed winkelt die Hände ab und stellt mich vor. »Victor Ward, *the Boy of the Moment*.«

»Hey-Gemurmel« und ein paarmal »Yeah« aus der Crew im Dunkeln hinter den dampfenden Lampen, die vor dem StairMaster aufgebaut sind, und endlich sagt jemand müde: »Wir können.«

»Nimm die Sonnenbrille ab«, flüstert Reed mir zu.

»Nicht mit dem ganzen Licht hier, nix da, Erbarmen.«

»Ich rieche Marlboros«, sagt Reed und schiebt mich Richtung StairMaster. »Du solltest nicht rauchen, Baby, du verlierst Jahre deines Lebens.«

»Ja, von sechzig aufwärts, toll. Die darf ich nicht versäumen.«

»Ooh bist du ein harter Mann. Komm schon, spring rauf«, sagt Reed und klatscht sanft gegen die Seite der Maschine.

»Ich will heute Waden und Schenkel und *unbedingt* Bauch«, betone ich. »Aber Bizeps nicht«, warne ich. »Die werden zu groß.«

»Was? Mit neununddreißig Zentimetern, Baby.« Reed stellt den StairMaster auf Blind Random, Stufe 10.

»Ist dein T-Shirt nicht irgendwie zu knapp?«, frage ich spöttisch.

»Arme sind die neuen Brüste«, intoniert Reed.

»O guck doch mal«, sage ich, als ich einen kleinen Mitesser entdecke. »Da kommen schon Brustwarzen.«

»Schnitt«, seufzt der Regisseur.

»Victor«, sagt Reed warnend, »gleich bring ich den geplatzten Scheck von dir zur Sprache ...«

»He, Chloe hat die Rechnung übernommen.«

»Das ist ein Geschäft hier, Baby«, sagt Reed und versucht zu lächeln, »*kein* Wohltätigkeitsverein.«

»Hör mal, wenn du noch Arbeit brauchst, ich such Rausschmeißer.«

»Das hier ist Arbeit, Mann.«

»Was? Sich mit Fitnessmaschinen auskennen? Erbarmen.«

»Ich ergänze mein Einkommen bereits anderweitig, Victor.«

»Hör zu, solange es Safe Sex ist, find ich's cool, als männliche Nutte zu gehen – *wenn's* gut bezahlt ist.«

Reed gibt mir einen leichten Schlag auf den Kopf und knurrt: »Wir machen heute verstärkt Oberschenkel.«

»Und *Bauch*«, betone ich. »Ich hab nen Fototermin, Baby.«

»Okay«, ruft der Regisseur. »Kamera läuft.«

Automatisch, ohne Vorlauf fängt Reed an, in die Hände zu klatschen, und ruft: »Ich will Anstrengung sehen, Druck, *Schweiß* will ich sehen, Victor. Du bist zu angespannt, mein Freund. Raus mit der Spannung. Rein mit der Liebe.«

»Ich hab dem Koffein abgeschworen, Reed. Ich bring mir bei, wie man sich durch Visualisierung der Tiefsee entspannt. Ich vermeide den Drang, alle halbe Stunde meinen Anrufbeantworter abzuhören. Ich umarme rechts und links die Leute. Und schau mal.« Ich fasse unter mein CK-T-Shirt. »Meine neuen Meditationsperlen.«

»Großartig, Baby«, ruft Reed schrill und klatscht in die Hände.

Ich sehe in die Kamera und sage: »Ich war bei Radu, ich war bei Pasquale Manocchia – das ist übrigens Madonnas persönlicher Trainer, Baby –, und Reed ist absolut die erste Adresse im Promi-Training.«

»Ich bin besessen vom Bizeps, vom Trizeps, von den Unterarmbeugern«, gesteht Reed mit törichtem Lächeln. »Ich bin ein echter Muskelarmfetischist.«

»Ich hab die Ausdauer von einem Pferd, aber mein Blutzuckerspiegel ist niedrig, und ich brauch dringend ein Jolly Rancher.«

»Nach dem nächsten Song«, sagt Reed und klatscht immer weiter. »Da geht's an die PowerBar, versprochen.«

Plötzlich dröhnt Primal Scream mit »Come Together« aus den Lautsprechern. »O Gott«, stöhne ich. »Der Song dauert acht Minuten vier Sekunden.«

»Woher weiß man denn so was?«, fragt das *Details*-Girl.

»Je besser man ausschaut, Baby, desto mehr sieht man«, keuche ich. »Dassis mein Motto, Homegirl.« Mein Beeper geht los, und ich schau nach: JD im Club.

»Reed, Baby, gib mir dein Handy.« Ich lass' die Griffstangen los und wähle, ich lächele in die Kamera. »He Leeza! Guck mal, freihändig!«

Das veranlasst Reed, die Geschwindigkeit weiter raufzustellen, was ich eigentlich für unmöglich gehalten hatte, weil ich nicht wusste, dass Stairmaster über Stufe 10 rausgeht.

»He, bin ich zum Essen heute Abend eingeladen?«, fragt Reed. »Ich hab meinen Namen in keiner von den Kolumnen gesehen.«

»Ja, du bist an Tisch 78 mit den Lorax und Pauly Shore«, fauche ich. »JD – leg los.«

»Werd jetzt nicht zu aufgeregt, Victor«, sagt JD atemlos, »aber wir – ich, Beau und Peyton –, wir haben ein Interview mit DJ X arrangiert.«

»Mit wem?«

»DJ X! Du triffst dich heute um drei mit ihm im Fashion Café«, sagt JD. »Er ist bereit, die Party heut Abend zu machen.«

»Ich bin grade auf einem Stairmaster, Baby.« Ich versuche, nicht zu keuchen. »Was? Fashion Café?«

»Victor, DJ X ist der heißeste DJ in der Stadt«, sagt JD. »Stell dir die Publicity vor, und spritz ab. Los, lass es kommen.«

»Ich weiß, ich weiß. Engagier ihn einfach«, sag ich. »Sag ihm, wir zahlen, was er will.«

»Er will sich erst mit dir treffen.«

»O großer Gott.«

»Er braucht irgendwie eine Bestätigung.«

»Schick ihm ne Tüte Popcorn. Schick ihm ein paar süße extra-lutschweiche Schnuller. Sag ihm, du bläst hervorragend … Stimmt doch?«

»Victor«, sagt JD verärgert. »Er macht's nur, wenn er dich vorher getroffen hat. Wir brauchen ihn heut Nacht hier. Geh hin.«

»Nehm ich jetzt Befehle von jemand entgegen, der ›Kult‹ als Adjektiv gebraucht? Ja?«, brülle ich. »Halt die Schnauze!«

»Fashion Café«, sagt JD. »Drei Uhr. Ich hab deinen Kalender gecheckt. Du kannst.«

»JD, ich bin gerade dabei, mich zur stumm grinsenden Gottheit hochzuarbeiten«, stöhne ich. »Ich meine, ist es zu viel verlangt …«

»Fashion Café um drei. Ciao, Victor.« JD klickt weg.

»JD – schalt nicht ab, *wage* nicht, mich rauszuschmeißen!« Ich klicke selbst und verkünde blind: »Mich überkommt auf einmal das Bedürfnis, wie wild zu klettern.«

»Das hast du wohl dein ganzes Leben lang gemacht, Sportsfreund«, sagt Reed traurig.

»Okay, du hast einen Reebok-Spot abgelehnt, macht dich das etwa zum starken Mann?«

Nachdem ET mich gefilmt hat, wie ich mich tausendmal aufsetze und dann rüber zur Kletterwand bin, einem Klettersimulator, bei dem man auf der Stelle bleibt, während man klettert, sehe ich, wie Miss *Details* an der Mauer lehnt, ihren Block unter der Nullnummer eines neuen Magazins, das *Bubble* heißt. Es ist so kalt im Studio, dass ich das Gefühl habe, ich würde einen Gletscher ersteigen.

»Jesus«, stöhne ich, als ich die Titelseite des Magazins entziffere. »Na, großartig. Luke Perrys Meinung über Kurt-fucking-Russell. Ja, davon brauchen wir noch mehr.«

»Und wie läuft's so?«, fragt sie ausdruckslos. »Aufgeregt wegen heut Abend?«

»Denk dran, was die Haselmaus gesagt hat«, sage ich geheimnisvoll und sehe zu, wie Dillon vorbeigeht und einen Powershake schlürft. »He Matt, weiter so.«

»Du hängst dich da wirklich voll rein«, sagt das *Details*-Girl.

»Spricht was gegen gutes Aussehen?«

Sie erwägt das semi-nachdenklich. »Na ja, wenn's auf Kosten von was anderem geht? Damit will ich gar nichts Bestimmtes sagen. Nur irgendwie eine Hypothese. Nimm's nicht übel.«

»Jetzt hab ich die Frage vergessen.«

»Wenn's nun auf Kosten von was anderem geht?«

»Was ist … was anderes?«

»Verstehe.« Sie versucht, einen Gesichtsausdruck hinzukriegen, von dem ich gehofft hatte, sie unterlässt ihn.

»He Baby, wir sitzen ja alle in einem Boot«, knurre ich mühsam, die Hände voll Kreidestaub. »Ja klar doch, ich will das alles hier aufgeben und die Obdachlosen ernähren. Ich geh alles auf und bring den Orang-Utans die Zeichensprache bei. Ich radle mit meinem *Aquarellblock* durchs Land. Ich werde – was? Für ein harmonisches Zusammenleben der Rassen in unserer Nation arbeiten? Für das Amt des gottverdammten Präsidenten kandidieren? Read my lips: Erbarmen.«

Als ich schließlich im Industria ankomme, wo heute der Fototermin ist, hab ich dieses gewisse Gefühl, dass mir jemand folgt, aber wenn ich mich umdrehe, sind's immer nur Fahrradkuriere mit den Fotomappen der Models für *Click, Next, Elite,* also springe ich rasch ins Braque, um die Paranoia loszuwerden, und schnapp mir dort einen nicht zu schaumigen koffeinfreien Latte aus entrahmter Milch, und Alison beept mich permanent an, als ich nun durch eine enorme Flucht weißer leerer Räume gehe. Die Jungs – wir sind neun, manche haben schon die Badehosen an – hängen nur rum: Nikitas, David Boals, Rick Dean, Scooter der Newcomer, ein paar Figuren, von denen ich nix Genaues weiß, darunter ein Kellner vom Jour et Nuit, massiv gebaut mit Rastahaaren, dem eine Kameracrew von »Fashion File« hinterherläuft, ein Zwillingspaar, das bei Twins in der Upper East Side arbeitet, und ein europäischer Typ, der möglicherweise den besten Body von allen hier hat, aber ein Gesicht wie ein Maultier. Alle die Jungs sehen im Grund gleich aus: Hübscher Kopf (eine Ausnahme), großartiger Körper, dichtes Haar, Lippen *gemeißelt,* ultragut drauf, unanständig oder wie immer Sie uns haben wollen.

Während ich warte, dass ich zum Augenbrauenzupfen drankomme, fingere ich die CD-Kollektion durch und quatsche dieses Girl an, das Reis und Broccoli isst, während sie eine Pediküre bekommt – das einzige Wort, das sie kann, ist »huch«, und im ganzen Raum spüre ich eine sehr massive Laissez-faire-Haltung, besonders als mir Stanford Blatch einen Wrigley's Doublemint überreicht. Der Cäsarenschnitt erlebt wieder ein Comeback, und die über der Stirn hochstehende Einzellocke ist massiv in, was Bingo und Velveteen und den Fotografen Didier wild macht, also schleppt man eine Menge PhytoPlage-Gel an, während Opernarien laufen, und um all das zu ertragen, trinken manche von den Jungs Champagner, lesen ihr Horoskop in der Post, machen mit Zahnseide das Hexenspiel. Madonnas Ex-Partyplaner Ronnie Davis, irgendjemand von Dolce & Gabanna, Garren (der die Frisuren bei den letzten Shows von Marc Jacobs und Anna Sui gestylt hat) und Sandy Gallin hängen rum, sie starren uns mit reglosen Gesichtern an, als stünden wir zum Verkauf oder so, und na ja, seien wir ehrlich mit uns selbst – *als ob.*

Drei Varianten: Bermudas, Madras-Shorts und Speedos. Die Jungs werden vor einem riesigen blauen Tuch postiert, später werden japanische Techniker dann was drüberblenden, sodass es aussieht, als ob wir tatsächlich an einem Strand wären, »vielleicht sogar an einem in Miami«, verspricht Didier. Pseudotätowierungen werden an Bizeps, Brustmuskeln, an drei Schenkeln angebracht. Es ist eiskalt.

Bingo klatscht Gel auf meinen Kopf, feuchtet das Haar an, zieht es bis zu den Enden durch, während Didier in der Nähe auf- und abgeht und meinen Bauch inspiziert – zweiundzwanzig und an einem Schnuller lutscht. Der betäubt aussehende Scooter – bereitet sich gerade auf seine Aufnahmeprüfung vor – sitzt neben mir auf einem Hocker, wir schauen beide in riesige ovale Spiegel.

»Ich will Koteletten sehen«, stöhnt Bingo. »Ich brauch Längliches.«

»Vergiss das Natürliche, Bingo«, sagt Didier. »Geh bis zum Äußersten.«

»Shampooniert sich eigentlich heutzutage keiner mehr?« Velveteen erschauert. »Mein Gott.«

»Ich will einen groben Stil, Bingo. Ich will was Gemeines. Eine verborgene Wut. Verborgene Wut muss da rauskommen. Ich will das Aggressive an diesem Knaben.«

»Das Aggressive?«, fragt Bingo. »Der ist Konditor bei Dean & Deluca.«

»Ich will den Look des brutal aggressiven Konditors.«

»Didier, der Junge ist etwa so aggressiv wie ein Seekuhbaby.«

»O Gott, Bingo – du bist so was von nervig«, seufzt Velveteen.

»Gibt's hier eine Herausforderung für mich?«, fragt Didier, während er auf- und abgeht. »Ich glaube eigentlich nicht, denn mir wird's rasch immer langweiliger.«

»Velveteen!«, ruft Bingo. »Du bringst Scooters Frisur durcheinander.«

»Bingo, du liegst *irgendwie* ein bisschen daneben.«

»Ich will was Extremes«, sagt Didier. »Ich will hier rote Chilischoten. Ich will Energie.«

»Ich will 'ne dicke fette Tüte«, murmelt Scooter.

»Ich will's grell *und* sexy«, sagt Didier.

»Lassen wir unser Rudel los, Baby.«

»Ich sprudle vor Erregung«, murmelt Didier nachdenklich. »Aber wo sind die Koteletten von den Jungs? Ich habe Koteletten angefordert. Bingo? Bingo, wo bist du?«

»*Ich* hab Koteletten?«, melde ich mich und hebe die Hand. »Ahh, Meister, das ist Gesichtsmoisturizer hier«, muss ich Bingo klarmachen.

»Aber nicht zu aufdringlich. Richtig, Didier?«, fragt Velveteen säuerlich. »Nicht allzu viel von diesem scharfen Mambo-King-Look.«

Wir sind alle vor dem großen blauen Tuch, ein paar lassen mit den zur Verfügung gestellten Gewichten den Bizeps springen, ein paar liegen auf dem Boden und setzen sich rhythmisch auf, und Didier will Zigarren und teilt sie aus, und Didier will Glyzerin, weil die Jungs in den Bermudashorts jetzt weinen sollen, während sie

Zigarren rauchen, weil wir doch traurig sind und vor dem großen blauen Tuch, das der Strand sein wird, Zigarren rauchen.

»Traurig, *weil* wir Zigarren rauchen?«, frage ich. »Oder traurig, weil das hier alles einfach zu sehr auf Baywatch kommt?«

»Traurig, weil ihr alle Idioten seid und es eben jetzt hier an diesem Strand erst bemerkt habt«, sagt Didier vage, bereit zum Abdrücken.

Scooter betrachtet seine Zigarre verwundert.

»Mach mit dem Ding da, was du gemacht hast, um den Job hier zu kriegen«, sag ich zu ihm. »Schön dran saugen.«

Scooter wird blass. »Woher ... hast du das gewusst?«

»David – mach das Nikotinpflaster ab!«, ruft Didier hinter der Kamera hervor.

»Meine Freundin, wenn die das sieht«, stöhnt Scooter, »dann glaubt sie, ich bin schwul.«

»Immer noch mit Felicia?«, fragt Rick.

»Nein, das ist ein Mädchen, das hab ich auf der Toilette im Foyer vom Principe di Savoia getroffen«, sagt Scooter zurückhaltend. »Ich hatte mich verlaufen, und sie hat wie Sandra Bullock ausgesehen. Sagt man wenigstens.«

»Wie heißt sie?«, fragt David.

»Shoo Shoo.«

»Shoo Shoo was?«

»Wohl kein Nachname.«

»Wie bist du denn bei CK rausgeflogen, Mann?«, fragt ihn Nikitas.

»Calvin war sauer«, sagt Scooter. »Ich hab mir die Haare schneiden lassen, aber es ist sehr viel, äh komplexer.«

Schweigen, eine beträchtliche Pause, heftiges Nicken überall, die Kameracrew von »Fashion File« rennt noch immer herum.

»Glaub mir«, sage ich und halte die Hände hoch, »Calvin und ich sind immer wieder aneinander geraten.« Ich lass den Bizeps noch ein paarmal rotieren. »*Immer wieder.*«

»Er hat dir aber recht gute Plätze für die Show gegeben«, sagt David und streckt die Wadenmuskeln.

»Weil Chloe dabei war«, sagt Rick.

»Ich war nicht bei der Calvin-Klein-Show«, sage ich ruhig, dann schreie ich: »Ich *war* nicht bei der gottverdammten Calvin-Klein-Show!«

»Es gibt ein Bild von dir bei der Show im WWD, Baby«, sagt Rick.

»Du sitzt mit David und Stephen zusammen. In der zweiten Reihe.«

»Wenn mir jemand das Foto zeigt, beweise ich ihm das Gegenteil«, sage ich monoton, reibe mir den Bizeps, friere. »Zweite Reihe? Am Arsch!«

Einer von den Zwillingen liest das WWD von heute und reicht es mir vorsichtig rüber. Ich greife hastig danach und finde die Fotos, die bei den Shows von gestern gemacht worden sind. Es ist kein scharfes Foto: Stephen Dorff, David Salle und ich, alle in Fünfziger-Jahre-Strickhemden und mit Sonnenbrille, tief in die Stühle gefläzt, mit versteinerten Gesichtern. Die Namen stehen in fetter Type unter dem Foto, und hinter meinem – als wäre eine Erläuterung notwendig – steht noch »It Boy«. Eine Flasche Champagner fällt von einem Tisch, jemand schreit nach einer Putze.

»Also was läuft, Victor?«, fragt David. »Damit ich da klarsehe, du warst nicht bei der Show? Du bist nicht auf dem Foto? Lass mich mal raten – das ist Jason Gedrick.«

»Fragt mich hier eigentlich keiner, wie's mit dem Club geht?« frage ich schließlich und halte dem Zwilling abrupt die Zeitung wieder hin – plötzlich empört mich das Ganze.

»Ahh, wie geht's mit dem Club, Victor?«, fragt der andere Zwilling.

»I want to rock'n'roll all night and party every day.«

»Warum bin ich nicht zur Eröffnung eingeladen worden?«, fragt Rick.

»I – want – to – rock – 'n' – roll – all – night – and – party – every – day.« Ich reiße dem Zwilling das WWD noch mal aus der Hand und studiere wieder das Foto. »Das muss ein Missverständnis sein. Das muss von einer anderen Show sein. Tatsächlich, das *muss* Jason Gedrick sein.«

»Bei welchen anderen Shows bist du diese Woche gewesen?«, fragt jemand.

»Bei keinen«, murmele ich endlich.

»Wenn du von der Jupiterumkreisung wieder zurück bist, sagst du uns Bescheid, ja?« David klopft mir auf den Rücken. »Und Jason Gedrick ist in Rom und dreht *Summer Lovers II*, Baby.«

»Ich bin im Hier *und* im Jetzt, Baby.«

»Da hab ich aber was anderes gehört«, sagt Nikitas, der gerade Bauchmuskeltraining macht.

»Ich bin eigentlich nicht an den Informationen interessiert, die du weitergeben kannst«, sage ich *zu* ihm.

»Alles cool mit dir und Baxter und Chloe?« David stellt die Frage beiläufig, und Nikitas und Rick grinsen verstohlen, und natürlich sehe ich das.

»So cool, dass es zieht, Baby.« Ich mache eine Pause. »Ahhm ... Was meinst du damit eigentlich, o großer Weiser?«

Die drei scheinen verwirrt *zu* sein, aus ihren Mienen kann ich schließen, dass sie irgendein Eingeständnis von mir erwartet haben.

»Öh, also ...«, stottert Rick. »Das ist, du verstehst, ich meine ...«

»Bitte!«, stöhne ich. »Wenn ihr hier bekackten Klatsch über mich auffahren wollt, dann wenigstens schnell.«

»Hast du je den Film *Einsam, Zweisam, Dreisam* gesehen?«, fängt David an.

»Mhm. Mhm.«

»Es heißt, dass Chloe, Baxter und du dieses Zu-dritt-Thema interessant finden.«

»Wir reden doch jetzt nicht von Baxter Priestley, oder, meine Herren?«, sage ich. »Wir sprechen doch sicher nicht von diesem erbärmlichen kleinen Waisenknaben?«

»Ist *er* die Waise?«

»Ich meine, ich kenn dich doch, Victor, Mann von Welt«, sagt David. »Ich find's cool, irgendwie echt cool.«

»Einen Moment, einen kleinen Moment mal.« Ich halte die Hände vor mir hoch. »Wenn ihr auch nur eine *Sekunde* lang glaubt, ich würde Chloe – Chloe *Byrnes* – mit dieser Null *teilen* ... o Baby, Erbarmen.«

»Wer hat gesagt, dass du jemand teilst, Victor?«, fragt einer.

»Was soll das heißen?«

»Wer hat gesagt, dass es deine Idee war?«, sagt David. »Wer hat gesagt, dass du glücklich und zufrieden dabei bist?«

»Wie kann ich unzufrieden mit etwas sein, das es überhaupt nicht gibt?« Ich starre sie wütend an.

»Wir sagen dir bloß, was so auf der Straße geredet wird.«

»*Welcher* Straße? In welcher Straße wohnst du denn, David?«

»Äh ... Ludlow.«

»Äh ... Ludlow«, äffe ich ihn mühelos nach.

»Victor, wie können wir dir irgendwas glauben?«, fragt Rick. »Du sagst, du warst nicht bei der CK-Show, aber da kommt das Bild. Jetzt sagst du, du hast keine Dreiecksgeschichte mit Baxter und Chloe laufen, aber in der ganzen Stadt ...«

»Was habt ihr denn sonst noch für Scheiße gehört?«,

fauche ich und wedle mir einen Belichtungsmesser aus dem Gesicht. »Los doch, traut euch, immer los.«

»Dass du Alison Poole fickst?« David zuckt die Achseln.

Ich starre ihn ein paar Sekunden lang an. »Das reicht, das reicht. Ich habe *nichts* mit Alison Poole.«

»Die ehrliche Miene ist beeindruckend, Mann.«

»Das ignoriere ich, weil ich mich nicht mit Mädchen streite«, sage ich zu David. »Außerdem ist das ein sehr gefährliches Gerücht, das du da verbreitest. Gefährlich für sie. Gefährlich für mich. Gefährlich für …«

»Lass gut sein, Victor«, seufzt David. »Als ob mir's nicht so was von egal wäre.«

»Du wirst so oder so schon bald bei The Gap Zwanzig-Dollar-Sweater zusammenlegen«, murmele ich.

»Meine kleinen Aale!«, ruft Didier. »Es wird Zeit.«

»Sag mal, sollte David nicht irgendwie Seetang oder Sand im Gesicht haben?«, frage ich.

»Okay, Victor«, ruft Didier hinter der Kamera hervor. »Ich schau dich an, als wärst du nackt, Baby.«

»Didier?«, sagt einer von den Zwillingen. »Ich *bin* nackt.«

»Ich schau dich an, als ob du nackt wärst, Victor, und du *liebst* es.« Längere Pause, während Didier den Zwilling betrachtet und zu einer Entscheidung kommt. »Verführ mich. Mach, dass ich dir hinterherrenne.«

»Äh, Didier?«, rufe ich. »*Ich* bin Victor.«

»Tanzt bisschen rum und ruft ›Pussy‹.«

»Pussy«, flüstern wir alle.

»Lauter!«, brüllt Didier.

»Pussy!«

»Lauter!«

»*Pussy!*«

»Fantastisch, aber irgendwie nicht gut.«

Speedos nach den Bermudas, Baseballmützen verkehrt rum aufgesetzt, Dauerlutscher werden ausgegeben, Urge Overkill läuft, Didier versteckt die Polaroid und verkauft sie dann an den Meistbietenden im Halbdunkel, der seinen Scheck mit einem Federhalter ausschreibt. Einer von den Jungs hat einen Angstschub, trinkt zu viel Taittinger und gibt zu, dass er aus den Appalachen stammt, was jemand nach einem Klonopin rufen lässt. Didier besteht darauf, dass wir die Hände vor den Sack legen, und holt schließlich noch die Kameracrew von »Fashion File« ins Foto, und dann gehen alle außer mir und dem Typ, der in Ohnmacht gefallen ist, zu einem frühen Mittagessen in ein neues Restaurant in SoHo namens Regulation.

Rasch die Treppe rauf durchs Herbstlicht zum Club-
büro oben, Rollerblades über der Schulter, im dritten Stock eine Kameracrew von VH-1 (unglücklicherweise), die den ultra-angesagten Floristen Robert Isabell
interviewt, und so, wie alle angezogen sind, wird einem
klar, dass Limone und Campbell-Suppen-Orange *die*
auffälligsten neuen Farben der Saison sind, und die ultimative Loungemusik, *I, Swinger,* von Combustible Edi-
son, schwebt durch die Luft wie Konfetti und säuselt
»Es ist Frühling« und »Zeit zum Tanzen«, und überall
sind Veilchen und Tulpen und Löwenzahn, und das
ganze Unternehmen gestaltet sich so, wie man es immer
gewollt hat: unangestrengt cool. Im Büro ist eine ganze
Wand mit Brustmuskeln und gebräunten Bäuchen und
Schenkeln und knochenweißen Hintern beklebt, dazwischen gelegentlich ein Gesicht – alle sind sie dabei von
Joel West über Hurley Thompson und Marky Mark und
Justin Lazard und Kirk Cameron (um Gottes willen) und
Freedom Williams bis zu Körperteilen, die meine sein
könnten oder auch nicht – hier im Allerheiligsten von JD
und Beau, und obwohl ich mir vorkomme, als würde ich
täglich Hochglanzfotos von Joey Lawrence abreißen,
werden sie immer wieder ersetzt, all die Kerle sehen
sich derart ähnlich, dass es schwieriger und schwieriger
wird, sie auseinander zu halten. Elf Publicitytypen werden sich heute Abend diese Party vornehmen. Ich fluche
Beau sieben Minuten lang was wegen der Croutons vor.
Endlich kommt JD mit E-Mail-Ausdrucken rein, Hunderten von Faxen, neunzehn Anfragen wegen Interviews.

»Hat mein Agent angerufen?«, frage ich.

»Was glaubst du denn?«, schnaubt JD, und dann: »Agent wofür?«

»Hat mir gut gefallen, dein Artikel für *Young Homo*, JD«, sage ich zu ihm, während ich die frisch revidierte Gästeliste, Stand 10.45, durchsehe.

»Welcher denn, Victor?«, seufzt JD und blättert sich durch die Faxe. »Der mit dem Titel: ›Hilfe! Bin süchtig nach Kerlen!‹«

»Und das soll heißen …?«, fragt Beau.

»Bloß, dass ihr beide sehr unheterosexuell seid«, sage ich und strecke mich.

»Ich bin vielleicht ein Homo«, gähnt JD. »Aber ich bin immerhin ein Mann – ein Mann mit Gefühlen.«

»Du bist ein Homo, JD, und ich will jetzt kein Wort mehr dazu hören.« Ich schüttele den Kopf über die neuen Pinups – von Keanu, Tom Cruise, verschiedene Bruce-Weber-Shots, Andrea Boccaletti, Emery Roberts, Jason Priestley, Johnny Depp, meine Nemesis Chris O'Donnell – an der Wand über ihrem Schreibtisch. »Jesus, es braucht so gut wie nichts, damit ihr kleinen Süßen heiß werdet. Ein guter Body, ein nettes Gesicht – Jesus.«

»Victor«, sagt Beau und reicht mir ein Fax, »ich weiß zufällig genau, dass du schon mit Männern geschlafen hast.«

Ich gehe in mein Büro rüber und schaue mich nach einem Snapple oder einem Joint um. »Die ganze damals angesagte Bi-Kiste hab ich in etwa drei Stunden auf dem College abgehakt.« Ich zucke die Achseln. »Was soll's. Jetzt bin ich strikt in der Ära Muschi.«

»Wie diese Plastikvagina, nach der Alison Poole eine große Verbesserung darstellt – wer? Keanu Reeves?«, sagt JD, der hinter mir herkommt.

»Mein Lieber, Keanu und ich haben es *niemals* gebracht«, sage ich und geh rüber zum Stereo. »Sagen Sie der Presse, wir sind einfach gute Freunde.« Ich gehe meine CDs durch: Elastica, Garbage, Filter, Coollo, Pulp. Ich schiebe Blur in den Player. »Hast du gewusst, dass Keanu auf hawaiisch ›kühle Meeresbrise‹ heißt und dass er den japanischen Oscar für seine Rolle als FBI-Agent, der dann Surfer wird, in *Point Break* bekommen hat?« Ich programmiere die Nummern 2, 3 und 10. »Jesus – und wir haben Angst vor den Japanern.«

»Du musst aufhören, mit Damiens Freundin zu schlafen, Victor«, stößt Beau hervor, fast winselnd. »Es macht uns ner …«

»Ach Scheiße«, stöhne ich auf und werfe eine CD-Hülle nach ihm.

»Wenn Damien es rauskriegt, bringt er uns alle *um*, Victor.«

»Er bringt *euch* um, wenn er rauskriegt, dass ich tatsächlich meinen eigenen Club aufmache«, sage ich laut und deutlich. »Ihr steckt hier mit drin, was auch geschieht. Ich würde einfach, aaah, alles auf mich zukommen lassen.«

»O Victor, deine Nonchalance ist derart cool.«

»Zunächst mal begreife ich nicht, weshalb ihr kleinen Tunten glaubt, dass ich Damiens Freundin ficke …«

»Und du lügst auch so gut.«

»He – wer zum Teufel hat sich hier ABBA *Gold* angehört? Moment, lasst mich raten.«

»Victor, wir trauen Damien nicht«, sagt Beau. »Oder Digby oder Duke.«

»Schhh«, sage ich und halte den Finger an die Lippen. »Vielleicht werden wir abgehört.«

»Das ist nicht komisch, Victor«, sagt JD grimmig. »Das könnte sogar sein.«

»Wie oft muss ich euch beiden sagen, dass diese Stadt voller entsetzlicher Menschen ist?«, stöhne ich. »Gewöhnt – euch – dran.«

»Digby und Duke sind süß, Victor, aber so voller Steroide, dass sie sehr glücklich wären, jemand halbtot zu schlagen«, sagt Beau und fügt dann hinzu, »was dir allerdings mal guttäte.«

Ich schau auf die Uhr. »Die Nummer zieht bereits mein Vater in etwa einer Viertelstunde ab, also Erbarmen«, seufze ich und knall mich auf die Couch. »Hört zu, Digby und Duke sind bloß Damiens ääh Freunde. So was wie Rausschmeißer – Was?«

»Gangster, Baby«, sagt JD. »Die Mafia ist das.«

»O Gott«, stöhne ich. »Die Mafia? Wem seine? Banana Republic?«

»Mafia, Victor.« Beau nickt zustimmend.

»Ach zum Teufel, das sind Rausschmeißer, Leute.« Ich setze mich auf. »Bedauert sie. Stellt euch vor, wie's ist, wenn man sich ständig mit Kokspennern und Touristen rumschlagen muss. Mitleid zeigen.«

Beau dreht durch. »Mitleid für *dich*, Victor, wenn Damien dieses verdammte Foto von dir – auu!«

»Ich hab gesehen, wie du Beau auf den Fuß getreten hast«, sage ich langsam zu JD und starre die beiden an.

»Wen willst du denn beschützen, JD?«, sagt Beau und ringt nach Luft. »Er *sollte* es wissen. Es ist wahr. Das passiert.«

Ich bin von der Couch aufgestanden. »Ich hab gedacht, das ist alles in Ordnung gebracht, JD.«

»Victor, Victor …« JD hält die Hände hoch.

»Sag's mir *jetzt*. Was, wo, wann, wer?«

»Hat jemand mitgekriegt, dass er die wichtigste Frage auslässt: Warum?«

»Wer hat dir gesagt, dass so ein Foto existiert? Richard? Khol? Reba?«

»Reba?«, fragt JD. »Wer zum Teufel ist *Reba?*«

»Wer war's, JD?« Ich schlage ihm auf eine Hand.

»Es war Buddy. Lass das.«

»Bei der *News?*«

Beau nickt ernst. »Buddy bei der *News.*«

»Und Buddy sagt …«

117

Ich bedeute ihm, weiterzumachen.

»Aah, deine Befürchtungen wegen eines gewissen Fotos sind, äh, ›intakt‹, und die mmm …« JD sieht mit zusammengekniffenen Augen zu Beau rüber.

»Wahrscheinlichkeit«, sagt Beau.

»Richtig. Die Wahrscheinlichkeit, dass es, also …« Wieder schielt JD zu Beau.

»Veröffentlicht wird«, flüstert Beau.

»Veröffentlicht wird, ist, äääh …« JD stockt. »Ah ja, ist ›wirklich groß‹.«

Schweigen, bis ich mich räuspere und die Augen öffne. »Wie lange wolltet ihr eigentlich warten, bis ihr mir dieses Häppchen aus der Gerüchteküche serviert hättet?«

»Ich hab dich sofort angebeept, als das Gerücht bestätigt worden ist.«

»Bestätigt von wem?«

»Ich nenne meine Quellen nicht.«

»Wann?«, stöhne ich. »Okay? Was ist mit: Wann?«

»Es gibt da kein Wann, Victor.« JD schluckt nervös. »Ich hab es dir bestätigt, wie du es wolltest. Das Foto existiert. Wovon? Da kann ich nur raten, nach deiner … Beschreibung gestern«, sagt JD. »Und hier ist die Nummer von Buddy.«

Eine lange Pause, während Blur spielt und ich mich im Büro umsehe, schließlich eine Pflanze berühre.

»Und Chloe hat angerufen und gesagt, sie will dich vor Todds Show sehen«, sagt JD.

»Was hast du ihr gesagt?«, seufze ich und schaue die Telefonnummer an, die JD mir gegeben hat.

»›Deine schlechtgekleidete bessere Hälfte isst mit seinem Vater bei Nobu zu Mittag.‹«

»Ich werde an ein schlimmes Mittagessen erinnert, das ich noch nicht mal eingenommen habe?« Ich kauere mich zusammen. »Jesus, was für ein Tag.«

»Und sie sagt: Vielen Dank für die Blumen.«

»Welche Blumen?«, frage ich. »Und hörst du *bitte* auf, mir auf den Schritt zu gucken?«

»Zwölf weiße Tulpen, die backstage bei der Donna-Karan-Show abgegeben wurden.«

»Na, vielen Dank, JD, dass du sie geschickt hast«, murmele ich und gehe zur Couch zurück. »Hat also doch seinen Grund, dass ich dir zwei Dollar die Stunde zahle.«

Pause. »Ich … hab die Blumen nicht geschickt, Victor.«

Pause. Ich bin dran. »Also *ich* hab sie jedenfalls nicht geschickt.«

Pause. »Es war eine Karte dabei, Victor. Da stand drauf: ›Ain't no woman like the one I've got‹ und ›Baby I'm-a want you, Baby I'm-a need you‹.« JD schaut zu Boden, dann wieder zu mir. »Das hört sich nach dir an.«

»Ich kann da grade nix mit anfangen.« Ich schwenke die Arme, aber dann wird mir klar, wer die Blumen geschickt haben könnte. »Hört mal, kennt ihr diesen Typ namens Baxter Priestly?«

»Das ist der nächste Michael Bergin.«

»Wer ist denn der vorige Michael Bergin?«

»Baxter Priestly ist bei der neuen Darren-Star-Show dabei und spielt in der Band Hey That's My Shoe. Er war mit Daisy Fuentes zusammen, mit Martha Plimpton, Liv Tyler und Glenda Jackson, wenn auch nicht unbedingt in dieser Reihenfolge.«

»Beau, ich bin im Augenblick auf ziemlich viel Klonopin, okay? Nichts von dem, was du sagst, kommt so richtig an.«

»Cool, ist alles cool, Victor.«

»Was mache ich wegen diesem Baxter Priestly?«, stöhne ich. »Der mit seinen tuntigen Wangenknochen.«

»Du eifersüchtiges Miststück«, zischt Beau.

»Was soll das heißen, was machst du wegen ihm?«, fragt JD. »Ich meine, ich weiß, was *ich* machen würde.«

»Ganz erstaunliche Wangenknochen«, sagt Beau ernst.

»Ja, aber was für ein Flachkopf. Und ich will ihm ja auch keinen blasen«, murmele ich. »Gib mal das Fax.«

»Was hat denn jetzt Baxter Priestly hier verloren?«

»Wenn man ihn in einen Grundkurs Englisch schicken könnte, das würde schon mal viel helfen. O Scheiße – ich muss los. Also, zum Geschäft.« Ich mustere das Fax. »Kommt Adam Horowitz unter Ad Rock oder unter Adam Horowitz?«

»Adam Horowitz.«

»Okay, was haben wir hier? Neue Zusagen?«

»Leute, die eine Einladung haben wollen.«

»Los dann. Geh sie durch.«

»Frank De Caro?«

»Nein. Ja. Nein. O Gott, ich pack das jetzt nicht.«

»Slash und Lars Ulrich kommen zusammen«, sagt JD.

»Und von MTV Eric Nies und Duff McKagan«, fügt Beau hinzu.

»Okay, okay.«

»Chris Isaak ist ein Ja, richtig?«, fragt JD.

»Der perfekte Schönling«, sagt Beau.

»Hat Ohren wie Dumbo, aber von mir aus. Mich würd er wohl auch überzeugen, wenn ich ne Tunte wäre«, seufze ich. »Kommt Flea unter Flea, oder hat der so was wie einen richtigen Namen?«

»Tut nix zur Sache«, sagt JD. »Flea kommt mit Slash und Lars Ulrich.«

»Moment mal«, sage ich. »Kommt Axl nicht mit Anthony?«

»Glaube nicht.« Beau und JD sehen sich unsicher an.

»Sagt mir jetzt *nicht*, dass Anthony Kiedes nicht kommt«, stöhne ich.

»Er kommt, Victor, er kommt«, sagt Beau. »Bloß nicht mit Axl.«

»Queen Latifah? Unter Q oder unter L?«, fragt JD.

»Warte mal!«, rufe ich, ich bin beim Buchstaben L: »Lypinska, kommt? Was hab ich euch gesagt: Wir wollen hier keine einzige Drag Queen haben.«

»Warum nicht?«

»Weil die so schnarchig wie die neuen Pantomimen sind, darum.«

»Lypinska ist eine Geschlechtsillusionistin, Victor«, schimpft Beau. »Lypinska ist keine Drag Queen.«

»Und du bist eine kleine Schwuchtel«, knurre ich und reiße ein Foto von Tyson aus einer Ralph-Lauren-Anzeige von der Wand. »Hab ich dir das schon mal gesagt?«

»Und du bist ein gottverdammter Rassist!«, schreit Beau und nimmt mir die zusammengeknüllte Magazinseite weg.

Sofort ziehe ich eine Malcolm-X-Mütze raus, die ich bei der Premiere bekommen habe – signiert von Spike Lee –, und halte sie JD unter die Nase. »Seht ihr? Ne Malcolm-X-Kappe. Sagt mir nicht, dass ich nicht multikulturell bin, meine Süßen.«

»Paul Verhoeven hat gesagt, dass Gott bisexuell ist, Victor.«

»Paul Verhoeven ist ein Nazi und *nicht* eingeladen.«

»Du bist der Nazi, Victor«, höhnt Beau. »*Du* bist der Nazi.«

»Ich bin jedenfalls ein Pussy-Nazi, du kleine Tunte, und hast du etwa Jean-Claude Van Damme *hinter meinem Rücken* eingeladen?!?«

»Kato Kaelins Publicitytyp, David Crowley, ruft ständig an.«

»Lad David Crowley ein.«

»Ach, die Leute mögen Kato, Victor.«

»Haben sie auch seinen letzten Film gesehen, *Dr. Skull?*«

»Macht doch nichts, die Leute fahren total auf das Haar ab.«

»Das bringt mich auf was: George Stephanopoulos.«

»Was? Stoppeljetzgehtslos?«

»Nein. George …«

»Hab's gehört, hab's gehört«, stöhne ich abweisend. »*Nur* wenn er mit irgendjemand kommt, den man sofort erkennt.«

»Aber Victor …«

»Nur wenn (ich sehe auf die Uhr) er sich zwischen jetzt und neun wieder an Jennifer Jason Leigh oder Lisa Kudrow oder Ashley Judd oder noch was Berühmteres ranmacht.«

»Uhhm …«

»Damien rastet aus, JD, wenn er solo anwalzt.«

»Damien erinnert mich ständig dran, Victor, dass er ein bisschen Politik will, ein bisschen Klasse.«

»Damien wollte 'ne MTV-Tanzgruppe mieten, und *das* hab ich ihm ausgeredet«, brülle ich. »Wie lang, glaubst du, brauch ich wohl, um ihn zu überreden, diesen kleinen Griechen zu streichen?«

JD sieht zu Beau rüber. »Ist das cool oder hoffnungslos? Ich bin mir nicht mehr sicher.«

Ich klatsche in die Hände. »Gehen wir jetzt rasch noch die letzten Zusagen durch.«

»Lisa Loeb?«

»Ohh, das ist gewiss ein glitzernder Triumph. Weiter.«

»James Iha – Gitarrist von Smashing Pumpkins.«

»Billy Corgan wär besser gewesen, aber okay.«

»George Clooney.«

»Oh, der ist so wild und lebendig. Weiter.«

»Jennifer Aniston und David Schwimmer?«

»Blah blah blah.«

»Okay, Victor – wir müssen jetzt die Bs, die Ds und die S durchgehen.«

»Her damit.«

»Stanford Blatch.«

»Ach du meine Güte.«

»Werd erwachsen, Victor«, sagt JD. »Dem gehört so ziemlich halb Savoy.«

»Lad den ein, dem die andere Hälfte gehört.«

»Victor, die Brüder Weinstein lieben den Mann.«

»Dieser Typ ist derart ekelhaft geschmacklos, der würde in ner Zoohandlung arbeiten, damit er umsonst Kaninchenscheiße fressen kann.«

»Andre Balasz?«

»Mit Katie Ford, ja.«

»Drew Barrymore?«

»Ja – und zum Essen auch.«

»Gabriel Byrne?«

»Ohne Ellen Barkin ja.«

»David Bosom?«

»Na gut, aber nur die Party.«

»Scott Benolt?«

»Nur zur Party.«

»Leilani Bishop?«

»Party.«

»Eric Bosogian.«

»Hat ne Show. Schafft's zum Essen nicht. Kommt zur Party.«

»Brandy.«

»Jesus, Beau, die ist sechzehn.«

»Moesha ist ein Hit, die Platte ist schon Platin.«

»Ist dabei.«

»Sandra Bernhard.«

»Nur die Party.«

»Billy, Stephen und/oder Alec Baldwin.«

»Zum Essen, nur zur Party, zum Essen.«

»Boris Becker.«

»Mhm. O mein Gott, das hört sich immer mehr wie so eine Planet-Hollywood-Premiere an, wo man nie im Leben was essen möchte«, seufze ich. »Les ich das Fax hier richtig? *Lisa Bonet?*«

»Wenn Lenny Kravitz kommt, kommt sie nicht.«

»Kommt Lenny Kravitz?«

»Ja.«

»Streichen.«

»Jim Burton.«

»O Gott, geil!«

»Halle Berry.«

»Gut.«

»Hamish Bowles.«

»Mhm.«

»Toni Braxton.«

»Ja.«

»Ethan Brown?«

»Ach mir ist's schon ganz egal, was noch real ist«, stöhne ich, und dann: »Nur zur Party.«

»Matthew Broderick.«

»Zum Essen, wenn er mit Sarah Jessica Parker kommt.«

»Ja. Antonio Banderas.«

»Weißt du, was Antonio zu Melanie Griffith gesagt hat, als er ihr zum ersten Mal begegnet ist?«

»›Mein Schwanz dicker als Dons‹?«

»›Du bist also Melanie. Ich bin Antonio. Wie geht's?‹«

»Der muss einfach aufhören, den Interviewern zu erzählen, er sei ›nicht albern‹.«

»Ross Bleckner.«

»Alles klar.«

»Michael Bergin.«

»Schauen wir uns den doch mal an, was, Jungs?«

»David Barton?«

»Ach, ich hoffe so, dass er mit Suzanne kommt, und die trägt was Nettes von Raymond Dragon«, quieke ich. »Nur die Party.«

»Matthew Barney.«

»Ja.«

»Candace Bushnell.«

»Ja.«

»Scott Bakula.«

»Ja.«

»Rebecca Brochman.«

»Wer ist das?«

»Die Kahlúa-Erbin.«

»Schön.«

»Tyra Banks.«

»Ich muss an mich halten, bis ich mich wieder beruhigt habe.«

»Yasmine Bleeth.«

»Ich *bebe* vor Vergnügen.«

»Gil Bellows.«

»Wer?«

»Er ist in einem, äh, gewissen Universum recht berühmt.«

»Einem gewissen Vorwahlbereich, meinst du.«

»Zustellbereich, meinst du. Weiter.«

»Kevin Bacon.«

»Schön, gut. Aber bitte sehr, wo ist Sandra Bullock?«, frage ich.

»Ihr Publicitytyp sagt …« Beau hält inne.

»Ja, weiter?«

»Sie weiß es nicht«, beendet JD den Satz.

»O Jesus.«

»Victor, schneid keine Gesichter«, sagt Beau. »Du musst einfach lernen, dass es für diese Leute wichtiger ist, eingeladen zu werden, als tatsächlich hinzugeben.«

»Nein!«, rufe ich und zeige mit dem Finger auf ihn. »*Die* müssen einfach erst mal lernen, wie man mit dem Promistatus umgeht!«

»Victor …«

»Alison Poole hat gesagt, dass Sandra Bullock sehr wohl kommen wollte, kommen *will* …«

»Wann hast du mit Alison gesprochen?«, fragt JD. »Oder sollte ich das besser gar nicht erst fragen.«

125

»Frag nicht, warum, JD«, sagt Beau.

»Ach Scheißdreck.« JD zuckt die Achseln. »Was kann auch cooler sein, als Chloe Byrnes zu betrügen?«

»He, nimm dich in acht, Kleiner.«

»Kommt das, weil Camille Paglia mal achttausend Wörter über Chloe geschrieben hat, ohne dich auch nur ein einziges Mal zu erwähnen?«

»Diese Fotze«, murmele ich schaudernd. »Okay, machen wir die Ds.«

»Beatrice Dalle.«

»Die dreht den Ridley-Scott-Film in Preußen mit Jean-Marc Barr.«

»Barry Diller.«

»Ja.«

»Matt Dillon.«

»Ja.«

»Cliff Dorfman.«

»Wer?«

»Freund von Leonardo.«

»DiCaprio?«

»Wird einen Richard Tyler tragen und rotsamtene Slipper und Cliff Dorfman mitbringen.«

»Robert Downey, Jr.«

»Nur wenn er seine Chaplin-Nummer macht! O bitte bitte seht zu, dass Downey den Chaplin macht!«

»Willem Dafoe.«

»Party.«

»Michael Douglas.«

»Kommt nicht, aber Diandra.«

»Ich habe den scherbenbestreuten Weg ihrer Ehe genauestens verfolgt.«

»Zelma Davis.«

»Ich kann jetzt kaum mehr an mich halten.«

»Johnny Depp.«

»Mit Kate Moss. Zum Essen, ja.«

»Stephen Dorff.«

»Stephen …«, fange ich an, zögere – »Dorff. Ich meine, warum sind diese Leute *Stars?*«

»DNA? Glück des Doofen?«

»Fahren wir fort.«

»Pilar und Nesya Demann.«

»Selbstverständlich.«

»Laura Dern.«

»Iiih!«

»Griffin Dunne.«

»Keine Party ist vollzählig …«

»Meghan Douglas.«

»Jetzt muss mich jemand kalt abspritzen.«

»Patrick Demarchelier.«

»Ja.«

»Jim Deutsch.«

»Wer?«

»Alias Skipper Johnson?«

»O klar, klar.«

»Shannen Doherty kommt mit Rob Weiss.«

»Ein ganz besonderes Paar.« Ich nicke wie ein Baby.

»Cameron Diaz.«

»Was ist mit Michael DeLuca?«

»Ja.«

»Hervorragend. Gehen wir zu den S.«

»Alicia Silverstone: ein Ja.«

»Fantastisch. Geil.«

»Sharon Stone: Vielleicht, sieht aber ›ganz wahr-scheinlich‹ aus.«

»Weiter, weiter, weiter …«

»Greta Scacchi, Elizabeth Saltzman, Susan Sarandon …«

»Tim Robbins auch?«

»Muss ich mal rüberchecken – hmm, Moment, Moment – ja.«

»Schneller.«

»Ethan Steifel, Brooke Shields, John Stamos, Stephanie Seymour, Jenny Shimuzu …«

»Okay, okay …«

»David Salle, Nick Scotti …«

»Mehr, mehr, mehr …«

»Sage Stallone.«

»Warum laden wir da nicht gleich das gottverdammte Energizer-Bunny ein? Weiter.«

»Marcus Schenkenberg, Jon Stuart, Adam Sandler …«

»Aber *nicht* David Spade.«

»Wesley Snipes und Lisa Stansfield.«

»Okay, mein Guter.«

»Antonio Sabato, Jr., Ione Skye …«

»Die bringt den Geist von River Phoenix mit«, fügt Beau hinzu. »Mein voller Ernst. Sie hat drauf bestanden, dass das auf die Liste soll.«

»Das ist derart hip, dass ich das sofort an die *News* gefaxt sehen will.«

»Michael Stipe …«

»Nur, wenn er nicht dauernd seine gottverdammte Bruchnarbe raushängen lässt.«

»Oliver Stone, Don Simpson, Tabitha Soren …«

»Junge, jetzt sind wir in der tropischen Zone.«

»G. E. Smith, Anna Sui, Tanya Sarna, Andrew Shue …«

»*Und* Elisabeth Shue?«

»Und Elisabeth Shue.«

»Sehr gut. Okay, was spielen wir während der Cocktails?«, fragt Beau, während ich rausgehe.

»Fang mit was Seichtem an. Ein Enrico-Morricone-Soundtrack oder Stereolab oder vielleicht sogar ein bisschen Ambient. Verstehst du? Burt Bacharach. Dann gehn wir zu was Aggressiverem, ganz unauffällig, aber *keine* Fahrstuhlmusik.«

»Space-age bachelor-pad Muzak?«

»Diverse Mood-Sounds?« Ich fliege die Treppe runter zum dritten Stock.

»So polynesisches Tiki-Tiki oder Crime Jazz.« JD fliegt mir nach.

»Im Grunde so ein Ultralounge Cocktail Mix.«

»Denk dran, du bist mit DJ X im Fashion Café verabredet!«, ruft Beau runter. »Um drei!«

»Was Neues von Mica?«, rufe ich aus dem Dritten hoch, wo es eisig ist und einige Fliegen fröhlich vorbeisummen.

»Nein. Aber Fashion Café um drei, Victor!«, schreit Beau.

»Warum hat noch niemand Mica gefunden?«, brülle ich, auf dem Weg weiter runter in den Club.

»Victor«, ruft JD mir hinterher. »Weißt du den Unterschied zwischen einer Platitüde und einem Platypus?«

»Das eine ist ein … Biber?«

»*Welches?*«

»O Gott, ganz schön schwer«, stöhne ich. »Wo ist mein Publicitygirl?«

Mein Vater hat einen Wagen geschickt, um für das Mittagessen »meine Anwesenheit sicherzustellen«, also sitze ich jetzt auf dem Rücksitz einer Lincoln-Stadtlimousine und versuche, Buddy bei der *News* mit dem Handy zu erreichen, der Fahrer kreuzt durch den Mittagsverkehr auf dem Broadway, manchmal bleibt er stecken, wir fahren runter Richtung Nobu, wieder ein Plakat von Chloe an einem Buswartehäuschen, eine Werbung für irgendein Estée-Lauder-Transparent-Make-up, und die Sonne gleißt so stark auf den Wagen vor uns, dass mir die Augen weh tun, ein hohles rosarotes Brennen, und selbst hinter den getönten Fenstern muss ich mir eine Matsuda-Sonnenbrille aufsetzen, vorbei jetzt am neuen The Gap an der Houston, Erwachsene spielen Himmel und Hölle, irgendwo singt süß Alanis Morissette, zwei Mädchen, die den Gehsteig entlangschlendern, winken in Zeitlupe der Limo zu, und ich zeige ihnen *Peace*, ich hab zu viel Angst, mich umzudrehen und zu schauen, ob Duke und Digby mir folgen. Ich zünde mir eine Zigarette an und rücke das Mikrofon zurecht, das unter meinem Hemdkragen versteckt ist.

»He, Nichtraucher«, sagt der Fahrer.

»Und was wollen Sie jetzt dagegen machen? Fahren Sie schön weiter. Jesus.«

Er seufzt, fährt weiter.

Endlich schaltet sich Buddy ein, hört sich an wie reiner Zufall.

»Buddy – Victor. Was läuft?«

»Bestätige mal ein Gerücht für mich. Bist du mit Stephen Dorff zusammen?«

»Erbarmen, Buddy«, stöhne ich. »Kommen wir bitte ins Geschäft.«

»Also los«, seufzt er.

Ich mache eine Pause. »Moment. Ich hoffe bloß, ääh, dass ich noch nicht auf deiner Typen-denen-ichs-besorge-Liste stehe.«

»Nee, du hast doch schon 'nen kleinen Freund.«

»Stephen Dorff ist *nicht* mein gottverdammter kleiner Freund!«, brülle ich.

Der Fahrer beäugt mich im Rückspiegel. Ich lehne mich vor und haue gegen die Rückseite von seinem Sitz. »Gibt's hier irgendwie 'ne Trennwand oder 'ne Glasscheibe oder was, das *mich* von *Ihnen* abschottet?«

Der Fahrer schüttelt den Kopf.

»Was hast du also, Victor?«, seufzt Buddy.

»Baby, es geht das Gerücht, dass du ein Bild besitzt, ein Bild ähm … von mir.«

»Victor, ich hab etwa eine Million.«

»Nein. Ein spezielles Bild.«

»Speziell? Ein *spezielles* Bild? Ich denke nicht, Schnucki.«

»Es ist von mir und einer, äh, gewissen Frau.«

»Wer? Gwyneth Paltrow? Irina? Kristin Herold? Cherl Oteri?«

»Nein!«, schreie ich. »Gottverdammt – es ist von mir und Alison Poole.«

»*Du* und Alison *Poole?* Und ihr macht da – ahem – *was?*«

»Trinken nen Eislatte und füßeln übers Internet! Du ausgerasteter Hohlkopf!«

»Alison Poole? So wie in: Damien Nutchs Ross' Freundin? *Die* Alison Poole?«

»Die fickt auch das halbe Team von den Knicks, ich bin also nicht allein.«

»Ein unartiger Junge. Ein Leben am Abgrund. Gar nicht brav.«

»Was soll das sein, die größten Hits von Bonjovi? Hör jetzt ...«

»Ich nehme an, dieses Foto ist mit dem Einverständnis und der Billigung von Mr. Ross und Miss Byrne aufgenommen worden, du unmoralischer kleiner Bastard.«

»*Ich* unmoralisch?« Ich ringe nach Luft. »Halt, einen Moment mal. *Du* hast die Fotos von der Autopsie von Robert Maxwell verscherbelt, du Drecksack. *Du* hast gottverdammte Polaroids von Kurt Cobains aufgepustetem Schädel gehabt. *Du* hast Aufnahmen gebracht, wie sich River Phoenix auf dem Sunset krümmt. *Du* ...«

»*Ich* hab dir die erste echte Chance in den Medien gegeben, du undankbarer kleiner Scheißer.«

»Und du hast ja so Recht, so Recht. Hör mal, ich wollte dich nicht runtermachen, ich meine, ich finde das beeindruckend.«

»Victor, über dich wird viel geschrieben, hauptsächlich von mir, du tust dabei überhaupt nichts.«

»Nein, Mann, ehrlich, geh bis an die Grenze, das ist *mein* Motto, du weißt also ...«

»Erfolgreiches Arschkriechen erfordert Talent. Oder jedenfalls eine bestimmte Sorte Charme, die du einfach nicht besitzt.«

»Tacheles: Was kann ich dir für das Foto geben?«

»Was hast du denn? Und machen wir das jetzt schnell. Ich werde gleich von ›A Current Affair‹ interviewt.«

»Also, uhm, was, ich meine, was willst du denn wissen?«

»Hat Chloe was mit Baxter Priestly, und steckt ihr alle in irgendeinem scharfen perversen Dreier?«

»Ach Scheiße, Mann – nein. Zum letzten Mal: *Nein!*«, stöhne ich. Und dann nach Buddys misstrauischer Pause: »Und ich hab nix mit Stephen Dorff.«

»Warum ist Chloe in dieser Saison so viel auf dem Laufsteg?«

»Ach, das ist einfach. Es ist ihr letztes Jahr als Laufstegmodel. Die große Abschiedsgala, sozusagen«, seufze ich erleichtert.

»Warum ist Baxter Priestly bei all ihren Shows?«

Ich setzte mich abrupt auf und röhre ins Telefon: »Wer ist dieser kleine Scheißkerl?« Ich versuche, locker zu sein, und wechsle den Tonfall. »He Buddy – wie wär's mit, ah, Winona?«

»Was ist denn mit Winona?«

»Sie kommt heute Abend zur Eröffnung.«

»Na, das ist ja ein vielversprechender Anfang, Victor. Sorry, mein Arsch hat grad gegähnt. Und mit wem ist sie zusammen?«, seufzt er.

»Dave Pirner und die Wrigley-Kaugummi-Erbin und der Bassist von Falafel Mafia.«

»Und macht was? Wo?«

»Im Four Seasons, reden drüber, weshalb *Reality Bites* nicht steiler rausgekommen ist.«

»Mein Arsch gähnt schon wieder.«

Ich halte inne, starre konzentriert aus dem Fenster. »Hurley Thompson«, sage ich endlich und hoffe, er frisst's.

»Jetzt bin ich ein ganz klein wenig fasziniert.«

»Ähm, ach Scheiße, Buddy …« Ich stocke. »Das ist jetzt *total* nicht von mir.«

»Ich geb meine Quellen niemals preis, sag also einfach deinem Herrn und Meister, was abgeht.«

»Nur, du verstehst, dass Hurley in der Stadt ist.«

Pause. »Ich werd ein bisschen scharf.« Das Geräusch von klickenden Computertasten, und dann: »Wo?«

Pause. »Das Paramount.«

»Jetzt massierst du meinen Steifen«, sagt Buddy. »Warum ist er nicht in Phoenix wie der Rest der Besetzung und dreht *Sun City 3* ab?«

Pause. »Ähm, Sherry Gibson …«

»Ich werde heiß. Du machst mich ausgesprochen heiß, Victor.«

»Sie … hat ihn abserviert …«

»Bin steinhart. Weiter so.«

»Wegen einem … Freebase-Problem. Seinem.«

»Gleich kommt's mir.«

»Und er hat äh sie zusammengeschlagen.«

»Ich komme, Victor …«

»Und deshalb musste Sherry aus ›Baywatch Nights‹ raus.«

»Ich spritze quer durchs Zimmer …«

»Weil ihr Gesicht total im Eimer ist …«

»Ich komme, komme, komme …«

»Und er schaut sich jetzt nach einer Entzugsklinik in den Poconos um …«

»O Gott, war das toll …«

»Und Sherry sieht aus wie, äh, o ja, wie ein ›verheulter Waschbär‹.«

»Einmalig. Hörst du mich keuchen?«

»Du mieser Wichser«, flüstere ich.

»Das ist ja kosmisch.«

»Buddy, ich hab das Gefühl, wir sind einander jetzt sehr nahegekommen.«

»Wo ist Hurleys Bruder? Curley?«

»Er hat sich aufgehängt.«

»Wer war beim Begräbnis?«

»Julia Roberts, Erica Kane, Melissa Etheridge, Lauren Holly und, äh, Salma Hayek.«

»Hat die nicht was mit seinem Dad gehabt?«

»Jawoll.«

»Der hängt mit drin und auch wieder nicht so recht, was?«

»Also kein Foto, Buddy?«

»Das Foto von dir und Alison Poole ist verschwunden.«

»Nur mal so fürs Protokoll, was war drauf?«

»Nur mal so fürs Protokoll: Das willst du am besten gar nicht wissen.«

»Hör mal, Buddy, Alison hat gerade die Rolle in der Verfilmung von *The Real Thing* nicht gekriegt«, füge ich hinzu, »sofern das was bringt.«

»Bringt *nada*. Danke, Victor. ›A Current Affair‹ ist jetzt da.«

»Nein – dank *dir*, Buddy. Und *bitte*, das war *nicht* von mir.« Ich mache eine Pause, es fällt mir etwas ein, und ich rufe: »Sag's nicht, sag's ...«

»Vertrau mir nur.« Buddy schaltet aus.

Nobu vor zwölf, und ich beiße ein halbes Xanax ab, während ich an einer vor dem Restaurant geparkten Limousine vorbeigehe, das muss die von Dad sein, und drin haben wir: verschiedene Manager von MTV, einen neuen Oberkellner, der gerade von den CBS Morning News interviewt wird, Helena Christensen, Milla Jovovich und den französischen Schuhdesigner Christian Louboutin an einem Tisch und an einem anderen Tracee Ross, Samantha Kluge, Robbie Kravitz und Cosima von Bülow, und Dad ist der dünne WASP-Typ mit dem marineblauen Ralph-Lauren-Anzug, der von der Tür aus gesehen in der zweiten Nische sitzt und sich etwas auf einen gelben Notizblock krakelt, während ein verdächtig dicker Aktendeckel neben einer Schale Sunomono liegt. Zwei von seinen Assistenten sitzen in der ersten Nische. Man sollte ihm eigentlich das mittlere Alter ansehen, aber mit dem noch nicht so sehr lange zurückliegenden Lifting und weil er laut meiner Schwester seit April auf Prozac ist (ein Geheimnis), ist alles irgendwie ganz cool. Zur Entspannung: Rotwildjagd, ein Astrologe, der sich mit den planetarischen Energiefeldern auskennt, Squash. Und sein Ernährungsberater hat rohen Fisch vorgegeben, braunen Reis, *kein* Tempura, aber Hijiki ist okay, und eingeladen bin ich jetzt zu einer Portion Toro Sashimi, ein wenig heiterer Konversation und einem eleganten Verhör zu Finanzfragen. Er lächelt, blanke Jackettkronen.

»Tut mir Leid, Dad, hab mich verlaufen.«

»Du siehst dünn aus.«

»Sind die ganzen Drogen, Dad«, sage ich und rutsche auf die Bank.

»Das ist nicht komisch, Victor«, sagt er müde.

»Dad, ich nehme keine Drogen, ich bin in Hochform.«

»Nein, wirklich, wie geht es dir, Victor?«

»Ich bin der Größte, Dad. Volle Power. Auf Hochtouren. Die Sachen laufen wahnsinnig. Und ich hab alles unter Kontrolle. Du lachst etwas gequält, Dad, aber ich bin in ständiger Bewegung. Dynamik.«

»Tatsächlich?«

»Ich erobere neues Territorium, Dad.«

»Und zwar?«

Ich starre geradeaus.

»Die Zukunft.«

Dad starrt düster zurück, gibt's auf, sieht sich um, lächelt unbeholfen. »Du hast viel mehr Geschick als früher, Victor, deinen – mmh – Ehrgeiz in Worte zu fassen.«

»Aber immer, Dad. Ich bin effektiv und direkt.«

»Na, wunderbar.« Er winkt Evett: Noch mehr Eistee. »Und wo kommst du jetzt her?«

»Ich hab gerade einen Fototermin gehabt.«

»Ich hoffe, du machst nicht mehr diese nackten Websterfotos oder was auch immer. Jesus.«

»Fast nackt. Bruce *Weber*. Ich hab's nie drauf angelegt, dich zu schockieren, Dad.«

»Mit dem Arsch rumwedeln wie …«

»Das war eine Obsession-Werbung, Dad. Du tust, als sei das so eine Art Pornofilm.«

»Worauf willst du hinaus, Victor?«

»Dad, darauf, dass die Säule meinen Schritt abgedeckt hat.«

Er blättert schon in der Karte. »Eh ich's vergesse, Victor, vielen Dank für die … Patti-Lupone-CD, die du mir zum Geburtstag geschickt hast. Ein aufmerksames Geschenk.«

Ich überfliege ebenfalls die Speisekarte. »Keine Ursache, Mann.«

Dad schaut immer wieder leicht beunruhigt zu dem MTV-Tisch rüber, wo ein paar von den Managern wahrscheinlich dumme Bemerkungen machen. Ich unterdrücke den Impuls, zu winken.

Dad fragt: »Warum starren die so hier rüber?«

»Vielleicht, weil du sozusagen ein Schild um den Hals hast: ›Verunsicherter Weißer‹?«, frage ich. »Mensch, ich brauche ein Glas Mineralwasser. Oder ein trockenes Bier.«

Evett kommt mit dem Eistee zurück und nimmt stumm unsere Bestellungen auf, um dann mit unsicheren Bewegungen hinten im Restaurant zu verschwinden.

»Nettes Mädchen«, sagt mein Dad bewundernd.

»Dad ...«, fange ich an.

»Was?«

Ich kann ihn nicht direkt anschauen. »Das ist ein Kerl, aber ist schon gut.«

»Du machst wohl Witze.«

»Nein, das ist ein Kerl. Er hat, du weißt schon, diese ganze Boy/Girl-Sache voll drauf.«

»Du hast vergessen, deine Sonnenbrille abzunehmen.«

»Ich hab's nicht vergessen.« Ich nehme sie ab und blinzele ein paarmal. »Also, wie sieht's aus, altes Haus?«

»Nun, ich bin dir auf der Spur geblieben.« Er klopft ominös auf die Akte. »Und wenn ich an meinen einzigen Sohn denke, dann erinnere ich mich jedes Mal an die Unterhaltung, die wir letzten Sommer hatten, ob du nicht vielleicht wieder studieren solltest.«

»Ach Scheiße, Dad«, stöhne ich auf. »Ich war in *Camden*. Da hab ich kaum den Abschluss geschafft. Ich weiß nicht mal, was meine Fächer waren.«

»Experimentelles Orchester, soweit ich mich erinnere«, sagt Dad trocken.

»He, vergiss nicht Designanalyse.«

Mein Vater beißt die Zähne zusammen, er würde jetzt für einen Drink sterben, der Blick irrt durch den Raum. »Victor, ich hab Verbindungen in Georgetown, an der Columbia, an der NYU, Herrgott noch mal. Es ist nicht so schwierig, wie du vielleicht glaubst.«

»Ach Scheiße, Dad, hab ich dich *je* zu so was benutzt?«

»Ich mache mir nun einmal Sorgen wegen deiner beruflichen Laufbahn ...«

»Weißt du, Dad«, unterbreche ich ihn, »auf der Horace-Mann-Schule hatte ich immer die größte Angst vor der Frage meines Beratungslehrers, was ich denn für Berufspläne hätte.«

»Warum? Weil du keine gehabt hast?«

»Nein. Weil ich wusste, wenn ich ihm antworte, dann lacht er.«

»Ich weiß nur noch, dass du nach Hause geschickt worden bist, weil du dich geweigert hast, im Mathematikunterricht die Sonnenbrille abzunehmen.«

»Dad, ich eröffne jetzt diesen Club. Ich mache ein wenig Modeling.« Ich setze mich, um das zu betonen, ein wenig aufrechter hin. »He – und ich warte, ob ich eine Zusage für eine Rolle in *Flatliners II* kriege.«

»Ist das ein Film?«

»Nein – das ist ein Sandwich«, sage ich fassungslos.

»Ich meine, Herrgott«, seufzt er, »Victor, du bist siebenundzwanzig und bist nichts als ein Model?«

»Nichts als ein Model?«, sage ich, noch immer wie betäubt. »*Nichts als ein Model?* Ich würde mir diese Formulierung noch mal gut überlegen, Dad.«

»*Ich* überlege mir, ob es nicht denkbar ist, dass du hart an etwas arbeitest, das ...«

»Ja, Dad, ich bin natürlich in einem Milieu groß geworden, wo es Ehrensache ist, dass die Leute es durch harte Arbeit zu was bringen. Klar.«

»Erzähl mir doch nicht, dass du dir ... künstlerisches

und persönliches Wachstum vom – entschuldige, das würde mich jetzt interessieren –, vom Modeling erwartest?«

»Dad, ein männliches Spitzenmodel kann elftausend Dollar am Tag verdienen.«

»Bist du ein männliches Spitzenmodel?«

»Nein, bin ich nicht, ich bin kein männliches Spitzenmodel, aber das ist jetzt nicht der Punkt.«

»Ich liege oft wach, Victor, und überlege mir, was bei dir der Punkt ist.«

»I 'm a loser, baby«, seufze ich und lass mich gegen die Lehne zurücksinken. »So why don't you kill me?«

»Du bist kein Loser, Victor«, seufzt Dad zurück. »Du musst nur, ähh, dich selbst finden.« Wieder seufzt er. »Ein neues – ich weiß auch nicht – ein neues Ich finden?«

»Ein neues Ich?«, keuche ich. »O mein Gott, Dad, du schaffst es wirklich, dass ich mir total nutzlos vorkomme.«

»Und wenn du diesen Club eröffnest, wie fühlst du dich da?«

»Dad, ich weiß, ich weiß …«

»Victor, ich will nur …«

»Ich will einfach was machen, wo alles meins ist«, betone ich, »wo ich nicht … ersetzbar bin.«

»Ich auch.« Dad verzieht leicht das Gesicht. »Das will ich auch für dich.«

»Ein Model … Modeling ist … Ich bin ersetzbar«, seufze ich. »Es gibt tausend Jungs mit Schmollippen und schöner Körpersymmetrie. Aber wirklich was aufmachen, einen Club, das ist …« Meine Stimme verklingt.

Nach längerem Schweigen sagt Dad: »Man hat mich auf ein Foto von dir diese Woche in *People* aufmerksam gemacht.«

»Welche Nummer? Das hab ich gar nicht gesehen. Wer war denn da auf dem Titel?«

»Ich weiß es nicht«, sagt er mit bösem Blick. »Jemand von meinen Angestellten hat mich darauf aufmerksam gemacht.«

»Herrgott!« Ich schlage mit der flachen Hand auf den Tisch. »*Genau* aus diesem Grund brauche ich jemanden für die Publicity.«

»Der springende Punkt ist, Victor, dass du irgendwo in einem recht üppigen Hotel warst ...«

»Irgendwo in einem recht üppigen Hotel?«

»Ja. In Miami.«

»Ich war in einem Hotel? Irgendwo in Miami?«

»Ja. In einem Hotel. Du trägst da – so eben gerade noch – einen Badeanzug aus weißem Leinen, sehr, sehr nass ...«

»Seh ich gut aus?«

»Mit Sonnenbrille. Du rauchst eine – wie ich nur hoffen kann ... – Zigarette, die Arme hast du um zwei üppige, stark eingeölte *Penthouse*-Playmates ...«

»Ich muss das wirklich sehen, Dad.«

»Wann warst du denn in Miami?«

»Ich bin seit Monaten nicht mehr in Miami gewesen«, betone ich. »Das ist doch wirklich traurig – das eigene Fleisch und Blut verkennen, deinen eigenen *Sohn*, einen ...«

»Victor«, sagt mein Vater ruhig, »dein Name stand unter dem Foto.«

»Ich glaube nicht, dass ich das war, Mann.«

»Na«, beginnt er leichthin, »wenn du es nicht warst, Victor, wer dann?«

»Ich muss mich da wirklich mal drum kümmern, Baby.«

»Und was ist mit deinem Nachnamen?«, fragt er. »Bleibst du immer noch bei Ward?«

»Ich hab gedacht, die Namensänderung wäre *deine* Idee gewesen, Mann.«

»Es kam mir damals wie eine gute Idee vor«, murmelt

er und öffnet mit zierlicher Bewegung eine Mappe mit Zeitungsausschnitten, Faxen von weiteren Zeitungsausschnitten, Fotos von mir.

»Das ist ein Zitat aus« – mein Vater dreht ein unscharfes Fax herum –, »aus der *New York Times*, aus deren Rubrik ›Stil‹, genauer gesagt. Ein kleiner Artikel über dich und dabei fettgedruckt das Zitat: ›Im Uterus der Liebe sind wir alle blinde Höhlenfische.‹ Stimmt das, Victor? Könntest du mir bitte den Begriff ›Uterus‹ in diesem Zusammenhang erklären? Und ferner, ob es tatsächlich blinde Höhlenfische gibt?«

»O Gott – Frage A und Frage B. Baby, das ist so absurd«, seufze ich. »Die Presse entstellt immer alles, was ich sage.«

»Nun, was sagst du denn?«

»Warum nimmst du alles so buchstäblich?«

»Eine Calvin-Klein-One-Anzeige. Hier sieht es so aus, als stünden da zwei Jungs – aber was weiß denn ich, es können genausogut auch Mädels sein –, und, jawohl, sie küssen sich, und du schaust zu, die Hände vorne in die Hose gesteckt. Warum sind deine Hände vorne in der Hose? Soll einem diese Geste demonstrieren, dass CK One ein verlässliches Produkt ist?«

»Sex verkauft sich, Mann.«

»Ich verstehe.«

»Je besser man ausschaut, desto mehr sieht man.«

»Hier haben wir ein Interview aus, hmmm, *YouthQuake* – übrigens meinen Glückwunsch, da bist du auf dem Titelblatt, mit markantem Lidschatten, ein wunderbares Braun ...«

»Terracotta«, seufze ich. »Aber schon gut, alles klar.«

»... und da wirst du gefragt, mit wem du am liebsten Mittagessen gehen würdest, und deine Antworten lauten: mit den Foo Fighters, dem Astrologen Patric Walker – der ist tot, übrigens – und (das ist ja wohl kein Druckfehler, oder?) dem Unabomber.«

Ich starre ihn meinerseits an. »Ja und?«

»Du willst Mittagessen gehen mit … dem Unabomber?«, fragt er. »Ist das eine wesentliche Information? Müssen wir das wirklich über dich wissen?«

»Und was ist mit meinen Fans?«

»Ein weiteres dir zugeschriebenes Zitat, falls das nicht auch entstellt ist: ›Washington, D. C., ist die dümmste Stadt der Welt, mit den wohl blödesten Leuten überhaupt.‹«

»Ach Dad …«

»Ich lebe und arbeite in Washington, D. C., Victor. Was du sagst und tust, beeinflusst durchaus mein Leben, und so, wie mein Leben nun einmal ist, kann das für mich von großer Peinlichkeit sein.«

»Dad …«

»Ich wollte das nur erwähnen.«

»Erbarmen, bitte.«

»Es heißt hier auch, dass du in einer Band mitspielst, die sich Pussy Beat nennt, früherer Name«, er schluckt: »Kitchen Bitch.«

»Wir haben den Namen geändert. Wir sind jetzt die Impersonators.«

»O Jesus, Victor. Diese ganze Szene ist einfach …«

»Dad, ich war total *schockiert*, als Charlie und Monique ihr Baby tätowiert haben. Herrgott – wie? Glaubst du, ich bin irgendwie kriminell?«

»Und jetzt sagt mir noch deine Schwester, dass Auszüge über dich aus diesem Madonna-Buch im Internet auftauchen …«

»Dad, es ist alles unter Kontrolle.«

»Wie kannst du das sagen?«, fragt er. »Das ist einfach schäbig, Victor. Wirklich schäbig.«

»Was du mir also im Grunde hier sagst – dass ich eine ziemlich schräge Existenz bin.«

»Nein«, sagt er. »Nicht genau.«

»Also ist mehr Geld wohl nicht drin?«

»Victor, bitte nicht. Wir haben das mehr als oft gehabt.«

Ich bin kurz still. »Also ist mehr Geld wohl nicht drin?«

»Ich meine, die Zahlungen aus dem Fonds müssten reichen.«

»He, New York ist teuer …«

»Dann zieh um.«

»O mein Gott, wach doch auf.«

»Was willst du mir denn sagen, Victor?«

»Dad.« Ich hole tief Luft. »Seien wir ehrlich – ich bin pleite.«

»Dein Scheck kommt in ein paar Tagen.«

»Der ist weg.«

»Wie kann der Scheck weg sein, wenn du ihn noch nicht einmal bekommen hast?«

»Glaub mir, das ist mir auch ein Rätsel.«

»Victor, es bleibt bei deinem monatlichen Scheck«, betont Dad. »Das *ist* es. Nicht mehr. Nicht weniger. Kapiert?«

»Tja, da muss ich einfach meine Visa-Karte voll ausfahren.«

»Wirklich smarte Idee, mein Sohn.«

Amanda deCadenet bleibt an unserem Tisch stehen und küsst mich kräftig auf den Mund und sagt, sie sieht mich dann heut Abend, und geht, ohne meinem Vater vorgestellt worden zu sein.

»Wie geht's Chloe?«, fragt er.

20

Das Mittagessen war von gnädiger Kürze, und jetzt ist es erst halb zwei, und ich sag dem Fahrer, er soll mich Ecke Broadway und Fourth rauslassen, dass ich vor der Probe mit der Band noch bei Tower Records vorbei kann und ein paar dringend benötigte CDs mitnehmen, und drinnen wimmelt die Popgruppe Sheep – *die* neue alternative Rockband, deren Single »Diet Coke at The Gap« diesen Monat auf MTV die Megascheibe ist – vorn im Laden rum und blinzelt in verschiedene Videokameras rein, während Michael Levine (die Annie Leibovitz des Alternativrocks) Bilder schießt und »Aeon Flux« über alle Monitore läuft, und ich suche den Magazinständer nach dem neuen *Youth-Quake* ab, um zu schauen, ob's irgendwelche Leserbriefe zu dem Artikel über mich gibt. In meinem Korb: Trey Lewd, Rancid, Cece Pensiton, Yo La Tengo, Alex Chilton, Machines of Loving Grace, Jellyfish, the 6th's, Teenage Fanclub. Ich hab auch meine Modeling-Fotomappe mit reingeschmuggelt, und als ich dieses süße orientalische Mädchen ausmache, das weiße Jeans mit einem silbernen Kettengürtel trägt, eine Jerseytunika mit V-Ausschnitt und flache schwarze Sandalen, und das jetzt die Rückseite von einer ELO-CD studiert, lasse ich rein zufällig die Mappe fallen, und Bademodenfotos flattern ihr um die Füße. Ich warte kurz, ehe ich mich bücke, um sie aufzuheben, tu so, als sei mir das äußerst peinlich, hoffe, die Frau riskiert einen Blick, aber sie schaut mich nur mit einer Was-soll's?-Miene an und geht weg, und dann fängt so ein kleines Honigkuchenpferdchen von einem Schwulen an, mir zu helfen. »Schon okay, schon okay«, sage ich immer wieder und nehm ihm ein Tangabild aus der Hand, und dann sehe ich das schärfste Girl von ganz Tower Records.

Sie steht an einer Hörstation, Kopfhörer auf, sie drückt auf verschiedene Knöpfe, wiegt sich, trägt enge melonenfarbene Caprihosen, die in kleine schwarze Stiefel übergehen, und einen offenen violett-beigen Todd-Oldham-Mantel, und als ich näher herangehe, sehe ich, dass sie CDs von Blur, Suede, Oasis und Sleeper in der Hand hat. Ich stehe direkt hinter ihr, als sie die Kopfhörer abstreift.

»Das ist die Beste«, sage ich und deute auf die Oasis-CD. »Nummer drei, vier, fünf und zehn sind alle hervorragend.«

Sie dreht sich verwundert um, sieht mein Gesicht, und ein nur als merkwürdig zu beschreibender Ausdruck – ein Drittel Besorgnis, ein Drittel Lächeln, vielleicht noch ein Drittel was anderes – verändert ihre Züge, und sie fragt: »Kennst du mich?«, aber auf diese spielerische Art, die ich gewohnt bin, und so kann ich voll Selbstvertrauen sagen: »Jaah – L.A. oder Miami, stimmt's?«

»Nein«, sagt sie, und ihr Blick wird hart.

»Warst du« – eine kleine Eingebung – »in Camden?«

»Schon weniger kalt«, sagt sie einfach.

»Warst du – bist du ein Model?«

»Nein«, seufzt sie, »bin ich nicht.«

»Aber Camden ist nicht schlecht?«, frage ich hoffnungsvoll.

»Ja, stimmt.« Wieder seufzt sie.

»Ja, ja, jetzt kommt's mir langsam alles wieder.«

»Gut.« Sie verschränkt die Arme.

»Du warst also in Camden?«, frage ich, und dann, um ganz sicherzugehen: »Das in New Hampshire?«

»Gibt's denn noch eins?«, fragt sie ungeduldig.

»He, Baby, alles klar.«

»Also«, sagt sie und tippt gegen die Oasis-CD, »danke für den Plattentip, Victor.«

»O Mann, du kennst mich?«

Sie wirft eine rote, runde Wilderlederhandtasche mit Reißverschluss über die Schulter und zieht ihre Matsuda-Sonnenbrille von der Nase – blaue Augen – und schiebt die Lippen wie schmollend vor: »Victor Johnson? Ich meine, wenn du Victor Johnson *bist*.«

»Also, ja«, gebe ich blöd grinsend zu. »Also eigentlich jetzt Victor Ward, aber, äh, ich bin's immer noch.«

»Na, das ist ja hervorragend«, sagt sie. »Du bist also verheiratet? Wer ist der Glückliche?«

»Der Pygmäe da drüben mit dem Erdbeerstrudel auf dem Kopf.« Ich zeige rüber auf den schwulen Typ, der, wie mir jetzt gerade auffällt, eins von den Fotos eingesackt hat. Er lächelt und hüpft davon. »Ist eher so ein Schüchterner.«

Endlich geht mir auf, dass ich diese Frau tatsächlich kenne. »O Mann, ich hab solche Schwierigkeiten mit Namen«, entschuldige ich mich. »Es tut mir Leid.«

»Also los«, sagt sie, sie hält mit etwas zurück, »nun mal tapfer Junge, rat mal, wag es.«

»Okay, ich gönne mir mal einen hellseherischen Moment.« Ich führe die Hände an die Schläfen und schließe die Augen. »Karen ... Nancy ... Jojo ... Hast du einen Bruder, der Joe heißt? ... Ich seh hier irgendwie ganz viele Js ... Ich sehe, ich sehe ein ... ein Kätzchen ... ein kleines Kätzchen namens Cootie?« Ich öffne die Augen.

»Lauren ist der Name.« Sie sieht mich ausdruckslos an.

»Lauren, richtig!«

»Ja«, sagt sie mit irgendwie harter Stimme. »Lauren Hynde? Erinnerst du dich?«

Ich halt inne, vom Donner gerührt. »Mensch. Lauren Hynde. Hoppla ...«

»Weißt du jetzt, wer ich bin?«, fragt sie.

»O Baby, ich bin echt …« Ich bin total daneben, ich muss eingestehen: »Du weißt ja, man sagt, Klonopin führt im Kurzzeitgedächtnis zu Ausfällen, also …«

»Warum fangen wir nicht damit an: Ich bin Chloes Freundin.«

»Ja, ja, klar«, sage ich und versuche, wieder Fuß zu fassen. »Wir haben erst kürzlich über dich gesprochen.«

»Mmm.« Sie tritt langsam in einen Gang, fährt mit der Hand an den Rändern der CD-Regalfächer vorbei, bewegt sich von mir weg.

Ich folge ihr. »Ja, das war kürzlich eine total nette ääh, Unterhaltung, weißt du?«

»Worüber?«

»Ach, du weißt schon, echt positive Sachen.«

Sie geht immer weiter, und ich bleibe ein wenig zurück, ich nehme die Sonnenbrille ab, um den Körper unter dem offenen Mantel abzuchecken: Dünn mit vollen Brüsten, lange gut geformte Beine, kurzes blondes Haar, und alles andere – Augen, Zähne, Lippen, was man will – ebenso hübsch. Ich hol sie ein, gehe mit ihr weiter, schwenke lässig den CD-Korb.

»Und du erinnerst dich an *mich* von Camden her?«, frage ich.

»O ja«, sagt sie halb verächtlich. »Ich erinnere mich.«

»Also, hast du dich auf dem College so benommen, oder benehm *ich* mich jetzt anders?«

Sie bleibt stehen und dreht sich zu mir um. »Du hast wirklich keine Ahnung mehr, wer ich bin, Victor?«

»Aber klar. Du bist Lauren Hynde.« Ich stocke. »Aber weißt du, ich war ziemlich oft weg, und Klonopin führt zum Verlust des Langzeitgedächtnisses.«

»Ich dachte, es wäre das Kurzzeitgedächtnis.«

»Siehst du – ich weiß es schon nicht mehr.«

»O Gott! Vergiss es.«

Sie will sich gerade abwenden, als ich frage: »Bin ich noch derselbe?«

Sie mustert mich aufmerksam. »So ziemlich, würde ich sagen.« Sie konzentriert sich auf den Kopf, betrachtet mein Gesicht. »Na, die Koteletten hast du, glaub ich, nicht gehabt.«

Eine Möglichkeit, die ich rasch nutze. »Lern diese Koteletten lieben, Baby. Die sind deine besten Freunde. Streichel die Koteletten.« Ich beuge mich vor, biete schnurrend mein Profil dar.

Sie schaut mich nur an, als hätte ich sie nicht mehr alle.

»Was ist? Ist was?«, frage ich. »Streichel die Koteletten, Baby.«

»*Streichel* die Koteletten?«

»Die Leute *verehren* diese Koteletten, Baby.«

»Du kennst Leute, die Haar verehren, ja?«, fragt sie semi-schockiert. »Du kennst Leute, die ewig wie zwanzig aussehen wollen?«

Ich wedle eine Fliege weg. Ich wechsle in eine andere Tonlage.

»Was läuft denn so, Lauren Hynde? Herrgott, du siehst wahnsinnig gut aus. Wie ist's denn so? Wo warst du denn?« Vielleicht sag ich das im falschen Ton, weil sie jetzt sofort das Unvermeidliche bringt.

»Ich hab Chloe letzte Woche bei Patricia Field gesehen«, sagt sie.

»In Patricia Fields Apartment?«, frage ich beeindruckt.

»Nein«, sagt sie und sieht mich eigenartig an. »In ihrem Laden, Blödmann.«

»Oh. Cool.«

Eine lange Pause, verschiedene Girls gehen vorbei. Ein paar sagen Hi zu mir, aber ich ignoriere sie lässig. Lauren schaut ihnen skeptisch nach, unruhig, was ein gutes Zeichen ist.

»Uhm, ich weiß jetzt nicht genau, wovon wir eigentlich reden ...«

Mein Beeper legt los. Ich schau nach der Nummer: Alison.

»Wer ist das?«

»Ach, weißt du, wahrscheinlich bloß wieder irgend so ein Anruf wegen einer Gewerkschaft für männliche Models.« Ich zucke die Achseln und füge nach einer Pause hinzu: »Bin Model.«

»Gewerkschaft für männliche Models?« Sie entfernt sich wieder von mir, und ich will ihr grade deshalb folgen.

»Du sagst das, als sei's ein Witz.«

»Ich glaube, für den Aufbau einer Gewerkschaft braucht man engagierte Leute, Victor.«

»He, kein düsterer Sarkasmus im Klassenzimmer.«

»Das ist doch lächerlich«, sagt sie. »Ich muss jetzt gehen.«

»Warum?«

»Ich bin mit jemand zum Essen verabredet.« Ihre Hand zittert tatsächlich, als sie sich durchs Haar fährt.

»Mit wem?«, frage ich.

»Warum?«, fragt sie zurück.

»Ein Typ?«

»Victor.«

»Ach komm schon.«

»Baxter Priestly, wenn du es unbedingt wissen musst.«

»Ach großartig«, stöhne ich. »Wer ist dieser kleine Scheißer eigentlich? Ich meine, Erbarmen, Baby!«

»Victor, Chloe und ich sind Freundinnen. Das weißt du, nehme ich an«, sagt sie und blickt mich direkt an. »Jedenfalls solltest du es wissen.«

»Warum sollte ich das wissen?« Ich lächele.

»Weil sie deine Freundin ist?«, fragt sie, ihr Mund bleibt offen.

»Ist das eine Entschuldigung?«

»Nein, Victor. Ein Grund. *Du* benutzt es als Entschuldigung.«

»Jetzt komm ich nicht mehr mit, Baby. Das wird jetzt sehr komplex.«

»Dann denk mal drüber nach.«

»He, wie wär's mit einem Cappuccino?«

»Weißt du eigentlich nicht, wer die Bekannten deiner Freundin sind? Sprichst du nicht mit ihr?« Lauren wird jetzt wütend. »Was bist du – o Gott, weshalb frag ich eigentlich? Ich weiß es ja, ich *weiß* es. Ich muss jetzt gehen.«

»Warte, warte – ich will die hier mitnehmen.« Ich zeige auf den CD-Korb. »Komm doch mit, und ich bring dich dann raus. Ich hab gleich Probe mit der Band, aber einen Latte kann ich noch einschieben.«

Sie zögert, dann geht sie mit mir zur Kasse. Dort will meine AmEx-Karte nicht durch. Ich stöhne: »Erbarmen«, aber Lauren lächelt tatsächlich – ein Lächeln, das bei mir ein heftiges *Déjà-vu*-Gefühl auslöst – und nimmt's auf ihre Karte, als sie ihre eigenen CDs bezahlt, und sagt nicht mal irgendwas, ich könnte es ihr dann ja wiedergeben.

Es ist in Tower Records so kalt, dass alles – die Luft, die um uns wirbelnden Geräusche, die CD-Regale – sich weiß anfühlt, zugeschneit. Leute kommen vorbei, gehen zur nächsten Kasse, und das hochangebrachte Neonlicht, das alle flach und blass und verwaschen aussehen lässt, tut Laurens Haut nichts, die aussieht wie gebräuntes Elfenbein, und ihre Anwesenheit – einfach die Art, wie sie die Quittung abzeichnet – berührt mich auf eine Weise, die ich nicht wieder loswerde, und die über uns aufsteigende Musik – »Wonderwall« – bewirkt, dass ich mich ganz bekifft fühle und weit weg von meinem Leben. Lust ist etwas, das mir lange Zeit nicht mehr begegnet ist, und jetzt folge ich ihr durch Tower

Records, und es ist schwierig, den Gedanken abzuschütteln, dass Lauren Hynde ein Teil meiner Zukunft ist. Draußen lege ich ihr die Hand unten auf den Rücken und lenke sie durch die Menge auf dem Gehsteig zur Bordsteinkante des Broadway. Sie dreht sich um und schaut mich lange an, und ich lass sie.

»Victor«, fängt sie an, sie reagiert auf meine Stimmung: »Hör mal – ich will eines klarstellen. Ich bin mit jemand zusammen.«

»Mit wem?«

»Das spielt keine Rolle«, sagt sie. »Ich bin gebunden.«

»Na, warum sagst du mir nicht, wer es ist?«, frage ich. »Und wenn es Baxter Priestly ist, bekommst du tausend Mäuse.«

»Ich glaube nicht, dass du tausend Mäuse hast.«

»Ich hab daheim ein großes Glas voll Wechselgeld.«

»Es war« – sie stockt, weiß nicht weiter – »interessant, dich wiederzusehen.«

»Komm schon, lass uns einen Café au lait im Dean & Deluca trinken. Hört sich doch flott an.«

»Und was ist mit der Band?«

»Diese Verlierer können warten.«

»Ich nicht.«

Sie läuft los. Ich strecke die Hand aus, berühre leicht ihren Arm.

»Warte mal – gehst du zur Todd-Oldham-Show? Um sechs. Ich bin drin.«

»O Gott, nun lass schon gut sein, Victor.« Sie geht weiter.

Ich renne den Leuten in den Weg, aus dem Weg, um mit ihr Schritt zu halten.

»Was? Was ist denn?«, frage ich.

»Ich bin an dieser Szene eigentlich nicht besonders interessiert.«

»Welche Szene, Baby?«

»Die, in der es bloß darum geht, wer wen fickt, wer

den größten Schwanz hat, die größten Titten, wer berühmter ist als irgendwer sonst.«

Verwirrt folge ich ihr. »Und du, ähh, dir sagt das nichts?«, frage ich, sehe zu, wie sie ein Taxi herwinkt. »Du hast da irgendwie ein Problem?«

»Ich muss los, Victor.«

»He, kann ich deine Telefonnummer haben?«

Ehe sie die Tür zuschlägt, ohne mich anzuschauen, höre ich, wie Lauren sagt: »Chloe hat sie.«

Chloe und ich sind letzten September nach L.A. gegangen, aus Gründen, die wir eigentlich selbst nie recht begriffen haben, obwohl ich mir im Nachhinein denke, es war wohl ein Versuch, unsere Beziehung zu retten, und Chloe sollte auch bei den MTV Awards was überreichen, aber ich erinnere mich an nichts außer Oscar-Geschwätz, Frida-Kahlo-Geschwätz, Mr.-Jenkins-Geschwätz, wie groß ist der Pimmel von Dweezil Zappa, Sharon Stone im Pyjama, an Edgar Bronfman, Jr., der Chloe anmacht, nur noch zwei grüne Jujifruits in der Schachtel, die ich in der Hand hatte, während ich durchgeknallt die Zeremonie absaß, und alles war im Grunde reines Cindy Cindy Cindy, und auf jedem Foto, das von mir abgedruckt wurde – in *W*, in *US*, im *Rolling Stone* –, hab ich dieselbe halbvolle Flasche Evian in der Hand.

Wir wohnten im Château Marmont in einer Riesensuite mit einem noch mal doppelt *so* großen Balkon, der über West L.A. schaute. Wenn Chloe nicht reden wollte, rannte sie ins Badezimmer, drehte den Haartrockner *voll* auf und richtete ihn auf mein ruhiges, verwundertes Gesicht. Ihr Spitzname für mich während dieser Wochen war »mein kleiner Zombie«. Ich bewarb mich um die Rolle (die ich nicht bekam) des Freundes von einem Drogensüchtigen in einem Pilotfilm für eine Krankenhausserie, der schließlich nie produziert wurde, aber es war auch egal, weil ich derart weg vom Fenster war, dass ich sogar Sachen, die Paula Abdul in Interviews sagte, zweimal lesen musste. Chloe »starb immer vor Durst«, immer gab es Tickets für irgendeine lahme Premiere, unsere Unterhaltungen waren immer verworren, die Straßen waren immer – unerklärlicherweise – voller

Konfetti, wir waren immer auf Barbecues bei Herb Ritts, wo man immer entweder Madonna traf oder Josh Brolin oder Amy Locane oder Veronica Webb oder Stephen Dorff oder Ed Limato oder Richard Gere oder Lela Rochon oder Ace of Base, wo es immer Turkeyburger gab, die wir immer mit Pink-Grapefruit-Eistee runterspülten, und immer wurden an allen Ecken der Stadt große Freudenfeuer angezündet, außer den gigantischen Lichtkegeln der Scheinwerfer, die eine Premiere verkündeten.

Als wir zu einer Aids-Benefizveranstaltung gingen, die Lily Tartikoff im Barneys schmiss, explodierten die Blitzlichter, und Chloes trockene Hand ergriff meine schlaffe, und sie drückte sie nur ein einziges Mal – eine Warnung –, als ein Reporter vom E!-TV mich fragte, was ich denn hier mache, und ich sagte: »Ich hab eine Entschuldigung gebraucht, um meinen neuen Versace-Smoking zu tragen.« Ich schaffte es kaum, all die steilen Treppen in den obersten Stock hoch, aber als ich dort war, klatschte mir Christian Slatter die Hand, und wir waren dann mit Dennis Leary, Helen Hunt, Billy Zane, Joely Fisher, Claudia Schiffer, Matthew Fox zusammen. Irgendjemand deutete auf irgendjemanden anderen und flüsterte mir zu: »Das Piercing hat nicht hingehauen«, um dann wieder in die Menge zurückzugleiten. Die Leute sprachen davon, sich die Haare abzuschneiden und die Fingernägel zu verbrennen.

Die meisten Leute waren gut drauf und gesund, braun oder prächtig ledergelb, sie schlenderten ruhig herum. Andere waren so hysterisch – manchmal bedeckt mit Beulen und Schrammen –, dass ich nicht verstehen konnte, was sie zu mir sagten, also blieb ich dicht bei Chloe, um völlig sicher zu sein, dass sie nicht wieder in irgendwelche selbstzerstörerischen Gewohnheiten verfiel, und sie trug Caprihosen und Kamali-Make-up, sagte Termine für die Aromatherapie ab, von denen ich gar nicht gewusst hatte, dass es sie gab, ihre Diät bestand vor allem aus Granitas mit Trauben- und Zitronengras- und Rootbeer-Flavour. Chloe ließ die Anrufe von Evan Dando, Robert Towne, Don Simpson, Victor Drai, Frank Mancuso Jr. und Shane Black unbeantwortet. Sie heulte ständig und kaufte einen Druck von Frank Gehry für etwa dreißig Riesen und ein Nebelbild von Ed Ruscha für wesentlich mehr. Chloe kaufte Shogun-Tischlampen von Lucien Gau und eine Menge Eisenkörbe und ließ alles nach Manhattan verfrachten. Leute zurückweisen war der große Zeitvertreib. Bei uns lief viel Sex. Alle redeten über das Jahr 2018. Eines Tages taten wir so, als seien wir Gespenster.

Dani Jansen wollte uns zu geheimnisvollen Orten mitnehmen, und mich fragten vier verschiedene Leute, was mein Lieblingslandtier sei, und weil mir der Begriff nichts sagte, konnte ich nicht einmal eine Antwort erschwindeln. Als wir mit zwei von den Beastie Boys in einem Haus in Silver Lake rumhingen, trafen wir eine Menge Bürstenschnittblondinen und Tamra Davis und Greg Kinnear und David Fincher und Perry Farrell. »Aah – Eis« war der ständige Refrain, während wir lauwarme Bacardi-Cokes tranken und über die Steuer herzogen. Der abgelassene Swimmingpool hinter dem Haus war voller Schutt, und die Liegen waren mit leeren Spritzen übersät. Die einzige Frage, die ich während des Abendessens stellte, war: »Warum baut ihr's nicht selber an?« Von da, wo ich stand, sah ich jemandem dabei zu, wie er zehn Minuten brauchte, um sich eine Scheibe Käse abzuschneiden. Hinten gab es eine als Elton John geschnittene Buchsbaumhecke, neben dem schuttgefüllten Pool. Wir schluckten Vicodin und hörten Velvet-Underground-Tonbänder aus der Ära Nico.

»Die unbedeutenden Widerwärtigkeiten unserer Probleme scheinen einem angesichts all der schönen Natur so lächerlich«, sagte ich.

»Baby, das ist ein Elton-John-Heckenschnitt hinter dir«, sagte Chloe.

Im Château lagen überall in der Suite CDs herum, und leere Federal-Express-Päckchen bedeckten den Boden. Das Wort »Diverses« schien zusammenzufassen, was wir füreinander empfanden, das meinte Chloe jedenfalls. Wir stritten uns in der Chaya-Brasserie, dreimal im Beverly Center, einmal später im Le Colonial bei einem Diner für Nicholas Cage, einmal im House of Blues. Wir versicherten einander ständig, dass es egal war, dass wir uns nichts draus machten, es schien auch immer im Bett wegfickbar. Bei einer unserer Szenen nannte mich Chloe einen »Fellachen«, der etwa so viel Ehrgeiz hätte wie ein »Parkplatzwärter«. Sie hatte nicht Recht, sie hatte nicht Unrecht. Wenn wir nach einem Streit in der Suite im Château festsaßen, gab es im Grunde keinen Ort mehr, wo wir hingehen konnten, außer der Küche oder dem Balkon, wo zwei Papageien mit Namen Blinky und Scrubby (der lallende Idiot) hausten. Sie lag in der Unterwäsche im Bett, Licht aus dem Fernseher durchflutete die dunkle Suite, die Cocteau Twins summten monoton aus der Stereoanlage, und während dieser Ruhepausen ging ich dann hinaus an den Pool und kaute Gum und trank Fruitopia, während ich eine alte Nummer von *Film Threat* las oder das Buch *Final Exit*, wo ich mir ein Kapitel mit dem Titel »Selbsterlösung durch Plastiktüte« noch einmal vornahm. Wir waren in einer Nullzone.

Zehn oder elf Produzenten wurden in diversen Bel-Air-Villen tot aufgefunden. Ich signierte die Rückseite eines Jones-Streichholzbriefchens mit meinem »nahezu unleserlichen Krakel« für irgendein junges Ding. Ich überlegte, ob ich meine Tagbucheintragungen in *Details* veröffentlichen sollte. Bei Maxfields gab es einen Sonderverkauf, aber wir hatten nicht die Geduld dafür. Wir aßen Tamales in leeren Wolkenkratzern und bestellten bizarr gefüllte Teigrollen in Sushi-Bars mit Industrie-chic-Dekor, in Restaurants mit Namen wie Muse, Fusion, Buffalo Club, wo Leute wie Jack Nicholson, Ann Magnuson, Los Lobos, Sean MacPherson zu sehen waren und ein vierzehnjähriges Model namens Dragon-fly, auf das Jimmy Rip echt abfuhr. Wir verbrachten zu viel Zeit an der Four-Seasons-Bar und nicht genug am Strand. Eine Freundin von Chloe gebar ein totes Baby. Leute erzählten uns entweder, dass sie Vampire seien, oder dass sie jemanden kannten, der ein Vampir war. Drinks mit Depeche Mode. So viele Leute, die wir flüchtig kannten, starben oder verschwanden während der Wochen, die wir dort verbrachten – Autounfälle, Aids, Morde, Überdosen, vom Lastwagen überrollt, in Säurebottiche gestürzt oder möglicherweise gestoßen –, dass der Betrag für Beerdigungskränze auf Chloes Visakarte fast fünftausend Dollar betrug. Ich sah echt toll aus.

In Conrads Loft in der Bond Street ist es halb zwei, eigentlich die einzige Zeit zum Proben, weil dann alle im Gebäude entweder bei der Arbeit sind oder im Time Café, wo sie sich ohne sonderliche Anstrengung wie die Idioten aufführen, und von meinem Standort am Eingang, in den Türrahmen gefläzt, kann ich jetzt alle Mitglieder der Impersonators in verschiedenen Positionen rumhängen sehen, jeder neben seinem eigenen Verstärker: Aztec trägt ein Hang-10-T-Shirt und kratzt an der Kenny-Scharf-Tätowierung auf seinem Bizeps, die Fender-Gitarre hält er im Schoß; Conrad, unser Sänger, hat so eine Art feuchten Appeal und war mal mit Jenny McCarthy zusammen und hat welkes limofarbenes Haar und trägt knittriges Leinen; Fergy ist in eine überlange Strickjacke gewickelt und spielt mit einem Magic 8 Ball, die Sonnenbrille im Gesicht; und Fitzgerald war in einer Gothic-Rockband, hat sich ne Überdosis verpasst, wurde wiederbelebt, ist wieder übern Fluss, wurde noch mal wiederbelebt, hat im Koma für Clinton den Wahlhelfer gemacht, war Model für Versace, war mit Jennifer Capriati zusammen, jetzt hat er einen Pyjama an und schläft in einem riesigen leuchtendpink-yuccagrüngestreiften Sitzsack. Und sie leben alle in diesem eiskalten verrückten Loft, wo überall DAT-Tapes und CDs rumfliegen, MTV läuft, Presidents of the United States geht über in einen Mentos-Spot und der in Werbung für den neuen Jackie-Chan-Film, leere Container vom Zen Palate Deli fliegen überall rum, weiße Rosen sterben in einer leeren Stoliflasche vor sich hin, ein riesiges trauriges Schlaffpuppenfoto von Mike Kelly knallt fast eine Wand zu, die gesammelten Werke von Philip K. Dick füllen ein ganzes Fach im einzigen Regal, Lavalampen, Dosen mit Play-Doh-Spielknete.

Ich hole tief Atem, betrete ganz beiläufig den Raum, streife mir Konfetti von der Jacke.

Außer Fitz schauen alle auf, und Aztec fängt sofort an, was aus *Tommy* auf seiner Fender zu schrammeln.

»*He seems to be completely unreceptive*«, singt-spricht Aztec. »*The tests I gave him show no sense at all.*«

»*His eyes react to light – the dial detect it*«, setzt Conrad ein. »*He hears but cannot answer to your call.*«

»Schnauze«, gähne ich und schnappe mir ein eiskaltes Bier aus dem Kühlschrank.

»*His eyes can see, his ears can hear, his lips speak*«, fährt Aztec fort.

»*All the times the needles flick and rock*«, räumt Conrad ein.

»*No machine can give the kind of stimulation*«, erklärt Fergy, »*needed to remove his inner block.*«

»*What is happening in his head?*«, singen die drei.

»*Ooh I wish I knew*«, ruft Fitzgerald in einem klaren Moment aus seinem Sitzsack. »*I wish I kneeeew.*« Er rollt sich sofort in Fötuslage auf die Seite.

»Du kommst zu spät«, sagt Conrad ärgerlich.

»*Ich* komm zu spät? Ihr Jungs braucht eine Stunde bloß zum Stimmen«, gähne ich und lass mich auf einen Stapel indische Kissen fallen. »Ich komm *nicht* zu spät«, gähne ich wieder und schlucke das eiskalte Bier und sehe, wie mich alle böse anstarren. »Was? Ich hab einen Friseurtermin bei Oribe absagen müssen, bloß um herzukommen.« Ich werfe eine Nummer von *Spin*, die neben einer alten Wasserpfeife rumliegt, nach Fitz, der nicht einmal zuckt, als sie ihn trifft.

»›*Magic Touch*‹!«, ruft Aztec.

Ich antworte, ohne zu überlegen: »Plimsouls, *Everywhere at Once*, 3.25, Geffen.«

»›Walking Down Madison‹«, wirft er hin.

»Kirsty MacColl, *Electric Landlady*, 6.34, Virgin.«

»›Real World‹.«

»Jesus Jones, *Liquidizer*, 3.03, SBK.«

»›Jazz Police‹.«

»Leonard Cohen, *I'm Your Man*, 3.54 CBS.«

»›You Get What You Deserve‹.«

»Big Star, *Radio City*, 3.05, Stax.« Ich gähne. »Ach, das ist viel zu leicht.«

»›Ode to Boy‹.«

»Yaz, *You and me Both*, 3.35, Sire.«

»›Top of the Pops‹.« Aztec verliert das Interesse.

»The Smithereens, *Blow UP*, 4.32, Capitol.«

»Wenn du doch der Band auch so viel Aufmerksamkeit schenken würdest, Victor«, sagt Conrad mit Conrads speziellem He-jetzt-bin-ich-sauer-Tonfall.

»Wer hat letzte Woche eine Liste mit Songs angebracht, die wir covern sollten?«, gebe ich zurück.

»Ich werde keine Acid House-Version von ›We Built This City‹ singen, Victor«, schnaubt Conrad.

»Dann schmeißt du Geld aus dem Fenster, Mann.« Ich zucke die Achseln.

»Covern, das bringt's nicht, Victor«, piepst Fergy aufgeregt dazwischen. »Mit dem Recycling ist nichts zu holen.«

»Das sagt mir Chloe auch immer«, sage ich. »Und wenn ich's *ihr* nicht glaube, wieso soll ich's dann *dir* glauben?«

»Was soll's, Victor?«, seufzt irgendeiner.

»Du, Baby« – ich deute auf Aztec –, »hast doch die Fähigkeit, dir einen Song vorzunehmen, den die Leute schon eine Million Mal gehört haben, und ihn so zu spielen, wie ihn noch niemand gehört hat.«

»Und du bist zu gottverdammt faul, dir dein eigenes Zeug zu schreiben«, sagt Conrad und deutet seinerseits auf mich, ganz der giftige Indie-Rocker.

»Ich persönlich glaube, dass eine Cocktail-Mix-Version von ›Shiny Happy People‹ echt …«

»REM ist Classic Rock, Victor«, sagt Conrad geduldig. »Wir covern keinen Classic Rock.«

»O Gott, ich könnt mich umbringen«, stöhnt Fergy.

»He – aber die gute Nachricht, Freunde, ist doch, dass Courtney Love über dreißig ist«, sage ich fröhlich.

»Okay. Fühl mich schon besser.«

»Was kriegt Courtney eigentlich für Prozente bei Nirvana?«, fragt Aztec und schaut zu Fergy rüber.

»Gab's da ne Klausel?«, überlegt Fergy.

Überall Achselzucken.

»Also«, schließt Fergy, »seit Kurts Tod möglicherweise gar nix.«

»He, komm – Kurt Cobain ist nicht gestorben«, sage ich. »Seine Musik lebt in uns allen fort.«

»Wir müssen uns echt auf neues Material konzentrieren, Leute«, sagt Conrad.

»Also, können wir dann wenigstens einen Song schreiben ohne so einen Scheiß-Reggae-Beat à la ›I was a-trippin' in da crack house late last night‹?«, frage ich. Oder »›Dere's a rat in da kitchen – what I gonna do?‹«

Aztec knallt eine Dose Zima auf und zupft nachdenklich auf seiner Fender rum.

»Wann habt ihr Jungs denn zum letzten Mal ein Demoband gemacht?«, frage ich und sehe plötzlich Chloe auf dem Cover des neuen *Manhattan File* neben dem neusten *Wired* und der Nummer von *YouthQuake* mit mir auf dem Titel (ich total mit violetter Tinte zugeschmiert).

»Letzte Woche, Victor«, höre ich Conrad mit zusammengebissenen Zähnen sagen.

»Das ist ne Million Jahre her«, murmele ich und suche blätternd den Chloe-Artikel. Alles blah blah blah – ihr letztes Jahr mit großen Laufsteg-Shows, der Lancôme-

Vertrag, ihre Diät, die Filmrollen; die Gerüchte über die Heroinabhängigkeit werden bestritten; Chloe redet davon, dass sie gerne Kinder hätte (»Ein großer Laufstall, all so was«, wird sie zitiert), ein Foto von uns bei der Verleihung der VH-I Fashion and Music Awards, wo ich ausdruckslos in die Kamera starre, ein Foto von Chloe auf der Doppelganger-Party, wo die Fünfzig Legendärsten Menschen der Welt gefeiert werden, Baxter Priestly schleicht hinter ihr her – und ich versuche mich zu erinnern, wie meine Beziehung zu Lauren Hynde damals in Camden war, falls es überhaupt eine gegeben hat, als ob das jetzt hier im Loft in der Bond Street irgendeine Rolle spielte.

»Victor« sagt Conrad, die Hände in die Hüften gestemmt, »eine Menge Bands sind aus total falschen Gründen im Musikgeschäft: um Geld zu machen, um rumzuvögeln ...«

»Hoppla, einen Moment, Conrad.« Ich strecke die Hände vor und setze mich auf. »Sind das die *falschen* Gründe? Echt? Nur, dass ich klarsehe.«

»Alles, was du hier machst, Victor, ist Bier trinken und die Magazine noch mal durchschauen, in denen du oder deine Freundin in diesem Monat grade drin seid«, sagt Conrad und ragt hoch über mir auf.

»Und du steckst so absolut in der Vergangenheit, Mann«, sage ich müde. »Captain-Beefheart-Platten? Joghurt? Was zum Teufel geht hier eigentlich ab, *hmm?*«, rufe ich. »Und Herrgott, Aztec, schneid dir die Zehennägel! Wo bleibt bei dir die gottverdammte Moral? Was *machst* du überhaupt, außer dass du zu irgendwelchen Scheißdichterlesungen ins Fez gehst? Warum gehst du nicht mal in ein gottverdammtes Studio, Gymnastik oder so was?«

»Ich krieg genügend Bewegung«, sagt Aztec etwas unsicher.

»Einen Joint rollen ist noch keine Gymnastik, mein

Junge«, sage ich. »Und rasier dir, verdammt, das Gesicht. Siehst aus wie ein Ziegenbock.«

»Ich glaube, du solltest dich wieder beruhigen, Victor«, sagt Aztec, »und dir's unter den Glitterati bequem machen.«

»Ich zeig dir bloß einen Ausweg aus diesem ganzen abgestandenen Hippiegewichse.«

Fergy sieht zu mir rüber und erschauert irgendwie ein wenig.

»Du setzt unsere Freundschaft aufs Spiel, Mann«, sage ich, obwohl es nicht sehr beunruhigt klingt.

»Du bist nie lang genug hier, um irgendwas aufs Spiel zu setzen, Victor!«, schreit Conrad.

»Ach, Erbarmen«, murmele ich und stehe auf, um zu gehen.

»Geh ruhig, Victor«, seufzt Conrad. »Hier hält dich keiner, mach doch deinen geilen großen schmierigen Club auf.«

Ich schnapp mir meine Mappe und meine CDs und gehe zur Tür.

»Seht ihr das alle so?«, frage ich und stehe jetzt neben Fitz, der sich die Nase an dem Eishockeypullover abwischt, der ihm als Kissen dient, die Augen geschlossen, gelassen träumend, von großen Kartons Methadon träumend. »Ich wette, Fitz möchte, dass ich bleibe. Stimmt's, Fitz?«, frage ich, beuge mich runter und versuche, ihn wachzurütteln. »He Fitz, aufwachen.«

»Brauchst du gar nicht erst zu versuchen, Victor«, gähnt Fergy.

»Was ist denn los mit Mr. Syntheto?«, frage ich. »Abgesehen davon, dass er seine Jugend in Goa verbracht hat.«

»War letzte Nacht auf einem Jägermeister-Trip«, seufzt Conrad. »Jetzt ist er auf Ibogain.«

»Na und?«, sage ich und pikse immer noch an Fitz rum.

»Und zum Frühstück Ecstasy, mit zu viel Heroin versetzt.«

»Zu viel?«

»Zu viel Heroin.«

»Anstatt ... ich meine ...«

»Anstatt der richtigen Menge Heroin, Victor.«

»Herrgott«, murmele ich.

»Ach ja, Victor«, grient Conrad. »Und für dich das Leben auf dem Bauernhof.«

»Lieber wär ich Farmer, als mit Leuten rumzuhängen, die ihr eigenes Blut trinken, ihr abgefuckten Hippie-Vampire.«

»Fitz leidet ferner an binokularer Dysphorie und am Karpaltunnelsyndrom.«

»Kannst mir viel erzählen. Na, leuchte weiter, beknackter Diamant.« Ich wühle in meiner Jackentasche und teile Tickets für Gratisdrinks aus. »Also, ich bin im Grunde wohl hier, um euch mitzuteilen, dass ich die Band verlasse und dass die Tickets hier nur heute zwischen elf Uhr sechsundvierzig und null Uhr eins gültig sind.«

»Das wär's?«, fragt Conrad. »Du haust einfach ab?«

»Ihr habt allemal meinen Segen, weiterzumachen«, sage ich und lege zwei Tickets auf Fitzs Bein.

»Als wär's dir nicht ganz scheißegal, Victor«, sagt Conrad.

»Ich glaube, das ist gar keine schlechte Nachricht, Conrad«, sagt Fergy und schüttelt den Magic 8 Ball. »Ich würde sogar sagen: Far Out. Tatsache, der Magic 8 Ball sagt dasselbe. Da haben wir's. Far Out.« Er hält die Kugel hoch, damit wir's sehen können.

»Ist doch einfach so, dass diese ganze Indi-Rockszene reichlich daneben ist«, sage ich. »Versteht ihr, was ich meine?«

Conrad starrt bloß zu Fitz runter.

»Conrad, he, vielleicht können wir dieses Wochenende mit Duane und Kitty Bungeejumping gehen«, sagte Aztec. »Wie wär's, Conrad? Conrad?« Pause. »Conrad?«

Conrad starrt immer noch Fitz an, und als ich gehe, sagt er: »Ist eigentlich schon jemand klargeworden, dass unser Schlagzeuger das klarsichtigste Mitglied der Band ist?«

Während ich die Lafayette hochgehe und das Gefühl nicht abschütteln kann, dass man mir folgt, seh ich, als ich an der Ecke zur East Fourth stehenbleibe, im Abdeckglas eines Armani-Exchange-Plakats mein Spiegelbild, und es vermengt sich mit dem sepiadunklen Foto des Models, bis dieser Mann und ich beide verschmolzen sind, und es ist schwer, sich wieder abzuwenden, aber bis auf das Geräusch meines Beepers ist die Stadt mit einem Mal völlig still, die trockene Luft knistert, es ist nicht Elektrizität, es ist etwas anders. Taxis rollen schwerfällig und stumm vorbei, jemand überquert die Straße, der genauso gekleidet ist wie ich, drei wunderschöne Girls kommen vorbei, alle vielleicht sechzehn, alle beäugen mich, ihnen folgt ein Brutalo mit einem Camcorder, die gedämpften, dissonanten Klänge von Moby schweben aus der offenen Tür des Sportklubs gegenüber, und oben auf dem Gebäude verkündet in riesigen schwarzen Blockbuchstaben eine Plakatwand das Wort TEMPURA. Aber jemand ruft: »Aus!«, und der Lärm von der Baustelle für den neuen Gap hinter mir und das Signal des Beepers (aus irgendeinem bizarren Grund zeigt er die Nummer vom Indochine) dirigieren mich in eine Telefonzelle, wo ich mir, bevor ich wähle, vorstelle, wie eine nackte Lauren Hyde in einer Suite im Delano auf mich zukommt, mit größerer Zielbewusstheit, als ich sie je aufbringen könnte. Alison geht dran.

»Ich möchte einen Tisch reservieren«, sage ich und versuche, meine Stimme zu verstellen.

»Ich muss dir jetzt mal endlich was mitteilen«, sagt sie.

»Was?« Ich schlucke. »D-du warst früher ein Mann?«

Alison knallt den Apparat gegen eine harte Oberfläche. »Ach, sorry, das ist mein Anklopfton. Ich muss
aufhören.«

»Hört sich nicht nach Anklopfton an, Baby.«

»Ist ein neuer Anklopfton, der das Geräusch simuliert,
wie jemand mit einem unnützen Arschloch zum Freund
wütend das Telefon gegen die Wand knallt.«

»Ein Event, Baby, du bist ein Event.«

»Ich will dich in zwei Minuten hier im Indochine
sehen.«

»Ich bin völlig hyperterminiert, Baby. Hyperterminiert.«

»Was soll das? Die Woche des Fremdworts?«, faucht
sie. »Setz deinen Arsch in Bewegung und komm *her*.«

»Dieser Arsch muss jetzt … jemanden besuchen.«

»Jesus, Victor, diese bedeutungsschwangere Pause vor
dem ›jemand‹ kann ja nur eines bedeuten – diese Idiotin,
mit der du liiert bist.«

»Baby, ich seh dich heut Abend«, sag ich künstlich
schnurrend.

»Hör zu, ich hab Chloes Nummer hier direkt vor mir,
Baby, und …«

»Sie ist nicht zu Hause, Medusa.«

»Da hast du vollkommen Recht. Sie ist in der Spy Bar
und dreht einen japanischen TV-Spot ab, und …«

»Verdammt noch mal, Alison, du …«

»… ich bin jetzt in der Stimmung, alles auffliegen zu
lassen. Von dieser Stimmung sollte man mich ablenken,
Victor«, sagt Alison warnend. »Man sollte mich davon
ablenken, alles auffliegen zu lassen.«

»Du spielst so Theater, Baby, dass es weh tut«, seufze
ich. »Aua«, füge ich hinzu. »Das war zur, äh, Verdeutli-
chung.«

»O Chloe, es tut mir so Leid. Er hat *mich* angemacht.
Er war *un animale*. Er hat mir gesagt, dass er dich gar
nicht mehr liebhaben tut.«

»Was soll dieser Mist, Baby?«

»Ich will dich einfach nicht mehr mit jemandem teilen, Victor«, sagt Alison und seufzt, als sei's ihr eigentlich recht egal. »Ich bin mir ziemlich sicher, dass ich bei der Alfaro-Show zu diesem Entschluss gekommen bin.«

»Du teilst mich doch nicht«, sage ich, was aber gar nichts bringt.

»Du *schläfst* mit ihr, Victor.«

»Baby, wenn ich's nicht mache, würd's irgendeine HIV-positive Sau tun, und dann …«

»O Gott!«

»… wären wir alle in beträchtlichen Schwierigkeiten.«

»Schluss jetzt!«, heult Alison. »Mach bitte Schluss!«

»Und du lässt Damien fallen?«

»Damien Nutchs Ross und ich, wir sind …«

»Baby, gebrauch nicht seinen vollen Namen. Deprimierend.«

»Victor, ich erkläre und erkläre dir was, und du tust, als hättest du überhaupt nicht gehört, was ich gesagt habe.«

»Was?«, frage ich und schlucke wieder. »Du w-warst früher ein Mann?«

»Ohne mich, und das bedeutet eben auch ohne Damien, *hättest du keinen Club.* Wie oft müssen wir das denn *noch* runterbeten?« Pause, Ausatmen. »Ebenso wenig hättest du die Chance, den anderen Club zu eröffnen, den du …«

»Moment mal!«

»… hinter dem Rücken von uns allen aufmachen willst.«

Wir schweigen beide. Ich sehe, wie ein langsames triumphierendes Lächeln Alisons Mundwinkel nach oben zieht.

»Ich weiß gar nicht, wie du auf solche Sachen kommst, Alison.«

»Halt den Mund. Ich setze dieses Gespräch nur im

Indochine fort.« Ich lege eine Pause ein. Deshalb ruft jetzt Alison: »Ted – rufst du die Spy Bar für mich an?« Weg ist sie, sie fordert mich heraus.

Vorbei an der Limousine, die vor dem Gebäude neben einem riesigen Haufen schwarz-weißen Konfettis geparkt ist, und die Treppe rauf ins Indochine, wo der Oberkellner Ted, einen gigantischen Zylinder auf dem Kopf, von »Meet the Press« interviewt wird, und ich frage ihn: »Was läuft hier gerade?« Ohne den Blickkontakt mit der Kameracrew zu verlieren, lässt er mich seinem ausgestreckten Finger folgen, der auf eine Nische weit in der Tiefe des leeren, eisigen Restaurants deutet, aus dem dumpfigen Hintergrund hört man die Geräusche der neuesten PJ-Harvey-CD. Alison sieht mich, drückt einen Joint aus und steht vom Tisch auf, wo sie gerade auf ihrem Nokia-232-Handy mit Nan Kempner spricht und mit Peter Gabriel, David LaChapelle, Janeane Garofalo und David Koresh Kuchen isst, die alle angeregt über Lacrosse reden und über den neuen Affenvirus – neben jedem Teller liegt ein Exemplar der *Mademoiselle* von diesem Monat.

Alison zerrt mich ganz nach hinten, stößt mich in die Herrentoilette und knallt die Tür zu.

»Machen wir's ganz schnell«, knurrt sie.

»Als ob's bei dir eine andere Möglichkeit gäbe«, seufze ich und spucke einen Kaugummi aus.

Sie geht auf mich los und knallt ihren Mund auf meinen. Nach wenigen Sekunden lässt sie von mir ab und reißt sich hektisch eine zebragemusterte Weste vom Leib.

»Du warst vorher so kalt zu mir«, keucht sie. »Ich geb's nicht gern zu, aber ich bin nass geworden.«

»Ich hab dich den ganzen Tag noch nicht gesehen, Baby.« Ich hole ihre Titten aus einem beigen Push-up-BH.

»Bei der Alfaro-Show, Baby.« Sie zieht einen Minirock

mit *versengten* Säumen über die gebräunten Schenkel hoch, schiebt einen weißen Slip runter.

»Baby, wie oft müssen wir das noch durchkauen?« Ich knöpfe meine Jeans auf. »Ich *war* nicht bei der Alfaro-Show.«

»O mein Gott, du bist so was von einem blöden Sack«, stöhnt sie. »Du hast auf der Alfaro-Show mit mir gesprochen, Baby.« Sie starrt mich schielend an und stößt mir die Zunge in den Mund, raus, rein. »Nicht viel, aber immerhin.«

Ich bin an ihrem Hals zugange, und mitten im Leckstrich richte ich mich auf, meine Hose fällt zu Boden, ich starre ihr in das sexverzerrte Gesicht. »Du rauchst viiiel zu viel Gras, Baby.«

»Victor …« Sie ist im Delirium, meine Hand in ihrem Schritt, zwei, jetzt drei Finger sind in ihr drin, ihr Kopf rollt im Nacken hin und her, sie leckt sich die Lippen, reibt sich an meiner Hand, die Möse schließt sich fest um meine Finger. »Ich kann's jetzt bald nicht mehr hören …«

»Hören? Was hören?«

»Komm einfach her!« Sie schnappt sich meinen Schwanz, drückt ihn fest und zieht ihn dann kondomlos an sich, reibt die Eichel an den Schamlippen entlang. »Spürst du das? Ist das real?«

»Wider all meine besseren Instinkte, ja«, sage ich und stoße in sie rein, genau so, wie's Alison gern hat. »Aber Baby, ich hab irgendwie das Gefühl, dass mir jemand einen üblen Streich spielen will.«

»Baby, fick mich jetzt einfach fester«, stöhnt sie. »Und zieh das Hemd hoch. Lass mal den Body bei der Arbeit sehen.«

Hinterher, als wir langsam durch das verlassene Restaurant zurückgehen, schnapp ich mir einen halb ausgetrunkenen Greyhound von einem Tisch und spüle mir den Mund, eh ich ihn wieder in das Highballglas spucke. Während ich mir die Lippen am Jackenärmel abwische, dreht sich Alison befriedigt zu mir um und gesteht: »Man ist mir den ganzen Tag gefolgt.«

Ich bleibe stocksteif stehen. »Was?«

»Nur damit du Bescheid weißt, man ist mir den ganzen Tag gefolgt.« Sie zündet sich eine Zigarette an, während sie an mir vorbeigeht, vorbeischlendert an Pikkolos, die die Tische für den Abend decken.

»Alison – willst du damit sagen, dass diese Gorillas jetzt vor der Tür warten?« Ich schlage mit der Hand auf einen Tisch. »Auuu – o Scheiße, Alison.«

Sie dreht sich um. »Die Gorillas hab ich vor einer Stunde in einem Starbucks abgehängt.« Sie stößt den Rauch aus, bietet mir eine Marlboro an. »Falls du glauben kannst – dass jemand so blöd ist, sich in einem Starbucks abhängen zu lassen.«

»Bei Starbucks kann viel Betrieb sein, Baby«, sage ich und nehme die Zigarette, noch stark beunruhigt, aber doch erleichtert.

»Um die mach ich mir keine Sorgen«, sagt sie leichthin.

»Ich würde sagen, die Tatsache, dass es bei dir mit dem Sex nur auf der Herrentoilette im Indochine hinhaut, sollte dir doch stark zu denken geben, Baby.«

»Ich wollte feiern, dass unsere Sorgen wegen eines gewissen Fotos vorüber sind.«

»Ich hab mit Buddy gesprochen«, sage ich. »Weiß schon.«

»Was hast du da denn für eine entsetzliche Nummer gebracht?« fragt sie bewundernd. »Ihm Chloes grauenhafte Ex-Sucht bestätigt?«

»Solltest du besser gar nicht wissen.«

Sie denkt darüber nach. »Hast Recht«, seufzt sie. »Besser nicht.«

»Hast du Damien dazu gekriegt, diesen neuen 600 SEL zu kaufen?«

»Geleast hat er ihn«, murmelt Alison. »Arschloch.«

»Damien ist kein Arschloch.«

»Ihn hab ich zwar nicht gemeint, aber doch, er ist eins.«

»He, erzähl mir mal, was du von Baxter Priestly weißt.«

»Jemand mit erstaunlichen Wangenknochen.« Sie zuckt die Achseln. »Bei der Band Hey That's My Shoe. Er ist ein Model-Schrägstrich-Schauspieler. Im Gegensatz zu dir, du Model-Schrägstrich-Loser.«

»Ist er nicht irgendwie schwul oder so was?«

»Ich glaube, Baxter ist schwer in Chloe Byrnes verknallt«, sagt sie, ihr Blick flackert voller Genugtuung über mein Gesicht, wie ich wohl reagiere, dann, nachdem sie an irgendwas anderes gedacht hat, zuckt sie die Achseln. »Könnte für Chloe schlimmer sein.«

»O Mann, Alison.«

Entspannt lacht sie. »Victor – halt ein Auge offen.«

»Wie meinst du das?«, sage ich und strecke mich.

»Was sagst du noch immer?«, fragt sie. »Je besser man ausschaut, desto mehr sieht man. Stimmt's?«

»Willst du sagen, dass Baxter Priestly und Chloe zusammen – was, Alison?« Ich habe die Arme immer noch ausgestreckt. »Vögeln?«

»Was machst du dir da überhaupt Sorgen?« Sie gibt mir die Zigarette zurück. »Was siehst du denn in dem armen kleinen Mädelchen außer einem beunruhigenden Intellekt?«

»Und was ist mit Lauren Hynde?«, frage ich beiläufig.

Alison wird merklich starr, reißt mir die Zigarette aus den Lippen, raucht sie fertig, setzt sich Richtung Restaurantausgang in Bewegung.

»Kaum was. Zwei Atom-Egoyan-Filme, zwei Hal-Hartley-Filme, der letzte Todd Haynes. Ach ja, und eine kleine Rolle im neuen Woody Allen. Das wär's wohl. Warum?«

»Hoppla«, sag ich beeindruckt.

»Die spielt so weit über deiner Liga, Victor, dass es schon nicht mehr komisch ist.« Alison nimmt ihren Mantel und ihre Handtasche von einem Barhocker.

»Was soll das denn nun wieder heißen?«

»Es heißt, dass du dir keine Gedanken zu machen brauchst, ob die dich je ernst nehmen würde«, sagt Alison. »Niemals.«

»Ich hab nur mal so gefragt, Baby.« Ich zucke die Achseln.

»Sie hat offenbar diese Krankheit gehabt, diesen Wahnsinn mit Haarausreißen und allem. Ist dann mit einer Prozac-Therapie vollkommen weggegangen. Sagt man.«

»Also sagst du mir im Klartext, dass wir in einer Falle sitzen und keinen Ausweg mehr haben? Stimmt's?«, frage ich.

»Na, du kannst ja immer den Hinterausgang nehmen.« Sie küsst mich auf die Nase.

»Es gibt hier keinen Hinterausgang, Alison.«

»Dann sag mir einfach Guten Abend.« Sie gähnt, sie knöpft sich den Mantel zu.

»Wo gehst du hin?«, frage ich blöd. »Ich meine, dass du mich ein Stück mitnimmst, ist wohl unter den Umständen ausgeschlossen, hm?«

»Ich hab einen lebenswichtigen Friseurtermin bei Stephen Knoll«, sagt Alison und zwickt mich in die Wange. »Küsschen, Küsschen.«

»Bis heut Abend«, sage ich und winke schlaff.

»Ja, klar, große Sache«, murmelt sie und geht die Treppe hinunter, raus, von mir weg.

16

Umberto steht an der Tür von der Spy Bar in der Green Street und wedelt die Fliegen mit der Hand weg, in der er ein Walkie-Talkie hält, er wünscht mir viel Glück heut Abend und lässt mich rein, und ich geh die Treppe hoch und rieche an meinen Fingern und renne rasch in die Herrentoilette, wo ich mir die Hände wasche und in den Spiegel über dem Becken starre, bis mir einfällt, dass die Zeit vergeht, der Wahnsinn wächst, und im großen Raum stehen stumm der Regisseur, der Regieassistent, der Kameramann, Gaffer, Elektriker, zwei weitere Assistenten, Scott Benoit, Jason Vorhees' Schwester, Bruce Hulce, Gerlinda Kostiff, Gaffer – und ein Steadicam-Operator um ein riesengroßes weißes Ei herum, die Videokameras umkreisen es, man dreht ein Video von der Produktion des Werbespots, Fotografen machen Bilder vom Videoteam.

Chloe sitzt ein Stück abseits in einer großen Nische hinten im Raum. Eine Gruppe von Make-up-Stylisten mit Gels und Bürsten umringt sie, und sie trägt strassbesetzte Hotpants, ein Minikleid mit einem flippigen Rock und sieht unnatürlich glücklich aus in dieser Dämmerzone, in diesem Niemandsland, aber als sie meinen Blick auffängt, zuckt sie nur hilflos die Achseln. Ein Typ, der – glaube ich – Dario heißt (war mal mit Nicole Miller zusammen, trägt Sonnenbrille und einen Brooks-Brothers-Kokosnusshut mit Madrasband und einer breiten Krempe sowie Sandalen), liegt in der Nähe auf einer Tatamimatte, mit einer Tätowierung auf dem Bizeps: Mighty Morphin Power Rangers. Ich benutze das Telefon an der Bar, um meine Nachrichten abzuhören: Balthazar Getty, ein Scheck für meinen Tai-

Chi-Trainer ist geplatzt, Elaine Irwin, ein Publicitytyp von meinem Sportstudio, Val Kilmer, Reese Witherspoon. Jemand reicht mir einen Café au lait, und ich häng mit einem Model namens Andre rum, und wir teilen uns einen zu fest gedrehten Joint, stehen an einem langen Büffettisch mit viel total trendy Sushi und von Kenny Scharf entworfenen Eiskübeln, und Andres Leben besteht im wesentlichen aus viel Mineralwasser, gegrilltem Fisch und so viel Sport, wie er nur schafft, und sein Look ist jung, grungy, ein bisschen vergammelt, aber hip.

»Ich möchte einfach, dass die Leute ein wenig mehr lächeln«, sagt Andre. »Und mich beschäftigen auch die ökologischen Probleme des Planeten.«

»Das ist so was von cool«, sage ich und betrachte das hellblaue Eis, das in dünnen Schichten eine ganze Wand bedeckt, in Stücken auf der Bartheke liegt und auf den Spiegeln hinter der Bar. Jemand in einem Parka geht vorbei.

»Und ich würde gerne ein Restaurant in Form eines riesigen Skarabäus aufmachen.«

Wir stehen beide da und starren das Ei an, und dann gehe ich langsam weg und erkläre: »Mein Café au lait ist ein wenig zu schaumig, Mann.«

Das Make-up-Team ist nun fertig, man lässt Chloe in Ruhe, ich gehe zu ihr hinüber, sie starrt uns in einem riesigen tragbaren Spiegel an, der mitten auf dem Tisch steht, überall um sie herum liegen Magazine verstreut, einige davon mit Chloes Bild auf dem Titelblatt.

»Was gibt das mit der Brille?«

»Reef sagt, diese Saison ist es in, wie ein Intellektueller auszusehen.« Es ist so kalt, dass unser Atem dampft, in kleinen Wölkchen hervorkommt.

»Wenn jemand dir sagte, du sollst dein eigenes Körpergewicht in Moltofill essen, würdest du das auch machen?«, fragt sie ruhig.

»I'm a-buggin', I'm a-jumpin, Baby.«

»Victor, ich bin so froh, dass du weißt, was wichtig ist und was nicht.«

»Danke, Baby.« Ich lehne mich vor, um ihren Hals zu küssen, aber sie zuckt weg und flüstert, dass der Puder verwischt würde, also drücke ich ihr die Lippen ins Haar.

»Was rieche ich denn da?«, frage ich.

»Ich hab jetzt immer Wodka genommen, um das Haar aufzuhellen«, sagt sie traurig. »Bongo hat bei der Donna-Karan-Show eine Nase davon abbekommen und angefangen, laut zu beten.«

»Keine Aufregung, Baby. Denk dran, du musst nix tun als zweihundertmal am Tag Cheese sagen. Das wär's schon.«

»Sechs Stunden am Stück fotografiert zu werden ist die schiere Tortur.«

»Wer ist der Typ in der Ecke, Baby?« Ich zeige auf den Kerl auf der Tatamimatte.

»Das ist La Tosh. Wir sind alte Freunde, ich kenn ihn seit Wochen. Wir sind uns bei einer Frühlingsrolle bei Kin Kao begegnet.«

»Très joli.« Ich zucke die Achseln.

»Angeblich gibt es in Rom kaum einen zweiten Psycho mit so guten Beziehungen«, seufzt sie. »Hast du vielleicht Zigaretten dabei?«

»He, was ist aus dem Nikotinpflaster geworden, das du heute tragen wolltest?«, frage ich besorgt.

»Es hat mich auf dem Laufsteg ganz wacklig gemacht.« Sie ergreift meine Hand und sieht zu meinem Gesicht auf. »Ich hab dich vermisst heute. Immer, wenn ich wirklich todmüde bin, vermisse ich dich.«

Ich beuge mich zu ihr, nehm sie ein bisschen in den Arm, flüstere ihr ins Ohr: »He – wer ist mein liebstes kleines Supermodel?«

»Nimm diese Brille ab«, sagt sie mürrisch. »Du siehst

177

aus wie jemand, der sich furchtbar bemüht. Du siehst aus wie Dean Cain.«

»Also, was liegt an?« Ich nehme die Brille runter, schiebe sie ins Etui.

»Alison Poole hat heute etwa zehnmal angerufen«, sagt Chloe und sucht auf dem Tisch nach Zigaretten. »Ich hab nicht zurückgerufen. Hast du eine Idee, was sie möchte?«

»Nein, Baby. Warum?«

»Na, hast du sie denn nicht bei der Alfaro-Show gesehen?«

»Baby, ich *war* nicht bei der Alfaro-Show.« Ich pflücke ein Fetzchen Konfetti aus ihrem Haar.

»Shalom hat gesagt, sie hat dich dort gesehen.«

»Shalom braucht folglich neue Kontaktlinsen, Baby.«

»Und warum besuchst du mich?«, fragt sie. »Bist du sicher, dass du keine Zigarette hast?«

Ich wühle alle Taschen durch. »Glaube nicht, Baby.« Ich finde ein Päckchen Mentos, geb ihr eins. »Ähm, ich wollte bloß reinschauen, hallo sagen, das Übliche. Ich muss zurück in den Club, muss diesen DJ treffen, den wir verzweifelt für die Party heute Abend brauchen, und dann treffe ich dich bei Todds Show.«

»Ich muss in vierzig Minuten hier draußen sein, um's noch zum Friseur zu schaffen.« Sie nimmt einen Schluck aus einer Fruitopia-Flasche.

»Gott, hier drin ist's eiskalt«, sage ich schaudernd.

»Die Woche war die Hölle, Victor«, sagt Chloe ausdruckslos. »Vielleicht die höllischste Woche meines Lebens.«

»Ich bin für dich da, Baby.«

»Ich weiß, dass mich das trösten sollte«, sagt sie. »Vielen Dank jedenfalls.«

»Ich war heut so total versunken, Baby, ist echt furchterregend«, sage ich. »War einfach total *versunken.*«

»Wir müssen uns wirklich einen Urlaub gönnen«, sagt Chloe.

»Also, was läuft denn so, Baby?«, versuch ich's noch einmal. »Was soll das da geben?« Ich zeige auf die Crew, das Ei, den Typ auf der Tatamimatte.

»Ich bin nicht sicher, aber Scott soll irgendwie ein Phantom-Android sein, der von Curry – dem Gewürz – besessen ist, und wir streiten uns über was, worüber sich die Leute streiten, die aussehen wie wir, und ich werf einen Würfel, irgend so einen – ach, ich weiß auch nicht –, einen *Würfel* nach ihm, und dann, so steht's im Drehbuch, »flieht« er.«

»Ja, richtig«, sage ich. »Ich erinnere mich an das Drehbuch.«

»Und dann macht der *böse* Phantom-Android …«

»Baby«, unterbreche ich sie sanft, »die Synopsis kann warten.«

»*Wir* warten hier«, sagt Chloe. »Scott hat seinen Text vergessen.«

»Baby, ich hab das Skript doch gelesen«, sage ich. »Der Mann hat einen Satz. Einen einzigen.«

Der siebzehnjährige Regisseur kommt mit einem Walkie-Talkie in der Hand rüber zur Nische, und er trägt DKNY-Silberjeans und eine Sonnenbrille, schon irgendwie ein Glamour-Ensemble. »Chloe, wir haben beschlossen, die letzte Einstellung zuerst zu drehen.«

»Taylor, in weniger als einer Stunde werde ich woanders dringend gebraucht«, bettelt Chloe. »Es geht um Leben und Tod. Taylor, das ist Victor.«

»He«, sagt Taylor. »Wir sind uns letzte Woche im Pravda begegnet.«

»Ich war letzte Woche nicht im Pravda, macht aber weiter nichts – wie geht's voran?«

»Die Statisten sind coole Kids, aber wir wollen einen Lifestyle zeigen, mit dem sich die Leute identifizieren können«, erklärt Taylor. Ich nicke heftig. »Ich habe die

Vision, das Gegenteil von dem zu erschaffen, was auch immer es bedeutet, Pervitin in einem gemieteten Toyota aus Prag rauszuschmuggeln.« Eine Unterbrechung, Störgeräusche aus dem Walkie-Talkie, verworrenes Gekreisch vom anderen Ende des Raumes. »Das ist bloß Lars, der Kurier.« Taylor blinzelt.

»Taylor …«, fängt Chloe an.

»Baby, du wirst in weniger als einer halben Stunde aus diesem Raum rauskomplimentiert werden, ich versprech's.« Taylor geht zu der Gruppe um das Ei zurück.

»Gott, meine Nerven sind zerrüttet«, sagt sie.

»Was soll das heißen?«

»Es soll heißen, dass es eine Woche gedauert hat, um das hier abzudrehen, und dass wir drei Wochen hinter dem Plan liegen.«

Pause. »Nein, was soll ›zerrüttet‹ heißen?«

»Es heißt, dass ich mit den Nerven am Ende bin.«

Schließlich: »Baby, wir müssen über was sprechen.«

»Victor, ich hab dir gesagt, wenn du Geld brauchst …«

»Nein, nein.« Pause. »Na ja, das eigentlich auch, aber …«

»Was?« Sie sieht zu mir auf, sie wartet. »Was ist, Victor?«

»Baby, es ist einfach so, dass ich echt, ääh ich werd echt nervös, wenn ich dauernd Magazine aufschlage und lesen muss, wer dein idealer Mann ist.«

»Warum denn das, Victor?« Sie dreht sich wieder zum Spiegel.

»Der Hauptgrund ist wohl« – ich schaue rüber zu La Tosh und senke die Stimme –, »dass dieser Mann irgendwie das genaue Gegenteil von mir ist.«

»Ach, na und?« Sie zuckt die Achseln. »Ich hab gesagt, ich mag Blonde.«

»Aber Baby, ich bin eigentlich brünett.«

»Victor, das hast du in einem Magazin gelesen, mein Gott.«

»Jesus, und dann der ganze Scheiß mit dem Kinderkriegen.« Ich gehe jetzt auf und ab. »Erbarmen, Baby. Was läuft denn da? Was für eine Megilla?«

»Du musst entschuldigen, Victor, aber ich habe keine Ahnung, was ›Megilla‹ bedeutet.«

»Baby, ich bin dein bester Freund, warum tust du nicht einfach …«

»Der Spiegel ist dein bester Freund, Victor.«

»Baby, es ist nur, dass …« Ich verheddere mich hoffnungslos. »Ich … Mir liegt was an uns, und …«

»Victor, was ist denn los? Was gibt's? Warum kommst du jetzt damit?«

Ich erhole mich ein wenig. »Nichts, nichts. Nichts ist.« Ich schüttele den Kopf, um wieder klarzusehen.

»Ich hab den ganzen Tag einen Eiswürfel in der Hand gehabt«, sagt Chloe.

»Deine Finger werden blau, und du hast den ganzen Tag mit Scott Benoit rumgehängt. Willst du das sagen?«

Musik aus einer Boombox, was Britisches, Radiohead vielleicht, eine Ballade, üppig-traurig, überschwemmt die Szenerie.

»Victor, ich will nur noch, und zwar in folgender Reihenfolge: zu Todds Show, zu deiner Eröffnung und dann ins Bett fallen, und davon will ich zwei Sachen eigentlich gar nicht.«

»Wer ist Baxter Priestly?«, stoße ich hervor.

»Er ist ein Freund, Victor. Einer von meinen Freunden«, sagt sie. »Du solltest mal ein paar von ihnen kennen lernen.«

Ich will ihre Hand nehmen, überleg's mir aber anders. »Eine hab ich heute getroffen. Lauren Hynde.« Ich warte auf eine Reaktion, aber es kommt keine. »Ja, die hab ich vor der Probe mit der Band gesehen, als ich CDs bei Tower Records gekauft hab. Die war irgendwie echt feindselig.«

»CDs bei Tower Records gekauft? Bandprobe? Das sind die wesentlichen Beschäftigungen? Du warst eingedeckt, ja? Was hast du denn sonst noch gemacht? Warst im Kinderzoo? Grundkurs im Glasblasen?«

»He, Baby, lass gut sein. Ich hab eine Freundin von dir getroffen. Das sollte dich beruhigen.«

»Ich geh mit einem Schwachsinnigen und soll jetzt deshalb *beruhigt* sein!«

Eine lange Pause, dann: »Baby, ich bin kein Kretin. Du bist echt cool.«

Sie wendet sich vom Spiegel weg. »Victor. Du weißt gar nicht, wie oft ich an einem Tag nahe daran bin – es fehlen nur Millimeter –, dich zu ohrfeigen. Du weißt das gar nicht.«

»Hoppla, Baby, ich will's wohl auch gar nicht wissen. Macht mich nervös.« Schaudernd lächele ich.

Der Boy kommt an der Nische vorbei. »Chloe, deine Limo ist da, und Taylor braucht dich in etwa fünf Minuten.«

Chloe nickt bloß. Als klar wird, dass ich nichts zu sagen habe, füllt sie die Stille mit Murmeln: »Ich will bloß das Ding fertig kriegen«, und da ich nicht weiß, von welchem *Ding* sie eigentlich redet, fange ich an zu plappern: »Baby, warum machst du das hier überhaupt? Ich hab gedacht, für Chloe Byrnes kommen jetzt ausnahmslos nur noch Features infrage. Das MTV-Ding hast du auch abgelehnt.«

»*Du* wolltest nicht, dass ich das MTV-Ding mache, Victor.«

»Ja, aber bloß, weil ich gesehen hab, was dein Tageshonorar war.«

»Nein. Du hast nein gesagt, als du gesehen hast, dass für *dich* keins dabei ist.«

»Sehen wir der Sache ins Auge«, sage ich. »Du bist süchtig nach Liebe.«

»Chloe!«, ruft Taylor vom Ei herüber. »Wir sind

soweit. Bitte beeil dich. Sonst vergisst Mr. Benoit vielleicht seinen Satz wieder.«

»Ich seh dich dann nachher, Victor.« Sie rutscht aus der Nische.

»Okay«, sage ich nur. »Bye, Baby.«

»Ach, Victor, eh ich's vergesse ...«

»Ja?«

»Danke für die Blumen.«

Sie küsst mich schnell, geht davon.

»Ja. Klar. Vergiss es.«

4 Uhr. Seit seinen Anfängen hat man den Club von meinem Aussichtspunkt im dritten Stock noch nie so geschäftig gesehen, Tische werden von handverlesenen Pikkolos gedeckt, die gerade auf ihren Skateboards reingesaust sind, Kellner schwenken Gläser und Tischtücher und Kerzen und rücken Stühle um die Tische, die Teppiche werden von Typen mit Shaghaarschnitt gesaugt, und zwei Kellnerinnen, die schon sehr zeitig da sind, werden von schattenhaften Trauben von Fotografen abgelichtet, während Tänzer zwischen Technikern und Leuten vom Sicherheitsdienst und Gästelisteecheckern proben, und drei prächtige Garderobengirls kauen Gummi und lassen ihre Bäuche und gepiercten Nabel sehen, Barregale werden aufgefüllt und riesige Blumenarrangements strategisch ausgeleuchtet, und Matthew Sweets »We're the Same« erklingt, und die Metalldetektoren sind schon am Eingang installiert und warten, dass man hindurchgeht, und ich nehme alles fast abwesend wahr und frage mich ganz kurz, was es bedeutet, und sage mir im Übrigen, dass es per se nicht ganz einfach ist, semi-berühmt zu sein, aber weil es im Club so kalt ist, ist es schwierig, still stehen zu bleiben, also renne ich zwei Treppen hoch in die Büros, mit größerer Erleichterung, als ich eigentlich verspüren dürfte, dass jetzt alles endlich in die Gänge kommt.

»Wo war Beau? Ich hab ihn heute viermal angerufen«, frage ich JD sofort, als ich eintrete.

»Schauspielunterricht, dann Vorsprechen für das große neue Vampirmovie.«

»Wie heißt's denn?« Ich knalle einen Klumpen Einladungen auf meinen Schreibtisch. »Schwuleratu?«

»Jetzt interviewt er gerade DJs im VIP-Raum, falls wir DJ X nicht für heut Abend kriegen«, sagt JD, eine leicht ominöse Warnung.

»Weißt du, JD, dein Outfit würde an einem Girl echt gut aussehen.«

»Hier, Victor«, sagt JD grimmig und reicht mir ein Fax.

ICH WEISS WER DU BIST UND ICH WEISS WAS DU TUST ist auf das an mich adressierte Fax gekrakelt, das mir JD leicht panisch sozusagen in die Hand stopft.

»Was ist das?«, frage ich und starre die Wörter an.

»Sieben von denen sind angekommen, seit du zum Essen bist.«

»Sieben?«, frage ich. »Was zur Hölle soll das bedeuten?«

»Ich glaube, sie kommen aus dem Paramount-Hotel«, sagt JD und sucht noch eins heraus. »Man hat drauf geachtet, dass das Logo oben auf den Faxblättern abgeschnitten war, aber Beau und ich haben auf dem zweiten noch eine halbe Nummer erwischt, sie stimmte.«

»Das Paramount?«, frage ich. »Was bedeutet das?«

»Victor, ich will nicht wissen, was es zu bedeuten hat«, sagt JD schaudernd. »Sorg du bloß dafür, dass der böse Mann abhaut.«

»Jesus, das kann ja nun alles mögliche bedeuten«, murmele ich. »Also ist es am Ende irgendwie bedeutungslos.« Ich zerknülle das Fax. »Würdest du das bitte aufessen? Gut kauen.«

»Victor, du musst jetzt mal oben bei den DJs erscheinen«, sagt JD mit Nachdruck.

»Glaubst du, dass tatsächlich jemand hinter mir her ist?«, frage ich.

»Warte mal – wäre ja cool.«

»Und die *Details*-Reporterin hängt bei den DJs rum und …«

Ich gehe aus dem Büro, JD folgt mir.

»…hier sind noch mehr späte Zusagen.« JD gibt mir noch ein Fax, während wir Richtung VIP-Raum marschieren.

»Dan Cortese?«, sage ich. »Ein mutiger Mann. Bungeejumping, Skysurfing und dann noch Sprecher für Burger King, aber er müsste sich mal die Nase richten lassen, und ich will, dass man Dan Cortese den *Stecker* rauszieht.«

»Richard Gere kommt, Victor«, sagt JD und bleibt neben mir.

»Und Ethan Hawke, Bill Gates, Tupac Shakur, Billy Idols Bruder Dilly, Ben Stiller und Martin Davis kommen auch.«

»Martin Davis?«, stöhne ich. »Jesus, laden wir doch auch noch gleich George den Pipitrinker und seinen guten Freund Woody das tanzende Holzbein ein.«

»Außerdem Will Smith, Kevin Smith und ahh … Sir Mix-a-Lot«, sagt JD, ohne auf mich einzugehen.

»Informier mich lieber über die Crouton-Situation.« Ich bleibe vor den Samtvorhängen stehen, hinter denen es in den VIP-Raum geht.

»Das Befinden der Croutons ist hervorragend, und wir sind alle unglaublich erleichtert«, sagt JD und verbeugt sich.

»Verarsch mich nicht, JD«, warne ich. »Ich lass mich nicht verarschen.«

»Moment noch – ehe du reingehst«, sagt JD. »Ist ne ziemliche Katastrophe, also solltest du, na ja, lass einfach deine normale Alles-Prima-Nummer ab, und komm rasch wieder raus. Die wollen eigentlich nur wissen, dass du, äh, existierst.« JD denkt kurz nach. »Wenn ich mir's recht überlege …« Er will mich zurückhalten.

»Man muss sensibel auf ihre Bedürfnisse eingehen, JD«, teile ich ihm mit. »Das sind nicht einfach DJs. Das sind *Musikdesigner.*«

»Ehe du reingehst, Jackie Christie und Kris Spirit stehen auch zur Verfügung.«

»Lesbische DJs, Mann? Ich weiß nicht. Läuft das? Ist das cool?« Ich knalle mir eine grüngetönte Panorama-Sonnenbrille vors Gesicht, ehe ich in den VIP-Room schlüpfe, wo eine Mischung aus sieben Jungs und Mädels in zwei Nischen hängt, Beau sitzt davor auf einem Stuhl mit einem Clipboard in der Hand. Die unterbelichtete *Details*-Reporterin hüpft in gefährlicher Nähe herum, sie winkt uns zu, und JD sagt äußerst professionell »He, Beau« und stellt mich dann düster vor. »He, alle mal herhören – das ist Victor Ward.«

»Mein *nom de guerre* im Reich der Clubs«, lache ich voll Pseudo-Überschwang.

»Victor«, sagt Beau, der aufgestanden ist, »das ist Dollfish – Bumerang – Joopy, CC Fenton, Na Na und äh«, er guckt auf sein Clipboard, »Senator Claiborne Pell.«

»Alsooo«, frage ich und deute auf den Typ mit den blonden Rastazöpfchen, »was spielst du so?«

»Ich spiele Ninjaman, aber auch ne Menge Chic und Thompson Twins, und Mann, das kommt mir hier jetzt alles irgendwie total überflüssig vor.«

»Beau, notier dir das«, instruiere ich ihn. »Und du?«, frage ich und zeige auf ein Girl in einem Harlekin-Outfit mit Dutzenden von Lovebeadschnüren.

»Anita Sarko hat mir alles beigebracht, was ich kann, und dann hab ich auch noch mit Jonathan Peters zusammengelebt«, sagt sie.

»Du wirst hier das Warm-up machen, Baby«, sage ich.

»Victor«, sagt JD und zeigt auf einen weiteren DJ, der halb hinten im Dunkel geblieben ist, »das ist Funkmeister Flex.«

»Hey, Funky.« Ich zieh die Brille runter, um ihm zuzuzwinkern. »Okay, Leute, ihr kriegt drei Turntables, ein Tapedeck, einen DAT-Player, zwei CD-Players und ein

Reel-to-Reel für Verzögerungseffekte, damit ihr auch jeweils eure spezielle Magie hier ablassen könnt. Wie hört sich das an?«

Gedämpfte coole Laute, leere Mienen, weitere Zigaretten werden angezündet.

»Während ihr auflegt«, fahre ich fort und gehe auf und ab, »will ich, dass ihr absolut schlecht gelaunt wirkt. Ich will auf keinen Fall sehen, dass sich hier irgendjemand amüsiert. Kapiert?« Ich halte inne, um mir eine anzustecken. »Es gibt Techno, es gibt House, es gibt Hard House, es gibt Belgian House, es gibt Gabba House.« Ich halte wieder inne, mir ist jetzt nicht ganz klar, wo das eigentlich hinführt, beschließe dann überzublenden in: »Und ich will nicht in einem richtigen Lagerhaus schwitzen. Ich will dieses Schwitzen-im-Lagerhaus-Feeling in einem Drei-Millionen-Dollar-Nachtclub mit zwei VIP-Rooms und vier voll ausgebauten Bars.«

»Das Ganze sollte sehr entspannt rüberkommen«, fügt JD hinzu. »Und vergesst Ambient Dub nicht, das müssen wir auch haben.«

»Ich will, dass es hier sofort brummt«, sage ich und laufe hin und her. »Viel verlangt ist das ja nicht, ich will bloß, dass ihr diese Leute zum Tanzen bringt.« Ich warte kurz, ehe ich hinzufüge: »Und so Gewaltgetue à la Abtreibungsklinik, das interessiert mich nicht.«

»Äähm ...«, Dollfish hebt zögernd die Hand.

»Dollfish«, sage ich. »Bitte?«

»Äh, Victor, es ist schon Viertel nach vier«, sagt Dollfish.

»Das soll heißen, Schwester?«

»Wann brauchst du denn jetzt einen von uns?«, fragt sie.

»Beau – bitte kümmere dich um diese Fragen«, sage ich. Ich verbeuge mich, ehe ich aus dem Raum fege.

JD folgt mir, als ich wieder hinauftrabe, Richtung Damiens Büro.

»Sehr schön, Victor«, sagt JD. »Hast die Leute inspiriert wie üblich.«

»Ist ja mein Job«, sage ich. »Wo ist Damien?«

»Damien hat mir die Anweisung gegeben, dass ihn jetzt niemand stören soll«, sagt JD.

»Ich muss mich bei ihm wegen der Einladung an Martin Davis beschweren«, sage ich und sprinte die Treppe rauf. »Das wird ja alles ganz entsetzlich.«

»Das ist jetzt aber keine gute Idee, Victor.« JD rennt mir voraus. »Er hat sehr nachdrücklich gesagt, dass er nicht gestört werden will.«

»Leg los mit dem Beat, JD.«

»Aah – was?«

»Denn ich liebe Percussion.«

»Jetzt nicht, Victor«, bittet JD. »Damien will niemand sehen.«

»*But that's the way, a-ha a-ha, I like it, a-ha a-ha.*«

»Okay, okay«, keucht JD. »Schaff bitte deinen wunderbaren Arsch rüber ins Fashion Café, hol uns DJ X, und hör auf, ›Muskrat Love‹ zu singen.«

»›Muskrat Suzy, Muskrat Sa-a-am …‹«

»Victor, ich tu, was du willst.«

»London, Paris, New York, Munich – everybody talk about pop music.« Ich kneif ihn in die Nase und marschiere zu Damiens Büro.

»Bitte, Victor, gehn wir in die andere Richtung«, sagt JD. »Eindeutig die *bessere*.«

»But that's the way, a-ha a-ha, I like it.«

»Er will nicht gestört werden, Victor.«

»He, will ich auch nicht, also lass mich zufrieden, kleiner Schwuli.«

»Victor, er hat mir gesagt, kein Gespräch rüberzulegen und …«

»Hey …«, ich bleibe stehen und schaue ihn an, ich ziehe meinen Arm weg, den er festhalten will. »Ich bin Victor Ward, ich eröffne diesen Club, und ich bin mir sicher, dass ich von Mr. Ross' Regeln, wie sagt man? ah ja: *dispensiert* bin.«

»Victor …«

Ich klopfe nicht mal an, ich stiefele einfach rein und fange an zu stänkern.

»Damien, ich weiß, du willst nicht gestört werden, aber hast du dir die Gästeliste für die Sache hier mal durchgesehen? Es kommen da angeblich Figuren wie Martin Davis vorbei, und ich würde sagen, da müssen wir aber schon sehr gut aufpassen, wen die Paparazzi zu Gesicht bekommen und wen nicht …«

Damien steht an der Fensterwand seines Büros, einer großen Glasfläche, von wo man auf den Union Square Park sieht, und er trägt ein gepunktetes Hemd und ein Havanna-Jackett, er drückt sich gegen ein Girl, das ein Azzedine-Alaia-Cape und ein Paar Manolo-Blahnik-Stöckelschuhe trägt, ganz in rosa und türkis. Das Girl löst sich sofort von ihm und lässt sich auf ein grünes Elastosofa fallen.

Lauren Hynde hat sich verändert, seit ich sie zuletzt am frühen Nachmittag vor Tower Records gesehen habe.

»Und ahh, und …«, meine Stimme setzt aus, dann berappele ich mich und sage: »Damien, dein reicher Der-Strand-ist-mein-Zuhause-Look gefällt mir gut, Baby.«

Damien schaut an sich hinunter, dann wieder zu mir, lächelt knapp, als sei im Grunde gar nichts falsch gelaufen, und insgesamt gesehen ist ja vielleicht auch nichts passiert, dann sagt er: »He, mir gefällt der konturlos-massive Look von dir.«

Völlig verblüfft sehe ich an mir herunter: die Hosen knapp auf Taille, das enge Satinhemd, die lange Leder-jacke – und zwinge mich, nicht zu dem grünen Sofa und der Frau hinüberzusehen, die dort lehnt. Eine lange, kalte Stille, die wir alle nicht ausfüllen können, schwebt umher, gibt sich cool, *lebt*.

JD steckt plötzlich den Kopf zur Tür rein, Miss *Details* schaut ihm über die Schulter, beide bleiben wie angeleimt im Türrahmen stehen, als ob da eine gefährliche unsichtbare Linie ist, die sie nicht überschreiten dürfen. »Damien, entschuldige die Störung«, sagt er.

»Alles klar JD«, sagt Damien, geht zur Tür und macht sie den beiden vor der Nase zu.

Damien geht an mir vorbei, und ich konzentriere mich völlig darauf, aus dem Fenster die Leute unten im Park zu beobachten, ich kneife die Augen zusammen, damit ich sie besser erkenne, aber sie sind zu weit weg, und so oder so kommt jetzt Damien in mein Gesichtsfeld, er dominiert es, er nimmt eine Zigarre von seinem Schreibtisch und ein Streichholzheftchen vom Delano. Die neue Nummer von *Vanity Fair* liegt neben einer Hermès-Lampe, dazu verschiedene japanische Hochglanzmagazine, ein paar CDs, ein Notebook, eine Flasche Dom Pérignon 1983 in einem Eiskübel, zwei halbvolle Champagnergläser, ein Dutzend Rosen, die Lauren nicht aus diesem Zimmer mitnehmen wird.

»Gott-verfickte-Scheiße!«, faucht Damien. Ich zucke zusammen. »Scheiße, wie kommt Geena Davis auf das Cover der verdammten *Vanity Fair*? Hat sie nen neuen Film gedreht? Nein. Macht sie irgendwas Neues? *Nein.* Jesus, die Welt geht ja total vor die Hunde, und allen ist es scheißegal. Wie kann denn so was passieren?«

Ohne zu Lauren Hynde rüberzuschauen, zucke ich nur liebenswürdig die Achseln. »Ach, du weißt doch, wie so was geht, hier ne Schuhwerbung, da ein Auftritt als VJ, eine Nebenrolle in ›Baywatch‹, ein schlechter Indie-Film, und dann wumm: Val Kilmer.«

»Vielleicht hat sie Krebs.« Lauren zuckt die Achseln. »Vielleicht ist sie mal so richtig ausführlich Shopping gegangen.«

»Kennt ihr beide euch?«, fragt Damien. »Lauren Hynde, Victor Ward.«

»He, Lauren.« Ich kriege gerade noch so ein gespensti-
sches kleines Winken hin, das sich in ein Peace-Zeichen
verwandelt, dann wieder zu einem gespenstischen kleinen Winke-Winke wird.

»Hi.« Sie versucht zu lächeln, ohne mich anzuschau-
en, sie konzentriert sich ganz auf ihre Fingernägel.

»Ihr kennt euch?«, fragt Damien wieder, nun hartnäckig.

»Ach ja, klar«, sage ich. »Du bist doch eine Freundin
von Chloe.«

»Ja«, sagt sie, »und du bist ...«

»Ich bin ihr ... jaah, also ...«

»Ihr beide kennt euch vom College, ja?«, fragt Damien
und starrt uns immer noch an.

»Aber wir haben uns seitdem nicht mehr gesehen«,
sagt Lauren, und ich weiß nicht, ob Damien den scharfen Tonfall bemerkt, für den ich dankbar bin.

»Das ist also ein richtiges kleines Ehemaligentreffen,
was?«, scherzt Damien. »Wie?«

»Irgendwie, ja«, sage ich tonlos.

Damien hat sich jetzt dafür entschieden, mich fortwährend anzustarren.

»Also, Damien, äh, weißt du ...« Ich stocke, fange
noch mal an. »Die DJ-Situation ist ...«

»Ich hab heute Junior Vasquez angerufen«, sagt Damien und zündet die Zigarre an. »Aber der hat heut
Abend eine andere Party.«

»Eine *andere* Party?«, keuche ich schockiert. »O Mann,
das ist ja so schwach.«

Lauren rollt die Augen, betrachtet nach wie vor ihre
Nägel.

Damien bricht das Schweigen mit der Frage: »Hast du
nicht jetzt gleich einen Termin?«

»Richtig, richtig, ich muss los«, sage ich und gehe
Richtung Tür.

»Ja, und ich hab in zehn Minuten ein how-to-relax-incyberspace-Seminar«, sagt Damien. »Ricki Lake hat mir davon erzählt.«

JDs Stimme kommt über die Sprechanlage: »Entschuldige, Damien – Alison auf drei.«

»Augenblick noch, JD«, sagt Damien.

»Schwer, ihr das beizubringen«, sagt DJ, ehe seine Stimme weggeschaltet wird.

»Victor«, sagt Damien, »bringst du Lauren runter?«

Lauren wirft Damien einen fast unmerklichen, irritierten Blick zu und steht zu rasch vom Sofa auf. Direkt vor mir küsst sie Damien leicht auf die Lippen, er berührt ihre Wange, sie nehmen einander schweigend wahr, und ich kann nicht wegsehen, bis Damien zu mir herschaut.

Ich kann nichts sagen, bis wir draußen vor dem Club sind. Meine Vespa hab ich aus der Garderobe geholt, ich schiebe sie über den Union Square, Lauren läuft lustlos neben mir her, das Geräusch der Staubsauger im Club hinter uns wird leiser. Große Scheinwerfer werden über den Rasen gerollt, eine Filmcrew dreht irgendwas, Statisten scheinen ziellos durch den ganzen Park zu streunen. Guillaume Griffin und Jean Paul Gaultier und Patrick Robinson schlendern an uns vorbei. Horden von japanischen Schulkindern jagen auf Rollerblades zum neuen Gap an der Park Avenue, und wunderschöne Mädchen driften mit Wildlederhüten und gerippten Cardigans und irischen Jockeymützen vorbei, und auf den Bänken liegt überall Konfetti, und ich sehe immer noch hinunter, während meine Füße sich langsam über den Beton bewegen, über große Flächen Eis, die so dick sind, dass die Räder der Vespa sie nicht aufbrechen, sie riecht immer noch nach dem Patchouli-Öl, mit dem ich sie letzte Woche eingerieben habe, eine spontane Aktion, die mir damals irgendwie hip vorkam. Ich schaue die Typen an, die an Lauren vorbeigehen, und ein paar scheinen sie sogar zu erkennen, Eichhörnchen schlittern über die Eisflecken im schwachen Licht, und es ist schon fast dunkel, aber noch nicht ganz.

»Was läuft denn so?«, frage ich schließlich.

»Wo gehst du hin?« Lauren zieht ihr Cape enger um sich.

»Todd-Oldham-Show«, seufze ich. »Bin dabei.«

»Modeling«, sagt sie. »Ein Job für einen Mann.«

»Ist nicht so leicht, wie's aussehen mag.«

»Ja, Modeling ist eine harte Sache, Victor«, sagt sie. »Das Einzige, was man bringen muss, ist pünktlich sein. Schwerstarbeit.«

»*Ist* es auch«, sage ich jammernd.

»Das ist doch ein Job, wo man wissen muss, wie man Kleider trägt?«, fragt sie. »Wo man wissen muss, wie man – nur dass ich da nichts Falsches sage – richtig *geht?*«

»He, alles, was ich gelernt hab, ist, das Beste aus meinem Äußeren zu machen.«

»Und was ist mit dem Inneren?«

»Klar«, kichere ich. »Als ob in dieser Welt«, ich gestikuliere, »mein Inneres ne größere Rolle spielt als meine Bauchmuskeln. Ach ja, alle bitte mal die Hand heben, die das glauben.« Pause. »Und ich kann mich nicht erinnern, dass du in Camden Gehirnchirurgie als Hauptfach hattest.«

»Du kannst dich an mich in Camden überhaupt nicht erinnern«, sagt sie. »Es würde mich überraschen, wenn du dich dran erinnern kannst, was an diesem Montag war.«

Ratlos versuche ich, ihren Blick einzufangen, und sage: »Ich hab gemodelt … und … mir ein Sandwich reingezogen.«

Schweigend gehen wir weiter durch den Park.

»Er sieht aus wie ein Arsch«, murmele ich schließlich. »Lässt sich die Shorts maßschneidern. Jesus, Baby.« Ich schiebe noch immer die Vespa über die Straße.

»Chloe hat was Besseres verdient als dich, Victor«, sagt sie.

»Was soll das heißen?«

»Wann wart ihr denn das letzte Mal einfach so zusammen, nur ihr beide?«, fragt sie.

»O Mann …«

»Nein, im Ernst, Victor«, sagt sie. »Nur ihr beide, einen Tag lang, ohne diesen ganzen Mist um dich rum?«

»Wir waren bei den MTv Movie Awards«, seufze ich. »Zusammen.«

»O mein Gott«, stöhnt sie. »Warum?«

»He, das sind die Oscars der Über-Zwanzigjährigen.«

»Genau.«

Ein riesiges Plakat von Chloe, das letzte Woche über dem Toys ›R‹ Us an der Park Avenue montiert worden ist, kommt plötzlich durch die toten Bäume hindurch scharf ins Blickfeld, ihre Augen starren auf uns herab, Lauren sieht es auch, dann schaue ich zu dem Gebäude zurück, in dem der Club ist, und die Fenster sind wie geschwärzt im kalten Licht des Spätnachmittags.

»Ich hasse diese Ecke hier«, murmele ich, führe uns aus der Schusslinie raus und steuere Lauren über die Park, damit wir in einer Straße hinter den Zeckendorf Towers ein wenig unbeobachteter sind. Sie zündet sich eine Zigarette an. Ich mir auch eine.

»Er hat uns wahrscheinlich beobachtet«, sage ich.

»Also benimm dich ganz natürlich«, sagt sie. »Du kennst mich ohnehin nicht.«

»Ich möchte dich kennen lernen«, sage ich. »Können wir uns morgen sehen?«

»Bist du da nicht zu sehr damit beschäftigt, dich im Licht deines Erfolgs zu sonnen?«

»Schon, aber ich würd's gern mit dir teilen«, sage ich. »Mittagessen?«

»Ich kann nicht«, sagt sie und zieht wieder an der Zigarette. »Ich esse bei Chanel.«

»Was willst du, Lauren?«, frage ich. »Einen Yuppie, der dich jeden Abend ins Le Cirque ausführt?«

»Was wär denn besser?«, fragt sie zurück. »Die Miete nicht mehr zahlen können und deprimiert und zitternd im Kentucky Fried Chicken um die Ecke hocken?«

»Ach *bitte*. Wär das die einzige Alternative?«

»*Du* würdest ihn doch heiraten, wenn du könntest, Victor.«

»Damien ist total nicht mein Typ, Baby.«

»Das ist wahrscheinlich nicht wahr«, sagt sie leise.

»Willst du, dass er dir – was? *Sachen* schenkt? Willst du den wahren Sinn des Lebens im Villenvorort ergründen? Glaubst du, dass dieser Primat auch nur gesellschaftsfähig ist? Ist ja nicht mal im Social Register.«

»Damien ist sehr wohl im Social Register.«

»Na ja, gut, klar.«

»Es gab mal eine Zeit, Victor, da wollte ich dich«, sagt sie und zieht an ihrer Zigarette. »Es gab tatsächlich einmal so einen Moment, Victor – alles, was ich wollte, warst du.« Pause. »Ich kann's ja selbst kaum glauben, aber, tja, so war es.«

»Baby, du bist cool«, sage ich sehr leise. »Bitte – du bist sehr cool.«

»O hör auf, Victor«, sagt sie. »Du bist ein derart blöder Scheißkerl.«

»Was? Fährst du immer noch nicht auf mich ab?«

»Ich muss mich auf jemand verlassen können, Victor«, sagt sie. »Du bist der Allerletzte auf der Welt, von dem ich das je erwarten würde.«

»Als ob du das von Damien Nutchs Ross erwarten könntest. Erbarmen, Baby. Ich sag nur: Erbarmen.«

Sie raucht die Zigarette zu Ende und geht nun langsam die Park Avenue hoch.

»Wie lange treibst du's schon mit Alison Poole?«

»He, Vorsicht.« Fast instinktiv schaue ich mich nach

Duke oder Digby um, aber die sind nicht zu sehen.

»Weshalb glaubst du denn, dass diese Kacke wahr ist?«

»Ist sie wahr?«

»Wenn sie's ist: Woher weißt du es dann?«

»O Gott, Victor, wer weiß das denn nicht?«

»Was soll *das* heißen?«

»Sie besitzt nur zwei Bücher, die Bibel und *The Andy Warhol Diaries,* und die Bibel war ein Geschenk«, murmelt Lauren. »Die Königin der Schweinepriester.«

»Ich kann jetzt nicht ganz folgen.«

»Das klingt gar nicht nach dir, Victor.« Sie lächelt mich an und sagt dann: »Ist doch schön, wenn man jemand hat, der sich um einen kümmert.«

»Du meinst bei Kasse. Du meinst reich. Du meinst Mäuse.«

»Möglich.«

»Was? Und mich magst du nicht, weil ich vielleicht dauernd hinter der Asche herrennen muss? Du magst mich nicht, weil man bei mir irgendwie die Rezession spürt?«

»Victor«, sagt sie, »wenn du dir nur so viele Sorgen um mich gemacht hättest, als wir uns zuerst kennen gelernt haben.«

Ich beuge mich vor, küsse sie hart auf den Mund und bin überrascht, dass sie mich reinlässt, und als ich mich zurückziehe, presst sie ihr Gesicht gegen meines, will, dass der Kuss weitergeht, ihre Hand umklammert meine Hand, ihre Finger ergreifen meine. Schließlich brech ich's ab und murmele, dass ich jetzt los muss, uptown, und auf sehr beiläufige coole Weise, ohne mich dafür auch nur anzustrengen, hüpfe ich auf die Vespa, trete sie an und düse die Park hoch, ohne zurückzuschauen, obwohl, wenn ich's getan hätte, dann hätte ich gesehen, wie Lauren gähnend ein Taxi herbeiwinkte.

14

Ein schwarzer Jeep, offenes Verdeck, getönte Fenster, setzt sich auf der Dreiundzwanzigsten hinter mich, und als ich durch den Park-Avenue-Tunnel fege, schaltet der Fahrer das Licht voll ein und schließt auf, die Stoßstange vom Jeep streift das Schutzblech der Vespa.

Ich schwenke auf den Mittelstrich, der Gegenverkehr donnert auf mich zu, während ich die lange Reihe von Taxis auf meiner Seite überhole, Richtung Übergangsschleife an der Grand Central. Ich beschleunige, als ich die Rampe hochfahre, kreische um die Kurve, weiche einer Limo aus, die vor dem Grand Hyatt wartet, und dann bin ich wieder auf der Park, ohne Probleme, bis ich vor der Ampel an der 48. Straße stehe, wo ich mich umschaue und einen Block hinter mir den Jeep erblicke.

Im Augenblick, als das Licht an der 47. grün wird, springt der Jeep aus seiner Spur raus und rast los.

Als es bei mir grün wird, fege ich zur 51. rauf, wo mich der Gegenverkehr zwingt, zu warten, bis ich links abbiegen kann.

Ich sehe über die Schulter die Park Avenue runter, kann aber den Jeep nirgendwo entdecken.

Als ich mich wieder umdrehe, steht er mit hechelndem Motor neben mir.

Ich stoße einen Schrei aus und knalle sofort gegen ein entgegenkommendes Taxi, das langsam die Park runterfährt, ich falle fast vom Roller, alle Geräusche verschwimmen, ich kann eigentlich nur noch mein eigenes Keuchen hören, und als ich das Rad wieder hochgezogen habe, jage ich vor dem Jeep schräg rüber in die 51.

Die 51. ist durch einen größeren Stau blockiert, und ich manövriere die Vespa auf den Gehsteig, das ist dem

Jeep aber egal, er brettert direkt hinter mir her, halb auf der Straße, die beiden rechten Räder auf dem Bordstein, ich brülle die Leute an, sie sollen aus dem Weg gehen, das Rad der Vespa wirbelt Wolken von Konfetti auf, das den Gehsteig zumüllt, Geschäftsleute schlagen mit Aktenkoffern nach mir, Taxifahrer schreien mir Obszönitäten hinterher, legen sich auf die Hupe, ein Dominoeffekt.

Die nächste Ampel an der Fifth ist gelb. Ich gebe Gas und brettere in dem Moment vom Randstein, als der starke Verkehr, der die Avenue runterrast, mich schon fast erwischt hat, der Himmel dahinter ist dunkel und brausend, der schwarze Jeep hängt auf der anderen Seite der Ampel fest.

Das Fashion Café ist noch einen Block weiter, und an der Kreuzung Rockefeller und 51. springe ich vom Roller und renne damit hinter die weitgehend nutzlosen Vinylseile, die niemand von den Türen abhalten, weil niemand da ist, den es abzuhalten gälte.

Ich keuche auf Byana, den Türsteher, ein, er soll mich reinlassen.

»Hast du das gesehen?«, schreie ich. »Diese Arschlöcher wollten mich umbringen.«

»Was gibt's sonst Neues?« Byana zuckt die Achseln. »Jetzt weißte Bescheid.«

»Hör mal, ich schieb ihn hier kurz bei euch rein.« Ich deute auf den Roller. »Lass mich ihn nur zehn Minuten hier abstellen.«

»Victor«, sagt Byana, »was ist mit dem Termin, den du mir bei Brian MacNally versprochen hast?«

»Gib mir nur zehn Minuten, Byana«, keuche ich und rolle die Vespa rein.

Der schwarze Jeep steht an der Ecke – ich ducke mich, um durch die Glastüren des Fashion Café hinüberzuschauen: Jetzt dreht er langsam und verschwindet.

Jasmine, die Hostess, seufzt, als sie mich durch die

gigantische Glaslinse, die das Vestibül bildet, kommen und den großen Raum des Restaurants betreten sieht.

»Jasmine«, sage ich und hebe die flachen Hände hoch. »Nur zehn Minuten, Baby.«

»O Victor, bitte«, sagt Jasmine, die neben ihrem Hostess-Podium steht, das Handy in der Rechten.

»Ich lass bloß den Roller hier.« Ich zeige auf die Vespa, die an einer Wand bei der Garderobe lehnt.

»Noch niemand da«, sagt sie und gibt nach. »Geh schon rein.«

Der ganze Laden ist absolut leer. Hinter mir pfeift jemand mit hohlem Ton »On the Sunny Side of the Street«, und als ich mich umdrehe, ist niemand da, und ich begreife, dass das die letzten Töne des neuen Pearl-Jam-Songs über die Anlage gewesen sein dürften, aber während ich warte, dass der nächste Song anfängt, wird mir klar, dass das zu deutlich geklungen hat, das Pfeifen war zu menschlich, ich zucke die Achseln und gehe tiefer ins Fashion Café rein, vorbei an jemand, der das Konfetti vom Teppich saugt, an zwei Barkeepern beim Schichtwechsel und an einer Kellnerin, die an der *Mademoiselle*-Nische ihr Trinkgeld zusammenzählt.

Die einzige Person an einem der Tische ist ein jüngerer Typ mit Cäsarenschnitt, er sieht aus wie eine Art Ben Arnold um die Dreißig, trägt eine Sonnenbrille und trägt so was wie einen schwarzen Agnès-B.-Einreiher, er sitzt in der Vogue-Nische hinter der Arc-de-Triomphe-Attrappe, die in der Mitte des großen Restaurantsaals aufragt. DJ X sieht heut Nachmittag ein wenig zu smart aus, aber doch sehr gut.

Er schaut fragend auf, zieht die Sonnenbrille runter, und ich mache noch einen kleinen semi-arroganten Gang durch den Raum, ehe ich zu seiner Nische rüberkomme.

Er nimmt die Brille ab und sagt: »Hallo.« Er streckt die Hand aus.

»He, wo sind die weiten Hosen?«, seufze ich, rutsche auf die Bank gegenüber und klatsche ihm leicht gegen die Hand. »Wo ist das übergroße zickzackgemusterte T-Shirt? Wo ist die neue Nummer von *Urb?* Wo ist das gebleichte kurze Wuschelhaar?«

»Entschuldigung.« Er legt fragend Jen Kopf schräg. »Entschuldigung, wie bitte?«

»Also, da bin ich«, sage ich und breite die Arme aus. »Ich existiere. Machst du's oder nicht?«

»Was … *machen?*« Er legt eine lila Speisekarte in Form einer Hasselblad weg.

»Einer von den DJs, die wir heute getestet haben, wollte doch tatsächlich ›Do the Bartman‹ spielen«, stöhne ich. »Er hat gesagt, das sei ›unvermeidlich‹. Hat gesagt, das sei sein ›Markensong‹. Kann man sich das vorstellen, wie abgefuckt die Welt heutzutage ist?«

Der Typ greift langsam in seine Jacke und holt eine Karte raus und reicht sie mir rüber. Ich schaue sie an, lese vage einen Namen, F. Fred Palakon, und darunter eine Telefonnummer.

»Okay, Baby«, sage ich und hole tief Luft. »Tophonorar für einen DJ am Donnerstagabend in Manhattan sind fünfhundert, aber weil wir in der Klemme sind und meine ganzen schwulen Freunde behaupten, du bist das Abgefahrenste seit Astrolube, und weil wir dich dringend brauchen, gehn wir rauf auf fünf-vierzig.«

»Danke, Mr. Johnson – Verzeihung, Mr. *Ward* –, aber ich bin kein DJ.«

»Ich weiß schon, ich weiß. Ich meine: Musikdesigner.«

»Nein, ich fürchte, das bin ich auch nicht, Mr. Ward.«

»Also, ääh, wer sind Sie dann, und warum sitze ich Ihnen im Fashion Café gegenüber?«

»Ich habe seit Wochen versucht, Sie zu erreichen«, sagt er.

»Sie haben versucht, mich zu erreichen?«, frage ich. »*Sie* haben versucht, *mich* zu erreichen? Mein Anrufbeantworter ist diese Woche wohl nicht ganz da.« Ich mache eine Pause. »Haben Sie Gras dabei?«

Palakon schaut sich prüfend im Raum um, sieht mich dann langsam wieder an. »Nein. Hab ich nicht.«

»Wie schaut's aus, altes Haus?« Ich starre auf das Remake von *La femme Nikita* auf einem der Monitore, die drüben beim Arc de Triomphe hängen. »Wissen Sie, Palakon, Sie haben diese ganze Nummer, gut gekleideter gebildeter reicher Junkie, wirklich echt drauf, Mann. Na ja, wenn man das nicht hat« – ich zucke hilflos die Achseln –, »dann, mein lieber Mann, kann man ja auch gleich in einem Idaho Dairy Queen ein Softeis in der Pause nuckeln, bis man wieder den Getreidesilo streichen muss, stimmt's?«

Palakon starrt mich nur über den Tisch an. Ich biete ihm einen Zimtzahnstocher an.

»Waren Sie von 1982 bis 1988 auf dem Camden College in New Hampshire?«, fragt Palakon behutsam.

Ich starre zurück und antworte verständnislos: »Ein halbes Jahr hab ich ausgesetzt.« Pause. »Vier, genaugenommen.«

»War das erste davon im Herbst 1985?«, fragt Palakon.

»Kann schon sein.« Ich zucke die Achseln.

»Haben Sie eine Jamie Fields gekannt, als sie in Camden waren?«

Ich seufze, klatsche mit den Händen auf den Tisch. »Wissen Sie, wenn Sie kein Foto haben, läuft da nix, guter Mann.«

»Doch, Mr. Ward«, sagt Palakon und greift nach einem Aktendeckel, der neben ihm liegt. »Zufällig habe ich Fotos.«

Palakon reicht mir die Akte. Ich nehm sie nicht. Er hustet höflich und legt sie vor mir auf den Tisch. Ich schlage sie auf.

Die erste Serie von Aufnahmen zeigt ein Mädchen, das aussieht wie eine Kreuzung zwischen Patricia Hartman und Leilani Bishop, sie geht über einen Laufsteg, im Hintergrund sind unklar die Lettern DKNY zu erkennen, Fotos von ihr mit Naomi Campbell, eins mit Niki Taylor, eins beim Martini mit Liz Tilberis, verschiedene Schnappschüsse von ihr auf einer Couch in – so sieht es aus – einem Studio im Industria, zwei, auf denen sie einen kleinen Hund im West Village spazierenfährt, und ein Foto, das mit dem Tele aufgenommen zu sein scheint, auf dem sie über den Campus in Camden geht, auf den Rand der Wiese zu, ehe die ins Tal abfällt, die Stelle, die von nicht schwindelfreien Studenten den Namen Ende der Welt bekommen hat.

Die zweite Serie von Fotos stellt sie überraschend vor die Burlington Arcade in London, auf die Greek Street in Soho, vor das American-Airlines-Terminal in Heathrow. Die dritte Serie, die ich in die Hand nehme, ist eine Bilderfolge für ein Magazin, die mich mit ihr und Michael Bergin und Marcus Schenkenberg zeigt, wir führen Neo-Sechziger-Jahre-Bademode vor. Ich bin gerade kurz davor, in weißen Hosen und einem Nautica-Tanktop in den Pool zu springen, und sie sieht mich düster aus dem Hintergrund an; wir vier albern mit Hulahoops rum; ein anderes Bild zeigt uns in einem Patio beim Tanzen; auf einem liege ich auf einem Gummifloß im Pool und spucke einen hohen Bogen Wasser aus, während sie sich am Rand herabbeugt und mir winkt, ich solle doch näher kommen. Da ich mich an diesen Fototermin überhaupt nicht erinnere, klappe ich langsam die Mappe zu, ich kann keine weiteren Fotos mehr anschauen. Meine erste Reaktion ist: Das bin nicht ich.

»Hilft das ihrem Gedächtnis auf?«, fragt Palakon.

»Mensch, die Ära vor dem Tattoo«, seufze ich, als ich meinen Bizeps sehe, der um Michaels Hals geschlungen ist, und schließe dann die Mappe. »Jesus, das muss das Jahr gewesen sein, als alle Welt Levi's mit zerfetzten Knien trug.«

»Das, ja, das kann sein«, sagt Palakon, der sich verwirrt anhört.

»Ist das die Frau, die mich dazu gekriegt hat, dass ich mich bei Feminists for Animal Rights einschreibe?«, frage ich. »FAR?«

»Hm … ähmm …« Palakon blättert in seiner Akte. »Sie war eine« – er studiert ein Blatt mit zusammengekniffenen Augen –, »eine Grasaktivistin. Hilft das weiter?«

»Nicht weit genug, Baby.« Ich mache die Mappe wieder auf. »Ist das die Frau, die ich bei Spiros Niarchos' vierzigstem Geburtstag kennen gelernt hab?«

»Nein.«

»Woher wissen Sie das?«

»Wir – ich weiß, dass Sie Jamie Fields nicht auf Spiros Niarchos' vierzigstem Geburtstag kennen gelernt haben.« Palakon schließt die Augen, drückt mit zwei Fingern gegen seinen Nasenrücken. »Bitte, Mr. Ward.«

Ich starre ihn nur an. Ich entscheide mich für eine andere Taktik. Ich lehne mich vor, was Palakon veranlasst, sich seinerseits hoffnungsvoll zu mir herüberzulehnen.

»Ich will Techno, Techno, Techno«, sage ich mit Betonung, und plötzlich sehe ich am Ende des Tisches einen halbaufgegessenen asiatischen Geflügelsalat stehen, auf einem Teller mit dem Gesicht von Anna Wintour.

»Ich … hab das nicht bestellt«, sagt Palakon fast erschrocken, und dann, als er den Teller betrachtet, fragt er: »Wer ist das?«

»Das ist Anna Wintour.«

»Nein.« Er reckt den Hals. »Ist es nicht.«

Ich schiebe was von den Reisnudeln und einen kleinen Mandarinenschnitz weg, dass das ganze Gesicht zum Vorschein kommt, ohne Sonnenbrille.

»Oh. Sie haben Recht.«

»Hier geht's echt ab«, gähne ich.

Eine Kellnerin geht vorbei. Ich pfeife, damit sie stehenbleibt.

»He Baby, ein eiskaltes Bier für mich.«

Sie nickt. Ich sehe zu, wie sie weitergeht, und denke zwei Wörter: Nicht schlecht.

»Müssen Sie jetzt nicht um sechs auf den Laufsteg?«, fragt Palakon.

»Ich bin ein Model. Ich bin ein Säufer. Aber das ist alles cool. Ich bin cool.« Mir fällt plötzlich etwas ein. »Moment – will sich hier jemand einmischen, oder was?«, frage ich. »Weil ich bin schon seit – Jesus, seit Wochen davon runter.«

»Mr. Ward«, fängt Palakon an, seine Geduld ist plötzlich zu Ende. »Angeblich waren Sie länger mit dieser Frau zusammen.«

»Ich, mit Ashley Fields zusammen?«, frage ich.

»Sie heißt *Jamie* Fields, und an einem bestimmten Punkt ihrer Vergangenheit, jawohl, *waren* Sie mit ihr zusammen.«

»Das interessiert mich alles nicht, Mann«, erkläre ich. »Ich hab gedacht, Sie sind ein DJ, Mann.«

»Jamie Fields ist vor drei Wochen bei den Dreharbeiten für den Film eines unabhängigen Produzenten in London verschwunden. Zuletzt hat man sie im Armani-Laden in der Sloane Street gesehen und im L'Odeon in der Regent Street.« Palakon seufzt und blättert rasch durch seine Akte. »Man hat nichts von ihr gehört, seit sie den Drehort verlassen hat.«

»Vielleicht hat ihr das Drehbuch nicht gefallen.« Ich zucke die Achseln. »Vielleicht hat sie das Gefühl gehabt, ihre Rolle wird da nicht gut ausgebaut. Kommt schon mal vor, Mann.«

»Wie« – Palakon schaut verwirrt in seine Akte – »wollen *Sie* das wissen?«

»Fahren Sie fort, großer Meister«, sage ich beiläufig.

»Es gibt gewisse Personen, die sehr zufrieden wären,

wenn man sie finden würde«, sagt Palakon. »Es gibt gewisse Personen, die es sehr gerne sehen würden, dass man sie nach Amerika zurückbringt.«

»Ihr Agent und so, meinen Sie?«

Palakon entspannt sich in dem Augenblick, als ich das frage, fast, als würde ihm plötzlich etwas klar, und zum ersten Mal, seit ich Platz genommen habe, lächelt er breit, und er sagt: »Ja. Ihr Agent. Ja.«

»Cool.«

»Es hat unbestätigte Hinweise gegeben, dass sie in Bristol ist, aber das war vor zehn Tagen«, sagt Palakon. »Unterm Strich haben wir es nicht geschafft, sie zu finden.«

»Baby?« Ich lehne mich wieder vor.

»Äh, ja?« Er lehnt sich ebenfalls vor.

»Sie verkaufen hier eine Nummer, bei der keiner mitkommt«, sage ich ruhig.

»Ich verstehe.«

»Sie ist also ein MF?«

»Verzeihung?«

»Erst Model, dann Filmschauspielerin?«

»Nehme ich an.«

Auf dem riesigen Bildschirm über dem Arc de Triomphe tänzeln Models über endlose Laufstege, selbst Chloe geht einige Male vorbei.

»Haben Sie mich je auf dem Cover vom *YouthQuake* gesehen?«, frage ich misstrauisch.

»Äh … ja.« Aus irgendeinem Grund hat Palakon Schwierigkeiten, das zuzugeben.

»Cool.« Ich halte inne. »Kann ich mir von Ihnen zweihundert Dollar leihen?«

»Nein.«

»Cool. Echt cool.«

»Das ist überflüssig«, murmelt er. »Total überflüssig.«

»Was soll das heißen? Dass ich ein Flachkopf bin? Dass ich irgendwie ein Arschloch bin? Ein Wichser?«

»Nein, Mr. Ward«, seufzt Palakon. »Nichts von alldem.«

»Hören Sie – Sie haben einfach den Falschen erwischt«, sage ich. »Ich hau jetzt ab.« Ich stehe auf. »Erbarmen.«

Palakon schaut zu mir hoch und sagt mit verträumter Miene: »Wir bieten dreihunderttausend Dollar, wenn Sie sie finden.«

Kein Zögern. Ich setze mich wieder hin.

»Plus alle Reisespesen«, fügt er hinzu.

»Warum … Warum ich, Meister?«, frage ich.

»Sie war in Sie verliebt, Mr. Ward«, sagt Palakon laut, sodass ich zusammenfahre. »Jedenfalls ihren Tagebucheintragungen aus dem Jahr 1986 nach zu schließen.«

»Wie … Wie sind Sie an die rangekommen?«, frage ich.

»Ihre Eltern haben sie uns gezeigt.«

»O Mann«, stöhne ich, »warum kommen die dann nicht zu mir? Was sind Sie denn, ihr Lakai oder was? Das war vor zehn Jahren, Mann.«

»Gehn wir doch davon aus«, sagt er und wird rot im Gesicht, »dass ich einfach hier bin, Mr. Ward, um Ihnen ein Angebot zu machen. Dreihunderttausend Dollar, um Jamie Fields zu finden und in die USA zurückzubringen. Das wär's. Sie scheinen diesem Mädchen viel bedeutet zu haben, ob Sie sich nun an sie erinnern oder nicht. Wir glauben, Sie könnten sie … umstimmen.«

Nach einer Welle frage ich: »Wie haben Sie mich gefunden?«

Ohne zu überlegen sagt Palakon: »Ihr Bruder hat mir gesagt, wo Sie zu finden sind.«

»Ich hab keinen Bruder, Mann.«

»Ich weiß«, sagt Palakon. »Nur ein kleiner Test. Ich vertraue Ihnen bereits.«

Ich betrachte Palakons Nägel – rosa und glatt und

sauber. Ein Pikkolo rollt ein Fass Avocados in die Küche. Videos von den Herbstshows wiederholen sich in End-losschleifen.

»He«, sage ich, »ich brauch immer noch einen DJ.«

»Das kann ich arrangieren.«

»Wie?«

»Tatsächlich hab ich's schon getan.« Er zieht ein Handy raus und gibt es mir. Ich starre es nur an. »Warum rufen Sie nicht Ihre Kollegen im Club an?«

»Ähh … Warum?«

»Tun Sie's einfach, Mr. Ward. Bitte«, sagt Palakon. »Sie haben nicht viel Zeit.«

Ich klappe das Handy auf, tippe meine Nummer im Club ein. JD geht dran.

»Ich … bin's«, sage ich, aus irgendeinem Grund erschrocken.

»Victor«, sagt JD atemlos. »Wo bist du?«

»Fashion Café.«

»Verschwinde dort schnell.«

»Warum?«

»Wir haben Junior Vasquez für heut Abend«, quietscht er.

»Wie?« Ich starre Palakon direkt ins Gesicht. »Wie … ist das gekommen?«

»Juniors Manager hat Damien angerufen und gesagt, Junior *möchte* das machen. Alles paletti.«

Ich schalte ab und lege das Handy langsam, sorgsam auf den Tisch. Ich betrachte Palakons Gesicht sehr genau, überlege mir vielerlei, und dann frage ich ihn: »Können Sie irgendwas dazu tun, dass ich bei *Flatliners II* reinkomme?«

»Darüber können wir später sprechen, Mr. Johnson.«

»Und ferner jede Rolle, in der ich einen oberflächli-chen amerikanischen Eurail-Reisenden spielen könnte.«

»Überlegen Sie sich meinen Vorschlag?«

»Sie haben mir keine Faxe geschickt, oder?«

»Was für Faxe?«, fragt er und steckt die Mappe mit den Fotos in eine dünne schwarze Aktentasche. »Was stand da drin?«

»Ich weiß, wer du bist, und ich weiß, was du tust.«

»Ich weiß bereits, wer Sie sind, Mr. Johnson, und ich weiß, was Sie tun«, sagt er ärgerlich und lässt die Aktentasche zuschnappen.

»Moment noch – wer sind Sie denn?«, frage ich irgendwie beeindruckt. »Ein gottverdammter Wachhund?«

»So könnte man sagen«, seufzt er.

»Hören Sie.« Ich schau auf die Uhr. »Wir, öh, unterhalten uns dann wohl später. Das ist einfach zu viel Schotter, als dass man's ignorieren könnte, Baby.«

»Ich hatte gehofft, Sie könnten mir jetzt schon eine klare Antwort geben.«

Ich starre ihn ratlos an. »Sie wollen, dass ich nach London gehe und ne Frau finde, bei der ich mich nicht mal dran erinnere, dass ich was mit ihr hatte?«

»Sie haben mich also verstanden«, sagt Palakon sichtlich erleichtert. »Ich hatte schon kurz befürchtet, dass nichts von dem, was ich sagte, bei Ihnen angekommen ist.«

Plötzlich nachdenklich seh ich Palakon ins Gesicht. »Sie sehen aus wie der Typ Mann, der seinen eigenen Schorf knabbert«, murmele ich. »Wussten Sie das? Dass Sie aussehen wie so ein Typ?«

»Man hat mich schon vieles genannt, Mr. Ward, aber bis jetzt noch nie einen Schorffresser.«

»Herrgott, es gibt bei allem ein erstes Mal, Kumpel«, seufze ich, schiebe mich hoch und vom Tisch weg, stehe auf. Palakon starrt mich immer noch an, was mich nervös macht und ganz kribbelig, er ist mir auf eine Weise unheimlich wie noch nie jemand zuvor.

»He, schauen Sie mal, Rikki Lake umarmt ein Straßenkind!« Ich deute auf einen Videomonitor hinter Palakon.

Palakon dreht den Kopf, um zu dem Monitor zu sehen.

»Haha – Sie haben hingeschaut.« Ich gehe.

Palakon steht auf. »Mr. Ward ...«

»He«, rufe ich quer durch den Raum. »Ich hab ja Ihre Karte.«

»Mr. Ward, ich ...«

»Ich sprech dann später mit Ihnen, Mann. Peace.«

Das Restaurant ist immer noch vollkommen leer. Ich sehe nicht einmal mehr Byana oder Jasmine oder das Girl, bei dem ich das Bier bestellt habe. Als ich bei meinem Roller ankomme, hat jemand ein riesiges Fax auf einen Lenkergriff gesteckt: ICH WEISS WAS DU TUST UND ICH WEISS WAS DU GESAGT HAST. Ich reiße es runter und renne zurück ins weiche Licht des Saales, aber auch dieser Raum ist leer.

13

Die Show ist im Bryant Park, obwohl sie eigentlich in einer aufgelassenen Synagoge in der Norfolk Street stattfinden sollte, aber Todd ist ausgerastet, als er hörte, dass dort die Geister zweier verfeindeter Rabbis umgehen sollen und ein riesiger schwebender Bagel, und als ich am Hintereingang anrolle – die 42. Straße ist total dicht mit TV-Vans und Satellitenschüsseln und Limousinen und dicken schwarzen Wagen –, sind die Fotografen schon aufgereiht und rufen meinen Namen, als ich den Sicherheitsleuten meinen Ausweis hinstrecke. Hinter der Absperrung kreischen Gruppen von Teenagern nach Madonna, obwohl sie nicht erwartet wird, sie ist zu sehr damit beschäftigt, ihren jüngsten Verfolger vor Gericht zu treffen, aber Guy von Maverick Records hat versprochen, dass er kommt, und Elsa Klensch, und eine Kameracrew von CNN interviewt FIT-Studenten zu ihren Lieblingsdesignern, und vor einer Stunde hat man noch rasch den Laufsteg gekürzt, weil ein Überhang von fünfhundert Besuchern erwartet wird und man verzweifelt Raum für weitere dreihundert Stehplätze schaffen muss. Videomonitoren sind draußen aufgestellt, für den Überhang vom Überhang. Die Show kostet 350 000 Dollar, also muss sie jeder gesehen haben.

Hinter den Kulissen herrscht unmittelbar vor der Show ein wildes Durcheinander aus Kleiderständern, aufgeklebten Anweisungszetteln, Polaroids der Outfits, Tischen voller Perücken und dazu jede Menge schallender Luftküsschen, Hunderte von Zigaretten, die angezündet werden, nackte Girls, die rumrennen und von niemand beachtet werden. Ein riesiges Poster dominiert die Szene und brüllt WORK IT in dicken schwarzen Lettern, der Soundtrack aus *Kids* läuft mit schmerzhafter Lautstärke. Gerüchte schwirren herum, dass zwei Models fehlen, sich entweder bei einer anderen Show verspätet haben oder von ihren neuen miesen Lovern in einer Limo brutal hergenommen wurden, die irgendwo auf der Lexington im Stau steckt, aber Genaues weiß keiner.

»Das Motto heute lautet wohl *später kommen*, was?«, keift mich Paull, der Leiter der Show, direkt an. »Ich glaube nicht!«

»Als *ob!*«, kontere ich à la Alicia-Silverstone-in-*Clueless*.

»Okay – fünf Minuten bis zur ersten Abnahme!«, ruft Kevin, der Produzent aus Hastings, Minnesota.

Todd rennt hektisch herum und bekommt es irgendwie fertig, bebende, verängstigte, weggetretene Models mit lediglich einem Kuss zu beruhigen. Ich küsse eine Chloe mit dickem Lidschatten, die umgeben ist von Kleidern, die an Ständern baumeln, und genau so aussieht, wie eine Frau aussehen sollte, die fast den ganzen Tag lang eine japanische Sodapop-Werbung abgedreht hat, aber ich sage ihr, dass sie »Zucker« aussieht, und sie tut's. Sie klagt über Blasen und über ihre braunen Pediküre-Pappsandalen, während Kevyn Aucoin, der einen Werkzeuggürtel aus transparentem Plastik und ein orangefarbenes knittriges Bodyshirt von Gaultier trägt, ihr den Ausschnitt pudert und Lippgloss auflegt. Orlando Pita hat die Frisur gestylt, und hier sind wir alle definitiv für Semi-Zurückhaltung und pinken Perlmutt-Lidschatten, die Lider selbst sind fertig, die unteren Ränder fast. Jemand reibt mir ein Pseudo-Tattoo von Snappy the Shark auf die linke Brust, während ich eine Zigarette rauche und dann ein paar Twizzlers esse, die ich mit einem Snapple runterspüle, das mir ein Assistent reicht, während jemand meinen Nabel inspiziert, irgendwie recht beeindruckt, und jemand anderes den Vorgang mit dem Camcorder aufnimmt – wieder ein moderner Moment festgehalten.

Todds neue, von den Siebzigern beeinflusste Punk/New Wave/Asien-trifft-das-East-Village-Kollektion wird von Kate Moss vorgeführt, mit Marky Mark als Partner, und David Boals mit Bernadette Peters, Jason Priestley mit Anjanette, Adam Clayton mit Naomi Campbell, Kyle MacLachlan mit Linda Evangelista, Christian Slater mit Christy Turlington, einem seit kurzem wieder dünnen Simon Le Bon mit Yasmen Le Bon, Kirsty Hurne mit Donovan Leitch, plus einem Mix neuer Models – Shalom Harlow (mit dem gottverfluchten Baxter Priestly), Stella Tennant, Amber Valletta – und ein paar älterer, darunter Chloe, Kristen McMenamy, Beverly Peele, Patricia Hartman, Eva Herzigova, neben den unerlässlichen männlichen Models: Scott Benolt, Rick Dean, Craig Palmer, Markus Schenkenberg, Nikitas, Tyson. Es wird einhundertachtzig Kleiderwechsel geben. Mein erster Defilee: schwarzer Badeanzug und schwarzes T-Shirt. Zweiter Defilee: nackte Brust. Dritter Defilee: Slacks und ein Tanktop. Vierter Defilee: Bikinihose und Tanktop. Aber alle werden wahrscheinlich nur Chloe ansehen, also ist im Grunde alles ziemlich egal. Todd betet seine letzten Instruktionen herunter: »Feste lächeln und stolz drauf sein, wer ihr seid.«

Beim ersten Defilee gehen Chloe und ich auf eine Vielzahl von Vario-Objektiven zu, die verrückt spielen, als wir näher kommen. Unter den TV-Scheinwerfern gleiten die Models aneinander vorbei, jeder Fuß schwingt absolut mühelos über den anderen. Chloes Hüften wiegen sich, ihr Arsch wackelt, eine perfekte Pirouette am Laufstegende, unsere Blicke sind reglos, mit dem genau richtigen Schuss Arroganz. Im Publikum kann ich Anna Wintour sehen, Carrie Donovan, Holly Brubach, Cathérine Deneuve, Faye Dunaway, Barry Diller, David Geffen, Ian Schrager, Peter Gallagher, Wim Wenders,

Andre Leon Tally, Brad Pitt, Polly Mellon, Kal Ruttenstein, Katia Sassoon, Carrie Otis, RuPaul, Fran Lebowitz, Winona Ryder (die nicht klatscht, als wir vorbeigehen), René Russo, Sylvester Stallone, Patrick McCarthy, Sharon Stone, James Truman, Fern Mallis. Musik unter anderem von Sonic Youth, Cypress Hill, Go-Go's, Stone Temple Pilots, Swing Out Sister, Dionne Warwick, Pychic TV und Wu-Tang Clan. Nach dem letzten Defilee mit Chloe trete ich ein wenig zurück, Todd umfasst ihre Taille, sie verbeugen sich beide, dann löst sie sich und applaudiert ihm, und ich muss den Impuls unterdrücken, mich wieder neben sie zu stellen, und dann springen alle auf den Laufsteg und folgen allen nach hinten zu Will Regans After-Show-Party.

Hinten: Entertainment Tonight, MTV-News, AJ Hammer von VH-1, »The McLaughlin Group«, »Fashion File« und Dutzende von anderen Fernsehcrews drängen sich durch die Zelte, die jetzt derart gedrängt voll sind, dass sich im Grund keiner bewegen kann, Overheadmikros ragen an langen Stangen über die Menge. Es ist eisig kalt hier hinten, trotz all der Lampen von den Videocrews, und große Wolken Atem und Rauch wogen über der Masse. Ein langer Tisch voller weißer Rosen und Skyy-Martinis und Flaschen Moët und Shrimps und Käsestangen und Hot Dogs und Schalen mit Riesenerdbeeren. Alte B-52-Aufnahmen röhren, dann Happy Mondays und dann Pet Shop Boys, und Boris Beynet und Mickey Hardt tanzen. Haarstylisten, Make-up-Künstler, Transvestiten mittleren Kalibers, Warenhausdirektoren, Floristen, Einkäufer aus London oder Asien oder Europa, alle rennen sie herum, Susan Sarandons Kids immer hinterher. Spike Lee kreuzt mit Julian Schnabel auf, mit Yasmeen Ghaurl Nadege, LL Cool J, Isabella Rossellini und Richard Tyler.

Ich versuche, an den Vizedirektor für Casting und Talent bei Sony ranzukommen, aber zu viele Einzelhändler und ganze Armeen von Firmenpartnern und diverse Redakteure, behängt, so scheint es, mit Hunderten von Kameras und Mikrofonen, schieben sich unerbittlich durch die Zelte und drängen mich ab in die Kategorie Boyfriends und männliche Models, die mit halboffenem Mund rumhocken und sich teilweise schon die Rollerblades schnüren, aber dann werde ich von David Arquette und Billy Baldwin Blaine Trumps Koch Deke Haylon vorgestellt. Eine kleine Enklave, bestehend aus Michael Gross, Linda Wachner, Douglas Keeve, Oribe und Jeanne Beker, redet darüber, dass man eigentlich nachher gerne zur Eröffnung des Clubs gehen würde, aber alle wägen ab, welche Folgen es haben könnte, wenn man das *Vogue*-Diner auslässt. Ich schnorre eine Marlboro von Drew Barrymore.

Dann sagen mir Jason Kanner sowie David, der Besitzer von Boss Model, dass das ja neulich ein wilder Abend war, als sie mit mir im Pravda rumhingen, ich zucke bloß die Achseln, »wie auch immer«, und kämpfe mich rüber zu Chloes Make-up-Tisch, vorbei an Damien, der, in der einen Hand eine Zigarre und im anderen Arm Alison Poole, die ihre Sonnenbrille noch aufhat, es darauf anlegt, auf irgendwelche Fotos mit draufzukommen. Ich öffne Chloes Handtasche, während sie von Mike Wallace interviewt wird, und suche in ihrem Terminkalender nach der Adresse von Lauren Hynde, die ich auch finde, dann nehme ich hundertfünfzig Dollar raus, und als Tabitha Soren mich fragt, was ich zur kommenden Wahl meine, zeig ich ihr nur das Peace-Zeichen und sage: »Meine Verwirrung wächst von Tag zu Tag«, und ich gehe zu Chloe, die echt verschwitzt aussieht, sie presst sich eine Champagnerflöte an die Stirn, ich küsse ihr die Wange und sage, dass ich um acht bei ihr zu Hause vorbeigesegelt komme. Ich gehe Richtung Ausgang, wo all die Bodyguards rumhängen, und komme am Bichon Frisé von jemand vorbei, der träge den Kopf hebt, und eigentlich gibt's hier hundert Möglichkeiten, auf ein Foto zu kommen, aber um sie zu nutzen, ist einfach alles zu eng. Jemand sagt, Mica wär vielleicht auf der Canyon Ranch, Todd ist umringt von groovigen Gratulanten, und meine Gefühle sind im Grunde: Also die Leute sind gar nicht so übel.

12

Ich fahre bei Laurens Wohnung im Silk Building vor, gleich oberhalb von Tower Records, wo ich sie am frühen Nachmittag gesehen habe, und als ich die Vespa ins Foyer schiebe, nimmt der Teenage-Portier mit seinem coolen Hemd zögernd ein Telefon ab, nickt dabei Russell Simmons zu, der an mir vorbei auf die Fourth Street hinausgeht.

»He.« Ich winke. »Damien, zu Lauren Hynde.«

»Ähh … Damien wer?«

»Damien … Hirst.«

Pause. »Damien Hirst?«

»Aber eigentlich bloß Damien.« Pause. »Lauren kennt mich einfach als Damien.«

Der Portier schaut mich ausdruckslos an.

»Damien«, sage ich, mache ihm etwas Druck. »Einfach … Damien.«

Er ruft Laurens Apartment an. »Damien ist hier?«

Ich lange rüber und befühle den Kragen seines Hemds, ich frage mich, wo er das wohl her hat. »Was ist das denn?«, frage ich. »Kaufhaus-Chic?«

Er winkt meine Hand weg, nimmt eine Karateposition ein. Pause, ich starre ihn bloß an.

»Okay«, sagt der Portier und legt auf. »Sie sagt, die Tür ist offen. Gehen Sie rauf.«

»Kann ich den Roller hierlassen, Mann?«

»Dann ist er vielleicht nicht mehr da, wenn Sie zurückkommen.«

Ich mache eine Pause. »Hoppla. Also dann.« Ich schieb den Roller in einen Fahrstuhl. »Hakuna matata.«

Ich überprüfe meine Fingernägel, denke an die *Details*-Reporterin, an die Crouton-Situation, denke an eine

Unterhaltung, die ich mal irgendwo in einem Skilift hatte und die derart schwachsinnig war, dass ich mich nicht mehr daran erinnern kann, was überhaupt gesagt wurde. Die Fahrstuhltüren gleiten auf, und ich lehne die Vespa im Korridor gegen die Wand, gleich vor Laurens Apartment. Drinnen alles in Weiß, ein Eames-Paravent, ein Eames-Surfboard-Tisch, die Rosen, die ich in Damiens Büro gesehen habe, liegen auf einem gigantischen Saarinen-Podest, das von sechs tulpenförmigen Stühlen umgeben ist. MTV läuft ohne Ton auf einem Riesenbildschirm im Wohnraum: Replays von den Shows heute, Chloe auf einem Laufsteg, Chandra North, andere Models, ABBA mit »Knowing Me, Knowing You« kommt von irgendwoher.

Lauren kommt aus ihrem Schlafzimmer, sie trägt einen langen weißen Hausmantel, ums Haar hat sie ein Handtuch geschlungen, und als sie aufschaut und mich mitten im Zimmer stehen sieht und sagen hört »Was läuft so, Baby?«, stößt sie einen kleinen Kreischer aus und macht ein paar Schritte rückwärts, aber dann fasst sie sich und fixiert mich wütend, mit starrem Blick, die Arme verschränkt, den Mund zusammengekniffen – eine Frauenhaltung, mit der ich vertraut bin.

»Willst du dir nicht die Mühe machen, deine Empörung zu verbergen?«, frage ich schließlich. »Willst du mir nicht vielleicht ein Snapple anbieten?«

»Was machst du hier?«

»Dreh jetzt nicht durch.«

Sie geht zu einem Schreibtisch rüber, der mit Modemagazinen vollgestapelt ist, knipst einen Kristallleuchter an, wühlt in einer Prada-Handtasche und zündet sich eine Marlboro Medium an. »Du musst hier verschwinden.«

»He, können wir nicht einfach einen Augenblick miteinander reden, Baby?«

»Victor, *geh* jetzt«, warnt sie ungeduldig und verzieht dann das Gesicht. »*Reden?*«

»Ich verschwinde erst, wenn wir geplaudert haben.«

Sie überlegt sich das, schneidet eine Grimasse und zwingt sich zu einem raschen: »Okay – wie war die Old-ham-Show?«

»Sehr bedeutend«, sage ich und latsche durchs Zimmer. »Hab mit Elsa Klensch geschwatzt. Das Übliche.«

»Wie geht es Elsa?«, fragt sie, immer noch mit bösem Blick.

»Elsa und ich, wir sind beide Steinbock, also kommen wir sehr gut miteinander aus«, sage ich. »Ist das so kalt hier drin, oder liegt das bloß an mir?«

»Und ansonsten?«, fragte sie abwartend.

»Es war, äh, sehr, sehr – ach ja: – wichtig.«

»Wichtig?«, fragt Lauren semi-skeptisch.

»Kleider sind wichtig, Baby.«

»Am Ende poliert man die Möbel damit, Victor.«

»Hey!«, rufe ich. »Lächle dich mal, Baby.«

»Victor, du *musst* jetzt hier verschwinden.«

»Was hast du denn gemacht?«, frage ich und laufe durchs Zimmer, schaue mir das ganze Apartment an. »Warum warst du nicht bei der Show?«

»Ich hatte einen Fototermin, Werbung für einen grässlichen Film, in dem ich mit Ben Chaplin und Rufus Sewell spiele«, zischt sie und kann kaum noch an sich halten. »Dann hab ich ein Schaumbad genommen und im *New York* Magazine einen Artikel gelesen, dass es unmöglich ist, auf der Upper East Side genuine Gefühle zu haben.« Sie drückt die Zigarette aus. »Das war jetzt eine sehr anstrengende Unterhaltung, aber ich bin froh, dass wir sie geführt haben. Die Tür ist da drüben, falls du's vergessen hast.«

Sie geht an mir vorbei, einen Flur hinunter, der mit einer Art Berberteppich ausgelegt ist und an dessen Wänden bestickte marokkanische Kissen aufgestapelt sind, und dann stehe ich in ihrem Schlafzimmer, wo ich mich aufs Bett haue und auf die Ellbogen zurücklehne, meine Füße berühren kaum den Boden, ich schaue zu, wie Lauren ins Badezimmer stelzt und anfängt, sich das Haar trockenzufrottieren. Hinter ihr hängt über der Toilette ein Plakat für irgendeinen Indie-Film mit Steve Buscemi. Sie ist so empört (aber möglicherweise ist da auch viel Theater dabei), dass ich sagen muss: »Ach gib's doch auf, so schlimm bin ich gar nicht. Ich wette, du hängst mit Typen rum, die die ganze Zeit Sachen sagen wie ›Aber was ist, wenn ich jetzt einen neuen Maserati will‹. Ich wette, davon ist dein Leben voll.« Ich halte inne und füge dann hinzu: »Auch.«

Sie nimmt ein halbvolles Glas Champagner, das neben dem Waschbecken steht, leert es.

»He«, sage ich und deute auf das gerahmte Poster. »Warst du bei dem Film dabei?«

»Leider«, murmelt sie. »Fällt dir nicht auf, wo das hängt?«

Sie schließt die Augen, berührt ihre Stirn.

»Hast du grade einen neuen Film gedreht?«, frage ich leise.

»Ja.« Plötzlich sucht sie in einer Phalanx von Estée-Lauder-Döschen und Lancôme-Produkten herum, nimmt einen L'Occitane-Buttermassagebalsam in die Hand, den Chloe auch benutzt, studiert die Ingredienzien, stellt ihn wieder weg, gibt's schließlich auf und schaut sich nur noch im Spiegel an.

»Worum geht's da?«, frage ich, als ob's wichtig wäre.

»Ist im Grund irgendwie so wie *Footloose*«, sagt sie, hält dann inne und flüstert: »Spielt aber auf dem Mars.« Sie wartet auf meine Reaktion.

Ich starre sie nur vom Bett aus an. Längere Stille. »Das ist aber cool, Baby.«

»Ich hab jeden Tag im Studio geweint.«

»Hast du gerade mit jemandem Schluss gemacht?«

»Du – bist – ein – Schwachkopf.«

»Ich warte drauf, dass ich vielleicht eine Rolle in *Flatliners II* kriege«, erwähne ich beiläufig und recke mich.

»Wir sitzen also im selben Boot?«, fragt sie. »Stimmt's?«

»Alison Poole hat mir gesagt, du würdest dich gut machen.«

Sie trinkt einen Schluck aus einer rumstehenden Flasche Evian. »Sagen wir, es war bis jetzt lukrativ langweilig.«

»Baby, ich hab das Gefühl, du bist schon ein Star.«

»Hast du einen von meinen Filmen gesehen?«

Pause. »Alison Poole hat gesagt, du warst in …«

»Erwähne den Namen dieser blöden Fotze nicht in meiner Wohnung«, schreit sie und wirft eine Haarbürste nach mir.

»He Baby«, sage ich und ducke mich. »Komm her, Baby, ganz ruhig.«

»Was?«, fragt sie irritiert. »Wohin?«

»Komm *hier*her«, murmele ich und starre sie direkt an. »Komm her«, sage ich und klopfe auf den Überwurf.

Sie schaut mich nur an, wie ich auf dem Bett liege, mein Hemd ist ein wenig hochgerutscht, mein Bauch ist ein bisschen zu sehen, meine Beine sind leicht gespreizt. Irgendwann während dieser Nummer hab ich meine Jacke verloren.

»Victor?«

»Jaa?«, flüstere ich.

»Was bedeutet dir Chloe?«

»Komm her«, wispere ich.

»Bloß weil du so ein Prachtstück bist, hast du noch lange nicht mehr Rechte als …«, sie weiß nicht weiter, sagt schließlich: »… sonst irgendjemand.«

»Ich weiß, Baby. Ist cool.« Ich setze mich auf, sehe sie an, lasse den Blickkontakt nicht abbrechen. Sie kommt näher.

»Ja, komm«, sage ich. »So ist's gut.«

»Was willst du, Victor?«

»Ich will, dass du hierher kommst.«

»Was bist du?«, fragt sie und macht plötzlich einen Schritt zurück. »Eines der Extras, die man als hübsches Mädchen abkriegt?«

»He, ich bin ein echtes Sahnestück«, sage ich. »Beiß mal rein.«

Ein kurzes Lächeln, das mir sagt, dass sie wahrscheinlich alles mitmacht. Es ist Zeit, sich zu entspannen und eine andere Taktik zu fahren. Ich lange in meine Jeans, schiebe das Hemd ein Stück weiter hoch, dass sie meinen Bauch ganz sehen kann, und spreize die Beine noch weiter, damit ihr die Beule in meinen Jeans nicht entgeht. Ich biete ihr ein Mentos an.

»Du siehst wirklich so aus, als würdest du viel trainieren«, sage ich. »Wie bleibst du so irre in Form, Mädchen?«

»Nichts essen hilft«, murmelt sie.

»Du magst mein Mentos nicht?«

Sie lächelt, ganz knapp, und nickt.

»Kommst du heute Abend in den Club?«, frage ich.

»*To the Copa? The Copacabana? The hottest spot north of Havana?*«, fragt sie und klatscht in die Hände, die Augen weit aufgerissen in theatralischem Entzücken.

»He, bitte mehr Respekt, Schwester.«

»Wo ist Chloe jetzt, Victor?«, fragt sie und kommt näher.

»Was war denn *dein* letzter bedeutsamer anderer, Baby?«

»Ein Ex-Spekulant, den ich bei einem Drehbuchseminar getroffen hab, und dann Gavin Rossdale«, sagt sie. »Oh, und Adam Sandler drei Tage lang.«

»Ach Scheiße.« Ich schlage mir mit der Hand vor die Stirn. »*Jetzt* weiß ich, wer du bist. Jetzt erinnere ich mich.«

Sie lächelt ein wenig, sie wird lebhafter. »Mit wem gehst du gerade, Victor?« Sie macht eine Pause. »Abgesehen von Alison Poole.«

»He, ich dachte, der Name sei in dieser Wohnung nicht erlaubt.«

»Nur jemand, der eine Voodoopuppe von ihr mit fünfhundert Nadeln im Kopf und einem am Arsch festgeschnallten extragroßen Snickers-Riegel besitzt, darf ihn erwähnen«, sagt sie. »Also, wer ist's, Victor? Sag's einfach. Lass mich nur mal hören, wie du einen Namen sagst.«

Four that wanna own me, two that wanna stone me, one that says she's a friend of mine.«

Sie lächelt jetzt und steht vor dem Bett.

»Darf ich dich was fragen?«, frage ich.

»Ja?«

»Du flippst auch nicht aus?«

»Das hängt davon ab.«

»Okay. Versprich mir nur, dass du das jetzt in einem gewissen Kontext siehst.«

»Was?«

»Es ist bloß …« Ich halte inne, hole tief Luft, lache ein wenig.

»Bloß was?«

Und jetzt tue ich ganz ernst und sage: »Es ist bloß, dass ich wirklich sehr gerne meine Zunge in deine Pussy stecken würde, jetzt sofort.« Ich reibe mir durch die Jeans hindurch den Schwanz und sehe sie direkt und starr an. »Ich verspreche, dass ich sonst nichts mache. Ich hab nur solche Lust, jetzt sofort deine Pussy zu lecken.« Ich stocke schüchtern. »Darf ich?«

Sie atmet tief ein, bleibt aber stehen.

»Wirst du dich jetzt über mein Benehmen beklagen?«, frage ich.

»Nein«, sagt sie.

»Komm her«, sage ich.

Ihre Blicke gleiten über meinen Körper.

»Komm her«, sage ich wieder.

Sie steht nur da, überlegt, unbeweglich, was sie tun soll.

»Gibt's ein … Dilemma?«, frage ich.

»Victor«, seufzt sie, »ich kann nicht.«

»Weshalb?«, frage ich. »Komm her.«

»Weil es so ist, als kämst du grade … aus dem Weltraum zurück oder so«, sagt sie. »Und ich kenne dich nicht.«

»Du lässt ja auch nicht sofort deine Hüllen fallen, Baby.«

Sie lässt den Mantel fallen.

»Ich glaube, wir sollten vielleicht jetzt das Gespräch beenden«, sage ich.

Sie kniet sich über mich, drückt mich aufs Bett hinunter, die Beine um meine Hüften. Ich dringe mit einem Finger in ihre Pussy, es geht bald ganz leicht, dann mit zwei Fingern, und ihre Finger reiben ihren Kitzler, und ich setze mich auf und fange an, an ihren Brüsten zu lecken und zu saugen. Ich ziehe die Finger aus ihr raus, und dann drehe ich sie mühelos auf den Rücken und spreize ihre Beine weit auseinander und schiebe sie hoch, dass Laurens Pussy offen da liegt, verfügbar, und ich fange an, sie mit den Fingern zu ficken, während ich an ihrem Kitzler lecke und sauge. Ich schiebe mir einen Finger der anderen Hand in den Mund und lasse ihn dann zwischen ihre Beine gleiten, weiter runter, bis er ihr Arschloch berührt, leicht dagegen drückt. Ich bin steinhart, und ich hab mir die Hose auf die Knie runtergezogen, mein Arsch ragt in die Luft, ich reibe mir selbst den Schwanz, meine Zunge steckt tief in ihr, aber dann zieht sie mich zu ihren Brüsten hoch, drängt mich, an ihren Warzen zu saugen, und während ich immer noch meinen Schwanz wichse, rutsche ich sofort nach oben, und wir fangen an, uns die Zungen zu lutschen, saugen gierig, und sie umklammert meinen Schwanz und reibt ihn gegen ihre Schamlippen, und dann gleitet er ohne Anstrengung in sie hinein, und sie fängt an, hart zu rucken, ich antworte ihren Stößen, und ihr kommt's, und dann summt die Sprechanlage, und die Stimme des Portiers sagt: »Lauren – Damien Ross ist auf dem Weg nach oben«, und wir erstarren beide.

»O Scheiße.« Sie taumelt hoch und reißt den Hausmantel vom Boden, und dann rennt sie durch den Flur und schreit: »Zieh dich an – Damien ist da.«

»O Scheiße, Baby.« Voller Panik setzte ich mich auf, schätze meine Lage auf dem Bett falsch ein und falle runter. Ich ziehe sofort meine Hose hoch und stopfe mir den Harten, schmerzend und immer noch steif und nass, in die Calvins.

»Er kommt zu früh«, stöhnt sie und rennt zurück ins Zimmer. »*Scheiße!*«

»Zu früh wofür? Weshalb kommt er denn?«, frage ich.

Als ich mich umdrehe, ist sie am Schrank, wühlt Kleider und Sweater durch, bis sie endlich einen schwarzen Damenhut findet – sieht cool aus, an der Seite ist eine kleine rote Blüte aufgestickt und sie betrachtet ihn eine Mikrosekunde lang, ehe sie ihn mir hinstreckt. »Da!«

»Was?«, frage ich. »Ist das deine Vorstellung von einer guten Verkleidung?«

»Sag ihm, du bist vorbeigekommen, um ihn für Chloe abzuholen«, sagt sie. »Und wisch dir's Gesicht ab.«

»Lauren, Baby«, sage ich. »Bleib ruhig.«

»Du hättest nicht herkommen sollen.« Sie geht wieder in den Korridor. »Ich bin einfach eine Idiotin, dass ich dich nicht rausgeschmissen hab.«

»Ich dachte, wir hätten uns ganz gut amüsiert«, sage ich und folge ihr.

»Ja, und das hätten wir eben nicht tun sollen!«, schreit sie. »Das hätten wir eben nicht tun sollen«, flüstert sie.

»He, sag das nicht.«

»Suchen wir uns einfach eine Stelle, wo wir uns unauffällig hinstellen können, und nennen wir das Ganze einen schwachen Augenblick«, sagt sie. »Du hättest nicht herkommen sollen.«

»Baby, das hast du jetzt klargestellt – ich hab's begriffen, okay?« Ich folge ihr ins Wohnzimmer und suche mir einen unauffälligen Platz, wo ich mich hinstelle.

»Nein, stell dich hierher«, sagt Lauren und knotet den Gürtel an ihrem Kleid zu. »Als wenn wir uns – o Gott – unterhalten würden.«

»Okay, worüber möchtest du reden?«, frage ich und werde ruhiger. »Wie steif du meinen Schwanz kriegst?«

»Gib mir einfach den verdammten Hut zurück.«

»Chloe würde eher ein Stück faules Holz um den Hals tragen.«

»Du bist ihr Lover, also was weißt *du* schon?«

Damien kommt herein, er hält die Zigarre hoch und sagt: »He Baby, keine Angst, die ist nicht an.« Sie machen sich nicht die Mühe, sich Küsschen zu geben, und Damien nickt mir richtig heiter zu, winkt nett und sagt: »Hey Victor.«

»Hey Damien.« Ich winke nett zurück.

»Du bist heute wohl überall?«

»Überall zugleich, meine Spezialität.«

»Victor«, sagt Lauren. »Sag Chloe, sie kann ihn mir dann irgendwann zurückgeben, ja, Victor?« Sie gibt mir den Hut wieder.

»Jaa, klar, Lauren. Ähm, danke.« Ich sehe den Hut an, drehe ihn in den Händen, betrachte ihn prüfend. »Hübscher … Hut.«

»Was ist das?«, fragt Damien.

»Ein Hut«, sagt Lauren.

»Für wen?«, fragt er.

»Chloe«, sagen Lauren und ich gleichzeitig.

»Victor ist vorbeigekommen, um ihn abzuholen«, schließt sie.

»Wann trägt sie den denn?«, fragt Damien. »Wieso ist das so dringend?«

»Heute Abend«, sage ich. »Sie trägt ihn heute Abend.«

Wir drei sehen uns an, und etwas Bizarres, ein wenig zu Intimes ereignet sich zwischen uns, also schauen wir alle wieder den Hut an.

»Ich kann jetzt diesen Hut nicht mehr länger ansehen«, sagt Lauren. »Ich muss duschen.«

»Baby, warte«, sagt Damien. »Ich hab's total eilig. Wir müssen was besprechen.«

»Ich dachte, wir hätten schon besprochen, was du besprechen willst«, sagt Lauren gepresst.

»Victor«, sagt Damien und drängt Lauren aus dem Raum. »Wir sind gleich wieder da.«

»Null problemo, Leute.«

Ich höre meine Nachrichten ab: Gavin Palone, Emmanuelle Béart, jemand von Brillstein-Grey, jemand, der (wie ich entschieden habe) mit seinem neuen Spitzbärtchen gar nicht schlecht aussieht. In dem Apartment ist es eisig kalt. Alles scheint mit einem Mal recht anstrengend, überfordert irgendwie: Das Heben eines Löffels, das Leeren eines Champagnerglases, der Blick, der bedeutet, du solltest jetzt gehen, sogar wenn man sich schlafend stellt, ist man überfordert. Irgendwo gibt es einen Raum, in diesem Raum sind alle Tische leer, doch alle sind reserviert. Ich schaue auf die Uhr. Neben dem Armband klebt ein verirrtes Fetzchen Konfetti, das wegzuwischen ich zu müde bin, und ich könnte echt ein paar Chips mit Salsa gebrauchen, ich habe brüllenden Hunger. Ich weiß, wer du bist, und ich weiß, was du gesagt hast.

An der Bar gießt sich Damien einen Schuss Patrón-Tequila ein und starrt melancholisch auf seine Zigarre. »Sie lässt mich hier drin nicht rauchen.« Eine Pause. »Also, keine Zigarren, mein ich.« Es fällt mir zum ersten Mal auf, dass Damien eigentlich gar nicht schlecht aussieht, und bei dieser Beleuchtung kann ich nicht mal erkennen, dass er Haarteile trägt – sein Haar sieht dicht und schwarz und kräftig aus, und ich berühre mit schlaffer Hand mein Gesicht, um zu fühlen, ob es so hohlwangig ist wie das von Damien.

»Cool«, sage ich.

»Victor, was machst du hier?«

Ich halte den Hut hoch.

»Ja?«, fragt er. »Tatsächlich?«

»He, ich hab gehört, Junior Vasquez legt heut Abend auf«, sage ich, elegant das Thema wechselnd.

Damien seufzt müde. »Großartig, hm?«

»Wie hat sich das abgespielt?«

»Ganz offiziell?«

Ich nicke.

»Irgendein Special-Events-Agent hat angerufen«, sagt Damien. »Und voilà.«

»Kann ich dich was fragen?«, fange ich an und komme mir wagemutig vor.

»Was denn?«

»Wo habt ihr euch kennen gelernt?«, frage ich. »Ich meine, du und Lauren.«

Er kippt den Tequila, stellt das Glas vorsichtig auf die Bar und runzelt die Stirn. »Ich hab sie kennen gelernt, als wir beide mit den reichsten Leuten der Welt essen waren.«

»Wer ist das?«

»Wir dürfen die Namen nicht nennen.«

»Oh.«

»Aber du kennst sie«, sagt Damien. »Du wärst nicht überrascht.«

»Cool.«

»Kleiner Tip: Sie hatten gerade das Wochenende auf der Neverland Ranch verbracht.«

»Möchtest du ein Mentos?«, frage ich.

»Tust du mir einen Gefallen, Victor?«

»Ich würd alles für dich tun, Mann.«

»Sei bitte nicht so unterwürfig.«

»Sorry.«

»Nimmst du Lauren heut Abend mit zur Eröffnung?«, fragt Damien. »Sie kommt sonst nicht. Oder wenn, dann droht sie damit, mit dem Arschloch Skeet Ulrich oder mit Olivier Martinez oder Mickey Hardt oder Daniel Day-Arschloch-Lewis zu kommen.«

»Das wäre cool«, überlege ich. »Ich meine, wenn wir Daniel Day-Lewis kriegen könnten …«

»He«, faucht er, »pass auf.«

»Ah ja, klar, Entschuldigung.«

Damien hat am rechten Ohr noch Spuren von seiner morgendlichen Schlammaske. Ich lange rüber und schnippe sanft ein Klümpchen weg.

»Was ist da?«, sagt er zusammenzuckend.

»Schlamm?«, rate ich.

Er seufzt. »Es ist Scheiße, Victor. Nichts wie Scheiße.«

Ich mache eine Pause. »Du hast … Scheiße im Gesicht gehabt?« frage ich. »Hoppla, Junge. Die Nummer würde ich lassen.«

»Nein. Mein *Leben*, Victor. Mein ganzes gottverdammtes Leben. Alles Scheiße.«

»Warum, Mann?«, frage ich. »Wann hat diese rasante Talfahrt stattgefunden?«

»Ich hab eine Freundin, Victor«, sagte Damien und starrt mich direkt an.

»Ja …« Ich halte verwirrt inne. »Alison?«

»Nein. Alison ist meine Verlobte. Lauren ist die Freundin.«

»Ihr seid verlobt?« Unwillkürlich keuche ich vor Überraschung, und als ich versuche, das Keuchen zu unterdrücken, keuche ich noch mal. »O ja, das hab ich ja gewusst, Junge. Uhm, ich hab das gewusst.«

Damiens Gesicht wird hart. »Woher hast du das gewusst?«, fragt er. »Niemand weiß das.«

Pause, dann kommt semi-mühelos mit etwas gepresster Stimme, während ich den Atem anhalte, raus: »Mann o Mann, diese Stadt, Baby.«

Damien scheint zu deprimiert, um das nicht zu akzeptieren. Eine lange Pause.

»Du meinst«, fange ich an, »so zum *Heiraten* verlobt?«

»Das bedeutet es üblicherweise.«

»Hab ich auch schon gehört«, murmele ich.

»Wann seid ihr euch, du und Lauren, denn so nahgekommen?« fragt er plötzlich.

»Ich kenn sie im Grunde nicht, Damien«, sage ich und knete den Hut. »Sie ist ne Freundin von Chloe.«

»Sie hat gesagt, sie war mit dir auf dem College«, murmelt er. »Sie hat gesagt – fass das jetzt bitte nicht falsch auf –, du wärst ein totales Arschloch gewesen.«

»Ich fasse das nicht falsch auf.«

»Wie ich sehe, ist dein Selbstbewusstsein heute in Hochform, hm?«

»Das ist komisch – ich hab gedacht, sie wär mit *dir* auf dem College, Mann.« Ich lache lahm vor mich hin und verbeuge mich ein wenig mit halbgeschlossenen Augen. »Wart ihr beide nicht zusammen auf dem College, M-Mann?«

»Victor, ich hab ne beschissene Migräne, also, du verstehst, *lass* es.« Er schließt die Augen, greift nach dem Patrón, hält inne. »Also – machst du's? Nimmst du sie mit?«

»Ich … geh mit Chloe.«

»Ihr beiden könnt doch Lauren einfach mitnehmen.« Sein Beeper geht los. Er schaut nach. »Scheiße. Alison. Ich muss weg. Sag Lauren Ciao. Und ich seh dich im Club.«

»Die Nacht der Nächte!«, sage ich.

»Ich glaube, es haut hin«, sagt er. »Ich glaube, es wird keine Katastrophe.«

»Wir werden sehen, Mann.«

Damien streckt die Hand aus. Instinktiv schüttele ich sie. Dann ist er weg.

Ich stehe im Wohnzimmer und brauche lange Zeit, bis ich bemerke, dass Lauren an der Tür lehnt.

»Ich habe alles gehört«, murmelt sie.

»Das ist dann wahrscheinlich mehr, als ich gehört habe«, murmele ich zurück.

»Hast du gewusst, dass sie verlobt sind?«

»Nein«, sage ich, »hab ich nicht.«

»Ich komm dann wohl heute Abend mit euch beiden mit.«

»Das fände ich schön«, sage ich.

»Das weiß ich.«

»Lauren ...«

»Ich würde mir im Grund keine Sorgen machen«, sagt sie und geht schnell an mir vorbei. »Damien hält dich ohnehin für nen Schwulen.«

»Einen ... wichtigen Schwulen oder einen unwichtigen Schwulen?«

»Ich glaube, Damien macht da keine Unterschiede.«

»Auf jeden Fall wäre ich dann wahrscheinlich ein wichtiger Schwuler.«

»Wenn wir diese Unterhaltung noch lange fortsetzen, dann bin ich bald reif für die Klapse.«

Sie macht den Fernseher aus und hält ihr Gesicht in den Händen, sie sieht aus, als ob sie nicht weiß, was sie tun soll. Ich weiß es auch nicht, also schaue ich noch mal auf die Uhr.

»Weißt du, wann ich dich zuletzt gesehen habe, Victor?«, fragt sie mit dem Rücken zu mir.

»Bei ... Tower Records?«

»Nein. Davor.«

»Wo?«, frage ich. »Um Gottes willen, sag jetzt bloß nicht: Bei der Calvin-Klein-Show in Miami.«

»Es war in der Nummer ›Die sexysten Männer der Galaxis‹ in irgendeinem Drecksmagazin«, sagt sie. »Du liegst da auf einer amerikanischen Fahne und hast kein Hemd an und siehst eigentlich aus wie ein Idiot.«

Ich gehe auf sie zu.

»Und davor?«

»1985«, sagt sie. »Vor vielen Jahren.«

»Jesus, Baby.«

»Als du gesagt hast, du würdest mich abholen kommen. In Camden.«

»Dich wo abholen?«

»Im Studentenheim«, sagt sie. »Es war im Dezember, es lag Schnee, du solltest mich nach New York zurückfahren.«

»Und?«, frage ich. »Hab ich's getan?«

Eine lange Pause, und dann klingelt das Telefon. Fabien Baron hinterlässt eine Nachricht. Das Telefon klingelt wieder. George Wayne aus London. Lauren starrt mir nur ins Gesicht, völlig verloren. Ich überlege, ob ich irgendwas sagen soll, lass es dann aber sein. »Du solltest gehen.«

»Bin schon weg.«

»Wohin?«

»Meinen Smoking abholen.«

»Pass auf«

»Ist schon okay«, sage ich. »Ich hab ne Standardgröße.«

11

Der letzte Aufenthalt von Chloe und mir in L.A.: Entzugsurlaub an einem berühmten geheimen Ort, von dem nur ich und einer von Chloes Presseleuten wussten. Verschiedene Strippen waren gezogen worden, Chloe hatte Wartelisten übersprungen und war in einer recht noblen Zelle gelandet: Sie hatte ihren eigenen Deluxe-Bungalow in einer Art Adobe-Stil mit einem daiquiriblauen abgesenkten Wohnbereich, einem Patio mit Pseudo-siebziger-Jahre-Liegestühlen, einer riesigen Marmorbadewanne, dekoriert mit rosa Aalen und Dutzenden von Minijacuzzis, und es gab in der Klinik einen überdachten Pool und einen komplett eingerichteten Gymnastiksaal und ein Kunsthandwerk-Center, aber einen Fernseher gab's nicht, also musste ich »Willkommen im Leben« auf dem Videorecorder im Hotelzimmer in einer nahegelegenen Wüstenstadt aufnehmen, wo ich wohnte, was ja auch das Mindeste war, was ich tun konnte. Chloe hatte ihr eigenes Pferd, Raisin.

Zuerst sagte Chloe, immer wenn ich sie besuchen kam, es sei »alles zwecklos«. Sie schimpfte ständig auf das »viel zu hypernährstoffreiche« Essen, das auf Tabletts in der Cafeteria serviert wurde (wenn auch der Koch aus einem chicen Hotel in Seattle kam), und sie schimpfte, dass sie ihre Aschenbecher selbst leeren musste, und diese Woche hatte es vier Selbstmordversuche gegeben, und jemand, der wegen Valiumabhängigkeit hier war, war aus dem Fenster geklettert und drei Tage lang abgehauen, ehe es irgendjemand bemerkte. Erst am Montag las eine Krankenschwester im Star davon. Chloe schimpfte über das ständige Gelaber und das Konkurrenzgerangel unter den Patienten – diverse selbstzerstörerische Mogule, Kids, die in der Gruppentherapie bekannten, Butan geschnieft zu haben. Studioleiter, die täglich fünfzehn Gramm Crack geraucht hatten – Leute, die seit 1987 keine Verbindung mit der realen Welt mehr gehabt hatten. Steven Tyler hatte sie an einem Getränkeautomaten angemacht, Gary Oldman hatte sie nach Malibu eingeladen, Kelsey Grammer war bei einer Streckübung in Gymnastik »zufällig« auf sie gerollt, ein Biofeedback-Techniker hatte sich positiv über ihre Beine geäußert.

»Aber Baby, du kannst doch so viel telefonieren, wie du willst«, sagte ich. »Nimm's leichter.«

»Kurt Cobain ist hier gewesen, Victor«, flüsterte sie benommen, ausgepowert.

Und dann wurde, wie immer, die Zeit knapp. Die Boulevardblätter rochen Lunte, ihr Publicitytyp warnte sie, ein Enthüllungsartikel drohte, und Chloes private Telefonnummer wurde täglich gewechselt, ich musste Pat Kingsley daran erinnern, dass Chloe monatlich fünftausend Dollar an PMK zahlte und sie dafür schließlich etwas mehr tun konnten.

Und so gab Chloe schließlich auf. Am Ende saß uns ihr Therapieberater hinter einem großen schwarzen Granitschreibtisch gegenüber und meinte: »He, wir versuchen zu tun, was wir können – aber wir haben nicht immer Erfolg«, und dann führte ich Chloe zu einem wartenden goldfarbenen Lexus hinaus, den ich gemietet hatte, und sie hatte eine Geschenktasche in der Hand voller Trinkbecher, T-Shirts, Schlüsselringe, die alle mit dem Motto »One Day at a Time« verziert waren, und jemand hockte im Schneidersitz auf dem Rasen und spielte »I Can See Clearly Now« auf der Gitarre, während über uns die Palmen verhängnisvoll im Winde schwankten und mexikanische Kinder im Halbkreis neben einem riesigen blauen Springbrunnen tanzten. Dieser Monat kostete 50 000 Dollar, meine Suite in der Wüstenstadt nicht mitgerechnet.

Die Filme, die heute Abend überall in SoHo abgedreht werden, verursachen an allen Ecken Staus,
und es ist feucht und kalt, als ich Laurens Haus verlasse
und die Vespa über den Gehsteig der Fourth Street bis
zur Kreuzung am Broadway schiebe, wo die roten
Ampeln auf mich warten.

Ich sehe den schwarzen Jeep erst, als es grün wird
(nichts bewegt sich, Hupen dröhnen), und ich tue so,
als hätte ich nichts gemerkt, und schlängele mich durch
den wartenden Verkehr Richtung downtown. Im Len-
kerspiegel sehe ich, wie der Jeep hinter mir schließlich
langsam dreht und nach rechts von der Fourth abbiegt,
und ich mogele mich unauffällig über die Spuren auf
die andere Seite des Broadways, an Dutzenden von
Autos vorbei, deren Scheinwerfer mich kurz blenden,
wenn ich mich zwischen sie schiebe, mein Atem geht in
kurzen, rauen Stößen, der Jeep steckt hinter mir im Verkehr fest.

Als ich die Third Street kreuze, halte ich den Blick auf
die Bleecker gerichtet, wo ich sofort nach rechts presche,
um entgegenkommende Autos herumkurve, über den
Bordstein auf den Gehsteig hoppele, fast in eine Gruppe
Kids, die unter der Markise der Bleecker Court Apart-
ments rumhängen, und dann fahre ich scharf links auf
die Mercer und runter zur Houston, wo ich in großem
Bogen nach rechts presche, und gerade als ich glaube,
ich hätt's geschafft, stoße ich fast mit einem schwarzen
Jeep zusammen, der an der Ecke wartet. Aber es ist nicht
derselbe schwarze Jeep, denn der hier, der mit laufendem Motor an der Ecke Wooster und Houston steht, hat
das Nummernschild SI – CO 2, und der andere, der noch

auf dem Broadway feststeckt, hat das Nummernschild Si – CO 1.

Als ich an diesem neuen Jeep vorbeifahre, startet er und hängt sich hinter mich.

Am West Broadway schwenke ich in weitem Bogen nach links, aber wegen der vielen Baustellen und der ganzen Filmcrews ist die Straße buchstäblich unpassierbar.

Zentimeter um Zentimeter rücke ich auf die Prince Street vor und bemerke benommen, dass der erste Jeep sich jetzt irgendwie vor mich gesetzt hat und am Ende des Blocks wartet.

Im Spiegel sehe ich den zweiten Jeep drei Autos hinter mir.

Ich schiebe den Roller zwischen zwei am Straßenrand geparkte Limousinen, bei einer dröhnt Space Hog durch das Sonnendach, und ich springe ab, stecke die Schlüssel ein und gehe nun sehr langsam den West Broadway runter.

Auf dem Gehsteig malen die Schaufensterbeleuchtungen den Schatten von jemand, der mir folgt. Ich bleibe plötzlich stehen und fahre herum, aber es ist niemand da, nur dieses semi-elektrische Gefühl, das ich nicht richtig in den Griff kriege, und jetzt kommt tatsächlich jemand vorbei, irgendein Statist, und sagt etwas Unverständliches.

Hinter mir steigt jemand aus dem schwarzen Jeep.

Vor der neuen Martini-Bar Babyland erkenne ich Skeet Ulrich, und Skeet gibt Autogramme und trägt Wildleder-Pumas und hat gerade die Conan-O'Brien-Show abgehakt und eine On-Line-Pressekonferenz gegeben, und hat vielleicht, vielleicht auch nicht die Hauptrolle im neuen Sam-Raini-Film, und wir vergleichen unsere Tattoos, und Skeet sagt mir, so einen Kater hat er noch nie gehabt wie damals, als er mit mir auf der Wilhelmina-Party im Telluride versumpft ist, und ich trete nach dem Konfetti, das überall auf dem Gehsteig ist, und scheuche eine Fliege mit einem kleinen guatemaltekischen Kruzifix weg, das mir Simon Rex zum fünfundzwanzigsten Geburtstag geschenkt hat.

»Yeah«, sagt Skeet und zündet sich eine Zigarre an. »Wir waren da mit dem neuen Thai-Boxing-Champion zusammen.«

»Ich hab keinen Plan, Mann.«

»Weißer mit Dreadlocks?«, sagt Skeet. »Hatte ne Ecstasy-Fabrik in seinem Keller versteckt?«

»Irgendwie klingelt's, Mann, aber ich bin derart ausgelaugt«, sage ich und gucke nach hinten. »He, was haben wir – ich meine, was hast du eigentlich im Telluride gemacht?«

Skeet erwähnt einen Film, bei dem er mitgespielt hat, und ich biete ihm ein Mentos an.

»Wer warst du in dem Film, Mann?«

»Ich hab den ›cleveren‹ Leichnam gespielt.«

»Den, der in der Krypta wohnt?«

»Nee. Den, der den ganzen Hexenbund fickt.«

»Und ihnen im großen Kessel Slang beibringt? Hoppla.«

»Ich bin da strikt professionell.«

Jemand geht vorüber und macht ein Foto von uns, nennt Skeet »Johnny Depp«, und dann sagt Kate Spade Hi, und Laurens zusammengefalteter Hut hängt immer noch aus meiner Tasche, und ich berühre ihn, um mich an etwas zu erinnern. Als ich abwesend über die Schulter sehe, steht der Kerl, der auf dem West Broadway aus dem Jeep gestiegen ist, drei Türen weiter auf der Straße und starrt ins Schaufenster von einem neuen Tätowier-und-Piercing-Salon, ich muss echt kichern.

»Johnny *Depp*, Mann?«, murmelt Skeet. »Das ist ja echt hart.«

»Du siehst derart wie Johnny Depp aus, dass es schon gespenstisch ist, Mann.«

»Ich war ja so erleichtert, zu hören, dass Johnny Depp sich diesen hochverdienten Ruf als streng monogamer Typ erkämpft hat.«

»Der ist noch ein bisschen berühmter als du, Mann«, muss ich da einschieben. »Du solltest vielleicht besser achtgeben, was du sagst.«

»Berühmt wofür?«, fragt Skeet höchst irritiert. »Dass er kommerzielle Drehbücher ablehnt?«

»Mann, ich bin völlig fertig.«

»Modelst du immer noch, mein Junge?«, fragt Skeet düster.

»Manchmal frage ich mich, wie ich's eigentlich fertig-kriege, dass ich nicht untergehe.« Ich starre an Skeet vorbei auf eine Figur, die aus dem Jeep an der Prince aussteigt und nun langsam, wie abwesend, in meine Richtung geht.

»Hey Mann, du hast's doch geschafft«, sagt Skeet und zündet sich die erloschene Zigarre wieder an. »Du hast's geschafft. Du bist doch wirklich kein schlechtes Model.«

»Jaa? Wieso, Skeet?«

»Du hast doch dein Ding da mit dem semi-langen dichten Haar laufen, und diese vollen Lippen und bist schon toll gebaut.«

Die Gestalt kommt den Block lang näher.

Hinter mir ist jetzt der andere Typ noch zwei Läden weg.

»Hey, danke, Mann«, sage ich und schaue abwech-selnd nach beiden Seiten. »Far out.«

»Ist cool«, sagt Skeet. »He, Mann, hör doch auf, so schwer zu atmen.«

Ich dränge Skeet, mit mir rüber zum Schaufenster der Buchhandlung Rizzoli zu gehen. »Tun wir mal so, als ob wir was aussuchten.«

»Was?«, fragt Skeet verwirrt. »Bücher … aussuchen?«

Der Typ, der von der Prince her hochkommt, kommt schneller auf mich zu.

Der andere ist vielleicht zwei Meter weg.

Ich starre reglos ins Fenster von Rizzoli und höre kaum noch, wie Skeet sagt: »Hey, Mann, was machst du denn?« Pause. »Sucht man so was aus?«

Plötzlich, grade als Skeet wieder etwas fragen will, schieße ich quer über den West Broadway, und sofort laufen die beiden Typen hinter mir her, und als ich zur Broome komme, kommt noch ein schwarzgekleideter Kerl auf mich zugerannt.

Ich überquere wieder den West Broadway, fast erwischt mich eine Limo, alle drei hinter mir her. Ein vierter springt plötzlich aus dem neuen Harry-Cipriani-Restaurant, und ich renne wieder zurück und die Treppe hoch zu Portico, einem Möbelladen.

Die vier Kerle – jung und gut aussehend, alle in Schwarz – treffen unten auf der Treppe zum Portico zusammen und diskutieren was, während ich mich hinter einem weißgefleckten Betonkleiderschrank verstecke. Eine Frau fragt, ob ich hier arbeite, und ich winke sie hektisch zischend weg. Einer von den Typen auf der Treppe zieht ein Walkie-Talkie aus seiner schwarzen Lederjacke, wobei man eine Pistole in einem Halfter sieht, und murmelt dann was in das Gerät. Er lauscht, wendet sich an die drei anderen, sagt was, und sie nicken, und dann öffnet er ganz beiläufig die Tür und betritt den Portico-Laden.

Ich renne durch den Laden zum Hinterausgang, der auf die Wooster Street führt.

Ich höre bloß noch jemand »Hey!«, schreien.

Ich stolpere raus, halte mich am Handlauf fest und springe auf den Gehsteig.

Kreuz und quer durch den Verkehr arbeite ich mich die Wooster runter und komme halb gehend, halb rennend bei Comme des Garçons an, um meinen Smoking abzuholen.

Ich knalle die Tür hinter mir zu und renne nach unten, wo Carter wartet.

»Was zum Teufel ist eigentlich los?«, schreie ich. »Hurenarsch!«

»Victor, die Änderungen sind fertig«, sagt Carter. »Ganz ruhig. Der Smoking ist einmalig. Chloe hat diesmal die Rechnung über ...«

»Nein! So ein paar Arschlöcher haben mich den West Broadway runter verfolgt!«, keuche ich.

Er sagt erst mal nichts. »Prahlst du, oder beklagst du dich?«

»Erbarmen!«, schrei ich.

»Nun, du bist ja immerhin hier, also haben deine Ninja-Fähigkeiten offenbar ihren Höhepunkt erreicht, lieber Donatello.«

Immer noch keuchend ziehe ich hastig den Smoking an und lass Carter bei Sabra eine Limousine bestellen. JD beept mich an, während Carter mich umkreist, hin- und hertuntet, zusammen mit Missy, der Schneiderin, überprüft, ob alles perfekt sitzt, wobei mich beide an völlig unangemessenen Stellen begrabschen – und als ich JD auf dem Handy zurückrufe, ist Beau dran und fragt, warum ich jetzt nicht bei meinem MTV-»House of Style«-Interview bin, das ich total vergessen habe. Angeblich sind Leute vor meinem Apartment »und haben einen Anfall«, und das Frösteln, das mich bei dieser Formulierung überkommt, entspannt mich ein wenig.

Ich habe den Smoking an und stopfe meine anderen Kleider in eine Comme-des-Garçons-Tüte, und als ich aus dem Laden trete, die Wooster hinauf und die Wooster hinunterspähe und mich quasi in Schlangenlinien dem BMW nähere, der am Straßenrand wartet, ruft Carter hinter mir her: »Warte! Das hast du vergessen!« und schiebt mir den schwarzen Hut mit der roten Rose wieder in die verschwitzten Hände.

In meiner Wohnung lehnt die *Details*-Frau an einer Säule, einfach so, und beobachtet jede Bewegung von mir, während sie an einem betäubenden Himbeerlolly lutscht, und eine Armee Assistenten trampelt herum, darunter auch dieses echt muskulöse Girl mit Nasenring, das kiwi- und lavendel- und granatapfelfarbenes Gel auf Scheinwerfer streicht, und der Kameramann sagt »He Victor!« in jamaikanischem Patois, und er trägt offenbar einen abschnallbaren Pferdeschwanz, denn heute Nachmittag hatte er keinen gehabt, als ich ihn in der Bond Street gesehen habe, und er ist ein halber Chippewa, und der Regisseur des Beitrags, Mutt, bespricht sich gerade mit einem VJ von MTV News, und Mutt lächelt bloß irgendwie zu mir rüber und reibt sich die Bizepsnarben von den Unfällen mit seiner Harley, als ich sage: »Sorry, dass ich so spät komm – hab mich verlaufen.«

»Auf dem Weg durch dein eigenes … Viertel?«, fragt er.

»Das Viertel macht grade eine krasse Aufwertung durch, insofern ist alles recht kompliziert.«

Mutt lächelt mich bloß irgendwie an, in der Wohnung ist es eiskalt, ich fläze mich in einen großen Haufen weißer Satinkissen, den die Crew mitgebracht hat, und irgendein Japaner filmt dann das Interview, das MTV filmen wird, ein anderer Japaner macht Fotos von der Videocrew, und ich fange an, die Namen von Bands aufzusagen, die man dann bei der Ausstrahlung laufen lassen könnte: Supergrass, Menswear, Offspring, Phish, Liz Phair (»Supernova«), vielleicht Pearl Jam oder Rage Against the Machine oder sogar

Imperial Teen. Ich bin so versunken, dass ich gar nicht merke, dass neben mir hoch aufragend Mutt steht, bis er zweimal die Finger schnalzen lässt, direkt vor meiner Nase, und ich schiebe die Lippen ein wenig vor und zwinkere ihn an und frage mich, wie cool ich wohl für andere Leute aussehe.

»Ich werde während des Interviews eine lange Cohiba rauchen«, sage ich zu Mutt.

»Du wirst während des Interviews wie ein großes Arschloch aussehen.«

»Hey, vergiss nicht, mit wem du sprichst.«

»MTV-Regel. Es wird nicht geraucht. Die Werbekunden mögen's nicht.«

»Aber ihr verkauft Trent Reznors Hass an Millionen ahnungslose Jugendliche. Dz-dz-dz.«

»Ich will hier wieder raus, also fangen wir an mit dem Ding.«

»Vorher bin ich doch glatt durch SoHo gejagt worden.«

»*So* beliebt bist du nun auch wieder nicht, Victor.«

Ich klingele JD auf dem Handy an. »JD – find sofort raus, wer mich eben durch SoHo gejagt hat.« Ich schalte mich weg, und da ich ganz in meinem Element bin, strahle ich und lächele und rufe dem echt muskulösen Girl mit der Nasenkreole zu: »Hey Pussycat, mit dem Arsch kannst du einem Taxi winken.«

»Ich heiße David«, sagt er. »Nicht Pussycat.«

»Wow, du hast diese ganze Boy/Girl-Sache ja voll drauf«, sage ich schaudernd.

»Wer ist dieser Clown?«, fragt David den ganzen Raum.

»Immer die gleiche alte Geschichte«, seufzt Mutt. »Ein Nobody, ein Newcomer, ein Star, ein Expromi. Nicht unbedingt in dieser Reihenfolge.«

»Hey, alles im grünen Bereich. Stimmung«, sag ich

halbherzig zu niemand Bestimmtem, und dann geht mir das Make-up-Girl so zum Spaß an die Koteletten, und ich fauche: »Die werden nicht angerührt!«, und dann eher gleichgültig: »Kann mir jemand mal ein Snapple beschaffen?« Genau in diesem Augenblick merke ich endlich, was absolut in meiner Wohnung fehlt: Cindy.

»Moment, Moment mal – wo ist Cindy?«

»Cindy macht das Interview nicht«, sagt Mutt. »Sie führt's dann nur ein, in ihrem eigenen pseudo-unnachahmlichen Stil.«

»Das hier ist völlig beschissen, total daneben«, sage ich, es haut mich völlig um.

»Tatsache?«

»Ich würde gar nicht hier sitzen, wenn ich das vorher gewusst hätte.«

»Bezweifele ich.«

»Wo zur Hölle ist sie denn?«

»In Beirut, bei der Eröffnung vom einem neuen Planet Hollywood.«

»Das ist ja echt … entwürdigend.«

»Ja. Das Leben ist hart, Heulsuse.«

»Das – ehrlich, Mutt –, das schockiert mich echt«, sage ich, die Tränen kommen mir. »Das schockiert mich echt, dass du so mit mir redest.«

»Mhm.« Mutt schließt die Augen, hält einen Sucher ans Ohr. »Okay.«

»Jetzt warte mal, einen Moment …« Ich sehe rüber zu dem VJ, mit Handy unter einem riesigen Nan-Goldin-Foto, das mir Chloe zu Weihnachten geschenkt hat. »Dieser Päderast da drüben macht das?«, frage ich entsetzt. »Dieser schwule Päderast?«

»Schon je mal mit nem Mann geschlafen, Victor?«

Ich denke an MTVs neue allesverschlingende Die-Welt-ist-voller-Homos-Mentalität; ich griene und deute so ein Semi-Nicken an und quetsche ein »Vielleicht« hervor,

243

und dann arrangiere ich mein Gesicht für den Satz: »Aber jetzt bin ich strikt heterosexuell.« Lange Pause. »Fanatisch geradezu.«

»Ich alarmiere die Medien.«

»Ihr *seid* doch die Medien, Mutt«, rufe ich. »Du und dieser schwule Päderasten-VJ, ihr *seid* die Medien.«

»Schon mal mit was Fünfzehnjährigem geschlafen?«, fragt Mutt müde.

»Nem Mädchen?« Pause. »Vielleicht.«

»Also?«

Ich versuche zu erraten, worauf Mutt rauswill, ich halte inne, sehe ihn mit zuammengekniffenen Augen an, dann schreie ich los: »Was, zum Teufel, soll *das* denn heißen, du Idiot? Willst du irgendwas beweisen? Wenn du das willst, da komm ich nicht mit!«

Der VJ kommt rüber, ganz jungenhaftes Lächeln und Versace.

»Er ist mit Chloe Byrnes zusammen«, sagt Mutt. »Mehr brauchst du eigentlich nicht zu wissen.«

»Super«, sagt der VJ. »Können wir das reinbringen?«

»Das bringst *du* rein«, antworte ich für Mutt. »Und keine Fragen nach meinem Vater.«

»Du schießt ja aus der Hüfte«, sagt der VJ. »Gefällt mir.«

»Und *ich* bin fertig für die Kamera.«

MTV: »Wie fühlt sich das denn so an, wenn man der ultimative Boy des Augenblicks ist?«

ICH: »Der Ruhm hat sein Preisschildchen, aber die Wirklichkeit ist immer noch gut Freund mit mir.«

MTV: »Was glaubst du, wie andere Leute dich wahrnehmen?«

ICH: »Ich bin ein böser Junge. Ich bin eine Legende. Aber in Wirklichkeit ist alles eine große weltweite Party, und es gibt keine VIP-Rooms.«

MTV (Pause, Verwirrung): »Aber gibt's nicht drei VIP-Rooms in deinem neuen Club?«

ICH: »Ähhh … aus. Aus. Aus.«

Alle drängen sich zusammen, und ich erkläre die Spielregeln: dass ich meine persönlichen Beziehungen zu Robert Downey Jr., Jennifer Aniston, Matt Dillon, Madonna, Latouse LaTrek und Dodi Fayed erläutern möchte – und endlich nicken die Leute, sie sind zufrieden. Das Leben geht mit ein paar sanften Fragen weiter und der Chance, modisch frech zu sein, die ich rasch ergreife.

MTV: »Wie war das als Gaststar bei ›Beverly Hills 90210‹?«

ICH: »Ein klassisches Klischee. Luke Perry sieht aus wie ein kleiner Nosferatu, und Jason Priestly ist eine kleine Raupe.«

MTV: »Siehst du dich als Symbol einer neuen Generation in Amerika?«

ICH: »Na, ich repräsentiere ein ziemlich großes Stück vom Kuchen der neuen Generation. Ich bin vielleicht ein Symbol.« Pause. »Eine Ikone? Nein.« Längere Pause. »Noch nicht.« Lange Pause. »Hab ich erwähnt, dass ich Steinbock bin? Ah ja, und ich bin auch dafür, dass man diese Generation wieder dazu bringt, sich mehr für Umweltfragen zu interessieren.«

MTV: »Das ist derart cool.«

ICH: »Nein, du bist derart cool, Mann.«

MTV: »Aber was siehst du vor dir, wenn du versuchst, dir deine Generation vorzustellen?«

ICH: »Schlimmstenfalls? Zweihundert No-Future-Kids, aufgemacht wie Statisten aus *The Crow*, die zu C + C Music Factory tanzen.«

MTV: »Und wie findest du das?«

ICH (aufrichtig bewegt, dass man mich das fragt): »Macht mich verrückt.«

MTV: »Aber sind die Achtziger nicht vorbei? Glaubst

du nicht, dass die Eröffnung von so nem Club irgendwie ein Rückfall in eine Ära ist, die die meisten Leute gerne vergessen möchten? Wollen die Kids nicht *weniger* Opulenz?«

ICH: »He, das ist eine ganz persönliche Vision, Mann.« Pause. »Egal, wie kommerziell, also, sich das *anfühlt*. Und – (endlich fällt's mir ein) – ich will einfach auch was an die Gemeinschaft zurückgeben.« Pause. »Ich mach's für die Leute.« Pause. »Mann.«

MTV: »Wie denkst du über Mode?«

ICH: »Mode hat vielleicht was mit Unsicherheit zu tun, aber Mode ist eine gute Möglichkeit, Spannung abzubauen.«

MTV (Pause): »Tatsächlich?«

ICH: »Ich bin total von Mode gefesselt. Ich suche sie, ich *brauche* sie. Sieben Tage die Woche, achtundzwanzig Stunden am Tag. Hab ich schon erwähnt, dass ich Steinbock bin? Ach übrigens, ja – wenn man bei bloß einer Sache der Beste ist, das ist kontraproduktiv.«

MTV (lange Pause, milde Verwirrung): »Du und Chloe Byrnes, ihr seid jetzt schon wie lange zusammen?«

ICH: »Zeit ist bedeutungslos, wenn's um Chloe geht. Sie hebt die Zeit auf, Mann. Ich hoffe, sie hat eine lange Karriere als Schauspielerin-Schrägstrich-Model. Sie ist unwahrscheinlich und ääh … meine beste Freundin.«

(Das Lachen des *Details*-Girls ist zu hören.)

MTV: »Es hat Gerüchte gegeben …«

ICH: »Hey, eine Beziehung aufrechterhalten, das ist eine der Schwierigkeiten bei meinem Job, Baby.«

MTV: »Wo seid ihr euch begegnet?«

ICH: »Bei einem Essen vor der Grammy-Verleihung.«

MTV: »Was habt ihr gesagt, als ihr euch zum ersten Mal gesehen habt?«

ICH: »Ich hab gesagt: ›Hey Pussycat‹ und dann, dass

ich Anwärter war – und immer noch bin – auf ›Männliches Model des Jahres‹.«

MTV (nach recht langer Pause): »Ich sehe, dass du an dem Abend in äähm nachdenklicher Stimmung warst.«

ICH: »Hey, Erfolg heißt sich selbst lieben, und wer nicht so denkt, kann sich verpissen.«

MTV: »Wie alt bist du?«

ICH: »Über zwanzig.«

MTV: »Nein, wirklich, mal ganz genau.«

ICH: »Ü-ber zwan-zig.«

MTV: »Was nervt Victor Ward so richtig?«

ICH: »Die Tatsache, dass David Byrne sein neues Album nach einem ›Tee aus Sri Lanka, der in England verkauft wird‹ benannt hat. Ich schwör's, das hab ich irgendwo gehört, und es hat mich wahnsinnig gemacht.«

MTV (nach höflichem Lachen): »Nein. Was macht dich wirklich verrückt? Was macht dich echt wütend?«

ICH (lange Pause, denke nach): »Also, in letzter Zeit, abgetauchte DJs, schlechter Benimm bei Barkeepern, gewisse klatschsüchtige männliche Models, die Art und Weise, wie die Medien manche Promis behandeln ... uhhm ...«

MTV: »Wir dachten eigentlich eher so an den Krieg in Bosnien oder die Aids-Epidemie oder den Terrorismus in den USA. Was ist mit der augenblicklichen politischen Situation?«

ICH (lange Pause, schwaches Stimmchen): »Verdreckte Rollerblades? ... Die Worte ›dot com‹? ...«

MTV (lange Pause): »Sonst noch etwas?«

ICH (begreife etwas, erleichtert): »A mulatto, an albino, a mosquito, my libido.«

MTV (lange Pause): »Hast du ... die Frage verstanden?«

ICH: »Was wollen Sie damit sagen?«

MTV: »Gibt es denn nicht bestimmte Dinge ...«

ICH (ärgerlich): »Vielleicht hast du meine Antworten missverstanden.«

MTV: »Okay, vergiss es, ähm …«

ICH: »Geh einfach zur nächsten Frage über.«

MTV: »Ja, okay …«

ICH: »Also bitte.«

MTV (sehr lange Pause, dann): »Hast du dir je gewünscht, du könntest aus alldem einfach verschwinden?«

8

Da ich keine Ahnung habe, wo meine Schlüssel sind, renne ich zu Chloe hoch, es ist mir klar, dass wir zu spät dran sind (denke aber auch: Das ist cool), und Lauren Hynde öffnet die Tür, und wir starren einander ausdruckslos an, bis ich sage: »Du siehst … wunderbar aus heute Abend«, und sie sieht plötzlich aus, als trüge sie irgendwie einen Schmerz mit sich rum oder auch hmmm was wie von Versace, und sie macht die Tür weiter auf, dass ich Chloes Apartment betreten kann, wo der auf Grunge gestylte Baxter Priestly an der Insel in der Küche sitzt, mit einem Vokuhila-Haarschnitt und Oakleybrille, er rollt sich einen mit Xanax versetzten Joint, und im Hintergrund läuft mit runtergedrehtem Ton Sci-Fi-Channel, und samtiger Dreampop, der aus zwei Zehntausend-Dollar-Lautsprechern kommt, legt sich darüber, und Chloe steht neben Baxter und isst ein Peppermint Patty, sie hat das Todd-Oldham-Kleid an und hört zu, wie Baxter Sachen à la »Ich hab heut einen Penner mit echt Wahnsinns-Bauchmuskeln gesehen« sagt, und dreizehn Flaschen Mineralwasser in verschiedenen Stadien der Leerung stehen auf der Marmortheke neben eingegangenen Faxen, auf denen es heißt ICH WEISS WER DU BIST UND ICH WEISS WAS DU TUST, und das Dutzend französischer weißer Tulpen, das ich Chloe angeblich geschickt habe, steht in einer riesigen Kristallvase, die ihr mal jemand namens Susan Sontag geschenkt hat.

»Echt flotte Konversation hast du drauf, mein Freund«, murmele ich, schlage Baxter auf die Schulter, dass er aus seiner Nichtigkeit auffährt, lehne mich gleichzeitig rüber, um Chloe zu küssen, und warte darauf, dass jemand was sagt, wie chic ich aussehe. Hinter mir steht Lauren Hynde immer noch an der Tür, und Chloe sagt so was wie: »Die Limo wartet auf der Straße«, und ich sage okay und gehe mürrisch in unser Schlafzimmer, wobei ich darauf achte, dass Chloe den bösen Blick erwischt, den ich Baxter zuschleudere, während er weiterhin die Samen aus dem Gras raussucht.

In meinem großen begehbaren Schrank: Weiße Jeans, Ledergürtel, Lederbomberjacke, schwarze Cowboystiefel, ein paar schwarze Wollcrêpe-Anzüge, ein Dutzend weiße Hemden, ein schwarzer Rollkragenpullover, ein zerknitterter Seidenpyjama, ein anspruchsvoller Pornofilm, den ich Hunderte von Malen angeschaut habe und in dem die Schauspieler genauso aussehen wie wir. Ich tue so, als würd ich meine Sachen durchgehen, und Chloe kommt herein, Sekunden, nachdem ich mich hingekauert habe, um ein Paar Sandalen zu mustern, die ich in Barcelona in einem Banana Republic gekauft habe.

»Was läuft denn hier?«, frage ich. »Wo ist mein Drei-Knopf-Blazer?«

»Wie meinst du, was läuft hier?«, fragt sie gepresst.

»War der nicht mal als Kopf in einer Mr.-Jenkins-Anzeige, Baby?«

»Ich hab dir doch gesagt, dass er kommt.«

»Was meinst du, was dieser Anti-Fashion-Look wohl kostet?« frage ich. »Zweitausend Dollar? Dreitausend?«

»Vergiss es, Victor.« Sie sucht nach einer Sonnenbrille, die sie tragen könnte.

»Heftig.«

»Victor«, fängt sie an. »Wonach suchst du?«

»Nach meinem Haargel.« Ich gehe weg vom Schrank und dicht an ihr vorbei ins Bad, wo ich mir das Haar gele, es zurückstreiche. Mein Beeper meldet sich, ich ignoriere ihn. Als er wieder anfängt, wasche ich mir die Hände und stelle fest, dass es Alison ist, ich frage mich kurz, wie alles derart beschissen kompliziert werden konnte, dann schau ich mir mein Profil genau an, und das beruhigt mich, und ich atme ein paarmal tief durch, mache ein paar Sekunden lang Tiefsee-Visualisierung und dann: Ready to go.

»Der Smoking sieht gut aus«, sagt Chloe. Sie steht in der Badezimmertür und sieht mich an. »Wer war das?« Pause. »Auf dem Beeper?«

»Jemand im Club.« Ich steh bloß da, und dann schaue ich auf meine Uhr, und dann gehe ich zurück zum Bett und wühle in der Comme-des-Garçons-Tüte, damit die alten Kleider in Chloes Reinigung können. Gedankenverloren finde ich den Hut, den Lauren mir gegeben hat, er ist völlig verknautscht.

»Was ist das?«, hör ich Chloe sagen.

»Hoppla, falscher Hut«, sage ich und werfe ihn in die Tüte zurück, eine Bullwinkle-Imitation, die sie früher immer zum Lachen gebracht hat, aber jetzt begreift sie's nicht und schaut den Hut auch gar nicht richtig an, sie denkt an etwas anderes.

»Ich will wirklich, dass es alles gut wird«, sagt Chloe zögernd. »Zwischen uns«, fügt sie erklärend hinzu.

»Ich bin sauer auf dich.« Ich zucke die Achseln. »Du bist sauer auf mich.« Ich zucke wieder die Achseln.

»Lass das bitte, Victor.«

»Lass was?«

»Ich bin froh für dich, Victor«, sagt sie angespannt, steht einfach vor mir, erschöpft. »Ich bin wirklich froh für dich wegen heut Abend.«

»Du siehst pseudo-orgasmisch aus, Baby, und an diesem Riesenpfefferminzteil rumzuknabbern, das hilft auch nicht weiter.« Ich gehe wieder dicht an ihr vorbei.

»Geht's jetzt um Baxter?«, fragt sie.

»Diesen Gartenzwerg? Erbarmen. Es ist eiskalt in dieser Wohnung.«

»Hey Victor. Schau mich an.«

Ich halte inne, seufze, dreh mich um.

»Ich will mich nicht überall dafür entschuldigen müssen, wie erfolgreich mein Boyfriend die Leute beleidigt, verstehst du?«

Ich starre bloß ins Leere oder was ich mir so als die Leere vorstelle, bis ich schließlich bereit bin zu sagen: »Grundsätzlich solltest du von den Leuten nicht zu viel erwarten, Baby«, und dann küsse ich sie auf die Wange.

»Ich hab eben mein Make-up fertig, du kannst mich nicht zum Weinen bringen.«

7

We'll slide down the surface of things ... Was Altes von U2 auf der Stereoanlage, zwei Straßen um den Club totaler Verkehrsstau, und ich höre im Grunde nicht, was hinten in der Limousine gesagt wird, es sind nur Wörter: Technobeat, Slamming, Mondlandschaft, Semtex, Nirvana, fotogen, und Namen von Leuten, die ich kenne: Jade Jagger, Iman, Andy Garcia, Patsy Kensit, die Goo-Goo Dolls, Galliano, und zufällige Gesprächsfetzen von Themen, die mich gewöhnlich interessieren: Doc Martens, Chapel Hill, die Kids in the Hall, Entführung durch Außerirdische, Trampoline – denn im Augenblick hantiere ich mit einem unangezündeten Joint herum und schaue durchs Sonnendach der Limo hoch, überlasse mich meiner Trance beim Anblick der breit schweifenden Scheinwerfermuster auf den schwarzen Gebäuden über und um uns. Baxter und Lauren sitzen Chloe und mir gegenüber, und ich durchlebe in Zeitlupe insgeheim einen Zusammenbruch, konzentriere mich in erster Linie darauf, wie entsetzlich langsam wir vorwärtskommen, während Chloe immer wieder versucht, meine Hand zu berühren, was ich ihr sekundenlang gestatte, ehe ich sie wegziehe, um eine von Baxters Zigaretten anzuzünden oder die U2-Kassette zurückzuspulen oder mir einfach an die Stirn zu langen, wobei ich ausdrücklich nicht in die Richtung von Lauren Hynde sehe, nicht hinschaue, wie ihre Beine leicht gespreizt sind oder wie sie traurig ihr Spiegelbild in den getönten Scheiben anstarrt. »We all live in a yellow limousine«, singt/lacht Baxter. »A yellow limousine«, singt auch Chloe und kichert nervös, sieht zu mir herüber, ob ich zustimme. Ich tu's, indem ich Baxter zunicke, der zurücknickt, und es überläuft mich. *We'll slide down the surface of things ...*

Endlich sind wir am Bordstein vor dem Clubeingang angelangt, und als erstes höre ich, wie jemand: »Action!«, schreit, und »Even Better Than the Real Thing« von U2 erklingt irgendwo von oben, als der Fahrer die Tür öffnet und Baxter seine Frisur in Chloes Puderdosenspiegel überprüft, und ich werfe ihm meinen Kummerbund rüber. »Wickel dir das einfach um den Kopf und sieh traumhaft aus«, murmele ich. »Dann wird's schon gehen.«

»Victor«, sagt Chloe.

Vor dem Club fegt eine Woge kalter Luft über die Menge hinter der Absperrung und lässt das Konfetti, das auf dem dicken purpurroten und grünen Teppich vor dem Eingang verstreut liegt, um die Beine der wachestehenden Polizisten tanzen und wirbeln, und hinter den Samtseilen stehen drei coole irische Typen, die Damien angeheuert hat, jeder mit einem Walkie-Talkie und einer Gästeliste, und rechts und links von den Seilen drängeln sich Horden von Fotografen, und dann sagt die Oberpublicityfrau – mit warmem Lächeln, bis sie Chloes Kleid sieht –, wir sollen doch noch hier warten, weil gerade Alison (in demselben Todd-Oldham-Kleid, das Chloe trägt) und Damien (in einem Gucci-Smoking) angekommen sind und für die Paparazzi posieren, aber in der Menge haben schon einige Leute Chloe erkannt und rufen mit hohen, gequetschten Stimmen ihren Namen. Damien macht einen ungewöhnlich angespannten Eindruck, seine Kiefer mahlen, und plötzlich ergreift Lauren meine Hand, ich halte mit der anderen die von Chloe, und als ich rübersehe, entdecke ich, dass Chloe die von Baxter hält.

Damien dreht sich um, als er die Leute Chloes Namen rufen hört, und er nickt mir zu, lächelt dann melancholisch Lauren an, die nur etwas Gleichgültiges murmelt, und als er Chloes Kleid sieht, versichert er sich entsetzt, dass er richtig gesehen hat und versucht mit einem kavalierhaften Lächeln, einen Würgereiz zu unterdrücken, und dann versucht er Alison hastig in den Club zu drängen, obwohl sie gerade dabei ist, diesen Fotografenansturm voll auszukosten, und offensichtlich die Unterbrechung gar nicht komisch findet. Gott sei Dank ist Chloe bereits von den Blitzlichtern so geblendet, dass sie Alisons Kleid nicht bemerkt, und ich versuche mir einzuprägen, was im Club drin zu geschehen hat: Dreh das Licht ganz romantisch runter, Darling. Oder der ganze Abend ist gleich gelaufen.

Die Fotografen rufen nun all unsere Namen, während wir uns auf die Treppe zubewegen, die in den Club führt, und wir verharren einen angemessenen Augenblick – unsere Gesichter wie Masken, Chloe lächelt schwach, Baxter lächelt mürrisch, Lauren lächelt zum ersten Mal heute Abend aufrichtig, ich bin reichlich betäubt. Und über der Tür hängt in gigantischer Siebziger-Jahre-Typographie eine Information von MTV (»Dieses Event wird aufgezeichnet. Wenn Sie das Gebäude betreten, willigen Sie in die Verwendung Ihres Namens, Ihrer Stimme und Ihres Bildes bei Kabelübertragung und anderen Verbreitungsformen ein«), und dann sind wir drin und gehen durch die Metalldetektoren, und Chloe flüstert mir etwas Unverständliches ins Ohr. *We'll slide down the surface of things.*

Und »Even Better Than the Real Thing« von U2 bricht los, als wir den großen Saal des Clubs erreichen, und wieder ruft jemand »Action!«, es sind schon Hunderte von Leuten da, eine neue Gruppe von Fotografen stürzt sich sofort auf Chloe, dann bahnen sich die Kameracrews einen Weg zu ihr, und ich lasse ihre Hand los, ich lasse mich von der Menge zu einer der Bars abdrängen, ignoriere bewusst Promis und Fans, Lauren folgt dicht hinter mir, und ich erhasche die Aufmerksamkeit des

Barkeepers und bestelle ein Glas Veuve Clicquot für Lauren und einen Glenlivet für mich, und wir stehen einfach da, während ich Patrick Woodroffes Beleuchtungsdesign bewundere, wie es den schwarzen Samt an den Wänden zur Geltung bringt, vom Boden bis zur Decke, und Lauren denkt – ich weiß gar nicht, was, während sie ihren Champagner kippt und nach einem zweiten wedelt, und als ich zu ihr hinüber schaue, muss ich endlich sagen: »Baby«, und dann lehne ich mich rüber und sauge mit den Lippen so kurz an ihrem Hals, dass es nur jemand bemerken kann, der direkt hinter mir steht, und ich hole tief Luft und schließe die Augen, und als ich sie wieder öffne, schaue ich Lauren an, wie sie reagiert.

Sie umklammert den Champagnerkelch so fest, dass die Knöchel weiß hervortreten, und ich hab schon Angst, das Glas zerspringt, und sie starrt an mir vorbei auf jemanden hinter meinem Rücken, und als ich mich umdrehe, lasse ich beinahe mein Glas fallen, aber mit der anderen Hand kann ich es von unten abstützen und ruhig halten.

Alison trinkt gerade einen Stoli-Martini aus und bestellt beim Barkeeper, ohne ihn anzusehen, noch einen. Sie wartet auf einen Kuss von mir.

Ich grinse jungenhaft, während ich mich um Gelassenheit bemühe, und küsse sie leicht auf die Wange, aber sie starrt dabei nur Lauren an, als ob ich unsichtbar wäre, was ich mir heute Abend zum vielleicht ersten Mal in meinem Leben auch irgendwie wünsche. Harry Connick Jr., Bruce Hulce und Patrick Kelly drängeln sich stolpernd vorbei. Ich schaue weg, dann nach unten.

»Naaaa … *noch* einen Stoli?«, frage ich Alison.

»O stoli mio«, sagt Alison und starrt Lauren an. Ich lehne mich beiläufig über die Bar, um ihr die Sicht zu versperren.

»Willkommen in Relax City«, sage ich betont jovial. »Ähh, genießen Sie Ihren Aufenthalt.«

»Du Arschloch«, murmelt Alison, rollt die Augen, schnappt sich den Drink aus der Hand des Barkeepers und leert das Glas mit einem Zug. Ein wenig hustend hebt sie meinen Arm hoch und benutzt meinen Jackettärmel, um sich den Mund abzuwischen.

»Ahh … Baby?«, sage ich erst mal unsicher.

»Herzlichen Dank, Victor«, sagt sie allzu höflich.

»Ähm … keine Ursache.«

Jemand klopft mir auf die Schulter, ich drehe mich herum und lehne mich zu Lauren hinüber, die zuckersüß fragt: »Was seht ihr beide eigentlich in dieser Nutte?«

»Wechseln wir das Thema, okay?«

»Erbarmen! Du Verlierer, du«, kichert Lauren.

Glücklicherweise schieben sich Ione Skye und Adam Horowitz durch die Menge auf mich zu – ein Ausweg, den ich sofort nutze.

»Hey! Was läuft, Pussycat?«, lächele ich mit ausgebreiteten Armen. »Miau«, schnurrt Ione und hält mir die Wange hin.

»Mit deiner Erlaubnis! I'm kissing the Skye«, sage ich: Küsschen. »Bäääh«, höre ich Alison hinter mir murmeln.

Kamerablitze explodieren in der Mitte des Raumes wie kurze Lichtgarben von einem defekten Strobelight, Adam und Ione schlüpfen davon in die brodelnde Menge, und ich hab mir eine Zigarette angezündet und taste auf der Suche nach einem Aschenbecher herum, während Lauren und Alison sich mit gegenseitigem Abscheu anstarren. Damien sieht mich, macht sich von Penelope Ann Miller los, und als er näher kommt und sieht, zwischen wem ich stehe, hält er inne und fällt fast über diesen echt coolen Liliputaner, den irgendjemand mitgebracht hat. Schockiert forme ich stumm mit den Lippen die Worte: *Komm her.*

Er sieht Lauren traurig an, zwinkert aber ständig, weil all diese Kameras blitzen, und dann schiebt ihn die Menge vorwärts und jetzt schüttelt er mir viel zu förmlich die Hand, sorgfältig bedacht, keine der Frauen zu berühren, von denen ohnehin weder die eine noch die andere auf seine Anwesenheit reagiert. Hinter ihm beantworten Chloe und Baxter vor diversen Kameracrews Fragen, und Christy Turlington, John Woo, Sara Gilbert und Charles Barkley gleiten vorbei.

»Wir müssen reden«, sagt Damien und lehnt sich zu mir herüber. »Äußerst wichtig.«

»Ich, ahm, glaub nicht, dass das jetzt … jetzt gerade eine gute Idee ist, Mann«, sage ich sorgfältig jedes Wort betonend.

»Dieses eine Mal könntest du Recht haben.« Er versucht, mit zornig verzogenem Gesicht zu lächeln, als er Lauren und Alison zunickt.

»Ich glaube, ich nehme Lauren mal mit rüber zur Crew von ›Entertainment Tonight‹, okay?«, sage ich.

»Ich muss *jetzt* mit dir reden, Victor«, knurrt Damien. Plötzlich streckt er den Arm durch die Menge und schnappt sich Baxter, zerrt ihn von Chloe und der MTV-Crew weg, dann flüstert er ihm etwas ins Ohr, U2 verwandelt sich in »My Definition of a Boombastic Jazz Style« von den Dream Warriors. Lauren und Alison haben sich beide Zigaretten angezündet und blasen sich gegenseitig den Rauch direkt ins Gesicht. Baxter nickt eifrig und lässt sich von Damien an die Bar und – auf eine Weise, die von mir aus etwas weniger deutlich sein könnte – zwischen Alison und Lauren schieben, an die Stelle, wo ich gestanden hatte.

»Wer ist das?«, fragt Alison Damien abwesend.

»Das ist Baxter Priestly, Baby«, sagt Damien. »Er möchte Hallo sagen und, ahmm, dir seine Aufwartung machen.«

»Ja, tja, Sie kommen mir bekannt vor«, sagt Alison

total gelangweilt und winkt den Barkeeper herbei, sagt tonlos mit übertriebenen Lippenbewegungen: *Noch einen.*

»Er ist in der neuen Darren-Star-Show«, sage ich. »Und er spielt in der Band Hey That's My Shoe.«

»Wer sind Sie in der Darren-Star-Show?«, fragt Alison, lebhaft werdend.

»Er ist der durchgeknallte Typ«, sagt Lauren und starrt den Barkeeper an.

»Richtig, er ist der durchgeknallte Typ«, sage ich zu Alison, als Damien mich wegzieht und meinen Körper als Schutzschild benutzt, um sich durch die Menge zu drängen und die Treppe hinauf in den verlassenen ersten Stock, wo er mich zu einer Stelle am Geländer führt, von der aus man die Party überblickt. Wir stecken uns sofort Zigaretten an. Auf diesem Stockwerk sind zwanzig Tische für das Essen gedeckt, und wirklich hübsche Pikkolos zünden Kerzen an. Auf allen TV-Monitoren: modischer Schnee.

»Was läuft da für eine Scheiße?« Damien nimmt einen tiefen Zug aus seiner Zigarette.

»Die, äh ... zünden nur die Kerzen fürs Abendessen an«, sage ich und zeige unschuldig auf die Pikkolos.

Damien gibt mir einen leichten Schlag gegen den Kopf.

»Warum, Scheiße noch mal, hat Chloe genau dasselbe Kleid an wie Alison?«

»Damien, ich weiß, dass die Kleider gleich *aussehen*, aber in Wirklichkeit ...«

Er drängt mich ans Geländer und deutet hinunter. »Was erzählst du mir da, Victor?«

»Es ist ein – es ist angeblich ein, ah, sehr beliebtes Kleid, dieser ... verstehst du ...« Meine Stimme erstirbt.

Damien wartet mit weit aufgerissenen Augen. *»Ja?«*

»... Saison?«, quetsche ich schließlich heraus.

Damien fährt sich mit der Hand übers Gesicht und

starrt über das Geländer, um sicherzugehen, dass Alison und Chloe einander noch nicht gesehen haben, aber Alison flirtet mit Baxter, und Chloe beantwortet Fragen, wie hoch denn der heutige Abend auf der Skala legendärer Events rangiert, eine lange Reihe von TV-Crews rempelt sich gegenseitig auf der Suche nach der perfekten Einstellung, Damien murmelt: »Warum trägt sie den Hut nicht, den du abgeholt hast?«, und ich rede mich heraus (»Oribe hat gesagt, der ist unmöglich«), und er fragt immer wieder: »Warum trägt sie nicht den gottverdammten Hut, den du abgeholt hast?«, und Lauren spricht jetzt mit diesem verfickten Chris O'Donnell, und Damien schüttet ein großes Glas Scotch runter und stellt das leere Glas mit unsicherer Hand aufs Geländer, und ich bin irgendwie von Panik erfüllt und derart müde.

»Damien, lass uns einfach zusehen, dass wir einen coolen …«

»Ich glaube, daran liegt mir nichts mehr«, sagt er.

»Woran? An einem coolen Abend?«, frage ich. »Sag das nicht.« Und dann nach langem Schweigen: »Ich weiß gar nicht, wie ich darauf reagieren soll.« Und nach noch längerem Schweigen: »Du siehst heut Abend echt stark aus.«

»An ihr«, sagt er. »An Alison. Ich glaube, *daran* liegt mir nichts mehr.«

Ich starre hinunter, über die Menge weg, meine Augen konzentrieren sich immer wieder unwillkürlich auf den wechselnden Ausdruck auf Laurens Gesicht, während Chris O'Donnell mit ihr redet, der aus einer Flasche Grolsch trinkt, Lauren spielt verführerisch mit dem feuchten Etikett, überall Models. »Warum … War dir denn je dran gelegen?«, höre ich mich fragen und denke: Wenigstens wird die Presse gut.

Damien dreht sich zu mir, und ich schaue weg, aber ich begegne seinem Blick, als er sagt: »Wessen Geld, glaubst du, ist das hier alles?«

»Pardon?«, frage ich und drehe mich weg, Hals und Stirn nass vor Schweiß.

»Wer, glaubst du, finanziert das alles hier?«, seufzt er.

Eine lange Pause »Diverse … Kieferorthopäden … aus, ah, Brentwood?«, frage ich mit zusammengekniffenen Augen, wische mir die Stirn ab. »Ähm, *du*. Bist du denn nicht verantwortlich für *all* … das hier?«

»Es ist *ihres*«, schreit er. »Es ist alles von Alison!«

»Aber …« Ich stocke, ich schwanke.

Damien wartet und sieht mich an.

»Aber … ich weiß gar nicht, was ich … dazu sagen soll.«

»Hast du denn nicht zugehört?«, faucht er.

We'll slide down the surface of things …

»Sie haben Mica gefunden«, sagt Damien.

»Wer?«, frage ich betäubt und starre irgendwohin.

»Die Polizei, Victor«, sagt er. »Sie haben Mica gefunden.«

»Na ja, ist ein bisschen spät«, sage ich und versuche, mich wieder zusammenzunehmen. »Richtig? Gehe nicht über Los, ziehe nicht zwei Millionen Mäuse ein, was? Junior haut voll rein, und persönlich hab ich ja immer so das Gefühl gehabt, dass Mica irgendwie …«

»Victor, sie ist tot«, sagt Damien müde. »Sie ist in einem Abfallcontainer in Hell's Kitchen gefunden worden. Man hat sie mit einem Hammer geschlagen und … Herrgott«, er holt Atem, winkt drunten in der Menge Elizabeth Berkley und Craig Bierko zu, hält sich dann die Hand vor den Mund, »ausgeweidet.«

Ich höre mir das mit wirklich äußerster Gelassenheit an. »Überdosis, hm?«

»Nein«, sagt Damien sehr präzise. »Sie ist ausgeweidet worden, Victor.«

»O Gott«, keuche ich, halte mir den Kopf mit den Händen fest und frage dann: »Was heißt denn das? Ausgeweidet?«

»Es heißt, dass sie keines friedlichen Todes gestorben ist.«

»Ja, okay, aber, ich meine, woher wissen wir das?«

»Sie ist mit ihren eigenen Gedärmen erwürgt worden.«

»Richtig, richtig.«

»Ich hoffe, dir ist klar, dass diese Unterhaltung sozusagen nicht stattfindet.«

Direkt unter uns sehe ich Debi Mazar und Sophie B. Hawkins, die mit Ethan Hawke da ist, und Matthew Barney. Unter uns entdeckt ein Fotograf mich und Damien am Geländer und schießt drei, vier, acht Bilder in rascher Folge, ehe ich mir die Frackschleife zurechtrücken kann.

»Es weiß noch niemand«, seufzt Damien und zündet sich wieder eine an. »Und so soll's auch bleiben. Lassen wir alle bis morgen fröhlich lächeln.«

»Ja, Mann, cool«, sage ich und nicke. »Das schaff ich schon.«

»Und bitte halte Alison und Lauren auseinander, so gut es geht«, sagt er im Weggehen. »Wir müssen uns bitte gemeinsam anstrengen und schauen, dass wir das hinkriegen, ja?«

»Das pack ich schon, Alter.«

We'll slide down the surface of things ...

Jemand ruft zu mir hoch, und ich trete vom Geländer weg und gehe wieder die Treppe hinunter zur Party, und dann packt mich Carmen, diese brasilianische Erbin, am Arm. Chris O'Donnell steht jetzt nicht mehr bei Lauren, die mich quer durch den Raum erspäht hat, aber nur reglos anstarrt, und Baxter ist immer noch verzweifelt dabei, Alison zu beschäftigen, obwohl es so aussieht, als verlöre sie langsam das Interesse, weil sie mit den Augen rollt und mit den Fingern Schnattergesten macht.

»Victor! Ich habe grad den Film *Die Schöne und das*

Biest gesehen, und ich liebe ihn! Ich – liebe – *ihn!*«, kreischt Carmen mit großen Augen und wedelt mit den Armen.

»Baby, du bist cool«, sage ich besorgt. »Aber es wär nicht schlecht, wenn du ein bisschen runterdrehen würdest.«

Alison tätschelt Baxter das Gesicht und geht von der Bar weg in die Mitte des Raumes, wo das Blitzlichtbombardement am intensivsten ist, und Chloe, das musste ja kommen, steht nun mit Chris O'Donnell zusammen.

»Aber Victor, hörst du mich?« Carmen versperrt mir den Weg. »Ich liebe ihn. Ich bete die Schöne an *und* das Biest. Ich liebe ihn. ›Sei mein Gast‹ – o mein Gott!«

»Baby, sei bitte *mein* Gast. Du brauchst einen Drink.« Gequält zeige ich mit dem Finger auf Carmen und fahre Beau an: »Beau – besorg dem Mädel eine Caipirinha.«

Ich schiebe Carmen beiseite, aber es ist zu spät. Tarsem und Vivienne Westwood schnappen sich je einen meiner Arme, und ich kann nur hilflos zusehen, wie Alison fröhlich betrunken auf Chloe zusegelt, die zusammen mit Chris O'Donnell für MTV interviewt wird, und Alisons Gesichtsausdruck wird immer verwirrter, je näher sie kommt. Als sie schließlich hinter Chloe angelangt ist, sieht Alison das Kleid, reißt sofort Sean Penn das Feuerzeug aus der Hand und schwenkt entsetzt die Flamme hin und her, um Chloe besser sehen zu können. Bijoux von MTV sieht nun nicht mehr Chloe an und hat das Mikrofon sinken lassen, und Chloe dreht sich um, sieht Alison, lächelt und entdeckt, während sie noch kurz winkt, Alisons Kleid, verzieht verwirrt das Gesicht, starrt das Kleid mit verzweifelt zusammengekniffenen Augen an, versucht genauer hinzusehen (Chris O'Donnell tut so, als merke er nichts, was die Sache etwas abmildert), und Bijoux lehnt sich vor, um eine Frage zu stellen, und Chloe dreht sich verwirrt und zögernd wieder zur Kamera und versucht zu antworten, bringt ein Achselzucken zustande.

Lauren steht neben mir, in der Hand ein Riesenglas einer Flüssigkeit, von der ich nur hoffen kann, dass sie kein Wodka ist, und ohne ein Wort zu sagen, umklammert sie mit der freien Hand meine Arschbacke. Alison kommt nun auf uns zu, sie schnappt sich zielstrebig von einem vorbeikommenden Tablett einen Martini und kippt ihn etwa zur Hälfte.

»Wie bist du von Xanax runtergekommen?«, murmele ich jemand Semi-Berühmtem zu.

»Du meinst, wie ich an das Xanax *ran*gekommen bin.«

»Ja, klar, rangekommen, cool.«

»Ich war auf Marihuana-Entzug, und da bin ich zum Arzt von meiner Mama und – hey, Victor, du hörst mir nicht zu …«

»Hey, keine Panik, du bist cool.«

Alison kommt auf mich zu, leckt mir über die Wange und presst, unglaublich dicht vor mir stehend, ihren Mund auf meinen, sie versucht verzweifelt, die Zunge hineinzuzwängen, aber ich halte die Zähne zusammengebissen und nicke dem Typ zu, der von Xanax erzählt, ich zucke die Achseln, ich versuche, beiläufig meinen Teil zu der Konversation beizusteuern, bis Alison es schließlich aufgibt und eine Mischung aus Speichel und Wodka auf Mund und Kinn bei mir zurücklässt, böse lächelt und sich neben mir aufbaut, sodass ich von ihr und Lauren flankiert werde. Ich schaue zu, wie Chloe, deren Interview nun vorbei ist, suchend durch die Menge späht, um mich zu finden, und Chris O'Donnell nuckelt immer noch an seinem Grolsch. Ich sehe weg.

Alison neigt sich rüber und berührt meinen Arsch, dessen Muskeln ich sinnlos anspanne, sodass ihre Hand weiterwandert, bis sie Laurens Handrücken berührt und erstarrt.

Ich frage Juliette Lewis, wie's ihrem neuen Dalmatiner

Seymour geht, und Juliette sagt: »So lala«, und schlendert weiter.

Ich kann fühlen, wie Alison versucht, Laurens Hand wegzuschieben, aber Laurens Hand hält die linke Backe umklammert und lässt nicht los, und ich schaue sie nervös an und schütte mir was von meinem Drink auf den Comme-des-Garçons-Smoking, aber sie redet mit einem von der Nation of Islam und mit Traci Lords, verbissen lächelnd und nickend, und Traci Lords merkt irgendwie, dass was nicht stimmt, sagt mir, ich hätte bei der Donna-Karan-Show toll ausgesehen, so neben Dennis Rodman in den Sitz gefläzt, und lässt's dann dabei.

Eine üppige Blondine stolpert mit einem Girl herüber, das einen afrikanischen Kopfputz trägt, und mit diesem indischen Typ, und die üppige Blondine küsst mich auf den Mund und starrt mir verträumt ins Gesicht, und ich muss mich räuspern und ihren Freunden zunicken.

»Das ist Yanni«, sagt die Blondine und wedelt zu dem Girl rüber. »Und das ist Mudpie.«

»Hey Mudpie. Yanni?«, frage ich das schwarze Girl. »Tatsächlich? Was bedeutet Yanni?«

»Es bedeutet ›Vagina‹«, sagt Yanni mit ganz hoher Stimme und verneigt sich.

»Hey Darling«, sage ich zu Alison und stoße sie leicht an. »Das sind Mudpie und Yanni. Yanni bedeutet ›Vagina‹.«

»Toll«, sagt Alison, die nun richtig betrunken ist, und fasst sich an die Frisur. »Das ist echt, echt toll.« Sie hängt sich bei mir ein und zerrt mich allmählich von Lauren weg, und Lauren, die Chloe kommen sieht, lässt meinen Arsch los, trinkt aus, was auch immer sie im Glas hat, und Alison zieht mich davon, und ich versuche, aufrecht zu bleiben, während ich mit Chloe spreche, die meinen anderen Arm packt.

»Victor, was macht Alison?«, ruft Chloe laut. »Warum trägt sie dieses Kleid?«

»Das werde ich jetzt heraus …«

»Victor, warum wolltest du nicht, dass ich heute Abend dieses Kleid trage?«, fragt mich Chloe. »Wo gehst du denn hin, verdammt noch mal?«

»Darling, ich muss da mal wegen der Flecken nachsehen«, sage ich zu ihr und zucke hilflos die Achseln, während Alison mir fast den Arm aus dem Schultergelenk reißt. »Ich habe keine gefunden und bin dankbar ähhh und erleichtert, aber oben könnten doch noch welche sein …«

»Victor, warte …« sagt Chloe und hält meinen anderen Arm fest.

»Allo, ma petite Modegöttin.« Andre Leon Tally und die massiv-tittige Gloriana begrüßen Chloe mit unwahrscheinlich feuchten Luftküsschen, und Chloe lässt meinen Arm los, sodass ich gegen Alison pralle, die mich ungerührt einfach die Treppe hinaufschleift.

We'll slide down the surface of things …

Alison knallt die Toilettentüre zu, schließt ab, geht dann zur Toilette, hebt den Rock, zieht die Strumpfhose runter und plumpst vor sich hinmurmelnd auf die weiße Porzellanschüssel.

»Baby, das ist *keine* gute Idee«, sage ich und gehe vor ihr auf und ab. »Baby, das ist *definitiv* keine so gute Idee.«

»O mein Gott«, stöhnt sie. »Der Thunfisch rumort den ganzen Abend in meinem Bauch. Ist sie tatsächlich mit dir hierher gekommen, Victor? Wie zur Hölle hat die sich denn hier reingeschlichen? Hast du gesehen, was für einen verfickten Blick sie mir zugeworfen hat?« Alison wischt sich ab und, immer noch auf dem Klo sitzend, wühlt sie nun hektisch in ihrer Prada-Handtasche. »Diese Hure hat doch tatsächlich Chris O'Donnell erzählt, ich betreibe ein, Zitat, höchst profitables Fettersatz-Geschäft.«

»Ich glaube, eure Begegnung muss man eindeutig als einen uh-oh-Moment bezeichnen.«

»Und wenn du mich weiterhin nicht beachtest, dann wird die ganze Nacht für dich nur noch aus solchen Momenten bestehen.« In der Prada-Tasche findet Alison endlich zwei Fläschchen, und sie steht auf, die Stimme voll ätzender Wut. »Aber, ach ja, das hatte ich ganz vergessen, du willst mich ja *nicht mehr sehen*. Du willst dich *lieber trennen*. Du brauchst *mehr Zeit für dich*. Du, Victor, bist ja so ein Verlierer!« Sie versucht, sich zu fassen, es gelingt ihr nicht. »Ich glaube, ich muss gleich kotzen. Und ich kotze dich voll. Wie kannst du mir das bloß antun? Und ausgerechnet heute Abend!« Sie zischt vor sich hin, schraubt eins der Fläschchen auf, zieht sich zwei, drei, sechs Nasen Koks rein, dann hält sie plötzlich inne, betrachtet das Fläschchen, sagt: »Falsche Flasche«, macht die andere auf und holt sich dort viermal eine Nase. »Damit kommst du *niemals* durch. Nie und *nimmer*. O mein Gott.« Sie presst die Hände an den gesenkten Kopf. »Ich hab, glaub ich, Sichelzellenanämie.« Dann reißt sie den Kopf hoch und kreischt: »Und warum zum Teufel trägt deine Freundin, Verzeihung, deine Ex-Freundin dasselbe gottverdammte Kleid wie ich?«

»Warum?«, schreie ich. »Macht dir das was aus?«

»Sagen wir nur« – Alsion fängt an zu husten, ihr Gesicht verzieht sich, und sie heult zwischen lauten Schluchzern: »Es war ziemlich entsetzlich.« Sie erholt sich sofort wieder und ohrfeigt mich, packt mich bei den Schultern und schreit: »Damit kommst du nicht durch!«

»Womit?«, brülle ich, nehme ihr ein Fläschchen weg und hole mir zwei gehäufte Deckelvoll raus. »Womit komme ich nicht durch?«

Alison reißt mir das Fläschchen weg und sagt: »Nein, das ist ahhh was anderes.« Sie gibt mir das andere.

Bereits schwer unter Strom, kann ich mich nicht enthalten, sie auf die Nase zu küssen, eine unwillkürliche Reaktion auf den Stoff, was immer es war, den ich gerade inhaliert habe.

»Ach scharf«, höhnt sie jämmerlich. »Wie toll.«

Ich kann den Mund nicht mehr richtig bewegen und gurgele: »Ich bin auch sprachlos.«

»Dieses kleine Gespräch vorher hat mir weh getan, Victor«, stöhnt Alison, richtet sich die Frisur, wischt sich die Nase mit einem Kleenex ab. Sie sieht mein unschuldiges Gesicht im Spiegel, während ich hinter ihr stehe und mir noch ein paar Nasen reinziehe. »O bitte, Victor, tu das nicht. Tu es nicht.«

»Wann?«, brülle ich. »Was zum Teufel …«

»Vor etwa anderthalb Stunden! Hör auf, hier wie ein Idiot rumzufaseln. Ich weiß, du bist jemand, der nicht immer voll da ist – aber *bitte*, das musst selbst du mitbekommen haben.«

Ich gebe ihr das Fläschchen zurück, putze mir die Nase ab und sage dann ganz ruhig, in der Hoffnung, sie auch zu beruhigen: »Baby, ich weiß nicht, wovon du sprichst.«

»Das ist ja das Problem, Victor«, schreit sie. »Das weißt du nie.«

»Baby, Baby …«

»Halt's Maul, halt's Maul, halt's *Maul!*«, kreischt sie und wirbelt von ihrem Spiegelbild weg. »Du stehst vor anderthalb Stunden vor meinem Apartment und erzählst mir, zwischen uns ist alles vorbei – sagst mir, dass du Lauren Hynde liebst? Dass du ihretwegen mit Chloe Schluss machst? Erinnerst du dich *daran*, du einmaliger Riesenidiot?«

»Augenblick«, sage ich und hebe die Hände – sie schlägt nach beiden. »Du bist jetzt total zugekokst und brauchst was zur Beruhigung, und du musst dir mal überlegen, was hier wirklich Sache ist …«

»Willst du mir erzählen, es ist gar nicht so gewesen, Victor?«, schreit sie und wird handgreiflich.

Ich schiebe sie von mir weg, sehe ihr unverwandt ins Gesicht und lenke dann ein: »Ich will nicht sagen, dass es nicht passiert ist, Alison.« Ich hole tief Luft. »Ich sage nur, dass ich nicht bei klarem Bewusstsein war, als das geschehen ist, und irgendwie möchte ich wohl auch sagen, dass du's ebenso wenig warst.«

»Willst du mir erzählen, dass wir diese Unterhaltung nie geführt haben?«, heult sie. »Dass ich sie mir eingebildet habe?«

Ich starre sie an. »Also, mit einem Wort: Ja.«

Jemand klopft an die Toilettentür, was bei Alison einen heftigen Anfall auslöst. Ich packe sie bei den Schultern und drehe sie herum, dass sie mich ansieht.

»Baby, ich hab mein ›House of Style‹-Interview bei MTV vor« – ich sehe auf die Uhr, die ich nicht trage – »anderthalb Stunden gegeben, also …«

»Victor, das warst *du!*«, ruft sie und schiebt mich von sich weg. »Du hast vor meiner Wohnung gestanden und mir gesagt, du …«

»Du bist doch völlig fertig!«, schreie ich. »Ich gehe, und, jawohl, Baby – es *ist* alles vorbei. Ich haue ab, das auf jeden Fall.«

»Wenn du glaubst, dass dich Damien auch nur eine *Tür* aufmachen lässt, geschweige denn einen gottverdammten Club, sobald er erfährt, dass du seine kleine Freundin vögelst, dann machst du dir wirklich noch mehr vor, als ich je gedacht hätte.«

»Das« – ich halte inne, sehe fragend zu ihr zurück – »ist mir im Grunde egal.«

Ich stoße die Tür auf, Alison steht reglos hinter mir. Eine ganze Gruppe von Leuten zwängt sich an mir vorbei, und obwohl sie Alison wahrscheinlich verachten, umringen sie sie dennoch und machen sich im Geist sorgfältig Notizen, während sie mit verwüstetem Gesicht vor sich hinschluchzt.

»*Du hast nicht das Zeug dazu!*« Es ist das letzte, was Alison mir je zuschreit.

Ich knalle die Tür zu.

We'll slide down the surface of things.

Lauren steht mit Jason London und Elle Macpherson da, und man tauscht Rezepte für geile Drinks aus, obwohl jemand entsetzlich Berühmtem der Penis explodiert ist, als sein geiler Drink mit den »falschen Ingredienzen« gemixt wurde, und alle machen »oooh«, aber Lauren hört nicht richtig zu, weil sie beobachtet, wie Damien bei einer Gruppe Süßholz raspelt, zu der Demi Moore, Veronica Webb und Paulina Porizkova gehören, und als Elle mich auf die Wange küsst und mir ein Kompliment über meine Stoppeln macht, löst Lauren plötzlich den Blick von Damien und starrt mich einfach ausdruckslos an, das hatten wir schon mal, und ich wische mir die Nase ab und gehe auf sie zu, plötzlich in sehr anschmiegsamer Stimmung.

»Hast du's gehört?«, fragt sie und zündet sich eine Zigarette an.

»Dass ich dringend einen Krisenstab brauche? Ja.«

»Giorgio Armani konnte nicht, weil er Proben für ›Saturday Night Live‹ hat, wo er den Gastgeber spielt.«

»Klar. Cool«, murmele ich.

»Was wollte Alison dir denn zeigen?«, fragt sie. »Die dritte Kralle, die ihr aus dem Arsch wächst?«

Ich schnappe mir einen Martini vom Tablett eines vorübergehenden Kellners. »Nein.«

»O verdammt, Victor«, stöhnt sie. »Steh einfach dazu.«

Chloe steht in der Mitte des Saales und schwatzt mit Winona Ryder und Billy Norwich, und Baxter Priestly hockt in der Nähe mit einem Gläschen Weißweinschorle, die Leute, die sich vorbeidrängen, versperren Chloe und Damien den Blick auf meine Hand, die fest die Hand von Lauren drückt, während Lauren immerzu zu Damien hinübersieht, der den schwarzen Stoff von Veronica Webbs Kleid befühlt und Sachen sagt wie: »Gefällt mir sehr, Baby, aber ist irgendwie 'nen Tick zu draculamäßig«, und die Girls lachen, und Veronica greift spielerisch nach seiner Hand, und Laurens Hand presst die meine.

»Im Ernst, ich würde das nicht Flirten nennen, Baby«, sage ich. »Werd nicht sauer.«

Lauren nickt langsam, während Damien, der einen Martini trinkt, ruft: »Warum kitzelst du mich nicht *richtig*, Baby«, und das Gelächter der Girls explodiert, sie kichern schmeichelnd um ihn herum, und der ganze Saal um uns summt, und die Blitzlichter der Kameras zucken hinter jeder Ecke.

»Ich weiß, du hast ein gutes Gespür dafür, wie sich die Leute aufführen«, sagt Lauren. »Ist okay, Victor.« Sie kippt den Rest ihres gigantischen Drinks.

»Willst du darüber sprechen?«

»Worüber?«, fragt sie. »Deine Nominierung in der Kategorie ›Courage im Angesicht des Untergangs‹?«

»Ich wär ja begeistert, wenn du zu Limonade übergehen würdest, Baby.«

»Liebst du Chloe?«, fragt sie.

Ich kann bloß sagen: »Siehst sehr Uma-mäßig aus heute Abend.«

In der Zwischenzeit ist Damien zu uns herübergekommen, und Lauren lässt meine Hand los, und während ich mir eine Zigarette anzünde, entdeckt Alison Damien, entschuldigt sich bei Heather Locklear und Eddie Veder, und hastig atmend schnürt sie heran, um sich bei Damien einzuhängen, ehe er etwas zu Lauren sagen kann, sie würdigt mich keines Blickes, und dann spielt sie mit Damiens Haar, und er stößt in Panik ihre Hand weg, und im Hintergrund führt der sogenannte schnucklige Zauberkünstler Kartentricks für James Iha vor, für Teri Hatcher, Liv Tyler, Kelly Slater und für jemanden, der eigenartigerweise wie Willie Wonka gekleidet ist, und ich versuche, cool zu bleiben, aber meine Hände sind zu Fäusten geballt und Nacken und Stirn schweißgebadet.

»So«, sagt Damien mit hohler Stimme. »So, so.«

»Fand dich toll in *Nuttenbrigade*, Darling«, sagt Alison überschwenglich zu Lauren.

»O Scheiße«, murmelt Damien tonlos vor sich hin.

»Hübsches Kleid«, sagt Lauren und starrt Alison an.

»Was?«, fragt Alison schockiert.

Lauren sieht Alison direkt an und sagt deutlich artikulierend und bekräftigend nickend: »Ich sagte: hübsches Kleid.«

Damien hält Alison zurück, als JD und Beau auf Damien zukommen, und sie haben einen weißblonden Surfer mit Snowboardhosen und einer Kunstpelz-Motorradjacke dabei.

»Hey Alison, Lauren«, sage ich. »Das sind JD und Beau. Sie sind die Stars *Bill and Ted's Homosexual Adventure.*«

»Es ist ähh Zeit zum Essen«, sagt JD vorsichtig und versucht, die vor Wut bebende Alison zu ignorieren, die leise grollende Geräusche von sich gibt. Schließlich sieht sie in Damiens gezwungen gelassenes Gesicht, lacht höhnisch und lässt ihre Zigarette in sein Glas fallen. Damien gibt einen erstickten Laut von sich und wendet dann den Blick von seinem Martini ab.

»Ähm, hervorragend«, sagt Damien. »Essen. Es ist soweit. Fantastisch. Hier, Beau.« Damien gibt Beau sein Martiniglas. Wir sehen alle zu, wie Beau das Glas anstarrt und es dann mit großer Vorsicht auf einem Tisch abstellt.

»Ja, hervorragend!«, sage ich überenthusiastisch und kann den Blick nicht von der Zigarette losreißen, die in dem Martini treibt. »Hey, wer ist das?«, frage ich und schüttele dem Surfer die schlaffe Hand.

»Das ist Plez«, sagt jemand.

»Hey Plez«, sagt Damien mit einem raschen Blick zu Alison rüber.

»Was liegt an?«

»Plez ist ein Snowboarder«, sagt JD.

»Und er hat die Half-Pipe-Weltmeisterschaft gewonnen«, fügt Beau hinzu.

»Und er ist Bote bei UPS«, sagt JD.

»Cha-cha-cha«, sage ich.

Die Unterhaltung stockt. Niemand regt sich.

»Cha ... cha ... cha«, sage ich noch einmal.

»Alsooo ... Mann ... Was treibst du in Manhattan?«, fragt Damien Plez mit einem raschen Blick zu Lauren.

»Er ist grade eben aus Spanien zurückgekommen, wo er ein Video für Glam Hooker gedreht hat«, sagt Beau und tätschelt Plez den Kopf.

Plez zuckt freundlich die Achseln, seine Augen sind halb geschlossen, er stinkt nach Marihuana und nickt gleich ein.

»Ist ja brillant.« Ich nicke ebenfalls.

»Total brillant«, meint JD.

»Um nicht zu sagen tunterbar«, sprudelt Beau.

»Total brillant und total tunterbar«, fügt JD hinzu

Chloe erscheint, ihre Hand ist eiskalt, als sie meine ergreift, und ich schaue auf den Boden und denke mir: Mein Gott, hier wird jemand mit dem Staubsauger 'ne Menge zu tun haben, und Lauren lächelt Baxter angespannt an, und der Ernst der Lage wird offensichtlich den meisten von uns langsam klar, während Bridget Fonda und Gerlinda Kostiff vorbeigehen.

»Gehen wir ähhh essen.« Damien klatscht in die Hände, reißt sich selbst aus einer Art Träumerei und schreckt uns alle aus unserem jeweiligen Schweigen auf. Alison sieht unglaublich betrunken aus und starrt Lauren mit so viel Hass an, dass der Drang, mich einfach davonzuschleichen, fast überwältigend ist.

»Wie du das gesagt hast, das war derart äh ... souverän«, sage ich zu Damien.

»Na, ich glaube einfach, wir sollten uns mal hinsetzen, ehe der unwesentliche Teil der Menschheit dann um elf aufkreuzt«, sagt er und schiebt Alison ein Stück von uns allen weg, hält aber gleichzeitig einen Arm von ihr fest umklammert.

Stichwort für alle, die Treppe hinauf in den ersten Stock zum Essen zu ziehen.

»Liegt hier ein Hauch von Hektik in der Luft?«, flüstert JD mir zu.

»Im Club Lure werden in etwa zwei Stunden die Brenneisen heißgemacht«, zische ich ihm zu. »Heut ist die Nacht der Schweine, und dein Name steht auf der Liste.«

»O Victor«, sagt JD. »Pass auf, wenn du kannst.«

We'll slide down the surface of things ...

Dass es so plötzlich elf geworden ist, verwirrt uns alle, nicht, dass es im Grund irgendeine Bedeutung hätte, die Konversation dreht sich darum, wie Mark Vanderloo neulich abends »zufällig« ein Zwiebel-Gummi-Sandwich gegessen hat, während er die Sexvideo von Rob Lowe anschaute, die Mark »enttäuschend« fand; es geht um die besten Clubs in Neuseeland; die Verletzungen, die sich irgendjemand bei einem Metallica-Konzert in Pismo Beach zugezogen hat; geht darum, wie Hurley Thompson vom Drehort in Phoenix verschwunden ist (ich muss mir auf die Zunge beißen); was Sumo-Ringer eigentlich *machen*; geht um einen grauenvollen Film, den Jonathan gerade abgedreht hat und der einen Seestern zum Thema hat, den einer der Produzenten hinter einem Zaun in Nepal gefunden hat; einen Dreier mit Paul Schrader und Bruce Wagner, in den jemand reingestolpert ist; Salatschleudern; die korrekte Aussprache von »Ohlala«. An unserem Tisch sitzt Lauren auf der einen Seite von mir, Chloe auf der anderen, außerdem Baxter Priestly, Jonathan Schaech, Carolyn Murphy, Brandon Lee, Chandra North, Shalom Harlow, John Leguizamo, Kirsty Hume, Mark Vanderloo, JFK Jr., Brad Pitt, Gwyneth Paltrow, Patsy Kensit, Noel Gallagher, Alicia Silverstone und jemand, bei dem ich mir ziemlich sicher bin, dass er Beck ist oder dass sie aussieht wie Beck, und es kommt einem vor, als trügen alle Frauen sehr teure Hosenanzüge. Früher am Tag hat es mich noch gekratzt, dass ich nicht an Damiens Tisch sitze (weil ich David Geffen *unbedingt* einiges sagen wollte und bei Calvin eine Entschuldigung loswerden *musste*), aber im Augenblick, wenn ich so rüberschaue und Alison schlaff an Damien hängen sehe, während sie sich einen Joint vom Kaliber einer großen Filmrolle anzuzünden versucht – und alle sind so hektisch, die Leute rennen gegeneinander, als nun das Stühlewechseln von Tisch zu Tisch in großem Maßstab losgeht, während der Cappuccino serviert wird, alle verschwinden aus dem Blickfeld, kommen wieder herein –, da ist das schon okay.

Ich versuche, mir eine Zigarette anzuzünden, auf die jemand San Pellegrino geschüttet hat, und Lauren spricht mit dem neben ihr knienden Woody Harrelson über Hanfproduktion, also wende ich mich zu Chloe und unterbreche eine zweifellos faszinierende Unterhaltung mit Baxter, sie dreht sich widerwillig zu mir, trinkt gerade einen weiteren Cosmopolitan aus, das Gesicht jammervoll angespannt, und dann fragt sie nur: »Was ist los?«

»Äh, Baby, was läuft denn mit Damien und Lauren?«, erkundige ich mich vorsichtig.

»Du langweilst mich derartig, Victor, dass ich gar nicht weiß, was ich darauf antworten soll«, sagt sie. »Wovon sprichst du eigentlich?«

»Wie lange hast du das mit Damien und deiner sogenannten besten Freundin Lauren schon gewusst?«, frage ich. Ich senke die Stimme und schaue zu Lauren und Woody hinüber.

»Warum fragt das mein sogenannter Boyfriend eine Frau, von der er glaubt, dass für sie das tatsächlich von Interesse ist?«, seufzt sie und schaut weg.

»Darling«, flüstere ich geduldig, »die beiden haben ein Verhältnis.«

»Wer hat dir das gesagt?«, fragt sie und zuckt zurück. »Wo hast du das gelesen? O Gott, ich bin so müde.«

»Wovon bist du so müde?«, frage ich geduldig.

Sie schaut mit glasigem Blick auf die Sorbetkugeln hinab, die auf ihrem Teller zu einer Pfütze zergehen.

»Du bist mir ja eine große Hilfe«, seufze ich.

»Was liegt dir denn dran? Was möchtest du, soll ich sagen? Willst du sie ficken? Willst du *ihn* ficken? Du …«

»Pssst. Hey Baby, wie kommst du auf *so* was?«

»Winsel nicht rum, Victor.« Sie schwenkt eine Hand müde vor meinem Gesicht hin und her, wischt mich weg.

»Alison und Damien sind verlobt – hast du das gewusst?«, frage ich.

»Das Leben anderer Leute interessiert mich nicht, Victor«, sagt Chloe. »Nicht jetzt. Nicht heute Abend. Nicht, wenn wir ernste Probleme haben.«

»Ich glaube, du brauchst unbedingt einen Zug von diesem großkalibrigen Joint, den Alison raucht.«

»Warum?« Sie fährt auf, ihre Stimmung schlägt um. »Warum, Victor? Warum glaubst du, sollte ich jetzt Drogen nehmen?«

»Weil ich das Gefühl habe, jetzt kommt gleich wieder das große Gespräch, wie allein und wie dick du mit vierzehn warst.«

»Warum hast du mir gestern gesagt, ich soll dieses Kleid nicht anziehen?«, fragt sie, plötzlich ganz wach, die Arme verschränkt.

Pause. »Weil … du aussehen würdest … wie Pocahontas, aber tatsächlich, Baby, siehst du großartig aus und …« Ich schaue mich nur so ein bisschen um, lächele sanft rüber zu Beck, spiele mit einer Marlboro rum, suche nach einem Fettstift, lächle sanft wieder zu Beck hinüber.

»Nein, nein, nein.« Sie schüttelt den Kopf. »Dir ist so was nämlich ganz egal. Du kümmerst dich nicht um Dinge, die mit dir nichts zu tun haben.«

»*Du* hast was mit mir zu tun.«

»Nur auf immer oberflächlichere Art«, sagt sie. »Nur, weil wir zusammen in diesem Film sind.«

»Ja, du glaubst, du weißt alles, Chloe.«

»Ich weiß verdammt viel mehr als du, Victor«, sagt sie. »Jeder weiß verdammt viel mehr als du, und das ist schon nicht mehr komisch.«

»Du hast also keinen Lippenbalsam?«, frage ich vorsichtig und schaue mich um, ob irgendjemand gehört hat, was sie sagte.

Schweigen. »Woher hast du gewusst, dass Alison dieses Kleid tragen würde?«, fragt sie plötzlich. »Ich hab den ganzen Abend darüber nachgedacht. Woher hast du gewusst, dass Alison dasselbe Kleid trägt? Du *hast* es gewusst, nicht wahr?«

»Baby«, sage ich semi-resigniert. »So wie du die Dinge betrachtest, ist es schwer …«

»Nein, nein, Victor«, sagt sie und setzt sich auf. »Es ist sehr leicht. Tatsächlich ist es sehr, sehr leicht.«

»Baby, du bist cool, sehr, sehr cool.«

»Ich hab es so satt, diese leere Fläche anzuschauen, die als dein Gesicht herhalten muss …«

»Alfonse.« Ich hebe die Hand, als ein Pikkolo vorbeikommt, und schiebe die Lippen vor. »Mineralwasser für den Tisch hier. *Con gas?*«

»Und warum fragt mich Damien dauernd, warum ich keinen *Hut* trage?«, fragt sie. »Sind hier alle verrückt geworden, oder was ist los?«

Chloe verliert sich im Anblick ihres Bildes in einem Spiegel auf der anderen Seite des Raumes, während Brad Pitt und Gwyneth Paltrow feiern, dass sie den richtigen Nagellack gewählt hat, nach und nach driften wir alle auseinander, und wer keine Drogen einwirft, zündet sich eine Zigarre an, also nehme ich auch eine, und irgendwo über uns schauen die Geister von River Phoenix und Kurt Cobain und meiner Mutter herab und sind total, völlig, unendlich gelangweilt.

»Hat Lauren was mit Baxter?«, frage ich unschuldig und gebe Chloe eine letzte Chance zu antworten, und ich lehne mich rüber, nicke Brad und Gwyneth zu, Ciao.

»Hat Lauren was mit Baxter?«, äfft sie mich nach. »Ich brauch jetzt noch einen Cosmopolitan, und dann sehe ich zu, dass ich hier rauskomme.« Sie wendet ihre Aufmerksamkeit Baxter zu, sie ignoriert mich völlig, und ich bin vollkommen überrascht und mache schließlich ein paar coole Gesten mit der Zigarre und wende mich an Lauren, die meine Verlegenheit zu beobachten scheint.

»Sie sieht sauer aus«, sagt Lauren und schaut zu Chloe hinüber.

»Mein Fehler.« Ich zucke die Achseln. »Vergiss es.«

»Alle hier sind ... so was von ... tot.«

»Alicia Silverstone sieht nicht so was von tot aus. Noel Gallagher sieht nicht so was von tot aus. JFK Jr. sieht nicht ...«

»JFK Jr. ist überhaupt nicht gekommen, Victor.«

»Möchtest du noch Dessert?«

»Ich nehme an, es ist alles relativ«, seufzt sie und fängt an, mit dunkelrotem Hard-Candy-Nagellack etwas auf eine große Cocktailserviette zu stricheln.

»Hast du was mit Baxter Priestly?«, frage ich schließlich.

Sie schaut kurz von der Serviette auf, lächelt in sich hinein, malt weiter mit dem Nagellack rum. »Es gibt Gerüchte, dass du was mit ihm hast«, murmelt sie.

Lauren sieht Alison an, mit aufmerksamem Blick, während Alison auf ihrem Stuhl nach vorne kippt, sich betrunken an Calvin Klein festzuhalten versucht, alle dort drüben kippen jetzt in großem Stil Patrón-Tequila, auf Damiens Teller steht halbleer ein kleines goldenes Fläschchen.

»Sie ist wie eine Tarantel«, flüstert Lauren.

Alfonse gießt nun San Pellegrino in frische Gläser, die auf dem Tisch verstreut stehen. »Könntest du ihr bitte noch ein Dr. Pepper Light bringen?«, sage ich zu ihm und deute auf Lauren.

»Warum?«, fragt Lauren, die das mitbekommen hat.

»Weil alles jetzt sofort neu definiert werden muss«, sage ich. »Weil für mich jetzt alle Dinge neu definiert werden müssen. Die Leute müssen jetzt mal nüchtern werden, deshalb, und …«

Etwas kriecht mir über den Nacken, und ich fahre herum, um es wegzufegen, aber es ist nur eins von Robert Isabells verwelkenden Blumenarrangements. Lauren schaut mich an, als sei ich wahnsinnig, und ich tue so, als konzentrierte ich mich auf den Punkt, an dem die Augenbrauen von Mark Vanderloo nicht aufeinander treffen. Jemand sagt: »Die Chips bitte«, jemand anderes sagt: »Das sind keine Chips.« Ich wende mich schließlich wieder zu Lauren, die immer noch etwas auf die Cocktailserviette schreibt – konzentriert, mit zusammengekniffenen Augen. Ich erkenne Buchstaben – W, Q, J, vielleicht ein R? *We'll slide down the surface of things.* Damien steht langsam von seinem Tisch auf und kommt auf mich zu, die Zigarre in der Hand.

»Lauren …«, fange ich an.

»Du bist high«, sagt sie irgendwie drohend.

»Ich war high. Ich bin jetzt nicht mehr high. Ich bin nicht mehr high.« Ich mache eine Pause. »Du hast das irgendwie drohend gesagt.«

Ich halte inne, teste die Situation. »Aber hast du Coke dabei?«, frage ich. »Hast du vielleicht etwas Koks?«

Sie schüttelt den Kopf und langt dann in meinen Schoß, immer noch zärtlich lächelnd kneift sie mich in die Eier, dann nimmt sie die Serviette, küsst mich auf die

Wange, flüstert: »Ich bin immer noch in dich verliebt« und gleitet davon, schwebt an Damien vorbei, der versucht, den Arm nach ihr auszustrecken, doch sie gleitet davon, schwebt an ihm vorüber, ihre Miene sagt: *Nicht berühren.*

Damien steht bloß da, murmelt etwas, schließt und öffnet die Augen, dann setzt er sich neben mich auf Laurens Platz, während Lauren zu Timothy Hutton hinübergeht und sich sanft auf eine höchst vertrauliche Art an ihn wendet, und Damien pafft an seiner Zigarre, starrt die beiden an, ich wedele den Rauch weg, tief in meinen Stuhl gelümmelt, meine Zigarre ist nicht angezündet.

Damien sagt Sachen wie: »War dir je danach, unter einen Tisch zu kriechen und dort eine Woche zu bleiben?«

»Ich hab den größten Teil des Abends damit verbracht, nach Luft zu schnappen«, räume ich ein. »Und ich bin erschöpft.«

»Ich finde die Räume hier tatsächlich großartig«, sagt Damien und schwenkt den Arm. »Ich wünschte bloß, der Abend wäre nicht so entsetzlich.«

Mir tränen immer noch die Augen, so heftig hat mich Lauren gekniffen, aber durch die Tränen hindurch sehe ich, dass sie nicht sehr weit von Damiens leerem Stuhl neben Alison entfernt ist, und mein Herzschlag wird schneller, in meinem Magen zieht sich etwas zusammen, meine Achselhöhlen fangen an zu jucken, und Lauren schwenkt übertrieben die Hüften, und Alison ist total in Hektik, saugt an einem Joint, schwatzt begierig mit Ian Schrager und Kelly Klein, dann löst Damien den Blick von mir und sieht ebenfalls zu, wie Lauren etwas sagt, das Tim Hutton die Augenbrauen hochziehen und kurz husten lässt, während Uma mit David Geffen redet. Mit leuchtenden Augen führt Lauren die Papierserviette an die Lippen, küsst sie, *befeuchtet* sie, ich halte den Atem an, beobachte alles, Alison flüstert Kelly Klein etwas zu, und Lauren lehnt sich von Tim weg und klopft mit der Hand, die die Serviette hält, Alison auf den Rücken, und die Serviette bleibt kleben, und Damien gibt einen erstickten Laut von sich.

Auf der Serviette steht ein Wort in großen, leuchtend dunkelroten Buchstaben.

FOTZE.

Alison schaut kurz auf. Sie stößt Laurens Hand weg.

Neben mir schaut Chloe auch hinüber und gibt ein leises Wimmern von sich.

Damien stiehlt sich von unserem Tisch fort.

Lauren lacht vergnügt und lässt Tim Hutton stehen, der mitten im Satz stockt. Dann bemerkt er die Serviette auf Alisons Rücken.

Ehe Damien zu Alison gelangt, greift sie sich schon in den Nacken, und sie fühlt die Serviette und löst sie ab und führt sie sich langsam vors Gesicht, und die Augen werden groß, und sie kreischt wie wahnsinnig auf.

Sie sieht Lauren, die aus dem Restaurantbereich hinausgeht, und schleudert ein Glas nach ihr, das Lauren verfehlt und an der Wand explodiert.

Alison springt von ihrem Stuhl auf und rennt hinter Lauren her, aber die ist schon aus der Tür und geht die Treppe hoch zu der privaten VIP-Lounge, die noch nicht geöffnet ist.

Damien geht zu Alison, und während sie mit ihm ringt, fängt sie hysterisch zu schluchzen an, die Serviette fällt ihr aus der Hand, jemand nimmt sie als Souvenir an sich, dann bin ich auf den Füßen und will Lauren nachrennen, aber Chloe packt mich am Arm.

»Wo willst du hin?«, fragt sie.

»Ich will versuchen, die Sache hier ähm in den Griff zu kriegen«, sage ich und gestikuliere hilflos in Richtung der Tür, durch die Lauren soeben hinausgesegelt ist.

»Victor …«

»Was, Baby?«

»Victor …«, sagt sie wieder.

»Darling, ich bin in zwanzig …«, ich schaue auf mein Handgelenk, aber da ist keine Uhr, und ich schaue wieder Chloe an, »in irgendwie so zehn Minuten wieder da.«

»Victor …«

»Darling, sie braucht jetzt *Luft* …«

»In der VIP-Lounge?«, tragt Chloe. »In der VIP-Lounge, Victor? Sie braucht jetzt *Luft in der VIP-Lounge?*«

»Ich bin gleich wieder da.«

»Victor …«

»Was?«, sage ich und befreie meinen Arm langsam aus ihrem Griff.

»Victor …«

»Darling, jetzt ist's gerade etwas kritisch«, sage ich und löse mich von ihr. »Red ein bisschen mit Baxter. Schadensbegrenzung, das liegt jetzt an. Damit befasse ich mich jetzt.«

»Es ist mir gleich«, sagt sie und lässt los. »Ist mir egal, ob du zurückkommst«, sagt Chloe. »Es ist mir ganz gleichgültig«, sagt sie. »Verstehst du?«

Betäubt kann ich nur nicken und aus dem Raum rennen.

»Victor …«

We'll slide down the surface of things …

Ich finde Lauren im privaten VIP-Raum im obersten Stockwerk, wo ich heute Nachmittag potentielle DJs interviewt habe, jetzt ist der VIP-Raum leer bis auf den Barkeeper, der hinter einer Edelstahlplatte seine Vorräte einräumt. Holly deutet bloß zu einer Sitzgruppe rüber, wo Laurens Füße unter einem Tischtuch hervorschauen, ein Stöckelschuh sitzt noch fest, der zweite baumelt von einem vollkommen hinreißenden Fuß, und eine eben geöffnete Flasche Stoli Cristall steht auf dem Tisch, und als eine Hand hinauflangt, verschwindet die Flasche, um deutlich leerer wiederzuerscheinen. Der Stöckelschuh fällt runter.

Ich winke Holly mit der Hand weg, er zuckt die Achseln und schiebt raus, und ich schließe die Türen hinter ihm, während irgendwo um uns herum hübsche ruhige Musik spielt, vielleicht die Cranberries mit »Linger«, ich gehe an dem antiken Billardtisch in der Mitte des Raumes vorbei, lasse die Hände über den weichen grünen Filz gleiten, gehe hinüber zu der Nische, wo Lauren hingestreckt liegt. Abgesehen von ein paar Kerzen und der sehr dämmrig geschalteten, sehr coolen Beleuchtung und den kalten Reflexionen der Stahlbar ist es fast stockdunkel in der Lounge, aber dann strahlt einer der auf der Straße kreisenden Scheinwerfer durchs Fenster, tastet den Raum ab, ehe er wieder verschwindet, nur um Augenblicke später wiederzukehren und wieder alles um uns herum in hartes metallisches Licht zu tauchen.

»Meine Psychiaterin trägt eine Tiara«, sagt Lauren unter dem gemusterten Tischtuch hervor. »Sie heißt Dr. Egan, und sie trägt eine riesige Diamanten-Tiara.«

Ich bin einen Augenblick lang still, ehe ich sagen kann: »Das ist … derart deprimierend, Baby.«

Lauren kämpft sich aus der Nische hervor und hält sich, unsicher schwankend dastehend, an der Tischkante fest, sie schüttelt den Kopf, damit er frei wird, dann tanzt sie langsam, unbeholfen, mit sich selbst über den nackten Betonfußboden hinüber zum Billardtisch, und ich strecke die Hand aus und berühre die Perlenkette, die sie, wie ich plötzlich bemerke, um den Hals trägt, und versuche, mich mit ihr zu bewegen.

»Was machst du, Victor?«, fragt sie verträumt. »Tanzen? Ist das Tanzen?«

»Ich winde mich, Baby. Man nennt das: Sich Winden. Vor Peinlichkeit.«

»Ach winde dich doch nicht, Zuckerschnäuzchen«, schmollt sie.

»Ich glaube, heut Abend gibt es einiges, weshalb man sich verlegen winden kann«, sage ich müde. »Ich würde schon sagen, Zuckerschnäuzchen hat jedes Recht, sich vor Peinlichkeit zu winden.«

»O Gott, Victor«, stöhnt sie, sich immer noch zur Musik wiegend. »Du warst ein so hübscher, netter, normaler Typ, als ich dich damals kennen gelernt habe.« Eine lange Pause. »Du warst so lieb.«

Ich verharre einen Moment reglos, räuspere mich dann. »Ahh, Baby, ich glaube nicht, dass ich je irgendwas von alldem gewesen bin.« Etwas fällt mir ein. »Außer ääh hübsch natürlich.«

Sie hört auf zu tanzen, überlegt sich das, gibt dann zu: »Das ist wahrscheinlich das erste ehrliche Wort über dich selbst, das du je gesagt hast.«

Und dann frage ich: »War das dein Ernst, was du unten gesagt hast?« Pause, wieder Dunkelheit. »Ich meine, das mit uns.« Pause. »Und so«, füge ich hinzu.

Ich gebe ihr die Flasche Wodka. Sie nimmt sie, fängt an zu trinken, bricht ab, stellt sie auf den Billardtisch. Die Lichtstrahlen des Scheinwerfers gleiten über ihr Gesicht und erhellen es sekundenlang: geschlossene Augen, sickernde Tränen, der Kopf ist leicht abgewandt, eine Hand zum Mund geführt, die Finger sind zur Faust geschlossen.

»Was?« Ich nehme die kalte, beschlagene Wodkaflasche vorsichtig vom Billardtisch, damit sie keinen feuchten Abdruck auf dem Filz hinterlässt. »Ist dir das alles zu mies?«

Sie nickt langsam, und dann nähert sie ihr Gesicht dem meinen, das Limousinengehupe im Stau und das unerbittliche Gebrüll der Menge draußen schlagen in Wellen zu uns hoch, wir stolpern umher und klammern uns aneinander, ich murmele ihr »Lass Damien sausen,

Baby« ins Ohr, und sie schiebt mich weg, als sie spürt, wie steif ich bin.

»So einfach ist das nicht«, sagt sie mit dem Rücken zu mir.

»Hey, Baby, ich versteh schon«, sage ich beiläufig. »Die Lust schläft nie, alles klar?«

»Nein, Victor.« Sie räuspert sich, geht langsam um den Billardtisch herum. Ich folge ihr. »Das ist es nicht. Es ist einfach ... nicht so einfach.«

»Du hast ... Starqualität, Baby«, sage ich tastend, ich versuche, eine Stimmung zu schaffen.

Sie kommt plötzlich zu mir gerannt und hält mich fest, sie zittert.

»Glaubst du nicht, dass alles aus einem bestimmten Grund geschieht?«, fragt sie schwer atmend und presst sich an mich. »Glaubst du nicht, dass alles aus einem bestimmten Grund geschieht, Victor?« Und dann: »Victor. Ich hab solche Angst. Ich hab solche Angst um dich.«

»The time to hesitate is through«, flüstere ich in ihr Haar, dränge mich an sie, lasse sie langsam auf den Billardtisch gleiten. »Okay, Baby?«, flüstere ich, während ich ihren Mund küsse, meine Hände gleiten unter ihrer Taille herab, sie flüstert: »Lass«, und ich lange unter ihr Kleid, ich kann nicht innehalten, es ist mir egal, wer uns sieht, wer zur Türe hereinkommt, ich verliere mich sofort in dem Augenblick, meine Finger streifen ihr Höschen, ein Finger schlüpft hinein, er berührt zuerst Haar, dann eine Falte, dahinter eine Öffnung, die ich tatsächlich feucht werden fühle, während mein Finger zuerst sanft und dann nachdrücklicher darüberstreicht, bis dann ein zweiter hineingleitet, Lauren drückt sich gegen mich, ihr Mund ist auf meinen gepresst, aber ich schiebe sie zurück, weil ich den Ausdruck auf ihrem Gesicht sehen möchte, und jetzt sitzt sie auf dem Billardtisch, die Beine gespreizt und hochgezogen, die Hände um meinen Nacken gelegt, sie zieht mich näher zu sich heran, ihr Mund ist wieder auf meinem Mund, stößt verzweifelte Laute aus, und auch ich gebe welche von mir, aber plötzlich zieht sie sich zurück, schaut an mir vorbei, und als ich mich umdrehe, ist in der Dunkelheit des VIP-Raumes die Silhouette eines Mannes zu sehen, im Gegenlicht vor den Fenstern zum Union Square.

Lauren löst sich schnell von mir.

»Damien?«, frage ich.

Die Silhouette nähert sich.

»Hey Damien?«, flüstere ich und mache einen Schritt zurück.

Als die Silhouette noch näher kommt, hebt sie eine Hand, in der sie – so scheint es – eine zusammengerollte Zeitung hält.

»Damien?«, flüstere ich wieder und wieder.

Der Lichtkegel des Scheinwerfers bewegt sich durch den Raum, durchsucht ihn wieder, fängt langsam alles in seinem grellen Leuchten ein, und als er über das Gesicht der Silhouette gleitet und es anstrahlt, öffne ich verwirrt den Mund, und dann stürzt sich Hurley Thompson auf mich und schreit: »Du Wichser!«

Seine Faust knallt auf meine Wangenknochen, ehe ich den Arm heben kann, und im Hintergrund schreit Lauren wegen mir auf, und nachdem ich die Arme hochgehoben habe, um die Schläge abzufangen, verändert Hurley seine Stellung und hebt mich bei jedem Fausthieb gegen Bauch und Brust ein Stück vom Boden hoch, und dann falle ich hin, um Hilfe keuchend, und Hurley lehnt sich runter und wartet einen Moment, ehe er mir mit der zusammengerollten Zeitung auf den Kopf haut und mir ins Ohr zischt: »Ich weiß, was du getan hast, du Arschloch, ich weiß, was du gesagt hast, du blöde Sau«, und dann tritt er mir ins Gesicht, und als er weg ist, hebe ich endlich den Kopf und erkenne undeutlich Lauren, die am Ausgang steht, sie drückt einen Schalter, das

Licht explodiert im Raum, und ich halte mir die Augen zu und rufe nach ihr, aber sie antwortet nicht.

Die Seiten der Zeitung sind um mich her verstreut – es ist die News von morgen, und auf der Seite, auf die ich hinabschaue, während aus meinem Mund tropfendes Blut das Papier befleckt, steht Buddy Seagulls Kolumne, und die Schlagzeile lautet HURLEY THOMPSON VERLÄSST SC3 – GERÜCHTE VON DROGEN UND GEWALT, und da ist auch ein Foto von Hurley und Sherry Gibson »in glücklicheren Tagen«, und unten auf der Seite in dem Klatschkasten mit dem Titel »Was ist los?« ist ein Foto zu sehen, dessen Körnigkeit auf eine Aufnahme mit dem Teleobjektiv schließen lässt, und es zeigt jemand, offenbar mich, der Lauren Hynde auf den Mund küsst, unsere Augen sind geschlossen, die dicke Bildunterschrift lautet IT BOY VICTOR WARD VERGNÜGT SICH BEI GALAPREMIERE MIT SCHAUSPIELERIN HYNDE – WEISS CHLOE DAVON?, das aus meinem Gesicht tropfende Blut besudelt die ganze Zeitung, ich taumele auf die Füße, und als ich mich im Spiegel über der Bar sehe, versuche ich, die Dinge etwas unter Kontrolle zu bringen, aber weil ich meinen Mund berührt habe, schmiere ich mir bei dem Versuch, das Haar zurückzustreichen, Blut über die ganze Stirn, und nachdem ich es mit einer Serviette wieder abgewischt habe, so gut es geht, renne ich runter.

We'll slide down the surface of things …

Alle, die beim Essen waren, haben den ersten Stock jetzt verlassen, und andere Leute sind nachgekommen. Während ich den Hals recke und nach jemand Bekanntem Ausschau halte, erscheint JD und nimmt mich beiseite.

»Lass mich einfach in Ruh«, sage ich nutzloserweise.

»Bleib mal stehen. Was ist mit deinem Kopf passiert?«, fragt JD ruhig und reicht mir eine Serviette. »Warum hast du Blut auf dem Smoking?«

»Nichts. Bin ausgerutscht«, murmele ich und schaue

an mir runter. »Das ist kein Blut – das ist eine Aids-Schleife.«

JD verzieht das Gesicht. »Victor, wir wissen alle, dass Hurley Thompson dich gerade auseinandergenommen hat, also brauchst du nicht ...«

»Wo ist Chloe?« Ich recke immer wieder den Hals und spähe durch den Raum. »Wo ist Chloe, JD?«

JD holt tief Atem. »Da gibt es allerdings ein Problem.«

»JD – keine Spielchen mit mir, du Scheißkerl!«, schreie ich.

»Ich hab nur gesehen, wie Hurley Thompson Chloe eine Zeitung auf den Schoß gelegt hat. Er hat sich zu ihr runtergebeugt, während er seine Hand in einem Sektkübel gekühlt hat, und hat ihr was ins Ohr geflüstert, bis ihr das Gesicht – sie hat dabei auf die Zeitung gestarrt – ähm also sozusagen runtergefallen ist.«

Ich schaue JD mit aufgerissenen Augen an und frage mich, wann innerhalb der letzten zehn Sekunden meine Hände wohl angefangen haben, seine Schultern zu umklammern.

»Und?«, keuche ich, mein ganzer Körper ist klamm.

»Und sie ist rausgerannt, und Hurley hat sich eine Zigarre angezündet, sehr mit sich zufrieden, und Baxter Priestly ist ihr nachgerannt.«

Das erschreckt mich derartig, dass ich jetzt wirklich völlig zusammengeknüppelt aussehen muss, denn JD schaut mir ins Gesicht und flüstert: »Jesus, Victor.«

»Alles ist noch einigermaßen unklar, JD«, sage ich und halte mir die Seite von meinem Bauch, der Hurley am stärksten zugesetzt hat.

»Nein«, sagt er. »Uns ist alles klar.« Er macht eine Pause. »Unklar ist es bloß dir.«

»JD, Cindy Crawford sagt immer ...«

»Wen interessiert jetzt, was für einen Scheißdreck Cindy Crawford sagt?«, schreit JD. »Wovon redest du eigentlich?«

Ich starre ihn lange und verwirrt an, ehe ich ihn weg-schiebe, und dann drehe ich mich um und renne die Treppe runter, überall rotieren Leute um mich, das Blitz-licht zuckt und blendet mich, sodass ich in Leute hinein-stolpere, die mich abstützen, damit ich aufrecht bleibe, bis ich schließlich unten angelangt bin, wo so viel Zigar-ren- und Hasch- und Zigarettenrauch hängt, dass die Luft nicht mehr zu atmen ist, und ich stoße Leute aus dem Weg, ich muss ständig meinen Blick ausrichten, die Musik dröhnt viel zu laut, Mollakkorde krachen dröh-nend auf mich nieder, der Steadicamtyp kommt nicht mehr nach.

Ich sause aus der Tür heraus und stehe vor einer so riesigen Menschenmenge, dass alle in ihr verborgen bleiben, und als ich erscheine, werden alle ruhig, und dann, zuerst langsam, fangen sie an, meinen Namen zu rufen, und Sekunden später brüllen sie, dass sie rein wollen, und ich tauche in das Gewühle, schiebe mich voran, drehe mich ständig um und sage »Hallo« und, »Verzeihung« und »Siehst großartig aus« und »Alles cool, Baby«, und als ich dann durch das Labyrinth der Körper hindurch bin, sehe ich die beiden drüben an der Ecke des Häuserblocks: Baxter trottet hinter Chloe her und versucht, sie zu beruhigen, und sie reißt sich immer wieder los, taumelt gegen Autos, die am Straßenrand geparkt sind, wirkt hysterisch, sie löst jedes Mal Alarm aus, wenn sie gegen einen Wagen prallt, und von Panik erfüllt, sauge ich Luft in großen Zügen ein, aber ich muss auch lachen.

Ich versuche, an Baxter vorbeizurennen, um Chloe zu erreichen, aber er fährt herum, als er mich kommen hört, und packt mein Jackett, drängt mich gegen die Wand eines Gebäudes, schreit mir ins Gesicht, während ich Chloe hilflos anstarre: »*Verschwinde* hier, Victor, lass sie zum Teufel noch mal in Ruhe«, und Baxter lächelt, während er das schreit, hinter ihm pulsender Verkehr, und Chloe wendet sich um, um mich böse zu fixieren, und Baxter – der stärker ist, als ich das je gedacht hätte – scheint das alles insgeheim zu genießen. Über seine Schulter sehe ich Chloes verwüstetes Gesicht, Tränen rollen ihr aus den Augen.

»Baby«, rufe ich, »das war nicht ich …«

»Victor«, ruft Baxter warnend. »Lass es jetzt.«

»Das Ganze ist eine Fälschung!«, schreie ich.

Chloe starrt mich nur an, bis mich die Kräfte verlassen, und schließlich lässt Baxter auch los, und hinter Chloe bremst ein Taxi, und Baxter trabt rasch hinüber, und als er bei Chloe angekommen ist, nimmt er ihren Arm und hilft ihr in das wartende Taxi, aber sie schaut mich an, ehe sie auf den Sitz fällt, sie wird weich, sie gleitet davon, sie sinkt um, unerreichbar, und dann ist sie fort, und ein grinsender Baxter nickt mir zu, leicht amüsiert. Dann völlige Stille.

Girls, die aus dem Fenster einer vorbeifahrenden Limousine hängen und mir spöttisch etwas zuschreien, setzen meine Beine wieder in Bewegung, und ich renne zum Club, wo der Sicherheitsdienst hinter den Barrikaden steht und Anweisungen in Walkie-Talkies blafft, ich keuche, als ich mich durch die Menge arbeite, dann ziehen mich die Türsteher wieder die Treppe zum Eingang hoch, eine Wolke kummervoller Schreie schwebt hinter mir empor, Dampf von den Scheinwerfern steigt in den Himmel und füllt den Raum über den Massen, ich gehe wieder durch einen Metalldetektor und renne eine Treppe rauf und noch eine, hinauf zu Damiens Büro, und im zweiten Stock springe ich hinter eine Säule.

Damien geleitet Lauren zu einer Privattreppe, die zu einem Hinterausgang auf die Straße führt, und Lauren sieht aus, als ob sie zu heftig atmete (sie wirkt tatsächlich dünner), während Damien ihr rasch ins Ohr spricht, obwohl ihr Gesicht so verzerrt ist, dass es kaum denkbar scheint, dass sie irgendetwas von dem versteht, was Damien sagt, während er hinter ihnen die Tür zuzieht.

Ich renne wieder hinunter ins Erdgeschoss, gefährlich schnell, kämpfe mich durch die Menge, zu viele Leute kommen vorbei, undeutliche Gesichter, nur Profile, Leute reichen mir Blumen, Leute sprechen in Handys, alle bewegen sich zusammen wie eine einzige betrunkene Masse, ich dränge mich völlig wach durch das Dunkel, und die Leute wälzen sich einfach undeutlich vorüber, immer wieder, immer mehr, sie bewegen sich ständig zu einem anderen Ort.

Draußen zwänge ich mich wieder durch die Menge, vermeide jeden, der meinen Namen ruft, und Lauren und Damien scheinen schon meilenweit weg, nun verschwinden sie in einer Limousine, ich rufe: »Wartet!«, ich starre dem Wagen zu lange hinterher, wie er vom Nebel um den Union Square verschluckt wird, ich starre weiter, bis irgendein winziges Etwas in mir zusammenfällt und mein Kopf klar wird.

Alles wirkt verwaschen und blass, es ist kalt, die Nacht hört plötzlich auf, sich weiter zu beschleunigen: Der Himmel sitzt fest an seinem Ort, verschwommen und reglos, und ich stolpere die Straße runter und halte dann an, um mein Jackett nach einer Zigarette abzusuchen, als ich jemanden meinen Namen rufen höre, und ich schaue über die Straße auf eine Limousine, und daneben steht Alison, ihr Gesicht ist ausdruckslos, zu ihren Füßen warten angeleint Mr. und Mrs. Chow. Als sie mich sehen, zucken ihre Köpfe hoch, und sie springen in die Höhe, zerren erregt an den Leinen, die Zähne gebleckt, hechelnd, und ich stehe bloß töricht da und berühre meine geschwollene Lippe, berühre eine zerschrammte Wange.

Lächelnd lässt Alison die Leinen fallen.

Florent: ein schmaler, unwirtlicher 24-Stunden-Diner im Fleischkonservendistrikt. Ich fühle mich angegilbt, ich hänge ziemlich vorne an einem Tisch und trinke den Rest von der Coke, die ich mir irgendwann in der Nacht in einer Bar im East Village besorgt hab, da, wo ich meine Smokingschleife verloren habe, und vor mir liegt eine *News* ausgebreitet, an der Buddy-Seagull-Kolumne aufgeschlagen, die ich seit Stunden studiere, völlig zwecklos, da sie nichts weiter preisgibt, und hinter mir wird irgendwas abgedreht, eine Kameracrew baut Scheinwerfer auf Ich war gegen vier zu meiner Wohnung gegangen, aber ein verdächtig schick frisierter Typ – hübscher Bursche, fünfundzwanzig, vielleicht sechsundzwanzig – hing vor dem Gebäude rum und rauchte eine Zigarette wie jemand, der schon sehr lange wartet, und ein anderer, ein Mitglied des Ensembles, dem ich noch nicht begegnet war, saß in einem schwarzen Jeep und sprach in ein Handy, also machte ich, dass ich wegkam. Bailey bringt mir noch einen koffeinfreien Frappuccino, und es ist eiskalt im Florent, und ich blase immer wieder Konfetti von meinem Tisch, aber sobald ich nicht achtgebe, ist es wieder da, und ich werfe dem Setdesigner und dem Continuitygirl einen bösen Blick zu, und sie starren zurück, und es läuft Restaurantmusik, und jede Minute ist wie eine Stunde.

»Wie geht's denn so, Victor?«, fragt Bailey.

»He Baby, wie läuft's?«, murmele ich müde.

»Alles in Ordnung?«, fragt er. »Siehst stark mitgenommen aus.«

Ich überlege mir das längere Zeit, ehe ich frage: »Bist du schon mal von einem Chow gejagt worden, Mann?«

»Was ist ein Chow, Mann?«

»Ein Chow, ein Chow-Chow. So ein großer wuscheliger Hund«, versuche ich zu erklären. »Scheißfiese Köter, die hat man früher in China Paläste bewachen lassen und was weiß ich noch.«

»Bin ich je von einem Chow gejagt worden?«, fragt Bailey verwirrt. »So wie … letztes Mal … als ich in einen Palast einbrechen wollte?« Sein Gesicht ist ganz verknautscht.

Pause. »Ich will jetzt bloß mal Müsli und Orangensaft, okay?«

»Du siehst stark mitgenommen aus, Mann.«

»Ich denk so an … Miami«, krächze ich und schiele zu ihm hoch.

»Hervorragend! Sonne, Deco, Muscheln, Bacardi, donnernde Wellen« – Bailey macht Surfbewegungen mit den Armen –, »Modefotos, und Victor schlägt voll ein. So läuft's, Mann.«

Ich sehe zu, wie der Frühverkehr auf der 14. vorbeizieht, und dann räuspere ich mich.

»Ahh … Vielleicht Detroit.«

»Ich sag's dir, Baby«, meint er, »die Welt ist ein Dschungel. Wo du auch hingehst, überall dasselbe.«

»Ich will jetzt bloß mal Müsli und Orangensaft, okay, Mann?«

»Du musst dein Potential voll nutzen, Mann.«

»Dein guter Rat hat einen Haken, Mann«, bemerke ich.

»Ja?«

»Du – bist – Kellner.«

Ich lese einen Artikel über neue Mascaras zu Ende (Shattered und Roach sind die beliebtesten in dieser Saison), hippe Lippenstiftfarben (Frostbite, Asphyxia, Bruise) und Glamour-Nagellacke (Plaque, Mildew), und ich denke einfach: Wow, echter Fortschritt, und ein Girl hinter mir mit einem flatternden Strandhut und einem

Schlauch-Top und Kuhaugen lauscht einem Typ, der einen Anzug trägt, der aus einer Rüstung des sechzehnten Jahrhunderts angefertigt worden ist, und der Typ sagt »Ahm … ahm … ahm …«, während er mit den Fingern schnippt, bis es ihm einfällt: »Ewan MacGregor!«, und dann verstummen beide, und der Regisseur beugt sich zu mir rüber und sagt tadelnd: »Du siehst nicht besorgt genug aus«, und das ist für mich das Stichwort, das Florent zu verlassen.

Draußen lässt mehr Licht, manches davon künstlich, die Stadt langsam aufwachen, und die Gehsteige auf der 14. Straße sind leer, ohne Statisterie, und durch das Geräusch ferner Presslufthämmer hindurch kann ich jemanden »On the Sunny Side of the Street« leise vor sich hinsingen hören, und als ich spüre, wie mich jemand an der Schulter berührt, drehe ich mich um, aber es ist niemand da. Ein Hund rast wie wildgeworden vorbei. Ich rufe ihm was hinterher. Er bleibt stehen, schaut mich an, rennt weiter. »Disarm« von den Smashing Pumpkins beginnt auf der Tonspur zu spielen, und die Musik überschneidet sich mit einer Aufnahme des Clubs, den ich in TriBeCa aufmachen wollte, ich gehe in diese Einstellung rein und bemerke nicht die schwarze Limousine, die auf der anderen Straßenseite geparkt ist, vier Häuser weiter, die Kamera schwenkt jetzt darauf zu.

Eine Tür schlägt hinter mir zu, zwei Paar Hände ergreifen meine Schultern, und ich werde auf einen Stuhl gedrückt, und unter dem trüben Licht einer schwarzen Leuchte nehmen Silhouetten und Schatten schärfere Umrisse an: Damiens Gorillas (Duke, aber nicht Digby, dessen Rolle neu besetzt worden ist, nachdem das gestrige Frühstück abgedreht war) und Juan, der Nachmittagsportier aus Alisons Apartmenthaus auf der Upper East Side, und als das Licht heller wird, erscheint Damien, und er raucht eine Partagas-Perfecto-Zigarre und trägt hautenge Jeans, eine Weste mit gewagten optischen Mustern, ein Hemd mit einem Muster explodierender Sterne und einen langen Armani-Mantel, Motorradstiefel, und seine Hände – die mein schmerzendes Gesicht packen, drücken – sind wie Eis, und das ist irgendwie wohltuend, bis er meinen Kopf zurückbiegt und mir das Genick zu brechen versucht, aber einer der Gorillas, Duke vielleicht, zieht ihn weg, und Damien gibt Laute von sich, die wie ein feierlicher Gesang klingen, und eine der Spiegelkugeln, die über der Tanzfläche hingen, liegt zerbrochen in einer Ecke, umgeben von hohen Konfettihaufen.

»Das war eine besonders höllische Begrüßung«, sage ich und versuche, Haltung zu bewahren, nachdem Damien mich losgelassen hat.

Damien hört nicht zu. Er geht im Raum hin und her und stößt diese singenden Laute aus, und es ist so eisig hier, dass die Luft, die aus seinem Mund dringt, dampft, und dann kommt er wieder dorthin, wo ich sitze, steht hoch aufragend vor mir, obwohl er nicht groß ist, und schaut mir wieder ins Gesicht, meine Augen tränen vom

Zigarrenrauch. Er betrachtet mein ausdrucksloses Gesicht, ehe er angewidert den Kopf schüttelt und ein, zwei Schritte zurück macht, um dann wieder durch den Raum zu gehen, ohne zu wissen, welche Richtung er einschlagen soll.

Die Gorillas und Juan starren mich leer an, gelegentlich, aber nur selten, wenden sie den Blick ab, sie warten auf irgendein Signal von Damien, und ich spanne die Muskeln, straffe mich und denke: Nur nicht das Gesicht, überallhin, aber nicht ins Gesicht.

»Hat jemand heute Morgen die *Post* gelesen?«, fragt Damien den ganzen Raum. »Die Schlagzeile? Irgendwas vom Satan, der aus der Hölle entwischt ist?«

Kopfnicken, beifälliges Gemurmel. Ich schließe die Augen.

»Ich schaue mir diesen Raum hier an, Victor«, sagt Damien. »Und möchtest du wissen, was ich da denke?«

Unwillkürlich schüttle ich den Kopf, begreife dann etwas, nicke.

»Ich denke mir, Herrgott, der Zeitgeist hängt völlig in der Schwebe.«

Ich sage nichts. Damien spuckt mich an, packt dann mein Gesicht, schmiert mir seinen Speichel über die Nase, die Wangen, reißt mir am Mund eine Wunde wieder auf, wo Hurley mich erwischt hat.

»Wie fühlst du dich, Victor?«, fragt er. »Wie fühlst du dich heute Morgen?«

»Ich fühl mich sehr … komisch«, sage ich, ich rate, ich weiche so weit wie möglich zurück. »Ich fühle mich sehr … uncool?«

»Siehst auch so aus«, höhnt Damien, bereit, loszuspringen, die Adern an seinem Hals und seiner Stirn treten hervor, er packt mein Gesicht so fest mit den Händen, dass meine Schreie nur gedämpft aus meinem Mund dringen, ich sehe fast nichts mehr, und abrupt lässt Damien mich wieder los und geht auf und ab.

»Hast du eigentlich nie im Leben mal einen Punkt erreicht, wo du dir gesagt hast: Hey, das ist jetzt nicht richtig?«

Ich sage nichts, ich atme nur hastig ein.

»Es ist wohl nicht nötig, dir mitzuteilen, dass du entlassen bist.«

Ich nicke, sage nichts, habe keine Ahnung, was für ein Ausdruck auf meinem Gesicht liegt.

»Ich meine, wofür hältst du dich?«, fragt er ratlos. »Ein verlässliches Verkaufswerkzeug? Sagen wir einfach so, Victor: Dein Wertesystem haut mich nicht gerade um.«

Ich nicke stumm, ich bestreite nichts.

»In diesem Geschäft, Victor, gibt es *Gut* und gibt es *Schlecht*«, sagt Damien schwer atmend. »Und ich habe irgendwie den Eindruck, dass du dazwischen nicht unterscheiden kannst.«

Plötzlich platzt etwas in mir. »Hey«, schreie ich und schaue zu ihm hoch. »Erbarmen.«

Damien scheint über diesen Ausbruch erfreut zu sein und geht um den Stuhl herum, er führt die Zigarre an den Mund, pafft rasch und kurz, das Ende glüht auf, verlöscht, glüht auf.

»Manchmal wird es sogar in der Wüste kalt, Victor«, intoniert er hochtrabend.

»Bitte fahr fort, o großer Weiser«, stöhne ich und rolle mit den Augen. »Scheiße, hör bloß auf, Erbarmen, Mann.«

Er schlägt mich auf den Kopf, dann noch einmal, und beim dritten Mal frage ich mich, ob dieser dritte Hieb eigentlich im Drehbuch stand, und schließlich zieht Duke Damien zurück.

»Ich parke vielleicht, wo ich will, Victor«, knurrt er, »aber ich zahle auch die gottverdammten Strafzettel.«

Damien reißt sich von Duke los und packt meine Wange an der Stelle, wo Hurleys Faust gelandet ist, er zerrt die Haut zwischen zwei Fingern hoch, bis ich brülle, er soll aufhören, hochlange, um seine Hand wegzuziehen, aber als er loslässt, lass ich mich einfach zurückfallen, schlaff, reibe mir das Gesicht.

»Ich will nur irgendwie …« Ich versuche, zu Atem zu kommen. »Ich will nur irgendwie … das hier … in einen Zusammenhang kriegen«, würge ich heraus und beginne auch schon, hilflos zu weinen.

Damien ohrfeigt mich noch einmal. »Hey, schau mich an.«

»Mann, du schießt aus der Hüfte«, keuche ich wie von Sinnen. »Das bewundere ich, Mann.« Ich atme schnaufend tief ein. »Ich gehe ins Gefängnis, ja? Ich gehe direkt ins Gefängnis, nicht über Los?«

Er seufzt, betrachtet mich, fährt sich mit der Hand übers Gesicht. »Du strengst dich sehr an, Victor, den Coolen zu spielen, aber in Wirklichkeit bis du sehr normal.« Pause. »Du bist ein Verlierer.« Er zuckt die Achseln. »Du bist ein leichtes Ziel, du hast ein großes Manko.«

Ich versuche, aufzustehen, aber Damien stößt mich wieder auf den Stuhl zurück.

»Hast du sie gefickt?«, fragt er plötzlich.

Ich kann nichts sagen, da ich nicht weiß, von wem er redet.

»Hast du sie gefickt?«, fragt er wieder, leise.

»Ich, ähh, ich verweigere die Aussage, sie könnte gegen mich verwendet werden«, murmele ich.

»*Was* machst du, du Bastard?«, röhrt er, die zwei Gorillas rennen rüber, halten ihn fest, damit er nicht auf mich einprügelt.

»Das Foto ist eine Lüge!«, schreie ich zurück. »Das Foto ist gefälscht. Es sieht echt aus, ist es aber nicht! Das bin ich nicht. Es muss manipuliert worden sein …«

Damien greift in den Armani-Mantel und wirft mir eine Handvoll Fotos an den Kopf. Ich ducke mich. Sie fallen herunter, eins mit dem Gesicht nach oben in meinen Schoß, der Rest liegt verstreut auf dem Boden, diverse Fotos von Lauren und mir beim Vögeln. Bei ein paar Aufnahmen sind unsere Zungen zu sehen, umeinander geschlungen und glänzend.

»Was … ist das?«, frage ich.

»Behalt sie. Souvenirs.«

»Was *ist* das?«, frage ich.

»Das sind die Originale, du Arschgesicht«, sagt Damien. »Ich hab sie prüfen lassen. Die sind nicht manipuliert worden, Arschgesicht.«

Damien durchquert den Raum, langsam beruhigt er sich, er macht eine Aktentasche zu und schließt sie ab, schaut dann auf die Uhr.

»Ich nehme an, du hast schon mitgekriegt, dass du dieses Dreckloch hier nicht eröffnen wirst?«, fragt Damien. »Die stillen Teilhaber sind in dieser Detailfrage bereits konsultiert worden. Um Burl haben wir uns gekümmert, und JD ist auch entlassen. Und er wird nie mehr für irgendjemand in Manhattan arbeiten. Wegen seiner unglücklichen Verbindung zu dir.«

»Damien, hey«, sag ich leise. »Komm schon, Mann. JD hat nichts getan.«

»Er hat Aids«, sagt Damien und streift sich schwarze Lederhandschuhe über. »Der wird's ohnehin nicht mehr lange machen.«

Ich starre Damien bloß an. Er bemerkt es.

»Das ist eine Bluterkrankung«, sagt er. »Eine Art Virus. Ich bin sicher, du hast schon davon gehört.«

»O ja«, sage ich unsicher.

»Baxter Priestly ist jetzt mit drin«, sagt Damien, nun für den Abmarsch bereit. »Das scheint irgendwie …« Er sucht nach dem richtigen Wort, legt den Kopf schräg, findet: »angemessen.«

Juan schaut mich kurz achselzuckend an, als er Damien und den Gorillas aus dem Club hinausfolgt, und ich hebe eines der Fotos von Lauren und mir auf und drehe es um, als könnte sich auf der Rückseite irgendeine Erklärung für seine Existenz finden, aber die Rückseite ist leer, ich bin es auch, mir dreht sich der Kopf, ich fluche: fuck, fuck, fuck, während ich zu einem staubigen Spülbecken gehe, hinter der Bar (wenn's denn so gekommen wäre), und ich warte, dass der Regisseur: »Aus!«, ruft, aber ich höre nur, wie Damiens Limo mit quietschenden Reifen aus TriBeCa davonfegt, wie meine Füße die Überreste der Discokugel zertreten, und Schlittenglöckchen, die nicht im Drehbuch vorgesehen sind, eine summende Fliege, die meinen Kopf umkreist und die zu verscheuchen ich zu müde bin.

4

Ich stehe an einem öffentlichen Telefon in der Houston Street, drei Blocks weg von Laurens Apartment. Statisten gehen vorüber, sehen hölzern und schlecht instruiert aus. Eine Limousine fährt langsam Richtung Broadway. Meine Zähne knacken auf einem Mentos herum.

»Hey Pussycat, ich bin's«, sage ich. »Ich muss dich sehen.«

»Das ist nicht möglich«, sagt sie, und dann weniger bestimmt: »Wer spricht?«

»Ich komm jetzt rüber.«

»Ich bin nicht da.«

»Warum nicht?«

»Ich fahre mit Damien nach Miami.« Sie fügt hinzu: »In etwa einer Stunde. Ich packe.«

»Was ist mit Alison?«, frage ich. »Was ist mit seiner *Verlobten?*« Ich spucke das Wort in den Hörer. »Hm, Lauren?«

»Damien hat mit Alison Schluss gemacht, und sie hat einen Auftragskiller auf ihn angesetzt«, sagt sie leichthin. »Wenn du das glauben kannst. Ich eigentlich schon.«

Während ich diese Informationen verarbeite, umkreist der Kameramann ständig das Telefon, das lenkt mich ab, sodass ich meinen Text vergesse, also beschließe ich zu improvisieren, und der Regisseur gestattet es überraschenderweise.

»Und wie ist es ... Wie ist es, wenn du dann wieder zurück bist, Baby?«, frage ich zögernd.

»Dann drehe ich«, sagt sie sehr sachlich. »In Burbank.«

»Was denn?«, sage ich und bedecke die Augen mit der freien Hand.

»Ich spiele den Dschinn mit dem Quietschstimmchen in Disneys neuem Live-Action-Movie *Aladdin und Roger Rabbit,* Regie führt – ach, wie heißt er jetzt? – ah ja, Cookie Pizarro.« Sie macht eine Pause. »Bei CAA meint man, das ist mein großer Durchbruch.«

Ich weiß nicht weiter. »Schöne ääh Grüße an Cookie«, und dann seufze ich. »Ich würde wirklich gerne rüberkommen.«

»Kannst du nicht, Darling«, sagt sie sanft.

»Du bist unmöglich«, sage ich durch die zusammengebissenen Zähne. »Warum kommst du dann nicht zu mir?«

»Wo bist du?«

»In einer riesigen Deluxe-Suite im SoHo Grand.«

»Na ja, das hört sich zwar nach neutralem Terrain an, aber: nein.«

»Lauren – und gestern Abend?«

»Willst du meine Meinung wissen?«

Ein sehr langes Schweigen, das ich schließlich gerade brechen möchte, als mir mein nächster Satz einfällt, aber sie kommt mir zuvor.

»Meiner Meinung nach solltest du nicht zu viel von den Leuten erwarten. Meiner Meinung nach bist du fertig, und du hast's dir selber eingebrockt.«

»Ich war ... Ich hab unter ... großem Druck gestanden, Baby«, sage ich und versuche, nicht völlig zusammenzubrechen. »Ich bin eben mal gestolpert.«

»Nein, Victor«, sagt sie knapp. »Du bist zu Boden gegangen.«

»Das hört sich recht gleichgültig an, Baby?«

»So hören sich die Leute an, wenn ihnen schließlich etwas ganz egal ist, Victor«, sagt sie. »Ich bin überrascht, dass dir der Tonfall nicht bekannt vorkommt.«

Pause. »Sehr, äh, ermutigend ist diese Antwort nicht gerade, Baby.«

»Du hörst dich an, als wär deine Zunge gepierct«, sagt sie müde.

»Und du strahlst Glamour aus und ähhh eine derartige Aura ... sogar am Telefon«, murmele ich und schiebe noch einen Vierteldollar in den Schlitz.

»Verstehst du, Victor, das Problem ist, dass man gewisse Dinge wissen *muss*«, sagt sie. »Tust du aber nicht.«

»Dieses Bild, das waren nicht wir«, sage ich, plötzlich wachgeworden. »Ich weiß auch nicht, wie, Lauren, aber das waren nicht ...«

»Bist du sicher?«, fragt sie mir das Wort abschneidend.

»Ach komm«, schreie ich, meine Stimme klingt jetzt gepresst. »Was läuft denn da, Lauren? Ich meine, Himmel, das ist wie ein Alptraum, und du nimmst das alles ...«

»Ich weiß es nicht, Victor, aber ich bin sicher, du wachst irgendwann auf und kannst dir alles erklären«, sagt sie. »Ich würde keine Wetten drauf abschließen, aber ich nehme an, schließlich kannst du es dann alles erklären ...«

»Jesus, du klingst so, als wolltest du mir nicht die Überraschung verderben.«

»Victor«, seufzt sie, »ich muss jetzt gehen.«

»Ich bin das nicht, Lauren«, betone ich noch einmal. »Das bist vielleicht du. Aber ich bin das *nicht*.«

»Nun, du scheinst es aber zu sein, Victor. Die Zeitung *sagt*, du bist ...«

»Lauren«, schreie ich in Panik. »Was zum Teufel geht hier vor? Wo kommt denn dieses Scheißfoto her?«

»Victor«, fährt sie ruhig fort. »Wir können uns nicht mehr sehen. Wir können nicht mehr miteinander sprechen. Die Beziehung ist beendet.«

»Du sagst das, als ob du gerade einen gottverdammten Auftrag ausgeführt hättest«, rufe ich.

»Das projizierst du hinein«, sagt sie streng.

»Ich beschwöre dich ein letztes Mal, Baby, überleg's

dir doch noch mal«, sage ich und breche jetzt echt zusammen. »Ich will mit dir zusammen sein«, sage ich endlich.

»Victor, glaub mir«, sagt sie. »Besser nicht.«

»Baby, er lässt sich die Hemden maßschneidern …«

»Offen gestanden ist mir das völlig gleichgültig«, sagt sie. »Das sind Sachen, die *dir* wichtig sind. Das sind die Sachen, nach denen *du* entscheidest, was jemand wert ist.«

Nach einer langen Pause sage ich: »Das mit Mica hast du wohl gehört.«

»Was mit Mica?«, fragt sie und hört sich total desinteressiert an.

»Sie ist, ähmm, ermordet worden, Baby«, erkläre ich und wische mir die Nase ab.

»Ich glaube nicht, dass das ein Mord war«, sagt Lauren sehr bestimmt.

Nach einer weiteren langen Pause frage ich: »Was dann?«

Endlich sagt sie bedeutsam: »Es war ein Statement«, und gibt dem Wort einen tieferen Sinn, als ich begreifen kann.

»Erbarmen, Lauren«, flüstere ich hilflos.

Sie hängt auf.

Die Kamera hält an, und das Make-up-Girl tropft mir ein paar Glyzerintränen ins Gesicht, die Kamera läuft wieder, und wie bei den Proben lasse ich den Hörer beim Einhängen aus der Hand fallen, dass er an seinem Kabel baumelt, und dann hebe ich ihn sorgsam und vorsichtig hoch und starre ihn an. Wir machen uns nicht die Mühe, das Ganze noch mal abzudrehen, und weiter geht's zum nächsten Take.

Auf Chloes Anweisung lässt mich der Portier rauf, nachdem der Regisseur Ashton gesagt hat, er solle mir einen Überblick geben, um mich auf die nächste Szene vorzubereiten, in der es im Grunde darum geht, dass Chloes Ausfall bei den Shows, die sie heute hatte, einen entsetzlichen Aufruhr verursacht, und weil »Hard Copy«, »Inside Edition«, »A Current Affair«, »Entertainment Tonight« und »Nightline« alle den ganzen Morgen ständig angerufen haben, geht Chloe jetzt für zwei Wochen auf die Canyon Ranch mit Baxter Priestly, und im Aufzug zischt der Regisseur, der allmählich genug von mir hat: »Gequält aussehen!«, und ich versuch's, aber ich bin bloß irgendwie vage unzufrieden, und als ich unsicher in die Kamera schaue, wird sie raufgefahren, während die Fahrstuhltür sich öffnet, und folgt mir ins Dunkel des Korridors, der zu Chloes Loft führt.

Innen im Apartment ist es eisig kalt, trotz all der brennenden Lampen, die Fenster sind mit einer dicken Eisschicht überzogen, die Küchenschränke und der riesige gläserne Couchtisch sind bereift, der Boden teilweise rutschig. Das Telefon klingelt und lärmt mit dem Fernseher in Chloes Schlafzimmer um die Wette, und als ich rübergehe, um ihn leiser zu drehen, erscheint gerade ein Hinweis auf die Patty-Winters-Show am Nachmittag, die Gastgeberin wiegt ein schwer verkrüppeltes Vierjähriges in den Armen, während Bette Midler auf der Tonspur »From a Distance« singt, und dann wieder zurück zu einer Soap Opera, in der eine Figur zu einer anderen sagt: »Das war nicht nett!«, und ich gehe langsam zum Badezimmer rüber, aber Chloe ist nicht dort. Die Wanne ist voller Seifenschaumreste, und zwei leere Dosen von Ben & Jerrys Chubby Hubby Ice Cream stehen auf dem Rand des Waschbeckens, neben der Zahnspange, die Chloe zum Zähnebleichen verwendet, daneben wiederum liegt ein großer Handspiegel, den ich in einem Aufzucken von Panik gerade gebrauchen will, als Chloe ins Schlafzimmer kommt, und ich fahre herum, und das Telefon klingelt immer weiter.

Sie hat ein Handy, sie hört jemandem zu und sieht dabei bemerkenswert gelassen aus, sie schaut zu mir hinüber, während sie zum Bett geht, auf dem der Satz Gucci-Koffer liegt, den ihr Tom Ford zum Geburtstag geschenkt hat, und sie sagt etwas in das Handy, aber ich kann nicht verstehen was, dann schaltet sie ab, und ich überlege, ob ich die Arme ausbreiten und »Ta-daah!« rufen soll, sage aber stattdessen: »Wer war das?«, und dann, als keine Antwort kommt: »Das ist nicht dein Handy.«

»Ist das von Baxter«, sagt sie. »Er hat's mir gegeben.« Pause. »Weil ich ja bei meinem eigenen nicht drangehen kann.«

»Baby«, sage ich erst mal. »Alles in Ordnung?« Ich denke an den Handspiegel im Badezimmer hinter mir, frage mich, ob da etwas drauf zu sehen war. »Du bist nicht wieder auf …« Ich lasse meine Stimme wegverklingen.

Es dauert länger, als mir lieb ist, bis sie begriffen hat, worauf ich hinauswill, und sie sagt: »Nein, Victor«, aber sie verzieht das Gesicht dabei, sodass ich nicht allzu erleichtert bin.

Das Telefon klingelt unablässig, Chloe holt Pullover aus ihrem Kleiderschrank und legt sie in die Koffer auf dem Bett, und sie bewegt sich langsam, wohlüberlegt, nickt vor sich hin, jede Bewegung scheint gut geplant, meine Anwesenheit lenkt sie nur ein klein wenig ab, aber dann seufzt sie und hört auf zu packen. Sie schaut herüber zu mir, ich liege zusammengesackt zitternd in einem riesigen weißen Sessel. In einem Spiegel auf der anderen Seite des Zimmers kann ich mich sehen, und mein Gesicht ist nicht ganz so voller blauer Flecken, wie ich befürchtet habe. Chloe fragt: »Warum?«, und das Telefon klingelt und klingelt, eine ständige Erinnerung.

»Warum … was?«

»Bloß warum, Victor.«

»Baby«, sage ich und halte die Hände hoch, um gleich eine Erklärung abzugeben. »Du bist, ääh, eine große Quelle der … Inspiration für, äh, mich.«

»Ich will jetzt irgendeine Antwort von dir«, sagt sie ruhig. »Keine freien Assoziationen. Sag mir einfach: warum.«

Ich greife das auf. »Das kann ich echt verstehen, Baby.«

»Wenn nur ein einziges Fünkchen Gefühl in dir wäre, Victor«, seufzt sie und trippelt hinüber zum Schrank.

»O bitte, Baby …«

»Warum, Victor?«, fragt sie wieder.

»Baby, ich …«

»Ich weine nicht. Ich hab die ganze Nacht geweint«, sagt sie. »Ich weine nicht, solange du hier bist, also sei einfach ehrlich zu mir.«

»Baby, ich brauche … Ich brauche …« Ich seufze, dann fange ich noch einmal an. »Baby, verstehst du, die Sache …«

»Du beantwortest niemals eine Frage direkt, wenn du's vermeiden kannst, nicht wahr?«

»Ahm …« Ich sehe verwirrt auf. »Was war die Frage?«

Sie legt sorgfältig T-Shirts und Höschen auf die eine Seite des größten Koffers. Sie wickelt das Kabel eines Föns um den Griff, legt ihn dann in einen kleineren Koffer. »Ich hab lange gebraucht, um mich selbst zu mögen, Victor«, sagt sie und gleitet an mir vorbei. »Ich lass nicht zu, dass du das wieder änderst.«

»Aber du magst dich doch nicht«, murmele ich müde und schüttele den Kopf. »Nicht wirklich«, und dann: »Baby, hör bitte auf, rumzulaufen.«

Baxters Handy klingelt. Sie nimmt es vom Bett und hört dem Anrufer zu, und mustert mich währenddessen, bis sie sich schließlich wegdreht und sagt: »Ja, okay ... Ich bin dann fertig ... Ich muss mich nur mit jemand treffen ... Okay, danke ... Hugh Grant und Elizabeth Hurley? ... Okay, schön ... Nein, mir geht's gut ... ja, er ist grade hier ... Nein, nein, nein – es ist in Ordnung, tu's *nicht*. Kein Problem, wirklich ... Bis dann.«

Sie schaltet ab, geht direkt ins Bad und schließt die Tür. Die Toilettenspülung ist zweimal zu hören, dann kommt sie wieder ins Schlafzimmer. Ich will sie fragen, wer am Telefon war, sodass sie seinen Namen sagen muss, aber ich weiß es ja bereits, und am Ende will ich auch gar nicht hören, wie sie seinen Namen nennt.

»Also kannst du mir sagen warum, Victor?«, fragt sie, »warum das alles passiert ist?«

»Weil, Baby ...« Ich schlucke. »Das ist schwer ... Komm schon, Baby ... Das ist ... alles, was ich kann? ... Alles, was ... ich bin?«, sage ich und hoffe, dass es so richtig erklärt ist.

»Alles, was du kannst, ist falsch«, sagt sie. »Alles, was du kannst, ist *falsch*.«

»O Mann«, seufze ich.

»Schau dir nur dein Leben an, Victor. Das führt nirgendwohin. Du kennst Frauen, die Vagina heißen ...«

»Hey, ihr Name war *Yanni*, Baby. Das *bedeutet* bloß Vagina.«

»In wie viel tausend Nachtklub-Nischen-kannst du rumhängen?«, fragt sie. »Du sitzt nur in der Bowery Bar oder im Pravda oder im Indochine und beklagst dich, wie öde es ist.« Sie macht eine Pause, wartet. »Und das viermal die Woche?«

»Ich bin … einfach total erschöpft, Baby.«

»Nein, du bist krank«, sagt sie und starrt in ihre Koffer, überlegt, die Hände in die Hüften gestemmt, die Reihenfolge beim Einpacken. »Du hast eine kranke Seele, Victor.«

»Baby, das ist einfach …« (ich hebe verwirrt den Kopf, um sie anzusehen), »ne Nase schlechter Koks, aber wie auch immer.« Ich seufze, ich gebe auf. »Ist unerheblich.«

»Bei dir ist alles unerheblich.«

»Ich bin … ratlos. Warum fallen eigentlich alle so über mich her?«

»Du verbringst dein Leben damit, Leute beeindrucken zu wollen, von denen du beeindruckt bist, das ist der Grund.«

»Warum sollte ich denn Leute beeindrucken wollen, die mich *nicht* beeindrucken, Baby?«

»Weil die Leute, die du beeindrucken willst, es gar nicht wert sind!«

Nachdem ich das begriffen habe, räuspere ich mich. »Meine … Gefühle im Augenblick sind ein wenig ähh gemischt«, sage ich wimmernd.

»Du wedelst um Leute rum, denen es im Grunde scheißegal ist.«

»Ach komm, Baby«, rufe ich. »Die tun doch nur so, als ob's ihnen scheißegal wäre …«

Sie sieht mich total ungläubig an und unterbricht mich. »Hörst du dir eigentlich selber zu?«

Ich zucke elend die Achseln.

»Ich weiß, es fällt dir schwer, dich auf die Wirklichkeit einzustellen, aber wär's nicht langsam Zeit?« Sie zieht den Reißverschluss an einer Tasche zu, betrachtet nachdenklich eine andere.

»Baby, Baby, das war, glaube ich, irgendwie die schwierigste Woche meines ganzen Lebens, und« – ich hole tief Luft – »war so furchterregend, so …«

»Ach, deine winzige kleine Welt«, sagt sie mit einer abwehrenden Handbewegung.

»Nein, nein, wirklich, ich hab's satt, ich hab auch alles satt, Baby«, sage ich keuchend und setze mich in dem riesigen weißen Sessel auf. »Ich hab's satt, freundlich zu, naja, Leuten zu sein, die mich entweder hassen oder oder oder planen mich umzubringen oder …«

»Hast du eigentlich tatsächlich geglaubt, dass du damit durchkommst?«

Ich seufze, dann warte ich eine angemessene Zeitspanne, ehe ich sage: »Warum nicht?«

Sie starrt mich ausdruckslos an.

»Andere kommen mit noch ganz anderen Sachen durch«, murmele ich.

»Das kommt daher, weil alle klüger sind als du«, sagt sie. »Das kommt daher, weil alles falsch ist, was du weißt und kannst, und weil alle klüger sind als du.«

»Baby, dieses Foto … Ich weiß nicht, was war, aber das ist nicht passiert, das ist niemals passiert …«

»Was ist niemals passiert?«, fragt sie plötzlich interessiert.

»Was auf dem Foto ist«, sage ich.

»Du hast es nicht mit Lauren Hynde getrieben und es auch nicht versucht und sie nicht geküsst?«, fragt sie. »Willst du das sagen?«

Ich überlege, formuliere innerlich um, was sie gesagt hat, dann platze ich heraus: »Ich sage nur, dass …«

Sie entfernt sich von mir. »Vielleicht erwachst du ja zum Leben, wenn ich nicht da bin – wer weiß?«

Ich gestikuliere mit den Händen, versuche, ein Argument zu formulieren, bemühe mich, wenigstens einen ganzen Satz zustande zu bringen. »Hast du denn nicht, naja, ähhm, hast du denn nicht mit Lauren gesprochen? Hat sie's nicht erklärt?«, frage ich hoffnungsvoll.

»Nein«, sagt sie. »Ich mag Lauren. Ich will sie nur nie wieder sehen.« Chloe schaut auf die Uhr, murmelt einen lautlosen Fluch.

Ich stemme mich aus dem Sessel hoch und gehe ins Bad, wo Chloe Créme- und Öl- und Puderdöschen in eine weitere Gucci-Tasche packt. Ich bemerke, dass der Handspiegel, den ich am Waschbecken gesehen habe, nicht mehr da ist. Eine Rasierklinge und ein kurzer durchsichtiger Plastikhalm liegen neben einer Flasche Parfüm, und das bilde ich mir jetzt nicht ein.

»Was ist?«, fragt sie plötzlich und dreht sich herum. »Warum bist du noch da?«

»Weil ...« Ich lächele traurig. »Du ... meine ideale Partnerin bist?«

»Ein Spiegel ist dein idealer Partner.«

»Vielleicht ...«, fange ich stockend an. »Vielleicht wärst du, wenn du nicht so viel von mir erwarten wür-dest, nicht so ... enttäuscht«, gebe ich schließlich zu, und dann sage ich, weil ich ihr Spiegelbild beobachte: »Nicht weinen.«

»Ich weine nicht«, sagt sie überrascht. »Ich gähne.«

Und wieder unten im Foyer, auf dem Weg hinaus, betäubt über den Marmorfußboden trottend, treffe ich Tristan, der ist ein Ex-Model und dealt jetzt, er schwatzt mit Ashton, und Tristan ist irgendwie auf fabelhafte Weise anziehend, und obwohl ich im Augenblick völlig weggetreten bin, kann ich ihm doch instinktiv die Hand schütteln, den vorgeschriebenen Small Talk bringen, dabei das Offensichtliche (Buddy Seagulls Kolumne, die Flecken auf meinem Hemd, die Verletzung über der Augenbraue) vermeiden, mit ihm Komplimente über unser Haar austauschen, ich empfehle ein, zwei coole ausländische Filme, eine neue Band aus Nevada (»ein Staat, der jetzt voll angesagt ist«, versichert mir Tristan), und dann gehen wir weiter.

Draußen, auf den Stufen, die zum Gehsteig hinunterführen, drehe ich mich um, ich sehe durch die Glastüren des Foyers, wie Tristan in den Fahrstuhl geht, und ich würde ihn gern fragen, wen er besucht, und dann vielleicht noch ein paar Gramm bei ihm kaufen, aber stattdessen gerate ich in Panik, weil ich mir etwas zusammenreime, und Tristan sieht, wie ich zu ihm hereinstarre, und er winkt kurz, ehe sich die Fahrstuhltüren schließen, und ich habe plötzlich eine entsetzliche Vision, Chloe in einer Ambulanz, wieder ein Entgiftungscenter irgendwo in der Wüste, wieder eine Serie erfolgloser Selbstmordversuche und dann ein erfolgreicher, und ich schreie auf und will ins Foyer zurückrennen, aber ein paar von der Crew halten mich mühsam fest, und ich schreie: »Nein, wieso, warum, das war nicht im Skript«, bis ich zusammenbreche, und ein Techniker stützt mich auf den Stufen, während ich immer noch durchdrehe und brülle: »Aber ihr versteht es nicht, ihr versteht es nicht«, und plötzlich kniet der Regisseur neben mir und sagt den beiden von der Crew ruhig, sie sollen mich loslassen, es ist schon in Ordnung, *schhhh*, ganz ruhig.

Ich zittere so heftig, dass der Regisseur mein Gesicht mit den Händen festhalten muss, ehe er mit mir reden kann.

Er fasst alles grundsätzlich zusammen, indem er fragt: »Willst du da wirklich wieder raufgehen?«

Ich zittere so heftig, dass ich nicht antworten kann.

»Willst du wirklich wieder raufgehen?«, fragt er wieder. »Würde das deine Figur auch tun?«

Ich atme so angestrengt, dass mir die Luft wegbleibt, und langsam entfernen sich die Leute von mir.

Nach Stunden, wie es scheint, stehe ich endlich auf, als das Bedürfnis, wieder in das Apartment hochzugehen, nachlässt (im Grund nicht allzu unerwartet), und durch den Baulärm und den Verkehr höre ich immer noch Schlittenglöckchen, und jemand von der Garderobe bürstet mein Jackett ab, während ich die Stufen zum Gehsteig und zu der schwarzen Limousine hinuntergehe, die am Straßenrand auf mich wartet und mich in meine Wohnung zurückbringen wird, wo sich meine Meinung über dieses Projekt vielleicht nicht ganz klären, aber jedenfalls eine bestimmte Perspektive bekommen wird.

2

Vor meinem Apartmenthaus hüpft die *Details*-Reporterin herum, spielt Himmel und Hölle, sie trägt einen zitronenfarbenen Catsuit, eine weiße Lederjacke, Plateauturnschuhe, mit Plastikspangen festgesteckte Zöpfe, und sie tippt eine Nummer auf ihrem Handy, die Fingernägel sind mit zum Teil abgesplittertem braunen Nagellack überzogen. Ich latsche wortlos an ihr vorbei, steige vorsichtig über meine zerbeulte und verstümmelte Vespa, die als Schrottknäuel neben den Mülltonnen am Straßenrand liegt, von meinen Lippen baumelt eine Zigarette, ich hab die Sonnenbrille auf.

»Hey, wir wollten uns eigentlich heut Morgen treffen«, sagt sie und schaltet das Handy ab.

Ich sage nichts, suche nur nach meinen Schlüsseln.

»Den Artikel über dich haben sie sowieso gestrichen«, sagt sie.

»Und du bist vorbeigekommen, um mir das persönlich zu sagen?« Ich finde die Schlüssel. »Wie furchterregend.«

»Macht es dir nichts aus?«, fragt sie.

Ich seufze, setze die Sonnenbrille ab. »Was hast du erwartet?«

Sie legt den Kopf bedeutsam schräg, betrachtet den Gehsteig, kneift die Augen zusammen, schaut dann wieder hoch, mir ins Gesicht.

»Ich habe mir gedacht, dass du beinahe undurchschaubar bist«, sagt sie mit künstlichem britischen Akzent.

»Na, *ich* hab gedacht, du bist ein Potpourri der Banalität«, sage ich ebenfalls mit künstlichem britischen Akzent.

Ich öffne die Tür, trete ins Haus. Sie zuckt die Achseln, hüpft davon.

An meiner Tür klebt eine Räumungsaufforderung, und als ich sie entferne, sehe ich zum Regisseur hinüber, rolle die Augen und stöhne: »Also *wirk*lich.« Als ich dann meine Wohnung betrete, fängt das Telefon an zu klingeln, ich kippe erschöpft in meinen Sitzsack und nehme es gähnend ans Ohr. »Hier Victor – was gibt's«

»Hier spricht Palakon«, sagt eine Stimme entschieden.

»Palakon, ich hab jetzt echt keine Zeit, also …«

»Auf Ihrem Küchentisch liegt ein brauner Umschlag«, unterbricht mich Palakon. »Machen Sie ihn auf.«

Ich starre aus meinem Sack in die Küche rüber und sehe den Umschlag auf dem Tisch.

»Okay«, sage ich. »Ich mache Ihren braunen Umschlag auf, Mann.«

»Nein, Mr. Johnson«, sagt Palakon ärgerlich. »Bitte stehen Sie auf und gehen Sie in die Küche.«

»Hoppla«, sage ich beeindruckt.

»Ich möchte, dass Sie den Umschlag mitnehmen, wenn Sie nach London fahren, um Jamie Fields zu suchen«, sagt Palakon. »Eine Erster-Klasse-Kabine ist auf der *QE 2* für Sie reserviert. Sie legt heute Nachmittag um vier Uhr ab. Ihre Tickets sind in dem braunen Umschlag auf Ihrem Küchentisch, zusammen mit …«

»Augenblick mal, Augenblick«, sage ich. »Stop!«

»Ja?«, fragt Palakon höflich.

Ich mache eine lange Pause und denke so an Verschiedenes, ehe ich herausplatze: »Sie hätten mich ja wenigstens in die gottverdammte Concorde setzen können.«

»Eine *Erster*-Klasse-Kabine ist für Sie auf der *QE 2* reserviert«, wiederholt Palakon ungerührt. »Sie legt heute Nachmittag um vier Uhr ab. Ein Wagen holt Sie um halb zwei ab. Ihre Tickets sind in dem Umschlag, zusammen mit zehntausend Dollar in bar für, äh, Ihre Ausgaben …«

»Belege sammeln?«

»Das ist nicht nötig, Mr. Johnson.«

»Cool.«

»Ich werde auf dem Schiff Verbindung zu Ihnen aufnehmen. Und vergessen Sie nicht den braunen Umschlag. Der ist entscheidend.«

»Warum?«, frage ich.

»Weil alles, was Sie brauchen, darin ist.«

»Ist ja ein hübscher brauner Umschlag«, sage ich endlich.

»Danke.«

»Woher wussten Sie, dass ich heute weg kann, Palakon?«

»Ich hab die *News* gelesen«, sagt er. »Ich hab's mir
zusammengereimt.«

»Palakon ...«

»Ah ja«, sagt Palakon, ehe er auflegt. »Nehmen Sie
auch den Hut mit.«

Ich mache eine Pause, ehe ich frage: »Welchen Hut?«

»Sie wissen schon, welchen.«

Er legt auf

1

Du hast ein großes Potential«, sagte Jamie.
Wir hockten – Rückblende nach Camden – an einem Tisch in der Cafeteria, teilten uns ein Molson, hatten die Sonnenbrillen auf, unsere Blicke waren etwas glasig, eine geschälte Orange lag vor uns auf der Tischplatte, unsere Horoskope hatten wir schon gelesen, ich trug ein T-Shirt mit dem Aufdruck EIN TAG OHNE VERSCHWENDUNG IST VERSCHWENDET und wartete drauf, dass meine Wäsche trocknete, sie spielte abwechselnd mit einem Bleistift und roch an einer Thai-Orchidee, die ihr ein unbekannter Verehrer geschickt hatte, Heavy-Metal-Pop (Whitesnake oder Glass Tiger) spielte irgendwo, wir kamen nicht drauf, woher die Musik kam, sie ging uns auf die Nerven, ihr Dealer kam erst wieder Dienstag vorbei, also reagierten wir auf gewisse Ereignisse kaum mehr, und am Himmel wurde es rasch dunkel.

Wir hockten da in der Cafeteria, wir hatten davon geredet, wie seicht alle waren, hatten die Affären runtergebetet, die wir mit all diesen seichten Figuren gehabt hatten, und dann sah Jamie einen, den sie hasste oder mit dem sie gevögelt hatte (meistens gehörten sie in dieselbe Kategorie), und sie beugte sich rüber und küsste mich, ehe ich noch sagen konnte: »Was läuft denn?« Der Typ, Mitchell, ging vorüber. Es reichte nicht, dass sie und ich seit zwei Wochen oder so vögelten; für sie war wichtig, dass die Leute es auch wussten.

»Mann, bin ich letzte Nacht versackt«, gähnte ich und reckte mich.

»Einsame Klasse«, sagte sie.

»Geh mal zum Friseur«, murmelte ich einem Pferdeschwanzträger zu, der vorbeischlurfte, und Jamie beäugte einen Arbeiter, der draußen einen Rosenstrauch stutzte, und fuhr sich unartig mit der Zunge über die Lippen.

Sie hatte lange Fingernägel, immer weiß lackiert, und fing gerne Sätze mit den Worten »Im Gegensatz zur allgemeinen Ansicht ...« an. Sie hasste Baseballmützen bei Männern, trug aber selber eine, wenn sie glaubte, ihr Haar sähe nicht gut aus, oder wenn sie einen zu schweren Kater hatte, um es zu waschen. Was sie sonst noch an Männern irritierte, folgte vorhersehbaren Mustern: Pseudo-Rap-Gelaber, Urin- oder Spermaflecken an Jockeyshorts (ein Typ Unterhose, den sie verabscheute), kratzige Rasuren, wenn man Knutschflecke hinterließ, wenn man Bücher mit sich rumschleppte (»Camden ist nicht Yale, Herrgott noch mal«, stöhnte sie dann). Kondome sagten ihr nicht unbedingt was, aber sie wusste von jedem Typ am College, ob er Herpes hatte (durch irgendeinen Deal mit einer lesbischen Krankenschwester vom Gesundheitsdienst, die in sie verliebt war), also glich sich's irgendwie aus. Shakespeare »irritierte« sie.

Ich sagte ihr mehrmals: »Ich suche nicht nach einer festen Beziehung«, und sie schaute mich immer an, als sei ich wahnsinnig, als sei ich dazu ohnehin nicht in der Lage. Ich sagte ihr: »Deine Mitbewohnerin ist echt hübsch« oder führte lange Monologe über frühere Freundinnen, über all die Cheerleader, die ich gefickt hatte, eine Kusine, der ich's auf einer Party in Virginia Beach mit den Fingern besorgt hatte, oder ich prahlte damit, wie viel Geld meine Familie hatte, wobei ich immer stark übertrieb, weil das manchmal die einzige Möglichkeit war, Jamies Aufmerksamkeit zu erregen, obwohl sie wusste, wer mein Dad war, weil sie ihn bei CNN mal gesehen hatte. Sie verzieh mir eine Menge Fehler, weil ich »einfach total gut aussah«.

Zuerst war sie so passiv und gleichgültig, dass ich mehr über sie herausfinden wollte. Ich beneidete sie um diese Leere – das Gegenteil von Hilflosigkeit oder Verletzung oder Verlangen oder Leiden oder Scham. Aber Jamie war nie wirklich glücklich, und schon nach ein paar Tagen hatte sie in unserer Beziehung ein Stadium erreicht, in dem ihr nichts mehr an mir oder an irgendwelchen Ideen oder Gedanken, die ich vielleicht haben mochte, lag. Ich versuchte, sie in eine Art Bewusstheit hineinzuvögeln, ich bemühte mich verzweifelt, sie zum Höhepunkt zu bringen, ich fickte sie so hart, dass sie schweißüberströmt und rot im Gesicht war und schrie, wir lagen beide auf der Matratze auf dem Boden neben Stapeln von Büchern, die sie in der Bibliothek geklaut hatte, und ein paar Pornoheften, mit denen wir uns beide eins abwichsten, und immer rief ihr Vermögensverwalter an, immer rief ihre Therapeutin an, immer rief ihre auf Ibiza verschollene Kusine an, und wir führten traurige Unterhaltungen über das Thema, wie sehr sie ihre Mutter hasste und sich wünschte, sie wäre tot wie meine Mutter, aber ich hörte »konzentriert« zu und ging schonend mit Jamie um, weil ich wusste, dass ihr erster Freund bei einem Autounfall ums Leben gekommen war, auf dem Rückweg von einer Skihütte in Brattleboro, wo er sie betrogen hatte. »Aber der war derart verdreht, dass ich gar nicht darüber reden möchte«, sagte sie endlich nach einer Stunde, nach siebzig Minuten, manchmal achtzig.

Eine Limousine rollte draußen neben einem der Studentenheime vor, und eine Gruppe Erstsemester sonnte sich unter dem dunkler werdenden Himmel auf einer Matratze, die aus dem Booth House drüben hinter der Cafeteria stammte. Ein Fass Bier wurde angestochen, die Leute drifteten rüber, der Wind trieb Blätter über das Gras, und Jamie und ich sahen auf die Weise, wie kahl die Bäume schon waren. Auf einem großen Fernsehschirm über dem Kamin lief MTV, ein VJ kündigte ein Video an, aber der Ton war weggeschaltet, dann gab's eine Störung, die Leute hingen im Grund alle nur rum und warteten aufs Essen oder auf ein Seminar. Jemand setzte sich neben uns und fing an, unsere Unterhaltung auf Band aufzunehmen, jemand anderes erklärte jemandem hinter mir, wie ein Camcorder funktioniert. Jamie sah das riesige NICHT-FOTOGRAFIEREN-Plakat an, das an einer überflüssigen Säule mitten im Raum hing, und ich hatte eben eine nackte Künstlerpuppe bemerkt, die auf der Treppe zur Mensa ausgestreckt lag, wo jemand sie hatte liegenlassen.

»Hast du Bargeld?«, fragte ich.

»Übertreib's nicht, Baby«, warnte sie und zog ihre Sonnenbrille runter, sah sich im Raum um.

Ich nahm die Brille ab und überprüfte mein Spiegelbild in den Gläsern.

Sie schnippte mit den Fingern. »Hey, warum fängst du dann nicht auch an und kaust mit offenem Mund. Warum leckst du dir nicht gleich die Finger nach dem Essen ab.«

»Ich hab nicht vor, mit dir in ein gutes Restaurant zu gehen«, sagte ich.

»Hübscher Arsch«, murmelte sie und starrte einen brasilianischen Typen verführerisch an, mit dem sie noch nicht gevögelt hatte, was sie aber diese Woche noch tun würde – er ließ einen Fußball auf dem Knie hüpfen, während er quer durch den Raum ging und einen Bagel aß, perfekt zerrissene Jeans und ein Tanktop mit einem Sportstudiologo.

Ich stimmte ihr neckisch zu.

»Du Schwuli«, gähnte sie und nahm den letzten Schluck Molson.

»Er trägt Socken in Sandalen«, bemerkte ich. »Er trägt immer noch seinen Highschool-Ring.«

»Auch du, mein Freund, hast einen Reifeschub bitter nötig«, sagte sie.

»Ich trage keine Members-Only-Jacken.«

»Im Gegensatz zur allgemeinen Meinung reicht das noch nicht, um nicht schlimm zu sein«, sagte sie.

»Schlimm?«, keuchte ich pseudo-schockiert. »Black light posters sind *in*. Bongos sind *in*.«

»Du Perverser«, lachte sie anerkennend. »Du hast ein großes Potential.«

Sean Bateman, mit dem sie gevögelt hatte, setzte sich zu uns, lächelte fahrig, nickte, obwohl niemand irgendwas gesagt hatte, was ein Nicken erfordert hätte. Er fragte sich laut, ob jemand von uns wohl Gras hatte, erwähnte irgendwie, dass Rupert spät gestern Abend oder früh heute Morgen in Albany verhaftet worden sei. Sean zog ein Bier aus der Jacke, die er gerade abgelegt hatte, und gab es Jamie, die die Dose mit den Zähnen aufmachte. Ich sah, wie hübsch Batemans Unterarme waren, und jemand klimperte traurig Led Zeppelin – ich glaube, es war »Thank You« – auf der Gitarre, und das bisschen Licht, das durch das Fenster gekommen war, neben dem wir alle saßen, verschwand jetzt fast, und Sean flüsterte mir ins Ohr: »All die Jungs glauben, sie ist eine Spionin …«

Ich nickte und brachte es fertig, zu lächeln.

Jamie sah mich prüfend an.

»Was?«, fragte ich konfus.

»Du bist leicht zu durchschauen«, sagte sie in Gegenwart von Sean zu mir.

»Was läuft denn, Baby?«, fragte ich besorgt, mit starrem Gesicht.

»Du hast ein großes Potential«, sagte Jamie grinsend. »Du hast eindeutig ein großes Potential.«

0

Die Kamera schwenkt langsam im Kreis durch mein
Apartment, und Smashing Pumpkins' »Stumbe-
line« ergießt sich über die Tonspur: ein klassischer
Industrieventilator, ein leeres Aquarium, getrocknete
Blumen, ein Kandelaber, ein Fahrrad, eine aus verschiedenen Gesteinsarten maßgefertigte Küche, ein Eisschrank mit Glastür, eine nicht gesäuberte und mit
Körnern und Fruchtmark von einem Gesundheitssha-
ke verschmierte Küchenmaschine, ein Satz Martinigläser. Im Bad sieht man ein Plakat von Diana Rigg in
»Mit Schirm, Charme und Melone« und Kerzen von
Agnès B., im Schlafzimmer liegt eine Daunendecke auf
einem Futon, der in einem japanischen Wald handge-
schnitzt worden ist, und darüber hängt das Original-
plakat von »La Dolce Vita«, das Chloe mir geschenkt
hat, und im Schrank dieses Schlafzimmers befinden sich ein schwarzer Paul-Smith-Anzug, ein schwarzer Rollkragenpullover, Jeans und weiße Hemden,
Westen, ein grobmaschiger Sweater, ein Paar bunte
Hush Puppies, schwarze Desert Boots. Auf meinem
Schreibtisch: Tickets für Gratisdrinks, eine Cohiba-
Zigarre, die noch in der Metallhülse steckt, eine Clash-
CD (Sandinista!), ungeöffnet, ein Scheck für »Rettet
den Regenwald«, der, da ungedeckt, zurückgekommen ist, das Social Register vom letzten Jahr, eine Tüte
Psilocybin-Pilze, ein halbvolles Snapple, ein Röllchen
Mentos, eine aus einem Magazin rausgerissene Anzei-
ge, in der Tyson für einen neuen Lippenbalsam wirbt
(das Drachentattoo auf seinem Bizeps enthält einen
chinesischen Schriftzug, der übersetzt lautet: Traue
niemandem), und ein altes Faxgerät, und aus dem

Faxgerät fällt in diesem Moment ein Blatt Faxpapier heraus, das ich aufhebe und lese.

Da steht:

nie Marais, Christopher Lambert, Tommy Lee, Lauren Hutton, Claire Danes, Patty Hearst, Richard Grieco, Pino Luongo, Steffi Graf, Michael J. Fox, Billy Crudup, Marc Jacobs, Marc Audibet, die Butthole Surfers, George Clinton, Henry Rollins, Nike, Kim Deal, Beavis und Butthead, Anita Hill, Jeff Koons, Nicole Kidman, Howard Stern, Jim Shaw, Mark Romanek, Stussy, Whit Stillman, Isabella Rossellini, Christian Francis Roth, Vanessa Williams, Larry Clark, Rob Morrow, Robin Wright, Jennifer Connelly, RuPaul, Chelsea Clinton, Penelope Spheeris, Glenn Close, Mandie Erickson, Mark Kostabi, RW Russo, Yasmen, Robert Rodriguez, Dr. Dre, Craig Kallman, Rosie Perez, Campion Platt, Jane Pratt, Natasha Richardson, Scott Wolf, Yohji Yamamoto, L7, Donna Tartt, Spike Jonze, Sara Gilbert, Sam Bayer, Margaret Cho, Steve Albini, Kevin Smith, Jim Rome, Rick Rubin, Gary Panter, Mark Morris, Betsey Johnson, Angela Janklow, Shannen Doherty, Molly Ringwald, O. J. Simpson, Michael DeLuca, Laura Dern, René Chun, die Brady Bunch, Toni Braxton, Shabba Ranks, die Miller Sisters, Jim Carrey, Robin Givens, Bruno Bevilacqua di Santangelo, Huckleberry Finn, Bill Murr

Ich will gerade das Fax zum vierten Mal lesen und wische mir Tränen aus dem Gesicht, als ich jemand vor der Wohnungstür höre, ein Schlüssel wird ins Schloss gesteckt, jemand schließt auf, die Tür öffnet sich, und jetzt späht jemand, der den Hausmeister spielt – »ein junger, toll aussehender Typ« –, herein und entdeckt mich, völlig erschossen auf dem Sitzsack unter einem riesigen gerahmten Poster für die »Pleased to Meet Me«-

LP von den Replacements, und der Schauspieler wirkt verwirrt und entschuldigt sich schließlich, dass er seinen Auftritt versiebt hat.

»Ich hab gedacht, ich hör Stimmen, Mann«, sagt er. »Ich hab gedacht, ich hör Stimmen.«

$$\underline{2}$$

16

Alles um das Schiff herum ist grau oder dunkelblau, und besonders hip ist hier nichts, und einmal oder zweimal am Tag erscheint dieser dünne weiße Streifen am Horizont, aber der ist so weit weg, dass man nicht sagen kann, ob es Land ist oder bloß Himmel. Es ist unmöglich, daran zu glauben, dass unter diesem flachen schiefergrauen Himmel irgendwelches Leben existieren könnte oder in einem Meer, das so ruhig ist und weit, dass irgendetwas in einer solchen Nullzone atmen könnte, jede Bewegung unter der Oberfläche ist so schwach, dass sie nur wie ein Zufall wirkt, ein winziger gleichgültiger Augenblick, ein bedeutungsloser Vorgang, der sich eigentlich nicht ereignen sollte, und am Himmel ist nie eine Spur von Sonne zu sehen (die Luft hat etwas Transparentes und Wegwerfbares, die Struktur von Kleenex), und doch ist der Himmel immer auf eine stumpfe Art hell, der Wind ist gewöhnlich konstant, wir fahren schwerelos durch ihn hindurch, unter uns ist die Spur, die das Schiff zieht, jacuzziblau, aber sie versinkt nach wenigen Augenblicken in demselben langweiligen grauen Tuch, das alles um das Schiff herum einhüllt. Eines Tages erscheint ein normal aussehender Regenbogen, und man nimmt ihn vage wahr, man denkt an die enormen Summen, die den ganzen Sommer lang die Reunion-Tour von Kiss eingespielt hat, vielleicht schwimmt steuerbord auch ein Wal entlang und schwenkt demonstrativ die Flosse. Es ist leicht, sich sicher zu fühlen, leicht für die Leute, einen anzuschauen und zu denken: Der reist an einen bestimmten Ort. Wenn man von derart viel langweiligem Raum umgeben ist, sind fünf Tage eine lange Zeit, um nicht beeindruckt zu bleiben.

Ich ging an Bord der *QE 2* und hatte immer noch den
Comme-des-Garçons-Smoking an, und als der Fahrer,
den Palakon vorbeigeschickt hatte, mich am Passagier-
terminal an der 50. Straße West absetzte, war ich mittlerweile so was von stoned, dass die Frage, wie ich
eigentlich auf das Schiff gekommen bin, sich in einem
verschwommenen Schwall von so ungenauen Bildern
auflöst, dass man nicht einmal mehr von Montage
sprechen kann – rote, weiße und blaue Luftballons
schwebten in der Luft, ich hielt die Scharen drängelnder Fotografen für Paparazzi, es waren aber keine, ein
Gepäckträger versicherte mir, mein Gepäck (verschlis-
sene Gucci-Koffer, eilig und schlecht gepackt) würde in
meiner Kabine sein, wenn – »und falls«, fügte er hinzu –
ich dort ankäme, eine Kapelle spielte den Lambeth
Walk.

In meiner Betäubung nahm ich vage wahr, dass diverse »Sachen« offenbar schon für mich erledigt worden
waren, weil ich bereits die ganze Einschiffungsproze-
dur durchlaufen hatte – Sicherheitskontrolle, Pass, eine
VIP-Gold Card für die QE 2 hatte ich auch schon –, und
all das rasch und problemlos. Trotzdem war ich immer noch derart wacklig, dass ich es kaum schaffte, die
Gangway raufzugehen, es gelang mir nur mithilfe von
zwei Produktionsassistenten, die (als Statisten gekleidet)
mich in die Mitte nahmen, und eines dreifachen Star-
bucks-Espressos, der mir unerbittlich eingeflößt wurde,
als das Orchester flott »Anything Goes« zu schmettern
begann.

In meiner Kabine öffnete ich ein als Willkommens-
gruß hingestelltes Fläschchen Perrier Jouët und spülte

damit zwei zerkrümelte Xanax runter, um mich dann in einen Sessel fallen zu lassen. Das Licht tat weh, mein Blick war glasig, nur mit zusammengekniffenen Augen konnte ich meine Umgebung wahrnehmen: ein Telefon, ein Minikühlschrank, ein passables Bett, ein nicht zu öffnendes Bullauge, von der Salzluft verschmiert und milchig, Körbe mit Obst und Blumen, die ich düster anstarrte. Teilnahmslos erkannte ich einen Fernseher, den ich dann schließlich mit einer Fernbedienung einschaltete, die ich erst nach einer Viertelstunde entdeckte (sie lag auf dem Kasten, total unauffällig, wie mir schien). Ich versuchte, mich auf einen »Willkommen an Bord«-Brief zu konzentrieren, mein Atem beschleunigte sich dann aber heftig, als ich eine Einladung zum Cocktail beim »Kreuzfahrtleiter« des Schiffes sah. Mein Zimmermädchen, ein nettes englisches Ding, sagen wir: eine kleine Courteney Cox, stellte sich vor, und beim Anblick des hellen neuen übergroßen orangefarbenen Versace-Mantels, den ich ausgepackt und aufs Bett geschmissen hatte, lächelte sie stolz und sagte: »Wie ich sehe, haben Sie sich schon mit Ihrer Schwimmweste vertraut gemacht«, und ich murmelte bloß den Text, den ich an dieser Stelle wahrscheinlich murmeln sollte, der wohl »Selbstachtung, Baby« lautete, und starrte sie dann an, bis sie ging und ich wieder in meiner Betäubung versank.

Als wir dann den Hudson hinunterfuhren, wickelte ich meinen Kopf in ein flauschiges Handtuch, ich stieß ein längeres Pseudo-Schluchzen aus, und eine von den Gratislotions, die ich entdeckte, als ich ins Bad humpelte, verwendete ich, um mir einen runterzuholen, doch ich war zu erschöpft, um auch nur im Ansatz einen Steifen zu kriegen oder über Lauren Hynde oder Chloe Byrnes oder von mir aus auch Gwen Stefani fantasieren zu können. Auf dem Fernsehschirm sah man live den Horizont aus der Perspektive des Schiffsbugs, jetzt glitten Wolkenkratzer vorbei, nun fuhren wir unter der Verrazano Bridge durch, dann verdunkelte sich der Himmel, und eine andere Welt trat die Herrschaft an, wie das immer in solchen Fällen geschieht, und dann träumte ich von Dingen, an die ich mich später nicht recht erinnern konnte: Ich stieß diverse Bart-Simpson-Geräusche aus, Heather Locklear war eine Stewardess, ich küsste Chris O'Donnell und versöhnte mich mit ihm, auf der Tonspur lief ein Remix von Toad the Wet Sprocket, die Tricks kamen cool, und die Produktionsfirma hatte einen erstklassigen Cutter angestellt, sodass die Folge echt wahnsinnig abging, und dann kam eine letzte Einstellung – die Kamera fuhr näher und näher in den schwarzen Hut, den Lauren Hynde mir gegeben hatte, bis das Bild durch die winzige rote Rose verzerrt wurde.

14

Die ersten paar Tage »auf See« befand ich mich in einer bewusstlosen Starre, ich musste mich immer noch erholen. War es Samstag? War es Dienstag? War ich davon enttäuscht, so oder so? Ich kompensierte das die ganze Zeit mit Schlafen, bis einmal spät am Morgen Alarmsirenen gellten und ich in Panik aufwachte, die brutale Realität, dass der *Details*-Artikel niemals erscheinen würde, traf mich hart, und ich erinnerte mich unklar an irgendwas mit einer Rettungsboot-Übung – ein von mir kaum wahrgenommener Hinweiszettel war am Abend zuvor unter der Tür durchgeschoben worden, als ich von einem beschissenen Abendessen im Queen's Grill zurückgekommen war. Erschöpft holte ich mir die Schwimmweste, die in einer Art Sarg in meinem Bad eingeschlossen war, schnappte mir meine Sonnenbrille und rannte/latschte mit einem massiven Kater Dutzende von leeren Gängen entlang und zwei Treppen hinunter, versuchte, den Angaben auf einem schlecht fotokopierten Lageplan zu folgen, bis ich ein Deck fand, wo sich massenhaft alte Leute zusammendrängten, die mich unhöflich anstarrten, empört über meine Verspätung, und ich murmelte »Also bitte«, und murmelte weiter vor mich hin. »Ist verkehrt rum, mein Sohn«, teilte mir ein Schiffsoffizier mit, der sich mühte, die Schwimmweste wieder aufzuknoten, die ich irgendwie angezogen hatte. Während ich dastand, sagte der Offizier: »Keine Sorge« – er schlug mir immer wieder auf die Schulter, ich zuckte ständig zusammen –, »Sie werden sie wahrscheinlich nicht brauchen.« Ich bot ihm ein Mentos an und erzählte ihm, er sähe haarscharf aus wie Kurt Loder, was nicht stimmte.

Ich wanderte rum, verdaute den Rest von meinem Xanax und machte einen Termin für eine Massage, den ich tatsächlich auch einhielt. Ich probte ein wenig, legte mir ein paar Szenen zurecht, aber die waren schon abgedreht, jemand hatte die Tagesproduktion bereits gebilligt und abgehakt, also konnte man das ganze Unternehmen auch irgendwie für überflüssig halten. Die Senioren und Japaner waren überall, sie umgaben mich bei elenden Mahlzeiten, die ich allein im Queen's Grill einnahm, während ich die Ausgabe *Interview* vom letzten Monat anstarrte, weil es darin neue Jürgen-Teller-Fotos von Daniela Pestova gab, wie sie einen Teller Frühlingsrollen betrachtet, und einen Fotoessay von Corrine Day über Martinigläser, und das ganze Heft war voll blauer Flecke und Narben und Achselhaar und schönen träge aussehenden Kerlen, die in der Abenddämmerung irgendwo im »Heartland« der USA vor leeren 7-Eleven-Flaschen herumhängen, und ich konnte nur eines denken, während ich die Tränen zurückhielt und das Gesicht verzog: Das müsste eigentlich ich sein.

Jurassic Park war der einzige Film, der in dem mit Dolby ausgestatteten Kinosaal des Schiffes lief, also landete ich schließlich im Kasino, wo ich sinnlos das Geld rausschmiss, das mir Palakon dagelassen hatte, in wenigen Minuten, wie es mir schien, verspielte ich Chips für tausend Dollar am Siebzehnundvier-Tisch. In der Queen's Lounge saßen überall auf langen Sofas alte Pärchen und versuchten, gigantische Puzzles fertigzulegen, bei denen sie absolut kein bisschen weiterkamen, und ich verlief mich ständig und konnte nirgendwo was finden. Ich fand dann am Schluss immer eine der vielen Bars des Schiffes und setzte mich hin, kippte einen Mai Tai oder auch vier und rauchte eine Schachtel Zigaretten, bis ich langsam wieder die Kraft verspürte, mich auf die Suche nach meiner Kabine zu machen. In einer der Bars war ich derart gelangweilt, dass ich sogar mit

einem jungen Deutschen flirtete, der mich in gedämpftem Ton einlud, mit ihm am nächsten Tag ins Fitness-
Studio zu gehen (»se förkaut«), und ich lehnte höflich
ab, indem ich ihm mitteilte, ich hätte mich eben erst
halbwegs von einem schweren Herzanfall erholt. Seine
Reaktion: »*Ja?*«

Als ich den Deutschen das nächste Mal sah, trieb er
nahe am Rand des großen Whirlpools in der Badeland-
schaft, und ich latschte träge hinüber zum Thalassothe-
rapie-Pool, und als ich ihn dann heranschlendern sah,
ein wenig zu zuversichtlich in einem silbernen Tanga,
floh ich in eine Inhalationskabine, wo ich mich langen
Fantasien hingab, was ich mit den 300 000 Dollar alles
anstellen würde, die mir F. Fred Palakon angeboten
hatte, falls ich Jamie Fields finden würde. Mir fielen so
viele Sachen ein, dass ich fast ohnmächtig wurde und
mit einer Gesichtsmassage und einer Aromatherapie
wiederbelebt werden musste, die jemand verabreichte,
der wie der Gruftwächter in den alten EC-Horrorcomics
aussah, während eine Muzak-Version von »Hooked on a
Feeling« aus dem Lautsprechersystem der Badeland-
schaft rieselte.

Gelegentlich sammelte sich die Crew, und die Kamera
folgte mir in diskretem Abstand, die Einstellungen zeig-
ten meist Victor auf Deck, steuerbord am Geländer, beim
Versuch, sich eine Zigarette anzustecken, gelegentlich
eine mit Marihuana, Sonnenbrille auf und in einer übergroßen Armani-Lederjacke. Man wies mich an, traurig
auszusehen, als ob ich Lauren Hynde vermisste, als ob
meine Welt in Stücke fiele. Man ermunterte mich, doch
zu versuchen, Lauren in Miami auf die Spur zu kommen, wo sie mit Damien wohnte, man gab mir den
Namen eines berühmten Hotels, aber ich täuschte See-
krankheit vor, und diese ganzen Szenen flogen wieder
raus, weil sie ohnehin nicht zu der Rolle passten.

»Crash into Me« von der Dave Matthews Band lief

über dieser Montage, nicht, dass der Text was mit den Bildern zu tun gehabt hätte, die der Song begleitete, aber er war schließlich »melancholisch«, er war »düster«, er brachte die Dinge »auf den Punkt«, er gab der Filmsequenz eine »emotionale Resonanz«, von der ich glaube, dass wir nicht in der Lage waren, sie einzufangen. Zuerst dachte ich mir eigentlich: na gut, na schön, aber dann schlug ich andere Musik vor: »Hurt« von Nine Inch Nails. Da hieß es jedoch, die Rechte seien zu teuer, und der Song sei für diese Sequenz zu »ominös«. Nada Surfs »Popular« hatte »zu viel Moll drin«, passte nicht zur »Stimmung des Teils«. Als ich ihnen ernsthaft sagte, dass das Ganze ja kaum ominöser werden könnte, als es bereits war, hieß es: »Das wird noch sehr, sehr viel ominöser, Victor«, und man ließ mich stehen.

»Ich bin ein … Partytyp«, murmelte ich niemandem zu.

Unzählige alte Leute kamen vorbei, hinkten Meilen und Meilen von Korridoren entlang, hievten sich langsam Dutzende von breiten Treppen hoch, die Verirrten wanderten über die Decks und taten so, als wüssten sie, wo sie wären, das Schiff fuhr weiter.

13

Am zweiten Abend der Reise nahm ich wieder ein weiteres langweiliges Essen im Queen's Grill ein. Der Sommelier, den ich mir geneigt gemacht hatte, indem ich für zweihundert Dollar eine Flasche semi-anständigen Rotwein bestellte, fragte mich, ob ich mich zur Familie Mashioki am Kapitänstisch setzen wolle, anstatt alleine zu speisen, und ich sagte Bernard, das ginge leider nicht, eine Indiskretion mit der ältesten Tochter der Mashiokis, deutete ich an, einem dicken grimmigen Teenager, der ständig mit einem UP-WITH-LIFE-T-Shirt in der Nähe des Tierzwingers herumstrich, um seine »Katze« zu besuchen. Der Sommelier nickte ernst, brachte mir noch eine kleine Dose Beluga-Kaviar, empfahl den Foie gras und wandte sich wieder seinem beruflichen Leben zu, während ich mich in meine neutrale Abendessensstimmung hineingleiten ließ.

Anschließend verzockte ich einen weiteren Tausender von Palakon beim Siebzehnundvier und traf Felix, den Kameramann, der an der Kapitänsbar vor einem riesigen Cognacschwenker hockte und Gauloises auf Kette rauchte. Ich klemmte mich neben ihn, und wir führten die obligatorische »ominöse« Unterhaltung.

»Was läuft so?«, fragte ich, nachdem ich einen Champagner-Pikkolo bestellt hatte, vielleicht meinen zehnten an diesem Abend. »Du bist doch der Mann, der das Ding hier abdreht, oder?«

»Könnte man sagen«, meinte Felix, er sprach mit einem starken, aber nicht lokalisierbaren Akzent.

»Hab ich ja grade gesagt«, bemerkte ich. »Wie läuft's?

Ich will bloß mal deine professionelle Meinung hören.«

»Läuft besser als der letzte, den ich gemacht hab«,
murmelte Felix.

»Was war das für einer?«

»Ein Film mit dem Titel *Psst! Der Oktopus.*« Er machte
eine Pause. »Das war der dritte Teil einer Viererserie,
die von Ted Turner finanziert und wohl bald abgeschlossen wird; angefangen hat es mit *Achtung! Der
Oktopus,* gefolgt von *Wehe! Der Oktopus.* Die vierte Folge
soll erst mal provisorisch *Bloß schnell weg vom Oktopus!*
heißen.« Felix seufzte wieder unglücklich und starrte in
sein Glas. »Der dritte Teil hatte 'ne sehr gute Besetzung.
Eine sehr verbitterte Kristin Scott Thomas, einen ebenso
verbitterten Alan Alda, und Al Sharpton war dabei als
Whitney Houstons extrem verbitterter Vater – der verbitterte Harpunier.« Felix hielt inne. »David Hasselhoff
ist das erste Opfer des Oktopus.« Pause. »Echt ironisch,
was?«

Eine lange Pause trat ein, während ich versuchte, diese
Information zu verarbeiten. Verwirrt brach ich schließ-
lich das Schweigen und fragte zögernd: »Alsooo... Der
Oktopus hieß... Psst?«

Felix funkelte mich böse an, seufzte schließlich, wink-
te dann dem Barkeeper: noch einen, obwohl er das Glas,
das vor ihm stand, noch nicht geleert hatte.

»Wie komm ich so?«, fragte ich erwartungsvoll.

»Ach, es geht«, seufzte er und stockte dann, ehe er mit
Bedacht sagte: »Du hast so eine... Art von... unspe-
zifischer... Prächtigkeit – o mein Gott...« Er stöhnte, als
sein Kopf auf die Bar sank.

Ich schaute mich um und beachtete nicht weiter all
diese Pseudo-Angst, die von dem Kameramann aus-
ging. »Dies hier ist nicht gerade der Ort, den man Babes-
ville nennen würde, was?«

»Es wird langsam Zeit, dass du deine albernen

Träume aufgibst, Victor«, sagte Felix streng und hob den Kopf. »Deine Welt ist ein bisschen sehr beschränkt.«

»Wieso denn das, Baby?«

»Hast du denn den Rest vom Skript nicht gelesen?«, fragte er. »Weißt du nicht, was dir noch widerfährt?«

»O Mann, dieses Movie ist doch schon sowas von vorbei.« Eine Semi-Unruhe machte sich langsam bemerkbar, ich wollte jetzt weg. »Ich improvisiere, Mann. Ich lass das alles auf mich zukommen, Baby.«

»Du solltest dich auf was gefasst machen«, sagte Felix. »Du musst dich auf einiges gefasst machen.« Er kippte den Rest seines Cognacs runter und sah gespannt zu, wie der Barkeeper ein neues Glas vor ihn hinstellte. »Du *musst* jetzt aufpassen.«

»Das darf doch nicht wahr sein«, gähnte ich. »Ich setz mich jetzt mit meinem Champagner woanders hin.«

»Victor«, sagte Felix. »Die Dinge werden ein wenig … ähh … riskant.«

»Wie meinst du das denn, Felix?«, seufzte ich. »Pass nur auf, dass ich gut ausgeleuchtet werde, und spiel mir keinen dummen Streich.«

»Ich mach mir Sorgen, weil dieses Projekt so … einen falschen Ansatz hat«, sagte er und schluckte trocken. »Die Autoren stricken das anscheinend einfach so en route zusammen. Das bin ich ja sonst auch gewöhnt. Aber hier …«

»Ich nehm jetzt echt meinen Champagner mit«, seufzte ich und warf ihm einen Hundert-Dollar-Chip aus dem Kasino hin.

»Ich hab so das Gefühl, die Sache läuft aus dem Ruder«, sagte er mit schwacher Stimme, ehe ich davonschlenderte.

Im Bett war ich endlich so vernünftig, bloß einen dicken Joint zu rauchen und mit dem Walkman eine

Raubkopie von Nirvana zu hören, die mir Jerry Harrington geliehen hatte, und das Live-Bild der Fahrt des Schiffes in die Dunkelheit auf dem Fernsehschirm war die einzige Beleuchtung in der Kabine, während mich ein toter Typ in den Schlaf sang. Träume glitten dazwischen, sie kulminierten in einer Stimme, die aufschrie und dann wieder verklang. Hallo? Hallo? Hallo?

Wieder so ein sonniger Tag, semi-mild, aber mit konstantem Wind von vorn, und ich wandere mit einem Handtuch über das Pooldeck, freundlich weggetreten mit Rockstar-Bartstoppeln, mit einem engen Gap-Tanktop, die Sonnenbrille leicht runtergezogen, um dieses Girl mit dem ultimativen Juliette-Binoche-Look (wenn-Juliette-Binoche-blond-wäre-und-aus-Darien, Connecticut) zu beobachten, die auf einer Liege in einer Zwanzigerreihe liegt: Groß, statuesk, Wahnsinnsbauchmuskeln, vielleicht ein wenig zu muskulös, aber die Härte wird kompensiert durch große, weich aussehende Brüste, die gegen eine weiße durchsichtige Bluse drängen, die vorschriftsmäßig üppigen Beine runden sich unter leopardenfellgemusterten Caprihosen. Auf dem Tisch neben ihr werden Ausgaben von *Vogue, Details, W* (da sind Chloe und ich drin), *Vanity Fair* und *Harper's Bazaar* durch einen kleinen Krug Eistee, der auf alldem draufsteht, am Fortfliegen gehindert, und ich bewege mich instinktiv auf diese Einstellung zu, nehme meinen Standort ein. Das Girl wühlt plötzlich in einer enormen Chanel-Umhängetasche, und dann: fällt ihr die Wimperntusche aus der Hand, die aufzuheben ich mich anmutig bücke, eine oft geprobte Geste, die ich perfekt beherrsche.

»Danke schön«, sagt sie züchtig, eine vertraute Stimme, sie holt ein Päckchen Silk Cuts aus der Chaneltasche und zündet sich ohne die geringsten Schwierigkeiten eine an. Mein Stichwort, mich in Richtung leere Liege neben ihr zu bewegen.

»Bitte, gerne«, sagt sie etwas zu laut, wegen ihres Walkmans. Ich sehe die Hülle der neuen Tricky-Kassette

aus der Chanel-Tasche hervorschauen und hole mir
rasch die letzte Tricky-CD in Erinnerung, Kritiken von
einigen Tricky-Konzerten, die ich gelesen habe, diverse
Tricky-Details aus meiner eigenen Vergangenheit, Diverses, was ich jetzt bei dem Girl mit dem totalen Juliette-
Binoche-Look gleich einsetzen werde.

Obwohl es eigentlich zu kalt ist, um das Tanktop auszuziehen (das ohnehin nicht allzu viel verbergen kann),
schlüpfe ich raus, ohne die Sonnenbrille abzunehmen,
lege das Handtuch auf die Liege und lasse mich langsam darauf nieder, lasse dabei meine Bauchmuskulatur
spielen, um ihre Aufmerksamkeit zu erregen. Sie liest
ein Buch, auf dessen Umschlag in riesigen schwarzen
Lettern MARTIN AMIS steht, und ich hoffe nur, dass sie
kein Mitglied von Amnesty International ist. Ein Kellner
kommt, und ich bestelle ein Light-Bier und eine große
Flasche Mineralwasser, was er auch rasch bringt. Ich
gebe ihm ein Trinkgeld, weg ist er.

Als die Frau jetzt den Walkman abnimmt, fällt mir ein
Satz ein, ich lege los.

»Hey, haben wir uns nicht bei dem Barbecue gesehen,
das Kevyn Aucoin in New York gegeben hat?«

Sie nimmt die Sonnenbrille ab, drückt ihre Zigarette in einem Aschenbecher aus, lächelt, ohne dabei
die Augen zusammenzukneifen, und sagt: »Ich glaube
kaum.«

»Na, was läuft?«, frage ich. »Woher kenn ich dich? Du
bist mir beunruhigend vertraut.« Ich lehne mich zur
Seite und starre sie bewundernd an. »Das kann natürlich
auch damit zusammenhängen, dass du die einzige Person auf dem Schiff bist, die im selben Jahrzehnt geboren
ist wie ich.«

Doch irgendetwas lenkt uns ab. Ein Paar – gut aussehend und vielleicht Mitte Vierzig, mit modischer Strand-
bekleidung, die durchscheinen lässt, dass beide ziemlich
gut in Form sind – steht an der Reling. Der Mann nimmt

mit dem Camcorder auf, wie die Frau voll semi-erzwungener Heiterkeit vor der Kulisse des im Hintergrund langsam vorbeiziehenden Ozeans herumalbert, und gelegentlich schauen beide zu mir herüber, die Frau mit einem strengen, fast tadelnden Ausdruck, der sich sofort in ein grelles Lächeln verwandelt, sobald sie merkt, dass ich sie ansehe. Der Mann ist im Grunde eine Null, und ich bin total desinteressiert.

»Sind das deine Eltern?«, frage ich und nicke zu dem Paar hinüber.

»Nein, meine Eltern sind in den Staaten«, sagt das Girl und schaut zu, während das Paar jetzt aus ihrem Blickfeld schlurft, nachdem es gemerkt hat, dass es beobachtet wird. »Übrigens kenne ich Kevyn Aucoin tatsächlich. Ich bin nur nie zu einer von seinen Soirées eingeladen worden.«

»Die sind ganz lustig, so als Soirées betrachtet«, erzähle ich und werde lebhaft. »Die ganze Gang ist meistens da. Cindy, Linda, Kate, die Sandras – Bullock, Bernhard und Gallin. Ach, und Sheryl Crow hab ich dort auch getroffen.«

»Dann bist du wohl jemand aus den Schlagzeilen, ja?«, fragt sie.

»Nur quasi-berühmt«, sage ich achselzuckend.

Das Girl lächelt, scheinbar ist das nicht gespielt.

»Dann sind wir uns schon bei diversen VIP-Modeevents begegnet?«, schlage ich vor. »Haben wir uns schon vor dem Doppelganger's oder der Jet Lounge getroffen? Haben wir zusammen bei einer privaten Preview Cocktails getrunken und nicht gewusst, dass wir beide dort sind, hmmm?« Ich ziehe die Augenbrauen pseudo-lasziv hoch, aber das amüsiert sie nicht.

»Du bist kein Fotograf, oder?«, fragt sie misstrauisch, ihr Gesicht wird streng.

»Hey, niemals, Baby, keine Sorge.« Ich laß ein wenig Zeit verstreichen, dann hebe ich den Eistee hoch, ziehe das *W* raus, schlage das Heft auf der Wo-waren-die-Stars-Seite auf: ein Foto von mir und Chloe bei einer Premiere in der Radio City Music Hall. Ich reiche es dem Girl über den Tisch weg. Sie schaut auf die Seite, schaut dann mich an, sieht wieder auf das Foto.

»Du bist … Christian Slater?«, fragt sie verwirrt.

»Nein, nein, der drunter.«

»Ach so, ich verstehe.«

Ich beginne, mein Gesicht zu betasten, und frage dann besorgt: »Ist mein Kopf wirklich so groß?«

Sie richtet ihren Blick auf das richtige Foto: Chloe in eingeübter Trance, ich starre voll in die Linse des Paparazzo.

»Ja, der sieht aus wie du«, sagt sie. »Und das ist Chloe Byrnes, richtig?«

»Ich bin mit ihr zusammen«, sage ich. »Ich meine, ich war längere Zeit mit ihr zusammen.«

»Nun, ich war mit Peter Morton zusammen«, sagt sie und reicht mir das Heft zurück. »Peter Morton und ich sind auch oft zusammen fotografiert worden.«

»Du meinst, wir sitzen im selben Boot?«

»Na, das trifft wohl zu«, sagt sie mit einer weiten Handbewegung, mit rollenden Augen und einem inneren Stöhnen, was sie da für einen Text hat.

»Na ja, stimmt«, sage ich mit einem angedeuteten Kichern. »Trifft zu, in der Tat.«

»Marina«, sagt sie. »Marina Cannon.«

»Hey, Victor Ward.« Ich mache eine Pause, lasse den Namen nachhallen, dann halte ich ihr die Hand hin, sie nimmt sie leicht. »Und du fährst nach …« Ich lasse Raum für einen Ort.

»Paris«, sagt sie. »Also, Cherbourg und dann Paris.«

»Warum Paris?«, frage ich. Dann elegant: »Andererseits natürlich: Warum nicht?«

»Ach …« Sie hält inne und schaut all das langweilige dunkle Wasser an. »Sagen wir einfach, bestimmte Personen haben sich nicht an den ursprünglichen Plan gehalten, und dabei belassen wir's.«

Ich ahne sofort Boyfriendprobleme und tippe vorsichtig an: »Wie heißt er denn?«

»Gavin«, sagt sie, ein wenig beunruhigt, aber immer noch lächelnd.

Ich schneide ein Gesicht und erschauere theatralisch. »Ohh, ich traue niemandem, der Gavin heißt.« Ich ziehe eine weitere Grimasse und warte, bis sie's bemerkt, dann frage ich beiläufig: »Wo ist Gavin jetzt?«

»Gavin will in Pamplona den Lauf der Stiere mitmachen«, sagt sie trocken.

»Der Stiere? Ein Basketballspieler?«, frage ich und knicke ein. »Ich dachte, die Bulls sind in Chicago.«

Sie starrt mich bloß an, ein leises Anzeichen von Panik zuckt über ihr Gesicht. Plötzlich kommt der junge schwule Deutsche die Treppe zum Pool runtergehüpft, er trägt ein T-Shirt von der Garth-Brooks-Tour und riesige schwarze Nikes. Er sieht mich und springt heran. Ich stelle mich sofort schlafend. Bald fühle ich einen Schatten über meinem Gesicht, ein kurzes Verharren, davonhoppelnde Schritte. Als ich schätze, dass genügend Zeit verstrichen ist, schlage ich die Augen auf. Unzählige Japaner planschen im Pool rum. Die Dampfpfeife schrillt das Mittagssignal. Bericht zur Lage der Senioren: Sie sind überall.

»Jemand hat Sie gerade ... gemustert«, sagt Marina.

»Nur ein Fan. So ein Typ, der sich ranhängt«, sage ich achselzuckend. »Blöd, aber ich bin's gewöhnt. Und was machen Sie so?«

»Ich bin Model«, sagt sie einfach. »Teilzeit.«

Ich setze mich auf, schwinge die Beine über die Liege, dann merke ich, dass die Bewegung ein wenig zu gezwungen wirkt, und lange stattdessen nach dem Bier.

»Aber nur so ein wenig«, sagt sie, sie hat es gemerkt. »Nur hier und da.«

»Baby, das ist derart cool«, sage ich. »Ich wusste, dass du ein Model bist. Ich wusste, dass ich dich irgendwoher kannte.«

»Nun, ich bin keine Chloe Byrnes, aber ich komm zurecht.«

»Ja, Chloe …«, sage ich sehnsüchtig.

»Ach, es tut mir Leid«, sagt Marina, und dann – als ich nichts weiter sage – fügt sie hinzu: »Jedenfalls werde ich jetzt Freunde besuchen und, ach, so touristisches Zeug.«

»Hey, roam if you want to, das ist mein Motto, Baby.«

»Und warum fährst du mit dem Schiff?«, fragt sie. »Hast du Angst vorm Fliegen?«

»Ich hab als kleines ängstliches Kind zwanzigmal *Die Höllenfahrt der Poseidon* gesehen«, erkläre ich. »Mein Lieblingsfilmsatz ist ›Mein Gott – da ist eine riesige Wasserwand, und sie kommt *direkt auf uns zu*‹.«

Eine lange Pause bei Marina, für die ich verantwortlich bin, und dann: »Das ist … deine Antwort?«

»Ich bin auf dem Weg nach London, Baby«, sage ich rasch. »Ich bin auf der Suche nach jemand.« Mir wird etwas klar, meine Augen gleiten über ihren Körper, und ich füge hinzu: »Aber ich hab's nicht eilig.«

»Und warum musst du jemand suchen?«

»Im Vertrauen? Ist eine lange Geschichte.«

»Wir haben ja nichts weiter vor.«

»Also, ich sollte diese MTV-Show da übernehmen …«

»Tatsächlich?«, fragt sie und rückt sich wieder auf der Liege zurecht. »Welche?«

Ohne Zögern: »Also, die sollte über mich sein. Mein Leben, du verstehst, was ich so an einem normalen Tag mache.«

»Ah … ja«, sagt sie, irgendwie nachdenklich.

»Und die ganze Modelingschinderei hat mich so

runtergezogen, und dieses Quasi-Berühmtsein, das hat mich derartig überwältigt, also« – ich hole zur Betonung tief Luft – »hab ich beschlossen, alles erst mal hinzuschmeißen, und ich hab mir gedacht, Mann, Europa ist ja nicht so weit weg. Aber ich wollte nicht in diese ganze Prag-Szene rein. Ich wollte nicht in irgendeinem miefigen Café hocken mit meinem Notebook und mich mit irgendwelchen Bienen von RISD *auseinandersetzen*. Ich wollte bloß ein paar Gedichte schreiben und, verstehst schon, ein paar Videos drehen ... weg von dieser ganzen Cyberspace-Szene. Einfach mal zur Ruhe kommen ... zurück zu meinen Wurzeln. Ich muss irgendwie mal zurück, zurück zu meinen Wurzeln.« Ich nehme zuversichtlich einen Schluck Bier Light. »Mal wieder vernünftig werden und zu meinen Wurzeln zurück.«

»Deine Familie kommt aus Europa?«, fragt sie.

»Ähh, also, ich bin nicht so sicher, aber ich bin, ich meine, ich hab *gehört*, dass es da ein paar Wurzeln gibt in« – Pause – »Europa.« Ich mache wieder eine Pause. »Baby, ich suche eigentlich nur ein bisschen Ehrlichkeit.«

Sie sagt nichts.

»Ähm, weißt du, im Augenblick ist es schwer, es ist verdammt schwierig für mich«, seufze ich, »ich gewöhne mich grade erst so langsam dran, *nicht* mehr die Autogrammjäger abzuwimmeln, ich bin's noch nicht gewohnt. Ich muss durch den Entzug von diesem ganzen Promizeug durch. Aber dran gewöhnt habe ich mich einfach noch nicht. Merkst du nicht, wie fahrig ich bin? Da hab ich doch gerade gezuckt, was?« Ich mache eine Pause und trinke nachdenklich das Light-Bier. »Weißt du jetzt, wer ich bin?« Ich schlage das *W* wieder auf und zeige ihr das Bild von Chloe und mir bei der Premiere in der Radio City, mit dem Daumen verdecke ich beiläufig Chloes Gesicht.

»Ich bin mir nicht ganz sicher, dass ich weiß, wer du bist«, sagt sie. »Aber du wirkst jetzt vertrauter.«

»Ich war auf dem Cover von *YouthQuake* letzten Monat«, sage ich. »Hilft das weiter?«

»Du bist also auch Schauspieler?«

»Ja. Ich kann lachen, applaudieren, erstaunt aufschreien, alles aufs Stichwort. Bist du jetzt wenigstens beeindruckt?«

»Ich sehe schon einen zukünftigen Oscar für die beste Nebenrolle«, sagt sie lächelnd.

»Danke.« Ich mime erschrecktes Zusammenfahren: »*Nebenrolle?*«

Ich sehe, wie das Paar sich mit dem Regisseur unterhält, der von Minute zu Minute immer weggetretener wirkt, und dann bemerke ich, dass Marina sie auch beobachtet, der Mann dreht den Kopf von uns weg und erstarrt, als er merkt, dass wir ihn anschauen, und er nickt dem Regisseur zu, der wohl überhaupt nichts mehr wahrnimmt, und alle drei stecken die Köpfe zusammen, als wären sie dabei, einen Plan auszuhecken.

»Und wen willst du denn dort finden?«, fragt Marina.

»Eine Frau, mit der ich auf dem College war«, murmele ich.

»Wo war das denn?«

»Die ersten Semester? Camden.«

»Und bist du dann wegen deines Abschlusses woandershin?«

Ich mache eine Pause. »Den ... hab ich noch nicht gemacht.«

»Nun, sie muss dir sehr wichtig sein.«

»Also, sie ist ... jaa.« Ich schaue abwesend hoch in den Himmel, der seltsam aussieht, nichtexistent. »Ich glaube, es ist irgendwie in ihrem Interesse, wenn ich jetzt, ähh, auftauche.«

»Camden«, murmelt Marina. »Ich kenne, glaub ich,

ein paar Leute, die auf Camden waren.« Sie konzentriert sich einen Moment. »Katrina Svenson?«

»Klar, ja, richtig«, sage ich und nicke. »Sehr gute ähhh Hackysackspielerin.«

»Paul Denton?«

»Ah ja, Pauli, Pauli, Pauli.«

»Sean Bateman?«

»Guter Kumpel von mir.«

»Eigentlich ein ziemlich mieser Typ, muss ich sagen.«

»Baby, ich bin derart froh, dass du das sagst, weil, Baby, ich bin da so was von total deiner Ansicht.«

Ich sehe, dass der Regisseur woanders hingegangen ist und dass das Paar in seiner modischen Strandkleidung jetzt ungefähr in unsere Richtung geht. Als ich zu Marina hinüberschaue, steckt sie gerade ihre Modehefte in die Chanel-Tasche, ihre Haut ist makellos, der Geruch von Blumen steigt von ihr auf und spielt mit meiner Nase Ach-wär-das-schön.

»Hey, was läuft denn jetzt?«, frage ich. »Wo gehst du hin?«

»Tut mir Leid, dass ich so abrupt verschwinde«, sagt sie entschuldigend und steht auf. »Aber ich fühl mich doch ein bisschen ungeschützt hier draußen.« Sie schnappt sich ihr Handtuch.

»Ahh, also, wie wär's …«

»War nett, dich kennenzulernen, Victor«, unterbricht sie mich und konzentriert sich darauf, ihre Sachen einzusammeln. »Ich wünsche dir eine angenehme Überfahrt.«

»Ähmn, wart mal einen Moment«, sage ich und stehe auf. »Was machst du denn heute Abend?«

»Ruf mich an. Ich habe Kabine 402. Deck 3.« Sie winkt ganz kurz, ohne sich umzudrehen, und dann ist sie weg.

Mir ist plötzlich so kalt, dass ich mir das Gap-Top wieder anziehe, und ich lasse das Handtuch liegen, wo es liegt, beschließe, Marina nachzugehen, um sie noch mal wegen dem Abendessen anzusprechen, unsere gute Connection zu vertiefen, zu fragen, ob ich sie nervös gemacht hab, ob ich nicht Gentleman genug war, ob ich zu weit vorgeprescht bin, ob sie vielleicht Chloe kennt, was mich in Panik ausbrechen lässt wegen meinem Ruf, aber das Paar eilt herbei, ehe ich davonrennen kann, und die beiden sind älter, als sie von weitem ausgesehen haben, und ich widme mich dem Handtuch und fange an, es zusammenzufalten mit dem Rücken zu ihnen, ich hoffe bloß, sie bitten mich jetzt nicht, irgendeine langatmige Grußbotschaft mit dem Camcorder für die Freunde daheim aufzunehmen, die beiden vor dumpf glitzernden Wellenkämmen, die sich bis zum Horizont erstrecken.

»Sind Sie Victor Johnson?«, fragt der Mann hinter mir mit einem englischen Akzent. »Oder Victor Ward?«

Ich lass das Handtuch auf die Liege fallen und drehe mich um, reiße mir die Brille vom Gesicht, lächele breit und – mit einem Kribbeln – gebe zu: »Jaah.«

»Sie werden sich nicht mehr an uns erinnern«, fängt der Mann an, »aber ich bin Stephen Wallace – meine Frau. Lorrie.« Ich geb ihm die Hand und schüttele sie, und während ich dann die von Lorrie schüttele, sagt Stephen: »Wir sind Freunde Ihres Vaters.«

Ich lasse Lorries Hand los, das Kribbeln verflüchtigt sich sofort, dann setze ich meine Sonnenbrille wieder auf und nehme das Handtuch. »Ach ja? Tatsächlich?«, sage ich nur und atme tief ein.

»Ja, wir kannten Ihre Eltern, als sie in Washington wohnten«, sagt Stephen. »In Georgetown.«

»Ach wow«, sage ich nicht sehr begeistert. »Bin ich jetzt bei ›Vorsicht Kamera‹, oder wie ist das?«

Die Wallaces lachen »gutmütig«, und ich fühle mich an eine nicht existente Verabredung erinnert, zu der ich unbedingt muss.

»Als wir Sie zuletzt gesehen haben, da waren Sie …«
Stephen hält inne, schaut Lorrie hilfesuchend an. »Was?
Neun? Zehn?«

»Ach, er war noch jünger«, sagt die Frau und legt
den Kopf nach hinten, um die Antwort im Himmel zu
suchen.

»In welchem Jahr ist Ihr Vater von New York nach
Washington gezogen?«, fragt Stephen.

»Das war in dem Jahr, als Mom gestorben ist«, sage
ich, fahre mir mit der Hand durchs Haar und schaue zu
dem Kellner rüber, der Marinas halbleeren Eisteekrug
und meine Bierflasche abräumt – ein Requisit, nach dem
ich beinahe die Hand ausstrecke, nur um etwas zum
Festhalten zu haben.

»Richtig, richtig«, murmelt der Mann und wiegt traurig den Kopf.

Die Frau schenkt mir ein großherziges, mitfühlendes
Lächeln.

»Machen Sie sich keine Sorgen«, sage ich. »Ich hänge
der Vergangenheit nicht nach, ist schon okay.«

»War das, nachdem Sie in …?« Stephen stockt wieder.
»Wo sind Sie aufs College gegangen?«

»Sie waren in Camden, nicht?«, rät die Frau.

»Ja, also ich war in der Tat in Camden, als es passierte«, sage ich. »Aber sie ist schon lange krank gewesen.« Ich starre sie unerschrocken an, ich mache ihnen
deutlich, dass das wirklich nicht wichtig ist. Wichtig ist
dagegen: Jetzt habe ich Marinas Nachnamen vergessen,
ihr Deck, ihre Kabinennummer.

»Also, als ich Sie das letzte Mal sah, da waren Sie ja
praktisch ein Baby«, sagt der Mann, Stimmungswechsel,
er lacht leise vor sich hin. »Das werden Sie nicht mehr
wissen. Das war bei einem Spendenbankett im Haus
Ihrer Eltern in Georgetown.«

Ich lange mir mit der Hand an die Stirn. »Ganz
schwach, ja, ganz schwach erinnere ich mich.«

»Wir haben Ihren Vater erst vor einem Monat in Washington gesehen«, teilt Lorrie mit.

»Spitze«, sage ich.

»Er war bei einem Essen in einem neuen Restaurant in der Prospect Street, mit Sam Nunn, Glen Luchford, Jerome Bunnouvrier und Katharine Graham. Und zwei von den medizinischen Sachverständigen aus dem Verteidigerteam von O. J. Simpson waren auch dabei.«

»Mein Gott«, stöhne ich. »Schade, dass ich nicht da war. Hört sich fantastisch an. Ich muss jetzt weg.«

»Und wie geht's Ihrer Schwester?«, fragt Lorrie.

»Alles klar. Die ist auch in Washington«, sage ich auf gut Glück. »Aber ich muss jetzt weg.«

»Und wo soll's denn hingehen?«, fragt Stephen.

»Jetzt? In meine Kabine«, sage ich.

»Nein, ich meine: in Europa«, sagt er.

Lorrie lächelt unaufhörlich, sieht mich warm an, sendet deutlich lüsterne Schwingungen.

»Also, ich glaube, Paris«, sage ich. »Genauer gesagt: Cherbourg, dann Paris.«

Die Frau sieht schnell rüber zu ihrem Mann, als ich das sage, aber es kommt am Ende nicht gut raus, der Regisseur muss diese simple Einstellung mit ihrer Reaktion nicht weniger als viermal wiederholen, ehe der Rest der Szene drankommt. Dann heißt es wieder »Action!«, und im Hintergrund setzt sich die Statisterie erneut in Bewegung: Alte Leute gehen hin und her, die Japaner planschen im Pool rum.

»Tatsächlich?«, fragt Stephen. »Was führt Sie nach Paris?«

»Ahhm, ich will … ich fotografiere das Grab von Jim Morrison für … *Us,* und … ich meine, das ist das eine, also …« Ich halte inne, um die richtige Betonung zu finden: »Und ich werd mir dann auch den Eiffelturm anschauen, alle, die ich kenne, sagen, das ist ein absolutes Muss, alsooo …« Ich mache wieder eine Pause. »Und die Gothic-Eurobeat-Szene ist gerade groß im Kommen, das könnte ich mir auch mal ansehen.«

Die Wallaces schauen mich verständnislos an. Schließlich räuspert sich Lorrie. »Wo wohnen Sie denn in Paris?«, fragt sie.

Ich erinnere mich an Hotels, wo Chloe und ich gewohnt haben, vermeide das allzu Naheliegende und sage: »La Villa.«

»Ah ja, in der Rue Jacob, gleich hinter dem Boulevard Saint-Germain«, sagt Lorrie.

»Genau so isses«, sage ich munter und zeige mit dem Finger auf sie. »Ich muss jetzt weg.«

»Und das war Ihre Reisegefährtin?«, fragt Stephen und deutet zu der leeren Liege hin, wo Marina gelegen hat.

Ich bin mir nicht sicher, was ich antworten soll, und sage schließlich: »Ach nein, eigentlich nicht. Ich reise allein.«

»Ich dachte, ihr zwei seid vielleicht zusammen«, sagt Stephen lächelnd.

»Na, wer weiß?«, lache ich, werfe mich in Positur und mache das Ganze wieder zunichte, indem ich mein Gewicht ungeduldig von einem Fuß auf den anderen verlagere und wieder zurück.

»Ein wirklich schönes Mädchen«, sagt Lorrie anerkennend.

»Ein Model«, bemerke ich nickend.

»Natürlich«, sagt Stephen. »Und wie ich höre, sind Sie das ja auch.«

»Das bin ich auch«, sage ich unbeholfen. »Ich muss jetzt weg.«

»Wissen Sie, Victor«, beginnt Lorrie nun, »es ist furchtbar, aber wir haben Sie vor drei Monaten in London bei der Eröffnung vom Hotel Hempel gesehen, und da waren Sie von so vielen Leuten umringt, dass es, also, doch recht schwierig geworden wäre, zu Ihnen vorzudringen«, sagt sie entschuldigend.

»Wirklich nett, Lorrie«, sage ich. »Aber ich war vor drei Monaten nicht in London.«

Die beiden schauen sich wieder an, und obwohl ich persönlich sagen würde, der Blick, den sie da tauschen, ist ein wenig übertrieben, lässt der Regisseur das überraschenderweise durchgehen, und die Szene setzt sich ohne Unterbrechung fort.

»Ehrlich nicht?«, fragt Stephen. »Wir waren ganz sicher, dass Sie es waren.«

»Nein, ich war's nicht«, sage ich. »Aber so was passiert ständig. Hören Sie …«

»Wir haben das Interview mit Ihnen gelesen, in – ach, wie heißt das Magazin noch gleich?« Stephen schaut wieder Lorrie an.

»*YouthQuake?*«, rät Lorrie.

»Ja, ja, *YouthQuake*«, sagt Stephen. »Da waren Sie auf der Titelseite.«

»Ja?«, sage ich und werde etwas munterer. »Wie hat's Ihnen so gefallen?«

»O ganz hervorragend«, sagt Stephen. »Hervorragend.«

»Ja«, stimmt Lorrie ein. »Es hat uns ausgezeichnet gefallen.«

»Ja, ich hab auch irgendwie gedacht, das ist gut rübergekommen«, sage ich. »Dad war allerdings nicht so glücklich.«

»Na, aber Sie müssen doch Ihr eigenes Leben leben«, sagt Stephen. »Das versteht Ihr Vater sicher.«

»Nicht unbedingt.«

»Victor«, sagt Lorrie. »Es wäre uns eine große Freude, wenn Sie heute Abend mit uns essen würden.«

»Ja, ich glaube, Ihr Vater wäre außer sich, wenn er wüsste, dass wir zusammen die Überfahrt machen und nicht wenigstens einmal zusammen zu Abend essen«, sagt Stephen.

»Oder irgendwann in London«, fügt Lorrie hinzu.

»Ja, klar«, sage ich. »Aber ich glaube, ich *fahre* nicht nach London. Ich glaube, ich fahre zuerst nach Paris. Ich meine, Cherbourg, *dann* Paris.«

Als ich ihnen das mitteile, sieht Lorrie Stephen wieder so an, als hätte ich gerade etwas gesagt, was ihr missfällt.

»Ich muss jetzt weg«, sage ich noch einmal.

»Bitte kommen Sie heute Abend und essen Sie mit uns«, wiederholt der Mann, als sei das im Grunde keine Einladung, sondern ein freundlicher Befehl.

»Hören Sie, ich will Sie jetzt nicht irgendwie semiabservieren, aber ich bin echt total müde«, sage ich. Diese Entschuldigung scheint sie so zu beunruhigen, dass ich hinzufüge: »Ich versuch's, ehrlich, Leute, aber ich hab den ganzen gesellschaftlichen Zinnober eigentlich abgeschafft, ich pack's nicht mehr.«

»Bitte«, sagt Stephen. »Wir sind im Princess Grill, unser Tisch ist für acht Uhr reserviert.«

»Wir bestehen darauf, Victor«, sagt Lorrie. »Sie müssen kommen.«

»Ich fühl mich echt geschmeichelt, Leute«, sage ich und gehe eilig davon. »Toll. Ich versuch's. War schön, Sie zu treffen, alles Gute einstweilen und so.«

Endlich entkomme ich ihnen und renne herum, ich versuche, Marina zu finden, ich konzentriere mich auf all die Orte, wo sie, praktisch gedacht, sein könnte. Ich schließe das Computerlernzentrum mal aus und durchforste verschiedene Kunstgalerien, die Bibliothek, die Buchhandlung, die Royal Shopping Promenade, die Fahrstühle, das Labyrinth der Korridore, sogar das Kinderspielzimmer. Mit einem Lageplan in der Hand finde ich den Fitnessraum auf Deck 7 – lange Reihen mit Lifecycles, Ruderapparaten, Tretmühlen, das Aerobicstudio, vollgepfercht mit ältlichen Japanern, die zu lausigem britischen Synthipop herumtrampeln, ein Trainer mit fürchterlichem Gebiss winkt mir zu, ich solle doch mitmachen, ich kotze beinahe. Müde gehe ich in meine Kabine zurück und lege mich hin, nehme apathisch neue Seiten des Drehbuchs wahr, von irgendwoher rübergefaxt, sie liegen auf einem Kissen zusammen mit der Tageszeitung des Schiffes, Meldeformularen, Einladungen zu Partys. Währenddessen ist der gesamte Himmel eine einzige tiefhängende weiße Wolke, und das Schiff fährt gleichgültig unter dieser Wolke dahin.

11

Fred Palakon ruft an, nachdem ich mit dem Essen fertig bin, das mir der Zimmerservice gebracht hat, *Schindlers Liste* läuft im kleinen Fernseher über dem Bett – ein Film, der mich nicht interessiert hat, als er rauskam, den ich aber jetzt seit Freitag schon dreimal angesehen habe, weil er so viele Stunden dauert. Meine Schlussfolgerungen bis jetzt? Erstens: Die Deutschen waren *nicht* besonders cool, zweitens: Ralph Fiennes ist *derartig* dick, und drittens: ich brauch mehr Gras. Die Verbindung ist bei Palakons Anruf ungewöhnlich deutlich und klar, als ob er von irgendwo auf dem Schiff anruft, aber da sonst noch niemand angerufen hat, bin ich mir nicht sicher.

»Na endlich«, murmele ich.

»Wie geht's Ihnen, Victor?«, fragt er. »Ich hoffe, man kümmert sich gut um Sie?«

»Ich hab soeben üppig in meiner Kabine diniert.«

Pause. »Was haben Sie denn gegessen?«

Pause.»Einen … ganz guten Steinbutt.«

Pause. »Das hört sich … lecker an«, sagt Palakon unsicher.

»He, Palakon – warum wohne ich *nicht* in einem Penthouse?«, frage ich und setze mich plötzlich auf. »Warum habe ich *keinen* Butler? Wo ist mein Jacuzzi, Mann?«

»Wahre Gentlemen reden nicht über Geld«, sagt Palakon. »Besonders dann nicht, wenn sie für nichts bezahlen müssen.«

»Hoppla«, sage ich, und dann: »Wer ist denn hier ein Gentleman?«

»Ich versuche mir vorzustellen, dass Sie einer sind, mein lieber Victor.«

»Was sind Sie eigentlich, Palakon? Sie reden daher wie irgendein verhätschelter Wichser.«

»Ist das ein billiger Versuch, auf meinen Gefühlen herumzutrampeln, Mr. Ward?«

»Dieser Seereisenkram ist lang-wei-lig«, sage ich. »Es ist überhaupt niemand Berühmtes oder Junges auf diesem gottverdammten Schiff. Sechzehnhundert Leute an Bord, und alle sind uralt. Alle haben Alzheimer, alle sind blind, alle hinken an Krücken durch die Gegend.«

»Bestimmt übertreiben Sie.«

»Ich hab wirklich genug von diesen alten Leuten, Palakon«, sage ich. »Ich hab derart genug. Ich bin so müde. Ich hab's so satt.«

»Ich rufe sofort bei Cunard an und sag denen, sie sollen an Bord einen Piercingsalon einrichten, ein Tattoostudio und eine Cyberspace-Rollschuhbahn«, sagt Palakon müde. »Etwas, das diese grungemäßige Ehrlichkeit besitzt, die ihr jungen Leute so zu schätzen wisst.«

»Ich werde immer noch so was von müde sein, Palakon.«

»Dann schlafen Sie«, sagt Palakon mit hohler Stimme. »Das tut man doch, wenn man müde ist?«

»Ich hab's, so satt, immer vor mich herzumurmeln: ›Wo bin ich?‹, wenn ich im falschen Gang bin oder auf dem falschen Deck, das dann irgendwie meilenweit entfernt ist von dem Deck, wo ich eigentlich gerade hin wollte.« Ich mache eine Pause und füge dann hinzu: »Umgeben von alten Leuten!«

»Es gibt doch gewiss genügend Sie-befinden-sich-HIER-Pläne überall auf dem Schiff, Victor«, sagte er und verliert die Geduld. »Fragen Sie jemand von den Alten.«

»Aber die Alten sind *blind!*«

»Blinde haben oft einen hervorragenden Orientierungssinn.« Palakon schreit jetzt mehr oder weniger. »*Die* werden Ihnen sagen, wo Sie gerade sind.«

»Ja, aber wo bin ich denn, Palakon?«

»Nach meiner Schätzung irgendwo mitten auf dem Atlantischen Ozean«, seufzt Palakon, er kapituliert. »Mein Gott, muss man Ihnen denn alles erklären?«

Gekränkt platze ich plötzlich heraus: »Ja!«

»Mr. Ward, ich hab nur der Ordnung halber mal angerufen«, sagt Palakon und hat jetzt anscheinend jedes Interesse verloren. »Ich werde mich noch mal melden, ehe Sie Southampton erreichen.«

»He, Palakon, wegen dem …«, fange ich an.

»Ja, Mr. Ward?«

»Wie wär's, wenn ich einen kleinen Abstecher nach Frankreich mache, ehe ich nach London fahre?«, frage ich.

Eine lange Pause, ehe Palakon fragt: »Warum?«

»Ich hab eine Frau kennen gelernt«, sage ich.

Eine weitere Pause. »Ja und?«

»Ich hab – eine – Frau – kennen gelernt«, wiederhole ich.

»Ja, aber ich verstehe nicht, worauf Sie hinauswollen.«

»Also, ich geh mit dieser Frau nach Paris, klar?«, sage ich laut. »Warum sonst sollte ich wohl dahin gehen? Um an einem Fromagefresswettbewerb teilzunehmen? Herrgott, Palakon, wie kann man nur so begriffsstutzig sein.«

»Victor«, fängt Palakon an, »das ist keine so gute Idee. Umkehren – und darauf würde es im Grund hinauslaufen – ist an diesem Punkt undenkbar.«

»Hallo?«, sage ich und setze mich auf. »Könnten Sie das mal wiederholen? Hallo?«

»Machen Sie einfach weiter, halten Sie sich an die Abmachung«, seufzt Palakon. »Folgen Sie schlicht und einfach dem Drehbuch.«

»Palakon, ich will mit dieser Frau nach Paris«, warne ich ihn.

»Das wäre eine fatale Alternative«, warnt mich Palakon seinerseits. »Das wäre selbstzerstörerisch.«

»Aber ich glaube, eben das liegt in meiner Natur«,

erkläre ich. »Ich glaube, genau das macht meinen Charakter aus.«

»Vielleicht wird diese Reise Ihren Charakter verändern.«

»Bin ich nicht so sicher.«

»Ich ruf Sie noch vor Southampton wieder an, Victor.«

»Warten Sie, Palakon ...«

Er schaltet aus.

Gegen zwölf Uhr ziehe ich mir was Legeres an und raffe mich auf, verlasse die Kabine und tue so, als ginge ich irgendwie Richtung Mitternachtsbüffet im Mauretania-Saal, tatsächlich aber ist mir jede Bar recht, wo ich sehr schnell vier Preiselbeer-Wodkas runterkippen und Marina finden kann. Ich streife wie auf einem Laufsteg – es ist kalt draußen und dunkel – das obere Steuerborddeck entlang, ich schaue verstohlen durch die Fenster und beobachte all das lustlose Miteinander am Mitternachtsbüffet. Ich sehe den schwulen Deutschen, der einen Teller in der Hand hat, hoch mit Räucherlachs beladen, und obwohl er auf einen Tisch zusteuert, der nur einen halben Meter von meinem Standort entfernt ist, bezweifele ich, dass er durch die Spiegelung in der Fensterscheibe hindurchsehen kann, doch er fängt an, mit halbgeschlossenen Augen durch sein Abbild hindurchzuspähen, sein Gesicht belebt sich freudig, ich mache eilig kehrt und laufe den Wallaces, die das Deck entlangspaziert kommen, mehr oder weniger direkt in die Arme. Sie trägt, wie es aussieht, ein trägerloses Armani-Abendkleid und hat Stephens Smokingjackett um die Schultern gehängt, zum Schutz vor der Mitternachtskühle.

»Victor!«, ruft Lorrie. »Hier drüben!«

Ich führe eine Hand an die Stirn, um das nichtexistente Licht abzuschirmen, das mich blendet. »Ja? Hallo?«

»Victor!«, rufen sie beide unisono, nur ein paar Meter von mir entfernt. »*Hier* drüben!«

Ich beginne zu hinken, als hätte ich Schmerzen. Pseudojovial strecke ich eine Hand aus, doch dann stöhne ich auf, verziehe das Gesicht, bücke mich, um meinen Knöchel zu massieren.

»Victor, wir haben uns beim Essen schon gefragt, wo Sie denn stecken«, sagt Lorrie. »Ist alles in Ordnung?«

»Ja, Sie wurden sehr vermisst«, fügt Stephen hinzu. »Ist was mit Ihrem Bein?«

»Ja, also, ich bin eingeschlafen«, fang ich an. »Ich hab auch einen ähh … Anruf erwartet, aber ich … bin eingeschlafen.«

Pause. »Hat Sie Ihr Anruf denn erreicht?«, fragt Lorrie semi-beunruhigt.

»O ja«, sage ich. »Jetzt ist alles in Ordnung.«

»Aber was ist los mit Ihrem Bein?«

»Also, als ich nach dem Telefon gegriffen hab … da ist es, also ungeschickterweise bin ich da vom Stuhl gefallen, auf dem ich gesessen habe, ähh geschlafen habe, und dann, also als ich nach dem Telefon greife … da ist das tatsächlich runtergefallen und mir« (eine wirklich lange Pause) »aufs Knie.«

Weitere sehr lange Pause. Niemand sagt etwas.

»Da hab ich dann versucht, aufzustehen, ich war ja die ganze Zeit ständig am Telefon, und da bin ich dann tatsächlich über den Stuhl gestolpert … neben dem Fernseher …« Ich halte inne, damit sie mich unterbrechen können.

Schließlich sagt Stephen: »Das muss ja eine irre Szene gewesen sein.«

Ich stelle mir vor, wie lächerlich diese Nummer ausgesehen hätte, und schiebe als revidierte Erklärung taktvoll nach: »Tatsächlich hab ich das alles ganz elegant gemeistert.«

Lorrie und Stephen nicken beide, sie versichern mir stumm, dass sie da keinerlei Zweifel haben. Was nun folgt, ist ein schlichtes Routineschauspiel, die Sätze kommen rasch und ordnen sich mühelos ein, weil ich in der Ferne Marina entdeckt habe, die mit dem Rücken zu mir an der Reling steht und ihren Blick auf den dunklen Ozean gerichtet hat.

»Morgen Abend, Victor?«, schlägt Lorrie mit einem Frösteln vor.

»Mensch, ihr seid wirklich hartnäckig. Okay, okay, morgen Abend«, sage ich und starre zu Marina hinüber. »Ach, Moment – morgen Abend esse ich mit jemand anderm. Wie wär's nächste Woche?«

»Aber nächste Woche sind wir nicht mehr auf dem Schiff!«

»Nicht mehr? Gott sei Dank.«

»Bringen Sie doch bitte Ihren Gast mit«, sagt Lorrie.

»Ist das okay, wenn ich jemand mitbringe?«, frage ich.

»Oh, klar«, sagt Stephen und reibt sich die Hände. »Quartett, was?«

»Nein, sie ist Amerikanerin.«

»Bitte?« Stephen beugt sich lächelnd her.

»Sie ist Amerikanerin.«

»Ja … Warum? Natürlich ist sie das«, sagt Stephen verwirrt. Lorrie versucht, mich nicht ungläubig anzustarren, doch es misslingt ihr.

»Und bitte«, sagt Stephen, »wenn Sie in London sind, dann müssen Sie uns unbedingt auch besuchen.«

»Aber ich fahre auf jeden Fall nach Paris«, murmele ich und starre auf das Girl an der Reling. »Ich komme auf keinen Fall nach England.«

Die Wallaces stecken das nonchalant weg, sie scheinen diese Information endlich geschluckt zu haben und treten mit einem »Bis morgen Abend dann!« ab, als ob es eine große Sache wäre, die sie heraufbeschworen haben. Aber sie scheinen befriedigt, sie zögern nicht länger, und ich mache mir nicht einmal die Mühe, von ihnen wegzuhumpeln. Stattdessen gleite ich langsam über das Deck, hin zu Marina, sie trägt weiße Slacks und einen weißen Kaschmirpullover, und so, wie diese Kleider zu ihr passen, macht sie einen semi-jungfräulichen Eindruck, semi-schlimm, meine Schritte werden schüchterner, fast schleiche ich mich wieder davon, betäubt, wie schön sie gerade jetzt aussieht, sie isst ein Eis in einem Hörnchen, rosa und weiß, die Decks sind eigentlich hell erleuchtet, aber Marina steht an einer dunkleren Stelle, wo es auch irgendwie windiger zu sein scheint. Ich tippe ihr auf die Schulter und begrüße sie mit einem fragenden Blick.

»Wo hast du das her?«, frage ich und deute auf das Eishörnchen.

»Ach, hi«, sagt sie und sieht mich beiläufig an. »Ein netter älterer Herr – ich glaube, er hieß Mr. Yoshomoto – hat das für mich zubereitet, obwohl ich ihn, glaube ich, gar nicht darum gebeten hatte.«

»Ah.« Ich nicke, und dann mache ich eine weitschweifige Geste. »Was siehst du dort draußen?«

»Ach, ich weiß schon«, sagt sie. »Es ist alles dunkel.«

»Und es ist kalt«, sage ich und schaudere theatralisch.

»Ist nicht so schlimm«, sagt sie. »Mir war schon mal kälter.«

»Ich hab dich bereits gesucht, aber ich hab deinen Nachnamen vergessen.«

»Wirklich?«, fragt sie. »Was wolltest du denn von mir?«

»Es hat ein Volkstanzwettbewerb stattgefunden, da wollte ich teilnehmen«, sage ich. »Seemanns-Hornpipe, alle Klassen.«

»Er ist Gibson,«, sagt sie lächelnd.

»Stellen wir uns doch noch einmal vor«, meine ich und trete ein, zwei Schritte zurück. »Hi – ich heiße Victor Ward.«

»Hallo«, spielt sie mit. »Ich heiße Marina Gibson.«

»Ich hoffe, ich störe dich jetzt nicht.«

»Nein, nein, ich freu mich, dass du vorbeigekommen bist«, sagt sie. »Du bist eine … nette Ablenkung.«

»Von?«

Sie macht eine Pause. »Vom Nachdenken über gewisse Dinge.«

Innerlich seufze ich. »Und was treibt Gavin jetzt?«

Sie lacht überrascht. »Ach, ich sehe, du hast deinen Part gut gelernt.« Sie wischt sich den Mund mit einer Papierserviette ab, beugt sich dann vor und wirft den Rest des Eishörnchens in einen Abfalleimer. »Gavin ist mit einer gewissen Baronin auf den Fidschis.«

»Ach, einer *gewissen* Baronin?«

»Gavins Eltern besitzen irgendwie so was wie – ach, ich weiß auch nicht – Coca-Cola, aber er hat nie Geld.«

Etwas in mir zuckt. »Spielt das für dich eine Rolle?«

»Nein«, sagt sie. »Überhaupt keine.«

»Schau nicht zurück«, sage ich. »Man sollte nie zurückschauen.«

»Ich bin recht gut darin, alle Verbindungen mit der Vergangenheit zu kappen.«

»Ich glaube, das ist eine mehr oder weniger attraktive Eigenschaft.«

Während sie an der Reling lehnt, fängt Marina einfach an zu reden: Der drastische Wechsel von Frisuren, ihre Karriere, die deswegen auch so einen Semi-Schub bekommen hat, die wackligen Flüge nach Miami, das Älterwerden, und wie sie sich gerne mit Licht von links fotografieren lässt, damit ihre durch einem Rollerblade-Unfall vor drei Jahren gebrochene, schief gebliebene Nase nicht auffällt, ein Club in Ostberlin namens Orpheus, wo sie Luca Fedrizzi getroffen hat, die Wochenenden in Armanis Haus in Brioni, die Bedeutungslosigkeit von Zeitzonen, ihre grundsätzliche Gleichgültigkeit, ein paar Schlüsselfiguren, was das alles eigentlich soll. Ein paar Details sind winzig (wie sie im Jaguar ihrer Mutter die Fenster runterdrehte, um rauchen zu können, wenn sie von irgendwelchen Partys in Connecticut nach Hause raste, der furchtbare halbseidene Kampf zwischen Agenten, Bücher, die sie nie gelesen hat, die paar

Gramm Koks, die man in Puderdosen mit sich führt, die Weinanfälle bei Drehterminen, die das Make-up von zwei Stunden verwüsten), aber die Art, wie sie das erzählt, macht ihre Welt größer. Natürlich war sie während der Modeling-Phase immer am Ende und kurz vor dem Zusammenbruch, und so viele Freunde sind gestorben, Prozesse wurden begonnen und dann wieder abgebrochen, es gab Streitereien mit Albert Watson, eine unglückliche Affäre mit Peter Morton, wie dann alles im Sand verlief, und der Alkoholismus ihrer Mutter, und der Bruder, der an Herzrhythmusstörungen in Verbindung mit pflanzlichen Ecstasy-Pillen starb, und all das führt hin zu einem Designer, der sich in sie verliebte (platonisch) und dann an Aids starb und Marina eine so beträchtliche Summe hinterließ, dass sie das Modeln aufgeben konnte. Wir geben beide zu, dass wir jeweils jemand kannten, der einen Selbstmordbrief mit einem Smiley unterzeichnet hat.

Zuerst gelingt es mir, noch so zu schauen, als würde ich mit intensiver Konzentration zuhören, und tatsächlich krieg ich auch das eine oder andere mit, aber im Grunde hab ich das ja alles schon mal gehört, dann kommt sie mir während des Sprechens näher, ich horche auf, ich bin erleichtert. Ich blicke sie stumm an, ich merke: Ich bin aktiviert. Ich starre ihr länger als eine Stunde ins Gesicht, stelle die richtigen Fragen, lenke sie auf bestimmte Gebiete, mime angemessene Reaktionen, nicke voll Sympathie, wenn es nötig ist, manchmal liegt in meinen Augen eine Traurigkeit, die halb real ist und halb nicht. Das einzige Geräusch abgesehen von ihrer Stimme ist die See unter uns, ferne Wellen, die gegen den Schiffsrumpf klatschen. Gedankenverloren bemerke ich, dass kein Mond am Himmel steht.

Sie fasst alles bitter zusammen mit den Worten: »Das Leben eines Models – Reisen, jede Menge oberflächlicher Leute treffen – das ist alles so …«

Diesen Satz lass ich sie nicht zu Ende sprechen, weil mein Gesicht ihrem so nahe ist – sie ist hochgewachsen, wir haben dieselbe Größe –, dass ich mich vorbeugen und leicht ihre Lippen küssen muss, sie zieht sich zurück, sie ist nicht überrascht, wieder küsse ich sie leicht, und ihre Lippen schmecken kalt und vom Eis wie Erdbeeren.

»Nicht. Bitte nicht, Victor«, murmelt sie. »Ich kann nicht.«

»Du bist so schön«, flüstere ich. »Du bist so schön.«

»Victor, nicht … jetzt.«

Ich trete einen Schritt zurück und recke mich, ich tue so, als sei nichts geschehen, aber schließlich kann ich nicht anders und sage: »Ich möchte mit dir nach Paris fahren«, und sie tut, als habe sie mich nicht gehört, sie verschränkt die Arme und lehnt an der Reling mit einem traurigen, gelassenen Blick, der ihr Gesicht verträumter wirken lässt.

»Hey, gehen wir tanzen«, schlage ich vor, schaue dann auf die Uhr, die ich nicht trage, und tue rasch so, als würde ich eine nichtexistente Sommersprosse auf meinem Handgelenk inspizieren. »Wir können zur Jachtclubdisco gehen. Ich tanze gut.«

»Ich glaube, der Jachtclub würde dir nicht gefallen«, sagt sie. »Es sei denn, du tanzt gerne stundenlang zu einer Discoversion von ›Don't Cry For Me, Argentina‹. Und außerdem gibt es dort einen DJ, der Jamtastica heißt.«

»Na, wie wär's dann mit einem Drink? So spät ist es noch nicht.« Wieder sehe ich auf die nichtexistente Uhr. »Damit muss ich mal aufhören.«

»Es ist eigentlich schon sehr spät«, sagt sie. »Ich sollte jetzt schlafen.«

»Magst du noch in meine Kabine kommen? Auf einen Drink?«, frage ich und folge ihr, als sie von der Reling weggeht. »Ich hab noch einen unausgepackten Korb

Obst auf dem Zimmer, den können wir uns teilen. Ich werde mich tadellos aufführen.«

»Das ist sehr lieb, Victor«, sagt sie, »aber ich bin müde.«

»Ich will mit nach Paris«, sage ich plötzlich.

Marina hält an und dreht sich zu mir um. »Warum?«

»Kann ich?«, frage ich. »Ich meine, wir brauchen ja nicht im selben Hotel zu wohnen, aber kann ich, irgendwie so, mit dir weiterreisen?«

»Und was ist mit London?«

»London kann warten.«

»Du bist zu impulsiv«, sagt sie besorgt und geht weiter.

»Das ist eben eine von meinen vielen tollen, richtig tollen Eigenschaften.«

»Hör mal, lass uns einfach …« Sie seufzt. »Lass uns mal abwarten, wie die Dinge laufen.«

»Die Dinge laufen hervorragend«, sage ich. »Die Dinge könnten aber noch besser werden. Weißt du, es ist mir ja irgendwie peinlich, aber ich will's gestehen, ich konnte dich diese letzte Stunde nur anstarren, und, und, und jetzt will ich mit nach Paris.«

»Was soll ich denn dazu sagen?«

»Sag einfach ja, cool, klar, toll. Sag einfach: ›Ja, Victor, du kannst mit mir nach Paris kommen‹«, sage ich zu ihr und dann mit theatralischem Ernst: »Weißt du, Baby, ich brauche keine Einladung – ich kann dir ja auch einfach folgen.«

»Dass du mir dann, äh, durch ganz Paris immer hinterherläufst?«

»Sag doch einfach: ›Victor, du darfst mitkommen – ich gebe dir die Erlaubnis‹, und dann verneige ich mich und küsse dir die Füße und …«

»Aber ich weiß nicht, ob ich das schon sagen kann.«

»Ich erspare dir die Peinlichkeit, zugeben zu müssen, was du eigentlich sagen möchtest.«

»Du hast keine Ahnung, was ich sagen möchte.«

»Aber ich weiß jetzt alles von dir.«

»Aber ich weiß überhaupt nichts über dich.«

»Hey.« Ich bleibe stehen, breite die Arme aus. »Das ist alles, was du wissen musst.«

Sie starrt mich an und lächelt. Ich starre zurück, bis ich wegsehen muss.

»Gehst du wenigstens morgen Abend mit mir essen?«, frage ich pseudoschüchtern.

»Das wäre …« Sie hält inne und überlegt etwas.

»Hmm, Baby? Ich warte.«

»Das wäre …« Sie macht wieder eine Pause und sieht an mir vorbei in die ganze Dunkelheit.

Ich fange an, an einem Nagel zu kauen, suche dann in meiner Taschen nach einem Kleenex, einer Zigarette, einem Mentos, irgendeinem Requisit, mit dem ich mich beschäftigen kann.

»Das wäre … nett.«

Ich stoße einen tiefen Seufzer der Erleichterung aus und presse mir die Hand aufs Herz, als hätte ich mich eben von einem sehr schweren Schlag erholt. Kein Mikrofon mehr, als wir uns gute Nacht sagen, die Crew ist schon weggewinkt worden, jetzt kommt noch ein Kuss, und in diesem Kuss spüre ich, ich kann mir nicht helfen, dass irgendein Muster erkennbar wird, und dann der Aufbruch.

Während ich mich anziehe, um mich dann mit Marina um halb acht in der Queen's Lounge zu treffen, vor dem Abendessen mit den Wallaces, kommt eine Durchsage des Kapitäns über die Lautsprecheranlage, irgendwas von einem Notruf von einem Schiff, an dem die *QE 2* gegen neun Uhr längsseits gehen wird, um ein zuckerkrankes Besatzungsmitglied aufzunehmen, dem das Insulin ausgegangen ist, und als ich zur Lounge gehe, komme ich an Dutzenden von besorgten alten Leuten vorbei, die fragen, ob dieser unvorhergesehene Aufenthalt denn nun die Ankunft in Southampton verzögern wird, und die überaus geduldigen Chefstewards versichern ihnen gehetzt, aber freundlich, dass das durchaus nicht der Fall sein wird, und ich sage mir, Scheiße, und wenn schon? Ihr seid alt. Wenn ich Chefsteward wäre, würde meine Antwort lauten: »Ist eh egal, ihr seid doch tot, ehe der Kahn hier anlegt.«

Heute Abend ist mein Haar straff zurückgegelt, ich hab einen kleinen Spritzer Toilettenwasser aufgelegt, ich trage den Comme-des-Garçons-Smoking – frisch gebügelt – und komme mir semi-retro vor. Als ich Marina heute Morgen anrief und ihr vielleicht ein Abendessen vorschlug, sagte sie, sie habe vor, den Tag damit zu verbringen, sich zu verwöhnen und sich aus dem Loch zu holen – Gesichtsmaske, Massage, Yoga, Aromatherapie, Handlesen –, und weil ich mich bereits so eng mit ihr verbunden fühle, braucht man mir nichts weiter zu sagen, ich bleibe den Tag über auch für mich, latsche durch die Gegend, tändele im Sportstudio rum, spiele auf dem StairMaster imaginäre Unterhaltungen mit ihr noch mal durch und probe Worte, die ich beim Sex gebrauchen werde.

Ich bestelle einen Martini, setze mich auf einer plüschigen Antikcouch neben der Bar in Positur, wo ein Steward mir die Zigarette anzündet, und aus halb acht ist plötzlich acht geworden, ich habe noch einen Martini bestellt und noch zwei Marlboro Lights geraucht und die Komparsen angestarrt. Heute Abend ist förmliche Kleidung angesagt, die Männer tragen Smoking (tatsächlich entdecke ich unter den vielen nicht einen einzigen ordentlichen), und geschmacklose, mit Pailetten besetzte Kleider hängen an alten Weibern, und alle, die vorbeikommen, schwatzen unablässig über absolut gar nichts.

Vom Bartelefon aus wähle ich Marinas Kabinennummer, aber es tut sich nix.

Um Viertel nach acht sagt die Crew schließlich, es sei Zeit für die nächste Kulisse, die Wallaces warten. Ich drücke eine halbgerauchte Zigarette aus, fluche, und ehe ich den zweiten Martini leeren kann, hat der Regisseur ihn mir »höflich aber bestimmt« weggenommen und angedeutet, ich hätte »genug«, ich solle mich vielleicht »mäßigen«, das würde vielleicht »meinem Auftritt gut tun«. Ich reiß ihm den Martini wieder aus der Hand, trinke ihn aus und sage laut, mit schmatzenden Lippen: »Das – glaube – ich – kaum.« Ich werfe ihm die goldene VIP-Karte aus der Requisite zu und murmele: »Rechnung abzeichnen, Schwachkopf.«

8

Der Queen's Grill ist knallvoll, aber die Wallaces sitzen vorne am Eingang an einem Vierertisch. Als ich die Stufen hinuntergehe, steht Stephen, im Smoking, auf und winkt mir zu, als hätte der Abend heute einen ganz besonderen Anlass, Lorrie sitzt züchtig neben ihm und hat das Armanikleid von gestern Abend an. Überall im Queen's Grill stehen riesige Blumenarrangements rum, die man vorsichtig umrunden muss, und Dutzende von Kellnern mit Tabletts voller Champagnergläser kommen mir entgegen. Ich pralle sanft gegen einen Oberkellner am Nebentisch, als er für eine Gruppe Japanerinnen Crêpes zubereitet, die dem hübschen jungen Gaijin bewundernd zulächeln, als er Stephen Wallaces fleischige Hand drückt.

»Ah, Victor – hallo!«, sagt Stephen, während ein Kellner einen Stuhl für mich zurechtrückt. »Wo ist denn Ihr Gast?«

»Ich bin mir auch nicht sicher, Mann«, sage ich und will schon den Arm heben, um auf die nichtexistente Uhr zu sehen. »Sie hat gesagt, sie trifft mich in der Lounge auf einen Drink, und ist dann nicht gekommen.« Ich mache eine mürrische Pause. »Sie weiß, wo wir jetzt essen, aber, Mann, das bringt mich irgendwie runter.«

»Nun, hoffen wir, dass sie noch kommt«, sagt Stephen. »Und einstweilen – Champagner?«

»Unbedingt«, sage ich und greife nach dem Glas.

»Das ist, ähh, meines«, sagt Lorrie vorsichtig.

»Ach, sorry«, sage ich, und ein Kellner gießt aus einer Flasche Dom Pérignon in ein Glas ein, das neben meiner Serviette steht.

»Also, Victor, was haben Sie so getrieben?«, fragt Stephen.

»Wissen Sie, Stephen, alter Freund«, beginne ich vage und überlege mir die Antwort, während ich das Kribbelwasser schlucke, »ich weiß eigentlich gar nicht genau, was ich getrieben habe.«

Beide lachen ein wenig entsetzt.

»Was treibt ihr beiden denn so?«, frage ich schließlich und hole Luft. »Nun, ich arbeite bei einer Werbeagentur in London ...«, beginnt Stephen.

»Echt, ja? Ist doch nett«, unterbreche ich ihn. »Ich meine eigentlich: hier auf dem Schiff, aber trotzdem. Fahren Sie fort. Kann ich noch ein Glas Champagner haben?«

»Ich eröffne Restaurants«, fällt Lorrie ein wenig zu gierig ins Wort, während ein Kellner mein leeres Glas füllt. »Wir waren gerade in Manhattan und haben uns Räumlichkeiten in TriBeCa angeschaut. Es wäre mein erstes in den Staaten.«

»Echt, ja?«, sage ich und stöhne innerlich. »Super. Was denn für Restaurants?« Ich trinke das neue Glas Champagner aus und zeige wieder darauf, nachdem der Kellner Stephen und Lorrie ein wenig nachgeschenkt hat. Zögernd füllt er meins wieder nach. Stephen nickt dem Kellner zu, eine Geste, dass er noch eine Flasche bringen soll.

»Das letzte, was ich eröffnet habe, das war in Holland Park«, sagt Lorrie. »Ich fände es ganz wunderbar, wenn Sie mal vorbeischauen würden, wenn Sie dann in London sind.«

»Aber, verstehen Sie, ich werde – nicht – in – London – sein, Baby«, sage ich genervt und beuge mich rüber zu Lorrie, um zu betonen, was ich sage, aber als mir klar wird, wie unhöflich das klingt, füge ich hinzu: »Das ist natürlich ein sehr, ähh, cooles Angebot.«

»Lorrie ist eine hervorragende Köchin«, sagt Stephen.

»Echt, ja?«, sage ich wieder und stemme die Absätze in den Teppich. »Was ist denn Ihre Spezialität, Baby?«

»Varianten der klassischen kalifornischen Küche, könnte man sagen.« Lorrie legt nachdenklich den Kopf schief.

Als deutlich wird, dass man jetzt von mir eine Äußerung erwartet, frage ich mit starrem Blick: »Sie meinen, verglichen mit der … einfach so kalifornischen Küche?« Und dann, jedes Wort sorgfältig artikuliert und ohne das geringste Interesse an einer Antwort: »Oder der … postkalifornischen Küche?«

»Auf jeden Fall ist ein pazifischer Einfluss dabei«, fügt Stephen hinzu. »Ich meine, wir wissen schon, es hört sich schrecklich trendy an, aber da gibt es einen Riesenunterschied.«

Ich weiß nicht weiter, ich frage: »Zwischen was?«

»Zwischen … kalifornischer Küche und, nun ja, *post*kalifornischer Küche«, sagt Stephen ein wenig zu geduldig.

»Und pazifischem Einfluss«, fügt Lorrie hinzu.

Eine lange Pause.

»Weiß jemand, wie spät es ist?«, frage ich.

Stephen sieht auf die Uhr. »Zehn vor neun.«

Eine weitere lange Pause.

»Also so à la Junggemüse-Guava-Pasta-roter-Mais-Jakobsmuscheln-in-Wasabi-und-Fajitas, was? Diese Ecke?«, frage ich, und meine Augen werden glasig.

»Also, grob gesagt, ja, das gehört dazu«, sagt Lorrie zögernd.

Ich hab nichts mehr zu sagen, und gerade, als ich zum Regisseur rüberschauen und »Text!«, brüllen will, lässt mich das abrupte Geräusch eines Champagnerkorkens zusammenfahren, gefolgt von Stephens Frage: »Sie wollen also immer noch nach Paris, Victor?«

»Ich glaube, ich wollte schon immer nach Paris, Stephen, mein Guter«, sage ich.

»Was führt Sie denn wirklich nach Paris, Victor?«, fragt Stephen, und seine Augen werden schmal. »Haben Sie dort Freunde?«

»Also, ich will Ihnen beiden da ein kleines Geheimnis anvertrauen«, sage ich.

»Ja?«, sagen beide und beugen sich vor.

»Ich *sollte* eigentlich nach London«, gebe ich zu, dann lächele ich töricht und flüstere: »Ich bin abgelenkt worden.«

»Nun, ich hoffe, nicht allzu lange«, sagt Stephen. »Sie müssen auf dem Rückweg in die Staaten in London Station machen.«

»Schaun wir mal, wie sich die Dinge in Paris entwickeln, Stephen«, sage ich zuversichtlich und trinke wieder mein Glas Champagner leer.

Da ich mit dem Rücken zum Eingang des Queen's Grill sitze, sehe ich Marina nicht hereinkommen, aber alle Köpfe fliegen in die Richtung, und obwohl Stephen und Lorrie Marina nie begegnet sind, verstummt das Wallace-Geschwatze jetzt durch ihre Ankunft, und auch ich drehe mich aufs Stichwort instinktiv um. Marina sieht überwältigend aus, sie hat ohne jede Anstrengung die Rolle übernommen, die einen Star hervorbringen wird; die Make-up-Designer und die Kostümcrew haben Unwahrscheinliches geleistet, und ihr Haar ist so straff und so elegant nach hinten gesteckt, dass ich mich praktisch auf meinem Stuhl winde, und dann strecke ich eine Hand aus, um sie an den Tisch zu führen. Vorsichtig nimmt sie sie, als würde ich ihr über eine Schwelle helfen, vor der sie sich gefürchtet hat, aber weil *ich* ja auf der anderen Seite stehe – hey, da ist doch alles okay. Man stellt sich einander vor, während sie sich setzt.

»Es tut mir so Leid, dass ich zu spät komme«, sagt Marina aufrichtig.

»Ach, schon gut«, sage ich. »Wir hatten eine sehr,

sehr interessante und lebhafte Unterhaltung über ...«
Ich bleibe stecken und muss zu den Wallaces hinüber-
schauen.

»Kalifornische Küche«, erinnert mich Stephen.

»Ah jaah.«

»Champagner?«, fragt Stephen Marina etwas zu be-
flissen.

»Danke«, sagt Marina, während er eingießt, und dann
fragt sie – ein Versuch, sich gleich in die Unterhaltung
einzuschalten –: »Halten wir bald an?«

»In etwa fünfzehn Minuten«, sagt Stephen und stellt
die Champagnerflasche in den Kübel zurück. Ich nehme
sie wieder heraus und gieße mir noch ein Glas ein.

»Findet das eigentlich niemand seltsam?«, fragt Marina und lässt sich vom Oberkellner eine Serviette auf
den Schoß breiten.

»Ich glaube, das Seerecht verpflichtet alle Schiffe, dass
sie sich gegenseitig in Notfällen Hilfe leisten«, sagt Stephen. »Da macht die QE 2 wohl keine Ausnahme.«

»Im Grunde ist es ja kein großer Umstand«, sagt Lorrie und mustert Marina langsam von oben bis unten.

»Ich weiß gar nicht, wie sie das Schiff in diesem Nebel
finden sollen«, sagt Marina.

»Tatsache – ist Nebel?«, frage ich, ich habe immer
gedacht, ich starre auf eine riesige graue Wand, aber in
Wirklichkeit ist es ein großes Fenster, das zum Steuerborddeck geht. »Hoppla«, murmele ich.

»Nun, mit Radar kann man heutzutage ganz ...«,
fängt Stephen an.

»Entschuldigen Sie«, sagt Lorrie und schaut Marina
genau an, »aber kennen wir uns nicht?«

Marina betrachtet Lorrie. »Ich bin mir nicht ...«

»Ich meine, sind wir uns schon einmal begegnet?«,
fragt Lorrie. »Sie kommen mir erstaunlich bekannt vor.«

»Sie ist Model«, werfe ich ein. »Daher kommt's.«

»Nein, nein, das ist es nicht«, sagt Lorrie, und dann,

sanft stochernd: »Sind Sie aus New York? Könnten wir uns da getroffen haben?«

»Ich glaube nicht, dass wir uns kennen«, sagt Marina, dann lächelt sie und fügt mit etwas gepresster Stimme hinzu: »Aber wer weiß?« Sie hebt das Champagnerglas, führt es an die Lippen, trinkt aber nicht.

»Aber ich bin mir ganz sicher«, murmelt Lorrie und schaut sie an. »Ganz bestimmt.«

»Wirklich?«, fragt Marina ein bisschen panisch.

»Ja, ich bin mir sicher, dass wir uns begegnet sind«, insistiert Lorrie.

»Wo denn, Darling?«, fragt Stephen.

»Das fällt mir eben nicht ein«, murmelt Lorrie.

»Sind Sie oft in den Staaten?«, fragt Marina.

Aber da kommt unser Kellner, und Stephen schlägt vor, dass wir jetzt bestellen, ehe das Schiff dann hält, und ich bin sehr dafür, damit sich der Abend dann endlich auch mal in eine andere Richtung entwickeln kann. Marina will nichts, sie sagt, sie sei im Grund gar nicht hungrig. Stephen sagt etwas wie »Nun, meine Liebe, einen Kinderteller können Sie ja nicht bestellen«, und das ist unser Stichwort für »herzliches Gelächter«. Erster Gang: Kaviar. Zweiter Gang: die Mädels wählen Hummermedaillons anstatt Foie gras. Dritter Gang: Ente. Stephen bestellt zwei Flaschen Wein beim Sommelier, den seine Wahl zu beeindrucken scheint.

»Und woher kennt ihr euch alle?«, fragt Marina.

»Wir kennen vor allem Victors Vater«, sagt Stephen.

»Ja, ich hab die Leute noch nie im Leben gesehen.«

»Tatsächlich?«, fragt Marina und dreht sich zu mir um. »Wer ist denn dein Vater?«

»Damit will ich im Augenblick echt nicht groß anfangen«, sage ich. »Ich habe Ferien, und so soll's auch bleiben.«

»Waren Sie kürzlich in Berlin?«, fragt Lorrie plötzlich Marina.

»Nein.« Marina lächelt, aber sie erstarrt ein wenig, ehe sie wiederholt: »Nein.«

»Ich glaube, es war in Berlin, aber ihre Frisur ist jetzt anders«, murmelt Lorrie andeutungsweise. »Ja, es war in Berlin.«

»Liebling, bitte«, sagt Stephen. »Reden wir von etwas anderem.«

»Ich war seit Jahren nicht mehr in Berlin«, sagt Marina mit einem Stirnrunzeln.

Lorrie betrachtet sie mit zusammengekniffenen Augen. »Das macht mich verrückt, aber ich weiß genau, wir haben uns schon einmal getroffen.«

»Sie ist Model«, sage ich und zupfe einen Kellner am Ärmel, damit er noch mehr Champagner bringt. »*Deshalb*, Baby.«

Der Sommelier hat die beiden Flaschen Wein geöffnet, und nachdem Stephen beide probiert hat, dekantiert der Sommelier sie in Karaffen, und wir vier konzentrieren uns auf dieses Schauspiel. Goldgeränderte Teller werden vor uns hingestellt, und eine Dose Beluga-Kaviar wird an den Tisch gerollt. Während der Oberkellner den Kaviar auf unseren Tellern arrangiert und ich über das neue Design – nicht das *alte* Design, das *neue* Design – von *Raygun* plappere, unterbricht uns ein Fotograf, der den Raum nach Kunden durchkämmt, mit der Frage, ob wir gerne ein Bild von uns hätten.

»Wahnsinnsidee«, sage ich überlaut und klatsche in die Hände.

»Nein, nein«, meinen die Wallaces und schütteln nachdrücklich den Kopf.

»Vielleicht nach dem Essen«, sagt Lorrie.

»Ach, kommen Sie«, sage ich und wende mich an Marina. »Das ist dann ein schönes Souvenir.«

»Victor, nein«, sagt Marina. »Nicht gerade jetzt.«

»Ja, Victor«, sagt Stephen. »Später vielleicht.«

Der Fotograf kauert vor dem Tisch, wartet auf eine Entscheidung.

»Also, verdammt noch mal«, sage ich. »Kommt schon, Leute. Ach, drücken Sie einfach drauf«, sage ich zu dem Fotografen. »Machen Sie's einfach.«

»Victor, bitte«, sagen die Wallaces unisono.

»Ich fühl mich im Augenblick nicht besonders fotogen«, sagt Marina, was völlig daneben ist.

»Na, ich bin bereit für die Kamera, Babys«, rufe ich. »Los jetzt, Meister.«

Als das Blitzlicht zuckt, versuche ich, mich zu Marina rüberzulehnen, die ein Stückchen zurückweicht, Richtung Oberkellner, der zur Seite getreten ist und geduldig wartet, dass er mit dem Servieren des Kaviars weitermachen kann.

Die Wallaces schauen mich starr und streng an, während ich dem Fotografen meinen Namen und meine Kabinennummer sage und vier Bilder bestelle. Als er davongeht, kündigt der Kapitän über die Lautsprecheranlage an, dass die QE 2 in ein paar Minuten anhalten wird, wir sollen bitte sitzen bleiben, es habe nicht viel Sinn, aufzustehen und zusehen zu wollen, da der Nebel uns wahrscheinlich die ganze Sicht nimmt und wir ohnedies bald weiterfahren. Aber ein Großteil der Massen im Queen's Grill ignoriert den Vorschlag des Kapitäns und wandert von den Tischen hinüber auf die Steuerbordseite, unter ihnen auch – dankenswerterweise – die Wallaces, obwohl das nur ein Vorwand zu sein scheint, um mit dem Regisseur zu reden. Der Oberkellner legt den Rest des Kaviars vor und geht davon. Ich gieße mir ein Glas Weißwein aus einer der Karaffen ein, als Marina meine Schulter berührt.

»Victor«, sagt sie.

»Ich glaube, sie sind böse auf mich«, sage ich. »Ich glaube, das mit dem Foto hat ihnen nicht gefallen. Scheiß-Engländer, weißt du? Gott im Himmel. Ich meine, ich weiß schon, du und ich, wir sind's gewöhnt, aber ...«

»Victor«, sagt sie wieder.

»Ich weiß, ich weiß, es tut mir Leid«, sage ich. »Aber Baby, du siehst *fantastisch* aus.«

»Victor, du bist betrunken«, sagt sie.

»Und du bist fantastisch ...«

»Victor, ich muss mit dir reden.«

»Und ich muss mit *dir* reden, Baby.« Ich ergreife ihre Hand unter dem Tisch.

»Nein, ich meine im Ernst«, sagt sie und zieht sie zurück.

»Das mein ich auch«, sage ich und beuge mich zu ihr rüber.

»Victor, hör auf«, sagt sie. »Du *musst* jetzt wieder nüchtern werden.«

»Baby, du bist ...«

»Ich muss gehen«, sagt sie und schaut zu den Wallaces rüber. »Ruf mich an, wenn du mit dem Essen fertig bist.«

»Nein-nein-nein-nein«, sage ich, mit einem Mal nüchtern. »Das läuft nicht, Baby. Du musst hierbleiben. Du kannst mich nicht allein ...«

»Ich gehe jetzt, und du rufst mich in meiner Kabine an, wenn du mit dem Essen fertig bist«, erklärt Marina geduldig.

»Warum kann ich nicht mitkommen?«, frage ich. »Was läuft denn? Ist was nicht in Ordnung?«

»Ich muss gehen«, sagt sie und erhebt sich.

»Ich komm auch mit«, sage ich und halte ihren Arm fest. »Ich tu, als wär mir schlecht.«

»Nein, das ist unmöglich«, sagt sie. »Lass *los.*«

»Baby, komm schon ...«

»Es ist zwingend notwendig, dass du mich sofort nach dem Essen anrufst!«, sagt sie und löst sich vom Tisch. »Weißt du, was ›zwingend notwendig‹ bedeutet?«

»Dass ich« – ich schiele verwirrt zu ihr hoch – »dass ich ... dich nach dem Essen anrufen muss?«

»Okay«, sagt sie semi-erleichtert.

»Baby, was ist denn los?«

»Ich hab jetzt keine Zeit für Erklärungen.«

Die Wallaces haben sich nun wieder Richtung Tisch in Bewegung gesetzt, zusammen mit den meisten anderen Passagieren, enttäuschtes Gemurmel strömt durch das Restaurant – weswegen wohl? Weil sie einen zucker-kranken Matrosen nicht zu Gesicht bekommen haben? Ich bin völlig hilflos.

»Baby«, fang ich an. »Ich kann dem Ganzen nicht folgen ...«

»Richte ihnen aus, dass ich eine gute Nacht wünsche«, sagt Marina und geht rasch aus dem Restaurant.

Ich sehe zu, wie sie durch einen Korridor verschwindet, dann bemerke ich einen Kellner in der Nähe, der meinen Gesichtsausdruck wahrnimmt und traurig die Achseln zuckt, mit mir fühlt.

»Zu neblig, verdammt«, sagt Stephen und rückt Lorrie den Stuhl zurecht.

»Wo ist denn Ihre Freundin hin?«, fragt Lorrie und nimmt Platz.

»Ich weiß es nicht«, seufze ich. »Irgendwas macht sie fertig.«

»Ich hoffe, wir haben sie nicht verärgert«, sagt Lorrie.

»Liebling, iss deinen Kaviar«, sagt Stephen.

Später bestehen die Wallaces darauf, dass ich mit ihnen zu einer Karaoke-Party im Club Lido gehe, aber ich bin betrunken, und die einzelnen Dinge, die mich umgeben, verschwimmen mir vor den Augen und werden unscharf, und ehe ich in meine Kabine renne, richtet sich die Kamera auf ein Dessert: ein goldgeränderter Teller, Himbeeren, Blaubeeren, zwei Kugeln Vanille-mousse umgeben einen Bonsai aus Schokolade.

Wieder auf meinem Zimmer, ziemlich total zugeknallt, rufe ich in Marina Gibsons Kabine an, aber
niemand geht dran. Als ich der Vermittlung sage, sie soll
kontrollieren, ob sie auch die richtige Nummer hat,
kommt sie mir mit einer frechen Antwort, und ich lege
auf und wühle in der Minibar nach einem Champagner-
Pikkolo, ich trinke aus der Flasche, der Schaum läuft mir
über die Hände, die ich mir am QE 2-Bademantel abwische, eine kleine Aufmerksamkeit für unsere Gäste. Ich
suche nach einem Exemplar des Drehbuchs, ich finde
nichts, ich geb's auf, stolpere durch den Raum, stecke
mir Zigaretten an, die Sicht vom Schiffsbug aus nach
vorn auf dem Fernsehschirm ist durch den Nebel fast
völlig verdeckt. Das Telefon klingelt.

»Victor?« Marina hört sich an, als habe sie geweint.

»Hey Baby«, sage ich besänftigend. »Hat irgendwie
Gavin angerufen oder was? Was läuft? Du hörst dich
ganz daneben an.«

»Wir müssen reden.«

»Hervorragend«, sage ich und setze mich auf. »In
meiner Kabine?«

»Nein.«

»Okay, okay«, sage ich, dann rate ich: »Dann eben
vielleicht ... in deiner Kabine?«

»Ich glaube, das ist nicht sicher«, flüstert sie.

Ich mache eine Pause und überlege. »Marina«, sage
ich leise. »Ich hab Kondome.«

Sie hängt ein.

Ich wähle sofort wieder ihre Nummer.

Sie hebt schon während des ersten Klingelns ab.

»He Baby, ich bin's«, sage ich.

»Das hat keinen Sinn so«, murmelt sie vor sich hin und hört sich an, als sei sie voller Panik.

»Was soll das heißen?«, frage ich. »Hast ... *du* Kondome?«

»Davon rede ich jetzt nicht!«, schreit sie.

»Hoppla, Baby«, fange ich an, halte den Hörer ein Stück weg, dann wieder ans Ohr. »*Wovon*, Baby?«

»Victor, es geht etwas vor sich, das man dir erklären muss.«

»Hör mal, es tut mir Leid, wenn ich hier vorpresche«, entschuldige ich mich. »Ich les gleich mal den Rest vom Skript, wir lernen uns dann nach und nach näher kennen, wie auch immer.«

»Verdammte Scheiße, du bist in Gefahr, Victor!«, ruft sie.

»Jetzt komm mir nicht mit dem Psychomist, Baby ...«

»Victor, hat dir irgendjemand etwas gegeben, das du nach London bringen sollst?«, fragt sie atemlos.

»Was meinst du denn, Baby?« Ich kontrolliere mein Haar im Spiegel über dem Frisiertisch.

»Hat irgendjemand dir gesagt, du sollst irgendwas mitnehmen – ein Päckchen, einen Umschlag, irgendwas – mit nach London?«, fragt sie wieder und strengt sich an, ruhiger zu werden.

»Was denn?«

»Ich weiß es ja nicht«, stöhnt sie. »Ein Geschenk oder was. Ein Mitbringsel für irgendjemand.«

»Ach ja, verstehe«, sage ich, als ginge mir langsam was auf.

»Was? Was war es?«, fragt sie hastig.

Ich mache eine Pause und kichere dann los. »Nur mich selbst, Baby, nur mein wunderbares Selbst.«

»Verdammt, Victor«, schreit Marina. »Bist du sicher? Denk genau nach!«

»Im Augenblick kann ich das, glaub ich, nicht.«

»Victor, *bitte*, du musst nüchtern werden.«

»Ich komm jetzt rüber auf dein Zimmer«, erkläre ich.
»Du hörst dich schwer gestresst an. Du könntest eine
Massage gebrauchen! Lass mich meine berühmte stress-
reduzierende ...«

»Komm nur in den Club Lido. *Jetzt.*«

»Baby, warum nicht auf dein Zimmer?«, sage ich mit
enttäuschtem Winselton.

»Weil es nicht sicher ist«, sagt sie. »Weil wir uns
irgendwo treffen müssen, wo Leute sind.«

»Hey Baby ...«

Sie legt auf. Ich soll jetzt auf das Telefon sehen und die
Achseln zucken, was ich auch tue.

6

Dass ich mir kaltes Wasser ins Gesicht spritze, beschleunigt meine Ernüchterung nicht gerade, also versuche ich einfach, auf dem Weg zum Club Lido nicht hin- und herzuwanken, der übrigens so nahe bei meiner Kabine liegt, dass ich, ohne bewusstlos zu werden oder massiv zu stolpern, dort ankomme. Und der Club Lido ist auch gar nicht mehr voll, seitdem sich die Karaoke-Party, von der die Wallaces geredet haben, in die Kabine von Mr. Kusoboshi verlagert hat, wie mir der Barkeeper erzählt, als ich mich hinsetze, mich zwinge, keinen Martini zu bestellen, stattdessen an einem Light-Bier nippe und gelegentlich durch das große Fenster starre, das auf das eingenebelte Deck geht, und auf einen kleinen, flachen Pool, wo sich Dampf, der aus dem beleuchteten Wasser aufsteigt, mit dem ganzen Nebel vermengt. Einer von der Crew deutet schließlich gereizt auf jemanden an der Reling, manchmal umwirbelt der Nebel die Figur, meist aber bildet er nur eine schwere Wand aus halbdurchsichtigem Granit, die sich gegenüber auftürmt, in der die Gestalt verlorengeht. Ich unterschreibe krakelig die Rechnung für das Bier und gehe hinaus.

An Deck ist es still, das Summen der Trockeneismaschinen, die große, alles einhüllende Nebelwolken ausstoßen, ist der einzige wahre Laut, und das Schiff scheint sich langsamer zu bewegen als üblich. Marina steht mit dem Rücken zu mir und trägt eine sehr coole übergroße Prada-Kapuzenwolljacke, und als ich ihre Schulter berühre, erstarrt sie automatisch, sie sieht mich immer noch nicht an, ich erschauere, mir ist klamm, sie scheint fast noch größer, und ich will mich hinabbeugen, um zu sehen, ob sie Stöckelschuhe trägt, aber eigenartigerweise sind das Nikes an ihren Füßen, die ebenfalls größer wirken, doch da ich mich ja gar nicht erinnern kann, ihre Füße überhaupt je gesehen zu haben, denke ich mir was zum Teufel da aus?

»Marina?«, frage ich. »Marina – bist du das?«

Eine Pause, dann nickt die Kapuze.

»Hey, alles in Ordnung?« Ich kneife die Augen zusammen, wedele sinnlos einen Fetzen unangenehm riechenden Pseudonebel beiseite. »Was läuft? Hat Gavin bei dir angerufen? Was ist los?«

»Du kannst nicht mit mir nach Paris«, flüstert sie, die Stimme ist rau, als habe sie geweint. »Du musst nach London.«

»Hey Baby, warum der Sinneswandel?«, frage ich und umklammere ihre Schulter. »Hey, sieh mich an.«

Die Kapuze schüttelt den Kopf.

»Victor«, sagt sie und macht einen Schritt von mir weg, immer noch mit dem Rücken zu mir, »du bist betrunken.«

»Wie willst du das wissen, wenn du mich nicht anschaust?«, bettele ich.

»Ich kann es riechen«, hustet die Stimme.

»Hey Baby, komm näher her«, murmele ich und neige mich vor. »Ich will mit dir nach Paris.«

»Victor, du bist betrunken«, protestiert die Stimme und bewegt sich weiter weg.

»Da brauch ich aber eine bessere Ausrede«, sage ich. »Du könntest zumindest – ähem – mir die Ehre einer intelligenteren Ausrede erweisen.« Es folgt ein enormes Rülpsen, dem ich wiederum eine Entschuldigung folgen lasse. Ich versuche ständig, sie dazu zu bringen, dass sie mich ansieht, aber sie entzieht sich immer wieder, wickelt die Kapuzenjacke enger um sich.

»*Geh* einfach«, hustet sie, murmelt dann noch etwas.

»Ich geh überhaupt nirgendwohin«, sage ich.

»Victor, bitte …«

»Du wolltest mit mir reden«, stelle ich fest. »Ich bin hier. Ich bin bereit. Ich bin in einigermaßen ansprechbarer Verfassung.«

»Ich wollte dir bloß sagen, dass du nicht mitkommen kannst nach Paris …«

»Hey Baby, schau mich doch einfach mal an«, sage ich zu ihr. »Gehen wir in die Bar und bestellen uns einen Kaffee, einen schönen Cappuccino, hm?«

Sie streckt die Hand aus und nimmt, ohne sich umzudrehen, die meine und flüstert was von meiner Kabine.

»Was? Was hast du gesagt, Baby?«, flüstere ich zurück, plötzlich schwindelt mir bei der Aussicht auf Sex, von all dem Champagner, von den Gerüchen, die in der Prada-Jacke hängen.

»Gehen wir auf dein Zimmer.« Sie atmet ein, die Stimme ist rau und verhangen.

»Baby«, setze ich an. »Das ist eine derart gute …«

Sie hält immer noch meine Hand, sie dreht sich um und geht vor, bahnt uns einen Weg durch den Nebel auf Deck, und es ist schwierig, ihren großen langen Schritten zu folgen, und ich murmele: »Baby, Baby, langsam, langsam«, aber ich lass mich von ihr weiterziehen, wir rennen zu meiner Kabine.

Vor der Tür angelangt, ziehe ich kichernd und atemlos einen Schlüssel aus der Tasche und lasse ihn fallen – ich lache: »Du bringst meine Auge-an-Gehirn-Koordination ganz durcheinander, Baby« – und beuge mich runter, taste nach dem Schlüssel, aber sie schnappt ihn sich zuerst, und ich versuche, ihre Hand zu ergreifen, aber als ich endlich wieder aufrecht stehe, hat sie schon die Tür aufgestoßen und geht ins Zimmer, zerrt mich hinter sich her und schaltet alle Lampen aus, immer noch mit dem Rücken zu mir. Ich lass mich aufs Bett fallen, strecke die Hand nach ihrem Bein aus, als sie vorbeigeht.

»Ich brauch nur einen Moment«, sagt sie vom Bade-zimmer aus, ehe sie die Türe schließt.

Knurrend setze ich mich auf und streife die Schuhe ab, höre, wie sie neben dem Bett auf den Boden fallen, und recke mich dann Richtung Schalter, um ein paar von den Lampen wieder anzumachen, aber ich komm nicht ran, und es wird mir rasch klar, dass ich einfach zu müde und zu betrunken bin, um da jetzt irgendwas auszurichten.

»Hey Baby?«, rufe ich. »Können wir das Licht anlas-sen?« Ich falle wieder aufs Bett. »Darling?«

Die Badezimmertür öffnet sich, und Marina steht kurz im Türrahmen, die Kapuzenjacke jetzt um die Schultern gelegt, doch selbst mit angestrengt zusammengekniffe-nen Augen kann ich im Gegenlicht ihre Züge nicht aus-machen, nur eine dunkle Gestalt, die sich mir nähert, die Tür schwingt hinter ihr wieder halb zu, und es ist derart eiskalt in der Kabine, dass mein Atem im Dämmerlicht des Bads dampft, sie lässt sich auf den Boden fallen, das Haar bedeckt ihr Gesicht, sie fängt an, meine Smoking-hose zusammen mit den Calvin-Klein-Boxer-Jockeys runterzuzerren, und wirft alles in eine Ecke, mit beiden Händen auf meinen Schenkeln spreizt sie mir die Beine, bewegt sich vorwärts, bis ihr Kopf in Hüfthöhe zwi-schen meinen Beinen aufragt, und mein Schwanz ist (erstaunlicherweise) knüppelhart, und sie fängt an, die Eichel mit der Zunge zu umspielen und gleichzeitig daran zu lutschen, ihre Hand umschließt den Ansatz, und jetzt, die Eichel immer noch im Mund, fängt sie an, die Hand am Schaft hin und her gleiten zu lassen.

»Ich will dich küssen«, stöhne ich und fasse mit den Händen unter ihre Arme, versuche, sie auf mich zu zie-hen, aber ihre Arme stecken fest in der dicken Jacke, endlich gelingt es mir, die ein wenig herunterzuziehen, muskulöse weiße Schultern kommen zum Vorschein und etwas, das wie eine Tätowierung aussieht, teilweise verdeckt vom Träger eines weißen Tanktops, auf dem rechten Schulterblatt. Ich strecke die Hand aus und versuche, die Tätowierung zu berühren. »Komm doch«, stöhne ich, »zieh dich aus«, aber sie schiebt mich immer wieder zurück, mein Schwanz gleitet in ihren Mund und wieder raus, ihr Haar hängt herab, streift meine Hüften, ihre Zunge gleitet geübt über meinen Penis, und dann rücke ich mich so zurecht, dass ich ihr den ganzen Schwanz in den Mund schieben kann, und sie hält mit beiden Händen meine Hüften fest, und sie bläst mir wieder und wieder einen, und ich stoße leise Stöhnlaute aus und ziehe mein Hemd hoch, auf das ich nicht spritzen will, und ich wichse an mir herum, während sie meine Eier lutscht, ein Finger presst sich gegen mein Arschloch, ich schiebe ihn immer wieder weg, aber sie steckt ihn rein, und mir kommt's, und anschließend, als ich keuche, als die Dinge sich verflüchtigen, sehe ich sie durch ein trübes Objektiv hindurch, wie sie durchs Zimmer geht, sie zieht verschiedene Schubladen auf, und ich murmele: »Warum trägst du eine Perücke?«, ehe ich das Bewusstsein verliere, was ich eigentlich nicht will, weil es so viele Dinge gibt, die ich ihr zeigen muss.

5

Das Mittagssignal ist es, das die Träume beendet. Mitten in der Nacht hat man mich in Decken gewickelt, als ich ohne Bewusstsein war, aber niemand hat mir das Smokinghemd und die Fliege ausgezogen. Ich bin – wegen massiver Schmerzen – nicht mehr in der Lage, die eng zusammengerollte fötale Position beizubehalten, in der ich mich befinde, ich taste nach dem Telefon, aber mitten in der Bewegung fällt mir ein, dass ich den Brunch bereits verpasst habe und ohnehin unmöglich irgendwas bei mir behalten könnte, also läuft da nix mit Zimmerservice. Getrieben von einem verzweifelten Bedürfnis nach Wasser stolpere ich aus dem Bett, wanke schmerzerfüllt ins Bad, rufe schrill: »Erbarmen, Erbarmen« und trinke gierig aus dem Waschbecken, was abscheulich schmeckt, und starre dann konfus mein Spiegelbild an: Mein Gesicht sieht völlig vertrocknet aus und fleckig, das Haar auf meinem Kopf steht in bizarren Winkeln ab, in einer total uncoolen Achtziger-Manier, und die wenigen Haare auf meinem Bauch sind von getrocknetem Sperma verklebt. Nach einer Dusche sieht es aus, als wäre der Tag halbwegs zu retten, alles wirkt viel weniger bedrohlich. Ich ziehe mich an, nehme drei Advil, spüle mir die Augen mit Visine, sacke dann abrupt auf dem Bett zusammen.

Ich rufe Marinas Zimmer an, aber niemand nimmt ab.

4

Ich finde schließlich Marinas Kabine und klopfe an die Tür, aber wieder meldet sich niemand, und das Zimmer ist, was vorherzusehen war, abgeschlossen. Ich klopfe wieder, lege das Ohr an die Tür: Schweigen. Während ich im Korridor herumlungere, weggetreten, immer noch benommen, und mir überlege, was ich machen soll, nachdem ich mich erst mal dafür entschuldigt habe, dass ich so betrunken war, bemerke ich, wie Zimmermädchen fünf Türen weiter die Kabinen putzen und langsam in meine Richtung vordringen. Ich mache einen Spaziergang auf dem Steuerborddeck, bei dem ich letztlich aber nur auf der Stelle hin- und hergehe, Sonnenbrille auf, vor mich hinmurmelnd, der Wind vom Atlantik bringt mich ins Taumeln, bis ich zurück in Marinas Flur gehe. Ihre Tür ist mittlerweile offen, und ein Zimmermädchen bekommt jetzt einen Wink von der Regie, hineinzugehen, sie lässt in der offenen Tür einen riesigen Korb stehen, voll hochgetürmter Schmutzwäsche.

Ich klopfe, schaue in den Raum, räuspere mich, sodass die Frau aufschaut, während sie das Bett abzieht. Ohne zu lächeln und mit einem autoritären schottischen Akzent fragt sie: »Kann ich Ihnen helfen?«

»Guten Tag!«, sage ich, versuche, äußerst liebenswürdig zu sein, und scheitere total. »Ich suche nur die Frau, die in dieser Kabine wohnt.«

»Ja?«, fragt das Zimmermädchen, wartet, mit dem Bettzeug im Arm.

»Ich, äh, hab hier was liegenlassen«, sage ich und trete ein, bemerke einen ungeöffneten, in Zellophan verpackten Obstkorb, der auf dem Frisiertisch umgefallen ist, das Telefon, von dem aus Marina mit mir gesprochen hat, steht auf dem Boden in einer Ecke neben dem Bett anstatt auf dem Nachttisch, als hätte die Person, die zuletzt hier telefoniert hat, sich auf den Boden gekauert, sich hinter dem Bett versteckt.

»Sir …«, fängt das Mädchen ungeduldig an.

»Es ist okay, es ist okay«, sage ich. »Sie ist meine Freundin.«

»Sir, Sie sollten später wiederkommen.«

»Nein, nein, das ist schon okay«, sage ich und bemerke, dass der Raum aussieht, als würde hier überhaupt niemand wohnen. Ich gehe an dem Zimmermädchen vorbei zum Schrank und öffne ihn.

»Sir, Sie sollten warten, bis …«

Ich hebe die Hand. »Ich sage doch, das ist schon okay«, murmele ich.

Der Schrank ist völlig leer: keine Kleider, kein Gepäck, nicht mal Bügel. Ich schließe die Tür, gehe an der Frau vorüber zum Frisiertisch und öffne die Schubladen. Auch alle leer.

»Sir, ich muss Sie auffordern, jetzt zu gehen«, sagt das Zimmermädchen und mustert mich ungnädig. »Und wenn Sie nicht gehen, rufe ich den Sicherheitsdienst.«

Ich ignoriere das und sehe, dass der Wandsafe offen steht und dass eine Prada-Handtasche – Nylon mit metallenem Dreieck als Markenzeichen – halbverdeckt darin liegt. Als ich zum Safe hinübergehe, verlässt hinter mir das Zimmermädchen die Kabine.

Langsam lasse ich die Handtasche aufklicken. Ich greife hinein, und sie ist leer, bis auf einen Umschlag.

Mir ist unwohl, ich muss plötzlich rasch atmen, ein intensives Katergefühl kehrt zurück. Ich ziehe einen Satz Polaroids aus dem Umschlag.

Es sind acht Fotos von mir. Zwei sind hinter der Bühne während eines, wie es aussieht, Wallflowers-Konzert aufgenommen: ein Poster von der Band, ein verschwitzter Jakob Dylan hält hinter mir einen roten Plastikbecher in der Hand, ein Frottiertuch um die Schultern. Zwei stammen von einem Fototermin für irgendein Magazin: im Bild sind Hände mit einem Make-up-Pinsel, der mein Gesicht berührt, ich hab die Augen friedlich geschlossen, Brigitte Lancome baut seitlich eine Kamera auf. Die anderen vier: Ich stehe in Shorts und Weste ohne Hemd neben einem Pool, auf dem Boden überall Luftmatratzen, und auf zwei von den Polaroids ist es draußen hell, und eine riesige orangerote Sonne brennt durch den Smog, und hinter einer langen Glaswand neben einer sehr jungen japanischen Kellnerin in einem Sarong liegt Los Angeles unter mir ausgebreitet. Die beiden anderen sind in der Abenddämmerung aufgenommen, Rande Gerber hat mir den Arm um die Schultern gelegt, während jemand am Bildrand Tiki-Kerzen anzündet. Es ist ein Ort, den ich aus diversen Magazinartikeln wiedererkenne: die Sky Bar im kürzlich eröffneten Hotel Mondrian. Aber meine Nase ist anders – breiter, ein bisschen flacher, und meine Augen liegen zu eng zusammen; das Kinn hat ein deutlich gezeichnetes Grübchen; meine Frisur war niemals so, dass mein Haar sich leicht nach einer Seite scheiteln lässt.

Ich war nie bei einem Wallflowers-Konzert.

Oder bin je von Brigitte Lancome fotografiert worden.

Ich war nie in der Sky Bar in Los Angeles.

Ich lasse die Fotos wieder in die Prada-Tasche fallen, weil ich sie nicht mehr berühren möchte.

Das Bad stinkt nach Reinigungsmittel und Scheuermilch, und der Boden ist nass und glänzt, obwohl das Mädchen hier drin noch gar nicht angefangen hat; eine Fußmatte liegt zusammengeknüllt neben der Wanne, und in der Ecke sind Handtücher, feucht, eigenartig fleckig. Nirgendwo sind Toilettenartikel, keine Shampooflaschen, keine Seifenstücke am Rand der Badewanne. Dann winkt mich jemand hin zur Wanne, ich kauere mich daneben, man drängt mich, die Hand zum Abfluss zu führen, und nachdem ich dort herumgetastet habe, sind meine Fingerspitzen leicht rosa, und als ich einen Finger tiefer in den Abfluss stecke, fühle ich etwas Weiches, und als ich die Hand wieder zurückziehe – unwillkürlich, erschreckt von dem, was ich spüre, von dieser Weichheit –, ist das Rosa dunkler, röter.

Hinter der Toilette ist noch mehr Blut – nicht viel, nur so viel, dass es einen Eindruck hinterlässt, und als ich mit den Fingern hindurchfahre, haben sie zartrosa Streifen, als hätte man das Blut mit Wasser verdünnt oder als hätte jemand eilig alles zu reinigen versucht, ohne Erfolg.

Gleich neben der Toilette, in der Wand, stecken zwei kleine weiße Gegenstände. Ich ziehe einen heraus, dazu übe ich in einem bestimmten Winkel Druck aus, der Gegenstand löst sich, und nachdem ich ihn in meiner Hand untersucht habe, drehe ich mich zur Crew um. Es herrscht eine leere Stille, die Leute starren starr in das kalte Licht des Badezimmers.

»Ich bin vielleicht nicht ganz da«, fange ich leise an und atme schwer, »aber das ist, Scheiße noch mal, das ist ein Zahn …« Und dann rede ich laut, als ob ich ihnen Vorwürfe machen wollte, strecke ihnen das kleine weiße Ding entgegen, halte es ihnen in der geöffneten Hand hin. »Das ist ein Zahn! Scheiße!«, wiederhole ich und zittere stark. »Das ist ein Zahn«, sage ich noch einmal, und dann bekomme ich die Anweisung, aus der Kabine zu rennen.

3

Die Crew sagt, ich soll jetzt zum Sicherheitsdienst gehen, aber da es eigentlich gar kein derartiges Büro an Bord gibt, wird die Szene in der Nähe der Bibliothek an einem Tisch gedreht, der ein Büro vortäuschen soll. Um »Atmosphäre« zu schaffen: ein nicht angeschlossener Computer, vier leere Ringbücher, eine leere Diet-Coke-Dose, eine vier Wochen alte Ausgabe von *People*. Ein junger englischer Schauspieler – der kleine Rollen in *Trainspotting* und in Jane Austens *Emma* hatte und verwirrt dreinschaut, noch bevor ich zu reden anfange – sitzt hinter diesem improvisierten Schreibtisch und spielt einen Angestellten, blass und nervös und irgendwie süß, soweit das bei englischen Schauspielern in Angestelltenrollen drin ist.

»Hi, ich heiße Victor Ward, ich bin in der ersten Klasse, Kabine 001«, fange ich an.

»Ja?« Der Angestellte legt den Kopf schief, versucht zu lächeln, fast gelingt's ihm.

»Und ich suche nach einer Marina Gibson …«

»Sie suchen nach ihr?«, unterbricht er mich.

»Ja, ich suche nach einer Marina Gibson, die in Kabine 402 wohnt.«

»Haben Sie in Kabine 402 nachgesehen?«, unterbricht er mich wieder.

»Ja, und sie war nicht in Kabine 402, und ebenso wenig war da anscheinend« – ich hole tief Atem, und dann, alles auf einmal: »irgendjemand sonst, und ich muss sie finden, und ich meine wohl damit, dass ich sie gerne, ähh, ausrufen lassen würde.«

Es folgt eine Pause, die nicht im Drehbuch steht.

»Warum müssen Sie sie ausrufen lassen, Sir?«

»Weil, also«, sage ich und stocke, »weil ich glaube, dass sie … sich verlaufen hat.« Plötzlich beginne ich zu zittern und muss die Kante des Schreibtischs, an dem der Schauspieler sitzt, umklammern, um das Zittern in den Griff zu kriegen. »Ich glaube, sie hat sich verlaufen«, sage ich wieder.

»Sie *glauben*, ein Passagier … hat sich verlaufen?«, fragt er langsam und rückt ein Stück von mir weg.

»Ich will damit sagen« – ich hole tief Luft –, »dass ich vielleicht, dass ich glaube, sie ist vielleicht in eine andere Kabine gezogen.«

»Das ist sehr unwahrscheinlich, Sir«, sagt der Angestellte und schüttelt den Kopf

»Also, ich meine, sie wollte sich mit mir zum Mittagessen treffen, und sie ist gar nicht gekommen.« Meine Augen sind geschlossen, ich versuche, meine Panik zu unterdrücken. »Und ich würde sie gerne ausrufen …«

»Es tut mir Leid, Sir, aber wir lassen niemanden ausrufen, nur weil er eine Mahlzeit versäumt hat, Sir«, höre ich den Schauspieler sagen.

»Könnten Sie mir bitte einfach bestätigen, dass sie in diesem Zimmer wohnt? Okay? Könnten Sie das bitte einfach machen?«, sage ich mit zusammengebissenen Zähnen.

»Ich kann das bestätigen, Sir, aber ich kann Ihnen die Kabinennummer eines Passagiers nicht mitteilen.«

»Ich will überhaupt nicht, dass Sie mir eine Kabinennummer *mitteilen*«, sage ich ungeduldig. »Nach der Kabinennummer eines Passagiers frage ich ja nicht. Ich *weiß* ihre gottverdammte Kabinennummer. Bestätigen Sie mir einfach, dass sie 402 hat.«

»Marina …?«

»Marina Gibson«, sage ich mit Nachdruck. »Wie Mel. Wie *Mel* Gibson. Nur, dass der Vorname *Marina* ist.«

Der Angestellte hat eins der Ringbücher aufgeschlagen, das vermeintlich eine Computerliste aller Passagiere auf dieser Überfahrt enthält. Dann rutscht er rüber zum Monitor, tippt auf ein paar Tasten rum, mimt Kompetenz, prüft eine Graphik und dann eine weitere, stößt einen Seufzer nach dem anderen aus.

»Welches Zimmer sagten Sie, Sir?«

»Kabine 402«, sage ich und warte nervös.

Der Mann schneidet eine Grimasse, kontrolliert etwas in dem Ringbuch, schaut dann mit leerem Blick zu mir auf.

»Das Zimmer ist auf dieser Überfahrt nicht bewohnt«, sagt er einfach.

Eine lange Pause, ehe ich in der Lage bin zu fragen: »Was soll das heißen? Was soll das heißen, ›nicht bewohnt‹? Ich hab letzte Nacht in diesem Zimmer angerufen. Jemand hat abgenommen. Ich habe mit jemand in diesem Zimmer gesprochen. Was wollen Sie denn damit sagen, dass es ›nicht bewohnt‹ ist?«

»Damit will ich sagen, Sir, dass diese bestimmte Kabine … nicht bewohnt ist«, sagt der Angestellte. »Ich meine damit, dort wohnt niemand.«

»Aber …« Ich fange an, den Kopf zu schütteln. »Nein, nein, das stimmt nicht.«

»Mr. Ward?«, unterbricht der Angestellte. »Ich bin sicher, sie wird wieder auftauchen.«

»Woher wollen Sie das denn wissen?«, frage ich angstvoll. »Wo zur Hölle kann sie denn sein?«

»Vielleicht ist sie im Frauenbad«, schlägt der Mann achselzuckend vor.

»Ja, ja, klar«, murmele ich. »Im Frauenbad.« Pause. »Moment mal – hier gibt es ein Frauenbad?«

»Ich bin sicher, dass es für all das eine ganz einfache Erklärung gibt, Mr. Ward …«

»Hey, Moment, sagen Sie so was nicht«, sage ich mit einem Schauder und hebe die Hände. »Immer, wenn jemand so was sagt, dann ist irgendwo was total beschissen gelaufen.«

»Mr. Ward, bitte …«

»Ich glaube, sie steckt in großen Schwierigkeiten«, sage ich und beuge mich zu ihm runter. »Haben Sie mich verstanden? Ich hab gesagt: Ich glaube, sie steckt in großen Schwierigkeiten.«

»Aber Mr. Ward, ich hab nicht einmal eine Marina Gibson auf der Passagierliste«, sagt der Angestellte. »Es ist für diese Überfahrt keine Marina Gibson bei uns registriert.«

Der Angestellt sieht zu mir auf, als könne er meinen Gesichtsausdruck unmöglich deuten.

Ich warte auf einem kleinen Stuhl im Gang und beobachte jede, die das Frauenbad betritt oder verlässt, bis es zumacht.

2

F. Fred Palakon ruft genau um sieben Uhr an. Ich bin auf meinem Zimmer, seitdem das Frauenbad um fünf zumachte, und überlege mir, wie es wäre, jeden Meter des Schiffs abzugehen und nach der Frau zu suchen, die sich als Marina Gibson ausgegeben hat, aber ich verwerfe dieses Vorhaben, weil das Foto vom Essen gestern Abend in einem braunen Umschlag mit dem QE 2-Aufdruck unter der Tür hindurchgeschoben wird. Das Foto ist nicht besonders gut geworden, hauptsächlich deshalb, weil die Wallaces nicht drauf sind.

Das Paar, das am Tisch im Queen's Grill sitzt, sind Leute, die ich nie zuvor gesehen habe, die den Wallaces nicht einmal entfernt ähneln. Der Mann, der mich böse ansieht, ist viel älter als Stephen, und die Frau, die verwirrt auf ihren Teller schaut, ist nicht so elegant und sieht nicht so gut aus wie Lorrie.

Marina hat den Kopf weggedreht, ihr Gesicht ist nur ein verschwommener Fleck.

Ich bin der Einzige, der relaxed lächelt, was mich erstaunt, da mir außer dem kleinen Häufchen Kaviar auf meinem Teller, den Karaffen mit dem Wein, den Stephen bestellt hat, und den schattenhaften Japanerinnen am Nebentisch nichts irgendwie bekannt vorkommt.

Das Original und die drei Abzüge, die ich haben wollte, liegen auf dem Schreibtisch, an dem ich kettenrauchend sitze, und es ist so kalt im Zimmer, dass ich halb erstarrt bin, ich trage zwei J.-Crew-Sweater unter dem großen Versace-Mantel, und ein Rest vom heutigen Kater ist mir geblieben als mahnende Erinnerung. Ich habe die vage Ahnung, dass die QE 2 morgen in Southampton anlegt.

»Sie fahren also nicht nach Paris?«, fragt Palakon. »Sie werden sich also doch nach London begeben?«

Eine längere Stille, für die ich verantwortlich bin, lässt Palakon ungeduldig: »Hallo? *Hallo!*« rufen.

»Ja«, sage ich mit hohler Stimme. »Wie haben Sie das ... rausgekriegt?«

»Ich habe nur einen Stimmungswechsel wahrgenommen«, sagt Palakon.

»Und wie haben Sie das angestellt?«

»Sagen wir einfach: Ich weiß, dass Ihre frühreifen Anwandlungen gewöhnlich alle ein Ende finden«, höre ich ihn erklären. »Sagen wir einfach: Ich konzentriere mich intensiv auf Sie und darauf, was Sie sagen und tun müssen.« Pause. »Und im Übrigen sehe ich alles aus einer anderen Perspektive.«

»Ich bin ein Lover, Palakon, kein Kämpfer«, seufze ich.

»Wir haben Jamie Fields ausfindig gemacht«, sagte Palakon.

Ich schaue kurz auf. »Dann ist mein Job beendet, ja?«

»Nein«, sagt Palakon. »Es wird jetzt nur leichter.«

»Was machen Sie denn gerade so, Palakon?«, frage ich. »Irgendein Lakai verpasst Ihnen eine Pediküre, ja, während Sie eine riesige Packung Pfefferminzpralinés essen? So stell ich mir das vor.«

»Jamie Fields ist in London«, sagt Palakon. »Sie werden sie übermorgen am Set ihres Films finden. Alle Informationen, die Sie brauchen, liegen im Hotel für Sie bereit. Ein Chauffeur holt Sie ab ...«

»Eine Limo?«, unterbreche ich ihn.

Eine Pause, dann sagt Palakon sanft: »Ja, Mr. Ward, eine Limo ...«

»Danke.«

»... wird Sie in Southampton abholen und nach London fahren, wo ich mich dann mit Ihnen in Verbindung setze.«

Ich schiebe die vier Fotos immer hin und her, lege damit neue Muster, während Palakons Stimme weitersummt. Ich zünde mir eine Zigarette an, noch ehe ich die alte ausgedrückt habe.

»Verstehen Sie, Mr. Ward?«

»Ja, ich verstehe, Mr. Palakon«, sage ich mit monotoner Stimme.

Pause. »Sie klingen gereizt, Mr. Ward.«

»Ich versuche bloß, was rauszufinden.«

»Ja? Oder versuchen Sie vielleicht bloß, sich in Positur zu werfen?«

»Hören Sie, Palakon, ich muss jetzt weg …«

»Wo gehen Sie hin, Mr. Ward?«

»In zehn Minuten fängt ein Gartenzwergtöpferkurs an, und ich will von Anfang an dabei sein.«

»Ich spreche dann mit Ihnen, wenn Sie in London ankommen, Mr. Ward.«

»Ich hab's bereits in meinem Termin-Kalender stehen.«

»Es beruhigt mich sehr, das zu hören, Mr. Ward.«

1

Ich finde Felix, den Kameramann, in der Pianobar, über eine kleine Ansammlung von halbvollen Cognacschwenkern gebeugt, während er elend sein Bild in den Spiegeln hinter dem Spirituosenregal betrachtet und gnadenlos Gauloises wegraucht. Der Pianist – der, wie ich zu meinem Entsetzen feststelle, derselbe ist wie der Aerobic-Trainer mit dem fürchterlichen Gebiss – spielt eine traurige Fassung von »Anything Goes«. Ich setze mich auf den Barhocker neben Felix und knalle das Foto an seinem Arm vorbei auf die Theke. Felix zuckt nicht zusammen. Felix hat sich anscheinend seit Tagen nicht rasiert.

»Felix«, sage ich und versuche, mich zu beherrschen. »Schau dir das Foto an.«

»Ich will mir keine Fotos anschauen«, sagt Felix elend mit diesem stockenden, unidentifizierbaren Akzent.

»Felix, bitte, es ist wichtig«, sage ich. »Glaub ich jedenfalls.«

»Ich darf mir dieses Foto gar nicht ansehen, Victor.«

»Scheiße, guck bitte einfach auf das beschissene Foto!«, schreie ich los, Panik überkommt mich.

Felix dreht sich zu mir und murmelt: »Schlechte Laune!«, dann schaut er müde auf das Foto. »Ja? Und? Leute, die Kaviar essen, Leute, die nicht besonders glücklich aussehen.« Er zuckt die Achseln. »Kommt schon mal vor.«

»Felix, ich habe mit *diesen* Leuten *keinen* Kaviar gegessen«, sage ich. »Und doch ex-ex-existiert das Foto«, stottere ich empört.

»Was soll das denn heißen?«, fragt Felix. »O Gott, ich bin so müde.«

»Aber das ist das falsche Foto!« Ich kreische fast. »Das ist *nicht* das Ehepaar, mit dem ich gestern gegessen habe! Das sind nicht die Wallaces. Verstehst du, Felix? Ich – kenne – diese – Leute – nicht.«

»Aber es ist ein Foto, Victor«, sagt Felix. »Das bist du.«

»Ja, das bin ich«, sage ich. »Aber wer sind diese Leute, Felix?« Ich fahre nachdrücklich mit der Hand über die Fotografie. »Ich meine, was ist das? Was zum Teufel läuft hier eigentlich?«

»O törichte Jugend«, seufzt er.

»Wo, Felix? *Wo?*«, frage ich und fahre herum. »Ich seh auf dem ganzen verdammten Schiff niemand unter sechzig.«

Felix winkt dem Barkeeper, dass er noch einen möchte.

»Felix«, sage ich, tief Atem holend. »Ich glaube, ich hab Angst.«

»Die solltest du auch haben, aber warum jetzt auf einmal?«

»Aus vielen Gründen«, flüstere ich.

»Mit einem gewissen Maß an Schwierigkeiten muss man rechnen im Leben.«

»Ich weiß, ich weiß, ich muss das Schlechte hinnehmen, wenn ich das Gute mitnehmen will – o Gott, Felix, halt einfach die Schnauze, und schau dir das gottverdammte Foto an.«

Felix' Interesse nimmt ein wenig zu, als er sich das Foto näher vor Augen hält, und die Atmosphäre, die die Bar umgibt, ist verqualmt und vage, und der Klavierspieler fährt fort mit seinem traurigen »Anything Goes«, während diverse Komparsen, die angetrunkenen Kindermädchen, Croupiers und Barpersonal spielen, hingerissen lauschen und ich mich auf das Schweigen konzentriere, das die Musik umgibt, und versuche, die Aufmerksamkeit des Barkeepers zu erregen.

»Ist verändert worden«, sagt Felix und räuspert sich.

»Woher weißt du das?«

»Man sollte eigentlich das Gesicht von diesem Mädchen sehen können.« Er deutet auf Marina.

»Ja, aber ich glaube, die hat sich weggedreht, als das Blitzlicht losging.«

»Nein«, sagt Felix. »Hat sie nicht.«

»Wie willst du das wissen?«

»Die Haltung ihres Halses – siehst du? Hier?« Felix fährt mit dem Finger an Marinas Kehle entlang. »Die Haltung ihres Halses deutet darauf hin, dass sie in die Kamera geschaut hat. Jemand anders ist – ach, wie nennt man das? – über diese Frau geblendet worden.« Felix hält inne, dann geht sein Blick zu den Wallaces hin. »Ich nehme an, dasselbe ist mit dem Ehepaar hier passiert«, sagt er und mustert das Bild genau. »Tatsächlich eine handwerklich schlechte Arbeit.« Felix seufzt und legt das Foto wieder auf die Bar. »Aber mein Gott, wer weiß? Vielleicht warst du ja wirklich ziemlich betrunken und hast dich aus lauter freundschaftlichen Gefühlen an einen anderen Tisch gesetzt.«

Ich schüttelt den Kopf. »Ich würde mich *niemals* zu diesen Leuten setzen«, sage ich. »Schau dir nur das Haar von der Frau da an.« Ich bestelle einen Preiselbeer-Absolut beim Barkeeper – mit *Limone*, schärfe ich ihm ein –, und als er ihn bringt, trinke ich ihn rasch aus, aber er entspannt mich überhaupt nicht.

»Vielleicht müsste ich einfach mal wieder vernascht werden«, seufze ich.

Felix fängt zu kichern an. »Wirst du.« Er kichert immer weiter. »Oh, das wirst du.«

»Erbarmen, Felix, hör auf mit dem Gekicher.«

»Hast du denn den neuen Entwurf nicht gelesen?«, fragt er.

»Ich glaube, das Skript ändert sich ständig, Felix«, sage ich. »Ich glaube nicht, dass es noch das ist, was ich unterschrieben habe.«

»An Enttäuschungen bist du einfach nicht gewöhnt, was, Victor?«

»Ich glaube, diesem Girl ist was Übles zugestoßen«, sage ich unterwürfig. »Dieser ... Marina.«

»Du glaubst, es passieren Irrtümer?«, fragt Felix, nimmt einen großen Schluck Cognac, schiebt ein Glas zur Seite, zieht ein anderes heran. »Ich glaube, dass man zu viel wissen kann.«

»Ich glaube nur ... nur ... dass es da irgendwie einen – o Mann – einen Notfall gegeben hat, und ...« Meine Stimme erstirbt. Ich starre hinüber zu dem Klavierspieler, zu den Komparsen an den Tischen, auf den Sofas, die nachdenklich im Takt der Musik vor sich hinnicken. »Und ... ich glaube nur, dass jetzt niemand reagiert. O Mann ...«

»Du musst dir, glaube ich, eine fruchtbarere und harmonischere Lebensweise zulegen.«

»Ich bin auf dem Titel von *YouthQuake!*«, rufe ich. »Wovon um Gottes willen redest du eigentlich?«

»Vielleicht hängt das eine nicht mit dem anderen zusammen.«

»Sag mir, dass ich nicht falsch liege und nicht dumm bin«, bettele ich. »Sag mir, dass das hier keine ... belanglose Sache ist, Felix. Ich meine, ich bin doch ein umgänglicher Typ.«

»Ich weiß, ich weiß«, sagt Felix mitfühlend und zieht Zigarettenrauch ein. »Es ist unerträglich, hm?«

Endlich frage ich: »Was ist mit Palakon? Wie hängt der hier mit drin?«

»Wer ist Palakon?«, fragt Felix.

»Palakon«, seufze ich. »Der Typ, der mich auf dieses verdammte Schiff gebracht hat.«

Felix bleibt still, dann drückt er seine Zigarette aus. »Ich kenne keinen Palakon.«

Während ich dem Barkeeper signalisiere, dass ich noch einen will, murmele ich verwirrt: »Wie?«

»Palakon steht nicht im Skript, Victor«, sagt Felix mit Nachdruck.

Pause. »Hoppla – jetzt Moment mal, jetzt mal einen Moment.« Ich hebe die Hand. »Hallo? Du bist ja wohl nicht im Bilde, Baby.«

»Nein, nein, das glaube ich nicht«, sagt Felix. »Und nenn mich bitte nicht ›Baby‹, Victor.«

»Pass auf, Felix«, sage ich. »Ich rede von dem Typ, den ich im Fashion Café kennen gelernt hab. So eine Art Eurowichser, der mich überhaupt erst auf dieses schwimmende Altenheim geschickt hat. *Palakon!*«

Felix sagt das gar nichts. Ich starre ihn fassungslos an.

»Ich habe ihn getroffen, nachdem ich verfolgt worden bin«, versuche ich zu erklären. »Ich habe ihn im Fashion Café getroffen, nachdem mich der schwarze Jeep verfolgt hat? F. Fred Palakon?«

Felix dreht sich zu mir, er sieht eher besorgt aus als verwirrt, und endlich sagt er: »Wir haben keine Verfolgungsszenen gedreht, Victor.« Eine lange Pause. »Wir haben nichts im Fashion Café gedreht.«

Ich starre das Foto wieder an und spüre, wie etwas in mir zusammenbricht.

»Es gibt keinen Palakon im Drehbuch«, murmelt Felix, der ebenfalls auf das Foto starrt. »Ich habe nie von ihm gehört.«

Während ich unregelmäßig atme, wird ein weiterer Drink vor mich hingestellt, aber ich habe Sodbrennen, ich schiebe das Glas zu Felix rüber.

»Ich glaube, das ist jetzt ein logischer Punkt für den Schnitt«, sagt Felix und ist auch schon weg.

0

An Deck war die Luft feucht, der Himmel verdunkelte sich unnatürlich, wurde fast schwarz, deformierte Wolken blähten sich, hinter ihnen ein Ungeheuer, dann Donner, der eine gewisse Aufmerksamkeit verdiente und alle vage beunruhigte, und hinter der Dunkelheit, unter dem Himmel, wartete das Festland. An Deck zündete ich mir eine Zigarette an, die Kamera fuhr um mich herum, das Xanax, von dem man mir eine kleine Menge ausgehändigt hatte, nahm mir das Schwindelgefühl und die lästigen kleinen Muskelticks, ich ließ meinen Walkman laufen, die Dave Matthews Band mit »Crash Into Me« summte mir über den Kopfhörer ins Ohr, weitete sich aus und wurde zum Soundtrack. Ich saß auf einer Bank, hatte die Sonnenbrille auf, ich blinzelte verzweifelt, meine Hand hielt ein neues Magazin, das Gail Love jetzt rausgebracht hatte, es hieß *A New Magazine*, nun konnte ich nicht mehr still sitzen. Vorstellungen, wie Marina in das schwarze Wasser stürzte, meilenweit hinabsank bis auf den ruhigen, sandigen Grund, spurlos verschluckt, hüpften spielerisch durch meinen Kopf, neckten mich, oder vielleicht hatte sie sich auch vom Schiff gestürzt, weil noch schlimmere Dinge auf sie warteten. Der Hut, den mir Lauren Hynde in New York gegeben hatte, der Hut, den mitzubringen mir Palakon eingeschärft hatte, war verschwunden, ich konnte das Verschwinden bestätigen, weil ich meine Kabine auf der Suche total auseinander genommen hatte, und obwohl dieses Verschwinden ja eigentlich kein großes Problem sein sollte, wusste ich irgendwie, dass es sehr wohl eins war. Der Regisseur sagte mir, dass das, was ich nicht wusste, das Allerwichtigste war.

An Deck war ich mir bewusst, wie sich meine Beine lustlos an einem Zuckerwattestand vorbeibewegten, der für »die Kinder« eröffnet worden war. An Deck wanderten die Wallaces vorüber, darauf bedacht, mit mir nichts mehr weiter zu tun zu haben, und ich konnte die Signale nicht deuten, die ihr falsches Lächeln aussandte, und mein Herz fuhr fort, unruhig zu pochen, aber im Grund war ich lethargisch und träge, und obwohl selbst dieses Gefühl erzwungen schien, kämpfte ich nicht mehr dagegen an, es gab nichts, was ich tun konnte. Zur Ermutigung sagte ich mir einfach immer wieder, dass ich ein Model war, dass CAA mich vertrat, dass ich echt gut im Bett war, dass ich gute Gene hatte, dass Victor gut kam; aber an Deck begann ich, semi-ernstlich all das zu bezweifeln. An Deck kam der schwule junge Deutsche vorbei und ignorierte mich, aber er hatte ja nie recht in die Story gepasst, und meine Szenen mit ihm wurden rausgenommen, ohne dass das die Kontinuität der Handlung irgendwie beeinträchtigt hätte. An Deck bauten Mitglieder der Filmcrew Nebelmaschinen ab, packten sie in Kisten.

Europa bewegte sich weiter auf mich zu, der Ozean strömte dunkel um uns her, Wolken verzogen sich, die Lichtflecken am Himmel wurden breiter, bis der Tag wieder kam. An Deck klammerte ich mich an der Reling fest, ich zählte die Stunden zusammen, die ich verloren hatte, Tiefe und Perspektive verschwammen, wurden dann wieder schärfer, und jemand pfiff »On the Sunny Side of the Street«, als er hinter mir vorbeiging, doch als ich mich umdrehte, war – vorhersehbarerweise – niemand da. Ich sah auf den Boden und bemerkte mit verständnislos starrem Blick neben meinem Schuh ein versprengtes Fetzchen Konfetti, dann sah ich ein zweites.

3

14

Eine Straße in Notting Hill.

In einer Reihe nebeneinander: ein neuer Gap-Laden, ein Starbucks Café, ein McDonald's.

Ein Paar kommt aus dem neuen Crunch-Fitnesscenter, Prada-Sporttaschen in der Hand, die beiden sehen irgendwie vage energiegeladen aus, »Disco 2000« von Pulp kreischt hinter ihnen her aus dem Center, als sie an einer Reihe von enggeparkten BMWs entlanggehen, die auf dieser Straße in Notting Hill den Gehsteig säumen.

Eine Gruppe Teenager, schmalhüftig, schlapphaarig, in T-Shirts mit ironischen Slogans, hängt vor The Gap rum und vergleicht die Neuheiten, jemand hat ein Irvine-Welsh-Taschenbuch in der Hand, eine Zigarette wird von einem zum anderen gereicht, und man macht in der Stille ringsum missbilligende Bemerkungen über ein Motorrad, das die Straße runtergedröhnt kommt, das Motorrad wird vor einer Ampel langsamer, kommt zum Stehen.

Jemand, der aussieht wie Bono, führt einen schwarzen Labrador aus und reißt die Leine zurück, als der Hund sich auf rumliegenden Abfall stürzen möchte, um ihn zu verschlingen – eine Arch-Deluxe-Packung.

Ein Geschäftsmann überholt mit langen Schritten das Bono-Double, er runzelt die Stirn, während er sich in die erste Seite des *Evening Standard* vertieft, die Pfeife sitzt ihm fest zwischen den Zähnen, und das Bono-Double kommt jetzt an einem ziemlich durchgestylten Kindermädchen vorbei, das einen Designer-Kinderwagen schiebt, und dann geht das Kindermädchen an zwei Kunststudenten vorüber, die sich eine Tüte bunter Bon-

bons teilen und die Schaufensterpuppen in den Läden anstarren.

Ein japanischer Tourist nimmt Plakate mit seinem Videogerät auf, Mädchen schlendern aus dem Starbucks, der schwarze Labrador an der Leine des Bono-Doubles, das Kindermädchen, das jetzt den Designer-Kinderwagen nicht mehr weiterschiebt, weil sie anscheinend nach dem Baby schauen muss. Der Typ mit dem Motorrad steht immer noch wartend an der Ampel.

Die Musik wechselt jetzt von Pulp zu einem ominösen Oasisstück, alles scheint Nikes zu tragen, die Leute bewegen sich nicht beiläufig genug – ihr Verhalten wirkt koordiniert, fast programmiert, und jetzt werden diverse Schirme geöffnet, weil der Himmel über der Straße in Notting Hill ein kühles Diorgrau hat, das raschen Regen verspricht, das erzählt man jedenfalls den Leuten.

In einer bedeutenden Zeitspanne ereignet sich folgendes:

Jamie Fields erscheint auf der Straße in Notting Hill, sie rennt aus einer Seitengasse hervor, verzweifelt rudert sie mit den Armen, ruft den Passanten konfuse Warnungen zu, ein qualvoller Gesichtsausdruck verdirbt (oder verstärkt?) die Schönheit ihres Gesichts, das mit braunen Schmutzstreifen überzogen ist.

Ein Taxi, das langsam die Straße in Notting Hill entlangfährt, knallt beinahe gegen Jamie Fields, und sie wirft sich kreischend gegen den Wagen, der Fahrer, angemessen versteinert, dreht dann rasch sein Fenster hoch und saust davon, an dem Mann auf dem Motorrad vorbei, und der schwarze Labrador beginnt wild zu bellen, und die beiden Kunststudenten wenden sich ab von den Schaufensterpuppen, und das durchgestylte Kindermädchen fängt an, den Kinderwagen in die Gegenrichtung zu schieben, prallt gegen den Geschäftsmann, das schlägt diesem die Pfeife aus dem Mund, er dreht sich herum, vergrätzt, man sieht, wie sein Mund ein *Was*

410

zum Teufel formt. Und dann fangen Gebäude an zu explodieren.

Zuerst das Fitnessstudio, Sekunden später The Gap, sofort danach birst das Starbucks und dann schließlich der McDonald's. Jede der vier voneinander getrennten Explosionen erzeugt eine riesige Kumuluswolke aus brüllenden Flammen und Qualm, die in den grauen Himmel steigt, und da die sorgfältig platzierten Bomben die Gebäude nach außen in Richtung Gehsteige haben detonieren lassen, verschwinden die Passanten entweder in den Flammen oder segeln wie an Schnüren gezogen über die Straße, bis ihr Flug vom Aufprall auf geparkte BMWs gestoppt wird, und die aus den Händen weggerissenen Regenschirme werden von den Explosionen emporgetragen, manche stehen in Flammen, sie schweben quer über den grauen Himmel, ehe sie sanft auf Trümmerhaufen landen.

Überall werden Alarmanlagen aktiviert, der Himmel ist orangerot erleuchtet, gefärbt von zwei kleineren Folgeexplosionen, der Boden vibriert fortwährend, versteckte Leute brüllen Befehle. Dann herrscht endlich Stille, doch nur etwa fünfzehn Sekunden lang, dann beginnen die Leute zu kreischen.

Die Gruppe Teenager: verbrannt. Der Geschäftsmann: von der Starbucks-Explosion zerrissen.

Es fehlt jede Spur von dem japanischen Touristen, abgesehen von der Videokamera, die in einem tadellosen Zustand ist.

Der Typ auf dem Motorrad an der Ampel: ein verkohltes Skelett, hoffnungslos an das Wrack des Motorrads gekettet, mit dem er nun verschmolzen ist.

Das durchgestylte Kindermädchen ist tot, und der Designer-Kinderwagen, den sie geschoben hatte, sieht aus wie von einer Riesenhand plattgehauen.

Der schwarze Labrador hat überlebt, doch das Bono-Double ist nicht mehr da. Eine Hand – am Gelenk weggerissen – umklammert immer noch die Leine, und der Hund, bedeckt mit Blut und Asche, dreht durch und rennt verzweifelt auf eine Kamera zu, hinter der sein Trainer steht.

Und auf der Straße in Notting Hill sinkt eine benommene Jamie Fields langsam auf die Knie und sieht empor in den grauen Himmel, senkt schuldbewusst den Kopf, windet sich vor Entsetzen und Schmerz, während ein seltsamer Wind den Rauch davonbläst und immer mehr Trümmer zum Vorschein kommen, mehr Leichenteile, Toilettenartikel aus The Gap, Hunderte von geschwärzten Starbucks-Kaffeebechern, von der Hitze verformte Mitgliedsausweise für das Studio, sogar die Fitnessmaschinen – StairMasters, Rudergeräte, ein Hometrainer, alles glimmt.

Das Ausmaß des Schadens hinter Jamie Fields wirkt zunächst fürchterlich, aber nach einer gewissen Zeit sieht die Straße eigentlich nicht wirklich zerstört aus – lediglich irgendwie verwüstet. Nur zwei BMWs liegen auf dem Dach (Leichen hängen aus den zersplitterten Windschutzscheiben), und um die zerrissenen Körper herum sieht das Blut unauthentisch aus, als hätte jemand Fässer mit Tomatenmark quer über die Gehsteige ausgeleert und die Mixtur über die herumliegenden Körperteile und über die noch immer in den aufgerissenen Schaufenstern stehenden Puppen verteilt – das Fleisch und Blut der Kunststudenten. Es wirkt einfach zu rot. Später allerdings werde ich erkennen, dass eben diese Farbe wirklicher aussieht, als ich es mir je hier auf der Straße in Notting Hill vorgestellt hatte.

Wenn man Jamie Fields in diesem Augenblick ansieht, bemerkt man, dass sie lacht, als sei sie erleichtert, obwohl sie von abgetrennten Köpfen, Armen und Beinen umgeben ist, aber diese Körperteile sind aus Schaumstoff, und bald sammeln irgendwelche Leute von der Crew das alles ohne Mühe ein. Ein Regisseur hat bereits: »Aus!«, geschrieen, jemand legt Jamie eine Decke über und flüstert ihr was Beruhigendes ins Ohr, aber Jamie scheint keine Probleme zu haben, sie verneigt sich, Applaus setzt sich durch und schwillt an und dominiert die Szene, die sich hier an diesem Mittwochmorgen auf der Straße in Notting Hill abgespielt hat.

Der Wind hat sich nach den Explosionen verstärkt, die Statisten lassen sich das Theaterblut von Make-up-Assistenten aus den Gesichtern wischen, ein Hubschrauber fliegt lärmend über die Szene hinweg, und ein Schauspieler, der wie Robert Carlyle aussieht, schüttelt dem Regisseur die Hand, die hohen Kräne für die Kameras werden abgebaut, Stuntmen gratulieren einander und nehmen die Ohrstöpsel raus, und ich folge Jamie Fields zu ihrem Wohnwagen, wo ein Assistent ihr ein Handy reicht und Jamie sich auf die Stufen des Wohnwagens setzt und eine Zigarette anzündet.

Mein unmittelbarer Eindruck: Blasser, als ich sie in Erinnerung habe, überwältigende Wangenknochen, die sogar noch höher scheinen, derart blaue Augen, dass man meint, sie trüge gefärbte Kontaktlinsen, das Haar immer noch blond, aber kürzer und zurückgekämmt, der Körper schärfer konturiert, schicke beige Slacks spannen sich über Beine, die muskulöser wirken, die Brüste unter einem schlichten Velours-Top sind definitiv Implantate.

Ein Make-up-Girl wischt Jamie die strategisch angeordneten Schmutzflecken aus dem Gesicht, sie säubert Kinn und Stirn mit einem großen feuchten Wattebausch, und Jamie, die in ihr Handy zu sprechen versucht, winkt das Girl weg und knurrt: »Später!«, als sei ihr das sehr ernst. Das Mädchen versucht zu lächeln und schleicht sich gedemütigt davon.

Ich bleibe ein Stück entfernt stehen, ich lehne mich sexy an einen Wohnwagen, der dem von Jamie gegenüber steht, sodass sie mich ohne Schwierigkeit sofort entdecken kann, wenn sie hochsieht: wie ich grinse, mit verschränkten Armen, cool zerzaust in sportlichem Prada-Zeug, selbstbewusst, aber nicht arrogant. Als Jamie tatsächlich aufschaut und verärgert ein weiteres Make-up-Girl wegwedelt, bleibt meine Anwesenheit – nur wenige Meter entfernt – unbemerkt. Ich nehme die Armani-Sonnenbrille ab und täusche Bewegung vor, indem ich eine Rolle Mentos raushole.

»O Gott, das ist doch alles längst abgehakt«, flüstert Jamie müde ins Handy, und dann: »Ja, das glaub ich erst, wenn ich's sehe«, gefolgt von: »Wir dürften gar nicht per Handy miteinander reden«, und endlich murmelt sie: »Barbados«, und mittlerweile stehe ich direkt vor ihr.

Jamie schaut hoch und klappt, ohne die Person am anderen Ende zu warnen, wütend das Handy zu, sie steht so rasch auf, dass sie beinahe von der Treppe fällt, die in den kompakten weißen Wohnwagen hineinführt, dessen Türschild ihren Namen trägt, ihr Gesichtsausdruck sagt mir: Oho, Mega-Abdreher steht an, duck dich.

Ich biete ihr sanft ein »Hey Baby« an, breite die Arme aus, lege den Kopf schief, grinse jungenhaft. »Na, was läuft?«

»Was zum Teufel machst du hier?«, faucht sie.

»Ähh, hey Baby ...«

»Jesus Christus – was machst du hier?« Sie schaut panisch umher. »Ist das ein gottverdammter Witz oder was?«

»Hey, langsam, Baby«, sage ich und komme näher, was sie rückwärts die Stufen hochtreibt, sie klammert sich am Handlauf fest, um nicht zu stürzen. »Cool, alles ist cool«, sage ich.

»Nein, ist es *nicht*«, stößt sie wütend hervor. »Jesus, du musst verdammt noch mal hier weg! *Sofort!*«

»Einen Augenblick mal, Baby …«

»Du solltest doch in New York sein«, zischt sie und schneidet mir das Wort ab. »Was machst du hier?«

Ich strecke die Hände aus, um sie zu beruhigen. »Baby, hör doch mal, wenn du …«

Sie schlägt meine Hand weg und geht – rückwärts – eine weitere Stufe hoch. »Lass mich in Ruhe!« Und dann: »Was zur Hölle hast du gestern Abend bei Annabel's gemacht?«

»Baby, hey, warte …«

»Schluss jetzt«, sagt sie und wirft einen furchtsamen Blick hinter mich, sodass ich mich ebenfalls umdrehe, dann schaue ich sie wieder an. »Es ist mein Ernst – verschwinde. Ich kann mich hier nicht mit dir sehen lassen.«

»Hey, das können wir doch in deinem Wohnwagen diskutieren«, schlage ich sanft vor. »Reden wir in deinem Wohnwagen, ja?« Pause. »Möchtest du ein Mentos?«

Ungläubig stößt sie wieder meine Hand weg. »Hau sofort hier ab, du, oder ich ruf Bobby, ist das klar?«

»Bobby?«, frage ich. »Hey Baby …«

»Du solltest doch gottverdammt noch mal in New York sein – jetzt hau schon ab! Zum Teufel, verpiss dich!«

Ich hebe beide Hände, um zu zeigen, dass ich nichts verberge, und gehe langsam rückwärts zurück. »Hey, ist alles cool«, murmele ich. »Ist cool. Ich bin cool.«

Jamie wirbelt herum, und ehe sie im Wohnwagen verschwindet, wirft sie mir einen eisigen Blick zu. Die Tür knallt zu. Innen hantiert jemand am Schloss. Dann Stille.

Der Geruch von verbranntem Gummi ist plötzlich überall und löst bei mir einen längeren Hustenanfall aus, den ich mithilfe von zwei Mentos bekämpfe, dann schnorre ich eine Silk Cut bei einem weiteren hübschen Make-up-Girl, das aussieht wie Gina Gershon, und dann hänge ich eine Weile in der Nähe von Leuten rum, die mich vielleicht nicht bemerkt haben, bis ich dann die Westbourne Grove hinuntergehe, dann die Chepstow Road, dann mache ich in einem echt coolen Laden namens Oguri halt, und anschließend entdecke ich Elvis Costello an der Ecke der Colville Road, wie er aus einer türkisgefliesten Neo-Deco-Toilette rauskommt.

13

Tief getroffen versuche ich, eine neue Strategie zu entwerfen, um das leere Herumwandern zu beenden, und ich suche verschiedene Zeitungskioske auf, weil ich ein verzweifeltes Bedürfnis nach einer *New York Post* oder einer *New York News* habe, um nachzusehen, welche Entwicklung mein Leben in Manhattan nimmt, aber ich kann nirgendwo ausländische Zeitungen finden, nur diese typisch britischen Blätter mit donnernden Schlagzeilen wie LIAM: MANN HINTER DEM MYTHOS ODER EIN TAG IM LEBEN VON BIJOU PHILLIPS (ein Artikel, in dem ich erscheinen könnte oder auch nicht, je nachdem, um welchen Tag sich's handelt) oder CHAMPAGNERUMSÄTZE KLETTERN WEITER – SWINGING LONDON LERNT DAS FEIERN. Ich mache in einem Tower-Records-Laden halt, nachdem ich in einem von den Dutzenden Starbucks, die die Straßen von London säumen, einen koffeinfreien Eis-Grande-Latte gezogen habe (der so lala war), und ich kaufe mir Kassetten für meinen Walkman (Fiona Apple, Thomas Ribiero, Tiger, Sparklehorse, Kenickie, den Soundtrack von *Mandela*), und dann gehe ich raus, hinein in den Strom von Rollerbladern, die auf der Suche nach einem Park vorbeigleiten.

Rugbyspieler und dieser ganze Rugbylook sind definitiv in, ebenso Rüschenchiffon, Neo-Hippie-Patchworksachen und rasierte Köpfe; wegen Liam und Noel Gallagher sind, wie ich sehe, Bärte stärker en vogue als bei meinem letzten Aufenthalt, sodass ich mir immer mal wieder abwesend ins Gesicht fasse, ich fühle mich nackt und verletzbar und so hilflos, dass ich fast auf zwei Pekinesenwelpen trete, die ein kahlköpfiger Neo-Hippie-Rugbyspieler mit Bart spazierenführt, mit dem ich in der Bond Street zusammenstoße. Ich überlege, ob ich Tamar anrufen soll, eine Societyschnitte, mit der ich das letzte Mal, als sie in den Staaten war, was hatte, aber stattdessen überlege ich mir lieber, wie ich die Jamie-Fields-Sache möglichst positiv formuliere, falls F. Fred Palakon je anruft. Gewitterböen wehen mir die Haare durcheinander, ich renne in den Paul-Smith-Laden in der Bond Street, wo ich einen smarten marinegrauen Regenmantel erstehe. Über alles hinweg hört man »Missing« von Everything But the Girl, gelegentlich unterbrochen von Feel-Good-Housemusic oder einem kleinen Ausschnitt von Becks »Where It's At« und so weiter und so weiter.

Außerdem folgt mir ein Typ mit einer extrem dunklen, enganliegenden Sonnenbrille, der aussieht, als ob er in eine Soap-Serie gehört – hübsch, mit einem zu gemeißelten Kinn und dichtem hochgekämmten schwarzem Haar –, und Ähnlichkeit hat er mit, sagen wir, einem modischen Christian Bale, verdächtig blasiert in einem langen Prada-Mantel, anscheinend nichts Gutes im Schilde führend und irgendwie plastilinmäßig.

Bedauerlich: Ich hätte damals nie diese Scotch-Anzeige ablehnen dürfen.

Merken: Eyeliner scheint für Männer in dieser Saison ziemlich cool zu sein.

Im Masako fläze ich mich im hinteren Raum in eine Plüschnische und stochere in einem Sushi herum, das wie Schinken schmeckt, und der Christian-Bale-Typ sitzt vorne an einem Vierertisch im leeren Restaurant, grinst sehr entrückt vor sich hin, auf einem leeren Stuhl neben ihm liegt ein Camcorder, die apokalyptische Musik, die aus der Stereoanlage rieselt, vermag auch niemand aufzuheitern.

Als ich zu ihm hingehe, eine San-Pellegrino-Flasche in der Hand, zahlt er gerade und nimmt einen letzten Schluck kalten Sake, er lächelt mich arrogant an.

»Wollen Sie ein Autogramm? Ist es das?«, frage ich, und dann klingt meine Stimme wie die eines Babys: »Hören Sie auf, mir zu folgen. Lassen Sie mich verdammt noch mal in Ruhe, okay? Arschloch!« Eine Pause, in der er aufsteht und ich einen Schritt zurückweiche. »Oder ich gieß Ihnen das San Pellegrino über den Kopf, haben Sie mich verstanden?«

Er antwortet mir nur schweigend mit einer Na-und?-Miene.

Ich sehe ihm nach, wie er selbstsicher hinausschwebt, am Straßenrand vor dem Masako wartet ein großer blauer Jeep Commando mit getönten Scheiben, das Gesicht des Fahrers ist nicht zu erkennen. Draußen nehme ich diverse Tex-Mex-Restaurants wahr und die postapokalyptische Stimmung, meine Pseudowirklichkeit, dann gehe ich zurück Richtung Four Seasons, wo ich mir im Grunde bloß das Hemd ausziehen möchte.

Vor dem Four Seasons teilen sich die obligatorischen Paparazzi eine Zigarette und blicken müssig zu mir rüber, während ich mich ein Weilchen hinstelle und so tue, als müsste ich erst mal meine Taschen nach dem Zimmerschlüssel durchsuchen, und sie stehen da und warten auf mögliche Straßenkreuzer oder Limousinen, die angerollt kommen und jemand Schnappschusswürdigen aussteigen lassen könnten, wozu ich heute nicht zähle. Ralph Fiennes schüttelt einem zwanzigjährigen Filmproduzenten die Hand, ich weiß genau, den hat irgendeiner, den ich kenne, gevögelt, und Gabriel Byrne telefoniert mit einem Handy, wird von *People* interviewt und trinkt eine große Tasse Tee – alles gleichzeitig. Mit anderen Worten: Es geht total ab, es ist total vertraut. Die einzige Leerstelle: keine Nachricht von Palakon, was mich aber nicht in dem Maße erleichtert, wie ich's mir vorgestellt hatte. Ich stoße die Tür zu meiner Suite auf, schalte MTV ein – und mit einem *Ping* schwebt *Everything But the Girl* durch den Raum, der im Augenblick arktisch kalt ist. Mit einem nicht zu unterdrückenden Schaudern schiebe ich auf dem Bett verstreute japanische Modemagazine zu einem Stapel zusammen, und dann hau ich mich hin, ziehe die Decke hoch und rufe die Küche an: Ein Protein-Shake, und dann will ich wissen, wann der Fitnessraum hier im Hotel zumacht.

Eine Bewegung auf der anderen Seite des Zimmers lässt mich herumfahren.

Jamie Fields: Sie hat die Beine über die Armlehne eines Drehstuhls mit Blumenmuster geworfen, sie trägt ein ultramodisches Prada-Camisole-Top, schimmernde schwarze Disco-Pants, schwarze Stöckelschuhe und eine

schwarze Armani-Sonnenbrille, ihre Züge sind masken-
haft, aber nachdem mein erster Schock verflogen ist,
projiziere ich so etwas wie eine entschuldigende Miene
in ihr Gesicht, und sie bestätigt mir das, indem sie die
Brille abnimmt, auf den Nägeln ampelroten Hard-
Candy-Nagellack.

Jamie bemerkt wie störend der Lack ist. »Ich weiß
schon – hässlich«, seufzt sie und zündet sich eine Zigarette an. »Ist für den Film.«

»Für welchen?«, frage ich.

Sie zuckt die Achseln, stößt eine Rauchwolke aus.
»Beide?«

»Wie bist du denn hier reingekommen?«, frage ich.

»Ich kenne ein paar der entscheidenden Angestellten
im Four Seasons«, sagt sie achtlos. »Die kennen mich.
Sie lassen mich machen, was ich will. Ein Bonus sozusagen. Lassen wir's dabei.«

Ich warte kurz, ehe ich frage: »Und fängst du jetzt
wieder an, hier durch die Gegend zu toben?«

»Nein. Tut mir Leid, die ganze Sache.«

Noch eine Pause. »Was war denn los?«

»Ach, ich hab einfach gedacht, du bist jemand anderes«, murmelt sie. »Vergiss es. Jeeeedenfalls …«

»Du hast gedacht, *ich* bin wer anderes?«, frage ich.
»Baby, das tut weh.«

»Ich weiß.« Jamie langt in ihre Gucci-Ledermappe
und zieht ein kleines Geschenk hervor. »Also hab ich
gedacht, das könnte deinen Schmerz lindern.«

Ich strecke die Hand aus und nehme die Schachtel
zögernd entgegen. »Was ist das?«

»Zigarren. Montecristos«, sagt sie, steht auf, reckt
sich. »Ich meine, ich geh davon aus, dass du immer noch
so trendy bist wie früher.« Sie nimmt einen Zug, verzieht das Gesicht, drückt die Zigarette in einem
Aschenbecher aus. »Ich glaub eigentlich nicht, dass sich
die Zeiten *derart* geändert haben.« Sie fängt an, in der

Suite umherzugehen, nicht beeindruckt, nicht unbeeindruckt, einfach auf bizarre Weise neutral, sie befingert die Vorhänge, mustert ein paar Sachen von mir, die auf einem Tisch liegen.

Plötzlich klingelt das Telefon. Als ich abnehme, ist niemand dran. Langsam lege ich den Hörer wieder auf.

»So geht das ständig«, murmele ich.

Jamie geht immer noch hin und her, fährt mit der Hand unter Tischplatten entlang, inspiziert eine Lampe, dann noch eine, öffnet einen Kleiderschrank, schaut hinter den Fernseher – Beck auf einem Esel, ein Spice Girl schwingt ein Lasso – und nimmt sich dann die Fernbedienung, sie will anscheinend gerade anfangen, sie zu zerlegen, als ich sie unterbreche.

»Baby, warum setzt du dich nicht hin?«

»Ich bin den ganzen Tag rumgerannt.« Sie reckt sich wieder, nimmt eine unbekümmertere Haltung ein. »Ich kann nicht still sitzen.«

»Aahm, Baby?«, fange ich unbeholfen an. »Wie hast du mich gefunden?«

»Hey …« Sie schaut mich ihrerseits an. »Wie hast du mich gefunden?«

Eine Pause. »Du zuerst.«

»Ich hab meinen Assistenten in allen Hotels anrufen lassen, in denen ich dich vermutet habe.« Sie seufzt, fährt fort: »Das Connaught, das Stafford, Claridge's, das Dorchester, das Berkeley, das Halcyon, und dann – wumm – das Four Seasons.«

Eine lange Pause, ich starre sie ungläubig an.

»Was?«, fragt sie. »Was ist denn?«

»Und was ist mit dem gottverdammten Hempel? Warum habt ihr nicht im Hempel angerufen? Lieber Gott, Baby.«

Ein Lächeln kriecht auf ihr Gesicht, aber sie unterbricht es, als ihr was einfällt, und das lässt sie aufstöhnen und zurück in den Drehstuhl fallen.

»Ich setz gleich meine Brille wieder auf, Victor«, warnt sie.

Das Telefon klingelt erneut. Ich seufze, lange rüber zum Nachttisch, nehme den Hörer ab, lausche. Schweigen, eine Reihe ungleichmäßig angeordneter Pieptöne, ein zweimaliges Klicken, eine Serie ferner Störgeräusche, noch ein Piepen, dann: Schweigen. Ich schaue hinüber zu Jamie im Drehstuhl, die nachdenklich mit ihrer Sonnenbrille spielt (die Beine baumeln über der Armlehne), ehe ich langsam den Hörer wieder auflege.

»Ich hab nach Victor Johnsons Zimmer gefragt, aber dann ist mir eingefallen – oder ich hab's irgendwo gelesen –, dass du ja deinen Namen geändert hast. In Victor Ward.« Sie hält inne und lächelt spielerisch. »Warum eigentlich?«

»Verschiedene Komitees sind zu dem Ergebnis gekommen, dass es ein smarter PR-Schachzug wäre, um meine Karriere ins Rollen zu bringen.« Ich zucke die Achseln. »Hat mich semi-berühmt gemacht.«

»Dich hat ein Missverständnis semi-berühmt gemacht«, korrigiert sie.

»Ich bin mit diesem Missverständnis hervorragend vorangekommen.«

»Der Anzug hat dir das Engagement verschafft.«

»Und außerdem mein geradezu unglaublich cooles Auftreten.«

»Warum hab ich immer das Gefühl, dein Vater steckt hinter dieser Namensänderung?« Wieder lächelt sie spielerisch. »Hmm? Hat Daddy da eine Forderung an dich gestellt?«

»Ich rede nicht über meinen Vater ...«

»Ach Gott, ja, was soll's.« Sie steht wieder auf, lässt sich wieder in den Stuhl zurücksacken, seufzt einige Male. »Hör mal, ich bin jetzt hier, um dir zu sagen – mir tut's Leid, dass ich ausgeflippt bin, und, also, ja, amüsier dich gut in London und, ähhh, ich seh dich dann in acht Jahren.«

»Flippst du jetzt noch mal aus?«, frage ich betont cool und gehe langsam ums Bett herum, sodass ich ihr näher bin.

»Ich fühl mich, äh, kuriert.«

»Ach, das ist ja gut.«

Pause. »Hängt von deiner Definition von ›gut‹ ab«, sagt sie.

»Was läuft denn, Baby?«, seufze ich theatralisch resigniert. »Was machst du so? Wohin geht's denn jetzt?«

»Heute war der letzte Drehtag«, sagt sie. »Die Studioszenen haben wir letzte Woche in Pinewood abgedreht.« Pause. »Ich bin also zunächst mal frei, frei, frei!«

»Na, dann bin ich froh, dass ich dich erwischt hab.«

»Erwischt?«, fragt sie und wird starr, irgendwie ärgerlich. »Warum bist du froh, dass du mich *erwischt* hast, Victor?«

Plötzlich klingelt ihr Handy. Sie zerrt es aus einer Lulu-Guinness-Handtasche hervor, die ich noch gar nicht bemerkt habe, und macht es an. Während sie mir direkt in die Augen starrt, sagt sie: »Ja? … Alles klar … Gut … Nein, ich bin im Four Seasons … Ist das das Kennwort für heute? … Na, Hand hoch, wer dafür ist … ja … hört sich köstlich an … Gut … Später dann.« Sie schaltet ab, starrt mich mit leerem Blick an.

»Wer war das?«, frage ich und erschauere, mein Atem dampft.

»Kennst du nicht«, murmelt sie, und dann, kaum hörbar: »noch nicht.«

Ich liege jetzt auf der Seite, ich lasse die Hände über das seidige Blumenmuster des Überwurfs gleiten, ich lenke die Aufmerksamkeit auf meine Hände, wegen ihrer aparten Bewegung, und mein Hemd schlüpft in einer nicht allzu suggestiven Weise aus der Hose, und als ich mit pseudo-törichtem Blick an mir runterschaue und dann mit einem verführerischen Lächeln wieder hoch, funkelt mich Jamie mit einem giftigen Blick an. Als ich zurückschalte auf weniger hengstmäßig, entspannt sie sich, reckt sich, stöhnt.

»Ich *muss* jetzt was essen«, sagt sie.

»Baby, bist du derart ausgehungert?«

»Total ausgehungert.«

»Hey, den Film hab ich gesehen.« Ich grinse pseudoneckisch. »Wie wär's mit Zimmerservice?«, schlage ich vor, meine Stimme ist tief und sonor.

Sie steht da, betrachtet etwas, schaut wieder zum Fernseher hin, dann mustert sie sorgfältig die Zimmerdecke. Endlich murmelt sie: »Hauen wir ab von hier.«

»Wohin?«

»Gehen wir irgendwo essen.«

»Jetzt? Es ist erst fünf«, bemerke ich. »Hat denn schon was auf?«

»Ich weiß was«, murmelt sie. Etwas an der Zimmerdecke, in der Ecke, nimmt Jamies Aufmerksamkeit in Anspruch, und sie geht in die Richtung, langt hinauf, dann – es wird ihr etwas bewusst – hält sie inne. Sie dreht sich um, versucht zu lächeln, aber anscheinend kann sie nicht dagegen an: Das Zimmer scheint sie irgendwie zu beunruhigen.

»Baby, ist nur 'ne Kulisse«, sage ich. »Vergiss es einfach.«

11

Obwohl das Restaurant nicht vor sechs öffnet, setzt Amie durch, dass wir schon um halb sechs ins Le Caprice reingelassen werden, sie schafft das mit einem kryptischen Telefongespräch aus dem Taxi auf dem Weg Richtung Arlington Square.

»Ich sollte eigentlich mit Amanda Harlech essen, aber ich nehme an, das hier wird viel, ääh, interessanter«, sagt sie und stopft das Handy in ihre Tasche zurück.

»So bin ich eben«, sage ich. »Der Komet deiner Vergangenheit.«

Während ich ihr an einem Tisch im Le Caprice gegenübersitze, wird es mir bewusst: Jamie Fields ist derart schön, dass alle Resterinnerungen an Lauren Hynde, an denen ich noch festgehalten haben mag, von diesem Anblick wie weggefegt sind, und nachdem wir einen Martini und etwas Weißwein hinuntergestürzt haben, bestellen wir eine Krebs-Mais-Suppe und eine Platte Tintenfisch vom Holzkohlengrill, und wir relaxen, wir genießen die Ruhe des Augenblicks, unterbrochen nur von gelegentlichem massiven Gegähne Jamies und einem irgendwie toten Blick hinter diesen sehr, sehr coolen blauen Augen. Ich bestelle noch einen Martini und denk mir kurz: Das wird ja eine ganz leichte Übung.

»Wo bist du nach den Dreharbeiten heute hingefahren?«, frage ich.

»Ich hab eine Himalaja-Verjüngungstherapie beim Aveda im Harvey Nichols gehabt«, sagt sie. »Hab ich gebraucht. Hatte ich verdient.«

»Cool, hip.«

»Also, was machst du in London, Victor?«, fragt sie. »Wie hast du mich gefunden?«

»Baby«, sage ich, »das war reiner Zufall.«

»Mhm«, sagt sie ein wenig zögernd. »Was hast du denn heut Morgen am Set gemacht?«

»Ich bin bloß so rumgelaufen, hab in Nothing Hill so eingekauft, an nichts Böses gedacht und da …«

»Es heißt Notting Hill, Victor«, sagt Jamie und winkt einem Kellner: Noch etwas Brot. »*Notting* Hill. Weiter.«

Ich starre sie an, sende meine Signale aus – ein paar prallen ab und kehren zu mir zurück, andere landen leise, bleiben haften.

Sie wedelt mit der Hand vor meinem Gesicht hin und her. »Hallo? Victor?«

»Ach ja«, sage ich blinzelnd. »Äh, könntest du die Frage wiederholen?«

»Wie – hast – du – mich – gefunden?«, fragt sie angespannt.

»Ich bin einfach drüber gestolpert, über diese … Sachen, ja?« Ich kneife die Augen zusammen und mache eine Geste mit den Händen in der Luft, hoffe, dass das einiges klärt.

»Das klingt zwar schwer nach dir, aber ich nehm's dir nicht ab.«

»Okay, okay«, sage ich und grinse sie sexy an, mal sehen, wie weit ich auf dieser Schiene komme. »Jemand auf einer Party …«

»Victor«, unterbricht sie mich, »du bist ein sehr gut aussehender Typ. Du brauchst mich nicht mit der Nase draufzustoßen. Ich hab's begriffen.«

Das sexy Grinsen verblasst, und ich lehne mich zurück, nehme einen Schluck Martini, wische mir sorgfältig die Lippen mit einer Serviette ab.

»Bitte weiter«, sagt sie mit verschränkten Armen und sieht mich starr an.

»Jemand auf einer Party, wo ich war, hat was, äähh, erwähnt«, sage ich konfus und distanziere mich achselzuckend von allem. »Vielleicht war's im Groucho-Club.

Ich glaub, es war jemand, der mit uns zusammen in Camden war …«

»Das *glaubst* du?«

»Baby, ich war derart breit …«

»Ach Scheiße, Victor, *wer* war das?«

»Moment – tut mir Leid, ich glaube, es war jemand im Brown's, da bin ich zufällig …«

»*Wer*, Herrgott noch mal!«

Ich beuge mich vor, grinse sexy und schnurre: »Wie ich sehe, habe ich jetzt deine ungeteilte Aufmerksamkeit.«

»Victor«, sagt sie und rutscht irritiert hin und her. »Ich will das wissen.«

»Baby«, sage ich, »ich will dir mal was sagen.«

»Ja?«, fragt sie erwartungsvoll.

»Ich gebe niemals meine Quellen preis«, flüstere ich ihr in dem leeren Restaurant zu und lehne mich dann zufrieden zurück.

Sie entspannt sich und nimmt – damit klar wird, dass sie verstanden hat – einen letzten Löffel Suppe und leckt den Löffel anschließend nachdenklich ab. Jetzt ist es an ihr, sich vorzubeugen. »Wir haben Mittel und Wege, dich zum Sprechen zu bringen«, flüstert sie.

Spielerisch neige ich mich wieder hinüber und sage mit rauer Stimme: »Das kann ich mir sehr gut vorstellen.«

Aber jetzt lächelt Jamie nicht – sie scheint plötzlich mit irgendetwas anderem beschäftigt, das mich betrifft oder auch nicht. In sich gekehrt und nachdenklich seufzt sie und richtet den Blick auf einen Punkt hinter meinem Rücken. Ich drehe mich um und sehe eine Reihe von David-Bailey-Fotos an der Wand.

»Hey Baby«, fange ich an, »du siehst plötzlich ganz müde aus. Bist du jetzt wirklich irgendwie geschafft?«

»Wenn du den ganzen Tag Sätze wie ›Wenn Farris das Szepter in die Hände fällt, ist es vorbei mit eurem Planeten‹ sagen musst, dann wird auch deine Seele krank«, sagt sie müde. »Japanische Investoren – was soll man da noch sagen?«

»Hey, aber meine Seele *ist* krank« ,rufe ich und versuche, sie aufzuheitern. »Hat mir mal eine Freundin gesagt,«, sage ich mit theatralischem Stolz.

»Mit wem bist du jetzt zusammen?«, fragt sie lustlos.

»Ich bin's leid mit den ganzen Beziehungen. ›Sei sensibler, sei mehr Macho.‹ Herrgott, vergiss es.« Pause. »Ich steh jetzt mehr auf Nutten.«

»Wo wir beim Thema sind – was ist denn aus Chloe Byrnes geworden?«, fragt sie. »Oder hat die sich schon ne Überdosis verpasst?« Jamie zuckt die Achseln, überlegt: »Das hätte ich ja wahrscheinlich gehört.«

»Nein, der geht's gut«, sage ich, überlege, wie ich in dieser Situation am besten weiterspiele, versuch's mit: »Wir haben mal auf den Pausenknopf gedrückt. So was wie Ferien.«

»Was? Ist das ein Code für: Sie hat dich rausgeschmissen?«

»Nein«, sage ich geduldig. »Es soll heißen, dass jede … Beziehung irgendwie ihre, ähh – na gut, ihre Höhen und Tiefen hat.«

»Ich nehme an, dies ist ein Tief.«

»Könnte man so sagen.«

»Danke.«

»Keine Ursache«, sage ich verdrießlich.

»Ich hab gehört, dass sie was mit Heroin zu tun hatte«, sagt Jamie beiläufig.

»Das Gerücht kann ich nicht bestätigen«, sage ich.

»Weil es nicht wahr ist?« Jamie zieht ein Päckchen Zigaretten heraus.

»Hey Baby …«

»Ist schon okay«, sagt sie geduldig. »In London kann man im Restaurant rauchen.«

»Das ist bestimmt nicht der Grund, weshalb ich ›Hey Baby‹ sage.«

»Also, erzähl mal. Chloe ist nicht tot. Hab ich's soweit richtig verstanden?«

»Nein, sie ist nicht tot, Jamie«, sage ich einigermaßen gereizt.

»Nun, es gibt da Gerüchte, Victor ...«, sagt Jamie mit pseudo-traurigem Kopfschütteln und zündet sich eine Zigarette an.

»Ist mir scheißegal, was du für Gerüchte gehört hast.«

»Ach jetzt hör aber bitte auf.« Jamie lehnt sich zurück und stößt den Rauch aus, sie sieht mich mit verschränkten Armen staunend an. »Ist das noch derselbe Victor Johnson, den ich früher mal gekannt habe, oder bist du plötzlich ein neuer Mensch geworden?«

»Ich sag nur, dass Chloe ...«

»Ach, ich will im Grund gar nichts über deine Beziehung mit Chloe Byrnes hören«, unterbricht sie mich ärgerlich, sie nickt einem Kellner zu, er soll den Suppenteller wegnehmen. »Ich kann's mir ja so gut vorstellen. Die Wochenenden in South Beach, die Mittagessen mit Andie MacDowell, die ganzen Diskussionen um das Thema: Kommt Chloe in den Modehimmel oder nicht?, lange Auseinandersetzungen um die Farbe Gelb, und immer wieder findest du Spritzen in Chloes Prada-Handtasche ...«

»Hey«, fauche ich. »Es war eine rein *nasale* Sucht.«

»Ooh.« Jamies Augen glänzen. »Darf ich das verwenden?«

»Scheiße, mir ist es doch total egal, was die Leute denken«, murmele ich und schiebe mich ein Stück vom Tisch weg. »Als ob ich mir wirklich Gedanken machen müsste, was die Leute denken, Jamie.«

Eine Pause. »*Ich* glaube, du passt dich ganz gut an«, sagt sie lächelnd.

»Ja, *ich* bin ein Genie, Baby.«

»Und warum ist jetzt das Genie in London und nicht in New York?«, fragt sich Jamie. »Ich darf mal raten: Es betreibt Studien wegen einem Drehbuch, das es immer schon schreiben wollte.«

»Hey, ich bin ein Genie, Baby«, sage ich zu ihr. »Ich weiß, es mag dir schwer fallen, das zu glauben, aber es ist nun mal so.«

»Wie schick«, sagt sie, und dann wird sie von einer Müdigkeit überwältigt und sagt wimmernd: »O nein, jetzt krieg ich Flashbacks – die achtziger Jahre sind wieder da, ein Angstanfall steht unmittelbar bevor.« Sie schlingt die Arme um sich mit einem Zittern.

»Das ist eine gute Sache, Baby«, rede ich ihr zu. »Lass dich einfach treiben.«

»Nein, Victor«, sagt sie kopfschüttelnd. »Im Gegensatz zur herrschenden Meinung ist das auf gar keinen Fall eine gute Sache.«

»Hey Baby, warum nicht?«

»Weil es unsere Collegezeit zurückholt, und die möchte ich jedenfalls nicht noch mal erleben.«

»Ach komm schon, Baby – du hast in Camden deinen Spaß gehabt, gib's zu«, sage ich. »Und schau mich nicht so an, als wäre ich verrückt.«

»Spaß?«, fragt sie entgeistert. »Erinnerst du dich nicht mehr an Rupert Guest? Mit dem rumzuhängen, soll *Spaß* gewesen sein?«

»Der war ein Dealer, Baby«, sage ich. »Der war nicht mal eingeschrieben.«

»War er das nicht?«, fragt sie verwirrt, und dann, als ihr etwas zugleich Privates und Entsetzliches einfällt, stöhnt sie: »O *Gott*.«

»Aber an Roxanne Forest erinnere ich mich«, sage ich, um sie ein wenig aufzuziehen. »Und an ein paar echt gute Zeiten mit diesem schwedischen Häschen – Katrina Svenson.«

»Igitt«, seufzt sie, dann erholt sie sich rasch und

beschließt mitzuspielen. »Erinnerst du dich an David Van Pelt? Mitchell Allen? Das waren *meine* guten Zeiten.«

Eine beträchtliche Pause. »In diesem Fall – nicht meine Freunde, Baby.«

Ich erkenne die Miene wieder, die Jamie nun aufgesetzt hat: Jetzt wird gehänselt. Dann kommt sie mit einem anderen Namen raus, aber ich starre hinunter auf den schwarzen Fußboden, ich versuche, mich an David Van Pelt oder Mitchell Allen zu erinnern, ich versinke in einer kleinen Trance und habe den Namen nicht verstanden, den Jamie gerade genannt hat. Ich frage sie: An wen?

»Lauren Hynde?«, sagt Jamie in einem gewissen Tonfall. »Erinnerst du dich an die?«

»Ähhm, eigentlich nicht«, sage ich beiläufig, ich bin mir ihres Tonfalls bewusst.

»Du musst dich doch an Lauren erinnern, Victor.« Sie sagt das mit einem Seufzer und schaut weg. »Lauren Hynde?«

»Sagt mir jetzt nichts«, sage ich mit leerem Gesichtsausdruck. »Warum? Sollte es das?«

»Wegen der hast du mich verlassen.«

Nach einer langen Stille, während ich versuche, mich an die Kette von Ereignissen in irgendeinem Semester zu erinnern, sage ich schließlich: »Nein.«

»O Gott, vielleicht war das hier doch ein Fehler.« Jamie bewegt sich auf ihrem Stuhl hin und her, unbehaglich, als löse sie sich von einem klebrigen Sitz.

»Nein, gut, ich erinnere mich an sie«, sage ich und sehe Jamie in die Augen. »Aber ich weiß auch noch, dass ich ein Semester ausgesetzt hab, und als ich im Dezember zurückkam, da warst du nicht da ...«

»Ich hatte auch das Semester ausgesetzt, Victor«, kontert sie.

»Baby, worum es geht, ist folgendes ...« Ich bin

besiegt, ich weiß, dass es nie einen Punkt gab, dass wir die Sache nie ganz wegstecken würden können, und ich frage bloß leise: »Bist du immer noch sauer?«

»Na klar, das hat mich völlig vernichtet«, sagt sie mit rollenden Augen. »Ich musste nach Europa gehen, um das Genie zu vergessen.«

»Wohnst du wirklich schon so lange hier?«, frage ich verwundert. »Das ist doch … unmöglich.«

»Ich wohne in New York, Dummchen«, sagt sie. »Ich arbeite in New York.«

»Warum sehen wir uns nie?«

»Ich glaube, eine Kombination von deiner Selbst-vergessenheit und meiner Angst vor so ziemlich allen Leuten in Manhattan hat sich gegen uns ver-schworen.«

»O Baby, du bist so hart«, sage ich zu ihr. »Dir macht niemand Angst.«

»Kennst du Alison Poole?«, fragt sie.

»Öhm.« Ich huste leise, und dann murmele ich: »Die Frage möchte ich jetzt nicht beantworten.«

»Da hab ich aber was anderes …«

»Hey, wann hast du mich denn zum letzten Mal ge-sehen?«, unterbreche ich sie. »Das Klonopin, das ich nehme, wirkt auf mein Langzeitgedächtnis.«

»Also«, fängt sie an, »ich hab letzte Woche im WWD Fotos von dir auf Shows gesehen.«

»Du meinst die Todd-Oldham-Show?«, frage ich. »Hast du das Heft noch?«

»Nein, du warst bei der Calvin-Klein-Show«, sagt sie.

»Ach ja«, sage ich leer. »Ja, stimmt ja.«

»Ich glaube, ich hab dich bewusst wieder gesehen – und hab gemerkt, dass ich dir nicht entkommen kann –, als ich auf diese Gap-Werbung gestoßen bin, die du vor ein paar Jahren gemacht hast«, sagt sie. »Das war ein ziemlich gutes Schwarz-Weiß-Porträt von dir, nur dein Kopf, und dann hieß es irgendwie ›Even Victor Ward

Wears Khakis‹ oder so was. Und man hatte so das Gefühl, dass du diese Khakis mit ziemlichem Stolz trägst, Victor. Ich war schwer beeindruckt.«

»Haben wir …«, fange ich an, dann schüttele ich den Kopf. »Vergiss es.«

»Was? Haben wir einander am Ende gehasst? Haben wir so Schluss gemacht, wie wir's immer schon geahnt hatten? Habe ich dann am Ende Khakis getragen, wegen dieser verfickten Anzeige?«

»Nein, haben wir … je Modefotos für *GQ* zusammen gemacht?«

Eine lange Pause. Sie starrt irritierenderweise mein fast leeres Martiniglas an. »Wie viele davon hast du gekippt?« Noch eine Pause. »Junge – ich glaube, du musst echt runter vom Klonopin.«

»Vergiss es. Ich hab gewusst, es ist eine verrückte Frage, vergiss es«, sage ich und versuche zu lächeln, kopfschüttelnd. »Und wer hat denn nun in *deinem* Bettchen geschlafen?«

»Ich genieße die Kunst, ein Semi-Single zu sein«, seufzt sie.

»Ich sehe dein Gesicht in einem neuen Licht«, sage ich, das Kinn auf die Hand gestützt, ich starre sie direkt an. »Und du lügst.«

»In Bezug worauf?«, fragt sie zögernd.

»In Bezug auf das Singledasein.«

»Wie willst du das denn wissen?«

»Weil Girls, die so aussehen wie du, niemals als Singles rumlaufen«, sage ich pseudo-zuversichtlich. »Und ich kenne dich, Jamie. Du magst Männer zu gern.«

Sie starrt mich mit offenem Mund an, und dann beginnt sie, hysterisch zu lachen, hört nicht auf mit diesem Lachanfall, bis ich sage: »Hattest du damals in Camden schon solche Wangenknochen?«

Sie holt ein paarmal tief Atem, langt rüber, holt sich

den Rest von meinem Martini und sagt dann mit geröte-
tem Gesicht, schwer atmend: »Victor, was soll ich denn
darauf antworten?«

»Du hast eine Bombe auf mich abgefeuert, Baby«,
murmele ich und schaue sie an.

Erschrocken – obwohl sie versucht, es zu verbergen –
fragt sie: »Ich hab was gemacht?«

»Du hast eine Bombe auf mich abgefeuert«, sage ich.
»Du hast, also, einen sehr starken Eindruck auf mich
gemacht.«

»Wann ist das passiert?«

»Als wir uns zum ersten Mal sahen.«

»Und?«

»Und jetzt bin ich in demselben Zustand.«

»Na, steh's einfach durch«, sagt sie. »Und steh dich
selber auch durch.«

»Aber du denkst jetzt an was«, sage ich und weigere
mich, den Blickkontakt aufzugeben, ich blinzele nicht
einmal.

»Ja, das tu ich«, sagt sie endlich und lächelt.

»Woran denkst du, Jamie?«

Nach einer Pause sagt sie und schaut mir auch direkt
in die Augen: »Ich denke daran, dass du ein potentiell
interessanter Typ bist, mit dem ich die Bekanntschaft
gerne wieder aufnehmen würde.«

»Du warst für mich immer eine der fünfzig inspirie-
rendsten Frauen der Welt.«

»Würdest du gerne die Bekanntschaft wieder aufnehmen, Victor?«, fragt sie herausfordernd, schlägt die
Augen nieder, hebt den Blick, öffnet die Augen weit.

Plötzlich verwirren mich die Art, wie sie das sagt, und
ihr Gesichtsausdruck (Sex total), und mit brennendem
Erröten versuche ich, einen Satz zu Ende zu bringen,
aber es kommt nur ein »Ich, ääh, weiß nicht ...« heraus.
Am Ende starre ich auf das Tischtuch.

»Sei nicht schockiert«, sagt sie. »Ich sage nicht: Komm,

wir ficken jetzt. Ich sage nur, dass wir vielleicht … die Bekanntschaft wieder aufnehmen könnten.«

»Hey, mich schockt nichts mehr, Baby.«

»Das ist gut«, sagt sie nach einer Weile und betrachtet mich prüfend. »Das ist sehr gut, Victor.«

Nachdem der Tisch abgeräumt worden ist und wir uns ein Dessert geteilt haben, fragt sie: »Woran denkst du?«

Nach einer langen Pause und einer Diskussion mit mir selbst, wie ich's jetzt angehen soll, sage ich: »Ich frage mich: Ist sie noch auf Drogen?«

»Und?«, fragt sie spöttisch.

»Und … hat sie wohl was dabei?«

Lächelnd, drauf eingehend, sagt Jamie: »Nein.« Eine kleine Pause. »Aber ich weiß, wo du welche bekommen kannst.«

»Kellner?« Ich hebe die Hand. »Die Rechnung bitte.«

Als er sie bringt, geht Jamie etwas auf.

»Du bezahlst das wirklich?«, fragt sie. »O mein Gott!«

»Hey Baby, bei mir läuft's optimal«, sage ich. »Bei mir geht's ab.«

Als sie sieht, wie ich den richtigen Betrag Bares mit einem gigantischen Trinkgeld auf den Tisch schnippe, murmelt Jamie: »Vielleicht hat sich ja wirklich was geändert.«

10

Als wie aufs Stichwort »Setting Sun« von den Chemical Brothers losdröhnt, sind wir wieder in Notting Hill in der Lagerhalle irgendeines Industriemilliardärs – das ist bis jetzt eine der aufwendigsten Kulissen, tatsächlich handelt es sich um eine ganze Reihe von Lagerhallen in einem einzigen riesigen Gebäude –, und es findet eine Party für Gary Hume statt, obwohl sie tatsächlich zu Ehren von Patsy und Liam gegeben wird, es ist schwierig, reinzukommen, wenn man nicht einer von uns ist, aber Jamie wird von den kopfhörertragenden Wachen gleich hinter Kate Moss und Stella Tennant durch einen silbernen Torbogen geschleust, und was vor der Lagerhalle so abgeht, kommt mit dem Feeling rüber: »Wieder ein gigantisches Medienspektakel«, die unvermeidlichen Übertragungswagen parken draußen, Absperrungen, Fans strecken die Arme aus, Ruhm, hinten auf Jacken stehen die Namen von Leuten, Kids schauen uns an und denken: So wollen wir aussehen. Als ich Jamie nach der Person des Industriemilliardärs frage, sagt sie, der finanziert ein paar Kriege und ist außerdem ein »liebenswürdiger« Alkoholiker, und dann laufen wir plötzlich Patsy Palmer und Martine McCutcheson über den Weg, und schließlich erzählen wir allesamt Nellie Hooper, wie total wunderbar wir den neuen Massive Remix finden, während Damon Albarn Jamie auf beide Wangen küsst.

Drinnen: Die meisten großen leeren Bereiche der Lagerhalle sehen aus wie Restaurantküchen mit riesigen beschlagenen Fenstern, es ist klirrend kalt wegen der gigantischen Eisskulpturen, die ausgestellt werden, Bands spielen auf verschiedenen Stockwerken (die Jon Spencer Blues Explosion im Kellergeschoss), und alle Leute stehen in Gucci-Posen rum und trinken dabei Tsingtao-Bier, aber es ist auch so ein Gap-T-Shirt- und Prada-Loafers-Abend, keine Fallstricke, überall Camcorder, Carmen Electra in einem purpurroten Alaia-Kleid tanzt mit einer der Eisskulpturen, und manchmal ist die Party in Schwarz-Weiß und manchmal in funkelnder Farbe wie in den neuen Quicksilver-Anzeigen, und die allgemeine Stimmung geht stark in Richtung Anti-Stil, und wir frösteln alle, als hätten wir in einem Eisberg Logis bezogen, der irgendwo vor der norwegischen Küste treibt oder an einem ähnlich kalten Ort.

Es läuft melodischer Trip-Hop auf der Ebene, wo Jamie und ich uns eine kleine limonengrüne Couch unter einer massiven Stahltreppe gesichert haben, weiße Blumen umgeben uns von allen Seiten, eine riesige Digitaluhr leuchtet durchs Dunkel, meterhoch über uns auf die Decke projiziert, und wir fahren uns fabelhaft weichen Koks rein, den Jamie mühelos besorgt hat, und weil sie in einer der Küchen einen Waring-Mixer gestohlen hat, trinken wir leuchtend orangeroten dickflüssigen Tequilapunsch, und irgendwann zwischendurch hat sich Jamie umgezogen, sie trägt jetzt Jil Sander in Schwarz, unwichtige Paparazzi versuchen, ein paar Bilder zu schießen, aber Jamie ist müde, und ich sehe ein wenig zu überdreht aus für ein Foto, also stoße ich sie knurrend weg: »Hey, sie braucht ihr Privatleben. Mein Gott – wir sind auch bloß *Menschen*«, und jemand anderes zieht vorbei und zieht ihre Aufmerksamkeit auf sich, und ich sehe ein wenig enttäuscht zu, wie die Paparazzi hinterherrennen und uns zurücklassen. Verschiedene Schatten werden beiseite genommen, und man flüstert ihnen etwas zu. Wir zünden uns gegenseitig Zigaretten an.

»Danke, Victor«, sagt Jamie und atmet aus. »War nicht

nötig, dass du so, äahm, unnachgiebig bist, aber es ist schön, dass du dich so … so sehr als Beschützer fühlst.«

»Alle sind so dünn und wunderbar hier, Baby«, fasele ich, das Kokain durchflutet mich. »Und ihre Zähne sind irgendwie *so weiß*. So hab ich London wirklich nicht in Erinnerung, Baby.«

»Na ja, da die meisten hier Amerikaner sind, würd ich mir keine Gedanken machen wegen deinem Gedächtnis.«

»Das ist eine derart coole Party«, schwärme ich.

»Ich dachte mir schon, dass dich das beeindrucken würde«, seufzt sie.

»Was sagst du zu der Szene hier?«, frage ich und rücke auf der limonengrünen Couch näher an sie heran.

»Na ja«, sagt sie und sieht sich um, »ich meine, das Ganze sieht ein bisschen zu sehr nach einem neuen Philippe-Starck-Hotel aus.«

»*Zu* sehr?«, frage ich verwirrt. »Ich meine, das hier ist multifunktional, aber, Baby, ich will jetzt nicht über Innenarchitektur reden.«

»Na, worüber willst du denn reden?«, sagt sie. »Außer über dich selber.«

»Nein, Baby, über dich will ich reden.« Pause. »Also, über dich *und* mich.« Noch eine Pause. »Aber fangen wir mit dir an. Kann ich das Koks haben?«

Sie lässt ihn in meine Hand gleiten. »Lass mich raten – du möchtest einer von den Typen sein, deren Exfreundinnen niemals über sie hinwegkommen, ja?«

Ich drehe mich zur Wand, fahr mir ein paar rasche Züge rein und zeige ihr meine Nase zur Überprüfung. Sie nickt: alles okay, dann stecke ich ihr das Fläschchen wieder zu, während sie einem Typ in einem grauen Drei-Knopf-Prada-Anzug zuwinkt, der mit Oliver Payton spricht. Der Typ im Anzug winkt semi-prätentiös zurück, wie mir scheint. Die beiden haben Pythons in der Hand.

»Wer ist das?«, frage ich.

»Einer, der in der neuen Tommy-Hilfiger-Anzeige die Beine gemacht hat«, sagt Jamie.

»Das ist eine derart coole Party!«

»Du fühlst dich toll und siehst sogar noch besser aus, wie?«

Ich nicke. »Je besser man ausschaut, desto mehr sieht man.«

»Ich sehe, wie Emily Lloyd beim Verzehr von gegrillten Riesengarnelen bemerkenswerte Haltung bewahrt«, gähnt Jamie, öffnet das Döschen, dreht sich weg. »Ich bin derart erschöpft.«

»Hey, schau mal, da ist Lulu Guinness – die hat deine Tasche gemacht«, sage ich total überdreht. »Hey, und da ist Jared Leto – der soll mich in dem Film spielen, den sie über mein Leben drehen wollen.«

Jamie verzieht das Gesicht und dreht sich wieder zu mir um, sie wischt sich die Nase und nimmt einen großen Schluck Tequilapunsch. »Du brauchst jemanden, der dir ein paar wichtige Dinge über das Leben beibringt, Victor.«

»Ja, ja, Baby, genau«, sage ich. »Aber ich glaube, du hast gerade echt Probleme, mit meinen hypermaskulinen Schwingungen umzugehen.«

»Sei kein Weichei, Baby«, warnt sie mich.

»Hey, wenn du nicht mitfeiern willst, dann klopf nicht an meine Tür.« Ich rutsche näher, unsere Schenkel berühren sich.

»Klar, kein Problem.« Sie zündet sich lächelnd eine Zigarette an. »Tja das bin ich. Little Miss Trouble.«

»Was war denn eigentlich los mit uns in Camden, Baby?«, frage ich. »Weil ich mich um alles in der Welt einfach nicht mehr daran erinnern kann.«

»Was war wohl los? Zunächst einmal haben wir festgestellt, dass du ein Idiot bist«, sagt sie beiläufig und stößt den Rauch aus.

»Mhm, mhm, aber ich glaube, mittlerweile habe ich enorm an Glaubwürdigkeit gewonnen ...«

»Du hattest darüber hinaus unglaubliche Intimprobleme, und ich bezweifle sehr, dass du die überwunden hast.«

»Erbarmen, Erbarmen.« Ich kichere. »Komm schon, Baby.« Ich beuge mich zu ihr rüber, breite die Arme weit aus. »Was soll denn schon mit *mir* nicht gestimmt haben?«

»Außer, dass du nicht gewusst hast, wo du hingehörst?«, fragt sie. »Und dass du völlig fremde Frauen gevögelt hast?«

»Hey, und ich dachte, *du* wärst die Schlampe gewesen«, sage ich. »Ich denke außerdem, dass *ich* mich, ähh, entwickelt habe.«

»*Ich* hab mit *dir* Schluss gemacht, Victor«, sagt sie zur Erinnerung, aber es kommt nicht gemein, sie neigt sich zu mir, sie lächelt.

»Aber das Herz hast du mir nicht gebrochen«, flüstere ich, weil wir so nahe zusammen sind.

»Weil du keins hattest«, flüstert sie zurück und kommt noch näher. »Aber, hey, das finde ich nicht unbedingt ... unsexy.«

Ich sehe ihr ins Gesicht, und es wird mir klar, dass sie williger ist, als ich zuerst gedacht hab, aber da ich nicht in Stimmung bin, lehne ich mich wieder zurück, von ihr weg, lass das Ganze cool angehen, schaue über die Menge weg, trinke an meinem Punsch. Sie hält inne, denkt über etwas nach und setzt sich ein wenig aufrechter hin, nimmt auch einen Schluck, sie lässt mich die Hand, die keine Zigarette hält, auf ihren Schenkel legen.

»Es gibt Gerüchte, dass du aus den Staaten geflohen bist, Baby«, sage ich. »Warum?«

»Gerüchte?«, sagt sie und stößt meine Hand weg, indem sie die Beine übereinander schlägt. »Wer hat dir das gesagt?« Pause. »Es gibt *Gerüchte* über mich?«

»He, Baby, du bist ein Star.« Ich zucke die Achseln. »Du stehst in der Zeitung.«

»Du hast nicht mal gewusst, dass ich in New York lebe, Victor«, sagt sie stirnrunzelnd. »Gott im Himmel – was erzählst du da eigentlich? *Welche* Zeitung?«

»Also … bist du nicht aus den Staaten geflohen?«, frage ich vorsichtig. »Alsooo … willst du dich *nicht* hier irgendwie, ich weiß nicht, verstecken?«

»Aus den Staaten geflohen? Mich hier verstecken?«, fragt sie. »Herrgott noch mal, Victor, hör doch auf mit diesem konfusen Scheißdreck. Sieht es denn so aus, als ob ich mich hier verstecke?«

»Na ja, Baby, äähm, ich hab da Sachen gehört …«

»Ich bin hierher gekommen, um einen lausigen Science-Fiction-Film abzudrehen«, sagt sie. »Mit wem hast du denn geredet? Wer hat dir diesen Schrott erzählt?«

»Hey Baby, ich hab eben so was gehört.« Ich zucke die Achseln. »Ich hab was von Boyfriendproblemen gehört. Ich hab hervorragende Beziehungen, weißt du?«

Sie starrt mich bloß an, und dann, nachdem eine angemessene Zeit verstrichen ist, schüttelt sie den Kopf und murmelt: »O mein Gott.«

»Und wann kommst du wieder zurück?«, frage ich.

»Wohin? Wohin *du* gehst? Wohl kaum.«

»In die Staaten, Baby …«

»Die Staaten? Wer, verdammt noch mal, nennt das schon die *Staaten?*«

»Ja, die Staaten, Baby.« Ich zucke die Achseln. »Willst du mitkommen?«

Eine lange Pause, gefolgt von dem Satz: »Warum machst du dir solche Sorgen, ob ich zurückkomme oder nicht?«

»Mach ich nicht, Baby, mach ich nicht«, sage ich und widme mich ihr wieder ganz, rutsche wieder näher ran. »Ich möchte bloß wissen, wann und ob du abreist und ob man dich, ähh, irgendwie ein Stück mitnehmen kann.«

»Ich weiß nicht, Victor«, sagt sie, sie rutscht nicht weg. »Ich weiß nicht, was ich machen werde. Tatsache ist, ich weiß nicht mal, was ich hier mit dir auf dieser Party mache.«

»Hey, das glaub ich aber nicht«, sage ich. »Komm schon, Baby.«

»Warum glaubst du das nicht?«

»Wegen dem Ton, in dem du's gesagt hast.« Ich zucke die Achseln, aber diesmal starre ich ihr dabei in die Augen.

Sie mustert mich ebenfalls, dann erschauert sie. »Ich hab so ein furchtbares Gefühl, dass du in etwa drei Jahren in einer Late-Night-Talkshow enden wirst, in einem rosa Smoking.«

»Hey«, flüstere ich rau, »I'm built to last, Baby.« Das ist das Stichwort für einen Kuss. »Baby – come to where the flavour is.«

Das Licht flackert und wird gedimmt, der Refrain zu »Staring at the Sun« von U2 dröhnt los, sie legt den Hals zurück, sodass ihr Mund für meinen Mund erreichbarer ist, Konfetti regnet auf uns herab, und plötzlich rennt Raquel Welch in *One Million Years B, C.* rum, auf eine ganze Wand über uns projiziert, und als unsere Lippen sich berühren, hat das bei Jamie etwas Drängendes, auf das ich reagiere, aber Tara Palmer-Tomkinson und der Hutdesigner Philip Treacey kommen vorbei und bleiben stehen, und Jamie und ich lösen uns voneinander, und während wir alle schwatzen, fragt Jamie Tara, wo die nächste Toilette ist, und als sie alle zusammen abziehen, blinzelt Jamie mir zu, und ich habe nicht nur einen intensiven Camden-Flashback, mir wird auch klar, dass ich jetzt bald nicht nur ficken, sondern auch dreihunderttausend Dollar verdienen werde. Mentale Notiz: Warum soll ich mir noch die Mühe mit dem Modeling machen? Neuer Plan: Mich an die ganzen Frauen erinnern, mit denen ich was hatte und die ich jetzt vielleicht ausfindig machen muss. Ich mache mir in Gedanken eine Liste und frage mich, ob Palakon daran auch nur im entferntesten interessiert sein könnte.

Ich starre auf eine Gruppe Japaner, die neben einem kleinen Fernseher gekauert sitzen und Zigarren rauchen und Bourbon trinken, während sie ein »Friends«-Video anschauen, und nachdem mich einer von ihnen bemerkt hat, kann er nicht aufhören, herüberzustarren, und ich tue geschmeichelt so, als kriegte ich nichts davon mit, und weil ich nicht weiß, ob Jamie das Koksfläschchen mitgenommen hat, fange ich an, ihre Mark-Cross-Wildlederumhängetasche durchzuwühlen, die sie in dieser Szene trägt, während »1979« von den Smashing Pumpkins in ohrenbetäubender Lautstärke losgeht, die Leute stoßen Protestschreie aus, bis es runtergedreht und durch leisen melodischen Trip-Hop ersetzt wird.

In der Tasche, in die Jamie das *Fläschchen* vielleicht gesteckt haben könnte: Eine Gucci-Schlangenlederbrieftasche, ein Montblanc-Miniaturfüller, ein Asprey-Adressbuch, eine Calvin-Klein-Sonnenbrille, ein Nokia-9000-Handy, ein Lippenstift von Nars, ein Calvin-Klein-Zerstäuber und ein Sony-ICD-50-Digitalrecorder, den ich fragend anschaue, bis ich Anweisung bekomme, auf PLAY zu drücken, und als ich das tue, höre ich meine Stimme durch den leeren Raum im Le Caprice hallen:

»Ich, ääh, weiß nicht ...«

»*Sei nicht schockiert. Ich sage nicht: Komm, wir ficken jetzt. Ich sage nur, dass wir vielleicht ... die Bekanntschaft wiederaufnehmen könnten.*«

»*Hey, mich schockt nichts mehr, Baby.*«

»*Das ist gut ... Das ist sehr gut, Victor.*«

Eine Stimme über mir, jemand hängt über dem Geländer und hat einen Gucci-Smoking an, jemand, der viel zu gut aussieht und etwa in meinem Alter ist, ein Typ, der vielleicht Bentley Harrolds, das Model, sein könnte oder eben auch nicht, total betrunken, ein großes Glas, randvoll mit einer klaren Flüssigkeit gefüllt, baumelt gefährlich in seiner Hand, die an einem schlaffen Gelenk angebracht ist:

»Oh, was für eine Fête«, stöhnt er, »oh, was für ein Circus.«

Ich schalte sofort den Recorder aus und lasse ihn wieder in Jamies Umhängetasche fallen, dann sehe ich hoch zu Bentley und schalte ein sexy Grinsen an, das Bentleys Augen größer werden lässt, dann lächelt er mich geil an, das Blut, das ihm in den Kopf strömt, lässt sein Gesicht karmesinrot werden, und immer noch weit übers Geländer baumelnd sagt er mit verwischter Stimme: »Du machst aber wirklich keinen langweiligen ersten Eindruck.«

»Und du bist Bentley Harrolds«, sage ich und dann mit einer Geste zu seinem Glas hin: »Hey Meister, was trinken wir denn da?«

»Ähh …« Bentley schaut seine Hand an und dann wieder mich, er schielt vor lauter Konzentration ein wenig. »Ich nehme hier ein Schlückchen eisgekühlten Bacardi.« Und dann, immer noch zu mir hinunterstarrend: »Du bist von Kopf bis Fuß großartig.«

»Das hab ich schon öfter gehört«, sage ich und dann: »Wie großartig?«

Bentley kommt langsam die Treppe herunter, jetzt steht er unmittelbar über mir und schwankt hin und her, immer noch mit tief rotem Gesicht.

»Du siehst aus wie Brad Pitt«, sagt Bentley. »Nachdem er soeben mit einem großen … haarigen … *Bären* … gerungen hat.« Pause. »Und das macht mich heiß.«

»Einen kleinen Moment, bis ich mich beruhigt hab.«

»Was hast du übrigens in Jamie Fields' Tasche gesucht?«, fragt Bentley und versucht, sich hinzusetzen, aber ich rutsche immer auf der Couch hin und her, sodass das buchstäblich unmöglich ist. Er gibt's auf, seufzt, versucht, seine Augen zu richten.

»Ahm, ich nehme nicht an, dass du stattdessen was über meinen anstrengenden Workout im Four-Seasons-Fitnessstudio heute Morgen hören möchtest, hmm?«

Eine lange Pause, während Bentley darüber nachdenkt. »Ich … würde« (er schluckt) »vielleicht ohnmächtig werden.«

»Du wärst nicht der erste.«

Der Japaner kippt immer wieder einen Schluck Bourbon weg und sieht zu mir rüber, dann stößt er einen anderen Japaner an, der abwinkt und weiter »Friends« anschaut und dabei eine Schachtel Häagen-Dazs-Chocolate-Midnight-Cookies leerfrisst. Mit einem knurrenden Laut quetscht sich Bentley neben mich auf die limonengrüne Couch und – seine Augen richten sich auf meine Arme, meine Brust, meine Beine – muss schließlich ein Geständnis ablegen.

»Ich könnte von dir durchaus fasziniert sein, Victor.«

»Ah, ich hab mir schon gedacht, dass du mich erkennst.«

»Oh, zu erkennen bist du, klar«, lacht Bentley laut.

»Tja, so bin ich.«

Bentley macht eine Pause, überlegt etwas. »Kann ich dich was fragen, Victor?«

»Schieß los.«

Bentley schüttelt langsam den Kopf und warnt mich mit leiser Stimme: »Ach *das* solltest du aber nicht vorschlagen.«

»Ich meine« – ich räuspere mich –, »bitte sehr.«

Bentley räuspert sich ebenfalls kurz, dann fragt er mit vollkommenem Ernst: »Bist du immer noch mit Stephen Dorff zusammen?«

Jamie lässt sich mit einem Mal zwischen uns fallen, während ich den Tequilapunsch raushuste und nach

Luft ringe. »Im fünften Stock läuft eine Krocketpartie, vierter Stock: neueste Accessoires«, sagt sie und gibt Bentley ein Küsschen auf die Wange.

»Hallo Darling«, sagt Bentley und küsst sie wieder.

»Warum kriegst du keine Luft mehr?«, fragt mich Jamie. »Warum kriegt er keine Luft mehr?«, fragt sie Bentley und meint dann: »Ach Bentley, was hast *du* denn gemacht?«

»*Moi?*«, fragt Bentley schrill. »Ach, ich hab doch nur eine persönliche Frage gestellt und genau die Reaktion bekommen, die mich am meisten befriedigt.«

»Ich hab keine Frage beantwortet«, krächze ich und wische mir den Mund ab.

»Na, dann gib Bentley doch jetzt eine Antwort, Baby«, sagt Bentley.

Um mitzuspielen (aber auch voller Panik), zucke ich die Achseln. »Vielleicht stimmt's.«

Bentley nimmt das ruhig zur Kenntnis, dann fragt er mit völlig regungslosem Pokergesicht, die Augen geschlossen vor Schmerz und Sehnsucht: »Würdest du zu mir ziehen? Bitte?«

»Wow, wie hip, Baby«, sage ich, ich erhole mich rasch. »Aber Ich bin ähhm« – ich schaue zu Jamie rüber, die den Eindruck macht, dass ihr das alles völlig gleichgültig ist – »schon vergeben.«

Wieder eine lange Pause bei Bentley, er schluckt den Rest von dem geeisten Rum weg und sammelt seine Gedanken. »Ja dann«, sagt er, »kann ich denn ... zusehen?«

»Äh, nein.«

»Er hat deine Tasche durchsucht, Jamie«, sagt Bentley, sogleich ganz nüchtern, und zeigt mit dem Finger auf mich.

»Hey, ich hab nur nach dem Koks gesucht«, sage ich.

»Mein Gott, Victor«, sagt sie und greift in eine Jackentasche. »*Hier.* Du brauchst meine Sachen nicht zu durchwühlen.« Aber der Ärger hält nur eine Millisekunde an, weil sie den jetzt herüberwinkenden Iris Palmer und Honor Fraser zurückwinkt, während Bentley den Kopf senkt und sein leeres Glas hebt.

»Iris sieht fabelhaft aus«, murmelt Jamie.

»Woher kennt ihr euch denn Jamie, du und Mr. Ward?«, fragt Bentley und lehnt sich rüber. »Und ich lass ihn auch in Ruhe – versprochen. Es ist bloß, ich hab den *ganzen* Abend mit Harry Nuttall geflirtet, und dann hab ich mich auf Robbie eingeschossen, aber es war alles so unerträglich *steril* ...« Und dann, mit zusammengekniffenen Augen in die Menge spähend: »O mein Gott, wer hat denn Zandra Rhodes eingeladen?«

»Wir waren zusammen in Camden auf dem College, Bentley«, sagt Jamie. »Ich allerdings hab meinen Abschluss gemacht.« Sie dreht sich zu mir. »Und du?«

»Ach richtig«, sagt Bentley, »das hat mir Bobby gesagt.«

»Wer ist Bobby, Baby?«, frage ich und versuche, Jamies Aufmerksamkeit auf mich zu ziehen.

Bentley tut plötzlich, als würde er sich sehr geschäftig umsehen, seine Augen weiten sich theatralisch, und über eine Schulter hinweg starrt mich immer noch der Japaner auf eine so eigenartige Weise an, dass mir langsam massiv unbehaglich wird, und vielleicht merkt Jamie das auch, weil sie sich rüberlehnt, ihm den Blick abschneidet, mich leise auf die Lippen küsst, und vielleicht ist das eine Antwort auf meine Bobby-Frage. Während ich in Jamies Gesicht starre – ihre Miene besagt mehr oder weniger: »Hey, der ist schon ganz in Ordnung« –, räuspert sich Bentley dramatisch, und Jamie rückt wieder ein bisschen ab, fast verschämt. Wieder ist der Blick dieses Japaners auf mich gerichtet.

»Na, Victor«, sagt Bentley und fixiert mich mit der Nonchalance eines Raben, »was hältst du so von London?«

»Ich würde sagen: Phony Beatlemania has bitten the dust.«

»Glänzend beobachtet.«

»Hey Joaquin, hey Mann«, rufe ich laut und winke Joaquin Phoenix rüber, und er trägt einen braunen Prada-Anzug und hat das Haar nach hinten gekämmt und gibt mir die Hand und erkennt Jamie und küsst sie auf die Wange und nickt Bentley kurz zu.

»Hey, wie findest du die Party, Mann?«, frage ich. »Ganz schön wild, was?«

»Es ist hier sehr … locker«, sagt Joaquin und wirft einen flüchtigen Blick auf die Party, die hinter ihm tobt. »Gefällt mir irgendwie. Besser als letzte Nacht, hm?«

»Ja, Mann …«, sage ich. »Was machst du denn so hier in der Stadt, Mann?«

Joaquin zuckt zusammen, tut so, als ob er mich nicht gehört hätte. »Was?«

»Was machst du so hier in der Stadt, Mann?«

»Ähh, Victor, Mann«, sagt Joaquin. »Ich hab dir gestern Nacht ja erzählt, dass ich diesen John-Hughes-Film in Hampstead drehe.«

»Oh«, sage ich. »Ja, ja, stimmt schon.«

»Habt ihr euch letzte Nacht gesehen?«, fragt Bentley, plötzlich sehr aufmerksam, er betont den Satz an lauter falschen Stellen.

»Wir waren bei Annabel's«, seufzt Joaquin und kratzt sich an einer Kotelette. »Party für Jarvis Cocker, die hat Catrina Skepper gegeben.« Er nimmt einen Schluck aus einer Tsingtao-Flasche.

»Mann, ich steh hier wohl, echt, total unter … Jet-Lag«, sage ich und zwänge mir ein beiläufiges Lächeln ins Gesicht. »Ja, das war doch ne klasse Party.«

»War okay«, sagt Joaquin achselzuckend.

Er bleibt nicht lange, weil Iris Palmer und Bella Freud ihn rasch entführen, und Bentley zündet Jamie noch eine Zigarette an, und Jamie fixiert mich irgendwie pausenlos mit einem sehr harten, sehr komischen Blick, als ob sie versuchte, sich über irgendetwas klarzuwerden. Ich spiele mit, indem ich den Kopf schräg lege, verwirrt dreinschaue, blöd grinse, mit meiner eigenen Zigarette rumspiele (Bentley versucht hartnäckig, sie mir anzuzünden), machomäßig die Achseln zucke.

»Ich finde, Joaquins Hasenscharte ist *fabelhaft*«, verkündet Bentley dramatisch.

»Warum hast du ihm gesagt, du wärst gestern bei Annabel's gewesen?«, fragt mich Jamie.

»Darum, Baby, weil ich dort war«, sage ich. »Ja, Jarvis und ich haben so bisschen rumgehangen, und dann haben Joaquin und ich ein bisschen mehr rumgehangen und … Es war irgendwie wie Clowns von rechts, Komiker von links, na ja, weißt schon, Baby?«

Jamie nickt, zieht den Rauch ein und sagt dann: »Aber du warst nicht dort, Victor.«

»Hey, woher willst du das wissen, Baby?«, frage ich.

»Weil ich dort war, Victor«, sagt sie.

Eine lange Pause, und dann mime ich zornige Entrüstung und frage: »Und du hast mir nicht einmal Hallo gesagt? Mein Gott, Baby.«

»Ich hab deshalb nicht Hallo gesagt, Victor, weil du nicht dort warst«, sagt Jamie. »Ich hätt's getan, falls du dort gewesen wärst, Victor.«

»Na, Joaquin hat gesagt, er hat mich dort gesehen – also hey«: ich hebe die Arme und zucke die Achseln, in der Hoffnung, dass diese Geste als Antwort reicht. »Vielleicht hast du mich nicht gesehen.«

Bentley zerrt weiße Rosen aus Chromvasen, riecht an ihnen, befestigt eine an seinem Revers und lässt den Blick durch den Raum schweifen, vorbei an den vorbeifegenden Statisten. Jamie schaut mich unverwandt an. Ich nicke im Takt der Musik und versuche, die Sache wieder in den Griff zu bekommen.

»Was machst du in London, Victor?«, fragt Jamie.

»Ich durchlebe eine schöne Zeit, Baby!« sage ich und beuge mich über ihr Gesicht, küsse sie wieder auf den Mund, diesmal fester, eine Zunge schlüpft durch. Jamie küsst mich ebenfalls, aber plötzlich zerbricht alles, weil lange Schatten über uns aufragen und jemand sagt: »Kula Shaker treten im sechsten Stock auf.«

Vor uns steht dieses unmöglich gut aussehende Paar, das Jamie boshaft zulächelt, als hätte sie sich gerade danebenbenommen, das Girl trägt ein enganliegendes weißes Yohji-Yamamoto-Kleid, irgendwie erkenne ich sie: Tammy, dieses Model aus Kentucky, und sie hält Händchen mit Bruce Rhinebeck, der ebenfalls modelmäßig hübsch ist und einen schimmernden Gucci-Anzug trägt, Maßkonfektion, darüber eine Dolce-&-Gabanna-Lederjacke, und automatisch reicht er Jamie den Joint rüber, den er und Tammy sich gerade teilen.

»Und es macht die Runde, dass der DJ auf dem Dach Laurent Garnier ist«, sagt Bruce. »Klingt lecker, hm?«

»Hey Leute …«, sagt Jamie und dann, als nachträglicher Einfall: »Ach, das ist Victor Ward.«

»Ah, super«, sagt Bruce recht gentlemanmäßig. »Noch ein Exilant.«

»Die Augenbrauen kommen gut!«, sage ich zu Bruce.

»Danke«, sagt er. »Sind meine eigenen.«

»Wir langweilen uns, wir müssen weg«, meint Tammy.

»Können wir heut Abend ins Speed gehen?«, fragt Bentley. »LTJ Bukem legt auf. Oder wir können hierbleiben, weil ich glaube, so gut wie jetzt hab ich mich im Leben noch nicht amüsiert.«

»Ich hab einen derart entsetzlichen Tag hinter mir«, sagt Tammy. »Ich will nur noch nach Haus und zusammenbrechen.«

»Was trinkt ihr da?«, fragt Jamie und nimmt Tammy das Glas aus der Hand. »Darf ich mal?«

»Das ist Rum, Tonic und Limonensaft«, sagt Tammy.

»Wir haben irgendwo gehört, dass das der neue Drink der Dekade ist.«

»Drink der Dekade?«, stöhnt Bentley. »Ach wie abstoßend widerlich. Was für eine abstoßend widerliche Person hat denn diesen schäbigen dummen kleinen Cocktail so bezeichnet?«

»Tatsächlich war es Stella McCartney«, sagt Tammy.

»Ach, sie ist so wunderbar«, sagt Bentley und setzt sich auf. »Ich liebe Stella – ooh, lass mich mal probieren.« Er schnalzt mit den Lippen, nachdem er den Drink gekostet hat. »O mein Gott – ich glaube, Stella hat Recht. Das Baby hier ist der neue Drink der Dekade. Jamie, ruf die Medien an. Holt sofort einen Publicity-Agenten her.«

»Ich hab den größten Teil des Tages im Büro bei Elite Premier verbracht«, gähnt Tammy und lehnt sich gegen Bruce. »Dann ein Essen in Chelsea.«

»O ja? Wo denn?«, fragt Bentley und betrachtet eingehend eine weiße Rose.

»Aubergine«, sagt Tammy seufzend. »Dann bin ich wohl gut zwei Stunden im Vent gewesen, und dann hab ich im Sugar Club paar Drinks genommen, ehe ich hergekommen bin. O Gott, was für ein Tag.«

»Ich hatte diesen Fototermin, Craig McDean«, sagt Bruce und holt sich den Joint von Jamie zurück. »Dann hab ich zugesehen, wie die Repräsentanten der Spice Girls einen gigantischen Plattendeal abgehakt haben, und dann ein frühes Abendessen im Oxo Tower mit Nick Knight, Rachel Whitehead und Danny Boyle.«

»Du bist ein Mann mit einem Sinn fürs Wesentliche«, lächelt Jamie.

»Ich präge in herausragender Weise den öffentlichen Geschmack«, lächelt Bruce zurück.

»Du bist einfach ein Genie, Baby«, sagt Tammy zu Jamie.

»Und du bist der auffallendste Modetrend des Herbstes«, sagt Bentley zu Tammy.

»Immer die Topkollektion«, sagt Bruce und drückt Tammys Hand.

»Was wird das?«, frage ich. »Die Nacht der Perpetually Chic?«

»Sieht so aus, als würden alle irgendwo hingehen, aber tatsächlich tun sie's nicht«, sagt Tammy und sieht sich um.

»Seien wir mal ehrlich, ich habe hier langsam den Eindruck: Boom – die Sache ist gelaufen«, sagt Bruce und holt den letzten Zug aus dem Joint.

Seitdem das »Friends«-Video zurückspult, hat der Japaner zwei seiner Freunde auf mich aufmerksam gemacht, sie schauen mich auch an, er gestikuliert wild, ich versuche, mich an Anzeigen von mir zu erinnern, die auch in Japan geschaltet wurden, es fällt mir aber nix ein, Bruce bemerkt mein Unbehagen und sieht hinüber zu diesen japanischen Typen, Tammy und Jamie jetzt auch, und dann sehe ich, wie Tammy fast unmerklich nickt und Bruce daraufhin vorschlägt: »Vielleicht, Leute, ist es an der Zeit, dass wir einen Fluchtversuch starten.«

Jamie lehnt sich gegen mich und flüstert: »Warum kommst du nicht mit uns?«

»Wo geht ihr denn hin?«, frage ich, als sie mir hilft, aufzustehen.

Tammy und Bruce ziehen Bentley hoch von der limonengrünen Couch, Bentley wankt hin und her und knickt ein, man stellt ihn gerade und führt seinen taumelnden Körper eine Treppe hinab.

»Wir gehen zu uns nach Hause.«

»Nach Hause? Was ist das?«

»Das ist da, wo wir alle wohnen«, sagt sie. »Macht das die Sache für dich klarer?«

»Warum kommst du nicht wieder mit mir ins Four Seasons?«

»*Du* kannst gerne tun, was du willst, Victor.« Jamie beugt sich vor und küsst mich so feste, dass ich rückwärts gegen eine riesige Vase voll weißer Rosen falle, mein Kopf drückt sich in die Blumen, die Blütenblätter streifen meine Wangen, mein Haar, meinen Hals.

»Ich bin einfach froh, dass du da bist«, schnurrt sie und führt mich die Treppen hinunter zu Bruces Jaguar. »Und in Sicherheit«, fügt sie leise hinzu.

»All diese Überredungskünste«, stöhne ich.

9

Bruce rast geschickt mit tollkühner Geschwindigkeit durch Londoner Straßen, Tammy zündet sich neben ihm auf dem Beifahrersitz noch einen Joint an, die beiden beäugen uns gelegentlich im Rückspiegel, und selbst bei voll aufgedrehter Klimaanlage sind die Scheiben beschlagen, ich sitze zwischen Bentley und Jamie, sie schmiegt sich in der Rücksitz-Dunkelheit an mich, der Robert-Miles-Song »One and One« dröhnt aus den Lautsprechern, und ich küsse hungrig ihre Lippen, ich habe ein Verlangen nach ihr wie nie in Camden, gleichzeitig muss ich Bentley zufriedenstellen, der immer wieder rübergreift und mir das Konfetti von meinem Versace-Jackett zupft, und jedes Mal, wenn ich ihn wegschiebe, gibt er Geräusche des Untergangs von sich, Jamie streichelt weiter meinen Schwanz, der steif an meinem Schenkel pocht, ich muss mich immer wieder anders hinsetzen, und endlich umschließt meine Hand die ihre, lenkt sie, übt noch mehr Druck aus, und als ich mich zu sehr an Jamie verliere, schleicht sich Bentleys Hand näher und packt etwas in meiner Tasche und reibt es, und er fängt an, befriedigte Laute auszustoßen, und als er dann begreift, dass es nur eine Rolle Mentos ist, wieder ein Geräusch des Untergangs.

Als Bruce einen weiten U-Turn macht und die Richtung wechselt, weil wegen Bombendrohungen am Trafalgar Square die Straßen gesperrt sind, donnert »Rocks Off« von Primal Scream los, der Jaguar beschleunigt, rast um eine Ecke, der Lärm des Songs prasselt über uns hinweg, die Fenster sind runtergedreht, der Wind bläst ins Innere des Autos, jedes Mal wenn Jamie mich berührt, sehe ich Blau und zucke vor Begierde, und dann kickt sie die Schuhe von den Füßen und legt die Beine auf meine Schenkel, sodass ihre Füße in Bentleys Schoß liegen, ich neige mich hinab, Lichter der Stadt blitzen um uns her.

»Du bist so schön«, flüstert sie mir zu, als mein Kopf auf ihren hinabfällt, mein Gesicht brennt.

Ein oder zwei weitere Verkehrsstockungen führen zu lautem Fluchen, Bentley streitet sich kurz mit Bruce, bis er ein Foto findet, auf dem Matthew McConaughey in einem Fluss herumhüpft, das jemand auf dem Rücksitz liegengelassen hat, und Bentley starrt es lange an, ist also beschäftigt, und endlich manövriert Bruce den Jaguar in eine Einfahrt, wo ein kleines Tor aufgeht, und als wir hindurchfahren, schießt ein blendendes Licht aus diversen Punkten auf dem Dach des schwarzen Hauses, bei dem wir angekommen sind, und dann geht das Licht langsam aus, als Bruce irgendeine Fernbedienung herauszieht und ein paar Knöpfe drückt, und als es wieder dunkel ist, löst sich alles auf bis auf die Wolken am offenen Himmel über uns.

8

In dem schwarzen Haus befindet sich ein langer Gang, ich gehe Jamie hinterher, Bentley und Bruce und Tammy verflüchtigen sich, sie gehen nach oben in die Schlafzimmer, Jamie und ich sind an einem dunklen Ort, sie zündet Kerzen an und gibt mir einen Drink, der wie Sambuca riecht, wir werfen beide ein Xanax ein, um von dem Koks runterzukommen, ehe wir dann beide in einen Raum gehen, der nach frischer Farbe riecht, ein heißes Bad ist eingelaufen, weitere Kerzen werden angezündet, Jamie reißt sich das Jil-Sander-Kostüm vom Leib und hilft mir, mich auszuziehen, endlich zerrt sie meine Calvin-Klein-Boxershorts runter, während ich auf dem Badezimmerfußboden liege und delirant kichere, die Beine in die Luft gestreckt, Jamie steht über mir, das Kerzenlicht wirft ihren langen Schatten über die Wände und die Decke, und meine Hand greift nach ihrem Arsch, und dann sind wir im Wasser.

Nach dem Bad schubst sie mich auf ein breites Bett, und ich bin weggetreten und aufgegeilt, und eine Tori-Amos-CD läuft leise im Hintergrund, und dann liege ich auf der Seite, ich bewundere sie, meine Hand fährt über das spärliche Haar an ihrer Möse, meine Finger gleiten rein und raus und reiben rhythmisch darüber weg, während ich sie an meiner Zunge saugen lasse.

»Hör mal«, flüstert sie immer wieder und löst sich von mir.

»Was, Baby?«, flüstere ich zurück. »Was ist?«

Sie will nicht ficken, also fängt sie an, meinen Schwanz zu lutschen, und ich dreh sie um und mach mich über ihre Möse her, die heiß ist und eng, ich lecke sie langsam mit langen Strichen, manchmal bis hoch zum Arschloch, das sich über mir ausbreitet, und dann treibe ich die Zunge tiefer und schneller rein, manchmal mache ich die Zunge steif und ficke sie damit, dann nehme ich so viel von ihrer Fotze in den Mund, wie ich nur kann, sauge an dem ganzen Ding, und dann lasse ich die Zunge über ihren Kitzler schnellen, und da setzt sie sich auf mein Gesicht, reitet drauf, während ich hochfasse und ihre Nippel massiere, und ihr kommt's, als sie mit dem Mittelfinger ihren Kitzler berührt, mein Mund sabbert über ihre Hand weg, sie stößt schluchzende Laute aus, und als es mir kommt, versucht sie, meine Hüften mit ihrer Brust runter zu drücken, weil sie unwillkürlich nach oben ausschlagen, und während ihre Hand an meinem Schwanz pumpt, spritze ich über sie weg, in einer endlosen, so massiven Ejakulation, dass ich mein Gesicht und meinen Mund wieder in ihre Möse vergraben muss, um die Schreie zu dämpfen, die mein Orgasmus mich hervorzustoßen zwingt, und dann lasse ich mich zurücksinken, die Nässe von ihrer Vagina hängt an meinem verschmierten Kinn, an den Lippen, an der Nase, und dann ist es still bis auf meinen Atem. Die CD hat aufgehört, ein paar Kerzen sind erloschen, mir dreht sich alles.

Im Dunkeln höre ich sie fragen: »Ist's dir gekommen?«

»Ja«, keuche ich lachend.

»Okay«, sagt sie, das Bett raschelt, als sie aufsteht, sie hält vorsichtig einen Arm hoch, als befürchte sie, etwas fallen zu lassen.

»Hey Baby …«

»Gute Nacht, Victor.«

Jamie geht zur Tür, macht sie auf, das Licht aus dem Flur lässt mich die Augen zusammenkneifen, ich decke sie mit der Hand ab, und als Jamie die Tür wieder schließt, blüht die Schwärze unkontrolliert auf, und während sich immer noch alles dreht, bewege ich mich nach oben, in die Richtung von irgendetwas, in die Richtung von einem Ort, wo jemand auf mich wartet, Stimmen rufen *komm, komm.*

Ich wache auf, weil die Sonne durch das Oberlicht und die modischen Stahlträger auf das Bett fällt, auf dem ich liege und die geometrischen Muster anstarre, die in die modischen Stahlträger geätzt sind. Vorsichtig setze ich mich auf, reiße mich zusammen, aber anscheinend habe ich den größten Teil eines potentiell dicken Katers schon im Schlaf bewältigt. Ich betrachte meine Umgebung: ein Raum in Aschgrau gehalten, total minimalistisch eingerichtet, eine große Stahlvase mit weißen Tulpen, viele tolle Chromaschenbecher überall, ein stählerner Nachttisch, wo ein winziges schwarzes Handy auf der Ausgabe des *Vanity Fair* vom kommenden Monat liegt (das Magazin zeigt Tom Cruise auf dem Cover), über dem Bett hängt ein Gemälde von Jennifer Bartlett. Ich mache einen Stahlfensterladen auf und schaue hinaus auf eine Londoner Straße, die aussieht, als läge sie in einem angemessen angesagten Viertel, wo, könnte ich allerdings nicht genau sagen. Es gibt keine Uhr im Zimmer, sodass ich keine Ahnung habe, wie spät es ist, aber danach zu urteilen, wie bei einem Blick durchs Oberlicht die Wolken an der Sonne vorbeifegen, sieht es aus, als wäre es nicht mehr Morgen.

Ich rufe das Four Seasons an und frage, ob's irgendwelche Nachrichten für mich gibt, aber es sind keine da, und eine aufkommende Panik, von der ich zunächst glaube, dass ich sie unter Kontrolle habe, breitet sich immer weiter aus, und ich wasche sie in der Dusche im Bad neben dem Schlafzimmer ab, die mit blassgrünen und dunkelgrauen Kacheln ausgekleidet ist, die Badewanne, die Jamie und ich benutzt haben, ist leer, an ihrem Rand klebt zerlaufenes Kerzenwachs, auf dem

Boden liegen meine Calvins, neben den Stahlwasch-
becken sind Produkte von Kiehl säuberlich aufgereiht.
Ich trockne mich ab und nehme einen Ralph-Lauren-
Bademantel vom Haken und lege ihn mir über, ehe ich
sehr langsam die Tür des Zimmers öffne, weil ich mir
nicht sicher bin, was dahinter liegt.

Ich stehe – so wie es aussieht – im ersten Stock eines dreigeschossigen Hauses, alles ist sehr kahl und funktional und so offen angelegt, dass man sich nirgendwo wirklich verstecken kann. Ich gehe einen Gang hinunter – vorbei an Schlafzimmern, einem Arbeitszimmer, zwei Bädern, an Reihen leerer Regale – zu einer Treppe, die mich ins Erdgeschoss bringen wird, die Farbskala umfasst Aqua und Apfel und Crème, aber das Aschfarbene dominiert, es ist die Farbe der Sessel und Sofas und Bettüberwürfe und Schreibtische und Vasen und die der Teppiche, die auf dem blassen Eichenparkett liegen, und dann geht's die Treppe hinunter, festgeklammert am kalten Stahlhandlauf, ich trete in einen großen offenen Raum, den eine Reihe hoher Stahlpfeiler in zwei Hälften teilt, die Böden sind plötzlich aus Terrazzo, und die Fenster sind nur Würfel aus undurchsichtigem Glas. Es gibt eine Esszone, wo unter indirektem Licht Frank-Gehry-Stühle um einen riesigen Budeiri-Tisch aus Granit stehen. Es gibt eine lachsfarbene Küche, in der Regalfächer an Stahlstangen hängen, und in dem klassischen alten Eisschrank befinden sich Joghurt, diverse Käsesorten, eine ungeöffnete Dose Kaviar, Evian, eine halbe Scheibe Focaccia, in einem Schrank stehen Captain Crunch und Weinflaschen. Das Ganze wirkt wie vorübergehend installiert, es ist eiskalt, ich zittere und kann nicht damit aufhören, auf einem rosa Luxustischchen liegt ein ganzer Haufen von Handys, und ich denke: Das ist doch alles zu sehr à la 1991.

Der Klang von Counting Crows dringt aus dem riesigen Raum in der Mitte des Hauses von einer Anlage, in diese Richtung gehe ich, und als ich um einen Stahlpfeiler biege, wird ein großes pistazienfarbenes Sofa sichtbar und ein Fernseher mit übergroßem Bildschirm, der Ton ist abgeschaltet – Beavis und Butthead sitzen starr da –, daneben steht ein ausgeschalteter Flipper neben einer langen Bar aus mattem, sandgestrahltem Granit, auf der zwei Backgammonspiele liegen, und ich nähere mich nun von hinten einem Mann, der ein USA-Polo-Sport-Sweatshirt anhat und weite graue Shorts, die ein wenig zu weit hochgezogen sind, er lehnt sich über einen Computer, Diagramme von Flugzeugen sausen über den blauen Bildschirm, und auf dem Schreibtisch dort liegt ein Hermès-Rucksack, aus dem ein Buch von Guy Debord rausschaut, zusammen mit verschiedenen braunen Umschlägen, auf die jemand lauter Raupen gekrakelt hat. Der Typ dreht sich um.

»Ich friere«, ruft er. »Ich friere mir hier einen ab, verdammt noch mal!«

Verblüfft nicke ich nur und murmele: »Jaa … Ist kalt hier, Mann.«

Er ist etwa einsfünfundachtzig groß, das dichte schwarze Haar ist sehr kurz geschnitten und zurückgekämmt, die unwahrscheinlich natürlich wirkende Bräune der Haut überdeckt einen rosigen Teint, und als ich diese Wangenknochen sehe, denke ich sofort: Hey, das ist Bobby Hughes. Dunkelgrüne Augen blitzen zu mir rüber, mit einem gebleichten weißen Lächeln hebt sich das gemeißelte Kinn.

»Darf ich mich bitte vorstellen«, sagt er und streckt eine Hand aus, die an einem muskulösen Unterarm befestigt ist, der Bizeps spannt sich unwillkürlich. »Ich bin Bobby.«

»Hey Mann«, sage ich und nehme die Hand, »ich bin Victor.«

»Tut mir Leid, wenn ich etwas verschwitzt bin.« Er grinst. »Ich war grade unten im Kraftraum. Aber Himmel, hier ist es vielleicht kalt. Und ich hab keine Ahnung, wo der verdammte Thermostat ist.«

»Ah ja?«, sage ich, dann hänge ich fest und versuche zu nicken. »Ich meine …: Ah *ja*.« Pause. »Hier gibt's … einen Kraftraum?«

»Ja« – er deutet mit einem Kopfrucken abwärts –, »im Keller.«

»Tatsache?«, sage ich und zwinge mich, mit größerer Beiläufigkeit zu sprechen. »Das ist ja derart cool … Mann.«

»Sind alle einkaufen«, sagt er und wendet sich wieder dem Computer zu, wobei er eine Diet Coke an die Lippen führt. »Hast Glück, dass du da bist – heute Abend kocht Bruce.« Er wendet sich wieder um. »Hey, willst du was frühstücken? Ich glaube, in der Küche liegt ne Tüte Croissants, und wenn Bentley ihn nicht weggetrunken hat, steht irgendwo noch O-Saft.«

Pause. »Ach, alles klar, geht schon alles klar. Alles in Ordnung.« Ich nicke mit leerem Gesichtsausdruck.

»Oder eine Bloody Mary?« Er grinst. »Oder brauchst du vielleicht Visine? Deine Augen sehen ein bisschen rot aus, mein Lieber.«

»Nein, nein …« Eine Pause, ein schüchternes Lächeln, ein Atemholen, dann ein – unmerkliches – Ausatmen. »Alles okay. Alles cool.«

»Bestimmt?«, fragt er.

»Ähm, ja, mhm.«

Im ersten Semester in Yale wegen »ungebührlichen Verhaltens« der Universität verwiesen, hat Bobby Hughes mit achtzehn so überzeugend als Model für Cerutti angefangen, dass er mit diesem Auftritt über Nacht zur Sensation wurde. Daraufhin wurde er das Lieblingsmodel von Armani, dann kamen einige Millionen-Deals, die Summen, von denen man sprach, waren für einen Mann zu der Zeit noch absolut ungewöhnlich. Es gab den berühmten Hugo-Boss-Spot, in dem Bobby die Kamera ausschaltet, unter ihm in roter Neonschrift die Zeile: »Does Anybody Really Notice?«, und dann die historische Calvin-Klein-Werbung, in der man nur Bobby in Unterwäsche sieht, mit leerem Blick und hustend, während im Off eine Mädchenstimme flüstert: »It will co-opt your ego«, und als *GQ* damals noch Models auf die Titelseite setzte, war Bobbys Gesicht dort ewig zu sehen, mit toten Augen, selbstsicher. Er war in zwei Madonna-Videos der Toyboy, in einem Belinda-Carlisle-Clip war er der traurige einsame Typ, und in unzähligen anderen lief er ohne Hemd rum, weil er eine absolut atemberaubende Bauchmuskulatur hatte, damals schon, ehe noch irgendjemand wirklich groß auf so was achtete, er war wahrscheinlich der Hauptauslöser für diesen extremen Bodytrend. Im Verlauf seiner Karriere hat er über tausend Laufstege betreten und sich den Spitznamen »Der Showstopper« geholt. Er war auf dem Cover des letzten Albums von den Smiths, *Unfortunately*. Er hatte einen Fanklub in Japan. Er hatte eine großartige Presse, die immer irgendwie die Idee lancierte, dass Bobby Hughes unter dem diffusen Surfer-Macho-Image ein »wacher« Typ war, der eine sogenannte »facettenreiche Persönlichkeit« besaß. Er war einen Moment lang in den achtziger Jahren das bestbezahlte männliche Model, weil er einfach das beste Gesicht hatte, den gesuchtesten Look, den perfekten Body. Sein Kalender verkaufte sich millionenfach.

Er gab sein letztes Interview im Winter 1989 im *Esquire*, und da sagte er dann – durchaus nicht defensiv –: »Ich weiß genau, was ich tun werde und in welche Richtung ich gehe«, und dann ließ er die New Yorker Modeszene mehr oder weniger einfach hinter sich zurück. Das alles passierte, noch ehe mein Leben in der Stadt richtig begann, ehe ich als Victor Ward bekannt wurde, ehe ich Chloe traf, ehe meine Welt Gestalt annahm und begann, sich auszudehnen – und dann tauchte gelegentlich ein grobgerastertes Foto in diversen europäischen Modemagazinen auf (Bobby Hughes bei einem Botschaftsempfang in Mailand, Bobby Hughes im Regen in der Wardour Street, in Paul-Smith-Grün gekleidet, Bobby Hughes beim Volleyball am Strand in Cannes oder im Foyer vom Cap d'Antibes im Morgengrauen, im Smoking und mit einer Zigarette, Bobby Hughes schlafend auf den vordersten Plätzen in der Concorde), und weil er aufgehört hatte, Interviews zu geben, gab es ständig Gerüchte in der Boulevardpresse über seine Verlobung mit Tiffani-Amber Thiessen oder darüber, dass er »beinahe« der Grund für die Trennung von Liz Hurley und Hugh Grant war oder dass er *tatsächlich* der Grund für die Trennung von Emma Thompson und Kenneth Branagh gewesen ist. Er kannte angeblich gewisse Sado-Maso-Bars in Santa Monica aus erster Hand. Er sollte angeblich in der Fortsetzung von *American Gigolo* die Hauptrolle bekommen. Er hatte angeblich sein Vermögen, das er angehäuft hatte, für in Konkurs gegangene Restaurants, Pferde und Kokain verpulvert und in eine Jacht, die er *Animal Boy* nannte. Er sollte angeblich wieder als Model arbeiten, in einem Alter, das man bestenfalls für »bedenklich« hielt. Aber er tat's nie.

Und jetzt steht er leibhaftig hier: vier Jahre älter als ich, nur einen halben Meter von mir entfernt, tippt auf der Tastatur eines Computers, trinkt Diet Coke, trägt weiße Sportsocken – und da ich die Gegenwart von Typen irgendwie nicht gewöhnt bin, die so viel besser aussehen als Victor Ward, geht mir das alles fürchterlich auf die Nerven, ich höre ihm aufmerksamer zu als irgendeinem anderen Mann, dem ich je begegnet bin, weil die unausweichliche Tatsache die ist: Er sieht so gut aus, dass man ihm nicht widerstehen kann. Er kann nichts gegen seine Anziehungskraft tun.

»Ähh, ich bin irgendwie desorientiert«, fange ich zögernd an. »Wo … bin ich genau?«

»Oh.« Er schaut hoch, starrt mich direkt an, blinzelt ein-, zweimal, dann kommt er zu einem Entschluss. »Du bist in Hampstead.«

»Ah ja?«, sage ich erleichtert. »Mein Freund Joaquin Phoenix – du weißt schon, der Bruder von River?«

Bobby nickt und starrt mich aufmerksam an.

»Also, der dreht das neue John-Hughes-Movie in, ähh, Hampstead«, sage ich und komme mir mit einem Mal in dem Bademantel geradezu lächerlich vor. »Glaub ich«, füge ich leicht gestresst hinzu.

»Ach, cool«, sagt Bobby und wendet sich wieder dem Computer zu.

»Ja, wir haben ihn gestern auf der Party getroffen.«

»He, wie war die Party?«, fragt er. »Ich hab's bedauert, dass ich nicht hinkonnte.«

»Die Party war, also …« Nervös versuche ich, ihm das zu erklären. »Also, Moment, wer war alles da? Also, sie war in Notting Hill …«

»Natürlich«, sagt er verächtlich, was mir fast die Befangenheit nimmt.

»O klar, ich weiß Mann, ich weiß.« Ich bleibe stecken und starre ihn nur an, wie er wieder auf den Bildschirm schaut. Ich ziehe den Bademantel enger um mich.

»Die war für den Maler Gary Hume, oder?«, versucht er mir auf die Sprünge zu helfen.

»Ja, natürlich«, sage ich. »Aber es weiß ja jeder, dass sie eigentlich für Patsy und Liam war.«

»Richtig, richtig«, sagt er, drückt drei Tasten und holt damit rasch noch mehr Flugzeuge auf den Bildschirm. »Wer war da? Was für Prominenz war denn da?«

»Also, uhhm, Kate Moss und Stella Tennant und Iris Palmer und, ich glaube Jerad Leto und Carmen Electra und, ähh, Damon Albarn und … wir haben Orangenpunsch getrunken und … ich bin ziemlich versackt … und es standen viele von diesen … Eisskulpturen rum.«

»Ja?«

»Wo warst du denn, Mann?«, frage ich und komme endlich auf eine etwas angenehmere Schiene.

»Ich war in Paris.«

»Modeling?«

»Geschäfte«, sagt er einfach.

»Aber nicht als Model?«

»Nein, das ist alles vorbei«, sagt er und sieht etwas in einem Notizheft nach, das aufgeschlagen neben dem Computer liegt. »Diesen Teil meines Lebens hab ich abgeschlossen.«

»Ach ja, Mann«, sage ich nickend. »Ich weiß, was du meinst.«

»Wirklich?« Er grinst und schaut mich über die Schulter an. »Weißt du das?«

»Ja.« Ich zucke die Achseln. »Ich spiele auch mit dem Gedanken, aufzuhören.«

»Was machst du dann jetzt so in London, Victor?«, fragt Bobby.

»Behältst du's für dich?«

»Modeling?« Er grinst wieder.

»Erbarmen, Mann, *Erbarmen*«, lache ich. »Niemals – ich meine, ich will wirklich da raus, was Neues anfangen.«

»Ist schon ein hartes Leben, stimmt's?«

»Mann, es ist derart hart.«

»Potentiell verheerend.«

»Ich spann jetzt grade mal aus, will mal kräftig durchatmen.«

»Halte ich für einen klugen Entschluss.«

»Ja?«

»Es kann einen ruinieren. Ich hab schon Leute gesehen, die völlig zerstört waren.«

»Ich auch, Mann. Ich bin echt deiner Meinung.«

»Ich habe nicht den richtigen Magen für so was. Ich hab einfach nicht den richtigen Bauch für so was.«

»Aber ... du hast, ich meine, du hast doch einen großartigen ... Bauch, meine ich«, sage ich verwirrt.

»Was?« Bobby schaut an sich herunter, begreift, was ich meine, und fängt an zu lächeln, seine wirre Miene wird liebenswürdig. »O ja, verstehe. Danke. Hmmm.«

»Und wann bist du angekommen?«, frage ich und beginne mit dem Aufbau einer freundschaftlichen Bindung.

»Heut Morgen«, gähnt er und reckt sich. »Und du?«

»Vor ein paar Tagen.«

»Von New York hierher?«

»Ja, Mann.«

»Wie ist New York denn im Moment so?«, fragt er und konzentriert sich wieder auf den Bildschirm. »Ich bin selten dort. Und was man so liest, da weiß ich gar nicht, ob ich damit fertigwerden würde. Vielleicht bin ich jetzt einfach total erwachsen oder so.«

»Ach, verstehst du, alles ist irgendwie so, ähh, so pseudo, Mann«, sage ich. »Die jungen Leute sind solche Idioten, verstehst du, was ich meine?«

»Leute, die wie verrückt applaudieren, wenn die Supermodels sich auf dem Laufsteg drehen und den Arsch schwenken? Nein danke, Mann.«

»O Mann, ich seh das echt genau so.«

»Was machst du denn da?«

»Das Übliche. Modeling. Letzte Woche hab ich geholfen, 'nen Club zu eröffnen.« Ich mache eine Pause. »Ich soll eine Rolle in *Flatliners II* bekommen.«

»Mein Gott, hier ist es wirklich eiskalt«, ruft er wieder und schlingt die Arme um sich. »Ist dir auch kalt?«

»Bisschen kühl«, räume ich ein.

Er tappt aus dem Zimmer und schreit dann von irgendwoher im Haus: »Wo ist die Scheißheizung hier?«, Und dann ruft er: »Sollen wir ein Feuer machen?«

Unter den CDs, die oben auf einem der riesigen Lautsprecher verstreut liegen, finde ich Peter Gabriel, John

Hiatt, jemand namens Freedy Johnston, das neueste Replacements-Album. Vor einer Glastür ist eine schmale Terrasse, umgeben von einem mit weißen Tulpen bepflanzten Garten, kleine Vögel versammeln sich um eine stählerne Brunnenschale, und als der Wind stärker wird und sich Schatten über den Rasen legen, beschließen sie, dass hier wieder was nicht stimmt, und fliegen gemeinsam weg.

»Also, wer wohnt eigentlich hier?«, frage ich, als Bobby in den Raum zurückkommt. »Ich meine, ich weiß, dass es eine Kulisse ist, aber ist doch ganz hübsch.«

»Na ja, manchmal miete ich's von jemand«, sagt er, während er zu dem Computer rübergeht und prüfend den Bildschirm betrachtet.

»Und im Augenblick teile ich mir's mit Tammy und Bruce, die du ja, glaub ich, kennen gelernt hast.«

»Ja, cool.«

»Und Bentley Harrolds, der ist ein alter Freund von mir, und Jamie Fields, die du« – eine Pause, ohne dass er zu mir hochsieht –, »wie ich höre, vom College her kennst.«

»Ja, genau.« Ich nicke. »Richtig. Auch cool.«

»Jaa«, sagt Bobby müde, schaltet den Bildschirm aus, seufzt. »Wir sind alle verdammt cool.«

Ich überlege, ob ich jetzt woanders hingehen soll, denke an das Für und Wider, beschließe dann, weiter zu forschen.

»Bobby?«

»Ja?« Er schaut wieder zu mir rüber.

»Ich möchte bloß, ähm, dich bloß wissen lassen, dass – ich meine, das hört sich jetzt echt blöd an, aber du warst« – ich hole tief Luft – »ein echt, also irgendwie eine echte Inspiration für viele von uns, und du hattest irgendwie eine ganz wichtige Wirkung, ich möchte bloß, dass du das weißt.« Ich halte inne, schaue gequält zur

Seite, meine Augen tränen. »Hab ich mich jetzt total
daneben angehört?«

Stille, dann: »Nein. Nein, hast du nicht, Victor.« Er
starrt mich freundlich an. »Das ist gut. Gefällt mir. Dank
dir.«

Erleichterung durchströmt mich, meine Kehle schnürt
sich zu, und unter großen Schwierigkeiten gelingt es
mir, mit gepresster Stimme zu sagen: »Kein Problem,
Mann.«

Stimmen draußen vor dem Haus. Ein Tor wird geöffnet, fällt wieder zu. Vier fabelhaft aussehende Menschen
in Schwarz mit Sonnenbrillen und schicken Lebensmit-
teltüten bewegen sich durch den dunkelnden Garten
aufs Haus zu. Bobby und ich beobachten sie durch die
Flügel der Glastür.

»Aha, die Truppen kehren zurück«, sagt Bobby.

Ich winke Jamie zu, als die Gruppe auf das große
Fenster zugeht, hinter dem ich stehe, aber niemand
winkt zurück. Bentley macht ein böses Gesicht und
schnippt eine Zigarette weg. Bruce, der zwei Tüten
voller Lebensmittel hält, schubst Tammy neckisch vom
steinernen Weg. Jamie marschiert voran und starrt
ungerührt geradeaus, kaut Kaugummi.

»Warum können sie mich nicht sehen?«, frage ich.

»Das ist Spionglas«, sagt Bobby.

»Oh«, sage ich. »Das ist aber … cool.«

Die vier stolpern durch den Hintereingang und hinein
in die Küche, eine Reihe leiser elektronischer Pieps-
geräusche ertönt, als jemand die Tür schließt, Bobby
und ich schauen zu, wie sie ihre Einkaufstüten auf lange
stählerne Arbeitsflächen fallen lassen. Wir gehen auf sie
zu, sind am Ziel. Jamie sieht uns als erste und reißt sich
die Sonnenbrille runter, lächelt.

»Du bist also wach«, sagt Jamie und kommt näher.

Ich lächle sie an, und als sie zu mir kommt, erwarte
ich einen Kuss und schließe die Augen, schaukle leicht

auf den Sohlen vor und zurück. Lust überkommt mich und schwillt immer stärker an, gerät dann außer Kontrolle, breitet sich aus. Aber Jamie geht vorüber, und ich schlage die Augen auf und drehe mich um.

Sie und Bobby umarmen sich, und er küsst sie hungrig und macht laute Geräusche dabei. Es braucht allzulange, bis Jamie merkt, dass ich dastehe und herüberstarre, und als sie sich von seinem Mund löst, hält Bobby sie fest und will nicht von ihr lassen.

»Habt ihr euch bekannt gemacht?«, ist alles, was Jamie sagen kann, nachdem sie meinen Gesichtsausdruck gesehen hat.

»Ja.« Ich nicke.

»Hey, lass los«, quiekt Jamie und stößt Bobby weg. »Lass mich, lass los.«

Aber das tut Bobby nicht – er beugt sich immer weiter vor, küsst ihr Gesicht, ihren Hals. Ich stehe bloß da und sehe zu, erhitzt, plötzlich mit klarem Kopf.

»Ich glaube, jetzt ist Cocktailstunde«, sagt Bentley und zieht einen Schmollmund.

Tammy geht an mir vorbei. »Wir haben Buffy getroffen. Sie ist eben gerade zurückgekommen von ihrer Everestbesteigung. Zwei Tote hat's gegeben. Sie hat ihr Handy verloren.«

Ich hab keine Ahnung, wem das gilt, also nicke ich bloß langsam.

»Hey, ich hab einen solchen Hunger«, sagt Bobby, der immer noch Jamie in den Armen hält, aber sie wehrt sich nicht mehr. »Wann essen wir denn?«, ruft er laut. »*Was* essen wir denn Gutes?« Dann flüstert er Jamie etwas ins Ohr, und sie kichert und gibt ihm einen Klaps auf beide Arme, die sie mit beiden Händen an der Stelle umklammert, wo sich der Bizeps wölbt.

»Ich mach Bruschetta«, ruft Bruce aus der Küche. »Porcini-Risotto, Prosciutto und Feigen, Rucola-Fenchel-Salat.«

»Beeilung«, brüllt Bobby und streichelt in Jamies Gesicht herum, presst sie noch enger an sich. »Beeilung, Bruce, ich bin am *Verhungern*.«

»Victor, was hast du denn unter dem Bademantel an?«, fragt Bentley und starrt mich an, eine Flasche Stoli in der Hand. »Warte, sag mir's nicht. Ich glaube, ich halt's nicht aus.« Er geht zurück in die Küche und ruft: »Ich hab übrigens deine Unterwäsche.«

»Ich nehme jetzt ein Bad«, sagt Tammy und schaut mich wimpernklimpernd mit ihren grauen Augen an. »Du bist ja bemerkenswert gut beieinander, wenn man die letzte Nacht bedenkt.« Sie schiebt die Lippen vor und zieht einen Flunsch. »Es *ist* aber ja auch schon fünf.«

»Gute Gene«, sage ich achselzuckend.

»Hübscher Bademantel«, sagt sie und wandert nach oben.

»Hey, hier ist es so was von kalt«, sagt Bobby, der jetzt endlich Jamie loslässt.

»Dann zieh dir was an«, sagt sie bitter und geht weg. »Und leg diese Unwiderstehlichkeitsmasche ab.«

»Hey!«, sagt Bobby, tut total verblüfft, lässt den Mund offenstehen, sein Unterkiefer hängt in einer Schock-Parodie runter. Er macht einen Satz auf sie zu, und Jamie quietscht wieder entzückt und rennt in die Küche, und ich sehe alles ganz klar, mir fällt auf, dass ich schon seit einigen Minuten an derselben Stelle stehe. Bentley ruft: »Sei vorsichtig, Bobby – Jamie's got a gun.«

Und dann kommt Jamie zu mir rüber, außer Atem. Hinter ihr fetzt Bobby die Einkaufstüten auf, berät sich mit Bruce. Bentley fordert einen von ihnen auf, seine frischgemixten Martinis zu kosten.

»Wo sind meine Kleider?«, frage ich sie.

»Im Schrank«, seufzt sie. »Im Schlafzimmer.«

»Ihr beide gebt ein echt tolles Paar ab«, sage ich zu ihr.

»Sind die Türen alle geschlossen?«, ruft Bobby.

Jamie formt mit den Lippen stumm die Wörter *Es tut mir Leid* und dreht sich weg.

Bobby geht hin und her, klatscht Jamie auf den Arsch, als er an ihr vorbeigeht, nachdem er nachgesehen hat, dass alles sicher ist.

»Hey?«, fragt er jemand. »Hast du wieder vergessen, die Alarmanlage einzuschalten?«

Als die Sonne untergeht, macht die Crew ein paar Aufnahmen des makellosen Abendhimmels, ehe er sich dann schwarz färbt, während das Haus heller wird und wir sechs – Bentley und Tammy und Bruce und Jamie und Bobby und ich – uns auf den Frank-Gehry-Stühlen fläzen und ich mich schüchtern zurückhalte, während zwei von Hand geführte Kameras uns umkreisen, Material für eine Montage. Dann werden Teller und Weinflaschen herumgereicht, und trotz des Bobby-Hughes-Faktors (Bobby Hughes, das Hindernis auf meinem Weg zu den dreihunderttausend Dollar) fange ich an, mich ruhig und gelassen zu fühlen, offen für alles, und die unablässige Aufmerksamkeit, die diese neuen Freunde mir schenken, lässt mich gewisse Dinge ignorieren, besonders die Art, wie sich Jamies Augen weiten, wenn ihr Blick zwischen Bobby und mir hin und her geht, manchmal heiter, manchmal nicht. Ich beantworte, so gut's geht, Fragen über Chloe – der ganze Tisch ist echt beeindruckt, dass ich ihr Boyfriend war – und über den *YouthQuake*-Titel *und* die Band, aus der ich raus bin, und meine Fitnessroutine und diverse Muskelpräparate, und keiner fragt: »Wer bist du?« oder »Wo kommst du her?« oder »Was willst du?« – Fragen, die gar keinen Sinn haben, weil alle meinen, es zu wissen. Bentley erwähnt sogar Presseberichte, die er über die Cluberöffnung letzte Woche gelesen hat, Meldungen, die es bis in die Londoner Zeitungen geschafft haben, und er verspricht, ohne Anzüglichkeiten, mir die Ausschnitte später zu zeigen.

Augenzwinkern, heimliche Blicke, allgemeine Aufmüpfigkeit gegen Felix und den Regisseur, aber kein

Grinsen, da wir ja im Grund alle für uns selbst werben, und am Ende sind wir alle verbunden, weil wir »Bescheid wissen«. Und ich gebe mir große Mühe, mich nicht beeindrucken zu lassen, als das Gespräch sich um die Höhen und Tiefen der jeweiligen Erlebnisse mit der Presse dreht, damit, wo wir in den Achtzigern waren, damit, wie das alles auf einer Filmleinwand aussehen würde. Stöhnende Komplimente an Bruce wegen seines Risottos verwandeln sich in eine Unterhaltung über das Bombenattentat vor zwei Tagen in einem Pariser Hotel am Boulevard Saint-Germain, während *Achtung Baby* von U2 leise im Hintergrund läuft und wir einander fragen, ob irgendjemand, den wir in L.A. kennen, während der jüngsten Erdbebenserie verletzt worden ist. Es ist jetzt wärmer im Haus.

Und über lange Zeit hinweg fühlt es sich so an, als wäre ich wieder in New York, vielleicht im Da Silvano an einem großen Tisch, irgendwo vorne, ein Fotograf wartet draußen auf der Sixth Avenue in der Kälte, bis die koffeinfreien Espressi ausgetrunken sind und die letzte Runde Sambuca bestellt ist, Chloe bezahlt müde die Rechnung, und vielleicht ist Bobby auch dort. Eben jetzt, heute Abend, ist Bobby stiller als die anderen, er scheint voll da und recht zufrieden, und jedes Mal, wenn ich ihm von dem vorzüglichen Barbaresco in sein Weinglas nachgieße, bedankt er sich mit einem Nicken und einem entspannten Lächeln, sein Blick bleibt an mir hängen, nur manchmal ist er abgelenkt von den Lampen und den Kameras und den diversen Assistenten, die um uns herumwirbeln. Partyeinladungen für heute Abend werden diskutiert und verworfen, und man entscheidet sich für zu Hause, weil alle müde sind. Bruce zündet sich eine Zigarre an. Tammy und Jamie drehen sich dicke Joints. Alle wandern irgendwohin davon, während ich anfange, den Tisch abzuräumen.

In der Küche tippt mir Bobby auf die Schulter.

»Hey Victor«, fragt er, »kannst du mir einen Gefallen tun?«

»Klar, Mann«, sage ich und wische mir die Hände am teuersten Geschirrtuch ab, das ich je in den Fingern gehabt habe. »Brauchst's nur zu sagen.«

»Es geht um einen Freund, der dieses Wochenende hier wohnen wird«, fängt Bobby an.

»Ja?«

»Ich müsste ihn gegen zehn abholen«, sagt Bobby, tritt näher an mich heran und sieht auf die Uhr. »Aber ich bin total fertig.«

»Mann, du siehst toll aus, aber« – ich lege den Kopf etwas schief und suche in seinem Gesicht nach irgendwelchen Defekten – »vielleicht ein klein wenig müde.«

»Wenn ich einen Wagen für dich bestellen würde, könntest du dann ins Pylos gehen …«

»Ins Pylos? Hey, cool.«

»… und ihn für mich abholen?« Bobby steht nun so nahe vor mir, dass ich seinen Atem fühlen kann. »Ich hasse es, dir damit zu kommen, aber alle sind ziemlich abgeschlafft.« Er weist mit einem Kopfnicken rüber zu Tammy und Bruce und Bentley und Jamie, die hinter dem Stahlpfeiler vor dem Riesen-Fernseher herumrollen und sich streiten, welches Video man sich anschaut. »Ich hab gesehen, dass du heut Abend nicht so richtig getrunken hast«, sagt Bobby. »Also nehme ich mal an, es würde dir nichts ausmachen, da hinzugehen.«

»Na ja, ich bin ein bisschen wacklig von gestern Nacht …«

»Ja, letzte Nacht«, murmelt Bobby, für einen Augenblick weit weg.

»Wo ist dieser Club denn?«, frage ich rasch, um ihn zurückzuholen.

»Der Fahrer weiß es«, sagt Bobby. »Der wird dann vor dem Pylos mit dem Wagen warten. Sag dem Türsteher nur, dass du mein Gast bist, und Sam findest du dann im VIP-Raum.«

»Warum setzt du mich nicht auf die Gästeliste?«

»Victor, dieser Club ist derart in, da kommst du nicht mal rein, wenn du auf der Gästeliste stehst.«

»Wie weiß ich dann, wer Sam ist?«, frage ich zögernd.

»Asiate, klein, er heißt Sam Ho. Glaub mir, du wirst ihn schon erkennen, wenn du ihn siehst«, erklärt Bobby. »Er ist ein ziemlich, äh, theatralischer Typ.«

»Okay, Mann.« Ich nicke, ziemlich verwirrt. »Wer ist das?« Und dann: »Wollt ihr dann später was steigen lassen?«

»Nein, nein – er ist kein Dealer«, sagt Bobby. »Hast du nie was von Sammy Ho gehört? Er ist ein superberühmtes asiatisches Model.«

»Mhm, cool.« Ich nicke.

»Hey, keine Sorge«, sagt er. »Die Begegnung ist nicht unwahrscheinlich. Steht alles im Drehbuch.«

»Ich weiß, ich weiß«, sage ich, um ihn zu beruhigen.

»Hier.« Bobby reicht mir einen Briefumschlag, ich hatte gar nicht bemerkt, dass er ihn in der Hand hält. »Gib den Sam. Er wird wissen, was das bedeutet. Und dann seh ich euch zwei wieder hier.«

»Cool, cool.«

»Ich hasse es echt höllisch, dir das anzutun, Mann, aber ich bin einfach völlig fertig.«

»Hey Bobby«, sage ich, »hör schon auf, dich hier niederzumachen. Ich geh, ich wollte schon immer mal ins Pylos, seit es aufgemacht hat vor – wann? Vier Wochen, richtig?«

»Die machen immer mal wieder auf und dann wieder zu.«

Bobby bringt mich hinaus in die diesige Nacht, am Straßenrand wartet eine schwarze Limousine, und Felix hat bereits die nächste Einstellung organisiert.

Bobby schaut mir in die Augen. »Ich bin dir wirklich sehr dankbar, Victor.«

»Nein, Mann, ist mir eine Ehre.«

»Können wir das noch mal haben?«, fragt der Regisseur. »Victor – Betonung auf *Ehre*. Okay, los geht's – wir sind noch dran.«

Bobby schaut mir in die Augen. »Ich bin dir wirklich sehr dankbar, Victor«, sagt er mit noch größerer Intensität.

»Nein, Mann, ist mir eine *Ehre*.«

»Du bist Spitze, Mann.«

»Nein, Mann, *du* bist Spitze.«

»Nicht doch. *Du* bist Spitze, Victor.«

»Ich kann gar nicht glauben, dass mir Bobby Hughes sagt, *ich* bin Spitze«, keuche ich und halte inne, um Atem zu holen. »Nein, *du* bist Spitze.«

Bobby umarmt mich, und als er einen Schritt zurück machen will, halte ich ihn in der Umarmung fest, ich kann nicht anders.

Der Fahrer kommt jetzt rüber und macht die Tür auf, und ich erkenne ihn wieder als den Typ, der mich in Southampton abgeholt hat (eine Szene, die rausgeschnitten wird). Er hat rotes Haar und scheint ganz cool.

»Hey Victor«, ruft Bobby, ehe ich in die Limo steige.

»Ja, Mann?«, frage ich und drehe mich um.

»Sprichst du Französisch?«, fragt er, nur ein Schatten vor dem Haus in der Dunkelheit.

Ich brauche eine halbe Minute, um die Worte »Un ... petit peu« hervorzubringen.

»Gut«, sagt er im Gehen. »Von uns eigentlich auch niemand.«

Und dann führt der Abend zu seinem logischen Schluss.

4

In der Limo, die Richtung Charing Cross Road fährt, läuft »Wrong« von Everything But the Girl, während ich den kleinen weißen Umschlag betrachte, den mir Bobby für Sam Ho gegeben hat, ich spüre den erhabenen Umriss eines Schlüssels, der in ein Blatt Briefpapier eingeschlagen ist, aber weil ich Bobby respektiere, spiele ich nicht einmal mit dem Gedanken, den Umschlag zu öffnen, und dann ist es elf, die Limo biegt in eine verregnete Seitengasse, wo ein Schild DANCETERIA blinkt, dahinter ein wackliger Pfeil, der uns zu dem Hintereingang vom Pylos weist. Gestalten unter Regenschirmen drängen sich vor einem Seil, und hinter dem Seil brüllt der typische Big Guy – dieser hier trägt ein chinesisches Hemd von Casely-Hayford, eine Marie-Antoinette-Perücke und eine schwarze Jacke, auf die über dem Herzen in Rot die Wörter HELL BENT genäht sind – in ein Megaphon: »Hier kommt niemand mehr rein!«, aber dann sieht der Rausschmeißer mich aus der Limo hüpfen, und wie ich mich dem leeren Raum nähere, der sich vor mir auftut, lehnt er sich herüber, und ich sage: »Ich bin ein Gast von Bobby Hughes.«

Der Typ nickt und hebt das Seil hoch, während er was in ein Walkie-Talkie flüstert, und ich werde rasch die Stufen hinaufgeschoben, gleich hinter der Tür übernimmt mich ein Mädchen, Typ junges Model, die Kleiderordnung hat sie perfekt drauf (Siebziger-Vivienne-Westwood plus Pelzimitatmantel), ganz offensichtlich sofort von mir hingerissen führt sie mich Richtung VIP-Raum durch verschiedene Korridore und schmale Gänge, infrarotes Licht blinkt, Modestudenten starren in Trance auf die flackernden Leuchtmuster, die über die

Wände spritzen, weiter unten im Club ist es plötzlich feuchter, und wir kommen vorbei an Gruppen von Teenagern, die sich um Computermonitore versammelt haben, an Dealern, die Ecstasytabletten verhökern, dann klappt der Boden weg, und wir gehen auf einem stählernen Steg, und unter uns brodelt eine riesige Tanzfläche, darauf eine Monstermenge Menschen, und wir kommen an einer DJ-Kabine vorbei, vier Turntables, irgendein legendärer DJ legt nahtlos Ambient, Drum and Bass, rhythmisch und wummernd, zusammen mit seinem Lehrling, diesem hochgelobten Kid aus Jamaica, die Performance wird heute Nacht von verschiedenen Piratensendern in ganz England direkt übertragen, das goldenelektrische Strobelight, das überall unkontrollierbar flackert, lässt die Räume, durch die wir kommen, kreisen und schwanken, ich verliere fast das Gleichgewicht in dem Augenblick, als mich meine Begleiterin an zwei ausladenden Gorillas vorbei in den VIP-Raum schiebt, und als ich versuche, ein wenig Konversation zu machen (»Ziemlich beliebte Location, was?«), dreht sie sich bloß um und murmelt »Bin bestellt«.

Hinter den Vorhängen sieht der Raum wie eine Flughafenlounge aus, aber mit discomäßig weißen Lampen und burgunderroten Samtnischen, ein riesiges Poster erstreckt sich quer über eine schwarze Wand mit dem Wort BREED in fahlvioletten Lettern, Dutzende von Plattenmanagern in Mad-Max-Outfits hängen hier mit tätowierten Models aus Holland rum, Direktoren von Polygram teilen sich Bananen und schlucken psybertronische Drinks mit Magazinredakteuren, und die Hälfte einer progressiven britischen Hip-Hop-Truppe in Schülerinnenuniform tanzt mit Modelagenten und mit Ghosts, Statisten, Insidern und diversen Leuten aus der gemeinen Außenwelt, Paparazzi sind auf der Jagd nach Prominenten. Es ist eiskalt im VIP-Raum, allen steht der Atem sichtbar vor dem Mund.

Ich bestelle ein tasmanisches Bier bei dem Barkeeper mit den hervortretenden Augen, der einen Veloursssmoking trägt und unbefangen versucht, mir einen Joint mit Special K drin zu verkaufen, als er mir Feuer für meine Zigarette gibt. Wilde fluoreszierende Muster ziehen spiralförmig über die Spiegelwand hinter ihm, während Shirley Bassey das »Goldfinger«-Thema singt und eine Endlosschleife mit Gap-Werbespots über verschiedene Videomonitoren rast.

In der Spiegelwand erkenne ich sofort den wie Christian Bale aussehenden Typ, der mir gestern ins Masako gefolgt ist, ich sehe ihn neben mir stehen, ich fahre herum und fange an, auf ihn einzureden, und er ist irritiert und wendet sich ab, aber der Regisseur nimmt mich beiseite und zischt: »Sam Ho ist ein *Asiate,* du Schwachkopf!«

»Hey, Mann, weiß ich, weiß ich«, sage ich und hebe die Hände. »Alles cool. Alles klar.«

»Und wer ist *das* dann?«, fragt der Regisseur und nickt zu dem Christian-Bale-Typ rüber.

»Ich dachte, der sei im Film«, sage ich. »Ich dachte, ihr habt mit dem was besetzt.«

»Ich hab den noch nie im Leben gesehen«, sagt der Regisseur ungnädig.

»Ein Kumpel von, ähh, mir«, sage ich und winke rüber. Der Christian-Bale-Typ sieht mich an, als sei ich irrsinnig, und wendet sich wieder seinem Bier zu.

»Da *drüben*«, sagte der Regisseur. »Sam Ho ist da *drüben*.«

Ein wirklich wunderschöner asiatischer Junge etwa in meinem Alter, schmal, mit blondem Haar und schwarzen Haarwurzeln sowie Sonnenbrille, lehnt verschwitzt und vor sich hinsummend an der Bar und wartet auf den Barkeeper und wischt sich dabei immer wieder mit der ansonsten Geldscheine haltenden Hand über die Nase. Er trägt ein Batik-T-Shirt, Levi's 501s (das Innere nach außen gekehrt), eine Puffer-Jacke und Caterpillar-stiefel. Ich seufze vor mich hin und denke: Ach du lieber Gott, als ich zu ihm hinübergehe, und als ich ihn das erste Mal anschaue, merkt er es und lächelt vor sich hin, aber dann gleitet der Barkeeper vorbei und ignoriert ihn, was Sam frustriert hin und her tanzen lässt. Sam zieht die Sonnenbrille runter und starrt mich böse an, als sei ich schuld. Ich schaue weg, aber vorher habe ich gesehen, dass er das Wort SLAVE auf den Handrücken tätowiert hat.

»Ach, hör schon auf, auszuweichen«, stöhnt er theatralisch mit starkem Akzent.

»Hey, bist du Sam Ho?«, frage ich. »Also, das Model?«

»Du bist süß, aber irgendwie wohl auch hirntot«, sagt er, ohne mich anzusehen.

»Spitze«, sage ich unbeirrt. »Ist das nicht toll hier?«

»Ich könnte hier glücklich werden«, sagt Sam gelangweilt. »Und dabei ist noch nicht mal Rave Night.«

»Das setzt neue Maßstäbe für einen hippen Abend, wie?«

»Hör jetzt auf, mich hinzuhalten, Baby!«, schreit Sam dem Barkeeper hinterher, der wieder vorbeirennt und mit drei Flaschen Absolut Citron jongliert.

»Also, was läuft?«, frage ich. »Wann ist Fetischabend?«

»*Jeder* Abend ist Fetischabend in den Clubs, Darling«, stöhnt Sam, und dann fragt er mit einem Seitenblick zu mir: »Hey, stellt man mir nach?« Er schaut mein Handgelenk an. »Hübsche Adern.«

»Danke. Sind meine eigenen«, sage ich. »Hör mal, wenn du Sam Ho bist, hab ich eine Nachricht für dich von jemand.«

»Ach?« Sams Interesse ist geweckt. »Du bist ein kleiner Botenjunge?«

»Dirty deeds and they're done dirt cheap.«

»Ach, und AC/DC-Texte kann er auch zitieren«, sagt

Sam pseudo-süß. »Wer will mir eine Nachricht zukommen lassen?«

»Bobby Hughes«, sage ich nur.

Plötzlich hab ich Sam Ho im Gesicht, er steht so dicht vor mir, dass ich einen Schritt zurück machen muss, fast falle ich um dabei.

»Hey!«, warne ich.

»Was?«, fragt Sam und packt mich. »Wo? Wo ist er? Ist er hier?«

»Hey, pass auf mein Hemd auf!«, rufe ich, zerre seine Hand von meinem Kragen, schiebe ihn vorsichtig weg. »Nein, stattdessen bin ich hier.«

»Oh, tut mir Leid«, sagt Sam und zieht sich ein wenig zurück. »Du bist ja sehr, sehr süß, wer du auch sein magst, aber du bist *kein* Bobby Hughes.« Eine Pause, und Sam sieht geknickt und angsterfüllt aus. »Ihr beiden seid doch kein Duo – oder?«

»Hey, pass auf, Sam«, fahre ich ihn an. »Ich hab einen sehr guten Ruf, also: *nein.*«

»Wo ist er?«, will Sam wissen. »Wo ist Bobby?«

»Hier«, sage ich und reiche ihm den Umschlag. »Ich bin nur hier, um dir das zu geben und …«

Sam hört mir nicht zu. Er reißt den Umschlag gierig auf und zieht den Schlüssel heraus und liest mit schmalen Augen, was auf dem Papier steht, und dann zittert er, er kann es nicht unterdrücken, er schlingt die Arme um den Leib, ein seliges Lächeln macht seine Züge weicher, sodass er weniger tuntig aussieht, heiterer, nicht so unruhig. In ein paar Sekunden ist er reifer geworden.

»O – mein – Gott«, sagt Sam, hin und weg, er presst den Brief gegen seine Brust. »O mein Gott – er ist so *grundlegend.*«

»Hier spricht ein echter Fan«, bemerke ich.

»Darf ich dich zu einem Drink einladen?«, fragt Sam. »Lass mich mal raten – ein Yuppie-Bier mit Limone drin?«

»Ich heiße Victor«, erläutere ich. »Victor Ward.«

»Victor, du siehst ganz genau so aus wie ein Junge, den ich auf der High School immer vögeln wollte, aber ich hab nie den Nerv gehabt, mich ihm zu nähern.« Um sich etwas zu beruhigen, steckt er sich eine Marlboro an und atmet den Rauch dramatisch aus.

»Das kann ich kaum glauben, Sam«, seufze ich. »Also, ahm, Erbarmen, okay?«

»Wohnst du bei Bobby?«, fragt er misstrauisch.

»a«, sage ich achselzuckend. »Ist ein Freund.«

»Nein – er ist ein Gott, *du* bist der Freund«, korrigiert mich Sam. »Bist du in dem Haus in der Charlotte Road?«

»Äh, nein, wir sind in Hampstead.«

»Hampstead?« Sam schaut auf das Papier. »Aber hier steht Charlotte Road.«

»Ich wohne eigentlich immer in Hotels«, erkläre ich ihm. »Ich bin mir also nicht ganz sicher, wo wir sind.« Ich mache eine Pause, drücke meine Zigarette aus. »Ist ohnehin nur eine Kulisse.«

»Okay.« Sam holt tief Atem. »Hast du einen Wagen? Bitte sag ja, weil ich kein Taxi entführen möchte.«

»Zufällig«, sage ich, »hab ich einen Wagen mit Fahrer hinten stehen.«

»Ach, vorzüglich«, sagt Sam. »Aber wir müssen noch jemanden abhängen.«

»Wen?«, frage ich und schaue mich im VIP-Raum um.

»Die beiden«, sagt Sam und zeigt mit einem Nicken rüber. »Nicht hinschauen, nicht hinschauen. Sie stehen unter dem goldenen Türbogen – da drüben. Sie spielen ja so gern ihre Spielchen mit mir.«

Zwei Typen, die aussehen wie Bodyguards und die gleichen Armani-Mäntel tragen, stehen dicht beisammen, ohne dass sie noch ein Wort zueinander sagen müssten, sie stehen unter einer blauen Lampe, die den Umfang ihrer ohnehin enormen Köpfe noch betont, diverse Opfer der Mode umgarnen sie, aber sie stehen mit verschränkten Armen da und scheinen sich nicht ablenken zu lassen. Sie konzentrieren sich ganz auf Sam, der an der Bar steht und sich zu mir beugt.

»Wer sind die?«

»Eine Idee von meinem Vater«, sagt Sam. »Er ist mit gewissen Teilen meines Lebens nicht so besonders glücklich.«

»Er lässt dich überwachen?«, frage ich bestürzt. »Gott, und ich dachte immer, mein Dad sei der totale Angstschweißtyp.«

»Ich werd ihnen jetzt sagen, dass ich mal raus muss und dann« – er tippt mir mit der Hand gegen die Brust –: »ooh, schöne Pektos –, dass ich mit dir nach Hause gehe.« Er stopft sich den Umschlag in die Tasche. »Meistens haben sie zu viel Angst, mit mir auf die Toilette zu gehen – aus naheliegenden Gründen.« Sam schaut auf die Uhr und holt tief Luft. »Ich werde ihnen sagen – ehe ich in die Nacht hinaus verschwinde –, dass ich nach einem dringenden Abstecher zum Pissen zurückkommen werde, um *dich* zu *mir* mit nach Hause zu nehmen, mein kleiner Freak. Verstanden?«

»Ist – ist wohl, ahmm, cool, ja«, sage ich und verziehe das Gesicht.

»Was für eine Farbe hat der Wagen?«

»Eine schwarze Limousine«, sage ich und versuche, nicht zu den Leibwächtern rüberzuschauen. »Ein rothaariger Typ fährt.«

»Herrlich«, plappert Sam. »Ich seh dich dann draußen. Und denk dran – beeil dich. Die sehen zäh aus, aber sie können sich durchaus bewegen.«

»Bist du sicher, dass das in Ordnung geht?«

»Ich bin sechsundzwanzig«, sagt Sam. »Ich kann tun, was ich will. Los jetzt.«

»Hm.«

»Pass auf, wenn du rausgehst«, sagt Sam. »Der eine

hat meist ein Fläschchen Salzsäure dabei und ist grundsätzlich ziemlich streng.« Sam macht eine Pause. »Die haben früher bei der israelischen Botschaft gearbeitet.«

»Ist das ein Club?«

Sam Ho hört auf zu lächeln und relaxt und berührt sanft meine Wange. »Du bist derart mainstream«, murmelt er.

Ich bin gerade dabei, ihm zu erklären: »Hey, ich bin bloß ein ganz *stiller* Clubbesucher – aber ich weiß Bescheid, was läuft«, als er zu den Leibwächtern rüberrennt, auf mich deutet und etwas sagt, das Leibwächter Nr. 1 zusammenzucken lässt, dann nicken sie beide widerwillig, und Sam flitzt aus dem Raum, und Leibwächter Nr. 2 nickt Nr. 1 zu und folgt Sam, während Leibwächter Nr. 1 mir seine Aufmerksamkeit schenkt, er starrt herüber, und ich wende mich ab und sehe aus, als würde ich mir überlegen, was ich machen soll, spiele hoffnungslos mit einer Marlboro.

Ich schaue rüber zu dem Christian-Bale-Typ, der immer noch lediglich einen halben Meter entfernt an der Bar steht, beuge mich vor und frage: »Sind wir im selben Film?« Er macht nur ein mürrisches Gesicht.

Als Iggy Pops »Lust for Life« losknallt, ist das für ein Girl in einer der burgunderroten Samtnischen das Stichwort: Sie schreit begeistert auf und springt auf eine Plattform, reißt sich ein Stussy-Kleid und ein Adidas-T-Shirt vom Körper und wirft sich nur mit BH und Doc Martens bekleidet hin und her, windet sich, macht etwas, das aussieht wie Brustschwimmen, und genau in dem Moment, als Leibwächter Nr. 1 zu ihr hinschaut, flüstert mir ein Regieassistent, den ich bisher noch gar nicht bemerkt habe, zu: »*Jetzt!* Los jetzt!«, und mit beiläufigen Pogobewegungen hüpfe ich aus dem VIP-Raum raus, während die ganze Komparserie jubelt.

In der Gasse hinter dem Pylos springe ich über das Seil und taumle in eine Menge von Hip-Hop-Enthusiasten, die im Regen warten, um noch reinzukommen, und nachdem ich mich hindurchgedrängt habe, drehe ich mich rasch um, ob einer der Leibwächter mir gefolgt ist, aber ich glaube, ich hab sie abgehängt, als ich so getan habe, als wollte ich in die DJ-Kabine hechten. Sam sitzt schon in der Limo, streckt den Kopf zum Fenster raus und ruft: »Hey! Hey!«, als ich zum Wagen rübersprinte und dem Fahrer zurufe: »Los!« Die Limo quietscht aus der Gasse raus, rein in die Charing Cross Road, hinter uns wird böse gehupt, und Sam hat die Minibar geknackt, lässt einen Pikkolo Champagner knallen, trinkt gleich aus der Flasche und hat sie in weniger als einer Minute leer, während ich bloß müde zusehe, und dann fängt er an, den Fahrer anzuschreien: »Fahr schneller, fahr schneller, fahr *schneller!*«, und versucht dabei immer, mit mir Händchen zu halten. In seinen ruhigeren Augenblicken zeigt mir Sam Kristalle, will LSD haben, reicht mir eine Broschüre über Gehirnwellenharmonisierung, singt mit, als »Lust for Life« aus den Boxen hinten in der Limousine röhrt, und er trinkt in großen Schlucken aus einer Flasche Absolut und schreit: »Ich bin ein Pillenfresser«, und er streckt seinen Kopf aus dem Sonnendach des Wagens, der durch den Nieselregen nach Hause rast.

»Gleich seh ich Bobby, gleich seh ich Bobby«, trällert er und hüpft durchgeknallt auf dem Sitz hoch und runter.

Ich zünde mir eine Zigarette an und arbeite intensiv

an einem bösen Stirnrunzeln. »Könntest du *bitte* mal runterschalten?«

Die Limousine hält vor dem dunklen Haus und rollt dann, nachdem sich das Tor geöffnet hat, langsam in die Einfahrt. Die Lichter auf dem Dach blitzen wieder auf, sie blenden uns sogar durch die getönten Scheiben der Limousine, dann verblassen sie langsam.

Sam Ho öffnet die Wagentür und springt betrunken raus, taumelt auf die Dunkelheit des Hauses zu. An einem Fenster im oberen Stockwerk kann man eine Silhouette erkennen, die hinter einer Jalousie hervorspäht, dann geht das Licht aus. »Hey Sam«, rufe ich und schwinge die Beine aus dem Wagen. »Es gibt eine Alarmanlage – sei vorsichtig!« Aber er ist weg. Über uns hat sich der Himmel geklärt, es ist eigentlich außer einem Halbmond nichts dort droben.

Der Fahrer wartet, dass ich die Limo verlasse, und ich bin mit einem Mal überrascht, wie müde ich bin. Ich steig aus und recke mich, und dann – steh ich bloß da, meide das Haus und was in ihm vorgeht – zünde ich mir eine Zigarette an.

»Ist man uns gefolgt?«, frage ich den Fahrer.

»Nein.« Er schüttelt knapp den Kopf.

»Sicher?«, frage ich.

»Das zweite Team hat sich drum gekümmert«, sagt er.

»Hmmm.« Ich nehme einen langen Zug, schnippe die Zigarette weg.

»Kann ich noch was für Sie tun?«, fragt er.

Ich überlege mir das Angebot. »Nein. Nein, ich glaube nicht.«

»Also dann, gute Nacht.« Der Fahrer schließt die Tür, aus der ich soeben gestiegen bin, und geht um den Wagen herum zu seinem Platz zurück.

»Hey!«, rufe ich.

Er schaut auf.

»Kennen Sie einen Typ namens Fred Palakon?«

Der Fahrer starrt mich an, bis er schließlich das Interesse verliert und anderswohin sieht.

»Schon gut«, sage ich gereizt. »Alles klar.«

Ich öffne ein Tor, es schließt sich automatisch hinter mir, dann gehe ich durch den dunklen Garten, während »How the West Was Won« von REM läuft und über mir, im Hausinneren, das Licht in einigen der Fenster nichts preisgibt. Die Hintertür, die in die Küche führt, steht halb offen, und nachdem ich hineingegangen bin und sie zugemacht habe, ertönt wieder die Reihe elektronischer Piepstöne. Ich bewege mich unsicher durch den Raum – niemand ist hier unten, kein Zeichen von der Crew, alles ist makellos sauber. Ich ziehe ein Evian aus dem Eisschrank. Ein Video – der Schluss von *Die Hard 2* – läuft stumm auf dem Riesenfernsehschirm, der Abspann folgt, dann spult sich das Band zurück. Ich fege Konfetti von dem gigantischen pistazienfarbenen Sofa und lege mich hin, ich warte darauf, dass jemand kommt, gelegentlich schaue ich zur Treppe hinüber, die zu den Schlafzimmern hochführt, und lausche konzentriert, aber ich höre nur das Surren des zurückspulenden Bandes und den sich ausblendenden REM-Song. Ich stelle mir irgendwie Jamie und Bobby zusammen im Bett vor, vielleicht sogar mit Sam Ho, ein kurzer Stich, aber danach dann nichts.

Ein Drehbuch liegt auf dem Couchtisch, und ich nehme es zerstreut in die Hand, schlage es an irgendeiner Seite auf, bei irgendeiner Szene, es wird beschrieben, wie Bobby jemanden beruhigt, mir ein Xanax in den Mund schiebt, ich weine, die Leute ziehen sich für die nächste Party um, eine Zeile Dialog (»Was wäre, wenn du das werden würdest, was du nicht gewesen bist«), mir fallen die Augen zu. »Einschlafen«, so würde wohl, das stelle ich mir nun vor, der Regisseur flüstern.

2

Plötzlich aus einem kurzen traumlosen Schlaf geweckt von dem leisen Ruf »Action!« (obwohl niemand da ist, als ich die Augen aufschlage und mich im Wohnzimmer umsehe), stehe ich von der Couch auf und bemerke abwesend, dass das Drehbuch, über dem ich eingeschlafen bin, verschwunden ist. Ich ergreife die Evian-Flasche, nehme einen tiefen, langen Schluck und nehme sie dann mit, als ich unsicher das Haus durchstreife, an Räumen vorbei, in denen jemand, während ich schlief, verschiedene Lichter ausgeschaltet hat. In der Küche starre ich eine Ewigkeit in den Eisschrank, ratlos, was ich tun soll, als unter mir ein seltsames Geräusch zu hören ist – ein rasches Trommeln, gefolgt von vielleicht einem erstickten Heulen, und zur gleichen Zeit flackern die Lichter in der Küche, einmal, noch einmal. Ich schaue auf, sage leise »Hoppla« zu mir selber. Dann geschieht es wieder.

Weil die Kulisse auf eine bestimmte Art ausgeleuchtet ist, fängt nun eine Tür, die ich bisher nicht bemerkt habe, in einem Vorraum gleich neben der Küche praktisch an zu glühen. Ein gerahmtes Calvin-Klein-Poster bedeckt die obere Hälfte: Bobby Hughes am Strand, ohne Hemd, weiße Speedos, unwahrscheinlich braun und stählern, die fast nackte Cindy Crawford neben sich sieht er nicht an, weil er direkt in die Kamera schaut, auf dich. Das Bild zieht mich an, ich lasse die Hand über das Glas, hinter dem es steht, gleiten, und die Tür schwingt langsam auf, und eine mit Konfetti bestreute Treppe wird sichtbar, und mein Atem wird sogleich zu Dampf, so eisig kalt ist es mit einem Mal, und dann gehe ich die Treppe hinab, ich klammere mich an dem eisigen Handlauf fest, es geht hinunter. Nochmals das Geräusch des Trommelns, das seltsame ferne Geheul, das Licht flackert wieder.

Unterirdisch bewege ich mich nun einen kahlen, schmucklosen Flur entlang, einen Arm ausgestreckt lasse ich die Finger an der kalten Ziegelwand entlangstreifen, summe vor mich hin – *schön still, psst psst, nicht so laut, die Stimmen tragen* – und nähere mich einer Tür, an der wieder ein Calvin-Klein-Poster hängt, wieder eine Strandszene, wieder ein Foto von Bobby, der stolz seine Bauchmuskulatur entblößt, wieder steht ein wunderschönes Girl unbeachtet hinter ihm, und in Sekundenschnelle stehe ich vor dem Bild, ich versuche angestrengt, die unklaren Geräusche zu entschlüsseln, die ich auf einem Soundtrack höre, der zu leise eingestellt ist. Da ist eine Klinke, etwas, auf das ich drücken soll, und große Mengen Konfetti sind überall auf dem Betonfußboden verstreut.

In diesem leeren Augenblick denke ich an meine Mutter und an das George-Michael-Konzert, das ich nur ein paar Tage nach ihrem Tod besuchte, an die Azaleen in der Straße in Georgetown, wo wir wohnten, an eine Zusammenkunft, auf der niemand weinte, an den Hut, den Lauren Hynde mir in New York gab, die kleine rote Rose an diesem Hut. Ein letzter Schluck Evian, und ich drücke mit einem Achselzucken die Klinke, das Licht flackert wieder einen Moment lang.

»Das, was du nicht weißt, ist das Allerwichtigste«, hat der Regisseur gesagt.

Eine Bewegung hinter mir. Ich drehe mich um, während die Tür aufgeht.

Jamie kommt rasch auf mich zu, in einem Trainingsanzug, das Haar zurückgebunden, sie hat gelbe Gummihandschuhe an, die bis zu den Ellbogen reichen.

Ich lächele ihr zu.

»*Victor*«, schreit sie. »Nein – mach *nicht* …«

Die Tür schwingt auf.

Ich drehe mich verwirrt um und schaue in den Raum hinein.

Jamie schreit etwas Verworrenes hinter mir.

Verschiedene Fitnessgeräte sind beiseite geschoben worden, an die Wände eines anscheinend schalldichten Raumes, und ein Mannequin aus Wachs, das mit Öl oder Vaseline bestrichen ist, schwimmt darin, liegt verkrümmt auf dem Rücken in einer entsetzlichen Pose auf einem stählernen Untersuchungstisch, nackt, die Beine weit gespreizt und an Bügel gekettet, Hodensack und Anus vollkommen exponiert, die Arme sind hinter dem Kopf gefesselt, der von einem Seil, das an einem Haken in der Decke hängt, hochgehalten wird.

Jemand, der eine schwarze Skimaske trägt, sitzt auf einem Drehstuhl neben dem Stahltisch und schreit die Puppe in einer Sprache an, die wie Japanisch klingt.

Bruce sitzt daneben und starrt angespannt auf eine Metallbox, seine Hände an zwei Hebeln, die links und rechts hervorragen.

Bentley Harrolds nimmt mit dem Camcorder das Geschehen auf – die Kamera ist ausschließlich auf die Puppe gerichtet.

Ich lächele, verwirrt, irgendwie belustigt, wie konzentriert Bentley ist, schockiert, wie grauenhaft und unecht die Wachspuppe wirkt.

Die Gestalt mit der schwarzen Skimaske schreit weiter auf japanisch, macht dann Bruce ein Zeichen.

Bruce nickt grimmig und führt seine Hand zu einem der Hebel, drückt ihn hinunter, die Lichter flackern, mein Blick fährt blitzschnell von den Drähten, die aus der Box hängen, zu den klaffenden Schnitten, wohin sie führen, in die – wie ich jetzt eben begreife – Brustwarzen, Finger, Hoden, Ohren der Puppe.

Die Puppe erwacht mit einem grotesken Sprung zum Leben in dem eisigen Raum, kreischt, bäumt sich auf, wieder und wieder, sie erhebt sich von dem Stahltisch, die Nackensehnen spannen sich, purpurroter Schaum quillt aus dem After, in den ebenfalls ein Draht führt, größer, dicker. Um die Räder an den Tischbeinen liegen weiße Handtücher, sie sind voller Blut, manches davon ganz schwarz. Etwas, das aussieht wie ein Stück Eingeweide, tritt langsam, wie von selbst, aus einem anderen, breiteren Schnitt quer über den Bauch der Puppe.

Es ist, wie ich sehe, kein Kamerateam im Raum.

Ich lasse die Evian-Flasche fallen, erschrocken, Bentley blickt zu mir herüber.

Hinter mir schreit Jamie: »Schafft ihn hier raus!«

Sam Ho stößt Laute aus, wie ich sie noch nie von einem Menschen gehört habe und zwischen diesen Arien des Schmerzes schreit er: »Es tut mir Leid es tut mir Leid es tut mir Leid«, und die Gestalt auf dem Drehstuhl rollt aus dem Gesichtsfeld des Camcorders und nimmt die Skimaske ab.

Verschwitzt und erschöpft murmelt Bobby Hughes – ich bin mir nicht sicher, wem die Worte gelten –: »Tötet ihn«, und dann, zu Bentley: »Bleib dran.«

Bruce steht auf und schneidet mit einem kleinen scharfen Messer schnell Sam Hos Penis ab. Er stirbt, nach seiner Mutter heulend, Blut schießt wie eine Fontäne aus ihm heraus, bis keines mehr da ist.

Jemand schaltet die Scheinwerfer ab.

Ich will den Raum verlassen, doch Bobby verstellt mir den Weg, und meine Augen sind geschlossen, und ich lalle: »Bitte Mann bitte Mann bitte Mann«, mein Atem geht rasch und hechelnd, ich breche in lautes Schluchzen aus. Jemand, möglicherweise Jamie, versucht, mich in den Arm zu nehmen.

1

Victor«, sagt Bobby. »Victor, komm schon … Komm schon, Mann, ist alles cool. Steh auf – so ist's gut.«

Wir sind in einem der aschgrauen Schlafzimmer im ersten Stock. Ich liege auf dem Boden und umklammere Bobbys Beine, mein Körper zuckt krampfhaft, ich kann mein Stöhnen nicht unterdrücken. Bobby füttert mich weiter mit Xanax, und gelegentlich hört mein zuckendes Zittern auf. Aber dann bin ich im Bad – Bobby wartet geduldig draußen – und übergebe mich, bis ich nur noch krächzend Speichel herauswürge. Als es vorbei ist, liege ich in embryonaler Haltung da, das Gesicht gegen die Fliesen gepresst, unregelmäßig atmend, ich hoffe, dass er mich in Ruhe lässt. Aber dann kniet er neben mir, flüstert meinen Namen, versucht mir aufzuhelfen, aber ich klammere mich weinend an ihn. Er schiebt mir wieder eine Tablette in den Mund und führt mich ins Schlafzimmer zurück, er zwingt mich, auf dem Bett Platz zu nehmen, und beugt sich über mich. Irgendwann habe ich mein Hemd verloren, und ich kralle mich immer wieder in meiner Brust fest, ich packe meinen Körper so hart an, dass die Haut sich rötet, fast schon Male zeigt.

»Schhh«, macht er. »Alles ist okay, Victor, alles ist okay.«

»Es ist nicht okay«, stoße ich schluchzend hervor. »Es ist nicht okay, Bobby.«

»Doch, ist es«, sagt Bobby. »Ist es. Es ist cool. Du wirst gleich wieder cool sein, okay?«

»Okay«, schniefe ich. »Okay, okay, Mann.«

»Gut, das ist gut«, sagt Bobby. »Nur immer ruhig atmen. Entspann dich.«

»Okay, Mann, okay, Mann.«

»Nun hör mir zu«, sagt Bobby. »Es gibt ein paar Dinge, die du wissen musst.« Er gibt mir ein Kleenex, das ich, ich kann nicht anders, in der Sekunde, da meine Finger es berühren, in Fetzen reiße.

»Ich will bloß nach Hause«, wimmere ich und drücke die Augen fest zu. »Ich will bloß nach Hause, Mann.«

»Aber das kannst du nicht«, sagt Bobby beruhigend. »Du kannst nicht nach Hause gehen, Victor.« Pause. »Das geht nicht.«

»Warum nicht?«, frage ich, wie ein Kind. »Bitte, Mann …«

»Weil …«

»Ich schwöre bei Gott, ich sag niemand was, Bobby«, sage ich, als ich ihm endlich ins Gesicht sehen kann, wische mir die Augen mit dem zerfetzten Kleenex, zittere wieder. »Ich schwöre bei Gott, ich sag nichts, kein Wort.«

»Nein, das wirst du nicht«, sagt Bobby geduldig, sein Tonfall verändert sich leicht. »Das weiß ich. Das weiß ich schon, Victor.«

»Okay, dann geh ich. Okay, ich geh dann«, sage ich, putze mir die Nase, schluchze wieder.

»Victor«, beginnt Bobby leise. »Du bist – hey, schau mich an.«

Sogleich schaue ich ihn an.

»Okay, so ist es besser. Jetzt hör mir zu.« Bobby holt tief Luft. »Du bist der letzte, mit dem Sam Ho lebend gesehen wurde.«

Er macht eine Pause.

»Verstehst du, was ich sage?«, fragt er.

Ich versuche zu nicken.

»Du bist der letzte, der mit Sam Ho gesehen wurde – okay?«

»Ja, ja.«

»Und wenn seine Leiche entdeckt wird, dann wird man Spuren von deinem Sperma in ihm finden, okay?«, sagt Bobby und nickt langsam, die Augen strahlen große Geduld aus, als spräche er mit einem kleinen Jungen.

»Was? *Was?*« Ich spüre, wie mein Gesicht sich wieder verzerrt, und plötzlich weine ich, stoße ihn weg. »Das stimmt nicht, das stimmt nicht, Mann, das kann nicht …«

»Denk mal zurück, was gestern Nacht passiert ist, Victor«, sagt Bobby und hält mich fest, legt mir seinen Kopf auf die Schulter.

»Was ist passiert? Was ist passiert, Mann?«, frage ich und umarme ihn plötzlich, rieche seinen Hals.

»Du warst mit Jamie im Bett, weißt du noch?«, fragt er leise. »Das wird das letzte Mal sein, dass so was geschieht.« Pause. Er umarmt mich fester. »Hörst du mich, Victor?«

»Aber es ist nichts passiert, Mann«, schluchze ich schaudernd in sein Ohr. »Ich schwör's, nichts ist passiert, Mann …«

Flashback. Mein lauter Orgasmus, diese Intensität, wie es mir gekommen ist, über meine Hände, den Bauch, über Jamie, wie sie mich mit den Händen abgewischt hat, ihr vorsichtiger Abgang, der Winkel, in dem sie den Arm beim Verlassen des Zimmers gehalten hat, wie ich die Augen vor der Helle des Korridors bedeckt habe, wie es mich in den Schlaf gewirbelt hat.

»Hast du gehört, Victor?«, fragt Bobby und löst sich sanft von mir. »Verstehst du jetzt?« Pause. »Verstehst du jetzt, dass zwischen dir und Jamie nie mehr etwas passieren wird?«

»Ich geh schon, Mann, es ist okay, Mann, ich gehe, ich sag niemand was …«

»Nein, Victor, schhh, hör mir zu«, sagt Bobby. »Du kannst nicht gehen.«

»Warum nicht, Mann, lass mich einfach gehen, Mann …«

»Victor, du kannst nirgendwo hingehen.«

»Ich möchte gehen, Mann …«

»Victor, wenn du versuchst zu gehen, dann geben wir Fotos raus und ein Video, auf dem du es mit dem Sohn des Botschafters treibst …«

»Mann, ich hab nie …«

»Wenn du irgendwo hingehst, wird das Material direkt an die …«

»Bitte hilf mir, Mann …«

»Victor, das versuche ich ja.«

»Was für ein … Sohn des Botschafters?«, frage ich würgend. »Wovon zum Teufel sprichst du, Bobby?«

»Sam Ho«, sagt Bobby mit präziser Betonung, »ist der Sohn des koreanischen Botschafters.«

»Aber – aber wie – Ich hab nichts … Ich hab nichts mit ihm gemacht.«

»Es gibt eine Menge Dinge, die du auf die Reihe kriegen musst, Victor«, sagt Bobby. »Verstehst du?«

Ich nicke stumm.

»Du solltest durch all das nicht schockiert sein, Victor«, sagt Bobby. »Das kam nicht unerwartet. Das war im Skript. Nichts von alledem sollte dich überraschen.«

»Aber …« Ich öffne den Mund, doch mein Kopf sackt nach vorne, und ich fange zu weinen an. »Aber … das tut es, Mann.«

»Wir brauchen dich, Victor«, sagt Bobby und streichelt meine Schulter. »Es gibt so viele Menschen, die Angst haben vorwärtszugehen, Victor, die Angst haben, Dinge auszuprobieren.« Er macht eine Pause, streichelt mich weiter. »Alle haben Angst davor, sich zu verändern, Victor.« Pause. »Aber wir glauben, du hast keine.«

»Aber ich bin …« Ich keuche unwillkürlich bei dem Versuch, zu verhindern, dass sich leise Wellen schwarzer Panik in eine Woge totaler Übelkeit verwandeln. »Aber ich bin … eigentlich gut drauf so als Person, Bobby.«

Bobby steckt mir noch eine kleine weiße Tablette in den Mund. Ich schlucke dankbar.

»Wir mögen dich, Victor«, sagt er leise. »Wir mögen dich, weil du nichts vorhast im Leben.« Pause. »Wir mögen dich, weil du keine Antworten hast.«

Ich würge reflexhaft, wische mir den Mund, erschauere wieder.

Draußen wird es fast schon wieder dunkel, Nachtgeräusche sind zu hören, und heute Abend gibt es Partys, bei denen wir erscheinen müssen, und überall in den Räumen im ersten Stock nehmen die Hausgäste eine Dusche, ziehen sich an, lernen ihren Text. Heute war man bei der Massage, und Tammy und Jamie haben sich die Haare in einem Salon richten lassen, der so chic ist, dass er nicht einmal einen Namen oder eine Telefonnummer hat. Heute hat man bei Wild Oats in Notting Hill groß eingekauft – eine Kiste Evian und ein marokkanisches Take-Out-Abendessen warten noch in der lachsfarbenen Küche. Heute lief im ganzen Haus Velvet Underground, und auf dem Computer im Wohnzimmer sind verschiedene Dateien gelöscht und zahlreiche Infos auf Disketten vernichtet worden. Heute hat man den Sportraum gereinigt und sterilisiert, und Handtücher und Kleider wurden zerrissen und verbrannt. Heute ist Bentley Harrolds mit Jamie Fields zusammen ins Four Seasons gegangen, und sie haben meinen Check-Out erledigt, das Zimmer bezahlt, mein Gepäck geholt, Trinkgelder verteilt, keine Adresse an der Rezeption hinterlassen. Heute sind gewisse Reisepläne abgeschlossen worden, und eben jetzt wird gepackt, weil wir morgen nach Paris fliegen. Irgendwann während all dieser Aktivitäten wurde ein Leichnam entfernt, und ein Video von seiner Folterung wurde an die entsprechende Adresse geschickt. Heute hat die Filmcrew eine Nachricht mit der Adresse eines Hauses in Holland Park hinterlassen und die Anweisung erteilt, sie dort spätestens um neun Uhr heute Abend zu treffen.

Kleider – ein schlichter schwarzer Armani-Anzug, ein weißes Comme-des-Garçons-Hemd, eine rote Prada-Weste – liegen über einem aschgrauen Diwan in der Ecke des Zimmers. Bobby Hughes trägt Slipper und gießt Pfefferminztee aus einer schwarzen Steingutkanne ein, die er dann wieder auf einen Chromtisch stellt. Jetzt wählt er die Versace-Krawatte, die ich heute Abend tragen soll, aus der Sammlung, die in dem begehbaren Wandschrank hängt.

Als wir einander wieder umarmen, flüstert er mir bedeutsam ins Ohr.

»Wenn du nun eines Tages, Victor« – Bobby atmet tief ein, hält mich fester –, »wenn du nun eines Tages das werden würdest, was du jetzt nicht bist?«

0

Zuerst nippten wir Stolis im Quo Vadis in Soho bei irgendeinem europäischen MTV-Wohltätigkeits-event, dann fuhren wir zu der Party in Holland Park in zwei Jaguar-XK8, die beide rot glänzten und in optisch wirksamen Winkeln vor dem Haus geparkt wurden. Die Leute bemerkten uns auf jeden Fall und begannen zu flüstern, als wir sechs zusammen reingingen, und in genau diesem Moment fing Serge Gainsbourgs »Je t'aime« an, um für den Rest des Abends ununterbrochen zu laufen. Es gab bei der Party keinen erkennbaren Mittelpunkt, die Gastgeber waren unsichtbar, die Gäste mussten sich gequälte Erklärungen ausdenken, weshalb sie da waren, und manche hatten völlig vergessen, wer sie eingeladen hatte, niemand wusste im Grunde Bescheid. Emporio-Armani-Unterwäschemodels gingen durch eine Menge von Leuten wie: Tim Roth, Seal, Mitglieder von Supergrass, Pippa Brooks, Falruza Balk, Paul Weller, Tyson, jemand ging herum mit großen Tabletts voll Osso Buco. Draußen war ein Garten voller Rosen, und vor hohen Hecken tranken Kinder in Tommy-Hilfiger-Safarihemden bonbonfarbenen Grenadinepunsch und spielten irgendein Spiel mit einer leeren Flasche Stolichnaya, die sie über einen weiten grünen plüschweichen Rasen kickten, und hinter ihnen: nur die Nacht. Unter den Gerüchen, die das Haus durchzogen, waren Estragon, Tabakblüte, Bergamotte, Moos. »Möglicherweise«, sagte ich leise zu jemandem.

Ich lag in einem schwarzen Ledersessel, während Bobby (in einem Anzug aus der Savile Row) mich mit Xanax fütterte und mir jedes Mal, wenn er wieder ging, den Satz »Du gewöhnst dich besser dran« zuflüsterte.

Ich streichelte eine Keramikkatze, die neben dem Sessel hockte, in dem ich festgefroren war, und gelegentlich fiel mir ein großformatiges Buch auf, das auf dem Boden lag und dessen Umschlag den Titel *Design mit Fliesen* trug. Ein Aquarium voller träger schwarzer Fische erschien mir auf jeden Fall wichtig. Und alle waren eben erst wieder aus L.A. zurück, und manche brachen übers Wochenende nach Reykjavik auf, und andere schienen besorgt über die Entwicklung der Ozonschicht, während das wieder anderen völlig egal war. In einer Toilette fixierte ich wie in Trance ein Stück Seife mit Monogramm, das in einer schwarzen Schale lag, während ich auf einem zerzausten Wollteppich stand und nicht in der Lage war zu urinieren. Und dann biss ich mir ab, was von meinen Fingernägeln noch übrig war, während Sophie Dahl mich Bruce und Tammy vorstellte, ehe sie davondrifteten, um unter den Hecken zu tanzen, und überall gab es riesige Blätter von Bananenstauden, und ich zuckte immer wieder zusammen, aber Sophie bemerkte es nicht.

Jamie Fields, die fast immer in meinem Blickfeld war, brachte es irgendwie fertig, mich in dieser Nacht völlig zu meiden. Entweder lachte sie mit Amber Valletta zusammen über einen privaten Witz oder schüttelte leicht den Kopf, wenn ihr ein Tablett Hors d'oeuvres (von einem Restaurant in San Juan extra eingeflogene Almojabanas) angeboten wurde, und sie sagte »Ja klar« so ziemlich zu allem, was sie gefragt wurde. Bentley starrte uns an, als ein unbeholfener, aber wohlerzogener Teenage-Boy, der Pinot Noir aus einem großen Bierglas trank, sich innerhalb von wenigen Sekunden in mich verknallte; ich lächelte ihm nur schwach zu, während er ein paar Konfettipünktchen von meinem Armani-Jackett zupfte und »cool« sagte, als habe das Wort zwanzig *Os*. Erst viel später merkte ich, dass die Filmcrew auch da war, darunter Felix, der Kameramann, aber keiner von ihnen machte einen besonders bedrückten Eindruck, und dann zerriss der Nebel ein Stück weit, und ich begriff, dass vielleicht niemand von denen etwas von Sam Ho wusste und von dem, was mit ihm passiert war, von seinem bizarren Tod, wie seine Hand elend gezuckt hatte, wie die Tätowierung SLAVE sich für den Betrachter verwischte, weil der Leib so stark zitterte. Bobby, der frischgelackt aussah, reichte mir eine Serviette und sagte, ich solle mir den Speichel vom Kinn wischen.

»Mach mit«, flüsterte Bobby, »geh herum.«

Jemand hatte mir ein neues Glas Champagner gegeben, und jemand anderes zündete die Zigarette an, die seit einer halben Stunde in meinem Mundwinkel baumelte, und seltener und seltener dachte ich: »Aber vielleicht habe ich Recht, und sie haben Unrecht«, weil ich nachgab, weil ich nachgab.

$$\underline{4}$$

Die Filmcrew folgt Tammy in die Essecke, wo sie sich zu einem verkrampften Frühstück mit Bruce niederlässt. Sie trinkt lauwarme Schokolade und tut so, als läse sie *Le Monde*, und Bruce streicht sich feindselig Butter auf ein Stück Mandelbrot, bis er schließlich das Schweigen bricht und ihr sagt, dass er fürchterliche Dinge aus ihrer Vergangenheit weiß, er erwähnt dabei immer wieder einen Aufenthalt in Saudi Arabien, ohne Näheres zu erklären. Bruces Haar ist nass, und sein schmales Gesicht ist von der Dusche noch rosa, und er trägt ein pistazienfarbenes Paul-Smith-T-Shirt, und später, gegen Mittag, wird er bei einem vornehmen Dachgartenessen dabeisein, irgendwo im sechzehnten Arrondissement, inszeniert von Versace, nur gut aussehende Leute sind eingeladen, und Bruce hat beschlossen, ein schwarzes Bodyshirt und graue Prada-Schuhe für den Dachgartenlunch anzuziehen, und er geht ja eigentlich nur hin, weil letzten Monat eine Buchung abgesagt wurde.

»Da wird man dich also zu schätzen wissen«, sagt Tammy und zündet sich eine dünne Zigarette an.

»Du weißt mich jedenfalls nicht zu schätzen.«

»Das ist doch absurd«, murmelt sie.

»Ich weiß, mit wem du dich heute Nachmittag triffst.«

»Was machst du sonst noch heute?«, fragt sie tonlos.

»Ich gehe zu dem Versace-Essen. Ich bestelle ein Club-Sandwich. Ich nicke, wenn's angebracht ist.« Pause. »Ich halte mich an's Skript.«

Die Kamera umkreist immerfort den Tisch, an dem sie sitzen, und auf Tammys Gesicht ist nichts zu lesen, und Bruces Hand zittert leicht, als er eine Hermès-Kaffeetasse hochhebt und sie dann wieder – ohne getrunken zu haben – auf die Untertasse zurückstellt und seine grünen Augen schließt, weil ihm die Energie für eine Auseinandersetzung fehlt. Der Schauspieler, der den Bruce spielt, hatte eine vielversprechende Karriere als Basketballspieler an der Duke University begonnen und folgte dann Danny Ferry nach Italien, wo Bruce sofort Jobs als Model bekam, und in Mailand ist er dann Bobby begegnet, der damals mit Tammy Devol zusammen war, und von da an hob alles einfach ab. Eine Vase – ein Requisit – mit übergroßen weißen Tulpen steht unsinnigerweise zwischen den beiden.

»Sei nicht eifersüchtig«, flüstert Tammy.

Ein Handy auf dem Tisch fängt an zu klingeln, und keiner von beiden macht eine Bewegung, um es zu nehmen, aber es könnte schließlich Bobby sein, sodass Bruce am Ende antwortet. Tatsächlich ist es Lisa Marie Presley, die auf der Suche nach Bentley ist (den sie »Big Sistah« nennt), aber Bentley schläft, denn er ist erst im Morgengrauen heimgekommen, begleitet von einem Filmstudenten von der NYU, den er gestern Abend im La Luna aufgegabelt hat, weil der Filmstudent einen scharf abgewinkelten blondgetönten Schnurrbart trug, der seine ohnehin enormen Lippen noch betonte, und eine Neigung zu Bondage ohne Blutvergießen hatte, der Bentley einfach nicht widerstehen konnte.

»Sei nicht eifersüchtig«, sagt Tammy noch einmal, ehe sie geht.

»Halt dich nur ans Skript«, warnt Bruce sie.

Als Tammy im Vorbeigehen eine Vuitton-Box von einem Chromtischchen im Korridor nimmt, hört man die einleitenden Klavierakkorde von »S.O.S.« von ABBA, und der Song läuft immer weiter, Tammys ganzen Tag, obwohl auf dem Walkman, den sie in der Stadt ständig trägt, eine Cassette ist, die Bruce für sie geschnitten hat – Songs von den Rolling Stones, Bettie Serveert, DJ Shadow, Prince, Luscious Jackson, Robert Miles, ein Elvis-Costello-Stück, das früher einmal beiden etwas bedeutet hat.

Ein Mercedes holt Tammy ab, und ein russischer Chauffeur namens Wyatt fährt sie zu Chanel in der Rue Cambon, wo sie in einem Büro zusammenbricht, erst unhörbar weinend und dann heulend und schluchzend, bis Gianfranco kommt und mitbekommt, dass hier etwas »nicht ganz stimmt«, worauf er enteilt und nach einer Assistentin ruft, die Tammy beruhigen soll. Tammy dreht durch, sie schafft es kaum, die Anprobe durchzustehen, und dann trifft sie sich mit dem Sohn des französischen Premierministers auf einem Flohmarkt in Clignancourt, und bald sitzen sie in einem McDonald's, beide mit Sonnenbrille, und er ist drei Jahre jünger als Tammy, wohnt manchmal in einem Palais, hasst die Nouveaux Riches, vögelt nur Amerikanerinnen (darunter, als er zehn Jahre alt war, seine Nanny). Tammy ist ihm »zufällig begegnet«, auf der Avenue Montaigne, vor Dior, vier Monate ist es her. Sie hat etwas fallen lassen. Er hat ihr geholfen, es wieder aufzuheben. Sein Wagen wartete. Es wurde langsam dunkel.

Der Sohn des französischen Premierministers ist soeben aus Jamaika zurück, und Tammy macht ihm halbherzige Komplimente wegen seiner Bräune und erkundigt sich dann sofort nach seinem Kokainproblem. Hat sich das gelöst? Macht er sich Sorgen? Er lächelt nur ausweichend, was – wie er zu spät begreift – die falsche Reaktion ist, denn nun wird sie launisch und melancholisch. Also bestellt er einen Big Mac, Tammy stochert in einer kleinen Portion Pommes, seine Wohnung wird gerade gestrichen, also wohnt er in der Präsidentensuite des Bristols, und im McDonald's ist es eiskalt, der Atem dampft, wenn sie miteinander sprechen. Sie betrachtet ihre Fingerspitzen und fragt sich, ob Kokain schlecht fürs Haar ist. Er murmelt was und versucht, ihre Hand zu halten. Er berührt ihr Gesicht, sagt ihr, wie sensibel sie ist. Aber es ist hoffnungslos, alles nur Etikett, er ist schon spät dran, hat einen Termin beim Friseur. »Ich bin misstrauisch«, gibt sie schließlich zu. Er – Tammy weiß das nicht – fühlt sich tatsächlich ganz gebrochen. Sie machen unklare Pläne, sich wieder zu treffen.

Sie verlässt das McDonald's, und draußen, wo die Filmcrew wartet, ist es warm, und es regnet leise, und der Eiffelturm ist nur ein Schatten in einer riesigen Nebelwand, die langsam aufreißt, und Tammy konzentriert sich auf das Kopfsteinpflaster der Straßen, auf einen Johannesbrotbaum, einen Polizisten, der mit einem schwarzen Schäferhund an der Leine vorbeigeht, dann setzt sie sich endlich wieder in den Mercedes, den der Russe namens Wyatt lenkt. Bei Chez Georges hat sie eine Verabredung zum Lunch, die sie einfach absagen muss – sie ist zu durcheinander, alles immer wieder in Spiralen von ihr weg, ein weiteres Klonopin hilft auch nichts –, und sie ruft Joan Buck an, um ihr alles zu erklären. Sie schickt den Wagen weg, nimmt die Vuitton-Box und hängt die Filmcrew in der Versace-Boutique in der Rue du Faubourg Saint-Honoré ab. Niemand weiß, wo sich Tammy während der nächsten fünfunddreißig Minuten befindet.

Sie übergibt die Vuitton-Box einem erstaunlich gut aussehenden Libanesen, der hinter dem Steuerrad eines schwarzen BMW hängt, der eng an einem Bordstein irgendwo im zweiten Arrondissement geparkt ist, tatsächlich gar nicht weit entfernt vom Chez Georges, also überlegt sie sich's wieder anders und beschließt, bei dem Lunch aufzutauchen, wo die Filmcrew wartet und sich der Regisseur und Felix der Kameramann in einem fort entschuldigen, dass sie sie verloren haben, und sie sagt nur mit leerem Achselzucken: »Ich hab mich verlaufen« und begrüßt verschiedene Leute mit reizendem

Lächeln. Ihr Agent hat eine gute Nachricht: Tammy bekommt das nächste Titelblatt der britischen Vogue. Alle Welt trägt eine Sonnenbrille. Eine Diskussion über »Seinfeld« und Deckenventilatoren beginnt. Tammy lehnt ein Glas Champagner ab, überlegt es sich dann anders.

Der Himmel fängt an aufzuklaren, Wolken lösen sich auf, und die Temperatur steigt innerhalb einer Viertelstunde um zehn Grad, sodass die Studenten, die im offenen Innenhof des Instituts für Politikwissenschaft zu Mittag essen, sich sonnen, als der BMW, den der Libanese fährt, am Boulevard Raspall anhält, wo eine andere Filmcrew auf den benachbarten Dächern wartet, um die folgenden Ereignisse mit Teleobjektiven aufzunehmen.

Unten seufzt alles vor Behagen, Studenten trinken Bier und liegen ohne Hemd auf den Bänken, lesen Magazine und teilen sich belegte Brote, während Pläne, dies oder jenes Seminar ausfallen zu lassen, Gestalt annehmen, und jemand mit einem Camcorder schlendert über den Hof und nimmt schließlich einen zwanzigjährigen Typ ins Visier, der auf einer Decke sitzt und stumm weint, während er einen Brief von seiner Freundin liest, die ihn soeben verlassen hat, und sie schreibt, dass sie beide nie wieder zusammenkommen werden, und er wiegt sich hin und her und sagt sich, dass es schon okay ist, schon okay, und der Camcorder schwenkt zu einem Mädchen, das einem anderen Mädchen den Rücken massiert. Ein deutsches Fernsehteam interviewt die Studenten zu den bevorstehenden Wahlen. Joints werden herumgereicht. Inlineskater flitzen vorbei.

Die Instruktionen, die der Libanese erhalten hatte, waren simpel: Lediglich den Deckel der Vuitton-Box entfernen, ehe er den Wagen verlässt. Doch da Bobby Hughes bezüglich des Zeitpunktes, an dem die Bombe explodieren wird, gelogen hat (er hat dem Fahrer einfach gesagt, er soll den Wagen vor dem Institut am Boulevard Raspall parken und ihn dort stehen lassen), wird der Fahrer bei der Detonation ums Leben kommen. Der Libanese, der bei der Planung des Angriffs auf das CIA-Hauptquartier in Langley im Januar beteiligt war, isst M & Ms und denkt an eine Frau namens Siggi, die er letzten Monat in Island kennen gelernt hat. Eine Studentin namens Brigid geht an dem BMW vorbei und sieht, wie der Libanese sich über den Beifahrersitz beugt, sie bemerkt sogar den Ausdruck von Panik auf seinem Gesicht, als er etwas hochhebt, in den Sekunden, ehe der Wagen explodiert.

Ein einfacher Lichtblitz, ein lautes Geräusch, der BMW wird zerfetzt.

Das Ausmaß der Zerstörung bleibt verschwommen, die Zeit danach ist irgendwie unwesentlich. Entscheidend ist die Bombe selbst, ihre Platzierung, ihre Aktivierung – das ist das Statement. Nicht die Tatsache, dass Brigid zur Unkenntlichkeit zerstückelt ist, nicht die Gewalt der Explosion, die die dreißig Studenten, die dem Auto am nächsten stehen oder sitzen, zehn, fünfzehn Meter durch die Luft schleudert, nicht die fünf Studenten, die auf der Stelle tot sind (zwei durch fliegende Metallteile, die durch den Hof fliegen und sich in ihre Brust bohren), nicht der Teil des Wagens, der vorbeifliegt und einem Passanten den Arm abschneidet, nicht die drei sofort geblendeten Studenten. Nicht die abgesprengten Beine sind es, die zerschmetterten Schädel, die in wenigen Minuten verblutenden Menschen. Der aufgewühlte Asphalt, die geschwärzten Bäume, die mit zum Teil verbranntem Blut bespritzten Bänke – all dies ist genauso bedeutsam. Es geht in erster Linie um den Willen, die Zerstörung herbeizuführen, und nicht um das Ergebnis, denn das ist lediglich Dekoration.

Ein betäubtes Schweigen, und dann beginnen – jene,

die bei Bewusstsein und mit Blut (nicht immer dem eigenen) beschmiert sind – zu schreien.

Einundfünfzig Verletzte. Vier Menschen werden nie mehr gehen können. Drei weitere sind schwer hirngeschädigt. Zusammen mit dem Fahrer des BMW sind dreizehn tot, darunter ein alter Mann, der einige Straßen entfernt durch die Explosion einen Herzschlag erleidet. (Eine Woche später wird eine Gastdozentin aus Lyon ihren Kopfverletzungen erliegen, was die Zahl der Getöteten auf vierzehn erhöht.) Als die blinkenden blauen Lichter der Krankenwagen auf der sich langsam verdunkelnden Szene erscheinen, hat die Filmcrew schon zusammengepackt und ist verschwunden, sie wird eine Woche später an einem anderen festgelegten Ort auftauchen. Wenn man nicht gerade durch das Objektiv einer Kamera schaut, wirkt auf diese Entfernung alles winzig und folgenlos und irgendwie irreal. Man kann die Toten von den Lebenden nur daran unterscheiden, wie die Körper aussehen, wenn man sie aufhebt.

Und später an diesem Abend trifft sich Tammy bei einem sehr coolen, sehr sexy Essen in einem Zimmer oben im Hôtel Crillon – die Tür wird von dunkelhaarigen, hübschen Securityleuten flankiert – mit Amber Valletta, Oscar de la Renta, Gianfranco Ferré, Brad Renfro, Christian Louboutin, Danielle Steel, der Princess of Wales, Bernard Arnault und diversen Russen und *Vogue*-Redakteurinnen, und alle hängen herum, bemühen sich, sehr erschöpft auszusehen, ein paar sind eben aus Marrakesch zurück – manche von ihnen wegen der Reise nun nicht ganz so gelangweilt –, andere machen Tammy ihre Aufwartung, während sie in einer Ecke hockt und mit Shalom Harlow darüber tratscht, wie sich die Girls mit derart unpassenden Typen abgeben (Nobodys, Gangster, Hochseefischer, Boys, Mitglieder des House of Lords, Jamaikaner, mit denen sie doch gar nichts verbindet), und Tammy benutzt die Einladung zu einer Party im Queen als Fächer, die ihr ein wie Christian Bale aussehender Typ gegeben hat, aber sie wird dort nicht hingehen, eher zu einer anderen Party im sechzehnten Arrondissement, die Naomi schmeißt, und dann wird Sahimi serviert, es werden noch mehr Zigaretten geschnorrt und angezündet, Tammy neigt sich gegen John Galliano und flüstert: »Du bist so wahnsinnig, Baby«, und sie trinkt zu viel Rotwein und geht zu Koks über, und nicht nur eine Lesbe macht ihr vage Avancen, und jemand in einem Kimono fragt, wie es Bruce Rheinbeck geht, und Tammy schaut eine Gestalt an, die in der Dunkelheit vorbeihüpft, und antwortet verträumt: »Abwarten«, weil ihr klar wird, dass das im Grunde auch bloß wieder ein schwieriger Abend ist.

Eine riesengroße Kulisse – High-Tech mit Spuren von Art Deco und spanischer Missionsarchitektur –, okkupiert eine Wohnung im achten oder sechzehnten Arrondissement, wo Jamie Fields, Bobby Hughes, Bentley Harrolds, Tammy Devol, Bruce Rheinbeck und ich den Herbst über in Paris wohnen. Wir leben in einem fünfhundert Quadratmeter großen, dreigeschossigen Apartment, bezahlt mit irakischem Geld, das via Ungarn gewaschen wurde. Um in das Haus zu gelangen, muss man eine Alarmanlage deaktivieren und durch einen Hof gehen. Innen verbindet eine hektische Wendeltreppe alle drei Ebenen, die Farben sind in gedämpftem Olivgrün und Hellbraun und weichem Rosa gehalten, und im Keller ist ein Sportstudio, an dessen Wänden Zeichnungen von Clemente hängen. Eine weite offene Küche, von Biber entworfen, ist mit Schränken aus Makassar-Ebenholz und gebeiztem Tulpenholz ausgestattet, es gibt einen Miele-Herd und zwei Geschirrspülmaschinen und einen Eisschrank mit Glastür und eine Tiefkühltruhe und maßgefertigte Wein- und Gewürzregale und eine für die professionelle Gastronomie entwickelte Brause in einer mit Stahl ausgekleideten Nische, wo Ablageflächen aus Teakholz die Wände säumen, auf denen vergoldetes, gepunktetes Porzellan steht. Ein großes Wandbild von Frank Moore ragt hinter dem Küchentisch auf, über dem ein seidener Fortuny-Lampenschirm angebracht ist.

Serge-Mouille-Kronleuchter hängen über glitzernden grün-weißen Terrazzoböden und Teppichen, die Christine Van Der Hurd entworfen hat. Überall sind Glaswände, und riesige weiße Zitronenöl-Kerzen stehen herum und Glastürme voller CDs und Kamine aus Milchglas und Dialogica-Stühle, bezogen mit Giant-Textiles-Chenille, und ledergepolsterte Türen und Stereoanlagen und Ruhlman-Sessel vor Fernsehern, die mit einem digitalen Satellitensystem ausgestattet sind, das weltweit fünfhundert Programme empfängt, Regale voller dekorativ arrangierter Porzellanschalen stehen überall an den Wänden, Handys liegen in Haufen auf diversen Tischen. In den Schlafzimmern gibt es Verdunkelungsvorhänge im Mary-Bright-Design und Teppiche von Maurice Velle Keep und Hans-Wegner-Chaiselongues und Ottomanen, mit Spinneybeck-Leder überzogen, und Diwane mit Larson-Chenille-Bezügen, und oft stehen daneben Kübel mit Zwergobstbäumen, und die Wände sind hier alle ledergepolstert. Die Betten sind aus Skandinavien, und Bettzeug und Handtücher sind von Calvin Klein.

Ein kompliziertes Videokontrollsystem überwacht die ganze Wohnung (und die Kameras draußen sind mit eingebauten Lampen ausgestattet), außerdem gibt es eine empfindliche Alarmanlage. Die Codes muss man auswendig lernen, und zwar jede Woche neu, da die Reihenfolge wechselt. Die beiden BMWs in der Garage sind mit Universal-Tracking-Systemen ausgestattet sowie mit unidentifizierbaren Nummernschildern, kugelsicheren Windschutzscheiben, Spezialreifen, die auch platt noch fahrtüchtig sind, Halogen-Blendscheinwerfern vorn und hinten, Rammstoßstangen. Die Wohnung wird zweimal die Woche nach Wanzen durchsucht – Telefonleitungen, Steckdosen, Powerbooks, Lampenschirme, Toiletten, das ganze elektrische Equipment. Hinter verschlossenen Türen liegen Zimmer, und hinter diesen Zimmern liegen weitere verschlossene Türen, und in den Zimmern stehen Dutzende von Gepäckstücken – meist Vuitton und Gucci – und warten auf den Gebrauch. In anderen verborgenen Räumen finden sich

Industrienähmaschinen, Streifen von Sprengstoff, Handgranaten, M-16-Gewehre, Maschinenpistolen, ein Aktenschrank mit Batterieaufladern, Sprengkapseln, Semtex, elektronischen Zündern. In einem Schrank hängen Dutzende von Designeranzügen, die mit Kevlar gefüttert sind, das dick genug ist, um Gewehrkugeln oder Bombensplitter abzuwehren.

Alle Telefone im Haus analysieren die Stimmen der Anrufer durch ein normalerweise nicht wahrnehmbares Mikro-Zittern, das auftritt, wenn ein Sprecher unter Stress steht oder die Unwahrheit sagt, sodass der Hörer permanent Lügendetektorenwerte bekommt. Alle Telefone im Haus sind mit Analysegeräten ausgestattet, die elektrische Impulse durch die Leitung jagen und die dem Hörer anzeigen, ob der Anruf abgehört wird. Alle Telefone im Haus haben einen digitalen Binärcodescrambler, der Stimmen in Zahlen umwandelt, was die Person am anderen Ende der Leitung dann wieder decodieren kann, während Dritte, die sich einschalten, nur Störgeräusche empfangen.

Plötzlich in dieser ersten Woche in Paris gab Bobby eine aufwendige Cocktailparty zu Ehren von Joel Silver, der später dann Richard Donner, der gerade von Sacramento hergeflogen war, was von seinem neuen Drei-Millionen-Dollar-Trailer vorprahlte, und irgendjemand anderes flog seine Hunde mit der Concorde ein, und dann tauchte Serena Altschul auf und erzählte uns die jüngsten Insidernachrichten von der Bush-Tour und über einen Rap-Star, der bald ermordet werden sollte, und Hamish Bowles kam mit Bobby Short, und dann – zack, zack, zack, direkt hintereinander – Kronprinzessin Katherine von Jugoslawien, Prinz Pavlos von Griechenland, Prinzessin Sumaya von Jordanien und Skeet Ulrich, der einen Prada-Anzug trug und ein Hemd mit breitem Kragen ohne Krawatte und sich zuerst zu freuen schien, mich zu sehen, obwohl unsere letzte Zufallsbegegnung damit geendet hatte, dass ich in einer dunklen Straße in SoHo vor ihm weglief. Skeet bemerkte besorgt, wie ich ein runtergefallenes Mentos auf dem Terrazzofußboden beobachtete. Ich beugte mich hinab und schob es mir – nachdem ich's abgewischt hatte – in den Mund und begann rasch zu kauen.

»Du musst einfach, ähhh, den Dingen einen positiven Drive geben«, sagte Skeet zögernd zu mir.

»Ich sage dem Vergessen guten Tag«, erwiderte ich und kaute rasch weiter.

Er stockte, zuckte die Achseln, nickte düster und ging sofort weg.

Aurore Ducas kam vorbei und Yves Saint-Laurent und Taki. Ein irakischer Botschafter verbrachte die gesamte Zeit dicht neben Bobby, der mir immer wieder mit der Hand Zeichen gab, ich solle mich bewegen und mitmachen. Ich quasselte den früheren Teil des Abends nervös mit Diane von Fürstenberg und Barry Diller und versuchte, näher an Jamie heranzukommen, die mich manchmal ignorierte und manchmal hysterisch lachte, während sie einen Bassett streichelte, den irgendjemand angeschleppt hatte, und die Barkeeper gossen Champagner in dünne Kristallkelche und starrten mit reglosem Gesicht an uns vorbei. Und wie vorauszusehen war, entwickelte sich die Party und wurde immer hipper, während die Zeit verstrich, und man fing an, zur Musik von Republica zu tanzen, und Kate Moss und Naomi Campbell kamen gemeinsam mit The Artist Formerly Known As Prince, und Tom Ford tauchte mit Dominique Browning auf, und ich hatte eine überaus ernsthafte Unterhaltung mit Michael Douglas über Luxussafaris, während ich einen Teller Hummer in der Hand hielt, der einigermaßen bekömmlich aussah, und »I'm Your Boogie Man« von KC and the Sunshine Band losröhrte, was für Jamie das Stichwort war loszutanzen, und für mich sie bloß verwundert anzustarren. Baptiste

Pitou hatte die Blumenarrangements geliefert. Das Wort PARTY leuchtete rhythmisch über uns in hellen, bunten Buchstaben auf.

Bruce verließ die Party in dem Augenblick, als der Sohn des französischen Premierministers ankam, und Tammy schloß sich in einem Badezimmer im obersten Stock mit einer Flasche Champagner ein und geriet in einen ziemlich bedenklichen Zustand, und jemand – dieser durchgeknallte NYU-Filmstudent, der ein paarmal in der Wohnung übernachtet hatte und jetzt allen Rauchern auf der Party Feuer gab – überreichte mir seine Telefonnummer, die er auf die Rückseite einer alten *Le Monde*-Ausgabe geschrieben hatte, mit einem wichtigen Füllfederhalter, der von einem gewissen Würdenträger ausgeliehen war. Ein neues David-Barton-Fitnessstudio eröffnete irgendwo an der Pigalle, und eine verblüffte Prinzessin Sumaya von Jordanien stöhnte: »Ooh – das ist ja perfekt.« Der Regisseur und Felix waren wie die meisten anderen von der Filmcrew entzückt, wie die Party jetzt lief. Ich hing am Ende über einer Bank im Hof und sagte betrunken: »Bonjour, Sportsfreund« zu Peter Jennings, als er aufbrach, und mein Fuß war eingeschlafen, sodass ich zur Party zurückhinkte und versuchte, mit Jamie zu tanzen, aber Bobby ließ mich nicht.

Die Shows, bei denen wir heute waren: Gaultier, Comme des Garçons und – nach einem kurzen Aufenthalt in dem neu aufgemachten Frank Malliot irgendwo unterhalb der Champs Elyseés – bei Galliano (ein riesiger weißer Vorhang, untypische moderne Beleuchtung, »Stupid Girl« von Garbage tönt im Hintergrund, Models verneigen sich, wir brauchten Alibis) und dann unvermeidlicherweise Les Bains: ein Essen zu Ehren von Dries van Noten, die Türsteher zerren uns rein, ich trage Prada und schwebe auf einer immensen Dosis Xanax dahin, und das Ganze ist eine hochgepushte Schau, und ich sage in verschiedenen Variationen angespannt »Hey Baby« zu Candelas Sastre und Peter Beard und Eleanore de Rohan-Chabot und Emmanuel de Brantes und Greg Hansen und einem Zahnarzt, bei dem ich in Santa Fe mal kurz war, als Chloe dort einen Fototermin hatte, und Ines Rivero, und es sind viel zu viele Fotografen da und Einkäufer und PR-Typen, und alle Mädchen haben Strohtaschen dabei und Kleider in den Farben von Buntstiften an, und der ganze Club ist mit immensen Blumenarrangements aus Gardenien und Rosen zugestellt. Ich höre immer wieder das Wort »Insekten«, und als ich mir eine Zigarette anzünde, bemerke ich den Tausend-Francs-Schein in meiner Hand, den mir aus irgendeinem Grund Jamie während der Galliano-Show gegeben hat, als ich stark zitternd neben ihr saß. Morgens beim Frühstück hat Bobby nicht gesagt, wo er heute hingeht, aber weil so viele Szenen ohne mich abgedreht werden, merke ich mir nur hektisch meinen Text und bin gemäß dem Produktionsplan zur Stelle, verhalte mich unauffällig, mache mich unsichtbar.

Ich gehe hinüber, dorthin, wo die Filmcrew wartet, nehme meine Stellung ein, gebe Jamie Feuer. Sie trägt einen engen paillettenbesetzten Hosenanzug von Valentino und sorgfältig flügelförmig applizierten Eyeliner. Eric Clapton kommt aus dem Sound-System, und das ist mein Stichwort.

»Eric Clapton ist Scheiße.«

»Ach ja?«, sagt sie. »Das ist ja toll.«

Ich schnappe mir ein Glas Champagner vom Tablett eines vorbeigleitenden Kellners, und wir sind beide gut zu sehen, wir stehen nebeneinander auf der Tanzfläche und schauen alles andere an außer uns.

»Ich will dich«, sage ich mit schwachem Lächeln und nicke Claudia Schiffer zu, die gerade vorbeikommt. »Ich will dich wirklich.«

»Das steht nicht im Skript, Victor«, warnt sie und lächelt ebenfalls schwach. »Das läuft nicht.«

»Jamie, bitte«, sage ich. »Wir können reden, Bobby ist noch nicht da.«

»Schlag dir nur diese schmierigen Date-Rape-Fantasien aus deinem hübschen Köpfchen«, sagt sie und bläst Rauch aus.

»Baby«, sage ich aufrichtig. »Ich will dir nicht weh tun.«

»Du bist dabei, uns beiden weh zu tun, wenn du so weitermachst.«

»Wie weitermachst?«, frage ich.

Sie wendet sich noch mehr ab. Ich trete näher.

»Hey Jamie …« Ich strecke die Hand aus, um ihre Schulter zu berühren. »Was läuft?«

»Du weißt nicht mal, wo du bist, Victor«, sagt sie grimmig, aber immer noch lächelnd, sie schafft es sogar noch, winkenden Leuten zurückzuwinken. »Du hast keine Ahnung, wo du bist.«

»Zeig mir's.«

»Das kann ich mir nicht leisten, Victor.«

»Du liebst ihn nicht«, sage ich. »Ich spür's. Du liebst Bobby nicht. Ist ein Job, stimmt's? Gehört zum Plan, ja? Du spielst das nur, stimmt's?«

Sie sagt nichts.

Bobby schiebt einen grünen Samtvorhang zur Seite und kommt in einem blendenden Valentino-Smoking herein, einen Prada-Rucksack auf dem Rücken, den er nicht abgegeben hat, und er sieht sich im Raum um und zündet sich dabei eine Zigarette an, kurz von Paparazzi geblendet, er kommt gerade von einer Party im Anahi, sein Haar sieht nass aus, er bewegt sich in unsere Richtung und grinst angespannt, als er über die Tanzfläche geht.

»Ich glaube, du hast Angst vor ihm«, sage ich. »Aber du liebst ihn nicht.«

»Schauen wir einfach zu, dass wir die Woche überstehen, okay?«, sagt sie nervös.

»Sag mir, dass du ihn liebst, okay?«, flüstere ich. »Sag mir, dass du ihn auch nur gern hast.«

Die Kamera hört plötzlich auf, uns zu umkreisen, hält uns beide fest in einer Einstellung, während wir hilflos hinüberstarren, als Bobby näher kommt.

»Sei still«, sagt sie und nickt jemandem zu, der sich im Schatten befindet.

»Ich sag jetzt was zu ihm«, flüstere ich. »Mir ganz egal.«

»Dreh den Ton leiser, Victor«, warnt sie mit breitem Lächeln.

»Ich hoffe, das ist eine witzige Antwort auf etwas, das ich dich nicht hab sagen hören, Victor«, sagt Bobby und beugt sich herüber und küsst Jamie auf den Mund.

»Mmm«, schnurrt Jamie und leckt prüfend ihre Lippen. »Margarita?«

»Was redest du da, Bobby?« Ich bringe den Satz so raus, dass man unmöglich sagen kann, ob ich nur unschuldig tue oder eine harte Nummer bringe, aber

Bobby wird von etwas auf der anderen Seite des Raumes abgelenkt und kümmert sich elegant nicht weiter drum.

»Ich sterbe vor Hunger«, sagt Jamie.

»Was?«, murmelt Bobby und reckt den Hals.

»Ich sagte: Ich sterbe vor Hunger«, wiederholt sie unruhig.

Mit einem vagen Gefühl von Panik schlucke ich noch ein Xanax und konzentriere mich auf ein MTV-Team, das Nicole Kidman interviewt, die auf der Stirn ein Bindi trägt.

»Rhinebeck hat miserable Laune«, sagt Bobby und starrt rüber zu Bruce, der mit versteinertem Gesicht in einer Nische im Grenzbereich der Party rumhängt, neben sich Tammy, die wundervoll und niedergeschmettert aussieht, mit Sonnenbrille, beide umringt von einem Grüppchen junger Londoner.

»Ich glaube, das geht schon klar«, sagt Jamie. »Bald ist es vorbei.«

»Ja, aber Tammy knallt sich zu, das könnte Probleme geben«, sagt Bobby. »Entschuldigt mich.«

Bobby geht rüber zur Nische, gibt jedem die Hand, der von seiner Anwesenheit beeindruckt ist, und selbst als er sich vorneigt, nimmt Bruce ihn kaum wahr, und dann schlendert Bentley mit Marc Jacobs herüber, und endlich sieht Tammy hoch zu Bentley, der auf seine Uhr zeigt, und sie lächelt Marc kurz zu, aber in dem Augenblick, als die ganze Nische in gackerndes Gelächter ausbricht, wird ihr Gesicht zur Maske.

»Sprich mit ihm«, sage ich zu Jamie. »Sag ihm, es ist aus mit euch beiden. Sag ihm, das ist dann schon okay so.«

»Das ist dann okay so?«, fragt sie. »Du Schwachkopf«, murmelt sie.

»Ich versuch bloß auszudrücken, was ich wirklich fühle.«

»Deine vornehmste Verantwortung, Victor, ist zu diesem Zeitpunkt einfach …«

»Sei still«, sag ich leise.

»Einfach, mich zu vergessen.«

»Du hast damit angefangen.«

»*Das* ist bloß die Spitze des Eisbergs«, sagt Jamie, und dann kann sie nicht anders – ihr Gesicht entspannt sich, sie sieht zu mir herüber, unsere Augen begegnen sich, und sie flüstert schnell: »Bitte, Victor, halt dich zurück, wir reden nachher.«

»Wann?«, flüstere ich.

Bobby kommt mit Bentley und Marc Jacobs zurück, und Marc und Bentley sind eben erst von Marcs Hauptquartier am Pont Neuf zurückgekehrt, Marc ist sehr nervös, weil einer der heißen neuen Designer ein Teenagetransvestit ist, der sich von einem Chihuahua namens Hector inspirieren lässt.

»Ich war in eine Konversation mit einem belgischen Ikonoklasten verwickelt, und Mr. Jacobs hier hat mich gerettet«, sagt Bentley und wedelt eine Fliege weg.

Marc verbeugt sich und küsst Jamie auf die Wange, nickt nonchalant in meine Richtung und sagt: »Hallo, Victor.«

»Herrgott, hier ist es vielleicht kalt«, sagt Bentley, dessen Atem dampft, und dann fügt er mit einem Blick auf mich hinzu: »Du siehst müde aus, Victor. Wundervoll, aber müde.«

»Ich bin cool, ich bin cool«, sage ich gleichgültig. »Alles ist cool.«

»Hier – hast du vergessen.« Bobby reicht Bentley den Prada-Rucksack, während Marc für Jamie seinen Charme anknipst und hinter Bentleys Rücken doofe Grimassen schneidet, sodass selbst Bobby fast lächeln muss.

»Warum hast du den nicht für mich abgegeben?«, nölt Bentley. »Herrgott, Bobby.«

»Ich hab nicht gewusst, ob ich länger bleibe.« Bobby zuckt mit den Achseln, starrt mich an.

Nachdem ich an einem Tisch mit Donatella Versace, Mark Vanderloo, Katrine Boorman, Azzedine Alala, Franca Suzzani und dem belgischen Ikonoklasten Platz genommen habe und wir alle auf anderer Leute Kosten gelacht und Dutzende von Zigaretten geraucht haben, nachdem die Kellner die Teller mit dem Essen abgetragen haben, das kaum angesehen, geschweige denn angerührt wurde, und wir alle der Person zu unserer Linken geheime Dinge zugeflüstert haben, geht Jamie mit einem Joint am Tisch entlang und will von Donatella Feuer haben, die neben mir sitzt, und Jamie – die so tut, als spräche sie mit Donatella, die wiederum mit Franca spricht – sagt mir, dass Bobby morgen nach Beirut fliegt und dann weiter nach Bagdad und Dublin, wo er sich mit dem Mitglied einer paramilitärischen Truppe aus Virginia trifft, und in fünf Tagen wird er wieder da sein. Ich lausche konzentriert, als sie das erzählt, und sie ermuntert mich, fröhlich zu lachen, und sie teilt mir diese Informationen in einer Weise mit, dass man beim Herübersehen quer durch den Raum – auf dessen anderer Seite jetzt Bobby steht – meinen müsste, sie erzählt gerade Donatella, wie toll Victor doch aussieht, oder macht sich laut Gedanken darüber, wie wunderbar ihr Leben sich doch entwickelt hat, und Jamie zieht nur einmal an dem Joint und überlässt ihn dann dem Rest des Tisches, mein Fuß ist eingeschlafen, und als ich davonhinke und ihr zu folgen versuche, stoße ich mit langsamen Silhouetten und Schatten zusammen und sehe, wie Bentley mit dem Prada-Rucksack einen spektakulären Abgang macht, und dann wird die Rockgruppe Autour de Lucie langsam lauter, gleich kommt die erste Nummer, eine Coverversion von »Substitute« von The Who.

Voulez-Vous« von ABBA dröhnt über die Tonspur, und vor dem Les Bains wartet ein weißer Range Rover, und auf dem Beifahrersitz geht der Regisseur einer anderen Filmcrew die Sequenz für heute Abend noch mal durch, während auf dem Rücksitz diverse Assistenten, die konzentriert gradeaus schauen, über ihre Funkkopfhörer mit einem zweiten Kamerateam in Verbindung stehen, das schon am vorgesehenen Ort in Stellung gegangen ist. Mit dem Pradarucksack über der Schulter hüpft Bentley in den Range Rover, der nun losfährt, gefolgt von einem schwarzen Citroën, Richtung Boulevard Saint-Germain. Das Café Flore stand die ganze Woche unter Beobachtung, und aufgrund einer detaillierten räumlichen Beschreibung ist der Tisch ausgewählt worden, an dem man am besten den Rucksack liegenlassen kann. Bentley studiert die folgende Szene vom Fax, übt seinen Text.

Das Auto setzt Bentley einen Block entfernt vom Flore ab, und er geht rasch, zielstrebig, zu dem Tisch draußen gleich neben dem Bürgersteig, an dem Brad, der Schauspieler, der den NYU-Filmstudenten spielt, den Bentley letzte Woche im La Luna aufgegabelt hat, mit zwei Freunden sitzt – kleinen Streunern aus Seattle, die mit Brad in Camden waren –, und alle drei kauen stilsicher Kaugummi, rauchen Marlboros, sitzen mit ihren perfekt sitzenden Frisuren lässig in die Stühle gefläzt, eine leere Starbucks-Tasse steht mitten auf dem Tisch, und zu Brads Füßen steht eine Gap-Tüte voll mit soeben gekauften T-Shirts. »Ooh, spielen wir Verkleiden«, sagt Brad, als er Bentley sieht, der sich in seinem Versace-Smoking den Weg zu ihrem Tisch bahnt.

Das Café Flore ist gerammelt voll, vibriert, jeder Tisch ist besetzt. Bentley sieht dies mit grimmiger Befriedigung, aber Bentley fühlt sich verloren. Der Film *Grease* geht ihm immer noch nach, und er ist besessen von Beinen und denkt immer noch, seine seien zu mager, obwohl sie seiner Karriere als Model nie geschadet haben, und er ist immer noch nicht über einen Jungen hinweg, den er bei einem Styx-Konzert 1979 in einem Stadion irgendwo im Mittleren Westen getroffen hat, am Rande einer Stadt, in die er nicht zurückgekehrt ist, seit er sie mit achtzehn verlassen hat, und der Name dieses Jungen war Cal, der tat so, als sei er hetero, obwohl er anfangs auf Bentleys Aussehen abfuhr, aber Cal wusste, dass Bentley emotional verkrüppelt war, und die Tatsache, dass Bentley nicht an den Himmel glaubte, machte ihn auch nicht attraktiver, also driftete Cal ab und war dann irgendwie unvermeidlicherweise ein, zwei Jahre lang Programmchef bei HBO. Bentley setzt sich hin, das Mikro ist bereits angeschlossen, auf einen karmesinrotwaldgrünen Stuhl und zündet sich eine Zigarette an. Neben ihnen lesen japanische Touristen Stadtpläne, machen gelegentlich ein Foto. Das ist die einführende Einstellung.

»Hey Bentley«, sagt Brad. »Das ist Eric, das ist Dean. Die waren in Camden, möchten beide Model werden. Wir haben uns über Diäten unterhalten.«

»Deshalb hab ich gedacht, wie cool ihr alle ausseht«, sagt Bentley, der bei der Erwähnung von Camden kurz an Victor denkt und was dem bevorsteht.

»Laurent Garnier legt heute im Rex auf«, sagt Brad hoffnungsvoll.

»Vielleicht, vielleicht«, sagt Bentley, nickt, stößt Rauch aus und schaut auf die Tätowierung, die Deans Handgelenk umschließt. »Nett.«

»Hast du's dabei?«, fragt Brad und meint das Ecstasy, das Bentley ins Flore mitbringen sollte.

»Dazu muss ich in Basils Wohnung«, sagt Bentley beiläufig und lächelt Dean wieder an.

»O Mann«, stöhnt Brad enttäuscht. »Das kann ja ewig dauern.«

»Geduld. He du bist erst dreiundzwanzig, wieso hast du's so eilig?«, fragt Bentley und tätschelt Brads Schenkel, drückt ihn ein wenig, was Brad entspannt, er senkt den Blick und errötet leicht. »Ich brauch höchstens zwanzig Minuten«, verspricht Bentley und knickt seine Zigarette in einen Aschenbecher. Er steht auf.

»Wie weiß ich denn, dass du wiederkommst?«, fragt Brad und schaut zu ihm auf.

»Ich lass euch den hier«, sagt Bentley und legt den Rucksack auf Brads Schoß. »Pass gut drauf auf.«

»Beeilst du dich bitte?«, fragt Brad grinsend. »Wir haben ein dringendes Bedürfnis nach Stimulantien.«

»Du siehst genau so aus wie Jon Bon Jovi«, sagt Bentley.

»Hat man mir schon gesagt.« Brad lächelt stolz.

»Das macht dich so cool.«

»Wo kommt denn hier ABBA her?«, fragt Dean und dreht sich auf dem Stuhl um.

»Ich komme wieder«, sagt Bentley und zupft Konfetti von Brads Schulter. »Ich – komme – wieder.« Die Arnold- Schwarzenegger-Imitation funktioniert beim zweiten Mal nicht mehr, und Bentley, der eigentlich Brad gar nicht so schlecht findet, krümmt sich innerlich ein wenig.

»Was soll das sein?«, fragt Bentley, dem eine grobe Zeichnung aufgefallen ist, die aussieht wie ein Blatt und eine Zahl, von Brad auf die Papierserviette gekrakelt.

»Der Entwurf für eine Tätowierung, die ich mir machen lassen will.«

»Warum die Zahl vier?«

»Ist meine Lieblingszahl.«

»Ich finde es schön, dass du eine hast.«

»Und hier, siehst du?«, fragt Brad. »Das ist ein Blatt.«

Aber es ist Zeit für Bentley, zu gehen, es kommen entsprechende Signale quer über den Boulevard aus verschiedenen Autos und Lieferwagen, die strategisch verteilt sind und in denen Kameras surren.

»Du bist herrlich, Baby«, sagt Brad und küsst Bentley leicht auf den Mund.

»Verlier den nicht«, sagt Bentley und deutet auf den Prada-Rucksack.

»Ich pass auf, keine Angst, besorg du nur das Zeug«, sagt Brad – in ungeduldiger Erwartung, dass Bentley endlich loszieht, umklammert er fest den Prada-Rucksack.

Bentley geht davon und verschwindet in der Menge, die an diesem Abend über den Boulevard streift. »Er hat eine derart coole Wohnung«, ist das letzte, was Bentley je von Brad hören wird.

Nachdem er einen Häuserblock weitergegangen ist, überquert Bentley den Boulevard Saint-Germain und springt in einen schwarzen Citroën, der am Straßenrand wartet, und als er lächelt, ist ein Schatten auf seinem Gesicht.

Ein Teleobjektiv fährt langsam auf den Prada-Rucksack, der auf Brads Schoß liegt.

Die Wucht der ersten Explosion schleudert Brad in die Luft. Ein Bein wird am Schenkelansatz abgesprengt, ein fünfundzwanzig Zentimeter breites Loch wird in seinen Bauch gerissen, und sein zerfetzter Leib landet auf dem Bürgersteig des Boulevards Saint-Germain, in seinem eigenen Blut herumrollend, zuckend im Todeskampf. Die zweite Bombe im Prada-Rucksack ist nun aktiviert.

Dean und Eric, beide mit Brads Fleisch bespritzt und mit stark blutenden eigenen Wunden, können noch, blind um Hilfe schreiend, zu der Stelle stolpern, wo Brad hingeschleudert wurde, und dann, Sekunden später, erfolgt die zweite Detonation.

Diese Bombe ist sehr viel stärker als die erste, und die Wirkung ist viel nachhaltiger – vor dem Flore entsteht ein zehn Meter breiter Krater.

Zwei vorbeifahrende Taxis werden auf die Seite geworfen und gehen gleichzeitig in Flammen auf.

Was von Brads Körper übrig ist, wird durch ein riesiges Calvin-Klein-Plakat, das an einem Gerüst auf der anderen Straßenseite hängt, gefetzt und lässt Blut, Eingeweide, Knochensplitter darauf herabregnen.

Eric wird durch das Schaufenster der Emporio-Armani-Boutique gegenüber katapultiert.

Deans Leichnam fliegt auf ein spitzes Gatter, das den Gehsteig vom Boulevard trennt, und bleibt zuammengeklappt dort hängen.

Metallsplitter krachen in alle Richtungen, treffen eine Frau mittleren Alters im Café, durchdringen ihr Hals, Gesicht und Brust, töten sie auf der Stelle.

Eine Japanerin, die am Nebentisch bei Brad saß, stolpert betäubt aus dem Rauch, beide Unterarme sind an den Ellbogen abgerissen, sie bricht im Schutt des Gehsteigs zusammen.

Ein junger Armenier liegt halb auf der Straße, halb auf dem Gehsteig, der Kopf ist weggerissen, das Moped hat er noch zwischen seinen Beinen.

Ein abgetrennter Arm baumelt vom Rand der weißen Markise, und große Stücke Fleisch liegen quer über dem Café-Flore-Schild.

Aus der Perspektive der Kameras auf den Dächern und in den verschiedenen Lieferwagen sieht das meiste ganz üblich aus: blutende Menschen, die aus dichtem schwarzen Rauch hervorrennen, die Schreie der Verwundeten und Sterbenden, ein Mann, der den Boulevard entlangkriecht und, nach Luft ringend, Blut erbricht, verkohlte Leiber, die aus Autos hängen, die zufällig im Augenblick der Explosion am Flore vorbeikamen, Einkaufstaschen, die vor dem Eingang in Blutlachen stehen. Der Schock, die Sirenen, die hundert Verletzten – es ist alles so vertraut. Der Regisseur verlässt sich auf einen Spitzen-Cutter, damit das abgedrehte Material am Schluss auch nach was aussieht, und sagt nun der Crew, dass es Zeit ist, weiterzufahren. Als der Range Rover schnell an der Szene vorbeirollt, bemerkt Bentley kurz eine Frau, die kreischend mit aufgerissenem Schenkel auf dem Gehsteig liegt, und während er sich eine Zigarette anzündet, sagt er zu dem Regisseur: »Bringen Sie mich zurück zum Les Bains, s'il vous plait«, wo er dann zuhört, wie Jean Tripplehorn eine Stunde lang über die Käsekroketten im Taillevent plappert, und wo Bentley ihr mitteilt, dass er intime Beziehungen zwischen den Rassen missbilligt.

Man bricht auf. Bobby ist schon heute Morgen weg, Tammy übers Wochenende zu Jacques Levy, Bruce wird die Lagepläne der Terminals in Orly kontrollieren, Bentley fährt in Urlaub, »vielleicht nach Griechenland, vielleicht auch nicht«, sodass ich übrig bleibe, um Jamie zum Salon Carita in der Rue du Faubourg Saint-Honoré zu eskortieren, wo sie sich – in keiner bestimmten Reihenfolge – die Haare färben lässt und sich eine Massage, eine Aromatherapie, eine Antistressbehandlung und eine energiebalancierte magnetische Manipulationssession gönnt, und eine New-Age-Beraterin (achtzehn, wunderschön) geleitet sie dann an einen »Strand der Stille« mit vorab auf Band aufgenommenen Geräuschen verschiedener Schalentiere, die es sich auf einer großen, schroffen Klippe wohl sein lassen. Ich warte gemeinsam mit den Leibwächtern, und die Leibwächter warten auf brasilianische Millionärinnen, ein oder zwei Kaiserinnen, die Prinzessin von Monaco, Judith Godreche, und wir trinken alle einen 1992er Château de Bellet, und ich hab Xanax eingeworfen, und die Filmcrew nimmt mich auf, wie ich mürrisch in einem Bildband über Filmmagazine aus den Sechzigern blättere, bis der Techniker, der den langen Schwenkarm des Mikrofons führt, einem der Leibwächter damit gegen den Schädel knallt, und dem Regisseur wird es langweilig, und die Crew bricht auf zu einem frühen Abendessen und der nächsten Einstellung.

In der Opéra Garnier reagiert man mit gemischten Gefühlen auf das japanische Libretto, aber wir sind im Grunde ja für die Paparazzi hier, die unten an der Treppe warten, während Jamie und ich oben stehen. Und

Christiana Brandolini ist da, und Sao Schlumberger verliert eine Kontaktlinse, und Irene Amic zischt: »Sie stehen auf meinem Kleid«, aber als sie sich umdreht und mich sieht, wie ich voll Panik im vollen Licht eines Kronleuchters stehe, wird sie weich und lächelt, flüstert, wie schön ich bin, und dann winkt Candy Spelling Jamie zu, und Amira Casar und Astrid Kohl erzählen mir was von einer Party vor einer Woche im Les Bains, zu der ich nicht eingeladen war.

Ich entdecke den Christian-Bale-Doppelgänger, den ich zum ersten Mal in der Bond Street in London gesehen habe – er trägt jetzt einen Smoking und nickt langsam, als er mich starr zu sich herüberschauen sieht. Jamie und ich beschließen, während der ersten Pause zu gehen.

Ein schwarzer Citroën bringt uns zur Buddha Bar, und wir sitzen an einem Tisch, verstört, wir sagen nichts und starren einander nur hoffnungslos an, dann langt Jamie in ihre Prada-Tasche und ruft das Hôtel Costes an, und weil sie Jean Louis und Gilbert kennt, hat man für uns ein Zimmer, als wir in der Rue Saint-Honoré 239 ankommen. Der Regieassistent schaut auf seinen Drehplan und sagt uns beiden, dass wir morgen früh um neun am Drehort sein sollen. Es ist Mitternacht, und Jamie rennt ins Foyer, sie schlingt sich die Arme um den Körper in ihrem Helmut-Lang-Ponyledermantel, und dann bin ich an der Reihe, ihr zu folgen.

Die Tür zu unserem Zimmer schließt sich hinter mir, und Jamie und ich fallen aufs Bett, während ich sie auf den Mund küsse, und sie hat die Arme um meine Schultern gelegt, und als ich nackt bin, zittere ich so sehr, dass sie sich von mir lösen muss. Dann klopft jemand an die Tür.

Jamie steht auf, ebenfalls nackt, zieht den Helmut-Lang-Mantel an, geht lässig zur Tür. Sie öffnet, ohne zu fragen, wer da ist.

Eine Filmcrew, die ich noch nie gesehen habe, betritt den Raum. Eine große Panavision-Kamera wird hereingerollt, Scheinwerfer werden aufgestellt. Der Regieassistent sagt mir, wie ich mich auf dem Bett hinlegen soll, während Jamie sich mit dem Regisseur und dem Skript Supervisor bespricht. Der Inspizient öffnet eine Flasche Champagner, gießt zwei Gläser ein. Ein Joint – kein Requisit – taucht in der Szene auf, dann liegt Jamie neben mir, ich zünde den Joint an. Jemand zerknüllt die Laken auf dem Bett, der Regisseur ruft: »Playback!«, Jane Birkin singt »Je t'aime« auf einer CD, und die Filmcrew ist nur ein Schatten hinter den Scheinwerfern, und es ist so kalt im Zimmer, dass immer wieder Dampf aus unseren Mündern schwillt.

Jamie liegt auf dem Rücken und zieht verträumt am Joint, den ich ihr gereicht habe, behält den Rauch längere Zeit in sich, um ihn dann langsam wieder auszuatmen – ein Signal für sie, anzufangen, in einem stockenden, vorsichtigen Tonfall zu sprechen, mit atemloser und unsicherer Stimme, die Augen halb geschlossen.

»Bobby ... kam an ... im Superstudio Industria ... Es war ein Dreh, bei dem es spät geworden war ... War es eine Anne-Klein-Kampagne? ... Ich weiß nicht mehr ... Die Leute haben hunderttausend Dollar am Tag bekommen, und die Sache schien es wert ... Und es war vielleicht halb elf oder elf und ... im Dezember 1990 ... vor vier Jahren? ... fünf? ... und irgendwie war der Strom ausgefallen ... So ein Blackout ... und man hat Kerzen angezündet ... Aber man konnte immer noch nichts sehen, und es war eiskalt ... Es war so kalt geworden ... in wenigen Minuten ... ich hab am ganzen Körper eine Gänsehaut gehabt, in dieser Nacht im Industria ... Und in der Dunkelheit hat sich diese Gestalt bewegt ... eine Figur ... groß ... kam dem Ort immer näher, wo ich alleine stand ... Und dann hat sie angefangen ... mich zu umkreisen ... eine ... Masse ... diese Gestalt ... und sie hat einen Song gepfiffen ... der kam mir bekannt vor ... ›On the Sunny Side of the Street‹ hat sie immer wieder gesungen ... Und dann hab ich die Kameracrew gesehen, die ist ihr in diskretem Abstand gefolgt ... Aber sie hatten kein Licht ... und haben trotzdem diesen ... dieses Ding, diese Form gefilmt ... Und als er sich eine Zigarette angezündet hat ... in dem Augenblick hab ich sein Gesicht gesehen und ihn sofort erkannt ... Er hat mich in den VIP-Raum in diesem Club Xerox da mitgenommen ... und irgendwo im Hintergrund war die Filmcrew ... Und irgendwo darüber hat The Who gespielt ...

Ich kann dir nicht genau sagen ... was mich motiviert hat ... Ich kann das nicht bis ins Detail darlegen ... Es war eine unglückliche Zeit in meinem Leben ... Ich hab meinen Körper gehasst ... wie ich ausgesehen habe ... ich hab Tabletten genommen, ich bin zu Psychiatern, ich bin ins Fitnessstudio, weil ich wusste, sonst kann mich niemand leiden ... Ich hab sogar an kosmetische Chirurgie gedacht ... Ich war dreiundzwanzig ... Meine Eltern hatten gerade eine entsetzliche Scheidung hinter sich, und meine Mutter hatte irgendwie ... einen Nervenzusammenbruch ... und meine Träume nachts waren bloß Stunden gefüllt mit schwarzem leeren Raum ... manchmal Knochen und die Melodie, die Bobby in der Nacht im Industria gepfiffen hat ... Ich hatte gerade eine gescheiterte Beziehung mit einem berühmten Fotografen hinter mir und hatte ein kurzes Verhältnis mit einem Typen aus einem Aerosmith-Video ... Es gab Sachen, die wollte ich haben ... Ich wollte auf dem Titelblatt von weiteren Magazinen sein ... Ich wollte wunderschön sein ... Ich wollte reich sein, ich wollte berühmt sein ... Ich war von Lindbergh und Elgort und Demarchelier fotografiert worden und ... Shows, ich hatte so viele Shows gemacht ... Aber ich war immer noch im mittleren Bereich ... Mein Kummer war irgendwie endlos ...

Ich wollte was anderes ... und dann kam das, was Bobby wollte ... und bei unserer Begegnung, da ... habe ich mich entwickelt ... Bobby kam und hat gesehen, wie eng meine Welt war ... und er hat mich motiviert ... Ich hatte nie das Gefühl, dass ich hübsch genug wäre, und er hat mich dazu gebracht, dass ich mich ... attraktiv fühlte ... Er hat mich verwöhnt, und ich bin fröhlich geworden ... Er hat mir gesagt, ich sei körperlich vollkommen ... Und da habe ich beschlossen, ich würde ihm folgen ... überallhin ... Also habe ich ein Frühjahr mit ihm in Los Angeles verbracht, und er hat mich seinem Freund vorgestellt ... ›dem Genie‹, einem Mann, der Mr. Leisure genannt wurde ... Und Steven Meisel kam ins Spiel, meine Karriere ging richtig los ... Aber du musst wissen, Victor, ich ... ich hab nicht gewusst, was Bobby tat ... Von seinen Plänen hat er mir nie was gesagt ... Ich wusste von ihm eigentlich nur, dass er ein Morgenmuffel war ... und ich ja auch ... Und bei einer Eröffnung im MOCA ... die Ausstellung hieß ›The History of the Polka Dot‹ ... als ...«

»Da war ich auch.«

»... wir da in einer Ecke standen ... Er sprach so leise und liebenswürdig ... und fing an, mir Sachen zu erzählen ... und mittendrin ... musste ich ihn bitten, aufzuhören ...«

Jamie fängt an, lautlos zu weinen. Ich zünde den Joint wieder an und geb ihn ihr. Ohne sich aufzusetzen, inhaliert sie, hustet ein wenig.

»Wie hat er die Leute rekrutiert? ... Es waren nur Models ... und berühmte Models ... Sonst war er an niemandem interessiert ... Er hat die Tatsache genutzt, dass man als Model nichts anderes macht, als den ganzen Tag rumzustehen und das zu tun, was andere Leute einem sagen ... Da hat er angesetzt ... und wir haben zugehört ... und die Analogie hat uns eingeleuchtet ... am Ende ... als er ... Sachen von uns verlangt hat ... Und es war nicht schwer, Leute zu finden … Alle wollten in unserer Nähe sein … Alle wollten Filmstars sein … und am Ende war im Grunde jeder eben ein … Soziopath … Und die Frauen trugen das Haar geknotet … und The Who spielten immer irgendwo …

Ich weiß kaum mehr was vom Anfang dieser Zeit … nachdem ich angefangen hatte, mitzumachen … es gab so viele graue Phasen … die Diäten … ins Fitnessstudio gehen, das war zwanghaft bei Bobby … Abwesenheit … Riesige Räume … So viele Dinge, die ich weggeschoben habe … Es war so eine ziellose Existenz … Alles, was wir hatten, war total angesagt … die Restaurants, in denen wir aßen … die Hotels, in denen wir wohnten … die Leute, mit denen wir rumhingen … In New York haben wir immer den Witz gemacht, dass man nie eine Adresse aufsucht, die keinen 10021-Zipcode hat … Gecharterte 737 haben uns zu Hochzeiten geflogen … Kellner haben uns niemals gedrängt … wir konnten Zigaretten rauchen, wo immer wir wollten … die Leute wollten uns nicht mögen, weil wir jung waren und reich und schön … und niemand – ich meine, *niemand*, Victor – freute sich über meinen Erfolg … aber das entsprach nun mal, laut Bobby, ›der menschlichen Natur‹ … aber trotzdem, niemand – und das ist sehr wichtig, Victor –, *niemand* war kritisch uns gegenüber …

Und wir sind gereist … Palm Beach … Aspen … Nigeria … Weihnachten immer in St. Bart … eine Woche im Haus von Armani in Pantelleria … und Bobby hat darauf geachtet, dass ich die richtigen Aufträge bekomme, und dann hieß es Cindy Crawford und Paulina Porizkova und … und Claudia Schiffer … und Yasmeen Ghauri … Karen Mulder und Chloe Byrnes und Tammy Devol und Naomi und Linda und Elaine und … und Jamie Fields … und man musste die Codes kennen, um zu verstehen, wie die Dinge liefen in dieser Welt … es war fast wie eine Zeichensprache … Und die Leute lernten, wie man sich in meiner Gegenwart verhalten muss ... Und die Frauen behandelten mich jetzt anders, weil ich mit Bobby Hughes zusammen war ... und dann kamen die Schattenseiten ... und als ich Bobby sagte: Keiner ist er selbst, das ist bei allen nur ein künstliches Getue, da hat Bobby Pssst gemacht und geflüstert: Nur so ist man ›man selbst‹ ...

Bobby hat versucht, mich zu erziehen ... mich zu bilden ... Dass ich verstehe ... was er tut ... wo er hinwill mit der ganzen Sache ... Und er hat mir zum Beispiel gesagt: ›Baby, George Washington war ein Terrorist‹ und dann hab ich in dieses Gesicht geschaut und diese Augen gesehen ... diese Lippen ... Und alles fiel auseinander, und so wurde ich gebildet ... Er sagte mir immer, dass man der Welt etwas zeigt, und indem man ihr etwas zeigt, lehrt man sie, was man haben möchte ... Er gab mir Romane von E. M. Forster, und ich hab sie nie verstanden und aus irgendeinem Grund ... war Bobby erleichtert ... Er hat mir Sachen gesagt wie ›Wir sind nur Spiegelungen unserer Zeit‹, und genauer hat er sich nie ausgedrückt ... Ich hab Fragen gestellt wie: Was bedeutet *fin de siècle?*, und er hat eine Stunde lang über das verdeckte Böse geredet ... in der Rap-Musik ... und The Who war immer irgendwo im Hintergrund ...

Ich wusste, treu ist Bobby nicht ... er hat mit den großen Models geschlafen ... den berühmten Damen der Gesellschaft, wenn sie gut in Form waren ... gelegentlich mal mit einem Typ oder ... kleinen Mädchen ... Mädchen, die noch aufs Spence oder Chapin oder Sacred Heart gingen ... Und wenn er Schwierigkeiten mit ihren Müttern bekam, dann hat er die auch gefickt ... Er hat die Mädchen vorher immer gewogen ... man musste ein bestimmtes Gewicht haben ... und meistens auch, aber nicht immer, eine bestimmte Größe ... um mit Bobby Hughes zu ficken ... Wenn man sich

an dieser Skala messen durfte und durchkam, dann ...
dann hat er dich gefickt ...«

Mir schlafen die Arme ein und ich verändere meine
Position, zünde noch einen Joint an, den mir einer von
der Crew reicht.

»Eine Menge Mädchen sind verschwunden oder ...
starben an einer Überdosis ... oder sie hatten ›Unfälle‹,
und mittlerweile brach ich in der Concorde immer
zusammen, wenn ich die Krümmung der Erde sah, und
die Wolken schienen Hunderte von Kilometern unter
uns ... und ich schrie rum ... sogar mit jeder Menge
Xanax und auf dem Höhepunkt meines Ruhms ... Ich
war verantwortlich für die hohe Selbstmordrate unter ...
Mädchen und jungen Frauen, denen klar wurde, dass
sie nie aussehen würden wie ich ... Das hat man mir in
Leitartikeln mitgeteilt ... Wütende Briefe von Müttern
mit Übergewicht ... Aufsätze von Frauen in *NOW* ... Man
hat mir gesagt, dass ich viele Leben zerstöre ... Aber es
hat mich nicht berührt, weil, niemand, den wir kannten,
war echt ... Die Leute wirkten einfach so ... aufgesetzt
künstlich und ... Bobby mochte es, wenn ich das so
empfand ... Das würde ›helfen‹, meinte er ... und jedenfalls, am Ende war ich zu berühmt, als dass er mich
hätte loswerden wollen ...«

Ihre Stimme zittert, gewinnt an Sicherheit zurück,
stockt dann wieder, und jetzt reiht sie nur noch Wörter
aneinander, wie sie zum Film gekommen ist, ihr erstes
Movie, *Night of the Bottomless Pit*, die falschen Pässe, die
Söldner aus Thailand, Bosnien, Utah, gefälschte Sozialversicherungsnummern, Köpfe, auf die man mit solcher
Gewalt eindrischt, dass sie wie weiche Eier aufplatzen,
eine Art Folter, bei der das Opfer einen Strick schlucken
muss. »In Bombay ...«, und jetzt zittert sie, schluckt
rasch, sie hat die Augen fest zusammengepresst, Tränen
rinnen unter den Lidern hervor. »In Bombay ...« Sie will
nicht weiterreden, und dann schreit sie etwas von einem

Serienmörder, mit dem Bobby in Berlin befreundet war, und ich springe aus dem Bett und sage dem Regisseur: »Hey, jetzt ist es gut«, und während sie alle zusammenpacken und gehen, windet sich Jamie auf dem Bett, schluchzt hysterisch, krallt sich in das Bettzeug, schreit ab und zu arabische Namen.

33

Vor dem Gebäude im achten oder sechzehnten Arron-
dissement wartet die Filmcrew unter einem hellen
Dunstschleier vorüberziehenden Nebels, während der
Regisseur und Felix der Kameramann eine einfache
Anfangseinstellung arrangieren, die zeigen soll, wie wir
sechs »fröhlich« zu einem schwarzen Citroën gehen, der
am Straßenrand wartet, und der uns zu einer Party im
Natacha bringt. Aber diese Crew weiß nicht, dass am
Nachmittag das andere Team, das ich nachts im Hôtel
Costes kennen gelernt habe, von Bobby ins Haus gelassen wurde und die letzten drei Stunden damit verbrachte, Kabel zu legen, Scheinwerfer aufzustellen, Sequenzen
abzudrehen, bei denen ich nicht dabei bin, darunter
einen langen und nicht beizulegenden Streit zwischen
Tammy und Bruce, eine Sexszene mit Jamie und Bobby,
eine weitere Sequenz mit Bruce allein, wie er Gitarre
spielt und den alten Bread-Song »It Don't Matter to Me«
zupft, und jetzt bewegen sie sich leise durch den Wohnbereich – die Elektriker und ein schöner Kulissenarbeiter
und der schwarzbärtige Regisseur –, und alle beraten
sich mit einem Kameramann, der Brad Pitt in *Johnny
Suede* stark ähnelt, und oben in Bentleys Zimmer schiebt
der Regieassistent immer wieder die Mary-Bright-Vor-
hänge auseinander, schaut hinunter zu der anderen Filmcrew auf der Straße, meldet laufend neue Details über
die dumpfen Laute eines weiteren Streits zwischen
Tammy und Bruce (der diesmal nicht gefilmt wird), bei
dem es um den Schauspieler geht, der den Sohn des französischen Premierministers spielt, und wie vorauszusehen werden Türen geknallt, Stimmen werden laut und
schrill, wieder schlagen Türen.

Ich trage einen Prada-Anzug, mir ist völlig unklar, wer mir geholfen hat, den anzuziehen, und ich sitze in einem der Dialogica-Sessel im Wohnzimmer, und ich spiele an der limonengrünen Krawatte herum, die jemand für mich ausgesucht hat. Auf dem Fernsehschirm laufen ohne Ton endlose Wiederholungen von »Cheers«, gefolgt »Hör mal, wer da hämmert«, von eine Cassette, die jemand in den Videorecorder geschoben hat. Eine Produktionsassistentin reicht mir ein Heft mit Notizen, die Bobby – wie man mir mitteilt – eigens für mich gemacht hat. Kontinente werden untersucht, der Lageplan des Hotel Ritz wird wiedergegeben, ein Computerausdruck zeigt die Anlage des TWA-Terminals am Flughafen Charles de Gaulle, es folgen Baupläne von Harry's Bar in Venedig, Handschriftexperten, die sich mit der Verifikation von Unterschriften befassen, werden interviewt, es folgen Auszüge aus einem Tagebuch, das jemand namens Keith über eine Fahrt nach Oklahoma City geführt hat, dann lange Seiten über Plastiksprengstoff, die besten Leiter, den richtigen Zeitzünder, den angemessenen Container, die optimale Zündkapsel.

Ich lese: »Semtex wird in der Tschechoslowakei hergestellt.« Ich lese: »Semtex ist ein geruchloser, farbloser Plastiksprengstoff.« Ich lese: »Libyen verfügt über mehrere Tonnen von Semtex.« Ich lese: »Man benötigt 200 g Semtex, um ein Großraumflugzeug in die Luft zu sprengen.« Ich lese die Beschreibung eines gerade entwickelten Plastiksprengstoffes namens Remform, der lediglich in den USA »im Untergrund« hergestellt und vertrieben wird und in Europa noch nicht erhältlich ist. Ich lese eine Liste von Punkten »pro und contra Remform«. Ich lese die Worte, die Bobby an den Rand einer Seite gekritzelt hat: *Besser als Semtex?* und dann drei Wörter, die ich anstarre, bis sie mich veranlassen, aus dem Dialogica-Sessel aufzustehen und zielstrebig in die Küche zu gehen, um mir dort einen Drink zu machen: »… Tests laufen noch …«

Mit so viel Xanax intus ist es bemerkenswert einfach, sich ganz auf die Zubereitung eines Cosmopolitan zu konzentrieren. Man denkt an nichts, während man Preiselbeersaft, Cointreau und Zitrone in einen Shaker voll Eis gießt, Eis, das man soeben selbst zerkleinert hat, und dann drückt man eine Limone und schneidet sie auf und gibt den Saft in den Shaker, und dann gießt man den Cocktail durch ein Sieb in ein großes Martiniglas, und als ich wieder im Wohnzimmer ankomme, richtet mir einer der Maskenbildner die Frisur, und ich kann mir nicht helfen, ich muss mir vorstellen, was Jamie und Bobby jetzt in ihrem Schlafzimmer treiben, und ich schaue zur Decke hoch, und dann, während ich meinen Cosmopolitan trinke, starre ich wie in Trance den »Paul McCartney and Wings«-Aufkleber an, vorne auf dem Notizbuch, das Bobby für mich angelegt hat.

»Waren wir nicht mal zusammen im Sérifos?«, fragt mich der Friseur.

»Wir waren nie im Sérifos«, sage ich, und dann: »Ah ja, richtig.«

Ich versuche, ein Interview im *Figaro* zu lesen, das Jamie am Mittwoch gegeben hat, aber ich kann dem nicht folgen, mittendrin wird mir klar, dass ich nicht in der Lage bin, Französisch zu sprechen oder zu lesen. Ich bemerke kaum die Handgranate, die auf dem Tisch, wo mein Glas steht, gegen ein automatisches Gewehr gelehnt liegt. Warum dieser Aufkleber auf meinem Notizbuch ist, das ist eine Frage, auf die ich mich leichter konzentrieren kann. Ein paar von der Crew diskutieren, ob's das letzte U2-Album wirklich bringt, bis der Regisseur laut nach Ruhe verlangt.

Bobby gleitet in den Raum. Ich sehe mit ernstem Gesicht von dem auf, was ich gerade tue, was immer das auch sein mag. »Siehst gut aus«, sagt er.

Ich werde weich, lächele schwach.

»Was trinkst du?«, fragt er.

Ich muss die Farbe meines Drinks erst anschauen, bevor ich antworten kann: »Einen Cosmopolitan.«

»Kann ich einen Schluck haben?«

»Klar.« Ich reiche ihm das Martiniglas.

Bobby nimmt einen Schluck, sein Gesicht hellt sich auf, er lächelt. »Toller Cosmo, Mann.«

Eine sehr lange Pause, während ich darauf warte, dass er mir das Glas zurückgibt. »Ich … weiß das Kompliment zu schätzen.«

»Hör mal, Victor«, beginnt Bobby und kniet sich vor mich.

Ich werde nervös, schlage die Beine übereinander, der *Figaro* rutscht auf den Terrazzo-Boden.

»Ich finde es gut, dass du auf Jamie aufpasst, und …«

»Hey, Mann, ich …«

»… ich möchte nur, dass du weißt …«

»Hey, Mann, ich …«

»Hey, schhh, ganz ruhig.« Er holt tief Luft und starrt mich intensiv an. »Hör zu, wenn ich dich gelegentlich hart anfasse, wenn es den Anschein hat« – er macht eine wirkungsvolle Pause –, »dass ich dich ein wenig zu streng darauf hinweise, wo dein Platz in alledem ist, dann nur, damit du auf der Höhe bleibst.« Er hält wieder inne, blickt mir fest in die Augen. »Ich vertraue dir wirklich, Victor.« Noch eine Pause. »Wirklich.«

Eine lange Pause, diesmal meinerseits. »Was soll denn jetzt passieren, Bobby?«, frage ich.

»Du wirst informiert«, sagt Bobby. »Du erfährst alles, was du wissen musst. Du bekommst genau die richtige Menge Informa …«

Oben knallt eine Tür, und Tammy schreit etwas, und dann ist es still. Jemand stampft fluchend durch einen Flur. Aus Tammys Zimmer dröhnt jetzt Musik von Prodigy. Bobby verzieht das Gesicht, dann seufzt er. »*Das* allerdings entgleist irgendwie ein wenig.«

»Was läuft?«, frage ich langsam.

»Tammy unterhält zur Zeit eine Beziehung, die für uns wichtig ist, die aber für Bruce gar nichts bedeuten dürfte.« Bobby seufzt, er kauert immer noch vor mir auf dem Fußboden. »Aber das tut es. Und das macht Probleme. Bruce muss damit fertig werden. Und zwar rasch.«

»Was sind«, fange ich an und hole tief Luft, »die Probleme?«

»Die Probleme …« Bobby sieht mich streng an. Endlich lächelt er. »Die Probleme betreffen dich im Grunde nicht. Die Probleme werden bald genug gelöst werden.«

»Mhm, mhm«, sage ich und versuche, einen Schluck von meinem Drink zu nehmen.

»Alles in Ordnung, Victor?«, fragt Bobby.

»In dem Maße, in dem … man das« (ich schlucke) »erwarten kann.«

»Ich glaube, eigentlich steht es sogar besser«, sagt Bobby und erhebt sich.

»Das soll heißen …?«, sage ich, tatsächlich interessiert.

»Das soll heißen, dass du dich gut angepasst hast.«

Eine lange Pause, ehe ich in der Lage bin zu flüstern: »Danke.«

Bruce kommt die Wendeltreppe herab – er trägt einen schwarzen Prada-Anzug und einen hellorangenen Rollkragenpullover, in den Händen hat er eine Gitarre und eine Flasche Volvic. Er ignoriert uns beide, lässt sich in eine Ecke des Raumes fallen und beginnt, Akkorde zu spielen, ehe er wieder mit dem Bread-Song »It Don't Matter to Me« anfängt, und die ganze Crew verhält sich still und wartet. Bobby mustert Bruce lange Zeit, ehe er sich wieder zu mir dreht.

»Hör mal«, sagt Bobby. »Ich verstehe schon, was dir im Kopf rumgeht, Victor. Wir legen Bomben. Die Regierung lässt Verdächtige verschwinden.«

»Mhm.«

»Der CIA hat mehr Blut an den Händen als die PLO und die IRA zusammen.« Bobby geht zu einem Fenster hinüber, zieht einen dunklen, durchwirkten Vorhang zurück und starrt hinüber zu der anderen Crew, die auf der Straße hin und her läuft, bloße Silhouetten, die in Walkie-Talkies flüstern, Bewegung im Nebel, noch mehr Warten. »Die Regierung ist ein Feind.« Bobby wendet sich um zu mir. »Mein Gott, ausgerechnet *du* solltest das doch wissen, Victor.«

»Aber, Bobby, ich bin kein … politischer Mensch«, stoße ich irgendwie hervor.

»Alle sind es, Victor«, sagt Bobby und dreht sich wieder weg. »Dem kann man nicht entgehen.«

Meine einzige Antwort darauf ist, den Rest des Cosmopolitan rasch runterzuschlucken.

»Du solltest mal zusehen, dass deine Weltanschauung in Ordnung kommt«, sagt mir Bobby. »Du solltest zusehen, dass dein Wissen über die Welt stimmt.«

»Wir töten Zivilisten«, flüstere ich.

»Fünfundzwanzigtausend Morde sind letztes Jahr in unserem Land begangen worden, Victor.«

»Aber … ich hab keinen davon begangen, Bobby.«

Bobby lächelt geduldig, kommt wieder in meine Nähe. Ich sehe hoffnungsvoll zu ihm auf

»Ist es denn so viel besser, unbeteiligt zu sein, Victor?«

»Ja«, flüstere ich. »Ich glaube schon.«

»Alle sind beteiligt«, flüstert er zurück. »Das ist etwas, das du wissen musst.«

»Ich hab einfach, Mann, ich habe einfach, Mann, ich hab einfach …«

»Victor …«

»… Mann, Schwierigkeiten, wenn ich das irgendwie rechtfertigen soll, und …« Ich starre ihn bittend an.

»Ich glaube nicht, dass du irgendetwas rechtfertigen musst, Mann.«

»Bobby, ich bin ein … Amerikaner, ja?«

»Hey Victor«, sagt Bobby und starrt auf mich herab. »Bin ich auch.«

»Warum ich, Bobby?«, frage ich. »Warum vertraust du mir?«

»Weil du meinst, der Gazastreifen ist ein geiles neues Tapetenmuster«, sagt Bobby. »Weil du meinst, die PLO hat die Singles ›Don't Bring Me Down‹ und ›'Evil Woman‹ aufgenommen.«

Schweigen, bis das Telefon klingelt. Bobby geht dran. Bruce hört auf, Gitarre zu spielen. Es ist die Filmcrew von draußen: Sie sind bereit. Bobby sagt ihnen: Wir kommen sofort. Die Filmcrew von drinnen packt bereits zusammen. Der Regisseur, offensichtlich zufrieden, bespricht sich mit Bobby, der immer wieder mal nickt, während er zu Bruce hinüberschaut. Aufs Stichwort kommen Tammy, Bentley und Jamie die Wendeltreppe herunter, und draußen nimmt die Crew uns dreimal auf, wie wir zu dem schwarzen Citroën gehen, wir lachen alle sechs, Bentley geht voran, Jamie und Bobby halten sich »spielerisch« aneinander fest, Bruce und ich flankieren Tammy, die unsere Hände hält und uns glücklich anschaut, denn in dem Film, den die Crew draußen dreht, bin ich in sie verliebt. Jamie muss in einem schwarzen Mercedes zum Natacha fahren, weil sie ein Kleid trägt, das 30 000 Dollar gekostet hat.

Und im Natacha filmt MTV eine Party im oberen Stockwerk, wo alle Mädchen mager sind und wunderschön und alle Jungs muskulös wie nie, alle tragen Sonnenbrillen und warten darauf, dass Assistenten ihnen die Zigaretten anzünden, und unten läuft eine weitere Party, auf der sich Lucien Pellat-Finet mit dem Hutdesigner Christian Liagré aufhält, und Andre Walker trifft am Arm von Claudia Schiffer ein, die einen federbesetzten Jumpsuit trägt und einen roten Pagenschnitt, und Galliano trägt eine kleine schwarze Melone, und Christian Louboutin spielt »Je t'aime« auf dem Klavier, neben ihm steht Stephanie Marais und singt den Jane-Birkin-Part, wir empfangen Fans an unserem Tisch, wir fläzen rum, die Leute umdrängen uns und flüstern sich Dinge zu, die erforderliche Anzahl von Ohs und Ahs ist zu hören, Kaviar steht unberührt auf silbernen Tellerchen vor uns, alles ist im *YouthQuake*-Stil. Die Stimmung ist flott und leicht, bis Ralph und Ricky Lauren auftauchen, und das Thema des heutigen Abends ist die unerträgliche Leichtigkeit des Seins, und alles ist überall, der Geruch von Scheiße steigt schwach irgendwoher auf und schwebt durch den ganzen Raum.

»Victor«, warnt mich Bobby, nachdem mir jemand ein Päckchen Kokain überreicht hat, er erinnert mich an meinen morgigen Auftrag. »Und hey, Bentley, pass gut auf«

Bentley hat glasige Augen, nachdem er den größten Teil des Tages auf einer Sonnenbank zugebracht hat, er starrt gut aussehende Teenage-Boys in engen T-Shirts an. Mein Fuß ist eingeschlafen, das Prickeln steigt langsam an meinem Bein hoch, ich schaue hinüber zu meinem Namen auf der Einladungsliste des Abends. Fotografen machen Bilder von unserem Tisch. Tammy schaut weg, ihr Mund ist dick verkrustet mit Urban-Decay-Lippenstift.

»Er ist furchtbar in diesen Pikkolo verknallt.« Jamie lächelt und zündet sich eine Zigarette an.

Wir schauen alle hinüber.

»Ich hab einen Artikel über gut aussehende Pikkolos im Time gelesen.« Bentley zuckt die Achseln. »Was soll ich sagen? Ich bin eben leicht zu beeinflussen.«

»Mit dem Venedig-Projekt machen wir nicht mehr weiter«, sagt Bobby laut über den Partylärm hinweg.

»Harry's Bar?«, fragt Bruce und wendet sich von Tammy ab.

»Nein.« Bobby schüttelt den Kopf, während er jemandem am anderen Ende des Raumes zuwinkt.

Müßig, ohne weiter nachzufragen, begreife ich, was das bedeutet: Harry's Bar wird nicht in die Luft gesprengt.

In der Dunkelheit hier unten im Natacha unterbricht ein MTV-Kamerateam Bobbys Erläuterung eines Projekts, das irgendwie »Band on the Run« heißt. Ein VJ bittet Bobby und Jamie und Bentley, näher zusammenzurücken, damit die Kamera sie alle drei zusammen aufnehmen kann. Fröhlich tun sie's.

»Es geht um Eigensinnigkeit als Lifestyle«, sagt Jamie.

»Du hörst dich langsam an wie eine Calvin-Klein-Anzeige, Baby, und das gefällt mir gar nicht«, knurrt Bobby.

Jamie winkt lustig in die Kamera, bis Bobby nach seinem Engagement für Amnesty International gefragt wird. Ich drehe mich weg, sehe Dennis Rodman selbstsicher mit einem Lendenschurz durch den Raum gehen, er trägt ein Paar Riesenflügel und einen diamantenen Nasenring. Als ich mich wieder dem Tisch zuwende, fragt der DJ gerade Bentley, wie ihm denn Paris gefällt.

»Ich liebe hier alles, nur nicht die Amerikaner«, gähnt Bentley und versucht, unterhaltsam zu sein. »Amerikaner haben notorisch Schwierigkeiten mit Fremdsprachen. Wie ich mir tödliche Langeweile vorstelle? Zuhören zu müssen, wie ein Schwachkopf aus Wisconsin im Deux Magots ein Glas Eiswasser bestellt.«

Hinter mir sagt der Spotregisseur zu jemandem: »Das bringen wir nicht.«

»Du solltest den Leuten ihr eigenes Tempo lassen«, sagt Jamie sanft, lehnt sich zu ihm rüber und nimmt ihm eine unangezündete Zigarette, die zwischen seinen Fingern steckt, ab. »Sei nicht so aufgeregt.«

»Welche Klamotten tragt ihr denn so?«, fragt der VJ,

die Scheinwerfer und eine Kamera schwenken auf uns. »Erzählt einfach mal drauf los.«

Es ist eiskalt im Natacha, allen steht der Atem als Dampfwolke vor dem Mund, wir wedeln Fliegen beiseite, der Boden ist mit Haufen von Konfetti bedeckt, und der Scheißegeruch ist sogar noch massiver geworden, nachdem ich ein paar Nasen Koks aus dem Päckchen gezogen und es widerwillig an Bentley zurückgereicht habe. Markus Schenkenberg, der glaubt, er sei mein Freund, er ist es aber nicht, zieht einen Stuhl neben mich – wieder eine Gelegenheit, sich fotografieren zu lassen, wieder ein schwarzes Schlangenlederjackett, das man herzeigen kann, wieder ein Anlass für ihn, zu sagen: »Wir sind nicht unfehlbar, Victor.«

»Ist das zur Veröffentlichung bestimmt oder streng vertraulich?«

Markus gähnt, als Beatrice Dalle vorbeikommt, schaut dann wieder zu mir herüber.

»Er ist ein Terrorist«, sage ich zu Markus und weise mit einer Geste auf Bobby.

»Nein«, sagt Markus und schüttelt den Kopf. »Der sieht nicht aus wie ein Terrorist. Dafür sieht, er viel zu herrlich aus.«

»Vergiss den ganzen Hype, Freundin«, seufze ich und lass mich tiefer in meinen Stuhl sinken. »Der Typ ist ein Terrorist.«

»Nein«, sagt Markus und schüttelt den Kopf. »Ich kenne Terroristen. Der Typ sieht nicht aus wie ein Terrorist.«

»Du bist wirklich ein Draufgänger«, gähne ich und blinzele ihn kalt an. »Du bist ein völlig Abtrünniger.«

»Ich bin etwas außer Kontrolle«, gibt Markus zu. »Ich überlege mir, ob ich jetzt nicht gleich durchdrehen soll.«

»Er ist der Böse«, seufze ich.

Jemand aus Camden lehnt sich über Jamie, ein Franzose namens Bertrand, der früher Sean Batemans Zimmergenosse gewesen ist, er flüstert ihr was ins Ohr, beide starren mich an. Jamie nickt ab und zu, bis Bertrand etwas sagt, das sie starr werden und mit dem Nicken aufhören lässt, sie muss Bertrand wegstoßen, ihr Gesicht verzerrt sich. Bertrand schaut böse zu mir herüber, während er in der Menge verschwindet. Mario Sorrenti und David Sims erscheinen plötzlich und umringen Markus. Bobby fängt an, von Tisch zu Tisch zu gehen, zusammen mit Shoshanna Lonstein, einem ehemaligen Mitglied der Talking Heads, dem Magier David Blaine und Snoopy Jones. In Tränen aufgelöst läuft Tammy von Bruce weg, auf dessen Knie China Chow balanciert, und ein Dealer, den Bentley hergeschickt hat und den man den Grand Poohbah nennt, flüstert mir ins Ohr: »Hat man dich schon vernascht?«, woraufhin Abmachungen getroffen werden.

Eine Einstellung, wie Klebeband von behandschuhten Händen an einem weißen, metallenen Benzinkanister befestigt wird. In diese Einstellung – die Kamera fährt langsam zurück – wird geschnitten, wie ich dusche, mir langsam die Brust einseife, die Beine, die Kamera fährt überflüssigerweise über meinen Arsch, Wasser läuft über die sich spannenden Muskeln meines Rückens. Eine andere Einstellung, wie der dicke Metallkanister auf einer Hans-Wegner-Ottomane liegt. Eine rasche Montage, wie meine Figur sich anzieht – Calvin-Klein-Boxerjockeys, ein limonengrüner Prada-Rollkragenpullover, ein Yohjl-Yamamoto-Anzug mit einer Nahaufnahme des Etiketts, damit das Publikum was davon hat. Nahaufnahme meines Gesichts, eine Hand kommt ins Bild und schiebt eine schwarze Ray-Ban zurecht (Beispiel für gut bezahltes Product Placement). Noch eine Nahaufnahme: eine Xanax-Tablette wird auf meine Zunge gelegt, eine Flasche Volvic gegen meine Lippen gedrückt. Der Benzinkanister wird in eine Louis-Vuitton-Umhängetasche gepackt.

Eine Außenaufnahme vom Hozan. Ein kurzes Interieur, wie ich spät Lunch esse, und in dieser Einstellung geht der Christian-Bale-Typ an mir vorbei, aber ich bemerke es nicht – weil ich mich auf die Polizisten konzentriere, die mit Maschinenpistolen vorbeiziehen, weil ich abgelenkt bin durch meinen Arm, der eingeschlafen ist. Eine Sequenz, in der ich die Rue de Fourey hinabgehe, Richtung Seine. Ich gehe über den Pont Marie, überquere die Rue Saint-Louis, Notre Dame ragt über mir empor, der Himmel ist grau und bedeckt. Dann habe ich die Seine überquert, bin auf der Rive Gauche. Eine Einstellung, wie ich auf dem Boulevard Saint-Germain rechts abbiege. Ich gehe die Treppe einer Métro-Station hinunter. Diese Einstellung bleibt einige Sekunden auf der Menge sich drängelnder Touristen hängen.

Eine Einstellung von mir in der U-Bahn, ich sitze da mit der Louis-Vuitton-Tasche. Anweisungen: Stell die Tasche unter den Sitz, schlag beiläufig *Le Monde* auf, runzle die Stirn, tu so, als ob du liest, schau hoch zu dem hübschen Teenieboy, der mit dir flirtet. Kamera auf Victor, der gezwungen lächelt, wieder hinuntersieht, eine subtile Zurückweisung, eine leise Kopfbewegung, eine Geste, die sagt: Bin nicht interessiert. Kamera auf den Jungen: ein Achselzucken, ein halbes Grinsen. Ich singe lautlos vor mich hin – *when Jupiter aligns with Mars, when Jupiter aligns with Mars* –, und weil mir niemand gesagt hat, was in der Louis-Vuitton-Tasche ist, fällt es leicht, sie unter den Sitz zu schieben. Später werde ich herausfinden, dass die Bombe in einem Fünfzehn-Liter-Benzinkanister war, mit Schrauben, Glasscherben und unterschiedlichen Nägeln, das ist es, was ich mit mir herumtrug, in der Umhängetasche, die ich am frühen Nachmittag an der Garderobe im Hozan abgegeben hatte, die Umhängetasche, die ich mühelos mit mir herumtrug, während ich durch Paris schlenderte.

Man wird nach der Explosion einem algerischen Guerillakämpfer oder einem moslemischen Fundamentalisten die Schuld geben oder vielleicht irgendeiner Fraktion irgendeiner islamischen Organisation oder einer Splittergruppe von gut aussehenden baskischen Separatisten, das hängt alles von der Perspektive ab, die der Leiter des französischen Geheimdienstes dem Ereignis aufzwängt. Ich kontrolliere den Zünder nicht. Ein Bild aus der Kindheit: Du bist auf einem Tennisplatz, du hebst den Schläger, irgendwo läuft »Rumours« von Fleetwood Mac auf einem 8-Spur-Gerät, es ist Sommeranfang, und deine Mutter ist noch am Leben, aber du weißt, es stehen dunklere Zeiten bevor.

Fünfzehn Minuten, nachdem ich den Zug verlassen habe, kurz nach achtzehn Uhr, an der Kreuzung von Boulevard Montparnasse und Boulevard Saint-Michel, gegenüber der Closerie des Lilas, tötet die Bombe mit einem Mal zehn Menschen. Sieben weitere sterben in den folgenden Tagen, alle an schweren Verbrennungen. Hundertdreißig Verletzte werden behandelt, in achtundzwanzig Fällen ist der Zustand ernst. Später wird eine Szene gedreht, in der Bobby seinem Ärger Ausdruck gibt, dass die Bombe nicht unterirdisch explodiert ist, wo die Zerstörung »sehr viel größer« gewesen wäre, nicht am Port Royal, wo die Métro teilweise im Freien fährt. Sie sollte eigentlich, so betont er, an der Station Saint Michel/Notre Dame hochgehen, an der Seine, genau in dem Moment, wenn die Türen sich auf den Bahnsteig öffnen, gegenüber der Kathedrale.

Stattdessen: ein Blitz,

Kamera auf die Fenster der U-Bahn, die unter der Wucht der Detonation implodieren.

Kamera auf zusammenknickende Türen.

Kamera auf den weiterfahrenden, brennenden Zug.

Kamera auf eine fliehende Menschenmenge.

Kamera auf Menschen, die zerrissen werden, auf Statisten und Stuntmen, die aus dem Leichtstahlwaggon auf die Geleise geschleudert werden.

Kamera auf Körperteile (Beine, Arme, Hände, die meisten echt), die über den Bahnsteig schlittern und hüpfen. Kamera auf verstümmelte Menschen, die in großen Haufen daliegen. Weggerissene Gesichter. Zerfetzte, geschmolzene Sitze. Überlebende stehen in dem dichten schwarzen Rauch herum, husten, brechen in Tränen aus, würgen wegen des Schießpulvergestanks. Kamera auf den Christian-Bale-Typ, der einen Feuerlöscher ergreift und sich durch die panisch herumrennende Menge drängt, um den ausgebrannten U-Bahn-wagen zu erreichen. Auf der Tonspur fängt Serge Gains-bourgs »Je t'aime« an zu spielen.

Eine Montage: Hunderte von Polizisten treffen an dem Platz vor der Brücke ein, die die Seine überquert und zu Notre Dame hinüberführt. Victor kommt an The Gap vorbei, während jemand in einem übergroßen Tommy-Hilfiger-Hemd auf Rollerblades vorbeijagt. Vic-tor trinkt was in einer Brasserie an der Rue Saint-An-toine, spielt mit der Ray-Ban. Der französische Premier-minister fliegt im Hubschrauber zum Katastrophenort, während Tammy und der Sohn des französischen Pre-mierministers (aufgenommen vom zweiten Team) den Tag in Les Halles vertrödeln, nachdem sie durch einen Telefonanruf vom Louvre weggeholt worden sind (den Anruf hat Bruce gemacht, von einer Zelle in der Rue de Bassano aus, in der Nähe des Arc de Triomphe), die beiden tragen zueinander passende Sonnenbrillen, und Tammy wirkt glücklich, und sie bringt ihn zum Lächeln, obwohl er an den Nachwirkungen einer Koksorgie lei-det, die so heftig war, dass er schließlich sogar Blut erbrach. Sie reicht ihm eine Pusteblume. Er bläst die Samen weg, hustet vor Anstrengung.

Und dann: Kamera auf Straßenkontrollen, Kontrollen an Grenzübergängen, in verschiedenen Kaufhäusern. Der beschädigte Zug wird ins Polizeilabor geschleppt. Montage: Verschiedene Razzien in muslimischen Vier-teln. Eine Ausgabe des Korans (ein Requisit, das die französische Kameracrew dagelassen hat) wird zusam-men mit Computerdisketten, die Pläne für die Ermor-dung diverser hoher Beamter enthalten, in einer Müll-tonne nahe eines Wohnblocks in Lyon entdeckt, und weil Bobby dafür gesorgt hat, dass man ein entsprechen-des Indiz findet, wird ein Schauspieler, der die Rolle eines jungen algerischen Flüchtlings übernommen hat, vor einer Moschee erschossen.

In einem mit Kevlar gefütterten Armani-Anzug geleite
ich Jamie an den Metallabsperrungen vorbei, die vor
dem Ritz von der Polizei errichtet wurden, weil diese
Woche gewisse japanische Diplomaten in dem Hotel
wohnen, und trotz meiner Einladungskarte und trotz
Jamies Rolle bei der Show müssen wir »aus Sicherheits-
gründen« unsere Pässe zeigen, damit Namenslisten verglichen werden können, was an drei verschiedenen
Punkten durchgeführt wird, bevor wir backstage ankommen. Metalldetektoren bieten einen völlig unzu-
länglichen Schutz, da Jamie mühelos durch sie hin-
durchschlüpft.

Hier hinten ist es eisig, alle sind von Camcordern
umringt, Privattrainer inhalieren den Rauch von schlampig gerollten Joints, und ein gemein aussehender Teenager, der Star von *Poltergeist 5: The Leg,* steht diskutie-
rend an einem Tisch, auf dem Champagnerflaschen
aufgereiht sind. Ich höre mit halbem Ohr zu, wie Jamie
mit Linda Evangelista darüber redet, dass keine von beiden im letzten Blockbuster eingesetzt worden ist, über
einen Sonnenaufgang in Asien, über Rupert Murdoch.
Ich bringe kaum ein Lächeln zustande, als Linda mir
die Schulter tätschelt und sagt: »Hey Vic, lach mal«, ich
leere noch ein Glas Champagner, konzentriere mich auf
die umherrennenden Models, den Geruch von Scheiße,
der überall aufsteigt, auf das Gefühl, dass mein Arm
und eine Seite meines Nackens einschläft.

Ein Laufsteg ist über das Schwimmbecken im Souterrain installiert worden, für die Modenschau eines
berühmten japanischen Designers, der eben erst aus
dem Entzug entlassen wurde, und die Show beginnt mit

einem Video über den letzten Besuch des Designer-
boyfriends in Grönland, ein Kommentator bringt ein
Blahblah über das Einswerden mit der Natur, dann hört
man die Geräusche der Kälte, eisige Winde rauschen
hinter uns, gehen über in Yo La Tengo, und während das
Licht aller Scheinwerfer sehr weiß wird, kommen die
Models, von Jamie angeführt, barfuß den Laufsteg entlang, auf eine riesige graue Leinwand zu, ich schaue
dem Ganzen auf einem kleinen Videomonitor hinter den
Kulissen zu, zusammen mit Frederic Sanchez und Fred
Bladou, die beiden haben die Musik für die Show produziert, und um meine Anerkennung zu demonstrieren,
wippe ich mit dem Fuß. Sie bemerken es nicht.

Bei der folgenden Party posiere ich (entprechend den
Anweisungen) für Paparazzi, mit Johnny Depp und
dann mit Elle Macpherson und mit Desmond Richardson und mit Michelle Montagne, und dann bin ich
eingeklemmt zwischen Stella Tennant und Ellen von
Unwerth, mit einem angespannten, doofen Gesichtsausdruck. Ich gebe sogar MTV-Taipeh ein kurzes Interview,
aber von dem Scheißegeruch tränen mir die Augen, ein
schwarzer Gestank füllt meine Nase, ich muss mich von
den Fotografen und den Publicitymöglichkeiten entfernen und unbedingt noch ein Glas Champagner hinun-
terstürzen, und als ich wieder richtig sehen kann und
stetig durch den Mund atme, entdecke ich den Schauspieler, der den Sohn des französischen Premierministers spielt.

Er zündet sich mit einem sehr langen Streichholz eine
Zigarre an und wedelt mit der Hand eine Fliege weg,
während er mit Lyle Lovett und Meg Ryan redet, und
ohne das irgendwie groß zu planen, stelle ich fest, dass
ich mich auf ihn zubewege, und dabei merke ich mit
einem Mal, wie vollkommen müde ich bin. Ein kurzer
Moment – ich strecke die Hand aus und berühre seine
Schulter, ziehe rasch die Hand wieder zurück.

Er dreht sich lachend um, in der Mitte eines Witzes, den er erzählt. Sein Lächeln wird hart, als er sieht, dass ich es bin.

»Was wollen Sie?«, fragt er.

»Ich muss mit Ihnen reden«, sage ich ruhig und versuche zu lächeln.

»Nein, müssen Sie nicht.« Er dreht sich weg, macht ausladende Gesten.

»Doch, Mann, muss ich«, sage ich und berühre wieder seine Schulter. »Ich glaube, es ist wichtig, dass wir miteinander reden.«

»Hauen Sie ab«, sagt er ungeduldig. Da Lyle und Meg mittlerweile eine eigene Unterhaltung begonnen haben, zischt er in aggressivem Ton etwas auf französisch.

»Ich glaube, Sie sind in Gefahr«, sage ich ruhig. »Ich glaube, wenn Sie sich weiter mit Tammy Devol treffen, werden Sie in Gefahr sein. Ich glaube, Sie sind es bereits …«

»Ich glaube, *Sie* sind ein Idiot«, sagt er. »Und ich glaube, *Sie* sind in Gefahr, wenn Sie jetzt nicht hier verschwinden.«

»Bitte …« Ich strecke wieder die Hand aus, um ihn zu berühren.

»Hey!«, ruft er und sieht mich endlich direkt an.

»Sie müssen sich von denen fernhalten …«

»Was? Hat Bruce dich hergeschickt?« Er lacht höhnisch. »Wie rührend. Sag Bruce Rhinebeck, er soll sich wie ein Mann verhalten und selbst mit mir reden.«

»Es geht nicht um Bruce«, sage ich und beuge mich vor. »Es sind alle …«

»Verpiss dich jetzt, hau ab, lass mich in Ruhe«, sagt er.

»Ich will dir helfen …«

»Hey, hast du nicht gehört?«, faucht er. »Jemand zu Hause?« Er klopft mit einem Finger grob gegen meine Schläfe, so kräftig, dass ich blinzeln und mich gegen eine Säule lehnen muss.

»Verpiss dich«, sagt er. »Verpiss dich bloß, du Scheißkerl.«

Plötzlich packt mich Jamie am Arm und zerrt mich von dem Schauspieler weg, sie zischt mir ins Ohr: »Das war dumm, Victor«, als wir uns durch die Menge bewegen.

»Au revoir, Mann«, ruft der Schauspieler und ahmt den Klischee-Akzent eines jungen Amerikaners nach.

»Das war derartig dumm«, zischt Jamie noch einmal, sie wiederholt es mehrmals, während sie mich durch die Menge zieht und dabei drei-, vier-, elfmal innehält, um für Fotos zu posieren.

Vor dem Ritz steht der Christian-Bale-Typ am Fuß der patinierten Säule auf der Place Vendôme, aber ich sage nichts zu Jamie, ich nicke ihm nur traurig zu, während er uns anfunkelt. Ich folge Jamie durch das eiserne Tor in die Cour Vendôme. Ein Polizist sagt etwas zu Jamie, sie nickt, und wir gehen am südlichen Rand des Platzes entlang. Sie flucht, sie kommt nicht an unseren Wagen ran, ich trotte hinter ihr her, ich muss dauernd schlucken, meine Augen tränen, das Atmen ist schmerzhaft und gepresst. Der Christian-Bale-Typ steht nicht länger am Fuß der Säule. Endlich lehnt sich Jamie durch das Fenster des anonymen schwarzen BMW, der uns hierher gebracht hat, und schreit los.

Bobby ist an diesem Morgen abgereist, mit einer Bordkarte für einen British-Airways-Shuttle-Flug nach London. Unsere Instruktionen: Ankunft im Ritz, Auftritt bei der Modenschau, den Swimmingpool mit LiDVl96-Kapseln vergiften, uns fotografieren lassen, Drinks in der Bar des Ritz bestellen, zwanzig Minuten warten, lachend ab. Irgendwelcher Tratsch, dass Jamie Fields während Bobby Hughes' Abwesenheit was mit Victor Ward anfängt, könnte – laut Bobbys Notizen – eine »ausgezeichnete Ablenkung« sein.

Eine Montage, wie Jamie und Victor den Quai de la

Tournelle entlanggehen, zu den Türmen von Notre Dame emporschauen, zu den Lastkähnen auf der Seine hinaussehen. Jamie versucht, mich zu beruhigen, als ich hysterisch werde, um mich schlage, flach atme, winsele: »Ich muss sterben, ich muss sterben«, und sie manövriert uns hinter eine Mauer irgendwo am Boulevard Saint-Michel, und wir drehen schließlich meinen Zusammenbruch noch einmal in der Nähe vom Quai de Montebello, wo man mir noch mehr Xanax gibt. Dann bringt uns ein Taxi zum Boulevard Saint-Germain, wir sitzen an einem Tisch auf dem Gehsteig vor Les Deux Magots, ich räume ein: »Ich hab bloß unbequeme Socken an, die ich im Gap gekauft hab.« Ich putze mir die Nase und lache elend.

»Ist schon in Ordnung«, sagt sie und gibt mir noch ein Kleenex.

»Willst du mich denn nicht, Baby?«, frage ich.

Jamie nickt. »Obwohl ich glaube, dass du dem Taxifahrer hundert Dollar Trinkgeld gegeben hast?« Pause. »Klar.«

»Kein Wunder, dass der mir nachgepfiffen hat.«

In dem Zimmer, das wir uns immer im Hôtel Costes teilen, ist das Bett schon aufgeschlagen und leicht mit Konfetti bestreut, und ich lege eine Walther-Automatic, Kaliber .25, auf den Nachttisch, und während ich Jamie ficke, nimmt sie eine Position ein, die es mir erleichtert, die Videos anzuschauen, die auf dem Fernsehschirm vorbeiflackern, mit beiden Händen lenkt sie meine Aufmerksamkeit darauf, denn selbst mit geschlossenen Augen, sagt Jamie, kann sie meine Sehnsucht spüren, kann sie das Begehren fühlen, das meine Augen ausstrahlen, die Unerträglichkeit dieses Wünschens. Vielleicht hat sie einen Funken gespürt, vielleicht hat sie geweint. Ich habe möglicherweise »Ich liebe dich« gesagt.

Anschließend frage ich sie – nackt in einem Stuhl dem Bett gegenüber rauchend –: »Worüber hat Bertrand mit dir gesprochen?«

»Wer?«, fragt sie ohne Pause. »Wo?«

»Im Natacha neulich abends«, sage ich und atme den Rauch aus. »Bertrand. Er hat was zu dir gesagt. Du hast ihn weggestoßen.«

»Hab ich das?«, fragt sie und zündet sich verträumt eine Zigarette an. »Nichts. Vergiss es.«

»Kennst du den noch aus Camden?«, frage ich.

»Ich glaube ja«, antwortet sie vorsichtig. »Camden?«

»Er war der Zimmergenosse von Sean Bateman …«

»Baby, bitte«, sagt sie, ihr Atem dampft. »Ja. Bertrand aus Camden. Ja. Im Natacha. Okay.«

Nachdem ich die Zigarette ausgedrückt und ein weiteres Xanax mit einem Glas Champagner runtergespült habe, frage ich: »Ist Bertrand beteiligt?«

»Ist Bertrand beteiligt?«, fragt sie, wiederholt die Frage langsam, räkelt sich, die langen, gebräunten Beine treten gegen das Bettzeug.

»Ist Bertrand beteiligt am ›Band on the Run‹-Projekt?«, frage ich.

»Nein«, sagt sie eindeutig. Und dann: »Das ist Bobbys Sache.«

»Jamie, ich …«

»Victor, weshalb warst du in London?«, fragt sie und starrt immer noch von mir weg. »Was hast du da gemacht?« Dann, nach einer langen Pause, schließt sie die Augen, sagt nur das eine Wort: »Bitte?«

Ich hole tief Luft und antworte ohne Zögern: »Ich bin geschickt worden, um nach dir zu suchen.«

Eine lange Pause, sie hört auf, gegen die Bettlaken zu strampeln. »Von wem, Victor?«

»Von einem Mann, der gesagt hat, deine Eltern seien auf der Suche nach dir.«

Jamie setzt sich auf, bedeckt ihre Brüste mit einem

Handtuch. »Was hast du da gesagt?« Mit zitternder Hand drückt sie die Zigarette aus.

Ich atme ein. »Ein Mann namens Palakon hat mir Geld geboten, damit ich herkomme und …«

»Warum?«, fragt sie, plötzlich mit wacher Aufmerksamkeit, sie sieht mich vielleicht das erste Mal direkt an, seit wir das Hotelzimmer betreten haben.

»Damit ich dich in die Staaten zurückbringe«, seufze ich.

»Das …« Sie stockt, hält sich zurück. »Das war im Skript? Dieser Palakon war im Skript?«

»Ich kenn mich da nicht mehr aus«, sage ich. »Ich hab den Kontakt zu ihm verloren.«

»Er … hat dir gesagt, meine *Eltern* suchen mich?«, fragt sie und setzt sich auf, sie gerät in Panik. »Meine Eltern? Das ist ja wahnsinnig, Victor. O Gott, Victor …«

»Er hat mir Geld geboten, damit ich dich finde«, seufze ich.

»Mich finden?«, fragt sie und umschlingt mit den Armen ihren Körper. »Mich finden? Warum hast du's gemacht? Wovon redest du da?«

»Ich musste aus der Stadt weg, ich musste …«

»Victor, was ist passiert?«

»Ich bin mit der *QE 2* gekommen«, sage ich. »Er hat mir Geld geboten, damit ich über den Ozean fahre und ein Mädchen suche, mit dem ich auf dem College war. Ich wollte gar nicht nach London. Auf dem Schiff hab ich eine Frau kennen gelernt. Mit der wollte ich nach Paris.« Ich halte inne, weil ich nicht weiß, wie ich weitermachen soll.

»Was ist passiert? Warum hast du's nicht getan?«

»Sie … ist verschwunden.« Ich kann plötzlich nicht mehr richtig atmen, und alles quillt aus mir heraus: Marinas Verschwinden, unsere gemeinsamen Szenen, die Fotos des Mannes, die ich in der Prada-Handtasche gefunden habe, der ausgesehen hat wie ich, das Wallflowers-Konzert, die Sky Bar, der Brigitte-Lancome-Fototermin, die Zähne, die in der Badezimmerwand steckten, die Blutspur hinter der Toilette, der fehlende Name auf der Passagierliste, die retuschierten Fotos vom Abendessen mit den Wallaces.

Jamie schaut mich nicht mehr an. »An welchem Datum war das?«

»Das Datum … welches Datum?«

Jamie erklärt es. Die Nacht, in der ich Marina im Nebel begegnete. Die Nacht, in der wir in meine Kabine stolperten. Die Nacht, in der ich zu betrunken war. Die Nacht, in der die Gestalt durch mein Zimmer ging und Schubladen aufzog, während ich langsam das Bewusstsein verlor. Ich sage ihr ein Datum.

»Wie hieß sie, Victor?«

»Was?« Ich habe mich plötzlich verlaufen, bin weit fort von Jamie.

»Wie hieß sie, Victor?«, fragt Jamie wieder.

»Marina«, seufze ich. »Was spielt das für eine Rolle, Jamie?«

»War ihr Name …« Jamies Stimme überschlägt sich, sie atmet tief ein und beendet ihren Satz: »Marina Cannon?«

Jetzt, da ich darüber nachdenke, da ich höre, wie jemand anderes den Namen sagt, klärt sich etwas in meiner Erinnerung. »Nein. Cannon war's nicht.«

»Wie hieß sie?«, fragt sie, ihre Angst breitet sich aus.

Was mich laut und deutlich antworten lässt: »Sie hieß Marina Gibson.«

Jamie streckt plötzlich eine Hand vor und kehrt sich ab, eine Geste, die wir nicht geprobt haben. Als ich mich unsicher dem Bett nähere und sanft ihr Gesicht an meines ziehen will, lässt mich ihr ungeheuerlicher Gesichtsausdruck zurückstolpern. Jamie klettert hastig aus dem Bett, rennt ins Bad, knallt die Tür zu. Es folgen Geräusche, wie sie entstehen, wenn jemand versucht, laut kreischende Schreie mit dem Handtuch zu ersticken. Genug Platz auf dem Bett erlaubt es mir, mich hinzulegen und die Zimmerdecke zu betrachten, das Licht eines Bush-Videos blinkt im Dunkel über mein Gesicht. Als ich den Ton lauter stelle, ist das Geräusch aus dem Badezimmer weg.

Tammy und ich sitzen auf einer Bank vor dem Louvre, neben der gläsernen Pyramide am Haupteingang, wo gerade eine lange Reihe japanischer Studenten aufmarschiert. Von irgendwoher klingt Kaufhausmusik, wir haben beide Sonnenbrillen auf, Tammy trägt Isaac Mizrahi, ich Prada-Schwarz, und während wir auf den Regisseur warten, zünden wir uns Zigaretten an und erwähnen vorsichtig ein hippes Restaurant, wo wir zusammen Midori-Margaritas getrunken haben. Ich hab viel Xanax genommen, Tammy ist fertig vom Heroin von gestern Nacht, ihr Haar ist blondgefärbt, und als jemand von der Crew mich etwas fragt, während man uns dampfende Tassen Cappuccino reicht, sage ich: »Dazu habe ich keine Meinung.«

Und dann erzähle ich Tammy – es ist ein Versuch, sie ein wenig aufzuheitern –, wie es war, als ich das letzte Mal Heroin nahm, wie ich am nächsten Morgen kaum mehr aufgewacht bin, wie ich eine Cola trank und wie sie Minuten später, als ich sie wieder auskotzte, immer noch Kohlensäure hatte und im Wasser der Toilette zischte. Tammy wiederholt ständig ihre Sätze und versucht, sich hohle Dialogphrasen über unsere »Beziehung« zu merken. Wir haben diese Szene heute Morgen bereits viermal gedreht, aber Tammy ist konfus und vergisst immer wieder, was sie eigentlich tun oder sagen soll, sie gibt ganz harmlosen Sätzen einen traurigen Klang, weil sie an den Sohn des französischen Premierministers denkt und nicht an Bruce Rhinebeck, über den wir offiziell in dieser Szene reden. Hinzu kommt, dass die internationale Crew unterschiedliche Sprachen spricht, deshalb braucht man bei den Produktionskonferenzen immer Dolmetscher, und der Regisseur beklagt sich in einem fort, dass der Vorlauf für den Film zu kurz gewesen ist, dass an dem Skript noch gearbeitet werden müsste. Ein Schauspiellehrer ist engagiert worden, man diskutiert viel über die Motivationen, eine Sinnesreiz-Übung wird durchgeführt, wir machen Atemübungen. Abwesend bemerke ich, dass die Springbrunnen um die Pyramide heute nicht angestellt sind.

Der Regisseur kniet sich neben uns hin, beugt sich zu uns rüber, sein Atem dampft in der kalten Morgenluft. »Diese Szene sollte sehr, äähh, zärtlich rüberkommen«, erklärt er und zieht die Sonnenbrille tiefer. »Ihr mögt Bruce beide. Ihr wollt ihn nicht verletzen. Bruce ist dein Verlobter, Tammy. Bruce ist dein bester Freund, Victor.« Der Regisseur macht eine ernste Pause. »Aber eure Liebe, die überwältigende Leidenschaft, die ihr fürei-nander empfindet, ist einfach zu stark. Ihr könnt sie nicht länger vor Bruce geheimhalten. Ich will dieses Unvermeidbare haben – okay, Darling?«

Tammy nickt stumm, die Hände zu Fäusten geballt. Ich sage zum Regisseur: »Ich werd mich fügen.«

»Weiß ich«, sagt der Regisseur. »Das ist gut.«

Der Regisseur geht ein Stück weg, bespricht sich kurz mit Felix, dem Kameramann. Ich drehe mich zu Tam-my, als jemand: »Action!«, sagt. Ein langer Mikrofon-Schwenkarm schwebt über unseren Köpfen.

Ich muss lächeln und Tammys Hand ergreifen. Sie muss zurücklächeln, was sie mit gewissen Schwierigkei-ten auch fertigbringt.

»Es ist kalt«, sagt sie erschauernd.

»Ja«, sage ich. »Du musst aufpassen, dass dir warm bleibt.«

»Stimmt wohl«, sagt sie abwesend. »Es tut mir Leid wegen gestern Abend.«

»Wo ist Bruce?«, frage ich. »Was läuft, Baby?«

»Ach, Victor, bitte nicht«, seufzt Tammy. »Er ist nach

Athen geflogen. Ich will nicht, dass er noch einmal zwischen uns tritt. Ich werde ihm alles sagen, wenn er zurückkommt. Alles, ich verspreche es.«

»Er ahnt es bereits«, sage ich. »Es tut nichts zur Sache.«

»Wenn ich nur die Zeit zurückdrehen könnte«, sagt sie, aber durchaus nicht wehmütig.

»Kann ich dem Zauber deiner Seufzer glauben?« Ich beuge mich vor, um sie zu küssen.

»Das kannst du. Das weißt du doch.« Sie sagt es zu gleichgültig.

Der Regisseur ruft: »Aus!« Er kommt herüber und kniet sich wieder neben Tammy. »Baby?«, fragt er. »Geht's uns gut?«

Tammy ist nicht in der Lage, auch nur zu nicken, sie fährt nur fort, eine Stelle ihres Rückens zu kratzen, die sie nicht ganz erreichen kann.

»Es geht hier um eine gewisse Leichtigkeit, Baby«, sagt er und zieht die Sonnenbrille tiefer.

Tammy schnieft, sagt: »Ich weiß«, aber sie weiß es nicht, und sie zittert zu stark, als dass man mit der Szene fortfahren könnte, also nimmt der Regisseur sie beiseite, und als die beiden von der Crew weggehen, schüttelt Tammy immer wieder den Kopf und versucht, sich von ihm zu lösen. Mir ist eiskalt, ich zünde mir eine Zigarette an und starre mit zusammengekniffenen Augen auf die Seine, überall der Gestank von Scheiße, der Louvre langgestreckt und langweilig hinter uns, dann stelle ich mir vor, wie ein Saab mit einem Pudel auf dem Beifahrersitz vorbeirollt. Mein Fuß ist eingeschlafen.

Tammy sieht immer wieder zu mir zurück, sie will sichergehen, dass mir der Zeitplan klar ist, aber ich kontrolliere bereits das Zifferblatt der Armbanduhr, die mir gestern jemand von der französischen Filmcrew gegeben hat.

Die digitale Anzeige lautet: 9.57.

Einer von der französischen Filmcrew rast auf Rollerblades heran, bremst ab, vergewissert sich, dass ich ihn bemerke, ehe er nickt und davongleitet.

Ich stehe auf, schnippe die Zigarette weg und gehe zum Stuhl des Regisseurs, unter dem ein schwarzer Prada-Rucksack steht, den ich mir nehme.

»Ich muss mal auf die Toilette«, sage ich zu einem Produktionsassistenten.

»Cool.« Er zuckt die Achseln, betrachtet eine Tätowierung, eine Ansammlung von Musiknoten, die auf seinem Bizeps leuchtet. »Es ist dein Leben.«

Ich nehme den Rucksack und warte am Eingang des Museums, bis die Armbanduhr genau 10.00 anzeigt.

Den Instruktionen entsprechend setze ich einen Walkman auf und regle die Lautstärke, während ich das Gerät mit einem Clip an meinen Gürtel hänge.

Ich drücke auf PLAY.

Der Anfang von Ravels »Bolero« dröhnt durch die Kopfhörer.

Ich betrete eine Rolltreppe.

Der schwarze Prada-Rucksack muss in einer der drei Telefonzellen im Rondell am Fuße der Rolltreppe von der Allée de Rivoli deponiert werden.

Vom ersten Takt des »Bolero« bis zu den letzten krachenden Beckenschlägen sind es: 12 Minuten, 38 Sekunden.

Um 10.00 ist die Bombe offiziell aktiviert.

Ich falte einen Plan auseinander, der mir zeigt, wohin ich zu gehen habe.

Am Fuß der Rolltreppe warten sechs Mitarbeiter der französischen Filmcrew, darunter der Regisseur, mit grimmigen Gesichtern, alle in Schwarz.

Der Regisseur nickt mir aufmunternd hinter dem Mann mit der Steadicam zu. Der Regisseur möchte diese Sequenz in einer einzigen durchlaufenden Einstellung haben. Der Regisseur bedeutet mir mit einer Geste, dass ich die Sonnenbrille absetzen soll, die ich vom Kopf zu nehmen vergessen habe, als ich mit der Rolltreppe abwärts fuhr.

Ich gehe langsam durch die Salle Napoléon, der »Bolero« dröhnt und wird immer wuchtiger, ich versuche, in gleichmäßigem Rhythmus zu gehen, indem ich meine Schritte zähle, den Blick auf den Boden gerichtet, mir etwas wünsche.

Um 10.04 sehe ich die Telefonzellen.

Um 10.05 stelle ich den Prada-Rucksack auf dem Boden ab. Ich tue so, als tätigte ich einen Anruf an dem Telefon, das Kreditkarten nimmt.

Ich kontrolliere die Uhrzeit um 10.06.

Ich entferne mich von den Telefonen, die Filmcrew geht neben mir her.

Ich soll nun anhalten und an einem Imbissstand eine Coke kaufen, was ich auch tue. Ich nehme einen einzigen Schluck, ehe ich die Dose in einen Abfallcontainer werfe.

Ich gehe in den Saal zurück, die Filmcrew marschiert neben mir, der Mann mit der Steadicam vor mir her.

10.08. Der Bolero wird dringlicher, bewegt sich in schnellerem Tempo vorwärts.

Plötzlich wird die Crew aber langsamer, sodass ich auch meinen Schritt mäßige.

Ich schaue auf und sehe ihre bestürzten Gesichter.

Der Mann mit der Steadicam bleibt stehen, nimmt den Kopf vom Sucher.

Jemand berührt meinen Arm.

Ich reiße mir den Walkman vom Kopf und fahre entsetzt herum.

Es ist eine Produktionsassistentin aus der amerikanischen Filmcrew.

Eine junge Frau, die aussieht wie Heather Graham. Ihre teilnahmsvolle Miene wirkt auf einmal merkwürdig erleichtert. Sie atmet rasch, und nun lächelt sie unsicher.

»Du hast das da in der Telefonzelle vergessen«, sagt sie.

Sie hält mir den Prada-Rucksack hin.

»Victor?«, sagt sie und schaut zuerst die französische Crew an und dann mich. »Alles klar. Man wartet auf dich. Ich glaube, Tammy hat sich, ähh, erholt.«

Völlige Stille.

»Victor?«, fragt sie. »Hier.« Sie überreicht mir den Prada-Rucksack.

»Ach ... ja?« Ich nehme ihn ihr ab.

Ich reiche den Rucksack sofort an einen Assistenten aus der französischen Crew weiter.

Zitternd nimmt ihn der Assistent und reicht ihn dem Regisseur.

Der Regisseur sieht auf den Rucksack und gibt ihn sofort dem zusammenzuckenden Assistenten zurück.

»Wer sind diese Leute?«, fragt das Mädchen und grinst, wartet darauf, vorgestellt zu werden.

»Was?«, höre ich mich sagen.

»Was geht hier vor?«, fragt sie mit etwas größerem Nachdruck, immer noch grinsend.

Der Regisseur schnippt mit den Fingern und bekommt rasch ein Handy gereicht. Er lässt es aufschnappen, gibt eine Nummer ein und flüstert, indem er sich wegdreht, hastig etwas auf französisch.

»Wer?«, frage ich lahm. »Was meinst du?«

10.09.

»Die Crew«, sagt sie und beugt sich dann vor und flüstert: »Die Crew da, hinter dir?«

»Die?« Ich drehe mich um. »Ach, die haben sich einfach drangehängt, sind hinter mir hergelaufen«, sage ich. »Ich habe keine Ahnung, wer das ist.«

Das Atmen des französischen Assistenten ist nun hörbar, seine Augen werden hilflos immer größer.

Der »Bolero« schwillt an.

Eine unendliche Zahl von Möglichkeiten tut sich auf.

Ich atme ganz schwach.

Das Mädchen sagt: »Victor, komm, ich glaube, wir sollten jetzt gehen.« Es berührt meinen Arm mit seiner kleinen Hand.

Ich schaue zum Regisseur hinüber. Er nickt knapp.

Auf der Rolltreppe drehe ich mich um.

Die französische Crew ist schon verschwunden.

»Warum haben die deinen Rucksack mitgenommen, Victor?«, fragt das Mädchen. »Kennst du die?«

»Hey Baby«, sage ich müde. »Hey, gib's auf. Sei still.«

Der »Bolero« endet.

Der Walkman schaltet sich mit einem Klicken automatisch aus. Ich mache mir nicht die Mühe, auf die Uhr zu sehen.

An der Pyramide starrt mich Tammy fragend an, sieht beiläufig auf die Uhr, anscheinend hat sie sich erholt.

»Ich hab mich verlaufen«, sage ich mit einem Achselzucken.

Während ich herumlungere, sehe ich in der dunstigen Entfernung, dass die Assistentin, die aussieht wie Heather Graham, bereits mit dem Regisseur und Felix redet, und beide schauen immer wieder zu mir rüber (Misstrauen, Geflüster, eine allgemeine Aura kalter Besorgnis), und überall liegt Konfetti herum, es fällt auch von irgendwo auf uns herab, aber ich bin mir all dessen kaum bewusst. Ich könnte auch in Malibu auf einem Badetuch liegen. Es könnte 1978 sein oder 1983. Der Himmel könnte schwarz sein von Raumschiffen. Ich könnte ein einsames Mädchen sein, das bunte Halstücher über eine Stehlampe im Studentenwohnheim drapiert. Die ganze Woche über habe ich Träume gehabt, die ausschließlich aus langen, aus einem Hubschrauber gefilmten Einstellungen bestanden, ein riesiger metallischer Raum wurde sichtbar, über dem in weißen und goldenen Lettern das Wort JENSEITS schwebte. Jemand von der Crew reicht mir ein Tamburin.

Heute Abend haben sie sich alle in die Windsor-Suite im Erdgeschoss des Ritz gequetscht. Unter denen, die sich dort tummeln: Kristen McMenamy, Sting und Trudie Styler, Kate Moss, Jennifer Saunders, Bryan Ferry, Tina Turner, Donatella Versace, Jon Bon Jovi, Susie Blick, Nadja Auermann in einem Cocktailkleid aus Schaumspitze, Marie-Sophie Wilson in Inka-Pink, eine Handvoll neureicher Russen, ein berühmter Produzent, soeben aus dem Gefängnis entlassen oder aus dem Entzug, spielt's eine Rolle? Ein großer Mops watschelt durch den Raum und versucht verzweifelt, den Füßen auszuweichen, die auf ihn treten wollen. Ich habe keine Ahnung, weshalb diese Party stattfindet, obwohl es hier um die neue Duftnote Pandämonium gehen könnte. Ich fühle mich zerschlagen, am Rand des Zusammenbruchs, mein Mund ist trocken von allzu viel Xanax. Wir haben den Tag auf einer Jacht verbracht und uns mitfühlend zugenickt. Oribe hat vorbeigeschaut und uns allen das Haar gemacht. Jemand, der in einer Ecke steht, wird soeben ohnmächtig, wie ich nebenbei bemerke, während ich mir eine Zigarette anzünde. Disco-Klassiker dröhnen durch den Raum.

Jamie trägt (unter Protest) die hellgelbe leopardenseidene Krinoline, auf der Bobby bestanden hat, sie spricht mit Shalom Harlow und Cecilia Chancellor, die drei kichern müde, und Cecilia – in schwarzem Polohemd und eng taillierten Hosen – ist im Augenblick ein wenig schwerhörig, weil ihr Freund ihr den ganzen Tag hinterherlief und Feuerwerksknaller abbrannte.

Als Jamie zu mir rübersieht, geschieht das mit einem Blick, der mich erinnert: Du. Bist. Allein.

Jemand mit blonden Dreadlocks und einem Kinnbart steht hinter mir und verlangt ein Bier.

Bertrand Ripleis gesellt sich zu Jamie, küsst Shalom, schlingt den Arm um Cecilias Taille, starrt gelegentlich böse zu mir rüber.

Doch ich bin abgelenkt durch die Fliege, die über einer riesigen Silberschale schwebt, wo hochaufgetürmt der Beluga liegt, und durch den schwachen, aber deutlichen Geruch von Scheiße, der den Raum füllt – »Riechst du das?«, frage ich immer wieder Leute; »O ja«, antworten sie mit wissender Miene –, und durch den Typ, der hier in einem weißen Laborkittel herumläuft, durch den Gedanken an Diagramme von Raketen und an die Akten mit Geheimhaltungsstempeln, die ich oben in einem Schlafzimmer in dem Haus im achten oder sechzehnten Arrondissement verstreut herumliegen gesehen habe, und durch das Girl, das neben mir herumlungert, einen Sonnenschirm in der Hand hält und stöhnt: »Wie démodé« und dann »Aber *derartig* vorige Saison.«

»Ist alles ziemlich dünn«, pflichte ich ihr mit einem Frösteln bei.

»Oh, du bist so grausam«, seufzt sie, lässt den Sonnenschirm kreiseln, tanzt davon, lässt mich allein. Ich habe so lange in einer Haltung verharrt, dass mir das Bein eingeschlafen ist.

Ein gepflegter Edgar Cameron – ein entfernter, nicht besonders wichtiger Bekannter aus New York, den ich seit den letzten Weihnachtstagen nicht gesehen habe und dessen Freundin Julia ein einigermaßen modisches Vakuum ist, das ich damals fickte, als ich anfing, mich mit Chloe zusammenzutun – hat mir mehrere Male zugenickt, seitdem er auf der Party aufgetaucht ist, und jetzt, da ich allein dastehe, ein Glas Champagner in der Hand, und versuche, nicht allzu gelangweilt auszusehen, da bin ich der Spitzenkandidat für einen kleinen

Besuch. Julia hat mir erzählt, dass Edgar eine haarlose Katze besitzt und derart säuft, dass er einmal ein Eichhörnchen, das ihm in einer Seitengasse an der Mercer Street über den Weg gelaufen ist, aufaß, »wegen einer Wette«. Ich hab damals Julia geküsst, als ob ich's ernst meinte, als ob ich bei ihr bleiben würde.

»Ich schulde dir noch Geld, Victor«, sagt Edgar entschuldigend, nachdem er sich den Weg zu mir gebahnt hat. »Ich weiß, ich weiß. Ich schulde dir – was? Ach, sagen wir einfach gradeaus zweihundert.« Er hält besorgt inne. »Nimmst du Francs?«

»Edgar, du schuldest mir kein Geld«, sage ich leise und starre hinüber zu Jamie, die für einen Fotografen posiert.

»Victor, das ist echt cool von dir, aber ich hätte *meinen* Teil der Rechnung im Balthazar neulich doch sofort bezahlt, wenn ich bloß …«

»Edgar, was erzählst du denn da?«, unterbreche ich ihn seufzend.

»Letzte Woche?«, sagt Edgar und winkt vage jemandem zu. »Im Balthazar. In New York. Als du die Rechnung übernommen hast, Auf deine Karte.«

Pause. »Ich war letzte Woche nicht im Balthazar, Edgar«, sage ich vorsichtig. »Ich bin nicht in New York gewesen seit …« Meine Stimme versickert, etwas Kleines, Hartes in mir beginnt, breitet sich aus.

Aber Edgar lacht. »Du warst neulich viel besser drauf. Zieht dich Paris irgendwie runter? Ach schau mal, da ist Mouna Al-Rashid.«

»Könnte man sagen«, flüstere ich. »Edgar … Wann haben wir zusammen gegessen?«

»Letzten Dienstag«, sagt Edgar, der nun nicht mehr lacht, dessen Lächeln verschwindet. »Im Balthazar. Eine ganze Masse von Leuten. Du hast's auf deine Karte genommen. Alle haben dir's bar gegeben …« Pause. Edgar starrt mich an, als sei ich plötzlich eingeschlafen.

»Außer mir. Ich hab noch gesagt, ich geh zum Geldautomaten ...«

»Ich war nicht dort, Edgar«, sage ich leise, meine Augen tränen. »Das war nicht ich.«

»Aber anschließend sind wir noch tanzen gegangen, Vic,«, sagt Edgar. »Du hast gefeiert.« Er führt eine kleine Pantomime auf, wie sich jemand gut amüsiert. »Die ganze Nacht lang B-Models, eine Nische im Cheetah, mit allem drum und dran«.

Ich wische eine Träne weg, die mir aus einem Auge sickert, versuche zu lächeln. »O Mann.«

»Victor, ich meine, ich will nicht ...« Er bemüht sich zu lachen. »Ich meine, ich hab dich am nächsten Tag in deiner Wohnung angerufen. Ich hab eine Nachricht aufs Band gesprochen. Ich wollte dich zum Essen einladen.«

»Ich kann mich an nichts erinnern, Edgar«, würge ich.

»Also, du hast einen sehr gut gelaunten Eindruck gemacht«, sagt er, er versucht, mich zu überzeugen. »Du hast davon gesprochen, dass du wieder studieren willst, Columbia oder NYU.« Pause. »Du warst nicht dicht, Victor. Tatsächlich glaub ich, dass du gar nichts getrunken hattest.« Noch eine Pause. »Bist du ... okay« Und wieder eine Pause. »Hast du Gras dabei?«

»Bist *du* okay, Edgar?«, frage ich zurück. »Vielleicht warst *du* zu betrunken, vielleicht ...«

»Victor, meine Freundin, weißt du, Julia? Also ...«

»Nein, eigentlich nicht.«

»Also, sie hat erzählt, dass sie dir am Tag drauf zufällig im Gap begegnet ist«, sagt Edgar stirnrunzelnd. »In dem an der Fifth Avenue? Downtown?« Pause. »Sie hat gesagt, du hast Sonnencreme gekauft und hast, äähm, recht fröhlich ausgeschaut.«

»Warte mal – wer war sonst noch dabei?«, frage ich. »Im Balthazar?«

»Also, da waren ich und Julia und – o Gott, Victor, soll das ein Scherz sein?«

»Sag's mir nur«, antworte ich und wische eine weitere Träne weg, die meine Wange hinunterläuft. »Bitte?«

»Also, da waren ich und Julia und Rande Gerber, Mira Sorvino, jemand aus Demi Moores Produktionsgesellschaft, Ronnie Newhouse, von den Cardigans jemand, und natürlich Damien und Lauren Hynde.«

Sehr vorsichtig gebe ich Edgar das Champagnerglas, das ich halte, der es zögernd und ratlos entgegennimmt.

»Victor, du warst an dem Abend wirklich ganz bezaubernd«, sagt Edgar. »Wirklich. Gibt doch keinen Grund zu weinen. Mein Gott, du und Damien, ihr habt euch wieder zusammengerauft, der Club ist ein unglaublicher Erfolg und …«

»Edgar, bitte nicht.« Adrenalin schießt durch meinen Körper, ich taste in meiner Jackentasche herum, finde zwei Xanax, schiebe sie hastig in den Mund, werfe den Kopf zurück. Ich nehme Edgar das Glas Champagner wieder ab und leere es so rasch, dass ich zu husten beginne.

»Du und Damien, ihr habt davon gesprochen, noch einen weiteren Club aufzumachen«, sagt Edgar. »In Tri-BeCa, glaube ich.«

»Edgar«, sage ich und beuge mich schwer atmend vor. »Ich glaube nicht, dass ich das war.«

»Also, wer immer das war, er war …« Edgar verzieht das Gesicht ein wenig, rückt ein Stück von mir ab. »Er war ausgesprochen, äh, wohlerzogen und … Ich muss jetzt übrigens weiter. Bis später, Victor.« Er verschwindet im Nichts der Party.

Mir ist heiß, auch wenn Dampf bei jedem Ausatmen aus meinem Mund quillt, und »Jenseits« – das Wort, das in meinen Träumen auftauchte – schwebt über der Party, summt elektrisch unter der Decke. Es scheint, als ob jeder der Anwesenden schon seit zehn Stunden hier ist.

»Das macht keinen Spaß, die Leute so zu erschrecken, dass sie weglaufen, was, Victor?« Felix, der Kameramann, taucht plötzlich auf, in einem chartreusegrünen Jackett mit kleinen Epauletten. Sein nun folgendes Augenzwinkern ist eine Art Stichwort. Ich versuche, mich wieder zu fangen, es gelingt nicht.

»Stimmt wohl, ja«, bringe ich heraus.

Der Regisseur, den ich bisher nicht bemerkt hatte, macht auf sich aufmerksam, indem er vor mir stehenbleibt und mich grimmig anstarrt.

»Ein fulminanter Abend«, sagt er.

»Was?«, frage ich, und dann: »Ah ja. Stimmt wohl.«

»Stimmt was nicht?«, fragt der Regisseur. »Beunruhigt dich etwas, Victor?«

»Nein, ähm, ich bin einfach überwältigt.«

»Na, du hast ja einen guten Ruf zu wahren, was?«

»Ja, das stimmt.« Ich nicke. »Und deswegen drehe ich auch irgend wie durch.«

»Victor …« fängt er an.

»Ja?«

»Mit wem hast du dich denn in letzter Zeit so abgegeben?«, fragt der Regisseur. »Ich meine, außer den Leuten in dem Haus.«

»Ach mit niemand.« Ich zucke die Achseln. »Bloß mit mir.«

»Was ist denn da im Louvre heute Morgen gelaufen?«, fragt plötzlich Felix. »Dimity, die Assistentin, hat erzählt, dass dir eine Kameracrew gefolgt ist.«

»Dimity hat doch keine Ahnung, wovon sie redet«, sage ich, meine Stimme ist wieder fest, »obwohl sie ja, auf ihre … Art, ein ganz, ähh, wundervoller« – ich schlucke – »Mensch ist.«

»Wir würden auch gerne wissen, was aus dem Schauspieler geworden ist, der den Sam Ho spielt«, sagt der Regisseur ohne eine Vorwarnung. »Hast du irgendeine Ahnung, wo der stecken könnte?«

Der Name – Sam Ho – hallt dumpf nach, und kurz fühle ich mich zurückversetzt in den Sportraum im Keller des Hauses in London, Jamie schreit, Bobby mit der Skimaske, Bruce mit dem Messer in der Hand, das Blut und die Drähte, die flackernden Lichter, die ausgeweidete Puppe, die Party, zu der wir am Abend darauf gegangen sind, und das Mädchen, das mich dort ignoriert hat.

»Ich will eigentlich nicht über die … Vergangenheit sprechen«, bringe ich heraus. »Konzentrieren wir uns auf die G-g-gegenwart.«

»Du warst der letzte, der mit dem Schauspieler zusammen war, nachdem ihr aus dem Pylos raus seid«, sagt Felix. »Du solltest an der Limo warten, sobald du den Club verlassen hattest.«

Pause. »Also …«, fange ich an. »Habt ihr mit dem … Fahrer geredet?«

»Den können wir auch nicht finden«, sagt der Regisseur. »Was ist an dem Abend passiert, Victor?«

»Victor, ist Sam Ho in dieser Nacht mit dir in das Haus gegangen?«, fragt Felix. »Das ist sehr wichtig, also überleg's dir genau.«

»Nein, ist er nicht«, sage ich angespannt, rot im Gesicht.

»Du lügst!«, bemerkt der Regisseur scharf.

»Diese Bemerkung beleidigt mich zutiefst.«

»O Gott«, sagt er höhnisch.

»Victor«, sagt Felix ruhig (obwohl seine Haltung drohend wirkt). »Was ist in dieser Nacht aus Sam Ho geworden? Nachdem ihr zwei aus dem Pylos raus seid?«

»Er … hat sich an mich ranmachen wollen …«

»Aber wohin seid ihr denn gegangen?«, fragt der Regisseur und kommt näher. »Warum seid ihr nicht vor dem Club geblieben? Die Crew war draußen. Sie sagen, sie hätten dich zur Limo rennen sehen. Sie sagen, dass die mit kreischenden Reifen losgeschossen ist.«

»Glaubt ihr wirklich, ich gebe jetzt – also ich weiß

auch nicht – plötzlich irgendeine Erklärung ab, wo ich … ich meine, Herrgott …«

»Wo seid ihr beide hin?«

»Ich weiß nicht«, sage ich und sinke in mich zusammen. »Wir … wir haben eine Spazierfahrt gemacht … Sam wollte das … Und wir sind rumgefahren … zu einem anderen Club, glaube ich.« Ich kneife die Augen zusammen, tue so, als dächte ich nach. »Ich weiß es wirklich nicht mehr genau … Ich glaube, Bobby hat mir gesagt, ich soll ihn dann mitbringen ins Haus, aber …«

Felix und der Regisseur werfen einander Blicke zu.

»Moment«, sagt der Regisseur. »Bobby hat gesagt, du sollst ihn mitbringen?«

»Jawohl«, sage ich. Ich folge Felix' Blick und sehe auf der anderen Seite des Raums Bobby stehen.

Bobby wirkt frisch und relaxed und gibt gerade Cameron Diaz Feuer, er schaut zu mir herüber, und als er sieht, mit wem ich spreche, wirft er sehr beiläufig einen zweiten Blick in unsere Richtung und entschuldigt sich bei den Leuten, mit denen er zusammensteht, bei Leuten, die ich gar nicht mehr erkennen kann, so rasch ist mein Blick trübe geworden.

»Aber das war nicht im Skript«, sagt Felix. »Das war definitiv niemals im Skript.«

»Warum wollte Bobby denn Sam Ho dort im Haus haben, Victor?«, fragt der Regisseur sehr leise.

Ich zucke hilflos die Achseln, bemerke das Konfetti, mit dem der Ärmel meines schwarzen Jacketts übersät ist.

Bobbys Hand landet auf diesem Arm, und indem er für Felix und den Regisseur ein breites Lächeln aufsetzt, fragt er: »Ich muss jetzt wirklich mal mit unserem Jungen hier reden – könnte ich ihn bitte haben?« Aber es ist eigentlich keine Frage, sondern hat die Form einer Anweisung.

»Nein«, sagt der Regisseur. »Das kannst du nicht.«

»Störe ich hier gerade bei etwas?«, fragt Bobby mit jungenhaftem Charme, und sein Griff um meinen Arm wird fester.

»Ja«, sagt der Regisseur. »Wir haben gerade eine Unterhaltung über Unstimmigkeiten.«

»Hey, Mann, ich bin nicht der Skript-Supervisor«, sagt Bobby. »Da müsst ihr euch an jemand anderen wenden.«

Felix und der Regisseur sagen nichts. Es ist fast, als würden sie einer stummen Schwingung gehorchen, die Bobby aussendet: Ich bin wunderschön, ich habe ein Ziel, kehrt ihr zurück zu eurem Traum.

Als wir uns an diversen Statisten vorbeidrängen, hat Bobby mir den Arm um den Hals gelegt, und er tätschelt meine Schulter, er führt mich zu Jamie, die am Ausgang wartet und gekünstelt über etwas lacht, das jemand sagt, den sie eigentlich nicht kennt, und dann fragt mich Bobby: »Was würdest du sagen, wenn all diese Leute sterben und das ganze Hotel einstürzen würde?« Er grinst, ist ernst.

»O Mann«, flüstere ich, knicke zusammen. »O Mann.«

»Hier – nimm das hier«, sagt Bobby und schiebt mir eine Tablette in den Mund, reicht mir ein Glas Champagner und streichelt meinen Nacken. »Das ist wie ein Regenbogen.«

28

In der Duschkabine des Badezimmers, das sich Jamie und Bobby teilen, bewundert Bobby, wie braun wir heute auf der Jacht geworden sind und wie schockierend weiß dort, wo unsere Boxershorts die Sonne abgehalten haben, die weißen Abdrücke, die Jamies Bikini hinterlassen hat, diese im Halbdunkel des Bads fast leuchtende Blässe. Das Wasser aus dem massiven Chromduschkopf knallt auf uns herab, unsere beiden Schwänze stehen in spitzem Winkel hoch, und Bobby zieht an seinem Ding, das steif und dick ist, die Eier darunter hängen prall, die Muskeln in seinen Schultern spannen sich, als er an sich herumzerrt, und er sieht mich an, unsere Blicke begegnen sich, und mit gepresster Stimme grunzt er: »Sieh auf deinen Ständer, Mann«, und ich sehe hinunter auf den Schwanz, an dem ich wichse, und weiter hinab auf die harte Muskulatur meiner Beine …

In der Dusche lässt mich Bobby an Jamie ran, und dann ist sein Kopf zwischen ihren Beinen, und Jamies Knie knicken ein paarmal ein, und Bobby stützt sie immer wieder mit einem Arm ab, sein Gesicht hat sich in ihre Möse gewühlt, sie krümmt den Rücken, schiebt sich auf seine Zunge, und mit einer Hand ergreift er meinen Schwanz, seift ihn ein, rauf und runter, und dann fängt Bobby an, ihn zu lutschen, und er ist so steif, dass ich das Blut in ihm pulsieren fühle, und dann wird er noch steifer, der Schaft wird immer dicker, und Bobby zieht ihn aus seinem Mund und betrachtet ihn, drückt ihn, und dann fährt er mit der Zunge über die Eichel, und dann packt er ihn und lässt seine Zunge in kurzen, präzisen Bewegungen über den Punkt schnellen, wo die

Eichel beginnt, während Jamie hungrig stöhnt: »Mach's ihm, mach's ihm« und im Halbdunkel an sich selbst herumfingert, und dann steckt sich Bobby den ganzen Schaft in den Mund, nimmt so viel von meinem Schwanz auf, wie er kann, lutscht eifrig, nass schmatzend, hingekauert und macht dabei immer noch an seinem eigenen Schwanz rum, und drunten schwellen die Rundungen seiner Schenkel, als er seine Position leicht verändert. Ich biege meinen Kopf nach hinten, lasse das Wasser über meine Brust strömen, als ich wieder hinabschaue, schaut Bobby hoch und grinst, sein nasses Haar ist an die Stirn geklebt, seine Zunge ist vorgestreckt, hebt sich rosa gegen das Gesicht. Dann zeigt mir Bobby, dass ich mich umdrehen soll, damit er meinen Arsch auseinander ziehen kann, ich spüre, wie er seine Zunge rausstreckt und damit hineinfährt, und dann zieht er die Zunge zurück und steckt seinen Zeigefinger halb in mein Arschloch und pumpt, bis er den ganzen Finger, so weit es nur geht, hineingeschoben hat und mein Schwanz unkontrollierbar zuckt …

Ich falle auf die Knie und lecke Jamies Möse, meine Finger spreizen ihre Lippen auseinander, und während ihre Hände mein Haar massieren, lehne ich sie gegen die Kabinenwand – Bobby ist hinter mir immer noch auf den Knien, sein Finger bewegt sich in meinem Arschloch rein und raus, seine andere Hand fährt über meine harten, würfelförmig hervortretenden Bauchmuskeln –, und ich lasse meine Zunge von ihrem Kitzler zu ihrem Arschloch gleiten und hebe ein Bein von ihr über meine Schulter und sauge ihren Kitzler in meinen Mund fest und ficke sie mit zwei, dann drei Fingern, und dann führe ich meine Zunge zu ihrem Arschloch und ficke es mit der Zunge, während meine Finger ihren Kitzler massieren, und als ich aufstehe, schlüpft Bobbys Finger aus meinem Loch, und ich drehe Jamie um und hocke mich hinter sie und ziehe ihre kleinen, festen Arschbacken auseinander und fange an, meine Zunge rhythmisch rein und raus zu stoßen, und dann lasse ich sie tief in ihren Anus gleiten und bleibe dort, während ich ihren Kitzler reibe, bis es ihr kommt ...

Nachdem wir uns abgetrocknet haben, gehen wir ins Schlafzimmer von Jamie und Bobby, wir stehen neben dem riesigen, abgezogenen Bett, alle Lichter im Zimmer sind an, damit wir alles sehen können, und Jamie drückt meinen Schwanz, lutscht an der Eichel, und ich sehe Bobby zu, wie er hinübergeht zu einer Schublade, und als er sich hinunterbeugt, gehen seine Arschbacken auseinander, sein Arschloch wird kurz sichtbar, als er eine Flasche mit einer Lotion herausholt, und als er sich umdreht, ragt sein Schwanz voll erigiert hoch, er kommt zu uns herüber, ich schaue zu, wie sich Jamie einen Finger in die Möse schiebt und wieder herauszieht, und dann fängt sie an, ihren Kitzler zu reiben, und dann fährt sie mit dem Finger an meinen Mund, und ich sauge daran. Sie schiebt den Finger wieder in die Vagina, und als sie ihn herauszieht, bietet sie ihn mir wieder an, ich ergreife ihre Hand, lecke den salzigen Geschmack von ihrem Finger, lutsche an ihm, und dann ziehe ich ihr Gesicht an meines, und während ich sie küsse, gleiten meine Hände runter zu ihrem Arsch, dann hoch zu ihren Hüften und zur festen Schwere ihrer Titten, ich streife mit den Handflächen leicht über die kleinen Nippel, was sie hart werden lässt, und Jamie zittert und stöhnt. Dann lege ich sie aufs Bett und knie mich daneben, ich berieche die Lippen ihrer Fotze, atme den Geruch tief ein, in ihrem Schamhaar stehen noch Wassertropfen, ich atme leicht dagegen, und mit einem Finger folge ich den Konturen ihrer Schamlippen, ich dringe noch nicht ein, ich necke sie nur, und dann fahre ich mit einem Finger tief in ihre Möse, ich spiele mit ihrem Kitzler, der, während ich zusehe, eine tiefere Färbung annimmt, sie legt sich mit dem Rücken aufs Bett, ihre

Augen sind geschlossen, und dann lasse ich meine Zunge über ihren Kitzler tanzen und hebe ihre Hüften hoch, ich spreize ihre Arschbacken auseinander, bis ich das Rosa im Inneren sehen kann ...

Ich fahre mit dem Mund wieder hinauf zu ihren Titten, sauge fest an den Brustwarzen und drücke die Brüste, und dann lasse ich mich wieder hinabgleiten, meine Zunge fährt die Linie entlang, die ihren Leib in zwei Hälften teilt, und Jamie hebt die Beine hoch, spreizt sie, der Kitzler ist nun total angeschwollen, aber ich berühre ihn zunächst kaum, sodass Jamie hin und her rutscht und versucht, sich gegen meine Zunge zu drücken, wimmernd, und als meine Zunge schließlich den Kitzler berührt, wird er fester, größer, und meine Hände greifen die Rückseite ihrer Beine und dann die Innenseite der Schenkel, und ich ficke sie immer noch mit der Zunge, und als ich wieder ihre Hüften anhebe, fange ich an, an ihrem Arschloch zu saugen. Bobby beugt sich vor und starrt konzentriert darauf, wie meine Zunge in ihrem Anus rein und raus fährt, während er an seinem Schwanz wichst. »Mensch, bist du nass«, flüstere ich. »Du bist wahnsinnig nass.« Ich stoße einen Finger rhythmisch in ihre Vagina, und Jamie ruckt mit den Hüften hin und her, als ich die ganzen Schamlippen in meinem Mund festsauge, und dann lecke ich wieder ihren Kitzler, was Jamie in einem weiteren Orgasmus zucken lässt ...

Vor mir macht Jamie einen Schritt in Bobbys Arme, und er fasst ihr mit seiner großen Hand unters Kinn und kippt ihr Gesicht nach hinten und küsst sie tief, die rosa Zungen umschlingen einander, und Jamies Hand fällt hinab zu Bobbys Schwanz, und sie drückt ihn, und dann schiebt sie Bobby langsam auf das Bett neben mich, sein Kopf zu meinen Füßen, sein Ding ist an meinem Gesicht, und Jamie fällt neben dem Bett auf die Knie und leckt Bobbys Ständer seitlich, während sie mich ansieht, und Bobby stöhnt, er leckt an meinen Füßen, und Jamie löst ihren Mund, senkt ihn dann wieder, sie nimmt so viel von Bobbys Schwanz in den Mund, wie sie kann, während seine Hüften nach oben schnellen. Sie steigt aufs Bett und kniet sich mit gespreizten Beinen über Bobbys Schwanz, senkt sich langsam auf ihn herunter, den Blick in meine Augen gebohrt, während sein Glied in ihre Möse rutscht, und dann schiebt sie sich hoch, bis sie ihren Schlitz nur noch an der Eichel reibt, und dann lässt sie sich wieder fallen, der Schwanz dringt mühelos in sie ein, dann hält sie inne, bleibt still, lässt ihre Möse sich anpassen, und dann fängt sie an, auf Bobbys Schwanz zu reiten, hebt sich bis zur Eichel hoch, lässt sich dann hart auf sein Becken fallen, Bobby stöhnt, während er in sie hineinhämmert, und plötzlich krampfen alle ihre Muskeln auf einmal, sie versucht, es noch nicht kommen zu lassen, aber sie verliert die Kontrolle und schreit: »Fick mich, fick mich«, und irgendwo im Zimmer geht ein Beeper los und wird ignoriert ...

Ich knie vor Bobby, und er drängt mich, seinen Schwanz hochzuziehen, damit ich an seinem Sack riechen kann, und dann drückt er meinen Kopf zurück und schiebt mir den Schwanz tief in den Mund, und ich würge, ringe nach Luft, aber Bobby lässt ihn dort, bis meine Kehle sich entspannt, seine Hände auf beiden Seiten meines Kopfes führen mich seinen Penis auf und ab, dann zieht er ihn ein ganzes Stück heraus, lässt aber die Eichel in meinem Mund, und dann stößt er den Schwanz wieder in meine Kehle, bis meine Oberlippe in seinem Schamhaar begraben ist und meine Nase sich gegen seinen harten, straffen Unterbauch presst, seine Eier liegen prall an meinem Kinn. Als ich hochschaue, hat er den Kopf zurückgeworfen, ich sehe nur die Kinnspitze über der massiv sehnigen Säule des Halses. Bobbys Bauchmuskeln laufen nach unten mit den schmaleren, tieferen enger zusammen, und eine meiner Hände streicht über sie, meine andere Hand liegt an der Stelle, wo sein Rücken in die Rundung des Arsches übergeht und fleischiger wird, ich schlucke krampfhaft, meine Lippen kleben von meinem Speichel und Bobbys Vorfreude, ich fahre mit der Zunge um seine Eichel, lecke hin und her, gehe mit langsamer, stetiger Bewegung ganz hinunter zur Wurzel, die Nase in Bobbys verschwitztem Schamhaar begraben, und dann fängt er an, meinen Mund härter zu ficken …

Bobby lässt sich rücklings aufs Bett fallen und stemmt mich hoch, bringt mich in eine solche Stellung, dass er meinen Schwanz lutschen kann, während ich seinen lutsche, und er nimmt mich tief in sich auf, sein Kopf geht jedes Mal ganz runter und dann weit zurück, er lutscht hart an meinem mit Speichel überzogenen Schwanz, den er ableckt, bevor er mich wieder ganz aufnimmt, unsere Hüften rotieren leise, rhythmisch. Dann rollt sich Bobby auf den Bauch und liegt da, ein Knie angewinkelt, sein Sack liegt auf dem Bett unter der Arschritze, und Jamie zieht ihm die Arschbacken auseinander, und ich lehne mich keuchend hinunter und küsse sein Arschloch, stecke ihm sofort die Zunge rein, und Bobby reagiert, indem er die Hüften hebt, bis er auf den Knien und den Ellbogen ist, und ich bohre meine Zunge in sein Arschloch, ich fühle, wie es sich ein wenig weitet, sich dann zusammenzieht und wieder dehnt, und dann rutscht Jamie am Kopfende und spreizt vor seinem Gesicht die Beine, sie hält seinen Kopf in den Händen, und er versucht, ihre Möse zu erreichen, aber sie sitzt drauf, und er bewegt sich rückwärts, zieht Jamie mit sich, bis sie auf dem Rücken liegt und die Beine vor Bobbys Gesicht hochstreckt und spreizt, und er fängt an, ihre Möse zu lecken, um sie dann umzudrehen, sodass sie auf Händen und Knien hockt, und er leckt ihre Möse von hinten, stößt ein lautes Stöhnen aus, das zwischen ihren Schenkeln erstickt hervordringt, und ich fange an,

Bobbys Arschloch mit der Lotion einzureiben, die er mit zum Bett gebracht hat …

Ich sitze auf meinen Fersen, und Jamie beugt sich vor und lutscht meinen Schwanz, sie spuckt drauf, bis er von ihrem Speichel trieft, und dann steh ich auf den Knien und schiebe Jamie weg, ich halte Bobbys Arsch mit den Fingern der einen Hand auseinander gespreizt und schmiere meinen Schwanz mit der anderen ein, und dann führe ich meine Eichel an sein Arschloch, umfasse seine Hüften, halte sie fest und schiebe mich vorsichtig vorwärts, bis ich nicht mehr anders kann – ich fange an, ihn echt hart zu ficken, mein Bauch klatscht gegen seinen Arsch, während Jamie mich festhält und meinen Körper jedes Mal zurückzieht, wenn ich vorgeschnellt bin. Ich lasse eine seiner Hüften los und lange um ihn herum, ich finde Bobbys Hand, die seinen Steifen wichst, die daran zerrt im Rhythmus meiner Stöße, und ich schließe meine Hand um die von Bobby, und unsere schaukelnde Bewegung lässt meine Hand automatisch vor und zurück gehen, und ich fange an, ihn rascher zu reiten, ich atme so schnell, dass ich glaube, mir bleibt das Herz stehen, ich glühe vor Hitze. »Langsam … langsam …«, höre ich ihn stöhnen. »Komm noch nicht …«

Bobby nimmt meinen Schwanz und hilft mir, ihn in Jamies Möse zu lenken, und ich lasse meinen Penis in sie gleiten, während ich ihre Schenkel von unten stütze, sie dann mit den Armen von hinten umfasse, Jamie zu mir herabziehe, und dann packe ich ihre beiden Titten und lutsche an ihnen, während ich sie ficke, ihre Möse saugt an meinem Schwanz, während sie seitlich hin und her schwankt, die Fotze antwortet jeder Bewegung und saugt mich wieder rein, wenn ich zurückgleite, und dann haue ich meinen Schwanz in sie rein, ich grunze bei jedem Stoß, ihr Gesicht ist knallrot, sie schreit auf, drängt sich zuckend an mich, und dann ziehe ich mich aus ihr raus, drehe sie um, spreize ihre Arschbacken mit

Daumen und Zeigefinger einer Hand, und während ich mit einem Finger in ihrem Arschloch rumwichse, schmiert Bobby mir wieder die Lotion auf den Schwanz, ich umklammere Jamie, lasse meine Hüften kreisen und schiebe meinen steinharten Schwanz langsam in Jamies After, fühle, wie er sich etwas weitet, und ohne auch nur zu warten, bis sie sich wirklich gelockert hat, fange ich an, ihren Arsch echt hart zu ficken. Bobby beugt sich hinunter, schaut zu, wie mein Schwanz verschwindet und wieder erscheint und dabei Jamies sich anklammerndes Arschloch mitzieht, und dann legt er sich ans obere Ende des Bettes, umfasst das Kopfbrett als Stütze und schiebt seine Hüften vor, die Beine gespreizt und aufgestellt, sodass Jamie ihm das Arschloch lecken kann, während er sich einen abwichst. Ich lasse eine Hüfte los, lange hinunter und knete wieder Jamies Brüste, ich fahre mit der Hand ihren Bauch hinunter und gelange zu ihrem Kitzler und fange an, ihn mit zwei Fingern zu reiben, dann ficke ich sie mit den Fingern, während sie immer weiter an Bobbys Arsch leckt, ihm manchmal den Schwanz lutscht …

Jamie steht auf dem Bett und spreizt die Beine über Bobbys Hüften. Sie senkt sich auf seinen Schwanz hinab und ergreift ihn mit einer Hand und schiebt ihn dann in ihre Fotze, bis sie draufsitzt, sich vorwärts neigt, immer weiter, bis sie flach auf Bobby draufliegt, die Brüste gegen sein Gesicht gepresst, und Bobby hält mit beiden Händen die Titten fest, während er an ihren Nippeln saugt. Ich hocke zwischen Bobbys Beinen, innerhalb derer von Jamie, ich ziehe ihre Backen auseinander und fange an, an ihrem Arschloch rumzuwichsen, das hervortritt, gedehnt durch den Druck von Bobbys großem Schwanz in ihr drin. Ich hocke da, meine Erektion pulsiert, und als ich Jamies Arschbacken noch weiter auseinander ziehe, drückt sie die Hüften hoch, sodass Bobby aus ihr herausgleitet, bis nur seine Eichel zwischen den Lippen ihrer Fotze bleibt, und dann gleitet mein Schwanz mühelos in Jamies Arsch. Vorsichtig setzt sich Jamie wieder auf Bobbys Schwanz, während ich leicht auf und ab stoße, Bobbys Glied rutscht ganz hinein, während mein Schwanz halb wieder rausgleitet, und wir können beide spüren, wie Jamies Vaginalmuskeln sich während ihres Orgasmus gewaltig zusammenziehen, als sie zwischen uns beiden zuckt …

»Hier, geh mal hoch«, sagt Bobby, ich hebe die Hüften, und er schiebt rasch ein Handtuch unter meinen Arsch, und ich berühre die Umrisse seiner Brust, fahre die Linie nach, die seinen Körper teilt, und er drückt meine Beine auseinander, während er sich vorbeugt und mich hart auf den Mund küsst, die Lippen dick und nass, ein Finger, dann zwei Finger schieben sich in mein Arschloch, rein und raus, wir glänzen beide vom Schweiß, mein Kopf liegt in Jamies Schoß, und sie hält mich fest, flüstert mir Sachen ins Ohr, neigt sich herüber und streichelt meine Erektion. »Ja, zeig mir den Schwanz, Victor«, sagt Bobby. »Wichs ihn, ja, mach weiter. Mach die Beine breit. Noch weiter auseinander. Heb sie hoch. Lass mich dein Arschloch sehen.« Er hebt meine Beine und schiebt die Knie zurück, ich kann spüren, wie er meine Schenkel auseinander drückt und mich inspiziert. »Ja, du hast ein hübsches rosa Arschloch, Mann. Ich kann's jetzt schön sehen. Möchtest du, dass ich's dir ficke? Hm?« Ich nehme mich zusammen, sehe Bobby mit einem langen Blick an, der schaut ausdruckslos zurück, und ich bin mir nicht sicher, wie viele Finger jetzt in meinem Arsch stecken, und seine Hand beginnt eine kreisförmige Bewegung, die Finger dringen weiter ein, bis ich sein Handgelenk umklammern muss und flüstere: »Vorsicht, Mann, Vorsicht«, und mit der anderen Hand kneift er mir die Nippel, bis sie brennen und schmerzen, und mein Kopf klemmt in Jamies Achselhöhle, und ich muss alle Muskeln anspannen, um zu verhindern, dass es mir zu früh kommt …

»Warte«, stöhne ich und hebe den Kopf. »Hast du ein Kondom?«

»Was?«, fragt er. »O Mann, macht dir das was aus?«

»Ist okay.« Ich lehne mich zurück.

»Soll ich dich ficken?«, fragt er.

»Ja, ist okay.«

»Soll ich dich mit diesem Schwanz hier ficken?«, fragt er und zieht meine Beine hoch über seine Schultern.

»Ja, fick mich.«

Jamie sieht genau zu, wie Bobby seinen langen, dicken Schwanz in mein Arschloch schiebt, rein und raus, und dann die Dauer und Tiefe seiner Stöße verstärkt, seinen Schwanz fast immer völlig herauszieht und ihn dann wieder reinhaut, sein Ding pumpt gegen meine Prostata, ich sehe zu ihm auf und schreie, und seine Bauchmuskeln dehnen sich mit jedem Stoß, und er versucht, sich an meinen Schultern abzustützen, die Muskeln seiner Arme treten hervor, seine Augenbrauen sind gerunzelt, und sein Gesicht – für gewöhnlich regungslos – verzerrt sich kurz lustvoll. »Ja, fick ihn, fick ihn fester«, ruft Jamie in einer Art Singsang. Bobby stößt seinen Schwanz rein und raus, rein und raus, wir stöhnen beide vor Erleichterung, die Intensität schwillt an, und dann schreie ich laut los, zucke unkontrollierbar, wir rucken beide wild hin und her, als ich anfange zu ejakulieren, es spritzt gegen meine Schultern und dann auf meine Brust, während Bobby mich weiterfickt, mein Anus zieht sich um seinen stoßenden Pimmel zusammen. »Ja, jetzt, jetzt, Mann«, stöhnt Bobby, er kommt, lässt sich dann auf mich hinabfallen …

Später, wieder in der Dusche und allein, als Wasser über mich hinwegsprüht, berühre ich vorsichtig mein Arschloch, das weit gedehnt scheint, empfindlich, glitschig von der Lotion und von Bobbys Sperma, das Fleisch fühlt sich durchbohrt an. Ich mache einen langen Schritt aus der Dusche hinaus, trockne mich ab, meide den Anblick meines Spiegelbildes in einem riesigen Spiegel, ich fürchte mich davor, was ich dort sehen könnte. Ich suche auf dem Waschtisch nach einem Kamm, nach Deodorant, Aspirin. Ich schaue in ein Medizinschränkchen, aber es ist leer. Ich ziehe Schubladen auf: eine Breitling-Uhr, zwei Cartier-Ringe (einmal Zitrin, einmal Amethyst), eine diamantenbesetzte Sonnenbrille, eine Flasche Eau de Cologne (Marke Ambush), eine Tube Shiseido-Moisturizer. In einer anderen Schublade: Dutzende Chanel-Lippenstifte, eine Ausgabe von *Harper's Bazaar* mit Tammy auf dem Titelbild, ein paar vertrocknete Rosen und – in einer transparenten Plastiktüte in der untersten Schublade des Badezimmers, das sich Jamie und Bobby teilen – ein großer schwarzer Hut, flach zusammengelegt.

Ich zögere, ehe ich die Tüte aus der Schublade nehme, weil etwas in mir mich davor warnt, es zu tun. Mein Instinkt warnt mich.

Ich halte die Tüte vor mein Gesicht, wende den Blick ab.

Das Geräusch einer um meinen Kopf surrenden Fliege lässt mich die Tüte ansehen.

In der Tüte ist der Hut, den Lauren Hynde mir in New York gegeben hat.

Der Hut, den Palakon mir auf meiner Fahrt mit der QE 2 mitzubringen befohlen hat.

Das gesamte Innenfutter ist entfernt worden.

Ein großes Loch klafft dort, wo die kleine rote Rose war.

Eine Seite des Hutes ist mit rosa und grünem Konfetti bestreut.

Ich kann die Tüte nicht länger in der Hand halten. Ich schlucke unfreiwillig die ganze Zeit und lege sie vorsichtig zurück in die Schublade und schließe diese dann langsam. Aber es ist nur ein Traum, es ist nur ein Film – das zu wiederholen, beruhigt mich, aber in meinem Hinterkopf ertönt schwach und dunkel ein Lachen, und es kommt aus einem Grab, und es hat etwas Flüsterndes, Anschuldigendes.

Nackt, ein Handtuch umklammert, gehe ich langsam in das Zimmer, wo Jamie und Bobby tief schlafen, anmutig, auf einem Laken, das von unserem Schweiß durchtränkt ist, obwohl es derart kalt ist im Raum,

das Zimmer ist eine Falle. Die Frage nach dem Hut wird nie gestellt. Die Frage nach dem Hut ist ein großer schwarzer Berg, und das Zimmer ist eine Falle. Ein Foto von deinem ausdruckslosen Gesicht ist auf dem Titelbild eines Magazins, auf einem eisigen Nachttisch liegt eine Pistole. Es ist Winter in diesem Zimmer, und das Zimmer ist eine Falle

dass mein Atem dampft, während ich dastehe und auf Bobby und Jamie sehe, wie sie auf dem Bett schlafen.

Auf Bobbys Schulter ist eine Tätowierung, schwarz und formlos, die ich nie zuvor bemerkt habe.

Flashback: Die QE 2, eine Montage mit Stroboskop.

Der Geruch des Meeres, ein Oktobernachmittag, der Atlantik, der sich langsam unter uns regt, Mitternacht, die Begegnung mit Marina vor dem Club Lido, ihre Stimme, die rau ist vom Weinen, die Nebelmaschinen, Marina im Gegenlicht vor einer Schublade im Badezimmer, wie schüchtern sie an der Reling wirkte, wie zielbewusst sie durch meine Kabine ging, der Kapuzenparka.

Da war ein Haar, das über Marinas Gesicht hing. Und da war der Kapuzenparka.

Die Tätowierung, schwarz und formlos, auf ihrem rechten Schulterblatt.

Diese Tätowierung gab es an jenem Nachmittag, als wir uns kennen lernten, nicht.

Du hast in jener Nacht Marinas Gesicht nie gesehen.

»Du musst nach London«, flüsterte eine Stimme.

In jener Nacht hast du ihren Körper nie berührt.

Du begreifst, dass nun etwas aufgedeckt wird, etwas Unvollständiges.

Ein unvorhergesehener Halt mitten auf dem Ozean.

Jemand geht an Bord eines Schiffes.

Der Untergang eines Mädchens, das du nicht gerettet hast.

Das ist alles sehr klar, aber du musst weiterraten.

Was du nicht weißt, ist das Allerwichtigste. Hat dir der Regisseur gesagt.

Ich ziehe mich an, wanke nach draußen.

Als ich zurücksehe, hochschaue an der Wand des Hauses, steht er an einem Schlafzimmerfenster. Er sieht zu mir herab. Er hält einen Finger an die Lippen. Er sagt: Psst.

Weil die erste Métro erst um halb sechs fährt, streife ich ziellos durch einen dunklen Frühmorgennebel, stolpere über weite Strecken, bis automatische Zeitschaltuhren die Straßenbeleuchtung erlöschen lassen, bis die Clubs zumachen, bis eine Gestalt, ein Phantom, mich im Vorbeischlendern giftig anlächelt, im Nebel verändern die Umrisse von Glas- und Betontürmen ihre Form, und ohne über die Richtung nachzudenken, gehe ich auf den Eiffelturm zu, durch den Parc du Champ de Mars, und dann auf dem Pont d'Iéna über die Seine und vorüber am Palais de Chaillot. Eine Taube bricht aus dem Nebel hervor, sie hinterlässt eine wirbelnde Spur. Ohne Vorwarnung erscheint, gegen einen schwarzen Citroën gelehnt, im Nebel der Christian-Bale-Doppelgänger.

»Victor?«, fragt er, mit steinernem Gesicht, leise. Er trägt eine schwarze Strickjacke, Stiefeletten, einen Prada-Mantel.

Schweigend gehe ich zu ihm rüber, die Straßen sind übersät mit Konfetti, der Nebel schließt sich um uns.

»Jemand will Sie sprechen«, sagt er einfach.

Ich nicke nur und steige ohne weitere Aufforderung hinten in den Citroën, wo ich mich quer über die Rückbank lege, mich zusammenrolle, als der Wagen sich in Bewegung setzt, und ich stoße Laute aus auf dem Rücksitz, weine zuweilen. Er sagt mir, ich solle jetzt nicht durchdrehen. Er macht eine leise Andeutung, es könne in meinem Schicksal eine Chance geben. Aber ich schenke dem nur die allergeringste Aufmerksamkeit, ich höre ihm so zu, wie ich einem Ziegelstein zuhören würde, einem Baum, einem Haufen Sand. Endlich stelle ich die absurde Frage: »Wissen Sie, wer ich bin?« Im Radio läuft etwas, das emblematisch den Punkt darstellt, an dem ich mich befinde, etwas wie »Don't Fear the Reaper« oder »I'm a Believer«.

Ein Hotel an der Avenue Kléber.

Ich folge dem Christian-Bale-Typ einen Gang hinunter, an dessen Wänden die Fotos von meist toten Berühmtheiten hängen, ich bin so schläfrig, dass ich kaum Schritt halten kann, und die Lichter über uns flackern chic, und am anderen Ende des Ganges kommen wir an eine Tür, die von einer dünnen Frostschicht bedeckt ist.

Im Zimmer sind alle Lichter gedämpft, und an einem Schreibtisch – hinter ihm glüht tonlos auf einem übergroßen Fernsehschirm ein Sky-TV-Programm – sitzt mit penibel übereinander geschlagenen Beinen, eine Zigarette rauchend, F. Fred Palakon.

Ich sehe scheinbar verblüfft aus.

»Hallo, Victor«, sagt Palakon. »Und wie *geht's* uns denn so?«, fragt er drohend. »Erinnern Sie sich an mich?«

Der Christian-Bale-Typ macht die Tür hinter uns zu, schließt ab.

Palakon winkt mich zur Bettkante hinüber. Nachdem ich mich hingesetzt habe, ihm zugewandt, schlägt er die Beine andersrum übereinander und betrachtet mich ungnädig. Es ist eiskalt in dem Hotelzimmer, und ich reibe mir die Hände, damit sie warm bleiben.

»Ich hab … mich irgendwie verlaufen«, sage ich nur beschämt.

»Nun, nicht ganz«, sagt Palakon. »Nicht, was man technisch ›verlaufen‹ nennen würde, aber ich nehme an, an Ihrer Aussage ist etwas Wahres.«

Ich starre den Teppich an, die Muster, die sich im Teppich enthüllen, und ich reibe meine Hände aneinander, damit sie warm bleiben.

»Wie ich sehe, haben Sie sich einen ganzen Schwarm neuer Freunde zugelegt«, sagt Palakon. »Das sollte mich ja auch nicht überraschen. Ein derart topaktuelles angesagtes junges Prachtstück wie Sie, ganz allein in Paris.« Er sagt dies mit einer so aggressiven Betonung, dass ich zusammenzucke und wegsehe. »Ich sehe, Sie haben Farbe bekommen.«

»Palakon, ich …«

»Mr. Ward, bitte sagen Sie nichts«, warnt mich Palakon. »Noch nicht.«

»Palakon, Sie haben mich in England nie angerufen«, stoße ich rasch hervor. »Was sollte ich denn machen?«

»Das kommt daher, dass Sie, wie ich informiert worden bin, nie im Four Seasons eingezogen sind«, sagt Palakon scharf. »Wie sollten wir Sie denn anrufen, wenn wir keine Ahnung hatten, wo Sie waren?«

»Aber … das stimmt nicht«, sage ich und setze mich auf. »Wer hat Ihnen das gesagt? Ich meine, was erzählen Sie denn da, Palakon?«

»Ich erzähle Ihnen, dass es keinerlei Unterlagen über irgendeinen Aufenthalt von Ihnen im Four Seasons gibt«, sagt Palakon. »Dass wir jedes Mal, wenn jemand versucht hat, dort mit Ihnen in Verbindung zu treten, die Antwort bekommen haben, dass weder ein Mr. Victor Ward noch ein Mr. Victor Johnson dort gemeldet sind.« Eine eisige Pause. »Was ist mit Ihnen passiert, Victor?«

»Aber ich bin da abgestiegen«, protestiere ich. »Der Fahrer, der mich in Southampton abgeholt hat, hat mich gesehen.«

»Nein, Victor«, sagt Palakon. »Der Fahrer hat Sie hineingehen sehen. Er hat nicht gesehen, wie Sie sich angemeldet haben.«

»Das ist alles falsch«, murmele ich.

»Alle Versuche, mit Ihnen im Four Seasons Kontakt aufzunehmen, erwiesen sich als fruchtlos«, fährt Palakon mit wütendem Blick fort. »Als wir uns schließlich darauf verlegt haben, den direkten *körperlichen* Kontakt herzustellen, indem wir das Hotel nach Ihnen *absuchten*, blieb das ohne Ergebnis.«

»Fragen Sie ihn«, sage ich und deute auf den Christian-Bale-Typ, der hinter mir steht. »Der ist mir gefolgt, seit ich in London angekommen bin.«

»Nicht ganz«, sagt Palakon. »Er hat Sie in jener Nacht verloren, nachdem Sie im Pylos waren, und er hat Sie erst neulich wiedergefunden, als er Sie in der Oper gesehen hat.« Pause. »Mit Jamie Fields.«

Ich sage nichts.

»Aber durch Ihre Handlungsweise ist nun, also, ich will mal sagen: seine Rolle beträchtlich ausgebaut worden.«

»Palakon«, fange ich an. »Das Geld ist mir jetzt egal. Ich will bloß noch raus hier.«

»Sehr nobel, Mr. Ward, aber Sie sollten Jamie Fields aus London rausholen und in die Staaten zurückbringen«, sagt Palakon. »Nicht einen Abstecher nach Paris machen. Also spielt das Geld – von jetzt ab – keine Rolle mehr.«

Ich schaue wieder unter mich und murmele: »Abstecher, Abstecher … Ich gebe es zu, ich habe einen Abstecher gemacht …«

»Warum sind Sie …« Palakon seufzt, schaut zur Decke, die durchhängt und fleckig ist, und sieht dann gründlich verärgert wieder zu mir hin. »Warum sind Sie in Paris, Mr. Ward?«

Ich murmele immer noch: »Abstecher, Abstecher …«

»Mr. Ward!«, sagt Palakon ungeduldig. »Bitte.«

»Was wissen Sie sonst noch?«, frage ich. »Wie haben Sie mich gefunden?«

Palakon seufzt wieder, drückt die Zigarette aus, fährt mit den Händen über das Jackett seines sehr schicken Anzugs.

»Da Sie erwähnten, Sie würden dem Mädchen, das Sie

auf dem Schiff kennen gelernt hatten, nach Paris folgen, sind wir einfach ein paar Theorien nachgegangen.«

»Wer ist denn ›wir‹, Palakon?«, frage ich zögernd.

»Erschreckt Sie die erste Person Plural?«

»Wer ist … die erste Person?«

»Mr. Ward, wie ist die Situation im Augenblick?«

»Die … Situation ist … Die Situation ist …« Ich taste mich vor, ich krieg's nicht zusammen, ich gebe einfach auf. »Die Situation ist außer Kontrolle.«

Palakon verarbeitet das. »Das ist höchst bedauerlich.« Nach einer nachdenklichen Pause fragt er sanft: »Kann das noch einmal bereinigt werden?«

»Was … heißt das?«, frage ich. »Bereinigt? Ich hab's Ihnen gesagt – sie ist außer Kontrolle.«

Palakon fährt mit der Hand über den Schreibtisch, an dem er sitzt, und dann, nach einer sehr langen Pause, fragt er: »Sind Sie in einer Position, in der Sie die Sache wieder in Ordnung bringen könnten?«

»Ich weiß nicht.« Unklar nehme ich wahr, dass meine Füße und Arme langsam einschlafen, während ich zusammengesunken auf der Bettkante sitze. »Ich bin mir nicht sicher.«

»Also, fangen wir mit folgender Frage an: Vertraut sie Ihnen?«, fragt er. »Ist sie bereit abzureisen? Kommt sie in die Staaten zurück?« Noch eine Pause. »Liebt sie Sie?«

»Wir … waren intim«, sage ich hohl. »Ich bin mir nicht sicher …«

»Gratuliere«, sagt Palakon. »Sie sind also jetzt ein Pärchen. Wie süß. Wie …« (er legt den Kopf schräg) »… angemessen.«

»Palakon, ich glaube, Sie wissen nicht, was hier läuft.« Ich schlucke. »Ich glaube, Sie sind nicht im selben Film«, sage ich deutlich.

»Schaffen Sie nur Jamie Fields aus Paris«, sagt Palakon. »Schaffen Sie sie nur nach New York zurück. Es ist mir ganz egal, wie Sie's machen. Versprechen Sie ihr irgendwas, heiraten Sie sie, entführen Sie sie, was auch immer.«

Ich atme Dampf aus. »Sie hat einen … Freund.«

»Das ist doch noch nie ein Hindernis für Sie gewesen, Mr. Ward«, sagt Palakon. »Wer ist es? Wen trifft sie denn? Jemand aus dem Haus? Nicht Bruce Rhinebeck. Und Bentley Harrolds kann es auch nicht sein.«

»Es ist Bobby Hughes«, sage ich mit hohler Stimme.

»Ah, natürlich«, sagt Palakon. »Den hatte ich vergessen.«

»Wie ist das möglich?«, frage ich verwirrt.

»Je nachdem, auf welchem Planeten man lebt, Victor, ist das gar nicht schwierig.«

Ein langer Moment Stille.

»Es gibt da ein kleines Problem, Palakon.«

»Wenn es klein ist, dann ist es kein Problem, Mr. Ward.«

»Ach, ich glaube schon«, sage ich, meine Stimme wird dünn.

»Bringen Sie einfach Jamie Fields in die Vereinigten Staaten zurück«, sagt Palakon. »Das ist alles, was Sie tun müssen.«

»Es gibt da ein kleines Problem«, wiederhole ich.

»Meine Geduld war schon in dem Augenblick zu Ende, als wir uns kennen lernten, Mr. Ward. Was für ein Problem?«

»Also, verstehen Sie«, sage ich, ich lehne mich vor, um Nachdruck zu gewinnen, lächele unwillkürlich, mein Herz schlägt schneller, ich flüstere laut: »Die sind alle Mörder.«

Palakon seufzt müde. »Ausflüchte, Ausflüchte. Ach, Mr. Ward, Sie müssen sich schon etwas mehr anstrengen. So einfallslos sind Sie auch wieder nicht.«

Ich versuche, ruhig und zielbewusst alles zu schildern, was vorgefallen ist: wie sie sich ständig Stadtpläne, Passworte, Warnsignale, Fluglinien einprägen, wie sie lernen, die verschiedensten Maschinenpistolen auseinander zu nehmen, zusammenzubauen und zu laden: M16, Brownings, Scorpions, RPGs, Kalaschnikows. Wie man übt, Verfolger abzuschütteln, wie sie eines Tages alle Daten unseres Computersystems löschen mussten, die sie mit Libyen in Verbindung brachten. Ich erzähle Palakon von den detaillierten Grundrissen verschiedener amerikanischer und israelischer Botschaften, die überall im Haus herumlagen, dass ständig drei Millionen Dollar in bar in einem Schrank unten neben dem Sportraum liegen, dass wir gewisse Leute nur unter ihrem Codenamen kennen, dass Mittelsmänner häufig bei uns essen und dass es so viele Partys gibt. Ich erzähle Palakon, wie das mit den falschen Pässen läuft und wie diese Pässe geschreddert und verbrannt werden, wie Bobby dauernd nach Belgrad oder nach Zagreb fliegt und in Wien Visa beantragt werden, und wie in gewissen Villen in entlegenen Vorstädten immer nervöse Beratungen stattfinden. Wie ich ständig noch einem neuen jungen Palästinenser mit »schwieriger Vergangenheit« vorgestellt werde, oder jemandem, der durch eine israelische Briefbombe teilweise erblindet ist, Patrioten, die ein wenig übereifrig waren, Leute, die Ausreden verkaufen, weshalb man es ablehnen muss, weiterzuverhandeln, wunderschöne Männer, die mit geheimen Bündnissen prahlen.

Ich erzähle Palakon von der Bombe im Institut für Politikwissenschaft, von der Bombe im Café Flore, von der Bombe in der Métro am Port Royal. Ich erzähle Palakon von einem Auto, das mit hundertzwanzig Pfund Sprengstoff ausgekleidet eine abschüssige Straße in Lyon hinuntergerollt und in ein Polizeirevier gedonnert ist, wobei acht Menschen ums Leben kamen, fünf davon Kinder, und sechsundfünfzig verletzt wurden. Ich erläutere den fehlgeschlagenen Bombenanschlag auf den

Louvre, wie Jamie Fields das Schwimmbecken im Ritz vergiftete, die geflüsterten Hinweise auf TWA-Flüge vom Flughafen Charles de Gaulle, wie neue Sozialversicherungsnummern erfunden werden, wie Luftaufnahmen gemacht werden, wie gewisse Leute spurlos verschwunden sind. Ich erzähle Palakon von einer chaotischen Party und von einer weiteren chaotischen Party, ich klammere mich am Bettüberwurf fest, und es kommt mir alles so wesenlos vor, dass ich mich an das Motto einer baskischen Separatistenorganisation erinnert fühle, das mir einer der Drehbuchautoren eines Tags in einem roten Notizheft zeigte: »Das Handeln vereint. Die Worte trennen.«

Palakon betrachtet mich aufmerksam. Er seufzt, dann seufzt er, wie es mir vorkommt, minutenlang.

»Wenn ich Ihnen glauben würde, Mr. Ward – und ich bin mir nicht ganz sicher, ob ich schon soweit bin –, was hat das dann zu tun mit …«

»Hey, ich hab das nicht erfunden«, schreie ich. »Ich bin kein so guter Schauspieler.«

»Ich sage nicht, dass Sie das erfunden haben, Victor«, sagt Palakon und zuckt die Achseln. »Ich glaube nur, dass Sie vielleicht eine lebhaftere Fantasie haben, als mir das bisher klar war. Vielleicht haben Sie zu viele Filme gesehen, Mr. Ward.«

Etwas blitzt plötzlich in mir auf. Etwas sehr Ernstes fällt mir ein.

»Der Hut«, sage ich. »Die haben den Hut.«

Palakon sieht zu dem Christian-Bale-Typ hinüber.

Palakon schaut wieder zu mir.

»Was meinen Sie damit?«, fragt Palakon vorsichtig.

»Die haben den Hut«, sage ich. »Den Hut, den ich mitbringen sollte.«

»Ja?«, fragt Palakon und zieht das Wort in die Länge. »Was … genau meinen Sie jetzt?«

»Ich hab den Hut gefunden, den Lauren Hynde mir

gegeben hat«, sage ich. »Er war im Badezimmer. Er war im Badezimmer, dem von Jamie und Bobby.«

»Ich bin jetzt etwas durcheinander«, sagt Palakon. »Haben Sie ihn denen gegeben?«

»Nein, hab ich nicht.«

»Aber ...« Palakon rutscht unbehaglich auf seinem Stuhl hin und her, bis er aufrecht sitzt, den Rücken gerade. Eine neue, ominöse Stimmung liegt im Raum. »Was erzählen Sie da? Wie haben die ihn dann bekommen?«

»Ich weiß es nicht«, sage ich. »Er ist aus meiner Kabine auf der QE 2 verschwunden«, sage ich. »Ich hab ihn vor einer Stunde in einer Schublade in dem Badezimmer gefunden«, sage ich.

Palakon steht auf, geht auf und ab, schaut mit gerunzelter Stirn vor sich hin. Er nimmt Haltungen an, die ausdrücken: Das ändert alles.

Der Christian-Bale-Typ beugt sich vor, die Hände auf den Knien, atmet tief durch.

Alles erscheint plötzlich ein wenig anders angeordnet, Grenzen werden durch leichte Verschiebungen eliminiert, aber es geht weit darüber hinaus, ist noch stärker.

»Palakon?«, frage ich langsam. »Warum war der Hut so wichtig?«

Keine Antwort.

»Warum hat Lauren Hynde mir den Hut gegeben?«, frage ich. »Warum ist der Hut so wichtig, Palakon?«

»Wer sagt denn, dass er wichtig ist?«, fragt Palakon abwesend, unruhig, immer noch auf und ab gehend.

»Palakon«, seufze ich. »Ich bin ja vielleicht so manches, aber ich bin nicht blöd.« Ich habe nun solche Angst, dass ich kurz vor einem Zusammenbruch stehe. »Ich brauche Hilfe. Sie müssen mich hier rausholen. Das Geld ist mir egal. Die töten mich. Das ist mein Ernst,

Palakon. Die töten mich.« Panik ergreift mich, ich winde mich auf dem Bett, ich stelle mir meinen Leichnam an einem Strand vor, jemand wollte vielleicht ein »Zeichen setzen«, eine Brise weht, es ist Mittag, eine Gestalt verschwindet in einer Bucht. »Ich sollte gar nicht hier sein – o Gott, Scheiße, o Gott – ich sollte gar nicht hier sein.«

»Man ist Ihnen nicht gefolgt«, sagt Palakon. »Bitte, Mr. Ward, beruhigen Sie sich.«

»Ich kann nicht«, wimmere ich, immer noch zusammengekrümmt, meinen Körper mit den Armen umklammernd. »Ich kann nicht, kann nicht, kann …«

»Mr. Ward, gibt es irgendjemand, der Ihnen helfen kann?«, fragt Palakon. »Jemand, mit dem Sie uns zusammenbringen könnten?«

»Nein, nein, nein, es gibt niemand …«

»Wie sieht's mit Ihrer Familie aus? Ihren Eltern? Vielleicht lässt sich etwas arrangieren. Auch finanziell. Wissen die, wo Sie sind?«

»Nein.« Ich hole Luft. »Meine Mutter ist tot. Mein Vater – ich kann nicht, ich kann ihn nicht mit reinziehen.«

Palakon hört plötzlich auf, hin und her zu gehen.

»Warum nicht?«, fragt Palakon. »Vielleicht – wenn Sie uns mit Ihrem Vater zusammenbringen, könnte er herkommen, und wir könnten eine Vereinbarung treffen, Sie irgendwie aus diesem Schlamassel herauszuholen …«

»Aber, Palakon, was für ein Schlamassel? Was soll das denn heißen, Schlamassel? Und ich kann meinen Vater in diese Sache nicht verwickeln.« Ich schüttele weinend den Kopf. »Nein, nein, ich kann es nicht, nein …«

»Victor, warum können Sie Ihren Vater nicht in diese Sache verwickeln?«

»Palakon, Sie verstehen das nicht«, flüstere ich.

»Mr. Ward, ich versuche, Ihnen zu helfen …«

»Ich kann nicht kann nicht kann …«

»Mr. Ward ...«, schreit Palakon.

»Mein Vater sitzt im Senat der USA«, kreische ich und starre ihn an. »Mein Vater ist ein gottverdammter Senator. Deshalb kann er hier nicht reingezogen werden, Palakon«, schreie ich. »Okay? Okay?«

Palakon schluckt grimmig und verarbeitet diese Neuigkeit. Sichtlich erschrocken schließt er die Augen und konzentriert sich. Die Wellen schlagen gegen einen Leichnam am Strand, und dahinter reiten harte braungebrannte Surfer in elastischen Schwüngen über grüne Wogen unter einer brennenden Sonne hoch über dem Horizont, und hinter ihnen liegt eine Insel, Felsen, Wald, ein alter Granitsteinbruch, Salzgeruch, und auf dieser Insel verschwindet eine andere Gestalt in einer Bucht, und dann ist es Nacht.

»Ihr Vater ist Samuel Johnson?«, fragt Palakon.

»Ja«, sage ich und starre ihn immer noch böse an. »Haben Sie das nicht gewusst, als Sie damals mit mir Kontakt aufnahmen?«

»Nein, das wussten wir nicht«, sagt Palakon leise, beschämt. »Aber jetzt ...«, er räuspert sich, »verstehe ich.«

»Nein, das tun Sie nicht«, sage ich blindlings und schüttele den Kopf wie ein Kind. »Nein, das tun Sie nicht.«

»Victor, Sie müssen mir nicht erklären, wer Ihr Vater ist«, sagt Palakon. »Ich glaube, ich verstehe.« Er hält wieder inne. »Und deshalb verstehe ich auch, weshalb die Situation eher ... delikat ist.«

Ich fange an zu kichern. »Delikat? Die Situation ist delikat?« Ich höre auf, hole schluchzend Luft.

»Victor, wir können Ihnen helfen, glaube ich ...«

»Ich bin in der Falle, in der Falle, die töten mich ...«

»Mr. Ward«, sagt Palakon, er kniet sich hin, beugt sich über mich auf meiner Bettkante. »Bitte, wir werden Ihnen helfen, aber ...«

Als ich ihn umarmen will, schiebt er mich behutsam zurück.

»… aber Sie müssen sich so verhalten, als ob nichts geschehen wäre. Sie müssen so tun, als wüssten Sie gar nichts. Sie müssen mitspielen, bis ich mir etwas überlegt habe.«

»Nein, nein, nein …«

Palakon winkt den Christian-Bale-Typ herüber. Ich spüre ein Paar Hände auf meinen Schultern. Jemand flüstert etwas.

»Ich hab Angst, Palakon«, schluchze ich.

»Das müssen Sie nicht, Mr. Ward«, sagt Palakon. »Wir wissen, wo Sie sind. Inzwischen muss ich mir jetzt etwas überlegen. Wir treten mit Ihnen in Verbindung …«

»Sie müssen aber vorsichtig sein«, sage ich. »Alles wird abgehört. Alles ist verkabelt. Alles wird gefilmt.«

Sie helfen mir aufzustehen. Ich versuche, mich an Palakon festzuklammern, als sie mich zur Tür führen.

»Sie müssen sich beruhigen, Mr. Ward«, sagt Palakon. »Jetzt lassen Sie sich von Russell zurückbringen, und wir nehmen in ein paar Tagen Verbindung auf, vielleicht schon früher. Aber Sie müssen ruhig bleiben. Die Sache sieht jetzt ganz anders aus, und Sie müssen ruhig bleiben.«

»Warum kann ich nicht hierbleiben?«, bettle ich und wehre mich, als man mich zur Tür führt. »Bitte lassen Sie mich hierbleiben.«

»Ich muss mir einen kompletten Überblick verschaffen«, sagt Palakon. »Im Augenblick habe ich nur einen teilweisen Überblick. Und ich muss den kompletten Überblick bekommen.«

»Was läuft denn da, Palakon?«, frage ich, endlich regungslos. »Was geht hier vor?«

»Hier ist irgendwas ganz entsetzlich schiefgelaufen.«

Auf dem Rücksitz des schwarzen Citroën ist alles voller Konfetti, es scheint Stunden zu dauern, bis Russell mich am Boulevard Saint-Marcel absetzt, dann gehe ich durch den Jardin des Plantes, dann bin ich an der Seine, und über mir ist der Morgenhimmel weiß, und ich denke: Im Haus bleiben, schlafen, sich auf nichts einlassen, alles regungslos betrachten, Whisky trinken, posieren, alles hinnehmen.

25

Ich stehe an einem öffentlichen Telefon in der Rue du Faubourg Saint-Honoré und rufe Felix im Ritz an. Das Telefon in seinem Zimmer klingelt sechsmal, ehe er rangeht. Ich nehme meine Sonnenbrille ab und setze sie wieder auf, wieder und wieder.

»Hallo?«, fragt Felix müde.

»Felix, ich bin's«, sage ich. »Victor hier.«

»Ja?«, fragt Felix. »Was ist? Was willst du?«

»Wir müssen miteinander sprechen.« Auf der anderen Straßenseite benimmt sich jemand eigenartig – seltsame Frisur, er wedelt mit einer Zeitung Autoabgase weg, bricht in nicht zu unterdrückendes Gelächter aus. Auf der anderen Seite der Straße will die Sonne aufgehen, überlegt es sich dann anders.

»O Victor, ich hab das derart satt«, sagt Felix. »Ich hab *dich* derart satt.«

»Felix, bitte, nicht jetzt, bitte fang nicht an rumzutoben«, sage ich. »Es gibt Dinge, die du wissen musst«, sage ich. »Ich habe einiges herausgefunden, ich muss dir einiges sagen.«

»Aber ich bin nicht mehr daran interessiert, dir noch groß zuzuhören«, sagt Felix. »Tatsächlich ist da gar niemand mehr dran interessiert, Victor. Und offengestanden, ich glaube eigentlich nicht, dass es irgendetwas gibt, das *du* irgendjemandem erzählen musst, es sei denn was über dein Haar oder deine Fitnessstrategien oder wen du nächste Woche ficken willst.«

(Bobby fliegt nach Rom und dann nach Jordanien, nach Amman, mit Alitalia. Eine Reisetasche im Gepäckfach der ersten Klasse enthält Elektrokabel, Flachzangen, Silikon, große Küchenmesser, Alufolie, Remform-

Packungen, Hämmer, einen Camcorder, ein Dutzend Dossiers mit den Diagrammen von Militärwaffen, Raketen, gepanzerten Vehikeln. Im Flugzeug liest Bobby einen Artikel in einem Modemagazin, etwas über die neue Frisur des Präsidenten und was sie bedeutet, und Bobby lernt seinen Part auswendig und flirtet mit einer Stewardess, die im Vorbeigehen erwähnt, dass ihr Lieblingssong »Imagine« von John Lennon ist. Mit beruhigender Stimme macht ihr Bobby ein Kompliment zu ihrer Berufswahl. Sie fragt ihn, wie es so ist, wenn man in der Oprah-Winfrey-Show auftritt. Er erinnert sich an einen Besuch auf Zimmer 25 des Dreamland-Motels. Er plant eine Katastrophe. Er isst nachdenklich einen Brownie.)

»Felix, weißt du noch, wie du mich gefragt hast, was aus Sam Ho geworden ist?«, sage ich. »Weißt du noch, die andere Filmcrew? Mit der mich Dimity im Louvre gesehen hat?«

»Victor, bitte, jetzt beruhige dich«, sagt Felix. »Reiß dich mal zusammen. Nichts von alledem spielt jetzt noch eine Rolle.«

»O doch, Felix, doch, das spielt eine Rolle.«

»Nein«, sagt er. »Nicht mehr.«

»Warum nicht?«, frage ich. »Warum spielt das keine Rolle mehr?«

»Weil der Film vorbei ist«, sagt Felix. »Die Produktion ist eingestellt worden. Alle reisen heute Abend ab.«

»Felix …«

»Du hast dich entsetzlich unprofessionell verhalten, Victor.«

(Jamie befindet sich im Straßenverkehr, sie umrundet den Arc de Triomphe, dann biegt sie in die Avenue de Wagram ein, dann rechts auf den Boulevard de Courcelles, sie fährt zur Avenue de Clichy, um sich mit Bertrand Ripleis zu treffen, und Jamie denkt, dass der Tag wirkt, als sei er der längste des Jahres, und sie denkt an einen bestimmten Weihnachtsbaum aus ihrer Kindheit, aber es war nie so sehr der Baum, der sie beeindruckt hat, es war der Schmuck, die Kugeln, die Lichter, und dann erinnert sie sich daran, wie sehr sie als Kind Angst hatte vor dem Meer – »zu wässrig«, sagte sie zu ihren Eltern –, und dann ist sie achtzehn, in den Hamptons, die Sonne geht auf, ihr erstes Semester in Camden wird in einer Woche beginnen, sie starrt auf den Atlantik hinaus und hört zu, wie ein Junge, den sie hinter der Bühne bei einem Who-Konzert im Nassau Coliseum kennen gelernt hat, leise schnarcht, und zwei Jahre später in Cambridge wird er dann Selbstmord begehen, von einer Kraft angezogen, die er nicht einschätzen konnte, aber jetzt war es Ende August, sie hatte Durst, eine riesige Möwe kreiste über ihr, Trauer spielte noch keine Rolle.)

»Bitte, bitte, Felix, wir müssen reden.« Ich ringe förmlich nach Luft und drehe mich permanent um, ob irgendjemand mich beobachtet.

»Aber du hörst mir ja gar nicht zu, du kleiner Blödmann!«, faucht Felix. »Der Film ist vorbei! Du musst mir nichts erklären, weil es alles keine Rolle mehr spielt. Es gehört nicht hierher.«

»Aber sie haben Sam Ho in dieser Nacht getötet, Felix, sie haben ihn getötet«, stoße ich schnell hervor. »Und es wird noch ein Film gedreht. Einer, von dem du nichts weißt. Es gibt noch eine andre Crew hier, und Bruce Rhinebeck hat Sam Ho getötet ...«

»Victor«, unterbricht mich Felix leise. »Bruce Rhinebeck war heute Morgen hier und hat mit uns gesprochen – mit dem Regisseur, dem Autor, mit mir –, und er hat die, äähm, Situation erläutert.« Eine Pause. »Tatsächlich hat er *deine* Situation erläutert.«

»Was für eine Situation? *Meine* Situation? Ich hab keine Situation!«

Felix stöhnt. »Vergiss es, Victor. Wir brechen heute

Abend auf. Zurück nach New York. Es ist vorbei, Victor. Ciao.«

»Trau ihm nicht, Felix«, schreie ich. »Er lügt. Was immer Bruce dir gesagt hat, er lügt.«

»Victor«, sagt Felix müde.

Mir fällt plötzlich auf, dass Felix' Akzent verschwunden ist.

(Bruce ersetzt die Pappverstärkung einer Gucci-Reisetasche durch dunkle Plastikstücke, die den Sprengstoff verbergen, der aus schmalen grauen geruchlosen Streifen besteht. Eingewirkt in die Streifen: vergoldeter Nickeldraht. Bruce hat fünfundfünfzig Pfund Plastiksprengstoff nebeneinander aufgereiht und an einen Zünder angeschlossen. Der Zünder wird von AAA-Batterien gespeist. Gelegentlich wirft Bruce einen Blick in ein Handbuch. Bentley steht mit verschränkten Armen hinter ihm, er starrt Bruce schweigend an, seinen Hinterkopf, wie schön Bruce doch ist. Er denkt: Wenn nur ... Und als Bruce sich umdreht, macht Bentley einen auf cool, nickt nur, zuckt die Achseln, unterdrückt ein Gähnen.)

»Ich nehme an, ich kann's dir ebenso gut auch sagen, weil du Bruce offensichtlich so oder so nicht leiden kannst, obwohl *ich* meine, dass er sehr charmant ist und eigentlich der Star der Produktion hätte sein sollen«, leiert Felix hochnäsig. »Weißt du, weshalb Bruce der Star der Produktion hätte sein sollen, Victor? Weil Bruce Rhinebeck Starqualitäten hat, Victor, deshalb.«

»Ich weiß, ich weiß, Felix«, sage ich. »Er hätte der Star sein sollen. Er hätte der Star sein sollen.«

»Wenn man Bruce so hört, dann hat er echt versucht, dir zu helfen, Victor.«

»Mir helfen? Wobei?«, schreie ich.

»Er sagt, du stehst unter einem extrem emotionalen Druck, möglicherweise aufgrund einer schweren Drogenabhängigkeit«, seufzt Felix. »Er sagt auch, du neigst zu häufigen Halluzinationen, und nichts, was aus deinem Mund kommt, darf man glauben.«

»Herrgott noch mal, Scheiße, Felix!«, brülle ich. »Diese Typen sind Mörder, du Arsch! Das sind gottverdammte Terroristen!« Ich merke, wie laut das herauskommt, und fahre herum, ob jemand hinter mir steht, dann senke ich die Stimme und flüstere: »Es sind gottverdammte Terroristen.«

»Er hat aber auch gesagt, es sei durchaus möglich, dass du wahnsinnig bist und – so unwahrscheinlich der Regisseur und ich das fanden – ziemlich gefährlich.« Felix fügt hinzu: »Er hat auch gesagt, du würdest uns erzählen, sie seien Terroristen. Also, was nun?«

»Er baut Bomben, Felix«, flüstere ich mit rauer Stimme ins Telefon. »Scheiße noch mal – er ist wahnsinnig, Felix. Das ist alles gelogen.«

»Ich beende jetzt dieses Telefongespräch, Victor«, sagt Felix.

»Ich komme rüber, Felix.«

»Wenn du das machst, ruf ich die Polizei.«

»Bitte, Felix«, stöhne ich. »Um Gottes willen.«

Felix sagt nichts.

»Felix?«, stöhne ich. »Felix, bist du da?«

Felix sagt noch immer nichts.

»Felix?« Ich weine lautlos, wische mir das Gesicht ab.

Und dann sagt Felix: »Na, vielleicht könntest du dich nützlich machen.«

(Im Jardin de Luxembourg ist der Sohn des französischen Premierministers total verkatert – wieder eine Kokaintour, wieder ein schlafloser früher Morgen, wieder ein Himmel aus grauen Fliesen –, aber Tammy küsst ihn, das stärkt ihn, und auf einem Flohmarkt an der Porte de Vanves, mit ihren beiden Händen auf seiner Brust, zieht er sie mit dem rechten Arm an sich, er trägt Slipper. »Verwandte Seelen?«, fragt er. Tammy riecht nach Zitrone und hat ein Geheimnis, etwas, das sie ihm zeigen möchte, in dem Haus im achten oder sechzehnten Arrondissement. »Da hab ich Feinde«, sagt er und kauft ihr eine Rose. »Keine Sorge, Bruce ist weg«, sagt sie. Aber er will über einen Trip nach Südkalifornien reden, den er im November macht. »S'il vous plaît?«, bettelt Tammy mit funkelnden Augen, und im Hause angekommen macht sie die Tür hinter ihm zu, schließt sie den Instruktionen entsprechend ab, und Bentley macht Drinks in der Küche und reicht dem Sohn des Premierministers ein Martiniglas, das bis zum Rand mit einem wolkigen Gimlet gefüllt ist, und als er einen Schluck nimmt, spürt er etwas hinter sich, und dann rennt – wie geplant – Bruce Rhinebeck ins Zimmer, brüllend schwingt er einen Zimmermannhammer, und Tammy dreht sich weg und schließt die Augen, sie hält sich die Ohren fest zu, als der Sohn des Premierministers zu schreien beginnt, und die Laute in diesem Raum sind die schlimmsten bis jetzt, und Bentley gießt wortlos den Glaskrug mit drogenversetztem Alkohol in die Spüle und wischt die Arbeitsfläche mit einem orangeroten Schwammtuch ab.)

Ich fange vor Erleichterung zu weinen an. »Ich kann mich nützlich machen«, sage ich. »Ich kann es, ich kann mich echt nützlich ...«

»Bruce hat eine Tasche hiergelassen. Hat sie vergessen.«

»Was?« Ich presse den Hörer dichter an mein Ohr, reibe mir mit dem Jackettärmel über die Nase. »Was, Mann?«

»Er hat eine Gucci-Tasche vergessen«, sagt Felix. »Du könntest wohl vorbeikommen und sie abholen. Falls dir das nicht zu viel wird, Victor ...«

»Felix, warte – du musst diese Tasche loswerden!«,

sage ich, mir ist plötzlich schlecht vor lauter Adrenalin. »Fass die Tasche nicht an!«

»Ich lass sie beim Concierge«, sagt Felix ärgerlich. »Ich hab nicht die Absicht, dir zu begegnen.«

»Felix!«, schreie ich. »Geh nicht an die Tasche! Schau zu, dass alle das Hotel verlassen …«

»Und versuch nicht, mit uns in Verbindung zu treten«, sagt Felix gleichzeitig. »Wir haben das Produktionsbüro in New York dichtgemacht.«

»Felix, verlass das Hotel …«

»War nett, mit dir zu arbeiten«, sagt Felix. »Nein, war es nicht.«

»Felix«, brülle ich.

(Auf der anderen Seite des Place Vendôme sind zwanzig Techniker an verschiedenen Beobachtungspunkten postiert, und der Regisseur betrachtet auf einem Playbackmonitor die Sequenz, die vorher abgedreht worden ist: Bruce Rhinebeck verlässt das Hotel, einen Zahnstocher zwischen den Zähnen, Bruce posiert für Paparazzi, Bruce lacht milde, Bruce steigt in eine Limousine mit kugelsicheren Fenstern. Mittlerweile ist die französische Filmcrew mit Ohrenschutzklappen ausgestattet worden, weil bald die Sprengteams beginnen werden, die Bomben zu zünden.) Ich renne Richtung Ritz.

(In einem blassrosa Zimmer legt Felix den Telefonhörer auf. Seine Suite liegt ziemlich genau in der Mitte des Hotels, was sicherstellt, dass die strukturelle Zerstörung durch die Explosion maximal ist.

Die Gucci-Tasche steht auf dem Bett.

Es ist so kalt im Zimmer, dass Felix' Atem dampft.

Eine Fliege landet auf seiner Hand.

Felix öffnet den Reißverschluss der Tasche.

Er starrt mit gerunzelter Stirn fragend hinein.

Sie ist mit rotem und schwarzem Konfetti gefüllt.

Er streift das Konfetti beiseite.

Etwas enthüllt sich.

»Nein«, sagt Felix.

Die Bombe verschlingt Felix, er löst sich sofort in Dunst auf. Er verschwindet buchstäblich. Nichts ist mehr übrig.)

24

Ein donnerndes Geräusch.

Sofort bricht im ersten Arrondissement die gesamte Stromversorgung zusammen.

Durch die Detonation fliegt das Ritz von der Mitte her auseinander, das Gebäude bricht fast von vorn bis hinten auf, und das Fundament wird schwer erschüttert, als sich die Druckwelle nach rechts und links ausbreitet.

Die Fenster wölben sich nach innen, dann zerbrechen sie durch die Gewalt der Implosion.

Eine riesige Mauer aus Beton und Glas rast auf die Touristen auf der Place Vendôme zu.

Eine kochende Feuerkugel zischt hinterher.

Eine gigantische Masse schwarzen Rauchs, vielschichtig, unregelmäßig, steigt über Paris auf.

Die Druckwelle hebt das Ritz in die Luft und löst fast alle Stützbalken aus der Verankerung. Das Gebäude rutscht auf die Place Vendôme hinaus, der Zusammenbruch wird von einem sausenden Röhren begleitet.

Dann wieder ein ohrenbetäubendes Donnern.

Schuttbrocken regnen herab, Mauern bersten, es hängt so viel Staub in der Luft, als würde ein Sandsturm über die Place Vendôme fegen.

Der Explosion folgt die übliche »benommene Stille«.

Das fortwährende Geräusch von überall zerbrechendem Glas ist die Ouvertüre zu den Schreien.

Die Straßen rund um das Ritz sind mit gewaltigen Betonklumpen übersät, über die man hinwegklettern muss, wenn man die Place Vendôme erreichen will, wo blutüberströmte Menschen umherrennen und in Handys brüllen, unter einem rauchbedeckten Himmel. Die gesamte Fassade des Hotels ist weggesprengt, Dachplane schlägt im Wind, und verschiedene Autos, meist BMWs, stehen in Flammen. Zwei Limousinen liegen auf dem Dach, der Geruch von verbranntem Teer ist überall, die Straßen und Gehsteige sind völlig versengt.

Die Leiche eines Japaners baumelt aus dem zweiten Stock, er wurde zwischen den Stockwerken erwischt, blutdurchtränkt, ein großer Glassplitter hat sich in seinen Hals gebohrt, und ein weiterer Körper hängt in einem Klumpen von Stahlträgern, qualvoll erstarrt, und ich hinke vorbei an Schutthaufen, aus denen Arme ragen, und an Louis-XV.-Möbeln, an einem drei Meter hohen Kandelaber, an antiken Kommoden, Leute wanken an mir vorüber, manche nackt, sie stolpern über Gips und Isoliermaterial, ich komme an einem Mädchen vorbei, dessen Gesicht entzweigeschnitten ist, die untere Körperhälfte hat es weggefetzt, das in der Nähe liegende Bein ist mit Schrauben und Nägeln gespickt, eine andere Frau, geschwärzt, schreit, sich windend, im Sterben, eine Hand ist abgesprengt worden, eine Japanerin in den blutigen Fetzen eines Chanel-Anzugs bricht vor mir zusammen, die Jugularvene und die Halsschlagader sind von fliegenden Glassplittern durchtrennt worden, bei jedem Atemzug gurgelt Blut.

Ich stolpere auf eine riesige Betonplatte zu, die schräg direkt vor dem Hotel liegt, ich sehe, wie vier Männer versuchen, darunter eine Frau hervorzuziehen, und deren Bein löst sich – trennt sich mühelos – vom Rest ihres Körpers, der von nicht identifizierbaren Fleischmassen umgeben ist, aus denen Knochen herausstehen. Ein Mann, dessen Nase von einer Glasscherbe abgeschlagen wurde, und eine schluchzende Teenagerin liegen nebeneinander in einer sich ausbreitenden Blutlache, dem Mädchen wurden die Augen aus den Höhlen gebrannt, und je näher man dem Haupteingang beziehungsweise was davon übrig ist, kommt, desto mehr erhöht sich die Anzahl der überall herumliegenden Arme und Beine, und die von den Körpern abgezogene Haut liegt in großen, papiernen Klumpen da, neben hier und dort arrangierten Leichendummys.

Ich komme an Gesichtern vorüber, die von dunkelroten Schnitten zerpeitscht sind, an Haufen von Designerkleidern, Klimatisierungsrohren, Balken, einem Laufstall und dann einem Baby, das aussieht, als sei es in Blut getaucht worden, es liegt zusammengesackt und zerknüllt auf einem Schutthaufen. In der Nähe blutet ein kleines Kind aus dem Mund, ein Teil seines Gehirns hängt aus einer Schädelwunde. Tote Pagen liegen verstreut zwischen Magazinen und Louis-Vuitton-Gepäckstücken und abgerissenen Köpfen, darunter sogar das wie gemeißelte Gesicht des Freundes eines Models, das ich aus New York kannte, viele sind ZUV (wie Bruce Rhinebeck »zur Unkenntlichkeit verbrannt« abkürzt). Betäubt gehen an mir vorüber: Polly Mellon, Claudia Schiffer, Jon Bon Jovi, Mary Wells Laurence, Steven Friedman, Bob Collacello, Marisa Berenson, Boy George, Mariah Carey.

Es werden Pfade durch den Betonschutt gezogen, der die Zufahrten zur Place Vendôme blockiert, als erste sind die Paparazzi da, gefolgt von den CNN-Reportern und dann von den lokalen Fernsehteams, und zum Schluss kommen Krankenwagen mit Rettungsmannschaften und blauschwarze Transporter mit Spezialtruppen der Polizei, Antiterrorismuseinheiten mit Schutzwesten über Fallschirmjägeruniformen, sie haben automatische Waffen, sie fangen an, die Opfer in Decken zu wickeln, Hunderte von Tauben liegen tot rum, und manche der verletzten Vögel versuchen konfus aufzuflattern, sie fliegen in geringer Höhe über dem Schutt herum, später werden an die Füße der Kinder in dem improvisierten Leichenhaus Zettel gebunden, heulende Eltern werden fortgeführt, man wird die Leichen anhand von Muttermalen identifizieren müssen, anhand von zahnärztlichen Unterlagen, Narben, Tätowierungen, Schmuck, und in einem nahe gelegenen Krankenhaus werden die Namen der Toten und Verletzten und der Zustand letzterer angeschlagen, und bald sind die Rettungsarbeiter vor dem Ritz nicht länger in Rettungsstimmung.

Ich sitze in einem Programmkino am Boulevard des Italiens. Ich breche auf einer Bank an der Place de Paris zusammen. Irgendwann tagsüber schlurfe ich über die Place Pigalle. Zu einem anderen Zeitpunkt gehe ich immer wieder über eine Seinebrücke und dann über eine andere wieder zurück. Ich wandere durch das Aux Trois Quartiers auf dem Boulevard de la Madeleine, bis ich mein Spiegelbild an einer Clinique-Theke wahrnehme, daraufhin kehre ich hastig in das Haus im achten oder sechzehnten Arrondissement zurück.

Im Haus sitzt Bentley im Wohnraum an einem Computer, er trägt ein Gap-Tanktop und Walkman-Kopfhörer. Er betrachtet ein Bild, das aus verschiedenen Winkeln auf dem Bildschirm aufblinkt. Mein Hals schmerzt von all dem Rauch, den ich eingeatmet habe, und als ich an einem Spiegel vorbeikomme, sehe ich: Mein Gesicht ist dreckverschmiert, mein Haar starr und grau vor Staub, meine Augen sind gelb. Ich trete langsam hinter Bentley, ohne dass der es bemerkt.

Auf dem Bildschirm: der Schauspieler, der Sam Ho gespielt hat, liegt nackt auf dem Rücken in irgendeinem holzgetäfelten Schlafzimmer, seine Beine werden hochgehoben und gespreizt von einem durchschnittlich aussehenden Typen, vielleicht in meinem Alter oder ein wenig älter, ebenfalls nackt, der, jetzt im Profil, zwischen Sams Beine stößt und ihn fickt. Bentley gibt immer wieder was mit der Tastatur ein, überprüft das Bild, zoomt es ran und vergrößert es wieder. Innerhalb weniger Minuten bekommt der Durchschnittstyp, der Sam Ho fickt, eine sichtbarere Muskulatur, stärkere Brustmuskeln, was man von seinem Schwanz sieht, wird verdickt, das Schamhaar aufgehellt. Der Raum wird umgewandelt in das Zimmer, in dem ich in Hampstead gewohnt habe: schicke Stahlträger, das Jennifer-Bartlett-Gemälde über dem Bett, das Regal mit den riesigen weißen Tulpen, die Chromaschenbecher. Sam Hos Augen, rot durch das Blitzlicht, werden korrigiert.

Ich führe eine Hand zur Stirn, berühre sie. Diese Bewegung veranlasst Bentley, auf seinem Drehstuhl herumzufahren, er nimmt die Kopfhörer ab.

»Was ist denn mit dir passiert?«, fragt er unschuldig, aber er kann den Schein nicht wahren und fängt an zu grinsen.

»Was machst du da?«, frage ich, betäubt, innerlich ausgehöhlt.

»Ich bin froh, dass du wieder da bist«, sagt Bentley. »Bobby wollte, dass ich dir was zeige.«

»Was machst du da?«, frage ich wieder.

»Das ist ein neues Programm«, sagt Bentley. »Kais Photo Soap für Windows 95. Schau mal her.«

Pause. »Was kann … das Programm?« Ich schlucke.

»Es kann die Bilder besser machen«, sagt Bentley mit Kleinkinderstimme.

»Wie kann es das?«, frage ich erschauernd.

Das Sexszenenfoto wird noch einmal überprüft, und Bentley konzentriert sich darauf, weitere Tasten anzuklicken, wobei er gelegentlich auf ein paar Seiten schaut, die, aus einer Broschüre herausgerissen, auf dem Tisch neben dem Computer ausgebreitet liegen. Innerhalb von fünf Minuten ist mein Kopf – im Profil – nahtlos auf die Schultern des Durchschnittsmannes gesetzt worden, der Sam Ho fickt. Bentley geht aus dem Bild, er ist zufrieden.

»Eine große Festplatte« – Bentley schaut zu mir herüber – »ist natürlich unerlässlich. Und ebenso die entsprechende Geduld.«

Zuerst sage ich: »Das ist cool, das ist … cool«, weil

Bentley fortwährend grinst, aber eine heiße Welle der Übelkeit steigt in mir auf, flaut wieder ab.

Wieder wird eine Taste gedrückt. Das Foto verschwindet. Der Schirm bleibt leer. Zwei weitere Tasten, und dann wird eine Dateinummer eingegeben und dann ein Befehl.

Was jetzt erscheint, ist eine Serie von Fotos, die den Schirm in rascher Folge füllen.

Sam Ho und Victor Ward in Dutzenden von Stellungen, nackt und erregt, eine pornographische Montage.

Bentley lehnt sich zurück, die Hände hinter dem Kopf verschränkt, eine Kinopose, auch wenn keine Kamera da ist, um sie festzuhalten.

»Würdest du gern noch eine andere Datei sehen?«, fragt Bentley, aber es ist keine echte Frage, da er bereits die Tasten drückt.

»Schauen wir mal«, sinnt er. »Welche denn?«

Ein Aufblinken. Ein Befehl wird eingegeben. Eine Liste erscheint, neben jedem Eintrag stehen Datum und Aktennummer.

»VICTOR« CK-Show
»VICTOR« Telluride m. S. Ulrich
»VICTOR« Dogstar-Konzert m. K. Reeves
»VICTOR« Union Square m. L. Hynde
»VICTOR« Miami, Ocean Drive
»VICTOR« Miami, Foyer Delano
»VICTOR« QE 2-Serie
»VICTOR« Sam-Ho-Serie
»VICTOR« Pylos m. S. Ho
»VICTOR« Sky Bar
»VICTOR« GQ-Fototermin m. J. Fields, M. Bergin
»VICTOR« Café Flore m. Brad, Eric, Dean
»VICTOR« Inst. f. Politikwiss.
»VICTOR« New York, Balthazar
»VICTOR« New York, Wallflowers

»VICTOR« Annabel's m. J. Phoenix
»VICTOR« 80th und Park Av. m. A. Poole
»VICTOR« Hell's Kitchen m. Mica, NYC

Als Bentley den Text über den Schirm rollen lässt, wird klar, dass diese Liste sich Seite um Seite fortsetzt.

Bentley gibt wieder was ein, landet auf immer neuen Fotos. Er kräftigt die Farben, präzisiert die Nuancen, macht Konturen schärfer oder weicher. Lippen werden digital verdickt, Sommersprossen entfernt, eine Axt wird in eine ausgestreckte Hand gegeben, ein BMW wird zum Jaguar, dann zum Mercedes, der seinerseits zu einem Besen wird, der zu einem Frosch wird, der zu einem Mop wird, der zu einem Poster von Jenny McCarthy wird, Nummernschilder werden verändert, noch mehr Blut wird über das Foto eines Tatorts gespritzt, ein unbeschnittener Penis ist plötzlich beschnitten. Mit den Tasten klappernd, alle Bilder überschauend, fügt Bentley Bewegungsverwischungen hinzu (eine Einstellung, wie »Victor« die Seine entlangjoggt), er bringt Televerzerrung hinein (in einer fernen Wüste im Osten des Irans schüttele ich Arabern die Hand und trage eine Sonnenbrille und schiebe die Lippen schmollend vor, hinter mir steht eine Reihe von Benzinlastern), er erhöht die Körnigkeit, er löscht Menschen aus, er erfindet eine neue Welt, nahtlos.

»Damit kannst du Planeten bewegen«, sagt Bentley. »Du kannst Lebensläufe formen. Das Foto ist nur der Anfang.«

Nachdem eine lange Zeit vergangen ist, sage ich mit leiser Stimme und starre dabei den Computer an: »Ich will ja nicht deine Gefühle verletzen, aber meiner Ansicht nach bist du ein Haufen Scheiße.«

»Warst du da oder warst du nicht da?«, fragt Bentley. »Kommt ganz darauf an, wen man fragt, und selbst das spielt eigentlich keine Rolle mehr.«

»Wenn du nie …« Aber ich vergesse, was ich sagen wollte.

»Es gibt noch was, was du sehen musst«, sagt Bentley. »Aber du solltest erst mal duschen. Wo bist du überhaupt gewesen? Du siehst abartig aus. Lass mich raten. Bar Vendôme?«

Unter der Dusche denke ich, unregelmäßig atmend, an die beiden Einträge in der gigantischen Liste, die neben meinem Namen die neuesten Daten zeigen.

»VICTOR« Washington m. Samuel Johnson (Vater)
»VICTOR« Washington m. Sally Johnson (Schwester)

Nach dem Duschen werde ich mit vorgehaltener Pistole (Bobby hielt das für übertrieben, überflüssig, nicht aber Bruce Rhinebeck) in einen Raum geführt, der in einem anderen Raum versteckt liegt, in – wie ich annehme – einer Art Keller des Hauses im achten oder sechzehnten Arrondissement. Hier wird der Sohn des französischen Premierministers, an einen Stuhl angekettet, langsam vergiftet. Er ist nackt, er glänzt vor Schweiß, Konfetti treibt auf einer Lache Blut, das auf dem Boden unter ihm gerinnt. Seine Brust ist fast völlig geschwärzt, die Brustwarzen fehlen, und wegen des Gifts, das Bruce ihm permanent zuführt, hat er Schwierigkeiten zu atmen. Vier Zähne sind entfernt worden, Drähte ziehen sein Gesicht auseinander, einige gehen durch die Lippen, sodass es aussieht, als grinse er mich an. Ein weiterer Draht führt durch eine Wunde in seinem Bauch zu seiner Leber, peitscht sie mit Stromstößen. Er wird immer wieder ohnmächtig, wird wiederbelebt, wird erneut ohnmächtig. Er bekommt noch mehr Gift, dann Morphium, während Bentley alles auf Video aufnimmt.

Es riecht süßlich in dem unterirdischen Raum, und ich versuche, den Blick von einer Foltersäge abzuwenden, die auf einem Louis-Vuitton-Koffer liegt, aber es gibt eigentlich nichts anderes, auf das ich mich konzentrieren könnte, und die in den Raum strömende Musik stammt von einem der zwei Radiosender, NOVA oder NRJ. Bruce schreit den Schauspieler immer wieder an, lauter Fragen auf französisch, von einer Liste von 320, alle auf einem dicken Stapel Computerpapier ausgedruckt, viele wiederholen sich nach spezifischen Mustern, während

Bobby auf einem Stuhl außerhalb des Blickfelds der Kamera mit stetem Blick zuschaut, seine Mundwinkel sind heruntergezogen. Dem Sohn des französischen Premierministers werden Fotografien gezeigt, er starrt sie wild an. Er weiß nicht, wie er reagieren soll.

»Frag ihn noch mal 278 bis 291«, murmelt Bobby einmal. »Zuerst in gleicher Reihenfolge, dann in Folge C.« Er weist Bruce an, die Munddrähte zu lockern, noch eine Dosis Morphium zu injizieren.

Ich lehne leer an einer Wand, und mein Bein ist eingeschlafen, weil ich schon so lange in dieser Haltung verharre. Der Schweiß rinnt Bentley übers Gesicht, während er die Kamera bedient, und Bobby ist hinsichtlich der Perspektive besorgt, aber Bentley versichert ihm, dass Bruces Kopf in der Einstellung nicht zu sehen ist. Der Sohn des französischen Premiers, momentan bei klarem Bewusstsein, beginnt Obszönitäten zu schreien. Bobbys Frustration ist deutlich. Bruce macht eine Pause, wischt sich über die Stirn mit einem Calvin-Klein-Handtuch, nimmt einen Schluck warmes, schales Beck's. Bobby zündet sich eine Zigarette an, winkt Bruce, noch einen Zahn zu entfernen. Bobby verschränkt immer wieder die Arme, runzelt die Stirn, starrt an die Decke. »Geh zurück zu Abschnitt vier, frag in Abfolge B.« Wieder geschieht nichts. Der Schauspieler weiß gar nichts. Er hat ein anderes Skript gelernt. Er bringt nicht die Performance, die Bobby möchte. Er ist eine Fehlbesetzung. Er war für die Rolle gänzlich ungeeignet. Es ist vorbei. Bobby weist Bruce an, Säure über die Hände des Schauspielers zu gießen. Schmerz überflutet sein Gesicht, während er mich ansieht, nutzlos weinend, und dann wird sein Bein abgesägt.

Der Schauspieler, der den Sohn des französischen Premierministers spielt, begreift, dass es nichts mehr zur Sache tut, wie das Leben sein sollte – er ist über diesen Punkt hinaus, in dem unterirdischen Raum des Hauses im achten oder sechzehnten Arrondissement. Er war an der italienischen Riviera, fuhr ein Mercedes-Kabriolett, er war im Kasino in Monte Carlo, er war in Aspen in einem sonnigen Innenhof, und ein Mädchen, das soeben die Silbermedaille der Model-Olympics gewann, steht auf Zehenspitzen und küsst ihn eifersüchtig. Er stand vor einem Club in New York, der Spy hieß, und floh in die neblige Nacht hinaus. Er traf berühmte schwarze Komiker und stolperte aus Limousinen. Er fuhr mit einem Riesenrad, sprach in ein Handy, neben sich eine eifersüchtige Begleiterin, die lauschte. Er hatte einen Schlafanzug an und sah zu, wie seine Mutter einen Martini trank, und durch ein Fenster flackerte ein Gewitter, er hatte eben die Initialen seines Namens unter das Bild eines Eisbären geschrieben, das er für sie gemalt hatte. Er kickte einen Fußball über ein weites grünes Feld. Er spürte den harten Blick seines Vaters. Er lebte in einem Palais. Schwärze, Schattierungen krümmen sich auf ihn zu, leuchtend und tanzend. Es war alles so willkürlich: Versprechen, Schmerz, Begehren, Ruhm. Das Geräusch von klickenden Kameras, etwas stürzte langsam in sich zusammen, stürzte in seine Richtung, eine Kapuzengestalt, sie fiel auf ihn, er sah hoch und sah den Kopf eines Monstrums mit dem Gesicht einer Fliege.

Wir sind auf einer Dinnerparty in einer Wohnung in der Rue Paul Valéry zwischen der Avenue Foch und der Avenue Victor Hugo, es ist alles einigermaßen ruhig, weil ein kleiner Prozentsatz der eingeladenen Gäste gestern im Ritz in die Luft geflogen ist. Um sich zu trösten, waren die Leute alle beim Shopping, was verständlich ist, auch es wenn sie ein wenig zu enthusiastisch eingekauft haben. Heute Abend gibt's nur Wildblumen und weiße Lilien, nur den Pariser Redaktionschef von W., Donna Karan, Aerin Lauder, Ines de la Fressange und Christian Louboutin, der glaubt, ich hätte ihn brüskiert, und vielleicht hab ich das auch, aber vielleicht ist mir das mittlerweile auch völlig gleichgültig. Nur Annette Bening und Michael Stipe mit einer tomatenroten Perücke. Nur Tammy voller Heroin, heiter und mit glasigem Blick, die Lippen von Collagen-Injektionen geschwollen, eine Salbe auf dem Mund, so gleitet sie durch die Party, hält inne, um Kate Winslet zuzuhören, Jean Reno, Polly Walker, Jacques Grange. Nur den Geruch von Scheiße, der in der Luft schwebt und sich überallhin ausbreitet. Nur ein weiteres Gespräch mit einem schicken Sadisten, der von Origami besessen ist. Nur einen weiteren Mann ohne Arme, der seinen Stummel schwenkt und erregt flüstert: »Natasha kommt!« Nur Leute, die gebräunt aus dem Ariel Sand Club in Bermuda zurückkehren, manche von ihnen auch rothäutig. Nur ich, der Beziehungen herstellt, die auf Angst beruhen, dem schwindlig ist, der einen Woo-Woo trinkt.

Jamie kommt zu mir herüber, nachdem Bobbys Handy geklingelt und er den Raum verlassen hat, elegant an einer Zigarre paffend, die von der gleichen Hand wie sein Telefon umklammert wird, die andere Hand hat er hinters Ohr gelegt, um den Lärm der Party abzuschirmen.

»Der ist ja wirklich im Himmel der Haare«, sagt Jamie und deutet auf Dominique Sirop. Jamie sieht frech und sehr schlank aus in einem winzigen Röckchen und Fünfzehnhundert-Dollar-Schuhen, sie knabbert an einem italienischen Keks. »Du siehst heut Abend gut aus.«

»Je besser man ausschaut«, murmele ich, »desto mehr sieht man.«

»Das werde ich mir merken.«

»Nein, wirst du nicht. Aber ich glaub's dir fürs erste.«

»Es ist mein Ernst.« Sie wedelt sich eine Fliege aus dem Gesicht. »Du siehst äußerst scharf aus. Du weißt wirklich, wie man's macht.«

»Was willst du?«, frage ich und weiche vor ihr zurück.

Hinter ihr kommt Bobby rasch in den Raum. Er hält grimmig die Hand unserer Gastgeberin, und sie nickt, voll Mitgefühl für das, was er ihr auch erzählen mag, und sie ist zwar bereits ein wenig verwirrt, weil die Leute im Foyer tanzen, aber sie ist sehr tapfer, und dann sieht Bobby Jamie und bahnt sich einen Weg durch die Menge in unsere Richtung, obwohl es viele Leute gibt, die man begrüßen und von denen man sich verabschieden muss.

»Das ist wohl eine Fangfrage«, sagt Jamie eisig.

»Weißt du, wie viele Leute gestern im Ritz gestorben sind?«, frage ich.

»Ich hab nicht mitgezählt«, sagt sie, und dann: »Sei nicht so sentimental.«

»Das war Bertrand«, sagt Bobby zu niemand Bestimmten. »Ich muss los.«

»Du siehst durcheinander aus«, sagt Jamie langsam. »Was ist passiert?«

»Ich erzähl's dir später, im Haus«, sagt er, nimmt ihr Champagnerglas, leert es zur Hälfte.

»Warum musst du jetzt weg, Bobby?«, fragt Jamie mit Nachdruck. »Wohin gehst du?«

»Mein gesellschaftliches Leben ist offensichtlich komplexer als deins«, sagt Bobby abweisend.

»Du Tier.« Sie grinst. »Du Wilder.«

»Bleib noch zum Essen«, sagt Bobby mit einem Blick auf die Uhr. »Dann komm zurück ins Haus. Ich bin dann um elf dort.«

Bobby küsst Jamie hart auf den Mund und versucht, sich ganz beiläufig zu benehmen, aber irgendwas stimmt nicht, und er kann seine Panik kaum verbergen. Ich versuche, ihn nicht anzustarren. Das bemerkt er.

»Glotz nicht so«, sagt er gereizt. »Ich bin um elf wieder im Haus. Vielleicht früher.«

Auf dem Weg nach draußen bleibt Bobby hinter Tammy stehen, die sich hin und her wiegt und hingerissen einem Dealer zuhört, den man den Kaiser nennt, und Bobby gestikuliert durchs Zimmer in Jamies Richtung und formt tonlos die Worte *Pass auf sie auf.* Jamie nickt.

»Ist Bobby weg?«, fragt Jamie.

»Du bist heute toll in Form«, fauche ich sie mit zornigem Blick an. »Weißt du, wie viele Leute gestern im Ritz gestorben sind?«

»Victor, bitte«, sagt sie aufrichtig und versucht zu lächeln, sollte jemand herschauen. Aber die französische Filmcrew umringt eine Gruppe von Trauernden, die in der Ecke des großen, höhlenähnlichen Wohnzimmers miteinander lachen. Mixer surren an der Bar, im Kamin wütet ein Feuer, Handys klingeln, und man geht dran.

»Sie haben gestern auch den Sohn vom französischen Premierminister getötet«, sage ich ganz ruhig, wegen der Betonung. »Sie haben sein Bein abgesägt. Ich hab gesehen, wie er gestorben ist. Wie kannst du dieses Kleid tragen?«, frage ich, das Gesicht vor Ekel verzerrt.

»Ist Bobby weg?«, fragt sie wieder. »Sag mir, ob er schon weg ist.«

»Ja«, sage ich angewidert. »Er ist weg.«

Sie entspannt sich sichtlich. »Ich muss dir etwas sagen, Victor«, beginnt sie und sieht über meine Schulter, schaut dann zur Seite.

»Was?«, frage ich. »Du bist jetzt erwachsen?«

»Nein, das nicht«, sagt sie geduldig. »Du und ich – wir können uns nicht mehr sehen.«

»Ach tatsächlich?« Ich schaue mich im Raum um. »Warum nicht?«

»Es ist zu gefährlich.«

»Ja?«, frage ich grinsend. »Was für ein Klischee.«

»Es ist mir ernst.«

»Ich will mit dir nicht mehr reden.«

»Ich glaube, diese ganze Sache entgleitet uns irgendwie«, sagt Jamie.

Ich fange an, unkontrolliert zu kichern, bis ein plötzlicher Angstkrampf mir die Augen tränen lässt, mein Gesicht verformt sich grimassenhaft. »Das ist … alles?«, huste ich und wische mir die Augen, schniefend. »Einfach so … Die Sache entgleitet uns?« Meine Stimme klingt hoch und mädchenhaft.

»Victor …«

»Du hältst dich nicht an die Regeln«, sage ich, es schnürt mir die Brust zu. »Du folgst nicht dem Skript.«

»Es *gibt* keine Regeln, Victor«, sagt sie. »Was für Regeln? Das ist alles Unsinn.«

Sie macht eine Pause. »Es ist zu gefährlich«, sagt sie wieder.

»Es mangelt an Fortschritt«, sage ich. »We're all living in a box.«

»Ich nehme an, du durchschaust Bobby jetzt besser«,

sagt sie. »Es ist leichter so, oder? Es ist jetzt leichter, den Angstfaktor einzuschätzen?«

Eine lange Pause. »Wird, wohl so sein«, sage ich, ohne sie anzusehen.

»Aber du wirst immer noch in meiner ... weiteren Umgebung sein.«

»Wird wohl so sein«, sage ich wieder. »Wie beruhigend.«

»Du musst dich im Übrigen auch von Bertrand Ripleis fernhalten.«

»Warum?« Ich höre kaum zu.

»Er hasst dich.«

»Ich hab mich schon gefragt, warum er mich immer so wütend anschaut.«

»Es ist mein Ernst«, sagt sie fast bittend. »Er trägt dir immer noch etwas nach«, sagt sie und versucht zu lächeln, während sie jemandem zuwinkt. »Von Camden her.«

»Weswegen denn?«, frage ich, Ärger und Angst vermengen sich.

»Er war in Lauren Hynde verliebt«, sagt sie. »Er glaubt, du hast sie beschissen behandelt.« Eine Pause. »Das ganz offiziell.« Eine weitere Pause. »Pass auf«

»Ist das jetzt ein Witz, oder irgendwie so was Französisches?«

»Halt dich einfach von ihm fern«, warnt sie. »Provozier ihn nicht.«

»Woher weißt du das eigentlich?«

»Es gibt da ... eine gewisse Kommunikation.«

Eine Pause. »Wie steht's um die Sicherheit?«

»Solang du dich von ihm fernhältst?«

Ich nicke.

Eine Träne, ein winziger Tropfen, gleitet ihre Wange hinab, überlegt es sich anders und verdunstet, während sie zu lächeln versucht.

»Geht so«, flüstert sie.

Schließlich sage ich: »Ich geh jetzt.«

»Victor«, sagte Jamie und berührt meinen Arm, ehe ich mich abwende.

»Was?«, stöhne ich. »Ich gehe. Ich bin müde.«

»Victor, warte«, sagt sie.

Ich stehe da.

»Im Computer«, sagt sie und holt tief Luft. »Im Computer. Im Haus. Da ist eine Datei.« Sie hält inne, nickt einem Gast zu. »Die Datei heißt ›Wings‹.« Pause. Als sie sich wegdreht, sagt sie: »Die musst du ansehen.«

»Warum muss ich die ansehen?«, frage ich. »Ist mir längst alles egal.«

»Victor«, fängt sie an. »Ich glaube, ich hab das Mädchen gekannt, das du auf der QE 2 kennen gelernt hast ...« Jamie schluckt, weiß nicht, wohin sie schauen soll, versucht sich zu fassen, schafft es gerade noch. »Das Mädchen, das von der QE 2 verschwunden ist ...«

Ich schaue sie nur ausdruckslos an.

Als Jamie meine Reaktion begreift – sieht, wie ich dastehe, voller Hass –, nickt sie nur vor sich hin und murmelt: »Vergiss es, vergiss es.«

»Ich gehe.« Ich marschiere los, weg von ihr, als es anfängt, Konfetti zu regnen.

So, wie die Wohnung ausgeleuchtet ist, müssen die Statisten ständig aufpassen, dass sie nicht über irgendwelche Kabel stolpern oder über die Schienen der Kamera mitten im Wohnzimmer, und im Foyer reicht mir der Regieassistent der französischen Filmcrew den Drehplan für morgen, und Russell – der Christian-Bale-Typ – trägt eine Sonnenbrille mit kleinen runden Gläsern, raucht einen Joint, er und Dermot Mulroney vergleichen ihre Schuhgrößen, aber jetzt sehe ich, dass sie beide jeweils in ein Handy sprechen und gar nicht miteinander, und Russell tut so, als ob er mich jetzt erst erkennt, und ruft pseudo-betrunken: »Hey, Victor!«

Ich mime ein Lächeln. Ich strecke ihm die Hand hin.

»Hey, komm, Mann«, sagt er und wischt meine Hand weg. »Wir haben uns ja monatelang nicht gesehen.« Er umarmt mich fest, steckt mir etwas in die Jackentasche. »Wie ist die Party?«, fragt er, macht einen Schritt zurück, bietet mir den Joint an. Ich schüttele den Kopf.

»Ach, großartig, cool«, sage ich und nage an meinen Lippen. »Ausgesprochen cool.« Ich gehe davon. »Bye-bye.«

»Hervorragend«, sagt Russell und schlägt mir auf die Schulter, um dann zu seinem Handy zurückzukehren, während Dermot Mulroney eine zwischen seine Knie geklemmte Flasche Champagner öffnet.

Im Taxi, auf der Fahrt zu dem Haus im achten oder sechzehnten Arrondissement, finde ich eine Karte, die Russell in meine Tasche gesteckt hat.

Eine Uhrzeit, morgen. Eine Adresse. Eine Ecke, an der ich anhalten soll. Anweisungen, wie ich zu dieser Ecke komme. Vorschläge, wie ich mich verhalten könnte. Alles in so kleiner Schrift, dass ich auf dem Rücksitz des Taxis mit zusammengekniffenen Augen auf die Karte starre, bis mir übel ist. Ich lehne den Kopf gegen das Fenster. Das Taxi umfährt einen kleinen Verkehrsunfall, kommt an Polizisten mit Maschinenpistolen vorbei, die ruhig die Straßen abgehen. Mir tut der Rücken weh. Ungeduldig wische ich mir das vorher aufgelegte Make-up mit einer Papierserviette aus dem Gesicht.

Im Haus. Das Taxi hab ich bezahlt.

Ich tippe den Code ein, der die Alarmanlage deaktiviert. Die Tür klickt auf.

Ich stolpere durch den Hof.

Das Wohnzimmer ist leer – nur die Möbel stehen anders, die französische Filmcrew hat sie am Nachmittag zur Seite geschoben.

Ohne den Mantel auszuziehen, gehe ich zum Computer hinüber. Er ist bereits an. Ich drücke eine Taste. Ich gebe einen Befehl ein.

Ich tippe WINGS.

Eine Pause. Der Bildschirm blinkt.

WINGS – OPERTN 3761 erscheint.

Buchstaben tauchen auf. Eine Graphik entfaltet sich.

15 NOV

BAND ON THE RUN

Darunter: 1985

Und dann: 511

Ich fahre mit dem Curser auf eine andere Seite. Eine Karte erscheint auf dem Schirm: Eine Straße, eine Autobahn. Sie führt zum Flughafen Charles de Gaulle. Darunter erscheint das Trans-World-Airlines-Logo.

TWA.

Nichts weiter.

Ich klicke die entsprechenden Tasten, damit ich die Datei ausdrucken kann. Zwei Seiten.

Nichts geschieht. Ich atme schwer, erhitzt vom Adrenalin. Dann höre ich vier Piepstöne in rascher Folge.

Jemand betritt den Hof.

Ich merke, dass der Drucker nicht eingeschaltet ist. Als ich ihn anmache, gibt er leise Geräusche von sich, fängt dann zu summen an.

Ich drücke wieder eine Taste: Ein Blinken.

Stimmen von draußen: Bobby, Bentley.

Seite 1 der WINGS-Datei wird langsam ausgedruckt.

Schlüssel schieben sich in die Schlösser an der Haustür.

Seite 2 von WINGS folgt Seite eins, sie überschneiden sich etwas. Im Foyer öffnet sich die Tür: Schritte, Stimmen.

Ich ziehe die beiden Seiten aus dem Drucker, stopfe sie in meine Jacke, dann schalte ich den Computer und den Drucker ab. Ich hechte in einen Stuhl.

Aber dann wird mir klar, dass der Computer einge-schaltet war, als ich reingekommen bin.

Ich falle in Richtung Computer, knipse den Schalter wieder an, und stürze mich wieder in den Sessel.

Bobby und Bentley kommen ins Wohnzimmer, gefolgt von Leuten des französischen Filmteams, darunter der Regisseur und der Mann mit der Kamera.

Ich habe den Kopf auf den Knien, ich atme schwer.

Eine Stimme – ich bin mir nicht sicher, welche – fragt: »Was machst denn du hier?«

Ich sage gar nichts. Hier drin ist Winter.

»Victor?«, fragt Bobby deutlich. »Was machst du denn hier?«

»Mir war schlecht«, sage ich keuchend und schaue blinzelnd auf. »Mir ist nicht gut.« Eine Pause. »Mir ist das Xanax ausgegangen.«

Bentley schaut Bobby an und sagt dann, als er an mir vorübergeht, gleichgültig: »Pech.«

Bobby schaut hinüber zu dem Regisseur, der mich mustert, als überlege er sich eine Entscheidung. Der Regisseur nickt schließlich Bobby zu: ein Signal, ein Stichwort.

Bobby zuckt die Achseln, lässt sich auf eine Couch fallen, löst den Krawattenknoten, zieht dann die Jacke aus. Die Schulter seines weißen Comme-des-Gar-çons-Hemds ist ein wenig mit Blut befleckt. Bobby seufzt.

Bentley kommt wieder und reicht Bobby einen Drink.

»Was war?«, frage ich, ich möchte mich selbst hören. »Warum bist du weg von der Party?«

»Es hat einen Unfall gegeben«, sagt Bobby. »Etwas ist passiert.«

Er nimmt einen Schluck.

»Was?«, frage ich.

»Bruce Rhinebeck ist tot«, sagt Bobby und schaut an mir vorbei, nimmt noch einen Schluck von seinem Drink, seine Hand ist ruhig.

Bobby wartet nicht, bis ich frage, wie das passiert ist, aber ich will ohnehin keine Fragen stellen.

»Er hat eine Bombe in einer Wohnung am Quai de Béthune entschärft.« Bobby seufzt, Einzelheiten liefert er keine. »Falls dieses Detail was bringt.«

Ich bleibe so lange dort sitzen, wie ich es kann, ohne total wahnsinnig zu werden, aber dann gibt mir der Regisseur mit einer Geste die Anweisung, aufzustehen, was ich schwankend tue.

»Ich ... geh ins Bett«, sage ich und füge dann, mit dem Finger hinaufdeutend, hinzu: »Oben.«

Bobby sagt nichts, sieht mich nur gleichgültig an.

»Ich bin ... erschöpft.« Ich gehe. »Ich verschwinde.«

»Victor?«, fragt Bobby plötzlich.

»Ja?« Ich bleibe stehen, drehe mich beiläufig um, entspanne mein Gesicht.

»Was ist das?«

Ich bemerke plötzlich, dass mein Körper mit kaltem Schweiß bedeckt ist und mein Magen gigantische Mengen Säure produziert.

»Was?«, frage ich.

»Was da aus der Tasche schaut?« Er deutet auf meine Jacke.

Ich schaue unschuldig hinunter. »Was ist was?«

Bobby steht von der Couch auf und kommt so schnell herüber, dass er quasi in mich reinläuft. Er zerrt das Stück Papier, das ihn irritiert hat, aus meiner Jacke.

Er überprüft, dreht es um, und starrt mich dann an.

Er hält mir das Blatt hin, mit heruntergezogenen Mundwinkeln, Schweiß steht auf seinen Schläfen, auf seiner Nase, auf der Haut unter seinen Augen. Er lächelt grausam: ein krampfartiges Grinsen.

Ich nehme ihm das Blatt aus der Hand, die feucht ist und zittert.

»Was ist das?«, frage ich.

»Geh ins Bett«, sagt er und dreht sich weg.

Ich schaue auf das Blatt Papier.

Es ist der morgige Drehplan, den mir der Regieassistent ausgehändigt hat, als ich die Party in der Rue de Valéry verließ.

»Tut mir Leid wegen Bruce«, sage ich zögernd, weil es mir nicht ernst ist damit.

Oben. Ich liege starr vor Kälte in meinem Bett, die Tür ist abgeschlossen. Ich schlucke Xanax und kann doch nicht schlafen. Ich fange ein Dutzend mal an zu onanieren, aber das bringt gar nichts. Ich versuche, das Gekreisch von unten mit meinem Walkman zu übertönen, aber irgendjemand aus der französischen Filmcrew hat eine Neunzig-Minuten-Kassette eingelegt, die ausschließlich aus »Heroes« von David Bowle besteht, er singt es wieder und wieder in einer Endlosschleife, auch das ein Verbrechen mit einer eigenen Logik. Ich fange an, die Tode zu zählen, mit denen ich nichts zu tun hatte – Briefmarken mit Toxin in der Gummierung, Buchseiten, behandelt mit Chemikalien, die nach einer Berührung innerhalb weniger Stunden töten können, Armani-Anzüge, mit so viel Gift getränkt, dass das Opfer, das einen solchen Anzug trägt, am Ende des Tages genug über die Haut aufgenommen hat.

Um elf Uhr segelt endlich Tammy ins Zimmer, sie hat einen Strauß weißer Lilien, die Haut ihrer Arme ist entzündet, vor allem in der Ellenbeuge. Jamie folgt ihr langsam. Ich hab die Szene gelesen und weiß, wie sie gespielt werden soll. Als Jamie von Bruces Tod erfährt, sagt sie bloß: »Gut« (aber Jamie hat ja gewusst, was mit Bruce Rhinebeck geschehen wird, sie hat es in London gewusst, sie hat es gewusst, als wir in Paris ankamen, sie hat es am ersten Nachmittag gewusst, als sie mit Bruce Tennis spielte, sie hat es von Anfang an gewusst).

Als man es Tammy sagt, schaut sie Bobby verständnislos an, verwundert. Auf ein Stichwort nimmt Jamie Tammy die Lilien aus der Hand, die sich lockert und Kraft verliert. »Lügner«, flüstert Tammy, und dann flüstert sie noch einmal: »Lügner«, und nachdem sie Bobbys schwaches Lächeln wahrgenommen hat, die französische Crew hinter ihm, die Kamera, die ihre Reaktion filmt, hat sie die Empfindung, tief abzustürzen, und sie beginnt jetzt zu schreien, sie heult unaufhörlich, sie wundert sich nicht einmal mehr, weshalb Bobby in ihrem Leben aufgetaucht ist, man sagt ihr nun, sie soll schlafen, man sagt ihr, sie soll Bruce Rhinebeck sofort vergessen, man sagt ihr, dass er den Sohn des französischen Premierministers ermordet hat, man sagt ihr, sie soll froh sein, dass ihr selbst nichts passiert ist, und währenddessen macht Bentley (ich schwör's bei Gott) einen Salat.

19

In dem Haus im achten oder sechzehnten Arrondissement ist man damit beschäftigt, mit den Nachwirkungen von Bruces Tod fertigzuwerden, es gibt jetzt keine Besorgungen, die erledigt werden müssten, alle scheinen hinreichend abgelenkt, sodass ich mich davonschleichen kann. Endlose Diskussionen über Titeländerungen, Streichungen im Budget, das Leasen eines achtundzwanzig Meter hohen Krans, Startdaten, einen unberechenbaren Produzenten in L.A., der wegen einer Skriptänderung kocht. Ehe ich gehe, drehe ich eine Szene mit Tammy, in der es um die Reaktion unserer Figuren auf den Tod von Bruce geht (Motorradunfall, ein Lastwagen mit Wassermelonen, Straße in Athen, eine falsch eingeschätzte Kurve), aber da sie nicht einmal in der Lage ist, Sätze zu bilden, geschweige denn, Gesten zu mimen, dreh ich meine Sätze allein ab, ich stehe in einem Korridor und spreche meinen Text, während eine Produktionsassistentin mir Tammys Part sehr viel überzeugender vorspricht, als Tammy das je getan hat (Tammys Reaktion wird dann wohl zu einem späteren Zeitpunkt reingeschnitten werden). Fürs Ende der Szene bekommt eine Assistentin eine Perücke aufgesetzt, und die riesige Panaflex fährt auf mein trauriges, aber hoffnungsvolles Gesicht zu, während wir einander umarmen.

Jamie tut entweder so, als ignoriere sie mich total, oder sie nimmt meine Gegenwart schlicht nicht wahr, als sie am Computer im Wohnzimmer sitzt und mit leerem Gesicht Diagramme durchsieht und E-Mails entschlüsselt, während ich unauffällig an ihr vorbeizugehen versuche.

Draußen ist der Himmel grau, bedeckt.

Ein Apartmenthaus am Quai de Béthune.

Ich biege am Pont de Sully um die Ecke.

Ein schwarzer Citroën steht an der Bordsteinkante der Rue Saint-Louis-en-l'Isle, und als ich in das Wageninnere sehen kann, gehe ich schneller darauf zu.

Russell fährt uns zu einem Apartmenthaus in der Avenue Verdier, im Stadtteil Montrouge.

Ich habe eine Walther-Automatic, Kaliber .25, dabei.

Ich habe den WINGS-Ausdruck dabei, zusammengefaltet in der Tasche meiner schwarzen Prada-Lederjacke.

Ich verschlucke mich an einem Xanax, dann kaue ich ein Mentos, um den Geschmack von der Zunge zu kriegen.

Russell und ich laufen drei Treppen hoch.

Die Wohnung im dritten Stock ist leer – keine Möbel außer sechs weißen Klappstühlen. Die Wände sind karmesinrot und schwarz gestrichen, Pappkartons sind zu hohen Türmen aufeinander gestapelt. Ein kleiner Fernseher ist an einen Videorecorder angeschlossen, der auf einer Umzugskiste steht. Das Dunkel Wohnung wird hier und dort durch eine Lampe unterbrochen. Es ist so kalt, dass der Fußboden schlüpfrig ist vom Frost.

F. Fred Palakon sitzt auf einem der weißen Klappstühle, neben ihm zwei seiner Partner (die mir als David Crater und Laurence Delta vorgestellt werden), alle tragen schwarze Anzüge, alle sind ein klein wenig älter als ich. Man zündet sich Zigaretten an, man schlägt Aktenordner auf, Starbucks-Kaffee wird angeboten, herumgereicht, getrunken.

Ich sitze ihnen gegenüber auf einem der weißen Klappstühle, und jetzt eben bemerke ich in einer schattendunklen Ecke den Japaner, der dort auf einem weißen Klappstuhl sitzt, neben einem mit Pannesamtvorhängen verdunkelten Fenster. Er ist eindeutig älter als die anderen Männer – schlaffer, dicklich, lustloser –, aber sein genaues Alter bleibt unklar. Er sitzt lässig in den Schatten gelehnt, den Blick auf mich gerichtet.

Russell geht auf und ab, spricht leise in ein Handy. Schließlich klickt er es aus und beugt sich zu Palakon, dem er etwas Unangenehmes zuflüstert.

»Sind Sie sicher?«, fragt Palakon.

Russell schließt die Augen und seufzt, während er nickt.

»Okay«, sagt Palakon. »Wir haben also nicht viel Zeit.«

Russell geht an mir vorbei, nimmt eine Position an der Tür hinter mir ein, und ich drehe mich um, um sicher zu sein, dass er nicht weggeht.

»Vielen Dank, dass Sie gekommen sind, Mr. Ward«, sagt Palakon. »Sie sind den Anweisungen hervorragend gefolgt.«

»Keine … Ursache.«

»Das muss jetzt schnell gehen«, sagt Palakon. »Wir haben heute nicht viel Zeit. Ich wollte Ihnen lediglich meine Partner vorstellen« – Palakon nickt zu Delta und Crater hin – »und ein erstes einleitendes Gespräch führen. Sie müssten uns nur ein paar Dinge bestätigen. Schauen Sie sich ein paar Fotografien an, das ist alles.«

»Warten Sie … Das, also, das Problem sozusagen, das ist nicht gelöst?«, frage ich mit quietschender Stimme.

»Also, nein, noch nicht …« sagt Palakon stockend. »David und Laurence sind informiert worden über das, was Sie mir vor zwei Tagen gesagt haben, und wir werden uns eine Strategie überlegen, wie wir Sie aus dieser …« Palakon fällt kein Wort dafür ein. Ich warte. »Dieser … Situation herausholen«, sagt er.

»Cool, cool«, sage ich nervös, ich schlage die Beine übereinander, überlege es mir dann anders. »Nur ein paar Fakten? Cool. Fotos? Okay. Ist cool. Das kann ich.«

Eine Pause.

»Ähm, Mr. Ward?«, sagt Palakon diskret.

»Ahh, ja?«

»Würden Sie bitte« – Palakon räuspert sich – »Ihre Sonnenbrille abnehmen.«

Eine längere Pause, dann begreife ich. »Oh. Tschuldigung.«

»Mr. Ward«, fängt Palakon an, »wie lange haben Sie jetzt in diesem Haus gewohnt?«

»Ich … weiß nicht«, sage ich und versuche, mich zu erinnern. »Seit wir in Paris angekommen sind.«

»Wann war das?«, fragt Palakon. »Genau.«

»Vielleicht vor zwei Wochen …« Pause. »Vielleicht … auch vier?«

Crater und Delta schauen sich an.

»Ich glaube, vielleicht … Ich weiß es nicht exakt … Sicher bin ich mir nicht … Bei Daten bin ich nicht so gut.«

Ich versuche zu lächeln, was die Männer im Zimmer das Gesicht verzieren lässt, sie sind offensichtlich bis jetzt von meinem Auftritt nicht sehr beeindruckt.

»Tut mir Leid …« murmele ich. »Tut mir Leid …«

Irgendwo summt laut eine Fliege. Ich versuche, mich zu entspannen, aber es passiert nichts.

»Wir möchten, dass Sie bestätigen, wer mit Ihnen zusammen im Haus wohnt«, sagt Palakon.

»Kulisse«, sage ich. »Es ist eine … Kulisse.«

Palakon, Delta, Crater – sie starren mich alle ausdruckslos an.

»Ja. Okay.« Ich schlage immer wieder die Beine übereinander, mal so rum, mal so rum, ich erschauere. »Ja. Das Haus. Ja.«

Palakon liest von einem Blatt in seinem Ordner ab. »Jamie Fields, Bobby Hughes, Tammy Devol, Bentley Harrolds, Bruce Rhinebeck …«

Ich unterbreche ihn: »Bruce ist tot.«

Professionelles Schweigen. Crater sieht zu Delta hinüber, und Delta, der den Blick nicht erwidert und starr geradeaus sieht, nickt nur.

Palakon fragt schließlich: »Das können Sie verifizieren?«

»Ja, ja«, murmele ich. »Er ist tot.«

Palakon blättert eine Seite um, macht eine Notiz mit seinem Füller, dann fragt er: »Wohnt Bertrand Ripleis auch bei Ihnen?«

»Bertrand?«, frage ich. »Nein, der wohnt nicht im Haus. Nein.«

»Sind Sie da sicher?«, fragt Palakon.

»Ja, ja«, sage ich. »ich bin ganz sicher. Mit dem war ich in Camden, ich weiß also, wer er ist. Ich würd's wissen, wenn der im Haus wohnen würde.« In dem Augenblick, als ich das sage, wird mir klar, dass ich es wahrscheinlich durchaus nicht wissen würde, dass es eigentlich sehr leicht sein könnte, dass Bertrand Ripleis ohne mein Wissen bei uns in dem Haus im achten oder sechzehnten Arrondissement wohnt, weil es so groß ist und sich immer so verändert und weil es scheint, als ob jeden Tag neue Zimmer dazukämen.

Palakon beugt sich vor und gibt mir ein Foto.

»Ist das Bertrand Ripleis?«, fragt er.

Es könnte eine Aufnahme von Herb Ritts für eine Armani-Anzeige sein – eine Wüstenlandschaft, Bertrands hübsches Gesicht mit verführerisch übelgelaunter Miene, die Kiefer zusammengepresst, die Lippen beiläufig geschürzt, die Sonnenbrille mit den kleinen Gläsern hat eine Art Totenkopfeffekt. Aber er steigt aus einem Lieferwagen, er weiß nicht, dass dieses Bild von einem weit entfernten Punkt aus aufgenommen wird, er hat eine Skorpion-Maschinenpistole in der Hand, er trägt ein Tommy-Hilfiger-T-Shirt.

»Ja, das ist er«, sage ich ausdruckslos und gebe Palakon das Foto wieder zurück. »Aber er wohnt nicht in dem Haus.«

»Hat irgendjemand in dem Haus Kontakt zu Bertrand Ripleis?«, fragt Crater.

»Ja«, sage ich. »Alle, hab ich den Eindruck.«

»Sie auch, Mr. Ward?«, fragt Palakon.

»Ja ... alle, glaub ich.«

»Nein«, sagt Palakon. »Haben *Sie* Kontakt zu Bertrand?«

»Oh«, sage ich. »Nein, nein. Ich nicht.«

Gekritzel, eine lange Pause, weiteres Gekritzel.

Ich schaue zu dem Japaner hinüber, der mich reglos ansieht.

Palakon beugt sich vor und reicht mir ein anderes Foto hin, bei dem ich aufschrecke.

»Erkennen Sie diese Person?«, fragt Palakon.

»Ja, das ist Sam Ho«, sage ich und beginne zu weinen. Mein Kopf sinkt herab, und ich schaue auf meine Füße, zuckend, schluchzend, keuchend.

Papier raschelt, Nebengeräusche, die aus Verlegenheit entstehen.

Ich hole tief Luft und versuche, mich zusammenzunehmen, aber nachdem ich gesagt habe: »Bruce Rhinebeck und Bobby Hughes haben ihn in London vor einem Monat gefoltert und getötet«, fange ich wieder an zu weinen. Mindestens eine Minute vergeht, ehe das Weinen nachlässt. Ich schlucke, räuspere mich. Russell beugt sich vor, reicht mir ein Kleenex. Ich putze mir die Nase, murmele: »Tut mir Leid.«

»Glauben Sie mir, Mr. Ward, wir sehen Sie ungern so verstört«, sagt Palakon. »Alles in Ordnung? Können Sie weitermachen?«

»Ja, ja, alles klar«, sage ich, räuspere mich wieder, wische mir übers Gesicht.

Palakon beugt sich vor und gibt mir wieder ein Foto.

Sam Ho steht auf einer weiten Sandfläche, hinter ihm liegt, wie es aussieht, South Beach, und er ist mit Maria Carey und Dave Grohl zusammen, sie hören konzentriert zu, was k. d. lang ihnen erzählt. Im Hintergrund bauen Leute Scheinwerfer auf, halten Teller mit Essen in der Hand, stehen da in selbstsicherer Haltung, sprechen vorsichtig in Handys.

»Ja, ja, das ist er auch«, sage ich und putze mir wieder die Nase.

Crater, Delta und Palakon tauschen nachdenkliche Blicke aus und wenden ihre Aufmerksamkeit dann wieder mir zu.

Ich starre zu dem Japaner hinüber, als Palakon sagt: »Dieses Bild von Sam Ho ist in Miami aufgenommen worden.« Er macht eine Pause.

»Ja?«, frage ich.

»Letzte Woche«, sagt Palakon.

Ich versuche, meine Überraschung nicht zu zeigen, ich erhole mich rasch von den Worten »letzte Woche« und sage cool: »Also, dann ist er das nicht. Das ist nicht Sam Ho.«,

Delta schaut zu dem Japaner rüber.

Crater neigt sich zu Palakon und zeigt mit seinem Füller auf etwas in der Akte, die Palakon auf dem Schoß liegen hat.

Palakon nickt ärgerlich.

Ich fange langsam an durchzudrehen, winde mich auf meinem Stuhl.

»Die können Fotos retuschieren«, sage ich. »Ich hab gestern bei Bentley Harrolds zugesehen. Sie retuschieren ständig ...«

»Mr. Ward, diese Fotos sind von einem sehr kompetenten Labor gründlich überprüft worden und sind in keiner Weise irgendwie retuschiert.«

»Woher wissen Sie das?«, rufe ich laut.

»Wir haben die Negative«, sagt Palakon knapp.

Pause. »Können Negative nicht retuschiert werden?«, frage ich.

»Die Negative sind nicht retuschiert worden, Mr. Ward.«

»Aber dann ... Wer zum Teufel ist dann dieser Typ?«,

frage ich, winde mich auf dem Stuhl, klammere meine Hände ineinander, zwinge mich, sie wieder zu lösen.

»Hey, einen Moment mal«, sage ich, hebe die Hand. »Leute – Leute, wartet mal einen Moment.«

»Ja, Mr. Ward?«, fragt Palakon.

»Ist das … ist das hier echt?« Ich schaue mich im Raum um, suche nach Anzeichen für eine Kamera, Scheinwerfer, irgendwelche verdeckten Hinweise, dass eine Filmcrew vorher hier war oder vielleicht jetzt in der Wohnung nebenan ist, mich durch Löcher filmt, die strategisch in die schwarz-roten Wände gebohrt wurden.

»Wie meinen Sie das, Mr. Ward?«, fragt Palakon. »›Echt‹?«

»Ich meine, ist das hier ein Film?«, frage ich und rutsche auf meinem Stuhl herum. »Wird das gefilmt?«

»Nein, Mr. Ward«, sagt Palakon höflich. »Das hier ist *kein* Film, Sie werden nicht gefilmt.«

Crater und Delta sehen mich verständnislos an.

Der Japaner lehnt sich vor, aber nicht lange genug, um sein Gesicht klar sehen zu können.

»Aber … ich …« Ich schaue hinunter auf das Foto von Sam Ho. »Ich weiß nicht …« Ich atme schwer, und da die Luft in diesem Raum so kalt und zäh ist, brennt sie mir in den Lungen. »Die … Hören Sie, die … Ich glaube, die verdoppeln die Leute. Ich meine, ich weiß auch nicht wie, aber ich glaube, sie haben … Doppelgänger. Das ist nicht Sam Ho … das ist ein anderer … Ich meine, ich glaube, die haben Doppelgänger, Palakon.«

»Palakon«, sagt Crater. Sein Ton hört sich warnend an.

Palakon starrt verwundert zu mir rüber.

Ich grabble in meiner Tasche nach einem weiteren Xanax und versuche immer wieder, mich anders hinzusetzen, sodass mir die Arme und Beine nicht einschlafen. Ich lasse mir von Russell eine Zigarette anzünden, die jemand mir gegeben hat, aber sie schmeckt nicht gut, und ich bin nicht in der Lage, sie festzuhalten, und als ich sie auf den Boden fallen lasse, landet sie zischend in einer Lache von geschmolzenem Eis.

Delta greift nach seiner Tasse Starbucks.

Man gibt mir noch ein Foto.

Marina Gibson. Ein einfaches Farbporträt, doppeltes Postkartenformat, ungleichmäßig reproduziert.

»Das ist die Frau, die ich auf der *QE 2* kennen gelernt hab«, sage ich. »Wo ist sie? Was ist mit ihr geschehen? Wann ist das aufgenommen worden?« Und dann, weniger erregt: »Ist sie … okay?«

Palakon hält kurz inne, ehe er sagt: »Wir glauben, dass sie tot ist.«

Meine Stimme bricht, als ich frage: »Woher? Woher wissen Sie das?«

»Mr. Johnson«, sagt Crater und beugt sich vor. »Wir glauben, dass diese Frau geschickt wurde, um Sie zu warnen.«

»Moment«, sage ich, ich kann das Foto nicht mehr länger halten. »Geschickt? Um mich zu warnen? *Wovor* denn warnen? Jetzt mal einen Moment. Gott, jetzt mal …«

»Eben das versuchen wir zusammenzubringen, Mr. Johnson«, sagt Delta.

Palakon hat sich zum Videogerät hinübergebeugt und drückt jetzt auf PLAY. Camcorderaufnahmen, überraschend professionell. Es ist die *QE 2*. Einen Augenblick lang lehnt die Schauspielerin, die Lorrie Wallace spielt, an der Reling, ein bisschen zu geziert den Kopf zurückgelegt, und sie starrt auf den Ozean und lächelt dann der Person hinter der Kamera zu, die jetzt rasch hinüberschwenkt, zu Marina, auf einem Liegestuhl, in Caprihosen mit Leopardenfellmuster und einer weißen weichen Bluse, mit einer großen Schildpatt-Sonnenbrille, die fast ihr halbes Gesicht bedeckt.

»Das ist sie«, sage ich. »Das ist das Mädchen, das ich

auf der *QE 2* gesehen habe. Wo haben Sie das Band her? Das ist sie, mit der ich nach Paris wollte.«

Palakon macht eine Pause, tut, als ob er in seinem Dossier nachsähe, und sagt schließlich ein weiteres Mal hoffnungslos: »Wir glauben, dass sie tot ist.«

»Wie ich schon sagte, Mr. Johnson«, sagt Crater und lehnt sich etwas zu aggressiv in meine Richtung, »wir glauben, dass Marina Cannon geschickt wurde, um Sie zu …«

»Nein, Moment, Leute, einen Moment«, sage ich. »Gibson hieß sie. Ihr Name war Gibson.«

»Nein, Cannon«, sagt Delta. »Sie hieß Marina Cannon.«

»Moment, Moment, Leute«, sage ich. »Geschickt, um mich zu warnen? Von wem geschickt? Warnen wovor?«

»Eben das versuchen wir zusammenzubringen«, sagt Palakon übertrieben geduldig.

»Wir glauben, dass der, der sie schickte, nicht wollte, dass Sie in London Kontakt zu Jamie Fields aufnehmen – und indirekt heißt das auch, mit Bobby Hughes«, sagt Crater. »Wir glauben, sie war als Ablenkung vorgesehen. Als Alternative.«

»Vorgesehen?«, frage ich. »*Vorgesehen? Was zum Teufel soll das denn heißen?«

»Mr. Ward …«, fängt Palakon an.

»Jamie erzählte mir, dass sie sie kennt«, sage ich plötzlich. »Dass sie sie gekannt hat. Warum sollte Marina wollen, dass ich Jamie fernbleibe, wenn sich die beiden kannten?«

»Hat Jamie Fields gesagt, woher sie sie kannte? Oder aus welchem Zusammenhang?«, fragt Palakon. »Hat Jamie Fields Sie wissen lassen, welcher Art diese Verbindung war?«

»Nein …«, murmele ich. »Nein …«

»Haben Sie sie nicht gefragt?«, rufen Crater und Delta gleichzeitig.

»Nein«, sage ich verwirrt, ich murmele: »Nein ... es tut mir Leid ... Nein ...«

Hinter mir sagt Russell: »Palakon.«

»Ja, ja«, sagt Palakon.

Auf dem Fernsehschirm schwenkt die Kamera stetig übers Deck, und sobald Marina rüberschaut, dreht sie auf Lorrie Wallace zurück. Aber einmal bleibt sie einige Augenblicke auf Marina, die fast so rübersieht, als würde sie durch die Kamera provoziert.

»Wo haben Sie das her?«, frage ich.

»Es ist kein Original«, sagt Delta. »Es ist eine Kopie.«

»Das soll eine Antwort sein?«, frage ich mit zusammengebissenen Zähnen.

»Es spielt keine Rolle, woher wir's haben«, sagt Delta verärgert.

»Die Wallaces haben es aufgenommen«, sage ich und starre auf den Bildschirm. »Machen Sie's aus.«

»Die Wallaces?«, höre ich jemand fragen.

»Ja doch.« Ich nicke. »Die Wallaces. Dieses Ehepaar aus England. Dieses englische Ehepaar. Ich weiß nicht mehr, was die machen. Was sie mir erzählt haben. Ich glaube, sie richtet Restaurants ein oder so. Machen Sie's aus, machen Sie's schon aus.«

»Wie sind Sie denen begegnet?«, fragt Palakon und drückt auf einen Knopf, sodass der Bildschirm aufblitzt und schwarz wird.

»Ich weiß es nicht. Die waren einfach auf dem Schiff. Sie haben sich mir vorgestellt. Wir haben zusammen zu Abend gegessen.« Ich stöhne, ich reibe mir über das Gesicht. »Sie haben gesagt, sie kennen meinen Vater ...«

Sie setzen das sofort in Verbindung mit irgendwas, es hallt zwischen den drei Männern wider, die mir gegenüber sitzen.

»Scheiße«, sagt Delta.

Sofort murmelt Crater: »Ogottogott.«

Palakon nickt unwillkürlich vor sich hin, sein Mund ist leicht geöffnet, damit er mehr Luft bekommt.

Delta schreibt wütend etwas in den Ordner, der auf seinem Schoß liegt.

»Ogottogott«, murmelt Crater immerfort.

Der Japaner zündet sich eine Zigarette an, sein Gesicht wird kurz von dem Streichholz erhellt. Es stimmt was nicht. Er sieht grimmig aus.

»Palakon?«, ruft Russell hinter mir.

Palakon schaut auf, aus seiner Konzentration gerissen.

Ich drehe mich um.

Russell klopft mit dem Finger auf seine Uhr. Palakon nickt ärgerlich.

»Hat Marina Cannon Sie irgendwas gefragt?«, fragt Delta eilig und beugt sich vor.

»O Scheiße«, murmele ich. »Weiß nicht. Was denn?«

»Hat sie Sie gefragt, ob …«, fängt Crater an.

Ich erinnere mich plötzlich und unterbreche Crater, ich murmele: »Sie wollte wissen, ob mir irgendjemand was gegeben hat, das ich mit nach England bringen soll.«

wie sie den Queen's Grill verlassen hat, und ihr verzweifelter Telefonanruf spät in dieser Nacht, und ich war betrunken und hab mich selber im Spiegel in meiner Kabine angegrinst und hab gekichert, und in ihrem Badezimmer war Blut, und wer wusste denn außer Bobby Hughes noch, dass sie auf dem Schiff war, und du warst auf dem Weg in ein anderes Land, und da war eine Tätowierung, schwarz und formlos, auf ihrer Schulter

Ich wische mir den Schweiß von der Stirn, der Raum kippt zur Seite, richtet sich dann wieder auf.

»Was denn zum Beispiel?«, fragt Palakon.

Ich suche nach etwas, und schließlich wird mir klar, was es ist.

»Ich glaube, sie meinte«, ich schaue hoch zu Palakon, »den Hut.«

Alle notieren etwas. Sie warten, dass ich weiterspreche, ausführlicher werde, aber da ich das nicht kann, redet mir Palakon sanft zu: »Aber der Hut ist von der *QE 2* verschwunden, das stimmt doch?«

Ich nicke langsam. »Aber vielleicht … ich denke mal … Vielleicht hat sie ihn genommen und … und ihn jemandem … gegeben.«

»Nein«, murmelt Delta. »Unsre Quellen besagen, dass sie das nicht getan hat.«

»Ihre *Quellen?*«, frage ich. »Wer zur Hölle sind denn Ihre Quellen?«

»Mr. Ward«, fängt Palakon an, »das wird Ihnen alles zu einem späteren Zeitpunkt erklärt werden, also seien Sie bitte …«

»Was war in dem Hut?«, unterbreche ich ihn. »Warum haben Sie mir gesagt, ich soll den Hut mitbringen? Warum war er aufgerissen, als ich ihn fand? Was war in dem Hut, Palakon?«

»Mr. Ward, Victor, ich verspreche Ihnen, dass ich Ihnen das bei unserem nächsten Treffen erklären werde«, sagt Palakon. »Aber wir haben jetzt schlicht keine Zeit …«

»Was soll das heißen?«, frage ich panisch. »Sie haben was Besseres zu tun, ja? Ich meine, Scheiße, Palakon, ich hab nicht die geringste Ahnung, was hier abgeht …«

»Wir haben noch weitere Fotos für sie«, unterbricht mich Palakon und gibt mir ein paar Hochglanzbilder.

Zwei Leute in Tropenbekleidung an einer gischtübersprühten Küste. Meterbreiter feuchter Sand. Das Meer ruhig hinter ihnen. Weißes Sonnenlicht, purpur an den Rändern, hängt über dem Paar. An den Haaren kann man sehen, dass es windig ist. Er trinkt aus einer Kokosnussschale. Sie riecht an einem purpurnen Blütenkranz, der von ihren Schultern hängt. Auf einem anderen Foto streichelt sie (unwahrscheinlich) einen Schwan. Bobby Hughes steht hinter ihr und lächelt (ebenfalls unwahrscheinlich) freundlich. Auf dem letzten Foto kniet Bobby Hughes hinter dem Mädchen und hilft ihm, eine Tulpe zu pflücken.

Das Mädchen auf allen drei Fotos ist Lauren Hynde.

Ich fange wieder zu weinen an.

»Das ist … Lauren Hynde.«

Eine lange Pause, und dann höre ich jemanden fragen: »Wann hatten Sie zuletzt Kontakt mit Lauren Hynde, Victor?«

Ich weine weiter, ich kann mich nicht zusammennehmen.

»Victor?«, fragt Palakon.

»Was macht sie mit ihm?«, schluchze ich.

»Victor kennt sie, weil sie beide in Camden studiert haben, so viel ich weiß«, sagt Palakon leise zu seinen Kollegen, eine Erklärung, die weiter nichts bringt, aber ich nicke stumm vor mich hin, aufschauen kann ich nicht.

»Und danach?«, fragt jemand. »Wann hatten Sie zuletzt Kontakt mit Lauren Hynde?«

Immer noch weinend bringe ich heraus: »Ich hab sie letzten Monat gesehen … in Manhattan … in einem Tower-Records-Laden.«

Russells Handy klingelt und lässt uns alle zusammenfahren.

»Okay«, höre ich ihn sagen.

Nachdem er es ausgeschaltet hat, beschwört er Palakon, sofort aufzubrechen.

»Wir müssen los«, sagt Russell. »Es ist Zeit.«

»Mr. Johnson, wir melden uns wieder«, sagt Delta.

Ich greife in meine Jackentasche und wische mir über das Gesicht.

»Ja, das war … aufschlussreich«, sagt Crater unehrlicherweise.

»Hier.« Ich ignoriere Crater und gebe Palakon den Ausdruck der WINGS-Datei. »Das hab ich im Computer in dem Haus gefunden. Ich weiß nicht, was es zu bedeuten hat.«

Palakon nimmt es mir ab. »Danke, Victor«, sagt er aufrichtig und schiebt es in seine Mappe, ohne es auch nur anzusehen. »Victor, ich möchte, dass Sie sich beruhigen. Wir melden uns. Es könnte sogar schon morgen sein …«

»Aber seitdem ich Sie das letzte Mal gesehen habe, Palakon, haben die ein gottverdammtes Hotel in die Luft gesprengt«, schreie ich. »Sie haben den Sohn des französischen Premierministers getötet!«

»Mr. Ward«, sagt Palakon vorsichtig, »andere Organisationen haben bereits die Verantwortung für die Bombe im Ritz übernommen.«

»Was für andere Organisationen?«, schreie ich. »Die waren das! Bruce Rhinebeck hat eine Tasche im gottverdammten Ritz gelassen. Es gibt keine anderen Organisationen. Die *sind* die Organisation!«

»Mr. Ward, wir haben wirklich …«

»Ich hab das Gefühl, Sie sind einfach nicht daran interessiert, dass ich hier heil rauskomme, Palakon«, sage ich mit erstickter Stimme.

»Mr. Ward, das stimmt durchaus nicht«, sagt Palakon und steht auf, was mich ebenfalls aufstehen lässt.

»Warum haben Sie mich geschickt, um sie zu finden?«, schreie ich. »Warum haben Sie mich geschickt, um Jamie Fields zu finden?« Ich bin drauf und dran, Palakon zu packen, aber Russell zieht mich zurück.

»Mr. Ward, bitte«, sagte Palakon. »Sie müssen gehen. Wir melden uns.«

Ich kippe gegen Russell, der mich stützt.

»Mir ist jetzt alles egal, Palakon. Mich kümmert gar nichts mehr.«

»Das glaube ich nicht, Mr. Ward.«

»Warum?«, frage ich erstaunt und starre ihn an. »Warum glauben Sie das nicht?«

»Wenn Sie nichts mehr kümmern würde, wären Sie nicht hier.«

Ich schlucke das.

»Hey, Palakon«, sage ich wie betäubt. »Ich hab ja nicht gesagt, dass ich mir nicht vor Angst in die Hosen scheiße.«

Russell rennt die Treppe des Gebäudes an der Avenue Verdier hinunter, immer zwei Stufen auf einmal, und ich stolpere blindlings hinterher, ich muss mich immer wieder an dem marmornen Geländer festhalten, das so dick vereist ist, dass es mir die Hand versengt, und draußen auf der Straße halte ich die Hand hoch und sage keuchend zu Russell, dass er langsamer sein soll.

»Das können wir nicht«, sagt Russell. »Wir müssen weg. Jetzt.«

»Warum?«, frage ich zwecklos, zusammengekrümmt. »Warum?«

Ich mache mich gerade darauf gefasst, dass er mich nun zu dem schwarzen Citroën zerrt, aber plötzlich hält Russell an, holt tief Luft, sammelt sich.

Verwirrt richte ich mich auf. Russell gibt mir einen beiläufigen kleinen Schubs mit dem Ellbogen.

Ich sehe ihn konfus an. Er tut so, als lächele er jemandem zu.

Jamie Fields kommt unsicher näher, eine kleine weiße Papiertüte in der Hand – kein Make-up, Trainingshosen, das Haar mit einem Gummiband zurückgebunden, Gucci-Sonnenbrille.

Hinter ihr packt das französische Filmteam Ausrüstungsgegenstände in einen blauen Lieferwagen, der auf der Avenue Verdier in zweiter Reihe geparkt ist.

»Was machst du denn hier?«, fragt sie und zieht ihre Sonnenbrille herunter.

»Hey!«, sage ich und gestikuliere hirnlos.

»Was läuft?«, fragt sie, ein wenig perplex. »Victor?«

»Ah ja, du verstehst, einfach bloß so hier rumhängen«,

sage ich ausdruckslos, semi-betäubt. »Ich ... häng hier bloß bisschen rum, Baby.«

Schweigen. »Was?«, fragt sie lachend, als ob sie mich nicht gehört hätte. »Rumhängen?« Sie macht eine Pause. »Alles in Ordnung?«

»Ja, Baby, prima, ich bin cool«, sage ich und gestikuliere hirnlos. »Sieht nach Regen aus, was, Baby?«

»Du bist ganz blass«, sagt sie. »Du siehst aus, als ob du ... geweint hättest.« Sie streckt eine Hand aus, um mein Gesicht zu berühren. Instinktiv weiche ich zurück.

»Nein, nein, nein«, sage ich. »Nein, ich hab nicht geweint. Ich bin cool. Hab nur gegähnt. Alles cool.«

»Oh«, sagt sie, und es folgt eine lange Pause.

»Hoppla«, füge ich noch hinzu.

»Was machst du denn hier?«, fragt sie.

»Also, Baby, ich bin hier mit« – ich schaue Russell an – »meinem Freund, und wir haben ...« Ich halte mich schließlich an dem Satz fest: »Also, ich nehme bei ihm *Französisch*unterricht.«

Sie starrt mich bloß an. Stille.

»Weißt ja, Baby, ich kann kein einziges Wort der Sprache. Also.« Ich zucke die Achseln.

Sie starrt mich immer noch an. Wieder herrscht Stille.

»Kein – einziges – Wort«, sage ich steif.

»Klar«, sagt sie, aber nun starrt sie Russell an. »Sie sehen total bekannt aus. Sind wir uns schon mal begegnet?«

»Ich glaube nicht«, sagt Russell. »Aber möglich.«

»Ich bin Jamie Fields«, sagt sie und streckt die Hand aus.

»Ich bin Christian Bale«, sagt Russell und nimmt Jamies Hand.

»Ach richtig«, sagt sie. »Ja, ich hab's mir doch gedacht, dass ich Sie kenne. Sie sind der Schauspieler.«

»Jawoll.« Er nickt jungenhaft. »Ich hab Sie auch erkannt.«

»Hey, anscheinend sind wir alle berühmt, was?« Ich würge ein fürchterliches Kichern hervor. »Na so was, wie?«

»Sie haben mir in *Newsies* und *Swing Kids* echt gut gefallen«, sagt Jamie, gar nicht ironisch.

»Danke, danke«, nickt Russell.

»Und in *Hooked*«, sagt Jamie. »Sie waren toll in *Hooked*.«

»O danke«, sagt Russell errötend, lächelt aufs Stichwort. »Das ist nett von Ihnen. Cool.«

»Ja, *Hooked*«, murmelt Jamie und starrt nachdenklich in Russells Gesicht.

Eine lange Pause folgt. Ich konzentriere mich auf die Filmcrew, die eine Kamera in den Lieferwagen wuchtet. Der Regisseur nickt mir zu. Ich nicke nicht zurück. Aus dem Wageninneren kommt »Knowing Me, Knowing You« von ABBA, was mich an etwas erinnert. Ich kneife die Augen zusammen und versuche, darauf zu kommen. Der Regisseur kommt auf uns zu.

»Und was machen Sie in Paris?«, fragt Jamie Russell.

»Ach, nur so rumhängen«, sagt Russell selbstsicher.

»Und … Französischunterricht erteilen?«, lacht Jamie verwirrt.

»Ach, das ist nur ein Gefallen«, sage ich und lache mit. »Er schuldet mir einen Gefallen.«

Hinter uns kommen aus dem Eingang des Apartmenthauses an der Avenue Verdier Palakon, Delta, Crater – alle mit Mänteln und Sonnenbrillen, der Japaner ist nicht dabei. Sie manövrieren sich an uns vorüber, gehen zielbewusst die Straße hinunter, besprechen sich. Jamie bemerkt sie kaum, da sie damit beschäftigt ist, Russell anzusehen. Der Regisseur jedoch, der auf mich zukommt, hält inne und starrt den vorbeigehenden Palakon an, etwas in seinem Gesicht spannt sich an, und er schaut nervös zuerst zu mir und dann wieder zu Palakon.

»Es ist ein Gefallen«, sagt Russell und setzt eine Diesel-Sonnenbrille auf. »Ich hab grad Zeit zwischen den Rollen. Ist also cool.«

»Er hat gerade Zeit zwischen den Rollen«, sage ich. »Er wartet auf ein gutes Angebot. Eins, das seine Begabung würdigt.«

»Hört mal, ich muss jetzt weiter«, sagt Russell. »Wir unterhalten uns dann später, Mann. War nett, Sie kennenzulernen, Jamie.«

»Ja«, sagt Jamie vorsichtig. »Gleichfalls, Christian.«

»Peace«, sagt er und geht los. »Victor, ich meld mich. Au revoir.«

»Ja, Mann«, sage ich angegriffen. »Bonjour, Sportsfreund«, sage ich. »Oui, Monsieur.«

Jamie steht vor mir, mit verschränkten Armen. Die Crew wartet, hängt beim Lieferwagen herum, dessen Motor schon läuft. Ich konzentriere mich darauf, meinen Herzschlag zu verlangsamen. Der Regisseur kommt nun wieder näher. Mein Blick trübt sich, wird unscharf. Es beginnt zu nieseln.

»Was machst du hier?«, frage ich und versuche, nicht loszuwinseln.

»Ich hole was auf Rezept für Tammy ab«, sagt sie.

»denn sie ist, ähm, wirklich krank, nicht wahr?«

»Ja, sie hat sich sehr aufgeregt«, sagt Jamie kühl.

»Ja, richtig, sollte sie auch.«

Ich befeuchte meine Lippen mit der Zunge, Panik kriecht durch die Muskulatur meiner Beine, meiner Arme, meines Gesichts – alles prickelt. Jamie starrt mich immer noch berechnend an. Der Regisseur joggt die Straße entlang, kommt grimmig auf uns zu, auf mich.

»Also jetzt möchte ich das mal genau wissen«, sagt Jamie.

»Mhm.«

»Du nimmst Französischunterricht.«

»Mhm.«

»Bei Christian Bale?«

»Nein, wir haben ein Verhältnis«, stoße ich hervor. »Ich wollte ihn nicht ins Haus bringen.«

»Das find ich nicht unbedingt unglaubwürdig.«

»Nein, nein, es ist schon der Französischunterricht«, sage ich. »Merci beaucoup, bon soir, je comprends, oui, Mademoiselle, bonjour, Mademoiselle …«

»Schon gut, schon gut«, murmelt sie und gibt's auf.

Der Regisseur kommt näher.

»Schick die alle weg«, flüstere ich. »Bitte, schick sie einfach weg, schick sie gottverdammt noch mal weg«, sage ich und setze meine Sonnenbrille auf.

Jamie seufzt und geht dem Regisseur entgegen. Er spricht in ein Handy und lässt dann den Deckel zuschnappen, als sie näher kommt. Er hört ihr zu, er rückt sich das rote Halstuch zurecht, das er umgeknotet hat. Ich weine stumm vor mich hin, und als Jamie zu mir zurückkommt, fange ich an zu zittern. Ich reibe mir mit der Hand über die Stirn, Kopfschmerzen beginnen.

»Alles in Ordnung?«, fragt sie.

Ich versuche zu sprechen, kann aber nicht. Nur unklar nehme ich wahr, dass es zu regnen beginnt.

In einem Taxi, das zum Haus zurückfährt, fragt sie mich: »Wo habt ihr denn euren Französischunterricht abgehalten?«

Ich kann nichts rausbringen.

»Wie habt ihr euch kennen gelernt, Christian Bale und du?«

Das Taxi kriecht ruckweise durch den Verkehr, die Fenster sind regenverschmiert. Die Luft im Wagen steht von unsichtbaren Dingen. Ich fläze mich auf dem Rücksitz. Mein Fuß ist eingeschlafen.

»Was ist los?«, fragt sie. »Ist das deine große Taubstummennummer?«

»Was ist in der Tüte?«, frage ich und nicke in Richtung des weißen Umrisses auf Jamies Schoß.

»Tammys Medikament«, sagt sie.

»Was ist es? Methadon?«

»Halcion.«

»Ich hoffe, du hast ihr genug besorgt«, sage ich, und dann: »Kann ich was haben?«

»Nein«, sagt Jamie. »Was hast du jetzt wirklich getrieben mit dem Typ?«

Ich stoße rasch hervor: »Woher kennst du Marina Gibson?«

»O Gott«, stöhnt sie. »Sind wir jetzt wieder da gelandet?«

»Jamie«, sage ich warnend, dann werde ich weich. »Bitte.«

»Ich weiß nicht«, sagt sie gereizt. »Ich hab sie in New York gekannt. Modeling. Irgendwas. Nachtleben.«

Ich fange zu kichern an. »Du lügst.«

»Ach, Scheiße.«

Ich frage leise: »Hätte sich das alles verhindern lassen?«

Schließlich antwortet sie lakonisch: »Das ist reine Spekulation.«

»Wer hängt hier sonst noch mit drin?«, frage ich.

Sie seufzt. »Das ist alles sehr begrenzt.« Pause. »Je größer die Gruppe, desto größer die Gefahr der Entdeckung. Du verstehst.«

»Ich bin sicher, das funktioniert theoretisch sehr gut.«

»Hast du dir die Datei angesehen?«, fragt sie.

»Ja«, murmele ich.

»Gut«, sagt sie und entspannt. Und dann: »Ich finde Christian Bale cool.« Sie checkt ihre Fingernägel. »Auf eine recht offensichtliche Art.«

Ich drehe mich zu ihr um. »Was soll das heißen?«

»Christian Bale hat nicht in *Hooked* mitgespielt, Victor«, sagt Jamie. »In diesem Film war er nicht.«

Ich bleibe ruhig und versuch's dann mit: »Vielleicht war er bloß … höflich.«

»Bemüh dich nicht«, murmelt sie.

Und vor dem Haus im achten oder sechzehnten Arrondissement strömt das Sonnenlicht durch die sich auflösenden Wolken, ich öffne das Tor, wir gehen schweigend zusammen über den Hof. Innen wirkt das Haus, nachdem Bruce Rhinebeck nicht mehr da ist, weniger schwer, besser, leerer, sogar als das zweite Team aufbaut. Bobby sitzt am Computer und telefoniert dabei mit dem Handy, raucht eine Zigarette, klopft die Asche in eine Diet-Coke-Dose, Schreibblocks liegen in hohen Stapeln vor ihm auf dem Schreibtisch, Barmusik spielt im Hintergrund. Ein Billardtisch ist geliefert worden, ein weiterer BMW kann abgeholt werden, neue Tapeten sind bestellt, irgendwo ist heute Abend eine Party. »Ist alles bestätigt«, sagt Bobby einfach. Im Haus ist es sechs Grad unter Null. Im Haus wallt überall der Geruch von Scheiße, schlammig, wolkig. Im Haus verfallen alle in hektischen Aktionismus, alle Räume werden schnellstens ausgeleuchtet.

Ich versuche, nicht wieder zu weinen, während ich hinter Bobby stehe. Auf dem Computermonitor: Entwürfe für eine Bombe, eine Auflistung der Komponenten, aus denen der Plastiksprengstoff Remform besteht, mögliche Ziele. Jamie ist in der Küche und liest sorgfältig Tammys Rezept, gleichzeitig zieht sie eine Flasche Evian aus dem Eisschrank.

»Wie geht es ihr?«, fragt Jamie Bobby.

»Wenn's irgendein Trost ist?«, fragt er zurück. »Besser.«

Jamie geht blindlings an mir vorbei und langsam die Wendeltreppe empor, weicht Leuten aus der Crew aus, denkt sich, sie sollte vielleicht mehr für mich empfinden, als sie tut, aber meine Angst rührt sie nicht, die ist isoliert, ist nicht hip, die singt nicht.

Ich berühre Bobbys Schultern, weil ich es tun muss.

Er reckt sich von mir weg, murmelt: »Lass«, und dann: »Die Möglichkeit besteht nicht mehr.«

Ein langes Schweigen, und ich versuche, hieraus etwas zu lernen.

»Du siehst dünn aus«, sagt Bobby. »Wann hast du das letzte Mal trainiert? Du siehst zu mager aus. Bisschen blass auch.«

»Ich brauch bloß etwas Schlaf, Mann.«

»Das ist keine Erklärung«, sagt Bobby. »Du brauchst einen Motivationsworkshop.«

»Das glaub ich nicht«, sage ich, meine Stimme bricht. Aber Bobby könnte genausogut in einem Teich untergetaucht sein. Wir könnten diese Unterhaltung auch unter einem Wasserfall führen. Er muss nicht einmal in diesem Raum sein. Er ist nur eine Stimme. Ich könnte ebenso gut mit jemandem am Telefon reden. Ich könnte das alles durchs Fernrohr betrachten. Ich könnte es genauso gut träumen. Es überkommt mich: *ist nicht genau das der Punkt?*

Bobby geht schweigend in die Küche.

»Es bricht, ähh, also, alles zusammen«, sage ich. »Aber niemand verhält sich entsprechend.«

»Was bricht zusammen?«, fragt Bobby und kommt wieder zu mir. »Ich denke, alles geht genau nach Plan.«

Pause.

»Was … für ein Plan?«, frage ich. »Was … alles?« Pause. »Bobby?«

»Was alles?«

»Ja … was alles?«

»Alles eben.« Bobby zuckt die Achseln. »All das, was jetzt eben passiert.«

Pause.

»Und … dann?«

»Und dann?«

»Ja … Und dann?«

»Und dann?«

Ich nicke, Tränen laufen mir übers Gesicht.

»Und dann? Bumm«, sagt er heiter und gibt mir einen

leichten Schlag auf die Wange, seine Hand hat die Temperatur eines Eiszapfens.

Auf Stichwort ein kreischender Schrei Jamies von oben.

Selbst in den lichttechnisch kunstvoll inszenierten Schatten des Badezimmers, das Tammy Devol und Bruce Rhinebeck sich geteilt haben, kann man leicht die mit dunkelrotem Wasser überlaufende Badewanne sehen, dazu Tammys schwebendes Gesicht, hellblau getönt, die Augen offen und gelblich. Unsere Aufmerksamkeit soll auch auf die zerbrochene Flasche Amstel Light gelenkt werden, die auf dem Badewannenrand steht, und die groovigen Muster, die das Blut auf den gekachelten Wänden hinterließ, als es aus den Wunden schoss. Tammy hat sich die Pulsadern aufgeschnitten, die Handgelenke sind bis auf die Knochen durchtrennt – aber selbst das »reichte nicht«, weil sie es auch noch irgendwie fertiggebracht hat, sich die Kehle ganz tief durchzuschneiden,

(aber du weißt sofort, das ist zu tief, du weißt, das kann sie nicht selbst getan haben, obwohl du nichts sagen wirst, weil dir klar ist, dass viele Szenen ohne dich abgedreht werden und dass noch ein anderes Drehbuch existiert, in dem du keine Rolle spielst, und du weißt, das ist zu tief)

und weil es so riecht, wie ich mir immer vorgestellt habe, dass ein mit Blut bespritzter Raum riecht, und Jamie so laut kreischt, ist es schwierig, die Dinge zusammenzubringen, vernünftige Verbindungen herzustellen, den Punkt zu treffen, und ich kann nicht aufhören, keuchend nach Luft zu ringen.

Was du nicht weißt, das ist das Allerwichtigste.

Zwei Inspizienten, beide mit Mundschutz, zwängen sich rasch an uns vorbei und heben die nackte Tammy aus dem Bad, deren Handgelenke und Hals aussehen, als seien sie nach außen geplatzt, und ein großer purpurroter Dildo rutscht aus ihrer Möse und klatscht zurück in das blutige Badewasser. Mein Blick heftet sich auf ihren Nabelring.

Jamie ist rückwärts aus dem Badezimmer gestolpert, in Bentleys Arme. Sie ringt mit ihm, umarmt ihn, entzieht sich wieder. Sie hält sich eine Hand vor den Mund. Ihr Gesicht ist rot, als würde es brennen.

In einer Ecke des Schlafzimmers spricht Bobby mit dem Regisseur, sie stehen beide reglos da bis auf ein gelegentliches Nicken.

Jamie versucht, Bentley zu entkommen, und stolpert verzweifelt in Richtung Tammys Schlafzimmer, doch der Weg ist ihr durch einen weiteren Inspizienten versperrt, der, ebenfalls mit Mundschutz, eine blutgetränkte Matratze den Flur hinunterschleift, um sie im Hof zu verbrennen.

Jamie starrt die verschmierte Matratze – ihre Wahrhaftigkeit – entsetzt an, und Bentley hält sie fest, als sie sich auf Tammys Bett werfen will, Bentley fällt mit ihr hin, kreischend stürzt sie sich auf das Skript auf Tammys Nachttisch und schleudert es auf Bobby und den Regisseur. Sie kämpft mit einem Kissen, absurder Anblick. Ihr Gekreisch verstärkt sich, eine Variation des vorherigen Kreischens.

Bobby schaut zu Jamie, abgelenkt. Er schaut regungslos zu, versucht, den Ausführungen des Regisseurs zuzuhören, während Jamie sich das Gesicht zerkratzt, gurgelnde Laute ausstößt, jeden, der gerade zuhört, anfleht.

Ich kann keinen Satz mehr bilden, meine Reflexe sind alle ausgebrannt. Ich strecke schwach eine Hand aus, um mich zu stützen, Kameras fahren um uns herum, fangen Reaktionen ein.

Bobby ohrfeigt Jamie, während Bentley sie festhält.

»Nichts kümmert uns«, sagt Bobby. »Ich dachte, darauf hätten wir uns geeinigt.«

Jamie macht Geräusche, die niemand übersetzen kann.

»Ich dachte, darauf hätten wir uns geeinigt«, sagt Bobby. »Nichts kümmert uns.« Er ohrfeigt sie wieder, fester. Diesmal erregt er ihre Aufmerksamkeit. Sie starrt ihn an. »Deine Reaktion ist zwecklos. Sie hat für niemand hier eine Bedeutung, und sie ist zwecklos. Wir haben uns darauf geeinigt, dass uns nichts kümmert.«

Jamie nickt stumm, und als es den Anschein hat, dass sie sich einen Augenblick entspannt, dreht sie plötzlich durch. Bentley keucht vor Anstrengung, als er versucht, sie niederzuringen, aber er lacht, weil er so gestresst ist, und jemand von der Crew sagt rational und ungeniert. »Niemand hätte sie retten können.« Ich versuche, in die andere Richtung zu gehen, elegant durch die Tür zu schreiten. Ich versuche, kurz zu erwachen, indem ich mich von dieser Szene abwende, indem ich durchsichtig werde, aber es wird mir auch klar, dass das Halcion, das Jamie geholt hat, nicht für Tammy bestimmt war, sondern für sie selbst.

Mitternacht, und ich trinke Absolut aus einer Plastiktasse, ich bin overdressed, ich trage einen schwarzen Prada-Anzug und Gucci-Stiefel, ich schlucke Xanax, eine Zigarette brennt zwischen meinen Fingern. Eine Party in einem riesigen neuen Virgin-Megastore, die möglicherweise von Tommy Hilfiger irgendwie gesponsert wird; es gibt eine Bühne, eigentlich sollen verschiedene Bands spielen, Amnesty International hat ein Transparent aufgehängt, angeblich soll ein Wohltätigkeitskonzert überallhin übertragen werden (obwohl im Augenblick »Hazy Shade of Winter« von den Bangles aus den Lautsprechern dröhnt), es gibt jede Menge Negatives. Es gibt hier den Leadsänger von The Verve, zwei Mitglieder von Blur tragen Old-School-Turnschuhe, es gibt Andre Agassi und William Hurt und drei Spice Girls und diverse Typen, die mit einer Gitarre im Arm rumrennen, es gibt die ersten Schwarzen, die ich sehe, seit ich in Frankreich bin, es gibt eine Menge großkalibriger Hollywoodjungs (oder nicht genug, hängt davon ab, wen man fragt), es gibt Platten mit Straußenfleisch auf winzigen Crackern, Opossum auf Bambusspießchen, Shrimpsköpfe in Weinblättern, große Teller mit Tentakeln auf Petersilienhäufchen, aber ich kann nichts bei mir behalten, und ich bin auf der Suche nach einem Ledersofa, um mich darauf fallen zu lassen, weil ich nicht mehr unterscheiden kann, ob die Leute tatsächlich so extrem desinteressiert sind, wie sie scheinen, oder ob sie sich bloß extrem langweilen.

Was es auch ist – es ist ansteckend. Die Leute schlagen immer wieder nach den Fliegen, wenn sie nicht gerade flüstern oder auf der Lauer liegen. Ich sag bloß noch: »Hi.« Ich folge lediglich den Instruktionen. Es ist tatsächlich eine erschreckende Party, und jeder ist ein Monstrum. Es ist auch ein Spiegel.

Und dann ein gigantisches Atemholen. Unsicher, ob ich richtig sehe.

Am Rand der Menge, jenseits der Menge, perfekt ausgeleuchtet, von blitzenden Kameras umgeben, von Playboys umringt, das Haar glatt und golden, steht eine Frau.

Chloe.

Alles kehrt mit einem Mal zurück, und es wirft mich vorwärts, weggetreten, ich dränge mich wie töricht durch die Menge, Adrenalin durchspült meinen Körper, mein Atem ist so angestrengt, dass ich Geräusche von mir gebe, und Elle Macpherson sieht mich und versucht, mich zu erreichen, um »Hi« zu sagen, doch als sie sieht, wie durchgeknallt ich aussehe (verzerrtes Gesicht, Keuchen), geht ihr etwas auf, und sie beschließt, mich zu ignorieren.

In eben dem Augenblick, als Elle sich abwendet, sehe ich Bertrand Ripleis auf der anderen Seite des Plattenladens, so konzentriert, als sei sein Blick auf eine Zielscheibe gerichtet, er geht grimmig entschlossen auf Chloe zu.

Hektisch mache ich Schwimmbewegungen, Delphinstil, um rascher durch die Menge zu kommen, ich knalle gegen Leute, aber das Gedränge im Virgin-Megastore ist derartig dicht, dass es sich anfühlt, als ob man sich seinen Weg aufwärts und seitwärts an einem Abhang bahnt, und Chloe scheint Meilen entfernt.

Es ist schockierend, wie rasch Bertrand Ripleis sich auf sie zubewegt, er übt sein Lächeln, probt die Begrüßung, die Art, sie zu küssen.

»Nein, nein, nein«, murmele ich und drängle mich vor, um mich herum brüllt die Party.

Bertrand bleibt plötzlich stecken, zunächst wegen eines Kellners mit einem Tablett voller Horsd'œuvres, den er ärgerlich beiseite schubst, und dann wegen einer ungewöhnlich hartnäckigen Isabelle Adjani, durch die er gezwungen wird, etwas zur Konversation beizutragen. Als er hinübersieht und erkennt, wie weit ich schon vorgedrungen bin, schiebt er sie weg und marschiert quer durch die Menge auf Chloe los.

Und dann strecke ich den Arm aus, meine Hand fällt auf Chloes Schulter, und ehe ich sie auch nur anschauen kann, sehe ich – weil so viel Angst durch mich hindurchströmt – in die andere Richtung, rechtzeitig genug, um zu sehen, dass Bertrand plötzlich anhält, mich mit ausdrucksloser Miene anstarrt und sich dann zurückzieht.

»Chloe«, sage ich, meine Stimme ist rau.

Sie dreht sich um, bereit, dem Mann zuzulächeln, der eben ihren Namen gesagt hat, doch als sie mich sieht, ist sie verwirrt, sie sagt nichts.

Die Leute schwärmen um uns herum, und ich fange an zu weinen, ich schlinge die Arme um sie, und undeutlich spüre ich, dass sie meine Umarmung erwidert.

»Ich dachte, du bist in New York«, sagt sie.

»O Baby, nein, nein«, sage ich. »Ich bin hier. Ich war hier. Warum dachtest du das?«

»Victor?«, sagt sie und weicht etwas zurück. »Ist alles in Ordnung?«

»Ja, Baby, ich bin cool«, sage ich und weine immer noch, versuche, das Weinen zu unterdrücken.

Oben manövriert uns ein PR-Mitarbeiter auf Chloes Wunsch zu einer Bank in der VIP-Sektion, von wo aus man einen Blick über den Rest der Party hat. Chloe kaut Nicorette, entfernt sorgsam den verwischten Lippenstift, Gold und Taupe sind in die äußeren Augenwinkel gemalt, ich nehme immer wieder ihre Hand, umklammere sie, manchmal erwidert sie den Druck.

»Wie geht es dir?«, fragt sie.

»Ach, großartig, großartig.« Pause. »Nicht so toll.« Noch eine Pause. »Ich glaube, ich brauche Hilfe, Baby.« Ich versuche zu lächeln.

»Es geht nicht um Drogen … Oder?«, fragt sie. »Wir waren doch nicht unartig … Oder?«

»Nein, nein, nein, das nicht, ich hab nur …« Ich lächele verkniffen, strecke wieder die Hand aus, um ihre zu streicheln. »Ich hab nur solche Sehnsucht nach dir gehabt und bin so froh, dass du jetzt hier bist, und es tut mir alles derart Leid«, sage ich in einem Schwall und breche wieder zusammen.

»He, schhh, was ist denn auf einmal mit dir?«, fragt sie.

Ich kann nicht sprechen. Mein Kopf gleitet mir aus den Händen, und ich schluchze nur noch, die Tränen strömen hervor.

»Victor? Alles in Ordnung?«, fragt sie leise. »Was ist denn los?«

Ich hole sehr tief Luft, dann schluchze ich wieder.

»Victor, was ist los?«, höre ich sie sagen. »Brauchst du Geld? Ist es das?«

Ich schüttele nur den Kopf, ohne sprechen zu können.

»Bist du in Schwierigkeiten?«, fragt sie. »Victor?«

»Nein, nein, Baby, nein«, sage ich und wische mir die Tränen ab.

»Victor, du machst mir angst.«

»Es ist nur, es ist nur, das hier ist mein schlechtester Anzug«, sage ich und versuche zu lachen. »Die Kostümbildnerin hat mich eingekleidet. Der Regisseur hat darauf bestanden. Aber das Ding passt mir einfach nicht.«

»Du siehst gut aus«, sagt sie und entspannt sich ein wenig. »Du wirkst müde, aber du siehst gut aus.« Sie

669

macht eine Pause, dann fügt sie lieb hinzu: »Ich hab dich vermisst.«

»O Baby ...«

»Ich weiß, das sollte ich nicht, aber ich tu's.«

»Hey, hey ...«

»Ich hab letzte Woche etwa ein dutzendmal auf deinen Anrufbeantworter in New York gesprochen«, sagt sie. »Hast du wohl nicht mitgekriegt.«

»Nein.« Ich räuspere mich, schniefe wieder. »Nein, wohl nicht.«

»Victor ...«

»Und, bist du mit jemand zusammen?«, frage ich, Hoffnung bricht meine Stimme. »Bist du mit jemand hergekommen?«

»Bitte. Keine unangenehmen Fragen, okay?«

»Hey, komm schon, Chloe, sag's mir einfach.«

»Victor, o Gott«, sagt sie und weicht zurück. »Wir haben darüber schon gesprochen. Ich treffe mich mit niemandem.«

»Was ist mit Baxter?«, frage ich hustend.

»Baxter Priestly?«, fragt sie. »Victor ...«

»Ja, Baxter.« Ich fahre mir mit der Hand über das Gesicht, dann wische ich die Hand an der Hose ab, immer noch schniefend.

»Nichts. Warum?« Chloe hält inne und kaut angespannt. »Victor, ich mache mir plötzlich große, große Sorgen um dich.«

»Ich dachte, er ist im selben Film«, stoße ich hervor. »Ich dachte, seine Rolle wird ausgebaut.«

»Er ist gestrichen worden«, sagt sie. »Nicht, dass das für dich irgendwas zu bedeuten hätte.«

»Baby, hör zu, ich bin derart glücklich, dich zu sehen.«

»Du zitterst«, sagt sie. »Du zitterst wirklich.«

»Mir ist einfach ... so kalt«, sage ich. »Was machst du denn hier?«

»Nun, die Shows«, sagt sie und sieht mich merkwürdig an.

»Ja, ja.« Ich ergreife wieder ihre Hand. »Und was noch?«

»Ich bin Sprecherin in einem Dokumentarfilm zur Geschichte des Negligés.«

»Das ist so cool, Baby.«

»Würden manche wohl sagen«, räumt sie ein. »Und du? Was machst du in Paris?«

»Ich bewege mich jetzt einfach, ääh, auf mein nächstes Projekt zu, verstehst du?«, sage ich.

»Das ist … konstruktiv.«

»Jaa. Mal überlegen«, sage ich. »Ich hab noch keine Strategie.«

Am Eingang zum VIP-Bereich, oben an der Stahltreppe, spricht Bobby mit Bertrand, der mit dem Finger in die Richtung zeigt, wo Chloe und ich sitzen, und sich ärgerlich gegen Bobby drängt, und Bobby nickt nur sehr verständnisvoll und macht beruhigende Gebärden mit der Hand, die Bertrand angewidert wegstößt. Bobby seufzt sichtlich, und als er sich in unsere Richtung in Bewegung setzt, gesellt sich Bentley zu ihm.

Mit höchster Anstrengung zünde ich mir eine Zigarette an. Beim Ausatmen schneide ich eine Grimasse und reiche die Zigarette an Chloe weiter.

»Nein, ich rauche nicht mehr«, sagt sie lächelnd, nimmt die Zigarette entgegen und lässt sie in eine Bierflasche fallen. »Ich sollte nicht mal dieses Zeug hier kauen«, sagt sie und macht auch eine Grimasse.

Bobby und Bentley kommen näher, mit beiläufiger Entschlossenheit.

»Wir können hier nicht reden«, sage ich. »Ich kann hier nicht reden.«

»Es ist total laut«, sagt sie und nickt.

»Hör mal.« Ich hole tief Luft. »Wo wohnst du?«

»Im Costes«, sagt sie. »Wo wohnst du?«

»Ich wohne bei, ähhh, ein paar Leuten.«

»Bei wem?«

»Bobby Hughes«, sage ich, weil ich mit einer Lüge nicht durchkomme.

»Ach tatsächlich?«, sagt sie. »Ich wusste nicht, dass du ihn kennst.«

»Und Jamie Fields. Ich war mit ihr in Camden. Aber die sind zusammen. Bobby und Jamie sind zusammen.«

»Du brauchst nichts zu erklären, Victor.«

»Nein, nein, nein, so ist es nicht«, insistiere ich. »Die sind ein Paar. Ich wohne bloß in dem Haus.«

Eine sorgfältige Pause. »Bist du nicht mal mit ihr gegangen?«, fragt Chloe.

»Ja, ja, aber jetzt geht sie mit Bobby Hughes«, sage ich.

»Wie ist der so?«, fragt Chloe und sagt dann: »Victor, du musst dich beruhigen, ich dreh sonst gleich selber durch.«

»Ich hab nichts mit Jamie Fields«, sage ich. »Ich bin nicht im geringsten an Jamie Fields interessiert.«

»Victor, du brauchst nichts zu erklären«, sagt Chloe. »Ich hab doch gesagt, es ist okay.«

»Ich weiß, ich weiß.« Meine Augen sind nass und blinzeln.

»Und wie ist die Adresse?«, fragt sie. »Wo du bist?«

Ich habe zu viel Angst, die Adresse weiterzugeben, also sage ich ihr nur den Namen einer Straße im achten Arrondissement.

»Nobel«, sagt sie, und dann etwas beunruhigt: »Da kann man wohnen?«

»Ich ruf dich also dann an, okay?«

Plötzlich schaut Chloe zu jemandem auf, der hinter mir steht, springt mit einem breiten Lächeln von der Bank und ruft: »O mein Gott – Bentley!«

»Chloe, Baby!«, ruft Bentley großkotzig und schnappt sie sich in einer übertriebenen Umarmung.

Sie quiekt glücklich, wirbelt herum, Bobby wartet

stumm in der zweiten Reihe, lauscht geduldig dem obligatorischen Small Talk. Ich zwinge mich, Bobbys Gegenwart wahrzunehmen, wie er Chloe anstarrt, die Augen schwarz und wächsern, aber dann lächelt Chloe ihm zu, plötzlich blitzen überall um uns Kameras, und als wir vier zusammen dastehen und so tun, als posierten wir hier nicht bloß für Paparazzi, nimmt Bobby Chloes Hand hoch.

»Wie galant«, flüstert Chloe mit gespieltem Ernst, als Bobby ihr die Hand küsst, und als er diese Hand hochnimmt, um sie an die Lippen zu führen, da bringt mich der Zwang, sein Gesicht vor dieser Berührung wegzuschlagen, fast um, und ich falle auf die Bank zurück, vernichtet.

Bobby sagt: »Es tut uns Leid, dass wir ihn dir entführen müssen.« Er winkt vage in meine Richtung.

Das veranlasst mich, zu sagen: »Ich glaube, ich werde gerade angemacht.«

»Ist kein Problem«, sagt Chloe. »Ich hab morgen früh eine Show.«

»Gehen wir, Victor«, sagt Bentley. »Auf geht's, Mann.«

»Gehen? Wohin?«, sage ich und bleibe auf der Bank sitzen. »Es ist Mitternacht.«

»Nein, noch nicht«, sagt Bobby und schaut auf seine Uhr.

»Wohin?«, frage ich wieder.

»Wir müssen auf eine Dinnerparty, und wir sind schon spät dran«, erklärt Bobby Chloe. »Und gleich spielt hier eine total beschissene Band. Eine gute Gelegenheit, sich davonzumachen.«

»Baby.« Bentley küsst Chloe wieder. »Wir werden auf jeden Fall hier was losmachen, während du da bist. Versprochen.«

»Toll, dich wiederzusehen, Bentley«, sagt Chloe, und dann zu Bobby: »Und schön, dich endlich kennenzulernen.«

Bobby errötet aufs Stichwort. »Gleichfalls«, sagt er nur, aber dieses eine Wort ist derart bedeutungsschwanger, dass ich unkontrollierbar zittere.

»Gehen wir«, sagt Bentley zu mir. »Na, komm hoch.«

»Vielleicht solltet ihr einfach ohne mich losgehen«, sage ich. »Ist zu spät zum Essen.«

»Ich hab eine bemerkenswerte Verdauung«, sagt Bobby. »Geht schon in Ordnung.«

»Chloe«, sage ich. »Möchtest du was mit mir trinken?«

»Victor«, sagt Bobby betroffen.

Chloe bemerkt Bobbys Reaktion. »Hör mal, ich muss auspacken, ich hab noch Jetlag«, sagt sie. »Wir haben morgen gleich eine Pressekonferenz, um zwölf hab ich einen Fototermin mit Gilles Bensimon, also … heute Abend nicht, tut mir Leid.«

»Sagen wir ab«, sage ich zu Bobby.

»Unmöglich«, sagt Bobby knapp. »Ich bin am Verhungern.«

»Victor, ist echt okay«, sagt Chloe. »Ich muss ohnehin weg. Ich hab den totalen Jetlag. Ich bin vom Flughafen direkt hierher.«

»Kann ich dich morgen sehen?«, frage ich.

Eine Pause. Aus irgendeinem Grund schaut sie zu Bobby rüber. »Natürlich«, sagt Chloe. »Ruf mich an.«

»Okay.« Ich schaue nervös Bobby an. »Mach ich.«

Chloe wischt mir mit der Hand einen Lippenstiftfleck von der Wange. Sie küsst mich, weg ist sie.

Wir drei sehen zu, wie die Party sie verschluckt.

»Komm jetzt, Victor«, sagt Bobby.

»Nein«, sage ich und bleibe auf der Bank sitzen.

»Oho, heut hat er aber seinen eigenen Kopf«, sagt Bentley.

Bobby zerrt mich spielerisch am Ärmel.

»Komm. Zeit zum Feiern.«

Ich erhebe mich langsam, aber eigentlich zieht Bobby mein gesamtes Körpergewicht mit einem Arm von der Bank hoch. Es ist glatt, als wir die Treppe hinabgehen, weil der ganze Plattenladen von einer Eisschicht überzogen ist, und goldenes Konfetti rieselt widerlich auf uns herab, überall schwärmen Fliegen.

Vor dem Virgin-Megastore wartet eine Limousine, ein riesiges Volksfest findet statt. Rausschmeißer schlagen die allzu hoffnungsvoll Drängenden zurück. Gequält übergebe ich mich zweimal neben der Limo, während Bobby sich eine Zigarre anzündet.

»Zeit zu gehen, Victor«, sagt Bentley grimmig. »Bring deinen Arsch hoch.«

»Wohin?«, sage ich krächzend. »Vor dein Gesicht?«

»Versprechungen, Versprechungen«, seufzt Bentley pseudomelancholisch. »Komm jetzt einfach hoch, verdammt noch mal. Sei ein braver Junge.«

»Du spielst dich nur auf«, sage ich und erhebe mich.

Vom Gehsteig starrt mich Bertrand an, und ich starre hasserfüllt zurück, und dann reiße ich mich von Bentley und Bobby los und renne auf ihn zu, die Faust hoch über den Kopf erhoben, aber Bobby kann mich dann doch zurückhalten. Bertrand grinst selbstgefällig, ein paar Zentimeter außerhalb meiner Reichweite. Er schlendert lässig davon, auf französisch vor sich hin fluchend, etwas, das ich nicht verstehe.

15

In der Limousine sitze ich auf der Fahrt zum Haus zurück zwischen Bentley und Bobby.

»Chloe Byrnes«, sagt Bobby. »Wie ... bezaubernd.«

Mein Kopf liegt auf meinen Knien, und ich dränge trockene Wellen der Übelkeit zurück, atme tief.

»Ich mag Chloe Byrnes«, sagt Bobby. »Sie hat keine Angst vor ihrer eigenen Sinnlichkeit«, murmelt er. »Erstaunlicher Körper.«

Pause. »Richtig ... erregend.« Er lacht dunkel.

»Wenn du sie jemals anfasst, Bobby, ich schwör's bei Gott, dann bring ich dich um, du Scheißkerl, das schwör ich bei Gott«, sage ich und spreche jedes Wort möglichst deutlich aus.

»Oho, wie aggressiv«, kichert Bentley.

»Schnauze, du Schwuchtel«, murmele ich.

»Du hast's gerade nötig«, sagt Bentley. »Was ich gehört habe.«

Bobby kichert ebenfalls. »Also, Jungs und Mädels.«

»Hast du mich verstanden, Bobby?«, frage ich.

Bobby kichert weiter und sagt dann mit gepresster Stimme, während er meinen Schenkel mit der Hand drückt: »Du hast weder die Schlagkraft noch die Erfahrung für so eine Drohung, Victor.«

14

In meinem Zimmer, in dem Haus im achten oder sechzehnten Arrondissement, wird meine Schlaflosigkeit gelegentlich von dem einen oder anderen unerträglichen Traum unterbrochen – Saurier jagen mich Hotelkorridore hinunter, das Wort »Jenseits« blinkt wiederholt auf, etwas Nasses fliegt oben quer durch die Szene, mit einem klatschenden Geräusch, ständig kämme ich mir die Haare, suche nach der präzisesten Technik für einen Scheitel, und ich sage im Traum alle Traumverabredungen ab, lass die Dinge laufen, taumele steile Treppen hinunter, die zu schmal sind, als dass man einen Halt haben könnte, und immer ist unter mir Wasser, und alle, denen ich begegne, haben ein Gesicht, das meinem ähnelt. Als ich erwache, begreife ich: Du bist nur einer, der beiläufig in der Dunkelheit wartet, bis es endlich vor der Türe raschelt, und auf dem Flur ist ein Schatten.

Ich öffne die Tür. Der Regisseur der französischen Filmcrew wartet draußen. Er sieht nervös aus. Er hält erwartungsvoll eine Videokassette in der Hand. Er trägt einen teuren Parka.

Ohne dass ich ihn dazu aufgefordert hätte, schlüpft er an mir vorbei ins Zimmer und macht die Tür zu. Dann schließt er ab.

»Was wollen Sie?«, frage ich und gehe zum Bett zurück.

»Ich weiß, dass wir während der Dreharbeiten nicht viel miteinander geredet haben, Victor«, fängt er entschuldigend an, ohne den Akzent, den ich erwartet hatte.

»Ich hab Ihnen nichts zu sagen«, murmele ich.

»Und das verstehe ich«, sagt er. »Tatsächlich glaube ich, dass ich das jetzt sogar noch besser verstehe.«

»Schon okay, weil mir das ganz egal ist, ich hab meine eigenen Probleme«, sage ich und gähne dann. »Wie spät ist es?«

»Draußen wird es hell«, meint er.

Ich greife rüber zum Nachttisch und schlucke zwei Xanax. Ich setze eine Flasche Evian an die Lippen. Ich werfe dem Regisseur einen hasserfüllten Blick zu.

»Was ist das?«, frage ich und weise auf die Kassette in seiner Hand. »Tagesproduktion?«

»Nicht ganz«, sagt er.

Mir wird etwas klar. »Weiß Bobby, dass Sie hier sind?«

Er schaut besorgt zur Seite.

»Ich glaube, Sie sollten jetzt gehen«, sage ich. »Wenn Bobby nicht weiß, dass Sie hier sind, sollten Sie besser gehen.«

»Victor«, sagt der Regisseur. »Ich hab mir das lange hin und her überlegt.« Er macht eine kurze Pause. Er fällt eine Entscheidung und geht unbeholfen zu dem großen Fernseher, der in einen Eichenschrank gegenüber von meinem Bett, in dem ich zitternd liege, eingelassen ist. »Aber angesichts dessen, was jetzt gleich geschehen wird, ist es meiner Ansicht nach sehr wichtig, dass Sie sich das hier mal ansehen.«

»Hey, warten Sie, warten Sie«, sage ich. »Nein, bitte nicht …«

»Ich glaube wirklich, dass Sie sich das ansehen sollten, Victor.«

»Warum?«, sage ich flehend, ich habe Angst. »Warum?«

»Ich tue das nicht für Sie«, sagt er. »Ich tue das für jemand anderen.«

Er pustet Konfetti von der Kassette, ehe er sie in das Videogerät unter dem Fernseher schiebt. »Wir glauben, dass Bobby Hughes außer Kontrolle gerät.«

Ich wickele den Bettüberwurf um mich, ich friere, Dampf kommt aus meinem Mund, so eiskalt ist es in dem Haus.

»Ich glaube, man muss die Dinge für Sie etwas vereinfachen«, sagt der Regisseur. »Damit Sie ... die Dinge klar sehen.« Er hält inne, kontrolliert etwas an der Videokonsole. »Sonst drehen wir hier noch das ganze Jahr.«

»Ich hab, glaub ich, nicht die Kraft, mir das anzuschauen.«

»Es ist ganz kurz«, sagt der Regisseur. »Ein allerletzter Rest von Ihrer Konzentration ist Ihnen ja noch geblieben. Das hab ich überprüft.«

»Aber es könnte mich verwirren«, sage ich in bettelndem Ton. »Vielleicht bringt mich das irgendwie raus.«

»Raus? Woraus denn?«, fragt der Regisseur ärgerlich. »Sie sind nirgendwo *drin*, wie wollen Sie da rauskommen?«

Er drückt auf PLAY. Ich zeige ihm mit einer Geste, dass er sich neben mich aufs Bett setzen soll, denn ich bin jetzt so angespannt, dass ich seine Hand halten muss, auch wenn er Lederhandschuhe trägt, und er lässt es zu.

Die Schwärze des Bildschirms erblüht zu diversem Filmmaterial, in dem Bobby vorkommt.

Bobby auf dem Boulevard du Montparnasse. Bobby sitzt im La Coupole. Bobby geht die Champs Elysées hinunter. Bobby macht sich Notizen, während er wartet, dass die Vivienne-Westwood-Modenschau beginnt, Bobby sitzt in einem riesigen Raum im Souterrain des Louvre. Bobby überquert die Rue de Rivoli. Bobby überquert den Quai des Celestins. Er biegt in die Rue de l'Hôtel-de-Ville ein. Er betritt die Métrostation am Pont Marie. Er steht in einem U-Bahn-Zug, er hält sich an einem Griff an der Decke fest, als der Zug langsam in die Station Sully-Morland einfährt. Eine Einstellung von

Bobby auf einem Air-Inter-Flug von Paris nach Marseille, wie er den *Figaro* liest. Bobby holt einen Mietwagen am Provence-Flughafen ab.

»Was soll das sein? Highlights?«, frage ich und entspanne mich ein wenig.

»Psst. Schauen Sie weiter zu«, sagt der Regisseur.

»Bobby weiß nicht, dass Sie mir das zeigen«, sage ich noch einmal. »Oder?«

Bobby steigt aus einem Flugzeug, das eben auf dem Flughafen Le Bourget gelandet ist.

Bobby geht über die Place des Voyages und in ein Restaurant namens Benoit.

Bobby in einem Tunnel unter der Place de l'Alma, am östlichen Ende, er kauert an der Betonmauer, die den Verkehr ostwärts und westwärts trennt.

Plötzlich eine Szene, an deren Dreh ich mich nicht erinnern kann: Café Flore. Ich bin allein in der Einstellung, ich bin sonnengebräunt, trage Weiß, mein Haar ist glatt zurückgekämmt, und ich halte nach einer Kellnerin Ausschau.

»Der Cappuccino hier ist beschissen, Mann«, murmele ich. »Wo ist denn der Schaum?« Ein Mikrofon hängt sichtbar über meinem Kopf.

Eine Stimme – die von Bobby – sagt: »Wir sind nicht wegen des Cappuccinos hier, Victor.«

»Du vielleicht nicht, Baby, aber ich will Schaum haben.«

Eine große Gruppe von Schulmädchen geht singend die Rue Saint-Honoré entlang.

Störung.

Und dann eine Nahaufnahme: Flugtickets nach Tel Aviv.

Bobby vor dem *Dschungel*, einem Club in Berlin, er sagt zu einem Mädchen: Du Nutte. Ein berühmter amerikanischer Footballspieler steht müßig neben ihm.

Bobby vor einer Synagoge in Istanbul.

Bobby mit einem Käppchen. Bobby betet auf hebräisch.

Bobby in der saudiarabischen Botschaft in Bangkok.

Bobby schlendert aus einem Bungalow in Tripolis, geht an einer auf die Straße geworfenen Radioantenne vorbei, eine teure Nikon-Kamera baumelt um seinen Hals. Eine Gruppe von Männern folgt ihm, sie tragen Tücher um den Kopf und haben Samsonite-Aktenkoffer dabei.

Ein arabisches Liebeslied läuft auf der Tonspur.

Bobby springt in einen verbeulten Mercedes 450 SEL. Ein Toyota-Bus mit kugelsicheren Fenstern folgt dem Mercedes, als dieser in eine dunkle, weite Wüste fährt.

Die Kamera schwenkt zu einem Bulldozer, der eine riesige Grube aushebt.

Störung.

Und dann fährt ein schwarzer Citroën die Route Nationale durch die südliche Normandie, er befindet sich jetzt vor einem Dorf namens Male.

Die handgeführte Kamera wackelt, als sie Bobby nun durch eine Szene folgt, die aussieht wie ein Ralph-Lauren-Werbeclip: eine intensiv grüne Landschaft, ein grauer, bedeckter Himmel, und Bobby ist derart gepflegt, dass es erstaunlich ist – er trägt einen schwarzen Wollblazer, einen schwarzen Kaschmir-Rollkragenpullover, Gucci-Stiefel, das Haar ist makellos, er hat eine große Flasche Evian in der Hand. Er geht einen Pfad entlang.

Zwei Hunde, Golden Retrievers, springen in die Szene und begrüßen Bobby, als er sich einem Gebäude nähert, das aussieht wie eine umgebaute Scheune. Er geht unter einem Torbogen durch. Er kommt an einem Catering-Laster vorbei. Die Scheune ist aus Kalkstein und schick geformten Balken. Als er sich der Vordertür nähert, dreht Bobby den Kopf zur Kamera und grinst, er sagt etwas, was der Zuschauer nicht hören kann, und deutet dabei auf ein altes Vogelhäuschen, das neben der Tür der umgebauten Scheune hängt.

Bobby klopft an die Tür. Er beugt sich hinab, um die Hunde zu streicheln. Die Hunde sind fotogen, unbefangen. Plötzlich rucken ihre beiden Köpfe hoch, und sie springen ins Off, zu der Person, die hinter der Kamera steht.

Die Tür geht auf. Eine Gestalt, zum größten Teil im Schatten des dunklen Hauseingangs, schüttelt Bobby die Hand. Die Gestalt sieht die Kamera, winkt verärgert ab. Die Gestalt zieht Bobby ins Haus.

Und dann schaut F. Fred Palakon, sein Gesicht ist deutlich zu sehen, noch einmal nach draußen, ehe er die Türe schließt.

Der Regisseur beugt sich vor, lässt meine Hand los und spult das Band zurück bis zu dem Moment, als F. Fred Palakons Gesicht aus dem Schatten der umgebauten Scheune tritt.

Noch einmal schüttelt F. Fred Palakon Bobby die Hand.

Noch einmal gestikuliert F. Fred Palakon Richtung Kamera.

Der Regisseur drückt PAUSE, Palakons Gesicht verharrt in dem Moment, als er die Kamera bemerkt, und jetzt starrt Palakon in das Zimmer, das ich in dem Haus bewohne, das entweder im achten oder im sechzehnten Arrondissement liegt.

»Ich weiß, dass das nicht gerade beruhigend ist«, sagt der Regisseur.

Ich kauere auf der anderen Seite des Bettes, fühle den Wahnsinn, ich presse mich gegen die Wand, zappele.

»Bedenken Sie, was das bedeutet«, sagt er. »Überlegen Sie gut.«

Ich fange an zu weinen. »Ich werde sterben, ich werde sterben, sie bringen mich um ...«

»Victor ...«

»Nein, nein, nein«, stöhne ich und werfe mich hin und her.

»Jedenfalls«, sagt der Regisseur und nimmt die Kassette aus dem Videorekorder, »ist das keine Fantasie.«

Ich liege auf dem Bett, endlich bewegungslos, die Hände auf dem Gesicht.

»Was ist es dann?«, stöhne ich besinnungslos. »Eine Strafe?«

»Nein.« Ehe er aus dem Zimmer hinausschlüpft, sagt der Regisseur: »Es ist eine Anweisung.«

13

Eine Stunde später bin ich mir vage bewusst, dass ich meine Zähne in der Dusche putze. Ich trockne mich kaum ab – das Handtuch fällt mir immer wieder runter. Ich ziehe mich an. Betäubt, im Dunkel meines Zimmers vor mich hinkichernd, beginne ich eher zufällig, einen Plan zu entwerfen.

12

Als ich langsam die Wendeltreppe in den Wohnraum hinuntergehe, die Angst ins Gesicht geschrieben, kann ich nicht aufhören zu zittern. Ein Kameratyp trinkt schlechtgelaunt wässrigen Kaffee, an die große Panaflex gelehnt, die im Foyer so viel Raum einnimmt, und der Regisseur sitzt im Regiestuhl, starrt auf einen Videorecorder, bereitet eine Szene vor, in der ich nicht auftrete. Die Crew rennt hin und her. Jemand sagt tatsächlich zu jemand anderem: »Das dürfte kaum mehr relevant sein.« Es wird viel mit den Achseln gezuckt, sich davongeschlichen.

Ich schwöre mir selbst, dies ist das letzte Mal, dass ich irgendjemand von diesen Leuten sehe.

Bentley hat den ganzen Morgen damit verbracht, sich für einen MTV-Spot in »House of Style – Dubai!« herrichten zu lassen, und jetzt sitzt er in der Ecke des Wohnzimmers vor einem Spiegel, und ein Friseur fönt seine Haare, er erklärt, wegen des Geräusches laut brüllend, einem Interviewer: »Das ist der klassische Bistro-Look in einer ansonsten modernen Küche.« Der Interviewer möchte über Mode für Augäpfel reden, welches Land die sexysten Soldaten hat, und dann: »Oohh, kann ich eine Salzbrezel haben?« Ich versuche, mit dem Finger eine Träne aufzuhalten. Mein Herz tut weh, als ob es gleich bersten wollte. Ich bringe ein Winken, einen kurzen Gruß Richtung Bentley zustande. Der Interviewer flüstert ihm etwas zu, während er mich anstarrt, und Bentley murmelt: »Hab ich schon«, und beide kreischen hysterisch los und klatschen die Hände gegeneinander.

Jamie liegt auf einer Couch, eine rosa Gesichtsmaske auf den Augenlidern, sie erholt sich von der Abtreibung gestern Nachmittag und hat einen massiven Kater von der Planet-Hollywood-Eröffnung, bei der sie gestern Abend anwesend sein musste, sie spricht mürrisch in ein Handy. Ein Buch, eine astrologische Vorhersage für den Wassermann, liegt auf ihrer Brust, Jamie sieht aus, als hätte sie jemand fallen lassen, aufgehoben und quer über die Couch gelegt. Sie presst sich eine Blume ins Gesicht, die Finger sind fleckig von Zeitungsdruckerschwärze. Sie hebt vorsichtig eine Hand, als ich vorbeikomme, und flüstert *Schhh – mein Manager ist dran*, jemand mit einer Kamera hockt ganz unten und bannt Jamies leeres Gesicht auf Super-8.

Bobby sitzt am Computer und trägt Helmut-Lang-Jeans und eine Helmut-Lang-Maulwurffelljacke, darunter einen rostgrünen Comme-des-Garçons-Sweater. Auf dem Computerschirm stehen die Worte BRINK OF DESTRUCTION, und automatisch denke ich: Brink? Wer ist Brink?, und: Von dieser Band hab ich noch nie gehört, und Bobby, offenbar in einer seiner Meine-Toleranz-ist-zu-Ende-Stimmungen, fragt mich: »Wo gehst du hin?«

»Zu Chloe«, sage ich und gehe steifbeinig an ihm vorüber in die Küche. Ich zwinge mich, in den Kühlschrank zu schauen, kämpfe um einen beiläufigen Gesichtsausdruck, ein schwieriger Moment. Draußen blitzt es, und dann, aufs Stichwort, grollt der Donner.

Bobby überlegt sich, was ich da eben gesagt habe.

»Versuchst du, sie zu retten?«, sinnt er. »Oder versuchst du, dich selber zu retten?« Er macht eine Pause. »Das ist eigentlich keine Lösung«, sagt er, und dann, weniger freundlich: »Oder?«

»Ich schau nur nach, dass mit ihr alles in Ordnung ist.«

»Ich glaube, das ist aus einem anderen Film«, sagt Bobby. »Und ich glaube, du bist ein wenig verwirrt.«

»Hast du da ein Problem?«, frage ich und gehe ins Wohnzimmer zurück.

»Nein«, sagt er. »Ich glaube nur nicht, dass das schon alles ist, was du machen willst.« Er zuckt die Achseln. »Es ist bloß … ein Dilemma.«

»Muss ich das eigentlich wirklich mit dir besprechen, wenn ich meine Ex-Freundin besuche?«, frage ich. »Das ist doch ganz beschissen einfach …«

»Hey, sprich nicht so mit mir.« Er runzelt böse die Stirn.

»… zu begreifen. Ich gehe zu Chloe. Ciao.«

Bobbys Miene verändert sich leicht, wird gelangweilt, fast vertrauensvoll.

»Spiel jetzt nicht den Verletzten«, sagt er schließlich und wirft mir einen warnenden Blick zu. »Das ist nicht deine Stärke.«

Es scheint unmöglich, dass ich jemals aus diesem Haus herauskomme. Tonlos flüstere ich vor mich hin: *It's just another scene, it's just another phase*, als ob es der Text eines Songs wäre und etwas zu bedeuten hätte.

»Glaubst du, ich lüge?«, frage ich.

»Nein, nein«, sagt Bobby. »Ich glaube nur, dass deine Wahrheit ein Loch hat.«

»Also, was möchtest du hören?«, frage ich, ich fordere ihn heraus.

Er denkt nach, dann wendet er sich wieder dem Bildschirm zu.

»Ich glaube, ich hab mich dafür entschieden, was ganz anderem zuzuhören.«

»Was soll das heißen?«

»Brauchst du eine Übersetzung?«, murmelt er. »Wach mal auf. Lern dein ABC.«

»Ich versuche bloß, hier eine sogenannte normale Unterhaltung zu führen«, sage ich.

»Darin bist du wohl nicht sehr erfolgreich«, sagt er.

»Ich lass mich von deiner Negativität nicht verunsichern«, sage ich mit zusammengebissenen Zähnen. »Bis später, Mann.«

Der Regisseur schaut zu mir auf und nickt einmal kurz.

»Okay, wir brauchen ein paar spontane Soundbites«, sagt der Interviewer von »House of Style«.

Ich gehe an Bentley vorbei, der gerade einen Stapel Filmmagazine aus den sechziger Jahren vorzeigt, ein Buch mit Fotografien von verstümmelten Puppen, eine neue Tätowierung in Gestalt eines Dämons, der sich um seinen Bizeps schmiegt.

»Wir werden dich vermissen«, sagt Bentley und klimpert mit den Wimpern.

Draußen regnet es leicht. Ein bärtiger Mann führt besorgt seinen Hund aus. Ein Mädchen mit einem Dutzend Sonnenblumen gleitet vorbei. Ich breche erneut zusammen, Tränen schießen in meine Augen. Ich winke einem Taxi. Im Taxi mühe ich mich, nicht schrill zu schreien. Ein Moment des Zweifels steigt in mir auf, aber ich führe das auf den Regen zurück und sage zum Fahrer: »Zur amerikanischen Botschaft.«

11

Ich bin ruhig genug, um das Weinen zu bremsen, das flache, hechelnde Atmen zu mäßigen. Aber ich hab auch derart viel Xanax eingeworfen, dass das, was nun folgt, dunkel und unscharf bleibt, und das Einzige, was die Szene davor bewahrt, völlig schwarz zu sein, ist meine mittlere Panik, die durch alles hindurchpulsiert wie ein trübes Licht.

Ich nehme an, dass wir in der Avenue Gabriel sind, als das Taxi vor einem Gebäude anhält, in dem sich – wie ich annehme – die amerikanische Botschaft befindet. Ich gebe dem Fahrer alles, was ich noch an Scheinen in der Brieftasche habe, zweihundertfünfzig Francs, vielleicht dreihundert. Es kümmert mich nicht, sage ich zu mir selber, als ich aus dem Auto herausstolpere.

Vage ist mir bewusst, dass ich Stufen hinaufgehe, an einem Wachtposten vorbei, in das Gebäude hinein. Ich schaue von der Seite auf Beamte der Police Urbaine, auf eine Maschinenpistole, eine Überwachungskamera, einen Wachmann, der nur kaum merklich mit überheblichem Misstrauen reagiert, als ich heiter lächelnd an ihm vorbeigehe.

In der Eingangshalle darf ich ohne Zwischenfall durch einen Metalldetektor gehen. Man gestattet mir, näher an ein Plexiglasfenster zu treten.

Ich sage der Frau, die hinter dem Fenster sitzt, dass ich mit einem Beamten der Botschaft sprechen muss. »Un officiale …?«

Auf englisch fragt sie, ob ich mit irgendjemandem einen Termin vereinbart habe.

»Nein«, sage ich.

Sie fragt nach meinem Namen.

Ich sage: »Victor Johnson.«

Sie fragt mich, worum es geht.

Ich sage: »Eine Bombe.« Ich sage: »Es geht um eine Bombe.«

Sie nimmt einen Telefonhörer ab, spricht ein paar Worte hinein, die ich nicht hören kann. Sie fährt mit einer längeren Erläuterung fort, ich bin zu erschöpft, um irgendetwas davon zu entschlüsseln.

Zwei Polizisten mit Maschinenpistolen treten mir plötzlich vor die Augen, bewachen mich, sagen kein Wort, stehen in strammer Haltung da, warten.

Ein junger Mann, der irgendwie vertraut aussieht und unauffällig, irgendwie europäisch und irgendwie auch nicht, kommt in einem grauen Prada-Anzug mit grüner Krawatte rasch einen Korridor herunter auf mich zu.

Der junge Mann fragt: »Wie kann ich Ihnen behilflich sein, Mr. Johnson?«

»Wir müssen uns woanders unterhalten«, sage ich.

»Worum geht es denn?«, fragt er vorsichtig.

»Ich kenne die Leute, die im Ritz die Bombe gelegt haben«, sage ich. »Ich weiß, wo sie wohnen. Ich kenne ihre Namen. Ich weiß, wer sie sind.«

Der Beamte starrt mich nur an, unsicher, wie er reagieren soll.

»Stimmt das?«

»Ja«, sage ich ernst. »Das stimmt.«

»Und?«, fragt er und wartet.

»Sie haben das Institut für Politikwissenschaft in die Luft gejagt«, sage ich. »Sie sind auch verantwortlich für die Explosion im Café Flore.« Ich verliere wieder die Nerven und sage: »Sie sind verantwortlich für die Bombe, die letzte Woche in der Métro hochgegangen ist.« Meine Selbstbeherrschung bricht zusammen, ich fange an zu weinen.

Den Beamten scheint das nicht weiter zu irritieren. Er kommt zu einem Entschluss.

»Wenn Sie bitte hier warten würden«, sagt er zu mir.

Er beugt sich zu den beiden Wachtposten und sagt etwas auf französisch. Die nicken, haben den Befehl verstanden und entspannen sich ein wenig, obwohl sie noch näher rücken.

»Nein«, sage ich. »Ich will nicht hier warten.«

»Bitte lassen Sie mich jemand von der Sicherheitsabteilung holen, der mit Ihnen sprechen kann«, sagt der junge Mann höflich.

»Lassen Sie mich bitte mitkommen«, sage ich. »Die sind mir vielleicht gefolgt ...«

»Beruhigen Sie sich doch, Mr. Ward – ich bin gleich wieder da«, sagt er und geht davon.

Ein dritter Polizist hat sich den anderen zugesellt, und ich stehe in der Mitte eines Dreiecks, ich bin umzingelt, und dann explodiert etwas Schwarzes in meinem Magen.

»Hey«, sage ich, »woher haben Sie gewusst, dass ich Ward heiße?« Und dann fange ich an zu schreien: »Woher wissen sie meinen Namen? Ich hab euch diesen Namen nicht gesagt! Woher wisst ihr, wie ich heiße?«

Aber er ist nur eine Silhouette im Korridor, und dann verschwindet auch sein Schatten.

Die Polizisten kommen noch ein wenig näher, und ich seufze nachdrücklich, um ihnen zu vermitteln, wie verstört ich bin, meine Angst beschleunigt sich, gerät außer Kontrolle, der Scheißegeruch erstickt mich, ich mache Gesten, die für sie keine Bedeutung haben, in ihren unbeweglichen Gesichtern findet keine Regung statt, nichts. Bewegungen, Menschen, Geräusche fangen an, sich über mich zu krümmen, neue Schatten gleiten den Korridor herab in meine Richtung. Zwei weitere Wachen, der junge Beamte, eine weitere Gestalt. Und ich atme lauter, als die Schatten näher kommen, auf mich zurücken, und ich fahre mit den Händen über mein

Gesicht, schaue hinter das Plexiglasfenster, aber die Frau ist nicht mehr da, und dann höre ich eine Stimme.

»Mr. Ward?«, fragt sie.

Langsam, stumm drehe ich mich um.

F. Fred Palakon steht vor mir, dramatisch von hinten beleuchtet durch das Gegenlicht der Korridorlampe.

Ich versuche loszurennen.

10

Ein Verhörzimmer. Es ist eiskalt. In der Decke ist ein Ventilator angebracht, überall Konfetti, es klebt an den Wänden, dem Fußboden, den Stühlen, auf denen wir sitzen, liegt haufenweise auf dem Tisch verstreut, hinter dem Palakon und David Crater und Laurence Delta und Russell und der Japaner aus der Wohnung in der Avenue Verdier zusammen sitzen. Es ist auch ein Hauptkommissar der Pariser Polizeipräfektur anwesend, der sich Notizen macht, und jemand, der für Interpol aus Lyon gekommen ist. Dieser Mann kommt mir derart bekannt vor, dass es mich irritiert und ablenkt. Um die Atmosphäre zu verstärken, ist der Raum voller Rauch.

»Sie wollten doch niemals, dass ich Jamie Fields finde«, sage ich, ich kann nicht mehr an mich halten. »Es ging nie um sie, Palakon.«

Palakon seufzt. »Mr. Ward, es bleibt eine Tatsache, dass …«

»Palakon«, warne ich ihn, mein Herzschlag beschleunigt sich. »Ich schwöre Ihnen, wenn Sie mir jetzt nicht sagen, was hier los ist, sage ich kein einziges gottverdammtes Wort mehr.«

»Mr. Ward, bitte …«

»Nein, Palakon – lecken Sie mich am Arsch!« Ich stehe auf, trete den Stuhl beiseite.

»Mr. Ward, setzen Sie sich bitte hin.«

»Nicht, ehe Sie mir sagen, was hier für eine Scheiße läuft, Palakon.«

»Wir sind hier, um Ihnen zu helfen, Mr. Ward«, sagt Palakon leise.

»Hören Sie verdammt noch mal auf!«, stoße ich hervor. »Sagen Sie mir einfach, was hier für eine Scheiße abgeht! Himmel, und Sie haben verfickte Büros in der verfickten *Botschaft?* Was? Ihr frühstückt alle zusammen?«

Palakon schaut Crater an, dann Delta, dann den Japaner, der ärgerlich das Gesicht verzieht und Palakon zögernd zunickt.

Ruhig, gefasst sagt Palakon: »Also, Victor, was möchten Sie gerne wissen?«

»Für wen arbeiten Sie?«, frage ich.

Palakon denkt über die Frage nach, er weiß nicht, wie er fortfahren soll.

»Ach Scheiße, Palakon.«

Ich schaue hinüber zu dem Inspektor von Interpol, der hier nur rumzuhocken scheint und dem ganzen Vorgang kaum Beachtung schenkt. Aber diese Wangenknochen, dieses Kinn – die habe ich schon einmal gesehen, und ich versuche, mich zu erinnern, wo ich dem Mann begegnet bin.

»Ich überlege nur, wie ich es Ihnen am besten erklären soll ...«

»Scheiß auf die beste Erklärung!«, schreie ich. »Spucken Sie's einfach aus. Für wen arbeiten Sie?«

»Ich bin selbständiger Kontakter, Mr. Ward ...«

Ich unterbreche ihn. »Ich sage kein Wort mehr, ehe Sie nicht damit rausrücken, für wen Sie arbeiten.«

Eine lange Pause, Delta seufzt schwer, nickt dann Palakon zu.

»Für wen, Herrgott noch mal, arbeiten Sie?«, frage ich. »Denn Jamie Fields hat ja mit alledem nichts zu tun, richtig?«

»Nicht ... direkt.« Palakon hält den Kopf schräg.

»Gottverdammt, Palakon, ich hab verdammt noch mal genug von Ihrem Bullshit!«, schreie ich.

»Mr. Ward ...«

»Die haben Tammy Devol umgebracht!«, kreische ich.

»Verdammt, die haben sie vergewaltigt und ihr die Kehle durchgeschnitten! Bobby Hughes hat den Befehl dazu gegeben.«

Alle starren mich über den Tisch hinweg ausdruckslos an, als sei ich wahnsinnig geworden oder als sei es nicht nachzuvollziehen, dass man wahnsinnig wird.

»Mr. Ward ...« beginnt Palakon, die Geduld verläßt ihn.

»Sie Arschloch, Palakon!«, schreie ich. »Für wen, verdammt noch mal, für wen arbeiten Sie?« Ich stehe jetzt vor den Tisch, umklammere die Tischkante, starre in Palakons Gesicht. »Sagen Sie mir für wen Sie arbeiten, Sie Scheißkerl!«, brülle ich, so laut ich kann, mein Gesicht zu einer Grimasse verzerrt.

Palakon holt tief Luft und mustert mich eisig.

Er sagt einfach: »Ich arbeite für Ihren Vater, Mr. Ward.«

Das kommt so nüchtern heraus, wird so lakonisch gesagt, dass dieses Faktum eine Tür öffnet, und wenn man durch diese Tür schaut, dann sieht man mich hoch über einer winterlichen Straße, und dann falle ich rasch hinunter, und es ist niemand da, der mich auffängt, und ich schlage auf das Pflaster auf. Es bedeutet einfach: Wahrheit gleich Chaos, und das ist eine Regression. Eine körperliche Empfindung lässt mich alles andere im Raum ignorieren – mich abwenden von Russell, der sich mit der Hand durchs Haar fährt, von dem Japaner, der sich noch eine Zigarette ansteckt, von der Fliege, die um meinen Kopf summt. Diese Männer sind Täter, der Tisch, an dem sie sitzen, erscheint plötzlich viel größer, und sie machen Pläne, kritzeln Notizen, begründen Motive, entwerfen Strategien. Etwas Unsichtbares formt sich in der kalten Luft des Verhörzimmers, und es richtet sich gegen mich, es rollt vorwärts. Aber dass der Inspektor von Interpol so vertraut wirkt, das unterbricht alles andere, es lässt mich an eine frühere Szene denken, und etwas tritt hervor, etwas wischt den Schleier weg.

»Was soll das heißen?«, frage ich ruhig.

»Ihr Vater hat mich engagiert«, sagt Palakon. »Er hat sich an mich gewandt.«

Ich gehe langsam weg vom Tisch, die Hand vor dem Mund, und dann setze ich mich wieder auf den Stuhl, den ich weggetreten habe.

»Mr. Ward«, sagt der Japaner mit einem starken Akzent. »Ihr Vater scheidet demnächst aus dem Senat der Vereinigten Staaten aus. Das ist richtig?«

Ich starre ihn leer an. »Ich … weiß nicht.«

Der Japaner fährt fort: »Ihr Vater wird versuchen, sich für …«

»Warten Sie«, falle ich ihm ins Wort. »Was hat denn das mit dem hier zu tun?«

»Victor«, fängt Palakon an, »Ihr Vater …«

Der Japaner unterbricht ihn. »Mr. Palakon, bitte. Darf ich reden?«

Palakon nickt unsicher.

»Wir sind einander nicht vorgestellt worden«, sagt der Japaner.

»Wer sind Sie?«, frage ich.

Er zögert. »Und aus Gründen unserer beider persönlichen Sicherheit, Mr. Johnson, wird das auch so bleiben.«

»Scheiße«, murmele ich und krampfe mich zusammen. »Scheiße, Scheiße …«

»Mr. Johnson, Ihr Vater verlässt den Senat.« Der Japaner macht eine Pause. »Er ist daran interessiert, sagen wir einmal: weiterzukommen?« Der Japaner gestikuliert mit den Händen, versucht, freundlich zu lächeln, ist dazu aber nicht in der Lage. »In eine höhere Stellung. Er plant, seine Kandidatur für ein höheres Amt bekanntzugeben, für …«

»Scheiße, Scheiße, Scheiße.« Mein Stöhnen unterbricht ihn, verwirrt den Japaner.

»Mr. Ward«, sagt Crater jetzt, »als Ihr Vater zu uns kam, da war er wegen gewisser … also, Neigungen beunruhigt, die Sie hatten, Neigungen zu …«

»Er will sagen, Victor«, unterbricht ihn Palakon, »dass Sie nicht gerade ein unbeschriebenes Blatt sind.«

»Was bin ich nicht?«, frage ich.

»In bestimmten Kreisen, in bestimmten Medienkreisen, da weiß man, wer Sie sind.« Diesmal Delta. »Sie sind eine Zielscheibe.«

Palakon und Crater nicken kaum merklich.

»Es gab bestimmte Aspekte Ihres Lebens, bei denen Ihr Vater das Gefühl hatte, die könnten Auswirkungen haben auf« – Delta hält inne – »gewisse … Möglichkeiten, die sich abgezeichnet haben.«

»Hören Sie zu, Victor«, sagt Crater ungeduldig. »Ihr Dad wollte im Grunde einfach, dass Sie Urlaub machen.«

»Warum wollte er das?«, frage ich langsam, mit sehr zurückgenommener Stimme.

»Er hatte das Gefühl, dass manche Ihrer … Eskapaden, sagen wir mal …« Palakon hat Schwierigkeiten, den Satz zu Ende zu sprechen. Er blättert in einer Akte auf dem Tisch, während der Raum zu schrumpfen scheint. »Also, die waren irritierend.« Palakon macht eine Pause. »Sie waren … überflüssig. Es bestand die Möglichkeit negativer Publicity«, fügt er taktvoll hinzu.

»Man machte sich Sorgen, dass sich hier gewisse Dinge irregulär entwickeln könnten«, sagt der Japaner. »Man hatte Angst, in New Hampshire könne es Schwierigkeiten geben, weil Sie …«

»Darauf müssen wir jetzt noch nicht unbedingt eingehen«, sagt Palakon und schneidet ihm das Wort ab.

»Ja, natürlich«, sagt der Japaner. »Sie haben ganz Recht.«

»Victor, ihr Vater wollte bestimmt nicht, dass Ihnen irgendetwas zustößt«, sagt Palakon. »Er wollte einfach, dass Sie, also, ein wenig ausspannen. Er wollte, dass Sie … beschäftigt sind. Er wollte Sie nicht in den Staaten haben.« Palakon macht eine Pause. »Also ist er zu uns gekommen. Man hat Verschiedenes überlegt. Man hat Vorkehrungen getroffen.«

Stille, leer und plump. Ich starre sie bloß an, unfähig, all das in mich aufzunehmen, weil mein Verstand gewisse Details nicht akzeptiert, und dieser Widerstand breitet sich immer weiter aus, und ich schaue dies alles wie durch ein Fenster an, und das Fenster wird zugenagelt, und es ist Nacht, und niemand hat gesagt oder wird sagen, wer er wirklich ist.

We'll slide down the surface of things.

Was du nicht weißt, ist das Allerwichtigste.

Der Raum kippt seitlich weg, richtet sich dann wieder auf.

Draußen grollt der Donner.

Du bist jenseits aller Sorgen. Du zwingst dich, ihnen zu begegnen. Du verhinderst, dass du umfällst. Du versuchst, dich zu kümmern. Aber du kannst es nicht. Selbst wenn du es wolltest, du kannst es nicht. Und jetzt, in diesem Zimmer, kommt dir der Gedanke, dass sie das wissen. *Verwirrung und Hoffnungslosigkeit bringen eine Person nicht unbedingt dazu zu handeln.* Jemand aus dem Büro meiner ersten PR-Agentin hat mir das vor langer Zeit gesagt. Erst jetzt tritt es wieder an die Oberfläche. Erst jetzt hat es einen Sinn für mich.

»Warum haben Sie Jamie Fields als Vorwand benutzt?«, höre ich mich fragen.

»Wir haben Ihre Vergangenheit untersucht«, sagt Palakon. »Wir haben Interviews geführt. Es hat Diskussionen gegeben. Es sind Entscheidungen getroffen worden.«

»Wir wussten allerdings nichts von Jamie Fields' Verbindung zu Bobby Hughes«, sagt Delta und kratzt an der Falte in seinem Kinn.

»Das war ein Fehler«, räumt Palakon lahm ein.

»Wir sind davon ausgegangen, dass sie einen Film in Europa dreht«, sagt Delta. »Das ist alles.«

»O Scheiße, das ist doch gelogen«, stöhne ich. »Das ist eine einzige beschissene Lüge. Ihr wusstet viel mehr als das. Herrgott.«

»Mr. Ward …«, beginnt Palakon.

»Sie haben mir gesagt, ich soll den Hut mitbringen und ihn Jamie Fields geben.«

»Ja«, sagt Palakon. »Das ist wahr. Aber wir hatten trotzdem immer keine Ahnung, dass sie mit Bobby Hughes in Verbindung stand. Wir wussten nicht einmal, dass Bobby Hughes existierte, bis … es zu spät war.«

»Und weiß Bobby Hughes, wer Sie sind?«, frage ich, ich denke an das Video, das der Regisseur mir gezeigt hat.

»Ja«, sagt Palakon. »Er kennt uns nicht persönlich. Aber wir sind ziemlich sicher, dass er von uns weiß.«

»Wissen die, dass Sie mich geschickt haben? Dass Sie der Grund sind, dass ich hier bin?«, frage ich und versuche, die Puzzlesteine zusammenzusetzen.

»Es scheint so«, sagt Palakon. »Wir glauben aber nicht, dass Jamie Fields es ihm gesagt hat.«

»Wann haben die das herausgefunden?«

»Es könnte sein, dass es bereits zu der Zeit war, als wir uns das erste Mal begegneten«, sagt Palakon. »Wir sind da nicht sicher.«

»Und was wollen sie?«

Palakon atmet tief. »Sie wollen, dass wir scheitern«, sagt er. »Offensichtlich tun sie ihr Bestes, um sicherzugehen, dass das eintritt.«

»Scheitern womit?«, frage ich. »Wer sind *sie?*«

»Nun, wer sie genau sind, das lässt sich unmöglich beantworten«, sagt Palakon. »Oder sagen wir: Es gibt viele Antworten. Aber sie haben offensichtlich beschlos-

sen, Sie – Ihre Anwesenheit – zu ihrem Vorteil zu nutzen.«

»Mr. Ward«, sagt Delta, »wir haben zu einem eher
späten Zeitpunkt erfahren, dass Jamie Fields in Verbindung zu einer Fraktion steht, die gegen die Fraktion
arbeitet, der Bobby Hughes angehört. Als wir das he-
rausfanden, haben wir diskutiert, wie dies schlussend-
lich die Situation beeinflussen könnte, Ihre Situation.
Wir haben entschieden, dass die Probleme, die sich
möglicherweise aus dieser Verbindung ergeben würden – bezüglich Ihrer Sicherheit –, nicht schwerwie-
gend sind. Und wenn Sie in irgendeine Gefahr gerie-
ten, dann würden wir eingreifen und Sie aus der
Situation entfernen.«

Crater spricht. »Jamie Fields hatte damals noch keinen
direkten Kontakt zu Bobby Hughes. Damals dachten
wir, Sie sind ganz sicher.«

»Jamie Fields arbeitet für eine Gegenspionage-Organi-
sation, die Mr. Hughes' Organisation infiltriert hat«, sagt
Palakon. »Als Sie hergeschickt wurden, da hatten wir
hiervon noch keine Ahnung. Wir wussten erst, als Sie
aus London verschwanden, wie ernst die Lage war.« Er
stockt. »Erst, als es zu spät war.«

»Aber die beiden kennen sich schon lange«, murmele
ich. »Jamie hat mir erzählt, sie hätte Bobby vor Jahren
kennen gelernt, sie wären schon seit Jahren befreundet.«

»Sie kennen sich, das konnte bestätigt werden«, räumt
Palakon nickend ein. »Aber Bobby Hughes kennt eine
Menge Leute. Nicht alle davon arbeiten für ihn. Nicht
alle davon werden am Ende rekrutiert.«

Pause. »Und was ist mit dem Hut, den ich mitbringen
sollte?«, frage ich.

Palakon seufzt. »Der Hut, den Sie mitbringen sollten,
war für die Gruppe bestimmt, für die Jamie Fields arbeitet.« Eine lange Pause scheint anzudeuten, dass das
bereits die Antwort sein soll.

»Also … arbeitet Jamie Fields nicht für Bobby Hughes?«, frage ich.

»Nein, das tut sie nicht, Mr. Ward«, sagt Palakon. »Jamie Fields arbeitet für die Regierung der Vereinigten Staaten.«

»Was war … in dem Hut?«, frage ich vorsichtig.

Überall: tiefe Seufzer, verzerrte Gesichter, Männer, die auf ihren Stühlen herumrutschen. Palakon schaut zu Crater rüber, der resigniert nickt. Ich bin nahe dran, mich zu erinnern, wo ich den Mann von Interpol schon einmal gesehen habe, aber Russell lenkt mich durch das Anzünden einer Zigarette ab. Es ist für mich keine Erleichterung zu wissen, dass Jamie nicht für Bobby arbeitet, weil ich es nicht glaube.

»In den Nähten des Hutes«, fängt Palakon an, »war der Prototyp einer neuen Art Plastiksprengstoffs.«

Mir wird eiskalt, Kälteschauer laufen in enormen Wellen über meinen Körper, und die Adern gefrieren, prickeln. Ich winde mich auf meinem Stuhl, ich kann nicht still sitzen.

»Wir waren nicht sicher, wie gut es versteckt ist«, sagt Palakon. »Wir brauchten einen Kurier. Wir brauchten jemanden, den niemand verdächtigen würde. Jemanden, der diesen Prototyp nach Europa bringt.«

»Aber als Sie dann auf der QE 2 waren, Victor, sind Sie offensichtlich identifiziert worden«, sagt Crater. »Irgendwo ist was durchgesickert. Wie sind uns nicht sicher, wo und wie.«

»Mir ist … das alles nicht recht klar«, bringe ich heraus.

»Ich hatte mich bereit erklärt, Sie für Ihren Vater aus dem Land zu lotsen, und das habe ich getan«, sagt Palakon. »Ich hatte mich auch noch zu etwas anderem bereit erklärt.« Er macht eine Pause. »Ich schuldete … jemand einen Gefallen. Einer anderen Person.« Wieder eine Pause. »Ich hatte mich bereit erklärt, dieser anderen Person den Remform-Prototyp zukommen zu lassen. Aber die beiden Vorgänge – Ihre Reise nach Europa und die Lieferung des Sprengstoffs – hingen nicht zusammen. Ihr Vater wusste davon nichts. Das ist allein mein Fehler, ich übernehme die ganze Verantwortung. Aber die Sache war dringend, alles musste schnell geschehen, ich brauchte sofort einen Kurier. Sie standen zur Verfügung.«

»Was genau ist Remform?«, frage ich.

»Es ist ein Plastiksprengstoff, der, nun, so gut wie nicht entdeckt werden kann«, sagt Palakon. »Metalldetektoren, Röntgenapparate, elektronische Abschirmgeräte, chemisches Tagging, Suchhunde.« Palakon zuckt die Achseln. »Und sehr wirkungsvoll.«

»Für wen war das Remform ... bestimmt?«, frage ich.

»Das spielt keine Rolle. Das müssen Sie nicht wissen, Victor, aber es war auf gar keinen Fall für Bobby Hughes. Ganz im Gegenteil. Es ist in die falschen Hände geraten.« Palakon macht eine ernste Pause. »Ich dachte, Sie wären sicher. Das waren Sie nicht. Es tut mir Leid. Das Remform ist – wie uns jetzt klar ist – während Ihrer Fahrt auf der QE 2 gestohlen worden. Und wir haben die Situation, ich schwöre es Ihnen, Victor, erst einschätzen können, als wir uns letzte Woche im Hotel trafen.«

»Das alles war uns nicht klar, bis Palakon letzte Woche wieder mit Ihnen Kontakt aufnahm«, bestätigt Delta.

»Mir wurde erst klar, wo das Remform gelandet ist, als Sie es mir sagten«, sagt Palakon.

»Warum erzählt ihr eigentlich Jamie nicht, was läuft?«, frage ich.

»Das wäre viel zu gefährlich für sie«, sagt Palakon. »Wenn wir versuchen würden, irgendwie in Kontakt zu treten, und sie würde deshalb auffliegen, dann wäre eine enorme Menge an Zeit und Anstrengung, die wir investiert haben, vertan. Wir können das nicht riskieren.«

»Weiß mein Vater irgendwas von alledem?«, frage ich.

»Nein.«

Ich hänge fest, kann keinen Satz formulieren.

»Tatsache ist nach wie vor, dass Bobby Hughes das Remform hat und offensichtlich plant, es in größerem Umfang herzustellen und zu benutzen«, sagt Palakon. »Das war nicht beabsichtigt. Das war ganz und gar nicht beabsichtigt.«

»Aber …«, fange ich an.

»Ja?«

Der Raum wartet.

»Aber Sie kennen Bobby Hughes«, sage ich.

»Wie bitte?«, sagt Palakon. »Ich weiß, wer er ist.«

»Nein, Palakon«, sage ich. »Sie kennen ihn.«

»Mr. Ward, wovon reden Sie jetzt?«

»Palakon«, schreie ich, »ich hab auf einem Video gesehen, wie Sie Bobby Hughes die Hand gegeben haben, Sie gottverdammter Bastard, Sie haben diesem Arschloch die Hand gegeben! Sagen Sie mir bloß nicht, Sie kennen den nicht!«

Palakon verzieht das Gesicht. »Mr. Ward, mir ist nicht ganz klar, wovon Sie reden. Aber ich bin Bobby Hughes niemals persönlich begegnet.«

»Sie lügen! Sie lügen, gottverdammt!«, schreie ich. »Warum lügen Sie, Palakon? Ich hab das Video gesehen! Sie haben ihm die Hand gegeben.« Ich bin wieder vom Stuhl aufgesprungen, springe auf ihn zu.

Palakon schluckt grimmig und sagt dann: »Mr. Ward, wie Sie sehr gut wissen, sind die sehr geschickt, was das Verändern von Fotos und Videos angeht.« Palakon hält inne, fängt von neuem an. »Was Sie da gesehen haben, war wohl einfach ein Film. Ein Trick. Einfach ein Film, der digital verändert wurde. Warum man Ihnen den gezeigt hat, weiß ich nicht. Aber ich habe Bobby Hughes noch nie persönlich …«

»Blah blah blah!«, schreie ich. »Das ist ein Haufen Scheiße! Niemals, Mann!« Es schießt derart viel Adrenalin durch mich hindurch, dass ich stark zittere.

»Mr. Ward, ich glaube, Sie sind ebenfalls ein Opfer dieser Technik geworden«, fügt Palakon noch hinzu.

»Sie wollen mir also sagen, dass man nichts mehr glauben kann, was man gezeigt bekommt?«, frage ich. »Dass *alles* verändert ist? Dass *alles* eine Lüge ist? Dass das jeder glauben wird?«

»Das ist eine Tatsache«, sagt Palakon.

»Was ist dann wahr?«, schreie ich.

»Nichts, Victor«, sagt Palakon. »Es gibt verschiedene Wahrheiten.«

»Was wird dann aus uns?«

»Wir verändern uns.« Er zuckt die Achseln. »Wir passen uns an.«

»Woran? Wie verändern wir uns? Werden wir besser? Schlechter?«

»Ich weiß nicht, ob diese Begriffe noch anwendbar sind.«

»Warum nicht?«, schreie ich. »Warum sind die nicht mehr anwendbar?«

»Weil sich niemand mehr um ›besser‹ kümmert. Niemand kümmert sich um ›schlechter‹«, sagt Palakon. »Nicht mehr. Es ist jetzt anders.«

Jemand räuspert sich, während mir die Tränen übers Gesicht strömen.

»Mr. Ward, bitte, Sie haben uns enorm weitergeholfen«, sagt Crater.

»Wie denn?«, schluchze ich.

»Mit dem Ausdruck, den Sie Palakon gegeben haben. Wir glauben jetzt, dass Bobby das Remform für einen Anschlag in dieser Woche verwenden will«, erklärt Crater. »Einen Anschlag, den wir jetzt stoppen können.«

Ich murmele etwas, schaue weg.

»Wir glauben, dass der Ausdruck mit einem für Freitag angesetzten Attentat zusammenhängt«, sagt Palakon in geschäftsmäßigem Ton. »Der 15. November. Wir glauben, dass ›1985‹ tatsächlich ein Druckfehler ist. Wir glauben, die 8 muss eigentlich eine 0 sein.«

»Warum?«

»Wir glauben, 1985 ist eigentlich 1905«, sagt Crater. »Oder 19.05, eine Uhrzeit.«

»Ja?«, murmele ich. »Und?«

»Es gibt einen TWA-Flug, der am Freitag, dem 15. November, auf dem Charles de Gaulle um 19 Uhr 05 startet«, sagt Palakon.

»Ja und?«, sage ich. »Gibt's nicht eine Menge Flüge, die an dem Tag um diese Zeit starten?«

»Die Flugnummer ist 511«, sagt Palakon.

Man sagt mir, ich solle ruhig bleiben.

Man sagt mir, sie würden sich morgen bei mir melden.

Man sagt mir, ich solle in das Haus im achten oder sechzehnten Arrondissement zurückgehen und so tun, als wäre nichts geschehen.

Man sagt mir, dass ich später dann unter Zeugenschutz gestellt werden kann. (Das sagt man mir, nachdem ich hysterisch weinend zusammengebrochen bin.)

Man sagt mir wieder, ich solle ruhig bleiben.

Kurz davor, Vertrauen zu fassen, erkenne ich, dass der Interpol-Inspektor der Schauspieler ist, der den Angestellten des Sicherheitsdienstes auf der *QE 2* gespielt hat.

Man sagt mir: »Wir melden uns dann, Mr. Ward.«

Man sagt mir: »Wir werden Sie überwachen.«

»Ich weiß«, sage ich mit hohler Stimme.

Da ich kein Xanax mehr habe und es jetzt zu regnen anfängt, gehe ich hinüber zum Hôtel Costes, in dessen Café ich warte und nachdenklich tue, Tee trinke, Camel Lights rauche – aus einem Päckchen, das jemand auf dem Nebentisch zurückgelassen hat –, bis Chloe hereinkommt, zusammen mit einer berühmten Ballerina, einem bekannten Ex-Junkie, der gerade einen Entzug hinter sich hat, und den Aphex-Twins, und sie fangen alle an, sich nett mit Griffin Dunne zu unterhalten, der an der Rezeption steht, und dann machen sich alle außer Chloe wieder auf, und ich gehe wie in Trance auf sie zu, während sie die für sie zurückgelassenen Nachrichten durchsieht, und ich packe sie, umarme sie ängstlich und schaue mich dabei in dem leisen Foyer um, und dann küsse ich ihre Lippen, trete wieder in ihr

Leben ein, und wir weinen beide. Der Concierge wendet den Kopf ab.

Ich entspanne mich langsam, aber eine Filmcrew, die Chloe ins Foyer gefolgt ist, hält die Kamera auf uns, man sagt, wir sollen »das« noch einmal »machen«. Jemand schreit: »Action!« Jemand schreit: »Aus!« Ich höre auf zu weinen, und wir machen es noch einmal.

Nachmittag, und draußen gleiten silbrige Wolken durch den Himmel, während ein weicher Regen über das stahlgraue Paris hinwegtreibt. Heute haben zwei Modenschauen stattgefunden – eine in der Conciergerie, eine im Park des Musée Rodin –, und sie hat zig Millionen Francs bekommen, es gab viele negative Kritiken, der Laufsteg schien länger, die Paparazzi waren sowohl hektischer als auch weniger hektisch als sonst, die Mädchen trugen Knochen, Vogelschädel, menschliche Zähne, blutige Kittel, sie hielten fluoreszierende Wasserpistolen, es gab viele Gerüchte, es gab keine Gerüchte, es war der Inbegriff von Hype, es war ungeheuer trivial.

Beim Zimmerservice bestellen wir ein Kännchen Kaffee (sie trinkt keinen Kaffee), eine Flasche Rotwein (sie trinkt nur ein halbes Glas), ein Päckchen Zigaretten (sie raucht nicht). Eine Stunde vergeht, dann noch eine. Blumenpräsente von diversen Modeschöpfern füllen die Suite, die Farben und Formen sind auffällig genug, dass wir uns ihnen ohne weiteres widmen können, wenn wir nicht miteinander sprechen. Eine Taube kauert auf dem Sims vor dem Fenster und gurrt. Zuerst sagen wir uns »Was soll's?«, wir improvisieren, als ob wir Geheimnisse hätten, die wir ungern preisgeben möchten, aber dann müssen wir uns ans Skript halten, und ich lecke ihre Möse, dass es ihr wiederholt kommt, und wir begeben uns in eine Position, in der ich auf der Seite liege, mein Schwanz pumpt langsam in ihren Mund, rein, raus, der Rücken tut mir bei jeder Bewegung weh, sie hat ihre Hände auf meinem Arsch, ich entspanne mich erst, nachdem es mir zweimal gekommen ist, mit dem Gesicht gegen ihre Vagina gepresst, und später weint sie dann, sie kann mir nicht vertrauen, es ist alles unmöglich, und ich gehe in der Suite auf und ab und suche nach einer weiteren Schachtel mit Kleenextüchern für sie, und sie steht immer wieder auf und wäscht sich das Gesicht, und dann versuchen wir es noch einmal mit Sex. Ihr Kopf gegen ein Kissen gelehnt. »Sag mir …« sagt sie. »Vielleicht«, sagt sie. »Nicht unmöglich, dass du«, sagt sie. Wir schauen MTV ohne Ton, und dann sagt sie mir, ich müsste mich rasieren, und ich sage ihr: Ich will mir einen Bart stehenlassen, und dann – ich zwinge mir ein Lächeln ab – sage ich, dass ich eine Tarnung brauche, und sie glaubt, es ist mir ernst, und als sie sagt: »Nein, tu's nicht«, fügt sich etwas wieder zusammen, Hoffnung regt sich, und ich kann mir eine Zukunft vorstellen.

Nachdem ich versucht habe, einzuschlafen, aber von der Erinnerung wachgehalten wurde, wie ich hierher kam, lege ich mich anders hin, neben Chloe aufs Bett, ich versuche, ihr Gesicht in meine Hände zu nehmen.

»Ich hab gedacht, es ist die Lösung für alles, wenn ich … einfach weggehe«, sage ich zu ihr. »Ich war einfach … orientierungslos, verstehst du, Baby?«

Sie lächelt unglücklich.

»Ich musste mal über meine Prioritäten nachdenken«, flüstere ich. »Musste den Kopf freikriegen.«

»Weil?«

Ein Seufzer. »Weil die Richtung, die ich eingeschlagen hatte, da …« Ich halte inne, mein Hals zieht sich zusammen.

»Ja?«, flüstert sie. »Die Richtung, die du eingeschlagen hattest …«, lockt sie mich weiter.

Ich atme tief durch und fühle mich ganz klein.

»Da war niemand«, flüstere ich zurück.

»Du musstest mal den Kopf freikriegen?«

»Ja.«

»Und deshalb bist du nach Paris?«

»Ja.«

»Victor, es gibt doch Parks in New York«, sagt sie. »Du hättest in eine Bücherei gehen können. Du hättest einen Spaziergang machen können.« Beiläufig gibt sie mehr preis, als sie beabsichtigt hat. Ich wache ein wenig auf.

»Ich hatte vor der Abreise den Eindruck, dass du und Baxter …«

»Nein«, sagt sie und schneidet mir das Wort ab.

Aber das ist alles, was sie sagt.

»Du könntest mich ja auch anlügen, oder?«, sage ich mit zittriger Stimme.

»Warum sollte ich mir die Mühe machen?« Sie langt zum Nachttisch rüber, wo ein Exemplar des Drehbuchs liegt.

»Ist aber schon okay«, sage ich. »Ist okay.«

»Victor«, seufzt sie.

»Ich hab solche Angst um dich gehabt, Chloe.«

»Warum?«

»Ich hab gedacht, du bist wieder auf Drogen«, sage ich. »Ich hab gedacht, ich hätte da was in deinem Badezimmer gesehen, in New York … Und dann war der Typ, Tristan, dieser Dealer? – in deinem Foyer, und, o Gott … Ich bin einfach durchgedreht.«

»Victor …«

»Nein, echt, an dem Morgen, Baby, nach der Eröffnung …«

»Es war nur die eine Nacht, Victor«, sagt sie und streichelt meine Wange. »Wirklich.«

»Baby, ich war total …«

»Nein, nein, schhh«, sagt sie. »Es war bloß ein bisschen Dope fürs Wochenende. Es war nur für dieses eine Wochenende. Ich hab's gekauft, ich hab ein wenig genommen, ich hab den Rest weggeworfen.«

»Leg das da weg – bitte, Baby«, sage ich und zeige auf das Skript, das sie zusammengerollt in der Hand hält.

Später.

»Es gab so viele ziemlich simple Dinge, die du nicht tun konntest, Victor«, sagt sie. »Ich hab immer das Gefühl gehabt, du machst dich lustig über mich. Obwohl ich wusste, das stimmt nicht. Mir war einfach so. Ich kam mir in deinem Leben immer wie ein Gast vor. Als ob ich jemand auf einer Liste wäre.«

»O Baby …«

»Du warst so lieb zu mir, Victor, als wir uns kennen lernten«, sagt sie. »Und dann hast du dich verändert.« Sie macht eine Pause. »Du hast angefangen, mich wie ein Stück Scheiße zu behandeln.«

Ich weine, mein Gesicht ins Kissen gedrückt, und als ich den Kopf hebe, sage ich zu ihr: »Aber Baby, ich bin jetzt viel besser drauf.«

»Nein, du drehst jetzt gerade völlig durch«, sagt sie. »Was erzählst du denn da? Du bist völlig durcheinander.«

»Ich hab nur … Ich hab nur solche Angst«, schluchze ich. »Ich hab Angst, dich wieder zu verlieren … Und ich möchte, dass du verstehst … dass ich was gut machen will …«

Die Traurigkeit vertieft die Falten in ihrem Gesicht, sodass es aussieht, als denke sie über etwas nach.

»Wir können nicht mehr zurück«, sagt sie. »Wirklich nicht, Victor.«

»Ich will nicht zurück«, sage ich.

»Ein toller Anzug«, seufzt sie. »Ein cooles Aussehen. Ein Wahnsinnshaarschnitt. Sich Gedanken machen, ob die Leute denken, dass du berühmt genug bist oder cool genug oder trainiert genug oder … oder was auch immer.« Sie seufzt, gibt's auf, starrt an die Decke. »Das sind keine Anzeichen von Weisheit, Victor«, sagt sie. »Wir sind auf dem bösen Planeten.«

»Jaa«, sage ich. »Ja, Baby … Ich hab, glaub ich, zu sehr drauf geachtet, wie die Dinge aussehen, richtig? Ich weiß schon, Baby, ich weiß.«

»Kommt vor.« Sie zuckt die Achseln. »Jetzt bedauerst du es. Du hast die Standard-Gewissensbisse.«

Ich fange wieder an zu weinen. Chloe fragt: »Warum?« Sie berührt meinen Arm. Wieder sagt sie: »Warum?«

»Aber ich weiß nichts was ich stattdessen will«, würge ich.

»Baby …«

»Warum hast du mich nicht einfach fallenlassen?«, schluchze ich.

»Weil ich mich in dich verliebt hatte«, sagt sie.

Ich habe die Augen geschlossen, und ich kann hören, wie sie Seiten umblättert, und nun holt Chloe tief Luft, ehe sie den folgenden Satz sagt (»m. viel Gefühl«): »Weil ich dich immer noch liebe.«

Ich wende mich ab, wische mir blind übers Gesicht.

»Es gibt so vieles, was ich dir sagen will.«

»Du kannst es«, sagt sie. »Ich höre zu. Du kannst es.«

Meine Augen füllen sich wieder mit Tränen, und diesmal will ich, dass sie die Tränen sieht.

»Victor«, sagt sie. »O Baby. Wein nicht, sonst muss ich auch noch weinen.«

»Baby«, beginne ich. »Die Dinge sind nicht so … wie du vielleicht denkst …«

»Schh, ist schon gut«, sagt sie.

»Nein, es ist nicht gut«, sage ich. »Es ist überhaupt nicht gut. Es ist nicht gut.«

»Victor, komm jetzt …«

»Aber ich hab vor, noch ein wenig hierzubleiben«, stoße ich hervor, ehe ich wieder in Tränen ausbreche.

Ich schließe die Augen, und sie rutscht ein wenig auf dem Bett hin und her, sie blättert in den Seiten des Drehbuchs, sie hält immer wieder inne und überlegt sich, ob sie etwas sagen soll, und ich sage (ich räuspere mich, meine Nase ist hoffnungslos verstopft): »Nicht, Baby, lass es, leg das bloß weg«, und Chloe seufzt, und ich höre, wie sie das Skript auf den Boden neben dem Bett fallen lässt, auf dem wir liegen, und dann nimmt sie mein Gesicht in ihre Hände, und ich schlage die Augen auf.

»Victor«, sagt sie.

»Was?«, frage ich. »Was ist, Baby?«

»Victor?«

»Ja?«

Endlich sagt sie: »Ich bin schwanger.«

Ein Problem. Die Dinge werden bruchstückhaft. Wir haben ein Stadium übersprungen. Ich habe eine Lektion versäumt, wir haben uns rückwärts bewegt, wir sind in einem Tal verschwunden, an einem Ort, wo immer Januar ist, wo die Luft dünn ist und ich eine Coca-Cola aus einem Eiskübel ziehe. Die Worte »Ich bin schwanger« klangen für mich rau und hart, aber auf eine unklare Art. Ich bin in der Mitte des Zimmers, erschlagen von dieser Information und davon, was sie von mir verlangt. Ich versuche immer wieder, einen Satz zu formulieren, etwas zu versprechen, nicht abzudriften. Sie fragt mich – kommst du zu mir? Ich sage mir, dass du immer mehr genommen, als du gegeben hast, Victor. Ich versuche, den nächsten Moment aufzuschieben, aber sie starrt mich aufmerksam an, fast ungeduldig.

»Und, ja, es ist von dir«, sagt sie.

Weil ich so perplex bin, kann ich bloß sagen: »Kannst du dir das, also irgendwie, leisten jetzt im Augenblick?« Meine Stimme klingt hoch.

»Es ist ja nicht so, dass ich unterbezahlt wäre«, sagt sie und weist mit einer weitschweifigen Geste auf die Suite. »Nicht so, dass ich nicht aufhören könnte. Das ist kein Problem.«

»Was ist das Problem?«, frage ich und schlucke.

»Wo du dabei stehst«, sagt sie leise. »Welche Rolle du spielst.«

»Woher … weißt du, dass es meins ist?«, frage ich.

Sie seufzt. »Weil, die einzige Person, mit der ich zusammen war, seitdem wir Schluss gemacht haben« – sie lacht abschätzig –, »warst du.«

»Was soll das heißen?«, frage ich. »Was ist mit Baxter?«

»Ich habe nie mit Baxter Priestly geschlafen, Victor«, brüllt sie.

»Okay, okay«, sage ich.

»O mein Gott, Victor«, sagt sie und wendet sich ab.

»Hey Baby, was ist denn?«

»Vor vier Wochen? Erinnerst du dich? Als du vorbeigekommen bist?«

»Was?«, frage ich und denke: Vor vier Wochen? »Ja?«

Schweigen.

»An dem Tag, als du mich aus heiterem Himmel angerufen hast?«, fragt sie. »Es war Sonntag, du hast angerufen, Victor. Ich war gerade von der Canyon Ranch zurück. Ich hab dich im Jerry's getroffen? Ja? In SoHo? Wir haben in einer Nische hintendurch gesessen? Du hast darüber gesprochen, auf die NYU zu gehen?« Sie hält inne und starrt mich mit großen Augen an. »Dann sind wir zurück in meine Wohnung ...« Sie schaut weg. Sie sagt leise: »Wir haben miteinander geschlafen, dann bist du fort, wie auch immer.« Sie macht wieder eine Pause. »Du warst an dem Abend mit Viggo Mortensen und Jude Law essen und mit einem der Produzenten von *Flatliners II*, und Sean MacPherson war mit Gina in der Stadt, und ich wollte eigentlich nicht hin, und du hattest mich nicht eingeladen – und dann hast du nicht angerufen ... In dieser Woche hab ich dann gelesen, dass du im Diablo zum Essen warst, vielleicht war's in der Kolumne von Buddy Seagull, und du und Damien, ihr habt euch wieder versöhnt, und dann habe ich Edgar Cameron getroffen, der hat gesagt, er war mit dir im Balthazar, und ihr seid dann alle anschließend ins Cheetah und ... du hast mich einfach nicht mehr angerufen und … Ach, vergiss es, Victor – das ist alles passé, ja? Ich meine, stimmt doch, ja?«

Vor vier Wochen war ich auf einem Schiff mitten auf dem Ozean.

Vor vier Wochen war auf diesem Schiff eine Blutlache hinter der Toilette in der Kabine eines todgeweihten Mädchens zu sehen.

Vor vier Wochen war ich in London auf einer Party in Notting Hill.

Vor vier Wochen bin ich Bobby Hughes begegnet. Jamie Fields hat mich umarmt, als ich kreischend in einem Kellergang stand.

Vor vier Wochen war ich nicht in New York City.

Vor vier Wochen hat ein Doppelgänger Chloes Wohnung betreten.

Vor vier Wochen, an jenem Sonntag, hat er sie ausgezogen.

Ich sage nichts. Säure strömt in meinem Magen zusammen, und ich vibriere vor Panik.

»Baby«, sage ich.

»Ja?«

Ich ziehe mich an. »Ich muss los.«

»Was?«, fragt sie und setzt sich auf.

»Ich muss meine Sachen holen«, sage ich mit beherrschter Stimme. »Ich ziehe aus dem Haus dort aus. Ich komme wieder zurück.«

»Victor«, fängt sie an, überlegt sich etwas. »Ich weiß nicht.«

»Ist mir egal«, sage ich. »Aber ich ziehe zu dir.«

Sie lächelt traurig, streckt eine Hand aus. »Wirklich?«

»Ja«, sage ich. »Wirklich. Ich bin absolut, absolut sicher.«

»Okay.« Sie nickt. »Okay.«

Ich falle aufs Bett, schlinge die Arme um sie. Ich küsse sie auf die Lippen, streichele ihre Wange.

»Ich bin in einer Stunde wieder da«, sage ich.

»Okay«, sagt sie. »Soll ich mitkommen?«

»Nein, nein«, sage ich. »Warte einfach hier. Ich bin gleich wieder da.«

An der Tür regt sich etwas in mir, verlagert sein Gewicht, ich drehe mich um.

»Oder ... möchtest du mitkommen?«, frage ich.

»Wie lange brauchst du?« Sie hat wieder das Skript in der Hand, blättert drin herum.

»Eine Stunde. Wahrscheinlich weniger. Vierzig Minuten vielleicht.«

»Eigentlich«, sagt sie, »glaube ich, muss ich wohl hierbleiben.«

»Warum?«

»Ich muss wohl eine Szene drehen.«

»Was soll ich machen?«, frage ich.

»Ich glaube« – Chloe sieht mit zusammengekniffenen Augen auf das Drehbuch und auf mich –, »du sollst gehen.«

»Und dann?«, frage ich.

»Und dann?«, fragt Chloe lächelnd.

»Ja.«

»Dann sollst du wieder herkommen.«

Den Code, der das Alarmsystem in dem Haus im achten oder sechzehnten Arrondissement deaktiviert, muss ich nicht erst eingeben. Die Tür zum Hof lässt sich einfach aufstoßen.

Ich gehe rasch über den Hof, ich zerre die Schlüssel aus meinem Prada-Jackett, aber ich brauche sie nicht, weil auch diese Tür offensteht. Draußen ist es später Nachmittag, doch es ist noch nicht dunkel, und das Heulen des Windes wird gelegentlich von fernen Donnerschlägen unterbrochen.

Drinnen habe ich das Gefühl, dass nichts mehr stimmt.

Im Eingangsbereich nehme ich einen Telefonhörer hoch und halte ihn ans Ohr. Die Leitung ist tot. Ich gehe Richtung Wohnraum.

»Hallo?«, rufe ich. »Hallo? … Ich bin's … Victor …«

Ich bin mir in zunehmendem Maße bewusst, wie still und dunkel es im Haus ist. Ich taste nach einem Lichtschalter, knipse. Nichts passiert.

Das Haus riecht nach Scheiße, es stinkt – feucht, faulend, widerlich –, und ich muss durch den Mund atmen. Ich bleibe an einer Tür stehen und mache mich nervös auf eine Überraschung gefasst, aber der Wohnraum ist vollkommen leer.

»Bobby?«, rufe ich. »Bist du da? Wo bist du denn«, und füge tonlos für mich hinzu, »du Drecksack.«

Ich sehe jetzt, dass überall Handys herumliegen, auf den Tischen, unter den Stühlen, auf dem Fußboden, Dutzende sind aufgebrochen, die Antennen sind abgerissen. Bei einigen leuchtet die Sprechanzeige, aber auf keinem kriege ich eine Verbindung nach draußen, und dann nähere

Du bist ein Mensch, der im Dunkeln nicht gut sieht
ich mich der Dunkelheit der Küche. Ich mache den
Eisschrank auf und dann die Kühltruhe, und das Licht,
das herausfällt, erhellt einen Teil der schwarzen leeren Küche. Ich schnappe mir eine Flasche, die flach im
Eisschrank liegt, und nehme einen Schluck aus dem
halbleeren Fünfliterbehälter – Stoli, was ich kaum
schmecke. Von draußen hört man den Wind als hohlen
brüllenden Laut.

In einer Schublade neben der Spüle finde ich eine
Taschenlampe, und als ich mich einer anderen Schublade zuwende, fährt etwas an mir vorbei. Ich wirbele
herum.

Eine Reflexion in dem vergoldeten Spiegel, der über
dem Herd hängt: mein ernstes Gesicht. Dann lache ich
nervös und führe meine Hand an die Stirn, lasse sie
dort, bis ich ruhig genug bin, die Walther Kaliber .25
herauszuholen, die ich letzte Woche in einer anderen
Schublade versteckt habe.

Im Lichtstrahl der Taschenlampe sehe ich, dass die
Klappe der Mikrowelle offensteht, und innen ist das
Gerät mit einer trockenen braunen Mixtur aus Zweigen,
Ästchen, Steinen, Blättern bespritzt. Und dann sehe ich
die Höhlenmalereien.

Sie sind überall hingeschmiert. Große weiße Flächen
sind unbeholfen mit Umrissen von Büffeln bemalt, grob
gezeichneten Pferden, Drachen, etwas, das wie eine
Schlange aussieht.

»Ganz cool, ganz cool, ganz cool bleiben«, sage ich
zu mir selber.

Plötzlich klickt in dem Lautsprechersystem, das im
ganzen Haus verlegt ist, eine CD an und überlagert das
Geräusch des draußen dröhnenden Windes: Rauschen-
des Wasser, diverse sausende Laute, Paul Wellers Gitarre,
Oasis' Liam Gallagher, die erste Strophe von »Champagne Supernova« hallt durch die Dunkelheit des Hauses.

»Das ist so abgefuckt, das ist so abgefuckt«, murmele ich, am Rand der Panik, aber noch nicht drin, und der gelbe Fächer Licht, der über die Wände streicht, zittert, als ich tiefer in das Haus vordringe, und

where were you while we were getting hi-i-i-igh?

das Haus riecht so stark nach Scheiße, dass es mich immer wieder würgt. Eine Hand hält die Taschenlampe, und ich presse die andere, die die Pistole hält, über Nase und Mund.

in the champagne supernova in the skyyyy

Ich beuge mich hinunter, hebe ein Handy auf. Ich ziehe die Antenne raus, klappe es auf. Kein Feld leuchtet auf.

Ich richte den Lichtstrahl der Taschenlampe in einen Flur und dann auf die Wendeltreppe, ich kneife die Augen zusammen und versuche, die unklaren sternförmigen Zeichen genauer zu erkennen, die überall aufgetaucht sind.

Aber dann sehe ich, dass es sich bei diesen Sternen tatsächlich um Pentagramme handelt, die mit roter Farbe überall an die Wände gemalt sind, auf die Decke, auf die Treppe, die in den ersten Stock führt.

Etwas dreht sich in der Dunkelheit hinter mir.

Ich fahre herum.

Nichts.

Ich renne die Treppe hoch. Alle fünf Stufen bleibe ich stehen und schaue über die Schulter, schwenke den Lichtstrahl der Taschenlampe durch die unter mir schwebende Dunkelheit.

in a champagne supernova, in a champagne supernova in the sk-k-yyyyyyyy

Ich zögere oben am Treppenende, dann lasse ich mich unsicher den Korridor in eine Richtung hinunterdriften und taste an der Wand nach Lichtschaltern.

Zögernd wende ich mich um eine weitere Ecke: Die Kulisse ist (abgesehen von den Pentagrammen und den überall verstreuten Handys) makellos, unberührt, alles ist an seinem Platz.

Ich gelange endlich an das Zimmer, in dem ich gewohnt habe, mein Schatten streift die Tür, als ich mich nähere. Meine Hand gefriert, dann strecke ich sie vorsichtig nach dem Türgriff aus und denke: Mach sie nicht auf mach sie nicht auf nicht auf.

Nachdem ich sie geöffnet habe, stecke ich die Pistole in die Hosentasche und nehme die Taschenlampe in die andere Hand. Ich taste nach einem Lichtschalter, finde aber keinen.

Ich leuchte mit der Taschenlampe das Zimmer aus.

Ich ziehe eine Schublade auf – leer. Ich öffne eine andere – auch leer. Alle meine Sachen sind weg. Der Pass, den ich unter der Matratze versteckt hatte, ist nicht mehr da.

Im Bad sind meine ganzen Toilettensachen verschwunden.

Ein großes rotes Pentagramm ist quer über den Spiegel geklatscht.

where were you while we were getting hi-i-i-i-ighhhh

Ich gehe zum Schrank, mit klopfendem Herzen.

Alle meine Kleider sind weg.

Und stattdessen hängen an den Innenwänden des schmalen, begehbaren Wandschranks Polaroidfotos von mir und Sam Ho, nackt, verschwitzt, ekstatisch beim Sex.

Ein größeres Foto hängt in der Mitte dieser Collage.

Ich stoße ein Metzgermesser tief in die Brust von Sam Ho, ich bin weggetreten und grinse, meine Augen sind rot im Blitzlicht, mein Gesicht, der Kamera zugewandt, fragt: *Gefällt dir das? Bist du zufrieden?*

Ich mache einen Schritt zurück aus dem Schrank, schlage die Tür zu. Auf der Tür wird ein weiteres riesiges Pentagramm, diesmal schwarztriefend, sichtbar.

Ich richte die Taschenlampe auf eine andere von Pen-

tagrammen befallene Wand und fokussiere den Licht-
schein dann auf eine Reihe von Buchstaben hoch über
mir, die vor der weiten makellos weißen Fläche der
Wand über meinem Bett schweben, ich mache die
Augen schmal, versuche sie genauer zu erkennen, und
langsam fahre ich mit dem Lichtkegel über die Buchstaben hinweg, bis ich die Wörter laut vor mich hinsage.

DiSAPpEAR
HEre

Verschwinden. Hier. Die Wörter lassen mich gegen die
Wand sacken, ich umklammere die Pistole so fest, dass
ich sie kaum mehr fühlen kann, der Oasis-Song nähert
sich seinem Höhepunkt und endlosen Soli, und als ich
aus dem Zimmer stolpere, ragt mein Schatten über noch
einem dicken roten Pentagramm auf.

Die CD geht mit einem Klick aus.

Schweigen.

Und dann machen meine Schuhe Geräusche, als ich
den Flur hinuntergehe, sie hallen durch die Stille, ein
unvermuteter Blitz wirft meine Silhouette gegen eine
Wand, und der Wind draußen heult. Mir ist sehr kalt.
Ich komme wieder an einem Pentagramm vorbei.

In dem schweigenden Haus höre ich plötzlich einen
deutlichen Laut.

Ein Stöhnen.

Es kommt von irgendwoher weiter unten im Korridor.

Die Pistole in der ausgestreckten Hand, gehe ich den
Flur entlang, dorthin, wo das Stöhnen herkommt.

Bentleys Zimmer.

Noch ein Pentagramm über mir. Draußen weht der
Wind in scharfen Stößen, ein rollender Donnerschlag
folgt. Eine vage Angst wächst in mir, aber sie erklärt
sich nicht, es ist einfach etwas Unausweichliches,
und nun, der Panik nahe, führe ich die Hand an meine

Lippen, um zu verhindern, dass mein Mund zu zucken beginnt, und dann gehe ich vorwärts, in das Zimmer hinein.

Ich senke den Lichtkegel der Taschenlampe, fahre damit über den Terrazzofußboden.

»O mein Gott«, flüstere ich.

Eine Form mitten im Zimmer, dunkel, bis ich das Lampenlicht darüber gleiten lasse. Bentley.

Er liegt quer über den Boden gezerrt da, der Mund ist mit einem schwarzen Taschentuch geknebelt, über das sich Klebeband spannt, und die Arme sind ausgestreckt über den Kopf gezogen jeweils an einen Bettpfosten gebunden, Stricke und Ketten sind komplex ineinander verschlungen und um die Handgelenke gebunden. Die Beine sind gespreizt, weitere Stricke und Ketten sind um die Knöchel gelegt und an den Beinen eines Eichenschranks befestigt.

Er macht mir mit den Augen ein Zeichen.

An beiden Schenkeln und an beiden Bizepsen ist irgendein Gerät mit einer eigenen Zeituhr gebunden – rote Digitalanzeigen leuchten im Dunkel, ein Countdown läuft.

Ich bewege mich auf ihn zu, wobei ich auf den vereisten Stellen des Fußbodens ausrutsche, und ich bemerke ein weiteres Gerät, das um seine Brust geschnallt ist, als ich mich neben ihn kauere und Taschenlampe und Pistole auf den Boden lege. Ich ziehe ihm den Knebel aus dem Mund. Er beginnt rasch zu keuchen.

»Hilf mir, Victor, hilf mir, Victor«, kreischt er, die hohe Stimme bricht bei meinem Namen, und er beginnt, vor Erleichterung zu schluchzen, aber meine eigene Stimme ist guttural vor Panik, als ich zu ihm sage: »Ganz ruhig, ist alles okay, ist alles okay.«

In meinen Beinen spüre ich langsam einen Krampf, während ich versuche, das Gerät über seinem rechten Knie abzulösen, und Bentley fängt an zu brabbeln: »Was hast du ihm gesagt was hast du ihm gesagt was hast du ihm gesagt Victor o Gott was hast du Bobby gesagt?«

»Ich hab ihm nichts gesagt«, murmele ich und suche mit der Taschenlampe das Gerät, ich versuche, die einfachste Methode zu erkennen, wie man es abmontieren könnte.

Aber ich habe Angst, es zu berühren.

»Wer war das?«, frage ich.

»Bruce Rhinebeck«, schreit er.

»Aber Bruce ist tot!«, schreie ich zurück. »Bruce ist in der Explosion umgekommen …«

»Beeil dich, Victor, beeil dich doch«, stöhnt Bentley mit einer Stimme, die nicht wie seine klingt. »Ich will nicht sterben ich will nicht sterben«, sagt er, er beißt die Zähne zusammen und stößt dann schrille kurze Laute aus.

»Schhh …«, murmele ich. Der Wind wirft Regen gegen die Fenster. Ich schaue immer wieder auf das Gerät an seinem Bein, ich habe keine Ahnung, wie ich es entfernen soll, ich hole Luft in tiefen Atemzügen, die in ein flaches rasches Atmen übergehen, mein Mund steht weit offen.

»Okay«, sage ich, ergreife das Gerät und zerre einfach daran. Aber es ist zu fest um das Bein geschnürt.

Plötzlich – ein Laut.

Ein klickendes Geräusch.

Es kommt von dem Gerät, das an Bentleys rechten Arm gebunden ist.

Bentley erstarrt.

Stille.

Dann ein anderes Geräusch – *tk tk tk tk.*

Bentleys Blick sucht den meinen, er sieht einen Moment lang aus, als hätte ich ihn irgendwie beleidigt, aber dann werden seine Augen furchtbar lebendig, und er ballt die Fäuste angstvoll zusammen und öffnet sie wieder.

Stille.

Bentley beginnt zu weinen.

Wieder ein klickendes Geräusch, gefolgt von einem Surren.

»Lass mich nicht sterben«, ruft er. »Bitte ich will nicht sterben ich will nicht sterben o Gott nein …«

Bentley begreift mit einem Mal, was geschehen wird, und knurrt vor Angst.

Ein lautes Wwumpf, als das Gerät losgeht, der Laut der Aktivierung wird durch das Fleisch gedämpft.

Ein sattes, reißendes Geräusch. Ein Nebel aus Blut.

Bentleys Leib hüpft hoch.

Der Arm schliddert über den Fußboden, die Hand öffnet und schließt sich noch immer.

Und dann beginnt er zu schreien, ohrenbetäubend.

Blut strömt aus dem Stummel an seiner Schulter wie Wasser aus einem Schlauch, es klatscht immer weiter hervor, breitet sich auf dem Terrazzoboden aus und fließt unter das Bett.

Bentleys Mund öffnet sich zu einem erstarrten Kreischen, er beginnt, nach Luft zu ringen.

Ich verzerre das Gesicht, ich rufe: »Nein nein nein.«

Es ist ein Trick, sage ich mir. Special Effects. Es ist Make-up. Bentley ist einfach ein Requisit, etwas, das unter mir wild zuckt, dessen Kopf sich von einer Seite zur anderen wirft, dessen Augen vor Schmerz weit aufgerissen sind, dessen Stimme nur noch gurgelt.

Der scharfe Geruch von Schießpulver umschließt uns.

Ich bemühe mich, nicht ohnmächtig zu werden, und hebe die Pistole hoch und richte sie, neben ihm kniend, gegen den Strick an seinem anderen Arm.

»Schieß«, keucht er. »Schieß es weg.«

Ich schiebe den Pistolenlauf in das Knäuel aus Stricken und Ketten und drücke ab.

Nichts.

Bentley wimmert, zerrt an seinen Fesseln.

Ich drücke wieder ab.

Nichts.

Die Pistole ist nicht geladen.

Im grellen Licht der Taschenlampe ist Bentleys Gesicht grau, fast weiß, das Blut strömt aus ihm heraus, sein Mund öffnet sich immer wieder in asthmatischem Keuchen.

Ich zwinge meine Hände dazu, mit dem Zittern aufzuhören, und reiße sinnlos an den Stricken und Ketten, versuche sie aufzuknoten, und draußen wird der Wind immer stärker und heult.

Wieder ein schrecklicher Moment.

Es klickt erneut. Das Ding an seinem linken Bein.

Stille.

tk tk tk tk

Dann das Surren.

Bentley begreift, was geschieht, und beginnt zu schreien, ehe noch das Gerät losgeht, und ich uriniere in meine Hose und drehe mich weg, schreie mit ihm, als das Wwumpf-Geräusch ertönt.

Ein entsetzlicher knirschender Laut.

Das Gerät zerreißt das Bein über dem Knie, und als ich mich umdrehe, sehe ich das Bein über den Fußboden rutschen und beobachte, wie es mit hartem Aufprall gegen eine Wand schlägt, diese mit Blut bespritzt, und ich schreie vor Entsetzen auf.

Bentley wird wegen des Schocks ohnmächtig, erwacht, wird wieder bewusstlos.

Ich schließe die Augen.

Das Gerät an dem anderen Bein explodiert.

»Erschieß mich!«, schreit er, die Augen treten schmerzgeschwellt hervor, das Blut rauscht aus ihm heraus.

Verzweifelt versuche ich, den Strick zu lösen, der um das Gerät auf seiner Brust geschnürt ist, mein Herzschlag hallt wild in meinen Ohren.

»Erschieß mich!«, schreit er immer wieder.

Der Auslöser gibt seine charakteristischen Geräusche von sich.

Ich halte sinnlos die Walther an seinen Kopf und drücke jedes Mal wieder ab, immer ertönt ein leeres Schnappen.

Der andere Arm wird weggesprengt, Blut klatscht gegen die Wand über dem Bett, auf ein weiteres Pentagramm. Bentleys Zunge ragt aus seinem Mund, und im nun beginnenden Todeskampf beißt er sie ab.

Das Gerät auf seiner Brust beginnt zu surren.

Die Explosion öffnet seinen Körper.

Die Brust ist nicht mehr da.

Eingeweide wirbeln aus dem Leib. Eine riesige Lache Blut schlägt an die Decke, und es riecht nach Fleisch in diesem Raum, es ist süß und furchtbar, und es stinkt, und da es so kalt ist, strömt Dampf aus Wunden und erhebt sich in kleinen Säulen über das Blut und die Fleischklumpen, die auf dem Boden verstreut sind, und meine Beine sind steif, weil ich so lange in der Hocke gesessen habe, ich taumele davon, draußen stöhnt der Wind.

Ich stolpere rücklings Richtung Korridor, tropfende Geräusche entstehen, als das Fleisch an den Wänden herabgleitet, helle Streifen führen über Bentleys zuckendes Gesicht, der Mund hängt schlaff offen, und Bentley liegt auf einer glänzenden Schicht aus Blut und Fleisch, die den ganzen Boden bedeckt, und ich gehe aus dem Zimmer hinaus, eine Hand umklammert die Taschenlampe, die andere beschmiert alles, was ich berühre, mit Blut, wenn ich mich abstützen muss.

6

Ich renne zu einem Badezimmer, keuchend, den Kopf gesenkt, den Blick selbst dann auf den Boden gerichtet, wenn ich um eine Ecke laufe, und im Badezimmerspiegel sieht es aus, als hätte jemand mein Gesicht rot angemalt, und mein Hemd ist vorne dick mit Blut und Fleisch verklebt, ich reiße mir kreischend die Kleider herunter, und dann falle ich in die Duschkabine und schlage mir gegen die Brust und zerre an meinen Haaren, die Augen zugekniffen, ich kippe nach vorn, falle gegen eine Kachelwand, die Arme ausgestreckt.

Ich finde Kleider in Bobbys Zimmer und ziehe sie schwindelnd an, schnell, ich halte den Blick auf die Tür des Zimmers gerichtet.

Betäubt, leise vor mich hinsingend und weinend, binde ich mir rasch die Schnürsenkel der Sperry-Segelschuhe, in die ich hineingeschlüpft bin, zu.

Als ich durch den Korridor des ersten Stocks wanke, renne ich los, als ich zu Bentleys Zimmer komme, weil ich nicht ertragen kann, was dort liegt zu erblicken, und ich schluchze, halte aber plötzlich inne, als ich merke, dass ein neuer Geruch das Haus erfüllt, der das Scheißearoma überlagert, das zuvor überall hing.

Auf dem Weg hinaus identifiziere ich diesen Geruch.

Popcorn.

5

Das Licht draußen vor dem Haus ist völlig erloschen, und der Wind fegt kreischend hoch über den Hof hinweg, durch den ich schwanke, ein leichter Regen schlägt mir ins Gesicht, und der Wind bläst das Konfetti zu hohen Türmen an die Mauern, wie Schneewehen aus goldenem und grünem und purpurrotem Papier, und da liegen Fahrräder, die mir noch nie aufgefallen sind, auf dem Boden, ihre in die Luft ragenden Räder drehen sich im Wind. Und in einer Ecke liegt eine undeutliche Gestalt in sich zusammengesackt, und ich erstarre, als ich sie sehe, und der Hof wird plötzlich still, und das ist mein Stichwort, langsam näher heranzugehen.

Über Jamies Kopf ist wieder ein triefendes Pentagramm, und in rotstreifigen Buchstaben stehen die Wörter da:

DiSAPpEAR
HEre

Eine leere Absolut-Flasche liegt neben ihr, sie sitzt steif hingelehnt da, betäubt, kaum bei Bewusstsein, als ich ihre Wange berühre, ist sie heiß, ihr Gesicht ist aufgedunsen. Ihre Lider sind geschlossen. Als sie die Augen aufschlägt, erkennt sie mich, zeigt aber kein besonderes Interesse, und wir starren einander nur unsicher an, beide mit totem Blick. Sie trägt einen weißen Gucci-Hosenanzug, der Kragen ist leicht mit Blut bespritzt, aber ich kann keine Wunden sehen, weil sie jemand in Plastik eingewickelt hat.

»Jamie ... alles klar?«, frage ich mit hohler Stimme. »Soll ich Hilfe holen?«

Ein zitternder Seufzer. Sie sagt etwas, das ich kaum zu hören vermag.

»Was?«, frage ich. »Ich kann dich nicht verstehen.«

»Du ... solltest ... doch im ... Hotel sein«, seufzt sie.

»Lass mich Hilfe holen ...«

»Hol keine Hilfe«, flüstert sie, und dann weist sie mit unklarer Geste auf etwas, das sich hinter mir befindet. Ich drehe mich um, kneife die Augen zusammen. Es ist die Matratze, auf der Tammy Devol ermordet wurde, sie liegt halb verbrannt, ein geschwärzter Klumpen, mit weißen und silbernen Konfettipünktchen bestreut, mitten im Hof.

»Ich ruf einen Krankenwagen«, sage ich.

»Nein ... nicht, Victor«, sagt sie, die Stimme ist halberstickt.

»Ich will dir helfen«, sage ich und bemühe mich, es hoffnungsvoll klingen zu lassen.

Sie packt meine Handgelenke, ihr Gesicht ist angespannt, verkniffen, die Augen sind halb geschlossen. »Nicht. Ich will ... keine ... Hilfe.«

»Was ist geschehen?«, frage ich.

»Total ... abgefuckt«, flüstert sie lächelnd.

Sie zuckt die Achseln, verliert das Interesse an mir.

»Hey Jamie, sprich mit mir – was ist geschehen, was ist hier passiert?«

»Ich hab mir ... die Szene ... mit dir in der Botschaft angeschaut«, flüstert sie. »Sie haben ... dich belogen, Victor.« Sie erschauert wieder, ich streiche ihr Konfetti aus dem Haar.

»Inwiefern?«, frage ich. »Womit haben die gelogen?« Meine Stimme ist heiser vom Schreien, und ihre ist ganz leise, die Stimme eines Gespensts, die Stimme von jemand, der tief im Schlaf versunken ist, und irgendwo hinter uns ertönt schwach ein krachendes Geräusch im Wind.

»Palakon arbeitet gegen die Japaner«, sagt sie schnell, schmerzhaft. »Aber er arbeitet auch ... für sie.«

Sie fängt an zu kichern, mit hoher Stimme, ein kleines Mädchen.

»Welche Japaner?«, frage ich.

»Alles … hängt mit den … Japanern zusammen«, sagt sie. »Alles wird gekauft mit japanischem … Geld von … japanischen Banken und sie … liefern … alles, Victor.« Verträumt beginnt sie Dinge aufzuzählen, ohne jede Betonung.

»Plastiksprengstoff … Zündkapseln … Digitaltimer …«

»Warum denn die Japaner, Jamie?«, frage ich beruhigend und streichele ihr Gesicht.

»Weil … die wollen, dass … dein Vater gewählt wird.«

Pause. »Gewählt wird als … was?«

»Palakon arbeitet … auch … gegen deinen Vater«, flüstert sie. »Hörst du … mich, Victor?« Sie versucht zu lachen. »Dein Vater hat ihn zwar beauftragt … aber Palakon arbeitet auch gegen … ihn.«

Der Wind fährt plötzlich kreischend durch den Hof.

»Er arbeitet auch für die … die Leute, die nicht« – etwas schneidet durch sie, sie verändert ihre Haltung – »wollen, dass dein Vater gewählt wird.«

»Palakon hat mir gesagt, dass mein Vater ihn beauftragt hat, Jamie«, sage ich.

»Aber Palakon hat … keine … Affinitäten«, sagt sie mit schwankender Stimme. »Ich hab … das Video angesehen … von der Szene in der Botschaft … und er hat gelogen. Er hat von meiner Verbindung … mit Bobby schon gewusst … ehe er dich hergeschickt hat. Da hat er gelogen.«

»Jamie, warum hat mich Palakon geschickt?«

»Dein Vater wollte … dass du die USA verlässt«, sagte sie. »Palakon hat dafür gesorgt … aber die Leute, die nicht wollen, dass dein Vater gewählt wird … die standen auch mit Palakon … in Verbindung, und … die hatten noch etwas anderes im Sinn.« Sie seufzt. »Einen Vorschlag …«

»Was denn?«, frage ich laut, gegen den Wind.

»Ein Szenario …« Ihre Augen driften weg, halb geschlossen, aber sie bringt noch ein Achselzucken zustande.

»Was für ein Szenario, Jamie?«

Sie versucht, sich zu erinnern. »Was wäre, wenn du … Victor … mit einer gewissen Organisation … in Verbindung stündest … und wenn dann diese Information gestreut … würde? Wie viel würde man Palakon zahlen, dass … er sich darum ebenfalls kümmert? … So oder so, Palakon kann nicht verlieren. Er hat alles eingefädelt.«

Ich wische eine Träne weg, die ihr ein Stück über die Wange rollt, und die Windstöße lassen überall um uns das Konfetti aufwirbeln.

»Wie?«, frage ich.

»Er hat dich … Palakon hat dich … Bobby angeboten. Sie haben ein … Abkommen.«

»Ein Abkommen? Warum?«

»Palakon« – sie schluckt schwer – »hatte Bobby … ein neues Gesicht versprochen. Bobby wollte einen Mann … da hat Palakon dich geschickt. Es hat perfekt zusammengepasst. Dein Vater wollte, dass du verschwindest … und Bobby brauchte ein neues Gesicht. Palakon hat beide Projekte zusammengebracht.« Sie hustet, schluckt wieder. »Zuerst war Bobby wütend … als er merkte, dass du es bist … Bobby wusste, wer du bist … wer dein Vater ist. Es hat ihm nicht gefallen.«

»Ich dachte, Bobby benutzt gerne Leute, die berühmt sind«, sage ich. »Ich dachte, Berühmtheiten sind automatisch nie verdächtig.«

»Dein Vater …« Jamie schüttelt langsam den Kopf. »Der war zu viel … das hat Bobby misstrauisch gemacht. Es hat ihm nicht gefallen, und da war Bobby dann … überzeugt, dass Palakon für jemand anderen … arbeitet.«

Schweigen.

»Was ist passiert, Jamie?«, frage ich langsam.

»Bobby ist darauf gekommen, dass er … dich zu seinem Vorteil benutzen kann.«

»Seinem Vorteil? Wie, Jamie?« Panik steigt in mir auf.

»Bobby hat sich mit deinem …«

»Nein, nein, nein«, sage ich und packe sie an den Schultern.

»Bobby und dein Vater …«

»Nein Jamie, nein.« Ich schließe die Augen.

»Dein Vater und Bobby haben miteinander gesprochen, Victor.«

»Nein … Nein …«

Alles gleitet unter mir weg, schwebt davon.

»Die Japaner … waren wütend auf Bobby … als er eine Vereinbarung mit … deinem Vater traf.« Jamie holt Luft. »Sie wollten dich einfach los sein … raus aus dem Land … aber jetzt mussten sie dich beschützen.«

»Warum?«

»Weil, wenn Bobby … der Presse … Material über dich geben würde … und über das, was du mit uns gemacht hast … dann würde das die Chancen deines Vaters zerstören.« Jamie lehnt den Kopf zurück, und etwas geht durch sie hindurch, ihre Stirn runzelt sich. »Die Japaner … wollen, dass dein Vater … gewinnt.«

Ein Windstoß löscht den nächsten Satz aus. Ich beuge mich näher, aber sie dreht sich weg. Ich lege mein Ohr an ihren Mund.

»Palakon hat nicht gewusst … was in dem Hut war, Victor«, sagt sie. »Das war auch gelogen.«

»Warum hat er mir dann gesagt, ich soll ihn mitbringen?«, frage ich.

»Bobby wusste, was in dem Hut war … Bobby hat ihm gesagt … er soll dir sagen, du sollst ihn mitbringen«, sagt sie. »Bobby hat jemand gebraucht, der das Remform … hierher bringt.«

Ihre Stimme wird plötzlich sanft, fast neugierig.

»Palakon hat erst später ... verstanden, was da drin ist ... und dann hat er es rausgekriegt und ... und ...« Ihre Stimme sackt weg. Die Augen öffnen sich, schließen sich. »Das Remform ... sollte ... an mich gehen.«

»Jamie, hey, schau mich an«, flüstere ich laut. »Wie bist du da reingeraten? Warum hat Palakon mich geschickt, um dich zu finden?«

»Er hat gewusst, dass ich bei Bobby mit drinhänge. Palakon hat das immer gewusst, Victor ... klar? Palakon hat geglaubt, dass es für ihn von Vorteil ist, dass du und ich uns kannten ... aus Camden.«

Ihre Gedanken schweifen ab.

»Jamie, hey *Jamie*.« Mit den Händen ziehe ich ihr Gesicht vorsichtig näher an meines. »Wer war Marina Cannon?«

Das Gesicht knittert leicht. »Sie war auf dem Schiff um dich zu warnen, Victor ... Du solltest mit ihr gehen.«

»Was ist passiert, Jamie?«

»Bobby hat irgendwelche Leute ... aus New York geschickt ... um dich zu überwachen ... um sicherzustellen, dass du nicht nach Paris gehst.« Sie fängt leise zu weinen an.

»Sprichst du von den Wallaces?«, frage ich. »Dieses englische Ehepaar?«

»Ich weiß nicht ... Ich kenne die Namen nicht. Sie haben uns benachrichtigt und ...«

»Das Schiff hat angehalten, Jamie.«

»...Palakon wollte auch, dass du nach London kommst.«

»Es hat angehalten, Jamie. Das Schiff hat angehalten. Sie haben gesagt, es gab einen Notruf.«

»Ich weiß ... ich weiß ...«

»Das gottverdammte Schiff hat *angehalten,* Jamie«, schreie ich. »Mitten auf dem Ozean hat es angehalten!«

»Bobby wollte nicht, dass du nach Paris gehst. Er wollte auch nicht, dass du nach London kommst ... aber auf keinen Fall solltest du nach Paris gehen.« Sie lächelt mysteriös vor sich hin.

»War das Bobby? War das Bobby auf dem Schiff in dieser Nacht?«

»Victor …«

»Ich hab die Tätowierung gesehen«, schreie ich. »Was ist mit Marina passiert?«

»Ich weiß nicht«, murmelt sie. »Als ich das gehört habe … nachdem du es mir gesagt hast … in der Nacht im Hotel … hab ich Bobby damit konfrontiert. Er wollte es nicht sagen … er wollte bloß das Remform.«

»Was wollte er noch?«

»Er wollte, dass du … stirbst.«

Ich schließe die Augen, öffne sie lange Zeit nicht.

»Ich weiß nicht …«, sagt sie. »Bobby meinte … dich ins Spiel zu bringen, sei keine gute Idee … aber dann hat er begriffen, dass er dich … linken kann.«

»Mit dem Mord an Sam Ho.«

Sie nickt nur. »Und nachdem das … einmal geschehen war … ergaben sich … noch andere Ideen.«

»Was für andere Ideen?«

»O Victor …« seufzt sie. »Victor … es war alles eine Falle. Sogar das Mädchen in New York … das da gestorben ist … dieser DJ …«

»Mica?«, frage ich.

»Kann sein … du bist ins Fashion Café … weil ihr einen neuen DJ gebraucht habt. Weißt du das noch?«

Ich nicke stumm, obwohl sie gar nicht hersieht.

»Sie ist die Nacht vorher getötet worden … Ich hab einen Bericht gelesen.«

»O Gott. O Gott.«

»Es war alles arrangiert.«

»Auf welcher Seite stehst du, Jamie?«, frage ich.

Sie lächelt, und als sie lächelt, platzt ihre Oberlippe auf, aber es kommt kein Blut.

»Für wen arbeitest du?«

»Spielt … kaum mehr … eine Rolle.«

»Für wen hast du gearbeitet?«, schreie ich und rüttle sie.

»Ich habe gegen … Bobby gearbeitet«, murmelt sie. »Um das zu tun, Victor … musste ich für ihn arbeiten.«

Ich weiche keuchend ein Stück zurück.

»Ich hab für die Gruppe gearbeitet, für die … Marina gearbeitet hat … und ich hab für die Gruppe gearbeitet, für die Bobby gearbeitet hat … und ich hab für Palakon gearbeitet … genau wie du …«

»Ich arbeite nicht für Palakon.«

»Doch … tust du.« Sie schluckt wieder mit großer Mühe. »Du hast es getan … seit du ihn das erste Mal getroffen hast.« Sie fängt an zu zittern.

»Jamie, was hat Lauren Hynde mit alldem zu tun?«, frage ich. »Schau mich an – wie ist Lauren Hynde darin verwickelt? Sie hat mir den Hut gegeben. Ich habe Bilder von ihr mit Bobby gesehen.«

Jamie fängt zu lachen an, sie deliriert.

»Du erinnerst dich doch an Lauren Hynde aus Camden, ja?«, sage ich. »Die kennt Bobby. Sie hat mir den Hut gegeben.« Ich ziehe Jamie näher an mein Gesicht. »Die haben mich mit ihr zusammengebracht, stimmt's?«

»Das war nicht Lauren Hynde, Victor.« Jamie seufzt.

»Es war Lauren Hynde«, sage ich. »Es war sie, Jamie.«

»Du hast … nicht richtig achtgegeben.« Sie seufzt wieder. »Diese Frau war nicht Lauren …«

»Jamie, ich kenne diese Frau«, sage ich. »Sie ist Chloes beste Freundin. Was erzählst du da?«

»Das war jemand anderes.« Jamie seufzt wieder.

»Nein, nein, nein …« Ich schüttele bestimmt den Kopf.

»Lauren Hynde ist … im Dezember 1985 gestorben … bei einem Autounfall … in der Nähe von Camden, New Hampshire.«

Sie beugt sich zu mir, senkt die Stimme, fast so, als hätte sie Angst, dass jemand zuhört, und ich denke: Sie ist bloß eine leere Hülse, und etwas Riesengroßes und Unförmiges fliegt in der Dunkelheit über uns, hängt über dem Hof, und eine Stimme sagt: Das seid ihr doch alle.

»Ich muss mit Bobby sprechen«, keuche ich. »Wo ist Bobby?«

»Nein, Victor, lass ...«

»Wo ist er hin Jamie? Sag's mir.«

»Er ist zum ...« Sie keucht, rollt den Kopf in den Nacken. »Er war auf dem Weg ...« Die Stimme sackt weg.

»Wo ist er?«, schreie ich und schüttele sie.

»Er ... ist zum Hôtel Costes«, keucht sie. »Mit ... Chloe sprechen.«

Ich stehe auf und stöhne, der Wind sticht mir ins Gesicht, und Jamie sagt: »Warte, warte, nicht ...« und hält sich an meinem Arm fest, umklammert ihn, aber ich reiße ihn weg.

»Victor ...«

»Ich gehe.« Panik ergreift mich, breitet sich aus. »Was willst du, Jamie?«

Sie sagt etwas, was ich nicht hören kann.

Eilig lehne ich mich vor.

»Was ist?«

Sie murmelt etwas.

»Ich kann dich nicht hören, Jamie«, flüstere ich.

Ihre letzten Worte, während sie entgleitet: »Ich bin ... nicht ... Jamie Fields«, das ist alles.

Und aufs Stichwort bricht ein riesiger Schwarm Fliegen in den Hof ein, eine dichte schwarze Wolke.

4

Ich rase zurück zum Hotel.

Ich stürme durch die Eingangstür und zwinge mich, ruhig durch das Foyer zu gehen und in einen Fahrstuhl.

In Chloes Stockwerk renne ich den Korridor hinunter. Ich hämmere an ihre Tür.

»Chloe? Chloe – ist alles klar?«, rufe ich, meine Stimme ist hoch und mädchenhaft. »Mach auf Chloe? Ich bin's.«

Die Tür geht auf, und Chloe steht da, lächelnd, in einem weißen Kleid.

»Du hast dich umgezogen!«, sagt sie mit einem Blick auf Bobbys Kleider. »Wo sind deine Sachen?«

Ich dränge mich an ihr vorbei und stolpere ins Zimmer, renne durch die Suite, panisch, ohne dass ich wüsste, was ich tun würde, wenn ich ihn hier träfe.

»Wer war hier?«, frage ich und stoße die Badezimmertür auf.

»Victor, beruhige dich«, sagt Chloe.

»Wo ist er?«, frage ich, öffne eine Schranktür, werfe sie wieder zu. »Wer war hier?«

»Bobby Hughes hat vorbeigeschaut«, sagt sie mit einem Schauder, sie setzt sich auf einen Stuhl mit hoher Lehne an einen Tisch, wo ein großes Notizheft liegt, in das sie etwas eingetragen hat. Sie schlägt die Beine übereinander und sieht mich streng an.

»Was hat er gewollt?«, frage ich, langsam ruhiger.

»Er wollte bloß reden.« Sie zuckt die Achseln. »Er wollte wissen, wo du bist ...«

»Was hat er gesagt?«

»Victor ...«

»Gib mir eine einfache Antwort, Herrgott noch mal. Was hat er gesagt?«

»Er wollte reden«, sagt sie schockiert. »Er wollte einen Schluck Champagner trinken. Er hat welchen mitgebracht. Er hat gesagt, er tue das, um mit dir wieder ins Reine zu kommen – was immer das heißen soll. Ich hab natürlich gesagt: nein, vielen Dank …«

»Hast du das?«

Eine lange Pause. »Ich hab nur ein halbes Glas getrunken.« Sie seufzt. »Er wollte, dass ich ihn für dich aufhebe. Er ist da drüben im Eiskübel.«

»Und« – ich hole tief Atem – »was noch?« Die Erleichterung überschwemmt mich mit solcher Gewalt, dass mir Tränen den Blick trüben.

»Nichts. Es war in Ordnung. Er hat etwas gefeiert – was, weiß ich nicht.« Sie macht eine Pause, die bedeutungsvoll ist. »Er hat bedauert, dass er dich verfehlt hat …«

»Na klar«, murmele ich.

»Victor, er …« Sie seufzt und beschließt, weiterzusprechen. »Er macht sich Sorgen wegen dir.«

»Ist mir egal«, sage ich.

»Ich sagte: Er macht sich Sorgen wegen dir!«, wiederholt sie.

»Wo ist er?«

»Er musste weg«, sagt sie, umschließt sich mit den Armen, erschauert.

»Wohin?«

»Ich weiß nicht, Victor«, sagt sie. »Irgendwo gab's eine Party. Irgendwo anders war noch eine Party.«

»Was für eine Party? Wo?«, frage ich. »Das ist sehr wichtig, Chloe.«

»Ich weiß nicht, wo er hin ist«, sagt sie. »Jetzt hör mal – wir haben ein wenig Champagner getrunken, wir haben uns kurz unterhalten, und dann ist er auf eine Party gegangen. Was ist denn mit dir? Warum hast du solche Angst?«

Schweigen.

»Wen hatte er dabei, Baby?«

»Er war mit einem Freund zusammen«, sagt sie. »Jemand, der aussah wie Bruce Rhinebeck, aber ich glaube nicht, dass es Bruce war.«

Eine lange Pause. Ich stehe bloß da, in der Mitte der Suite, mit herunterhängenden Armen. »Bruce Rhinebeck?«

»Ja, das war komisch. Er sah irgendwie aus wie Bruce Rhinebeck. Aber etwas hat nicht gestimmt an dem Typ. Das Haar war anders oder was.« Sie schneidet eine Grimasse, reibt sich den Bauch. »Der Typ hat gesagt, er heißt Bruce, hat aber seinen Nachnamen nicht genannt, also, wer weiß, hm?«

Ich stehe bloß da.

»Das ist einfach nicht wahr«, murmele ich.

Bruce Rhinebeck ist tot.

»Was ist nicht wahr?«, fragt sie ärgerlich.

Bruce Rhinebeck hat in einer Wohnung am Qual de Béthune eine Bombe entschärft, und Bruce Rhinebeck ist tot.

»Das war nicht Bruce Rhinebeck, Baby.«

»Na, ausgesehen hat er wie Bruce Rhinebeck«, sagt Chloe. Es klingt zu grob, und sie wechselt in eine sanftere Tonart. »Mehr will ich gar nicht gesagt haben, okay? Victor, beruhige dich.« Sie verzieht wieder das Gesicht.

Ich zerre Gepäckstücke aus dem Schrank.

Sie dreht sich um. »Was machst du denn?«

»Wir verschwinden von hier«, sage ich und werfe die Gucci-Koffer aufs Bett. »Jetzt.«

»Von wo Victor?«fragt Chloe ungeduldig und rutscht auf ihrem Stuhl hin und her.

»Aus Paris«, sage ich. »Wir gehen zurück nach New York.«

»Victor, ich hab morgen Shows …«

»Ist mir egal«, rufe ich. »Wir sehen zu, dass wir hier rauskommen!«

»Victor, ich mache mir auch Sorgen um dich«, sagt sie.

»Setz dich einen Augenblick hin. Ich möchte mit dir reden.«

»Nein, nein – ich will nicht reden«, sage ich. »Ich will bloß raus hier.«

»Hör auf«, sagt sie und krümmt sich zusammen. »Setz dich jetzt einfach hin.«

»Chloe …«

»Ich muss mal ins Bad«, sagt sie. »Aber pack solang nichts. Ich möchte mit dir sprechen.«

»Was ist denn?«, frage ich.

»Mir ist nicht gut«, murmelt sie.

»Hast du irgendwas gegessen?«, frage ich, plötzlich besorgt.

»Nein, ich hab bloß den Champagner getrunken.«

Ich schaue auf den Eiskübel, die Flasche Cristal, das leere Champagnerglas auf dem Tisch.

Sie steht vom Tisch auf. Ich beobachte sie.

Sie streift an mir vorbei.

Ich starre das Glas an, und dann bewege ich mich darauf zu.

Als ich in das Glas hineinsehe, sehe ich auf dem Grund irgendwelche griesigen kleinen Körnchen.

Und dann sehe ich hinab auf etwas anderes.

Auf dem Stuhl, wo Chloe gesessen hat, ist ein großer Blutfleck.

Ich starre ihn an.

Und dann sage ich: »Chloe!«

Sie dreht sich um und sagt: »Was?«

Und ich will nicht, dass sie sieht, wie viel Angst ich mit einem Mal habe, aber dann bemerkt sie, auf was mein Blick gerichtet ist.

Sie fängt an, rau zu atmen. Sie sieht an sich hinunter.

Die ganze untere Hälfte ihres Kleides ist dunkelrot, von Blut durchtränkt.

»Chloe …«, sage ich wieder.

Sie stolpert zur Badezimmertür und hält sich an der

Türkante fest, um sich zu stützen, und Blut läuft in dünnen Rinnsalen an ihren Beinen herab, und als sie das Kleid anhebt, können wir beide ihre blutdurchtränkte Unterwäsche sehen, sie zieht sie herunter, in Panik, und plötzlich bricht ein großer Schwall Blut unter dem Kleid hervor, klatscht und spritzt auf den ganzen Badezimmerboden.

Sie keucht, ein gutturales Geräusch kommt aus ihrer Kehle, und sie krümmt sich zusammen, umklammert ihren Bauch, dann schreit sie auf. Mit einem überraschten Gesichtsausdruck und immer noch ihren Leib umklammernd, übergibt sie sich, während sie rückwärts stolpert und im Bad zusammenbricht. Gewebefetzen hängen aus ihr heraus.

»Chloe«, schreie ich.

Sie kriecht hastig über den Badezimmerboden und hinterlässt eine Spur, eine Fährte aus dunklem Blut.

Ich krieche mit ihr durch das Badezimmer, und sie stößt harsche keuchende Laute aus, rutscht über die Fliesen hin zur Badewanne.

Wieder quillt ein Strahl Blut aus ihr, begleitet von einem matschig-reißenden Geräusch. Sie hebt eine Hand, kreischend, und ich halte sie fest und fühle die Schreie in ihr summen, gefolgt von einem weiteren feucht-fetzenden Laut.

Im Bad ergreife ich das Telefon und wähle die Null.

»Helfen Sie uns«, schreie ich. »Hier oben stirbt jemand! Ich bin in Chloe Byrnes Zimmer, Sie müssen einen Krankenwagen rufen! Sie verblutet – o mein Gott, Scheiße, sie stirbt, sie verblutet ...«

Stille, und dann fragt eine Stimme: »Mr. Ward?«

Es ist die Stimme des Regisseurs.

»Mr. Ward?«, fragt sie wieder.

»Nein! Nein! Nein!«

»Wir sind gleich oben, Mr. Ward.«

Die Leitung ist tot.

Ich breche in Tränen aus und schleudere das Telefon weg.

Ich renne aus dem Bad, aber am Telefon neben dem Bett ist kein Freizeichen.

Chloe ruft meinen Namen.

Von da, wo ich stehe, sieht es aus, als schwimme das ganze Badezimmer in Blut, als hätte sich etwas in ihr völlig verflüssigt.

Blut fächert sich immer wieder zwischen ihren Beinen aus, teilweise sieht es sandig aus, körnig. Ein dicker Ring Fleisch gleitet auf den Boden, und Chloe schreit auf vor Schmerz und schreit immer weiter, als ich sie umarme, und sie bricht in ein hysterisches, erschöpftes Schluchzen aus, ich sage ihr, dass alles gut wird, die Tränen strömen mir aus den Augen. Wieder fällt eine lange krumme Schnur Fleisch aus ihr heraus.

»Victor! Victor!«, kreischt sie wild, ihre Haut wird gelblich, ihre Schreie klingen wie verflüssigt, ihr Mund öffnet und schließt sich.

Ich presse ein Handtuch gegen ihre Vagina und versuche, die Blutung zu unterdrücken, doch es ist in wenigen Sekunden durchtränkt. Sie stößt raue, keuchende Laute aus, dann scheidet sie laut Kot aus, krümmt den Rücken, ein weiteres Stück Fleisch kriecht aus ihr heraus, gefolgt von einem neuen Schwall Blut, der auf den Boden klatscht.

Warmes Blut bedeckt meine Hände, ich schreie: »Baby, bitte, es ist okay, bitte, Baby, es ist okay, Baby …«

Eine weitere Blutexplosion strömt zwischen ihren Beinen heraus, ihre Augen treten hervor, wieder ein ungeheuerliches Atemholen, und ich kann die furchtbaren Laute tatsächlich aus ihrem Körper dringen hören. Wieder ein rauer, erschreckender Schrei.

»Mach, dass es aufhört, o Gott, mach, dass es aufhört«, kreischt sie, sie bettelt mich an, und ich schluchze ebenfalls hysterisch.

Noch ein Stück Fleisch, weiß und milchig, wird ausgespien. Nachdem der nächste Hieb des Schmerzes durch sie hindurchgefahren ist, kann sie nicht einmal mehr Worte formen. Nun entspannt sie sich endlich, versucht mich anzulächeln, aber sie schneidet eine Grimasse, ihre Zähne sind mit Blut beschmiert, die ganze Mundhöhle ist violett, und sie flüstert etwas, eine Hand umklammert die meine, während die andere krampfartig auf den Fliesenfußboden schlägt, und das Bad riecht gewaltig nach ihrem Blut, und während ich Chloe umarmt halte, sieht sie mir in die Augen, und ich schluchze: »Es tut mir Leid, Baby, es tut mir so Leid«, und es liegt Überraschung in diesen Augen, als sie nun begreift, wie unmittelbar nahe der Tod bevorsteht, und ich verliere an Schärfe, ich verschwinde, und sie stößt Tierlaute aus und sackt in meinen Armen zusammen, und dann rollen ihre Augen nach oben, und sie stirbt, und ihr Gesicht wird sehr rasch ganz weiß und erschlafft, und die Welt zieht sich vor mir zurück, und ich lasse alles fahren, während Wasser, das die Farbe von Lavendel hat, immerfort aus ihr herausströmt.

Ich schließe die Augen und presse die Hände gegen die Ohren, als die Filmcrew ins Zimmer eilt.

3

W ir sind auf der Autobahn. In einem großen Transporter. Wir sind auf dem Weg zum Flughafen.
Der Fahrer ist der *best boy* der französischen Filmcrew.
Ich liege katatonisch auf dem Boden des Wagens, um
mich herum die Filmausrüstung, die Hosenbeine kleb-
rig von Chloes Blut, manchmal ist vor den Fenstern
des Transporters reine Schwärze, manchmal ist es eine
Wüste, vielleicht außerhalb von Los Angeles, und dann
ist es wieder ein Fernsehschirm, elektroblau manchmal, dann blendend weiß. Manchmal hält der Wagen
an, dann wieder heult der Motor auf und beschleunigt.
Manchmal rufen Techniker Anweisungen in Walkie-
Talkies.

Der Regisseur sitzt vorne auf dem Beifahrersitz und
sieht Drehpläne durch. Auf dem Armaturenbrett liegt
eine Uzi-Maschinenpistole.

Einen Zwischenfall gibt es auf der Fahrt zum Flughafen, der sehr rasch abläuft.

Er beginnt mit einem warnenden Ausruf des Fahrers,
der besorgt in den Rückspiegel starrt.

Ein schwarzer Lastwagen folgt uns auf der Autobahn.

Der Regieassistent und der Tontechniker kauern sich
an den Rückfenstern hin, beide mit Uzis in den Händen.

Sie zielen.

Der schwarze Laster beschleunigt und donnert dicht
an uns heran.

Die Luft in dem Transporter wirkt mit einem Mal wie
radioaktiv.

Der Transporter zittert massiv, als würde er von
Geschossen getroffen.

Winzige rasche Lichtblitze zucken aus den Läufen der

Uzis, mit denen der Regieassistent und der Tontechniker auf den Lastwagen zielen, der herausfordernd weiter auf uns zurast.

Ich versuche, das Gleichgewicht zu bewahren, als der Transporter mit einem Ruck die Geschwindigkeit erhöht.

Die Windschutzscheibe des schwarzen Lastwagens bricht, birst.

Der Lastwagen schlittert nach links weg und stößt mit mehreren Autos zusammen.

Der schwarze Lastwagen kommt leise von der Autobahn ab und überschlägt sich.

Der Transporter geht aufs Gas, rast davon.

Zwei Sekunden später erscheint hinter uns eine riesige Feuerkugel.

Ich liege keuchend auf dem Fußboden, bis der Inspizient und eine Produktionsassistentin mich hochheben, sodass ich dem Regisseur das Gesicht zukehre.

Draußen ist wieder Wüste, und ich stöhne.

Der Transporter schwenkt auf eine andere Spur.

Der Regisseur zieht eine Pistole aus seiner Jacke hervor.

Ich starre sie bloß an.

Das Einzige, was mich aufweckt, ist der Satz des Regisseurs: »Wir wissen, wo Bobby Hughes ist.«

Dann stürze ich mich auf die Pistole, packe sie, sehe nach, ob sie geladen ist, doch die Produktionsassistentin zieht mich zurück, und man sagt mir, ich solle ganz ruhig bleiben, und der Regisseur nimmt mir die Pistole aus der Hand.

»Bobby Hughes will Sie töten«, sagt der Regisseur.

Der Inspizient befestigt eine Messerscheide an meiner Wade. Eine lange silberne Klinge mit einem schwarzen Griff wird hineingesteckt. Meine Pradahose wird darübergezogen.

Der Regisseur sagt mir, sie würden es gerne sehen,

wenn Bobby Hughes tot wäre. Man fragt mich, ob das eine »Möglichkeit« sei.

Ich nicke gedankenverloren. Ich stöhne vor Ungeduld.

Und dann können wir überall die Abgase der Jets riechen, der Fahrer bremst den Transporter abrupt, sodass die Reifen kreischen und wir alle nach vorn geworfen werden.

»Man muss ihn aufhalten, Victor«, sagt der Regisseur.

Nachdem man die Pistole in meine Jacke hat gleiten lassen, schlüpfe ich aus dem Transporter, und die Crew folgt mir, die Kameras laufen, wir rennen ins Flughafengebäude hinein. Auf der Tonspur: die Geräusche startender Flugzeuge.

Die Crew lenkt mich zu einer Herrentoilette auf dem ersten Level, und ich renne auf die Tür zu, krache mit der Schulter dagegen, sie knallt auf, und ich stolpere in den Raum. Er ist bereits ausgeleuchtet, aber nicht für die Szene, die Bobby erwartet hat.

Bobby steht vor einem Waschbecken und inspiziert sein Gesicht im Spiegel.

Ich schreie laut, als ich mit voller Geschwindigkeit auf ihn zulaufe, die Faust erhoben, darin die Pistole.

Bobby dreht sich um, sieht die Crew, die mir nach-läuft, und sein Gesicht erstarrt erschrocken, wütend kreischt er: »Ihr Wichser!«, und er erhebt seine Stimme noch mehr, schreit noch lauter: »*Ihr Scheiß-Wichser!*«

Er reißt eine Pistole heraus, die ich ihm aus der Hand schlage, und sie rutscht über den Fliesenboden unter ein Waschbecken, und Bobby duckt sich instinktiv, als ich mich auf ihn werfe und brüllend nach seinem Gesicht kralle.

Er streckt die Hand aus und zerrt meinen Kopf zurück und knallt mit seinem ganzen Körper so hart gegen mich, dass es mich vom Boden hebt und ich gegen eine gefliesste Wand geworfen werde und zu Boden rutsche, hustend.

Bobby stolpert zurück, streckt dann den Arm aus und packt die untere Hälfte meines Gesichts.

Ich reiße plötzlich eine Faust hoch, schmettere sie gegen seinen Mund, und er taumelt rückwärts, um eine Ecke, die Beine schlurren auf den Fliesen.

Ich renne ihm geduckt nach und knalle ihn gegen eine Wand. Ich schiebe ihm den Lauf der Pistole ins Gesicht und schreie: »*Ich bring dich um!*«

Er zielt mit einem Hieb nach der Pistole.

Ich drücke ab – eine Kugel reißt ein riesiges Loch in die Fliesenwand hinter ihm. Ich feuere wieder – vier-, fünf-, sechsmal, und die Pistole ist leer, und die Wand ist zusammengeschossen.

Bobby kauert sich nicht mehr zusammen, schaut hoch, zuerst auf die Pistole, die ich in der Hand halte, dann auf mein Gesicht.

»Fick dich!«, schreit er und kommt auf mich zu.

Er packt mich am Kragen und versucht unbeholfen, meinen Kopf in den Schwitzkasten zu zwingen. Ich schiebe die Hand, die die Pistole hält, unter sein Kinn, stoße ihn fort. Er zieht den Kopf weg, meine Hand gleitet ab. Ich versuche es wieder, diesmal mit der anderen Hand und härter, und meine Faust trifft sein Kinn. Als Bobby loslässt, reißt er mein Hemd auf, und er wirft sich wieder gegen mich, packt meine Schultern und bringt sein Gesicht dicht an meines heran.

»Du ... bist ... tot«, sagt er, seine Stimme ist leise und heiser.

Es ist, als tanzten wir und stießen miteinander zusammen, ehe wir gegen eine Wand prallen und beinahe den Mann mit der Kamera umreißen.

Wir umarmen einander immer wieder, bis Bobby sich hinter mich manövriert und mein Gesicht gegen einen mannshohen Spiegel schmettert, einmal, zweimal, mein Kopf zerbricht den Spiegel, und ich falle auf die Knie, etwas Warmes breitet sich über mein Gesicht aus.

Bobby stolpert weg, sucht nach seiner Pistole.

Ich komme auf die Beine, blinzele mir das Blut aus den Augen.

Ein Tontechniker wirft mir ein Magazin zum Nachladen zu.

Ich fange es auf, und dann knalle ich Bobby gegen die Tür einer Toilettenkabine. Ich ducke mich, als seine Faust heranschießt, Bobby stürzt sich auf mich wie ein

Besessener, sein Gesicht ist völlig verzerrt, und er schlägt mit den offenen Handflächen wie verrückt auf mich ein, völlig außer Kontrolle.

Er schmettert meinen Kopf gegen ein Pissbecken und greift dann in meine Haare und zieht meinen Kopf nach unten, während er mit dem Knie dagegen tritt, es trifft meine Stirn, mein Kopf schnappt mit einem Ruck zurück.

Bobby zerrt mich wieder nach hinten und schleift mich über den Fliesenboden dorthin, wo seine Pistole liegt, in der Nähe eines Abfalleimers.

»Nehmt sie – nehmt Bobbys Pistole weg!«, kreische ich der Crew zu, während Bobby mich weiter über den Boden zieht.

Verzweifelt greife ich nach einer Türklinke, halte mich daran fest. Bobby knurrt, fasst hinunter, ergreift das Hüftband der Prada-Hose, die ich trage, und zieht mich hoch, bis ich stehe wie er, und dann fallen wir beide rückwärts hin.

Ich lande auf ihm, rolle zur Seite, stehe über ein Knie auf, dann renne ich in eine Toilette, knalle die Tür zu und schließe ab, damit ich das Magazin in die Pistole tun kann, aber Bobby reißt die Tür aus den Angeln und zerrt mich hinaus, schleudert mich gegen ein Waschbecken, meine Hand versucht, die Wucht des Aufpralls zu mildern, und dann knalle ich gegen den Spiegel über dem Becken, sodass er zerbricht, das Magazin rutscht aus der Pistole.

Ich stoße mich ab, weg von ihm, aber er kratzt nach meinem Gesicht, und ich schlage blindlings um mich. Wieder fallen wir beide hin und liegen da, es schlägt mir die Pistole aus der Hand, sie klirrt über den eiskalten Fußboden, und als ich Bobbys Pistole unter dem Waschbecken sehe, strecke ich die Hand aus, aber sein Stiefel stellt sich plötzlich drauf und quetscht sie, ein riesiger Schmerzblitz lässt mich wacher werden.

Dann presst sich ein anderer Stiefel gegen meinen Kopf, knirscht gegen meine Schläfe, und ich werfe mich herum und packe Bobbys Fuß, ich verdrehe ihn, bis er das Gleichgewicht verliert und ausrutscht, auf den Rücken fällt.

Ich stolpere auf die Füße, finde mein Gleichgewicht wieder und greife nach seiner Pistole.

Ich richte den Lauf auf ihn, wie er da auf dem Boden liegt, aber er lässt einen Fuß vorschnellen und tritt mir die Pistole aus der Hand.

Er springt hoch und stößt mich zurück, er wirft sich gegen meinen Körper, und ich bin nicht vorbereitet auf die Wildheit, mit der Bobbys Faust seitlich gegen meinen Kopf hämmert, es gibt ein knackendes Geräusch, und dann stolpert er dicht heran, umklammert meinen Hals mit beiden Händen und drückt mich zu Boden.

Er hockt auf mir, klemmt mir die Luftröhre zu, ich stoße würgende Laute aus, aber Bobbys Hände verschließen meine Kehle nur noch enger.

Und er grinst, die Zähne rot vor Blut.

Ich stoße eine Hand unter sein Kinn, versuche, ihn wegzudrücken.

Mit einer Hand quetscht er weiter meine Kehle zu, und mit der anderen greift er mühelos hinüber und packt die Pistole.

Ich trete mit den Füßen ins Leere, unfähig, mich von der Stelle zu bewegen, meine Hände trommeln gegen den Fliesenboden.

Bobby hält die Pistole in Brusthöhe, reitet auf mir, den Lauf auf mein Gesicht gerichtet.

Ich will schreien, werfe den Kopf hin und her.

Er drückt ab.

Ich schließe die Augen.

Nichts.

Er tut es nochmals.

Nichts. Eine Sekunde lang sind wir beide still.

Und dann springe ich kreischend auf und versetze Bobby einen harten Schlag, er fällt rückwärts hin.

Er liegt ausgestreckt auf dem Boden, Blut strömt aus seiner Nase.

Ich sitze auf dem Boden und sehe mich in wahnsinniger Hast nach meiner Pistole und dem neuen Magazin um.

Ich entdecke beides unter dem Waschbecken, ein, zwei Meter entfernt.

Ich krieche darauf zu.

Bobby steht auf, dreht sich einmal um sich selbst und holt dabei ein neues Magazin aus seiner Jacke, lädt rasch nach.

Ich greife unter das Waschbecken und schiebe das Magazin in die Pistole, sammle mich, schließe die Augen.

Bobby feuert. Eine Kugel zerschlägt einen weiteren Spiegel über mir.

Er feuert wieder, verfehlt mich, die Kugel gräbt sich in die Wand hinter mir ein. Fliesen explodieren neben meinem Gesicht, als er weiterschießt.

Ich rolle mich auf die Seite, ziele auf ihn.

»Nein!«, schreit er, lässt sich zu Boden fallen, kauert nieder.

Ich drücke ab, mit einem lauten Schrei.

Nichts.

Bobbys Pistole hat sich verklemmt, der Schuss löst sich nicht, und zu spät wird mir klar, dass meine auf irgendeine Weise wieder gesichert ist.

Er rennt auf mich zu.

Die Pistole fällt mir aus den tastenden Händen, und ich ziehe, immer noch auf dem Rücken, mein Hosenbein hoch.

Bobby schleudert seine Pistole weg und stürzt schreiend auf mich zu.

Ich ziehe das Messer aus der Scheide.

Bobby sieht das Messer, als er sich auf mich fallen lässt, versucht noch, sich wegzudrehen.

Ich vergrabe das Messer bis zum Griff in seiner Schulter.

Er kreischt, rollt sich zur Seite.

Ich reiße weinend das Messer heraus, und als ich es in seine Kehle versenke, erscheint ein überraschter Ausdruck auf Bobbys Gesicht, das nun verkniffen wirkt.

Bobby stößt sich ab, er gibt zischende Laute von sich, ein starker Strom Blut spritzt aus der Wunde in seiner Kehle, die größer wird, weiter aufklafft, als er zurückwankt.

Seine Knie versagen, er versucht immer wieder, die Wunde mit der Hand zu schließen, aber er kann nicht atmen.

Ich krieche langsam auf die Pistole zu, meine Hand reckt sich vor, bis sie das glatte, kalte Metall berührt.

Ich verziehe das Gesicht und erkämpfe mir eine sitzende Stellung.

Die Crew filmt weiter, geht näher ran auf Bobby, der verblutet.

Vor Schmerz fast ohnmächtig, taumele ich auf die Füße und ziele ein auf seinen Kopf.

»Eßß ßu ßpäh«, keucht er, das Blut pumpt in weiten Schwüngen aus seiner Kehle, als ihm ein Grinsen gelingt. »Eßß ßu späh.«

Ich kontrolliere die Pistole: entsichert.

Und als ich auf die geringste Entfernung abfeuere, trifft mich massiv der Rückschlag.

Ich stolpere Richtung Ausgang. Ich blicke zurück, und da wo Bobbys Kopf war, liegt nun nur noch ein schräg zulaufender Haufen Knochen, Hirn und Gewebe.

Der Regisseur stützt mich auf dem Weg ins Produktionsbüro, das in der Erster-Klasse-Lounge eingerichtet worden ist, weil er mir etwas auf dem Video zeigen will.

Die Crew klatscht in die Hände, bereitet sich aufs Aufräumen vor.

Ich zucke zusammen, als der Regisseur meinen Arm nimmt.

»Keine Angst, gebrochen ist nichts«, sagt der Regisseur erregt. »Sie haben bloß jede Menge Prellungen.«

1

Ich sitze auf einer Couch unter einer langen Fensterfront, während der Arzt der Crew mir elastische Binden um die Finger wickelt und diverse Wunden mit Alkohol desinfiziert, und ich murmele vor mich hin »Alle sind tot«, und ein Videomonitor ist zu meinem Platz gerollt worden, und der Regisseur setzt sich nun neben mich.

»Alle sind tot«, sage ich wieder mit monotoner Stimme. »Ich glaube, Jamie Fields ist tot.«

»Ziehen Sie keine vorschnellen Schlüsse.« Der Regisseur unterbricht mich, mustert ein anderes Videogerät.

»Sie war in Plastik eingewickelt, sie lag im Sterben«, murmele ich.

»Aber ihr Tod war nicht umsonst«, sagt der Regisseur.

»Ach nein?«, sage ich.

»Sie hat Ihnen doch den Tip gegeben«, erklärt der Regisseur. »Sie hat viele Menschenleben gerettet. Sie hat einen ganzen Airliner gerettet.«

Wie um meinem Gedächtnis aufzuhelfen, reicht mir der Regisseur den Ausdruck, den ich im Haus im achten oder sechzehnten Arrondissement aus dem Computer geholt habe

WINGS. 15. NOV. BAND ON THE RUN. 1985. 511.

»Victor«, sagt der Regisseur, »schauen Sie sich das hier mal an. Es ist ziemlich roh, und gewisse Elemente müssen gestrichen werden, aber schauen Sie es sich einfach mal an.«

Er holt das Gerät näher ran, und Schwarz-Weiß-Bilder, hastig mit Handkameras aufgenommen, blinken über den Monitor, ich bin jedoch gerade nicht bei der Sache, ich denke wie in Trance an den Monat, in dem ich mir ein Ziegenbärtchen wachsen ließ, nachdem ich einen Artikel darüber in *Young Guy* gelesen hatte, ich denke an den Nachmittag, an dem ich stundenlang den besten Winkel überlegte, in dem eine neue Designer-Baskenmütze auf meinem Kopf sitzen sollte, an Körper, die ich zurückwies, weil die Mädchen keine Titten hatten, nicht »straff« genug waren, nicht »hart« genug waren, »zu alt« waren oder nicht »berühmt« genug, ich denke daran, wie ein Model meinen Namen immer wieder quer über die First Avenue brüllte und wie ich der Frau dann sehr beiläufig zuwinkte, ich denke an all die CDs, die man kaufte, weil Filmstars einem spätnachts in VIP-Räumen gesagt hatten, die Bands seien cool. »Dir hat man nie beigebracht, was Scham bedeutet, Victor«, hat einmal eine Frau gesagt, die mir nicht scharf genug zum Flachlegen schien, die ich aber ansonsten recht nett fand. »Als ob mich das kümmert«, sagte ich, ehe ich in einen Gap reinging. Mir ist bewusst, dass mein ganzer Körper eingeschlafen ist.

Auf dem Monitor stürmen Soldaten ein Flugzeug.

»Wer sind ... die?«, frage ich und gestikuliere vage hinüber.

»Französische Kommandoeinheiten und ein paar Figuren vom CIA«, sagt der Regisseur aufgeräumt.

»Oh«, sage ich leise.

Delta und Crater finden in der Ersten Klasse etwas, was sie für eine Bombe halten, und beginnen mit dem Entschärfen.

aber es ist nicht wirklich eine Bombe, es ist eine Attrappe zur Ablenkung, die Agenten sind im falschen Flugzeug, es gibt eine Bombe in einem Flugzeug, aber nicht in diesem, was man hier findet, ist nicht wirklich eine Bombe, denn das ist der Film, und dies sind die Schauspieler, und die echte Bombe ist an Bord eines anderen Flugzeugs

Die Statisten, die Passagiere spielen, kommen aus dem Flugzeug und gratulieren dem Einsatzkommando und schütteln Crater und Delta die Hand, Paparazzi sind am Flughafen eingetroffen und machen Fotos von den Männern, die das Flugzeug gerettet haben. Und als ich sehe, dass Bertrand Ripleis im Hintergrund in einer Szene eine Spezialeinsatzkraft spielt, muss ich rascher atmen.

»Nein«, sage ich, mir wird etwas klar. »Nein, nein, das ist falsch.«

»Was?«, fragt der Regisseur irritiert. »Was meinen Sie? Was ist falsch?«

Bertrand Ripleis lächelt, er sieht direkt in die Kamera, fast so, als wüsste er, dass ich dies anschaue. Er greift genüsslich meiner Überraschung vor und dem Stöhnen, das nun aus mir hervorbricht.

Ich weiß, wer du bist und was du machst

»Die Bombe ist nicht in diesem Flugzeug«, sage ich.

Ich schaue hinab auf den WINGS-Ausdruck, den ich zerknittert in der Hand halte.

Band on the Run

1985

511

»Das ist ein Song …«, sage ich.

»Was soll das heißen?«, fragt der Regisseur.

»Das ist ein Song«, sage ich. »Kein Flug.«

»Was ist ein Song?«

»Der Song«, sage ich. »Das ist ein Song mit dem Titel ›1985‹.«

»Das ist ein Song?«, fragt der Regisseur. Er versteht's nicht.

»Das ist auf einem Wings-Album«, sage ich. »Das ist auf dem Album *Band on the Run.*«

»Und?«, fragt der Regisseur verwirrt.

»Es ist keine Flugnummer«, sage ich.

»Was ist keine?«

»Fünf-eins-eins«, sage ich.

»Fünf-eins-eins ist nicht die Flugnummer?«, fragt der Regisseur. »Aber hier haben wir's doch.« Der Regisseur wedelt mit der Hand Richtung Monitor. »Das ist Flug Fünf-eins-eins.«

»Nein«, sage ich. »So lang ist der Song.« Ich hole tief Luft und atme zitternd wieder aus. »Dieser Song ist fünf Minuten und elf Sekunden lang. Es ist keine Flugnummer.«

Und an einem anderen Himmel hat eine andere Maschine nun soeben ihre ideale Flughöhe erreicht.

0

Nacht über Frankreich, und ein riesiger Schatten, eine monströse Hintergrundkulisse formt sich am Himmel, als sich die 747 ihrer Höhe von sechstausend Metern nähert, aufsteigt. Die Kamera geht auf ein Luftpostpäckchen mit einer Adresse in Georgetown, in dem sich ein Toshiba-Kassettenrecorder befindet. Der Mechanismus wird aktiviert, wenn die ersten Klavierklänge des Songs »1985« von Paul McCartney and Wings (Band on the Run, Apple Records, 1973) ertönen.

Die Bombe detoniert beim letzten krachenden Beckenschlag des Songs – fünf Minuten und elf Sekunden, nachdem er begonnen hat. Ein relativ simpler Mikrochip-Timer und etwa zweihundert Gramm streifenförmiges Remform befinden sich in dem Toshiba-Kassettenrecorder, und das Päckchen ist nahe der Außenwand des Flugzeugs platziert, wo die Explosion die Hülle des Rumpfes durchschlagen und den Rahmen schwächen wird, sodass das Flugzeug leichter auseinander bricht. Dieses fliegt im Augenblick mit einer Geschwindigkeit von sechshundertdreißig Kilometern in der Stunde und hat eine Höhe von fünfeinhalbtausend Metern erreicht.

Ein riesiges krachendes Geräusch unterbricht die Konversation des Piloten auf dem Voice Recorder.

Einem gewaltigen Laut, einem deutlichen Grollen, folgt ein ungeheures Knirschen, das sich sogleich wiederholt.

Sofort quillt Rauch in den Rumpf des Flugzeugs.

Der vordere Abschnitt der 747 – einschließlich der Pilotenkanzel und eines Teils der ersten Klasse – bricht ab und stürzt auf die Erde zu, während der Rest der Maschine weiterdonnert, von den immer noch intakten

Motoren vorangetrieben. Eine ganze Reihe von Plätzen in der Nähe der Explosion wird mit den angeschnallten, schreienden Passagieren aus dem Flugzeug hinausgesaugt.

Dies dauert noch dreißig Sekunden an, bis die Maschine auseinander zu fallen beginnt: Ein großes Stück der Decke reißt weg und enthüllt einen weiten Blick auf den schwarzen Himmel.

Das Geräusch, das die Luft erzeugt, ist wie das einer Sirene.

Flaschen mit Alkohol, Küchenutensillen, Essen – alles fliegt nach hinten in die Business- und die Touristenklasse.

Und das Sterben vollzieht sich in Schüben.

Die Menschen werden mit größter Wucht nach hinten gepresst, zusammengeknickt, aus ihren Sitzen gerissen, Zähne werden aus Köpfen geschlagen, die Menschen erblinden, ihre Körper werden durch die Luft gegen die Decke geworfen und dann nach hinten in den Flugzeugrumpf, sie prallen gegen andere schreiende Passagiere, während große Splitter Aluminium vom Flugzeugkörper abbrechen, in die dichtgedrängten Sitzreihen fliegen und Gliedmaßen abtrennen, Blut strudelt überall umher, die Menschen sind damit überzogen, spucken es aus Mündern, versuchen, es aus den Augen herauszuzwinkern, dann fliegt ein massives Metallstück heran und skalpiert eine ganze Reihe von Fluggästen, kappt ihnen die Schädel, eine andere Aluminiumscherbe fliegt einer jungen Frau ins Gesicht und halbiert ihren Kopf, ohne sie ganz zu töten.

Das Problem ist, dass viele Menschen noch nicht bereit sind zu sterben, und jetzt übergeben sie sich vor Panik und Angst, während das Flugzeug wieder ein paar hundert Meter an Höhe verliert.

Wieder bricht etwas in der Maschine auseinander.

Im nächsten Augenblick ein erneutes Röhren, das

Flugzeug splittert nun schneller auseinander, und das Sterben vollzieht sich in Schüben.

Einer wird wild um die eigene Achse gewirbelt, bis es ihn langsam aus der Hülle des Rumpfs hinauszieht, in die Luft dreht, sodass sein Körper gegen den Metallrahmen prallt und entzweigerissen wird, doch er ist immer noch in der Lage, die Hände hilfesuchend auszustrecken, während er kreischend aus der Maschine gesaugt wird. Ein anderer junger Mann ruft ständig: »Mama Mama Mama«, bis ein Teil des Rumpfes nach hinten schmettert, ihn an seinen Sitz nagelt und in zwei Teile fetzt, doch er steht unter Schock und stirbt erst, als das Flugzeug schwerfällig unten in den Wald kracht, und das Sterben vollzieht sich in Schüben.

In der Business Class sind alle mit Blut bedeckt, der Kopf eines Passagiers ist völlig von den Eingeweiden eingehüllt, die aus dem Überrest der Frau zwei Reihen vor ihm geschleudert wurden, die Menschen schreien und heulen unbeherrschbar, winseln vor Schmerz.

Auf die Sterbenden peitscht das Flugbenzin ein, das nun in den Rumpf sprüht.

Eine Reihe der Fluggäste wird mit dem Blut und den Innereien der Passagiere der Reihe davor bespritzt, die entzweigeschnitten wurden.

Eine andere Reihe wird von einem großen umherfliegenden Aluminiumblech geköpft, und überall wirbelt Blut durch die Maschine und vermengt sich mit dem Benzin.

Das Benzin löst etwas aus, es zwingt die Passagiere, eine simple Tatsache zu begreifen: Sie müssen von Menschen loslassen (Mütter und Söhne, Eltern und Kinder, Brüder und Schwestern, Männer und Frauen), und das Sterben ist unvermeidlich, es wird in wenigen Sekunden stattfinden. Sie erkennen, dass es keine Hoffnung gibt. Doch diesen entsetzlichen Tod zu begreifen, das verlängert nur die Sekunden, in denen sie versuchen, sich vorzubereiten – Menschen, die lebendigen Leibes in dem zur Erde stürzenden Flugzeug umhergeworfen werden, kreischend und kotzend und unwillkürlich aufschreiend, die Körper verkrümmt, während sie sich auf den Aufprall vorbereiten, mit gesenkten Köpfen.

»Warum ich?«, fragt sich einer sinnloserweise.

Ein Bein verfängt sich in einem Gewirr aus Metallstücken und Drähten und wird wild durch die Luft geschwenkt, während das Flugzeug weiter hinabfällt.

Von den drei Camden-Absolventinnen, die an Bord der 747 sind – Amanda Taylor, Jahrgang 86, Stephanie Meyers, 87, und Susan Goldman, 86 –, wird Amanda zuerst getötet, als eine Stützstrebe sie trifft, die durch die Kabinendecke bricht, ihr Sohn streckt die Hand nach ihr aus, als er aus seinem Sitz in die Luft gehoben wird, er breitet die Arme weit aus, als sein Kopf gnädigerweise gegen ein Gepäckfach kracht, was ihn auf der Stelle tötet.

Susan Goldman, die Gebärmutterhalskrebs hat, empfindet auch so etwas wie Dankbarkeit, als sie sich innerlich vorbereitet, doch sie ändert ihre Meinung, als sie mit Treibstoff besprüht wird.

Das Flugzeug lodert auf, und ein großer Schub Menschen stirbt durch das Einatmen der Flammen, Münder und Kehlen und Lungen sind schwarzverkohlt.

Für einige folgt nun eine Minute des Fallens bei Bewusstsein.

Hinunter in einen Wald, der nur hundertzwanzig Kilometer außerhalb von Paris liegt.

Die weichen Geräusche von implodierenden Körpern, die beim Aufprall zerrissen werden.

Ein massiver Teil des Rumpfes landet, und dank des verlässlichen Notfallsystem flackern alle Lichter der Maschine gedämpft weiter, während ein Hagel glühender Asche niedergeht.

Eine lange Pause.

Die Leichen liegen in Haufen beisammen. Einige – sehr wenige – der Passagiere tragen keine äußeren Zeichen des Todes, wenn auch alle Knochen gebrochen sind. Einige sind auf die Hälfte oder ein Drittel oder sogar ein Viertel ihres normalen Körperumfangs zusammengequetscht. Ein Mann wurde so komprimiert, dass er einer Art menschlichem Koffer gleicht, eine Form mit einem undeutlich sichtbaren Kopf, dessen Gesicht eingedrückt ist und grellweiß. Andere Passagiere sind durch fliegende Metallteile verstümmelt, manchmal so zerfetzt, dass Männer und Frauen ununterscheidbar sind, alle nackt, die Kleider vom Absturz weggerissen, manche versengt.

Und der Geruch der Fäulnis ist überall – er kommt von abgerissenen Füßen und Armen und Beinen und aufrechten Körperrümpfen, von Haufen von Eingeweiden und von zerschmetterten Schädeln, und den noch intakten Köpfen ist ein weitaufgerissener, schreiender Mund eingraviert. Und die Bäume, die noch nicht brennen, wird man fällen müssen, um aus ihnen Stücke des Fluzgzeugwracks herauszusägen und um die Körperteile zu bergen, die sie dekorieren, gelbe Schnüre Fettgewebe, die über die Zweige drapiert sind, ein makabres Lametta. Stephanie Meyers ist noch an ihren Sitz geschnallt, der von einem dieser Bäume bäumelt, die Augäpfel sind ihr aus den Höhlen gebrannt. Und da eine Lieferung Partykonfetti und Glitzergold – zwei Tonnen – auf dem Weg nach Amerika waren, regnen Millionen winziger Pünktchen auf die Stätte des Gemetzels nieder, purpurnes und grünes und rosafarbenes und orangenes Papier.

Das macht nun die Waldlandschaft aus: Tausende Stahlnieten, die unzerstörte Tür des Flugzeugs, eine Reihe Kabinenfenster, große Bahnen Isolationsmaterial, Rettungswesten, riesige Kabelklumpen, Reihen leerer Sitzkissen (die Gurte sind noch geschlossen), zerfetzt und mit Blut bedeckt und mit Eingeweiden verschmiert, und in einige der Rückenlehnen sind die Umrisse der Passagiere eingebrannt. Hunde und Katzen liegen zerquetscht in ihren Transportkörben.

Aus irgendeinem Grund war die Mehrzahl der Passagiere auf diesem Flug unter dreißig, und das zeigt sich an den Überbleibseln: Handys und Laptops und Ray-Ban-Sonnenbrillen und Baseballmützen und zusammengebundene Paare Rollerblades und Camcorder und zerschmetterte Gitarren und Hunderte von CDs und Modemagazine (darunter die Nummer von *YouthQuake* mit Victor Ward auf dem Cover) und ganze Outfits von Calvin Klein und Armani und Ralph Lauren hängen von brennenden Bäumen, und ein Teddybär ist blutgetränkt, und eine Bibel und diverse Nintendo-Spiele liegen zusammen mit Rollen Toilettenpapier da und Schultertaschen und Verlobungsringe und Füllhalter und von Körpern abgerissene Gürtel und immer noch säuberlich verschlossene Prada-Handtaschen und Schachteln mit Calvin-Klein-Boxer-Shorts und so vielen Textilien von The Gap, allesamt mit Blut und anderen Körperflüssigkeiten verschmiert, und alles stinkt nach Treibstoff.

Das Einzige, was an Leben erinnert: Wind bläht sich über dem Wrack, der Mond steigt hoch in einen Himmel, der so schwarz ist, dass er fast abstrakt wirkt, Konfetti und Glitzerpünktchen regnen immer noch herab. Der Treibstoff setzt die Bäume im Wald in Brand, das Wort CANCELED erscheint auf einer großen schwarzen Ankunftsanzeige auf dem JFK-Flughafen in New York, und am nächsten Morgen, als die Sonne leise über den Bergungsmannschaften aufgeht, läuten Kirchenglocken, Hellseher melden sich mit Hinweisen, die Gerüchte beginnen.

5

Ich gehe durch den Washington Square Park, mit einer Kenneth-Cole-Aktentasche, die meine Jura-Bücher enthält und eine Flasche Evian. Ich bin leger gekleidet, Tommy-Hilfiger-Jeans, ein Kamelhaarpulli, ein wollener Mantel von Burberrys. Ich weiche den Rollerbladern aus und den Gruppen japanischer NYU-Film-Studenten, die hier und dort Filme drehen. Aus einem Ghetto-Blaster in der Nähe dröhnt jamaikanischer Trip-Hop, aus einer anderen »New Kid in Town« von den Eagles, und ich lächle vor mich hin. Mein Beeper geht immer wieder los. Chris Cuomo ruft häufig an, ebenso Alison Poole, die ich recht gerne mag und später an diesem Abend wohl sehen werde. Am University Place begegne ich meinem neuen Guru und spirituellen Berater, Deepak.

Deepak trägt einen Donna-Karan-Anzug und eine Diesel-Sonnenbrille, er raucht eine Zigarre. »Partagas Perfecto«, schnurrt er mit einem deutlichen indischen Akzent. Ich schnurre bewundernd: »Ho-bo« zurück. Wir tauschen uns über ein neues Trendy-Restaurant aus (ach, es gibt so viele!), über meinen bevorstehenden Fototermin für *George,* wir erzählen uns, dass bei irgendjemandem Aids rückläufig ist, dass bei irgendjemandem die Leber besser geworden ist, wir reden über den Exorzismus eines Spukhauses in Gramercy Park, die bösen Geister konnten durch die positive Energie von Engeln vertrieben werden.

»Das ist so top, Mann«, sage ich. »Das ist so genial.«

»Siehst du die Bank da?«, sagt Deepak.

»Ja«, sage ich.

»Du glaubst, es ist eine Bank«, sagt Deepak. »Ist es aber nicht.«

Ich lächele geduldig.

»Das bist auch du«, sagt Deepak. »Du, Victor, bist auch diese Bank.«

Deepak verneigt sich leicht.

»Ich weiß, dass ich mich verändert habe«, sage ich zu Deepak. »Ich bin jetzt ein anderer Mensch.«

Deepak verneigt sich erneut ein wenig.

»Ich bin diese Bank«, höre ich mich sagen.

»Siehst du diese Taube?«, fragt Deepak.

»Baby, ich muss jetzt los«, unterbreche ich ihn. »Bis später dann!«

»Fürchte dich nicht vor dem Sensenmann, Victor«, sagt Deepak und geht davon.

Ich nicke besinnungslos, ein leeres Grinsen klebt auf meinem Gesicht, bis ich mich umdrehe und vor mich hinmurmele: »Ich *bin* der gottverdammte Sensenmann, Deepak«, und ein hübsches Mädchen lächelt mich unter einer Markise hervor an, und es ist Mittwoch und Spätnachmittag, und es wird dunkel.

8

Nach einem privaten Work-Out bei Reed, meinem persönlichen Trainer, nehme ich eine Dusche in dem Philippe-Starck-Umkleideraum, und wie ich vor dem Spiegel stehe, ein weißes Ralph-Lauren-Handtuch um die Hüften gewickelt, sehe ich, dass Reed hinter mir steht, in einer schwarzen Helmut-Lang-Lederjacke. Ich trinke aus einer Evian-Flasche. Ich reibe mir Clinique-Lotion ins Gesicht. Ich bin gerade an einem Model namens Mark Vanderloo vorbeigekommen, der eine Minisaga über sein Leben erzählt hat, die für mich uninteressant war. Eine Lounge-Version von »Wichita Lineman« kommt über die Lautsprecher des Fitnessstudios, und ich fühle mich auf meine eigene Art und Weise in die Musik ein.

»Was läuft?«, frage ich Reed.

»Sportsfreund?«, sagt Reed mit kehliger Stimme.

»Ja?« Ich drehe mich um.

»Komm in meine Arme.«

Eine Pause, in der ich mir Verschiedenes überlegen kann. In der ich mir die Hände an dem Handtuch um meine Hüften abwischen kann.

»Warum … Mann?«

»Weil du wirklich einen langen Weg hinter dich gebracht hast, Mann«, sagt Reed, die Stimme voller Emotion. »Ist komisch, aber ich bin echt ganz gerührt, was du alles geschafft hast.«

»He Reed, ich hätt's ohne dich nicht gepackt«, sage ich. »Du verdienst eine Prämie. Du hast mich in Form gebracht.«

»Und deine Haltung ist absolut makellos«, sagt Reed.

»Keine Sauftouren mehr, ich geh nicht mehr so viel

auf Partys, das Jurastudium ist super, ich hab eine langfristige Beziehung.« Ich schlüpfe in ein Brooks-Brothers-T-Shirt. »Ich hab aufgehört, mir immer irgendeinen Wahnsinn vorzumachen, und ich lese noch mal den ganzen Dostojewskij. Ich verdanke das alles dir, Mann.«

Reeds Augen tränen.

»Und du hast mit dem Rauchen aufgehört«, sagt Reed.

»Jawoll.«

»Und dein Fettgewebe ist auf sieben Prozent runter.«

»O Mann.«

»Du bist ein Typ, Victor, bei dem ich das Gefühl habe, dass sich meine Arbeit lohnt.« Reed unterdrückt ein Schluchzen. »Im Ernst.«

»Ich weiß, Mann.« Ich lege ihm eine Hand auf die Schulter.

Als Reed mich rausbringt auf die Fifth Avenue, fragt er: »Was macht die Apfeldiät?«

»Großartig«, sage ich. »Meine Freundin sagt, meine Samenflüssigkeit schmeckt süßer.«

»Das ist cool, Mann«, sagt Reed.

Ich springe in ein Taxi.

Ehe die Tür zuklappt, beugt sich Reed durchs Fenster und streckt mir nach einer Pause die Hand hin. »Tut mir Leid wegen Chloe, Mann.«

Nachdem die Kleidung leidenschaftlich gegenseitig entfernt wurde, sauge ich leicht an Alisons Brüsten und schaue dabei immer wieder zu ihr hoch, halte Blickkontakt, rolle mit der Zunge über die Nippel und halte ihre Brüste umfasst, mit leichtem Druck, doch ohne sie zu pressen, und sie seufzt immer wieder zufrieden. Anschließend gibt Alison zu, dass sie bei mir noch nie einen Orgasmus vorgetäuscht hat. Wir liegen auf ihrem Bett, die beiden Hunde – Mr. und Mrs. Chow – haben sich tief in die Falten eines neonrosafarbenen Bettüberwurfs zu unseren Füßen gekuschelt, und ich fahre mit den Händen durch ihr Fell. Alison redet über Aerosmith, während eine leise gestellte Joni-Mitchell-CD das ganze Zimmer mit ihrem Klang erfüllt.

»Steven Tyler hat neulich zugegeben, dass sein erster feuchter Traum wegen Jane Fonda war«, seufzt Alison und zieht an einem Joint, den ich sie gar nicht habe anzünden hören. »Wie alt ist er demzufolge?«

Ich streichele immerfort Mr. Chow, kraule ihm die Ohren, der Hund hat beide Augen vor Wonne geschlossen.

»Ich will nen Hund«, murmele ich. »Ich will ein Tier.«

»Früher hast du die Hunde gehasst«, sagt Alison. »Was meinst du denn, ein Tier? Das einzige Tier, das du je im Haus gehabt hast, war der Armani-Adler.«

»Ja, aber ich hab mich verändert.«

»Ich finde das gut«, sagt Alison aufrichtig.

Eine lange Pause. Die Hunde ändern ihre Lage, drücken sich eng an mich.

»Wie ich höre, triffst du morgen Damien«, sagt Alison.

Ich spanne mich ein wenig an. »Macht's dir was aus?«

»Weswegen trefft ihr euch?«, fragt sie.

»Ich sage ihm« – ich seufze, relaxe –, »dass ich den Club nicht mit ihm zusammen eröffnen kann. Das Studium ist einfach zu … zeitintensiv.«

Ich nehme Alison den Joint aus der Hand. Inhalieren, ausatmen.

»Macht's dir was aus?«, frage ich. »Ich meine, wegen Damien?«

»Nein«, sagt sie. »Ich hab Damien total verziehen. Und obwohl ich Lauren Hynde nicht ausstehen kann, verglichen mit den meisten anderen Zicken, die sich in dieser Stadt an die Typen hängen, ist sie semi-akzeptabel.«

»Ist das ein offizielles Statement?« Ich grinse.

»Hast du gewusst, dass sie ein Mitglied von WANAH ist?«, fragt Alison. »Der neuen Feministengruppe?«

»Was ist WANAH?«

»Das steht für: We Are Not A Hole«, seufzt sie. »Wir haben übrigens denselben Akupunkteur.« Alison macht eine Pause. »Manche Dinge sind unvermeidlich.«

»Stimmt wohl.« Ich seufze ebenfalls.

»Und bei PETA ist sie auch«, sagt Alison, »also kann ich sie nicht wirklich hassen. Auch wenn Sie mit meinem Ex-Verlobten gevögelt hat. *Noch* vögelt.«

»Was ist PETA?«, frage ich interessiert.

»People for the Ethical Treatment of Animals.« Alison versetzt mir einen spielerischen Schlag. »Das solltest du wissen, Victor.«

»Warum sollte ich das wissen?«, frage ich. »Ethische Behandlung von … *Tieren?*«

»Das ist sehr einfach, Victor«, sagt sie. »Wir wollen eine Welt, in der die Tiere so gut behandelt werden wie die Menschen.«

Ich starre sie nur an. »Und … du glaubst nicht, dass das … schon so ist?«

»Nicht, wenn Tiere so unbekümmert getötet werden, wie es jetzt geschieht. Nein.«

»Verstehe.«

»Freitag ist ein Treffen im Asia de Cuba«, sagt Alison. »Oliver Stone, Bill Maher, Alec Baldwin und Kim Basinger, Grace Slick, Noah Wyle, Mary Tyler Moore. Alicia Silverstone hält eine Rede, die Ellen DeGeneres geschrieben hat.« Alison macht eine Pause. »Moby legt auf.«

»Alle tragen Camouflage-Hosen, richtig?«, frage ich. »Und Plastikschuhe? Und erzählen sich, wie toll Sojafleisch schmeckt?«

»Ach, was soll das denn jetzt heißen?«, sagt sie und rollt die Augen, deutlich weniger liebenswürdig.

»Heißen soll es gar nichts.«

»Wenn du von den Tierfallen hören würdest, die das Bein abklemmen, von der Folter an Babynerzen und wie bestimmte Kaninchen verstümmelt werden – gar nicht zu reden von medizinischen Experimenten an vollkommen unschuldigen Waschbären und Luchsen –, mein Gott, Victor, dann würdest du auch aufwachen.«

»Mhm«, sage ich. »O Baby«, murmele ich.

»Das ist Tierquälerei, und du liegst einfach hier rum.«

»Darling, die retten Hühnchen.«

»Sie haben keine Stimme, Victor.«

»Baby, die *sind* Hühnchen.«

»Versuch du mal, die Welt mit den Augen eines gequälten Tieres zu sehen«, sagt sie,

»Baby, ich war lange Jahre Model«, sage ich. »Also hab ich das getan. Reichlich.«

»Oh, sei nicht so flapsig«, stöhnt sie.

»Alison«, sage ich und setze mich auf. »Die wollen auch Obst und Gemüse beschützen, richtig?«

»Was ist daran falsch?«, sagt sie. »Das ist öko.«

»Baby, Pfirsiche haben keine Mütter.«

»Sie haben eine Haut, Victor, und sie haben Fleisch.«

»Ich glaube, du leidest einfach unter Realitätsverlust.«

»Wer nicht?« Sie wedelt mich beiseite. »Tiere brauchen genauso viel Liebe und Achtung und Fürsorge, wie wir sie Menschen geben.«

Ich überlege. Ich denke an all die Dinge, die ich gesehen und getan habe, und ich überlege mir dieses Prinzip.

»Ich glaube, sie kommen so besser weg, Baby«, sage ich. »Tatsächlich glaube ich, ihnen geht's ganz okay so.«

Ich bin wieder steif und rolle mich auf sie.

Später, anschließend, fragt mich Alison etwas.

»Hat Europa dich verändert, Victor?«

»Warum?«, frage ich schläfrig.

»Weil du so anders wirkst«, sagt sie leise. »Hat es das?«

»Ich denke schon«, sage ich nach einer langen Pause.

»Wie?«, fragt sie.

»Ich bin weniger …« Ich halte inne. »Ich bin weniger … Ich weiß auch nicht.«

»Was ist da drüben passiert, Victor?«

Vorsichtig frage ich: »Wie meinst du das?«

Sie flüstert zurück: »Was ist da drüben passiert?«

Ich schweige, denke über eine Antwort nach, streichele die Chows. Einer leckt mir die Hand.

»Was ist mit Chloe da drüben passiert, Victor?«, flüstert Alison.

6

Im Industria bei dem *George*-Fototermin kann ich nicht ganz begreifen, warum die Presse hier so einen Zirkus veranstaltet. Schlichte Vorher-Nachher-Fotos. Vorher: ich halte eine Flasche Bass Ale in der Hand, trage Prada, habe einen Ziegenbart ins Gesicht geklebt, eine mürrische Miene, die Augen sind zu Schlitzen verengt. Nachher: Ich habe einen Stapel Juratexte unter dem Arm, trage einen Brooks-Brothers-Leinenanzug, habe in der Linken eine Diet Coke und auf der Nase eine Oliver-Peoples-Nickelbrille. DIE VERWANDLUNG DES VICTOR WARD (ÄH, DAS HEISST VICTOR JOHNSON) lautet die Schlagzeile auf dem Cover des Januarhefts. Der Fototermin sollte eigentlich vor dem St. Albans in Washington stattfinden, einer Schule, die ich kurz mal besuchte, ehe ich rausgeworfen wurde, aber Dad hat interveniert. Er hat entsprechenden Einfluss. Der Dalai Lama schaut im Industria vorbei, ich schüttele Chris Rock die Hand, einer der Söhne von Harrison Ford – ein Praktikant bei *George* – springt herum, ebenso diverse Leute, die ihre Ämter in der Regierung Clinton niedergelegt haben, und MTV zeichnet den Termin für »The Week in Rock« auf, und ein VJ fragt mich nach dem neuen Vertrag der Impersonators mit Dreamwork, und wie es sich anfühlt, nicht mehr in der Band zu sein, und ich gebe ein hübsches Statement ab: »Ein Jurastudium ist einfacher, als in dieser Band mitzumachen«, und es klingt alles sehr nach *The Eyes of Laura Mars,* aber andererseits ist alles auch sehr pseudo-höflich, weil alle sehr taktvoll sind wegen dem, was mit Chloe passiert ist.

John F. Kennedy, Jr., der im Grunde auch bloß ein schöner Blödmann ist, gibt mir die Hand und sagt

Sachen wie: »Ich bin ein großer Fan von Ihrem Dad«, und ich sage: »Jaa?«, und obwohl ich grundsätzlich gelassen bin und amüsiert, kommt es zu einem leicht schweißtreibenden Moment, als mich jemand anspricht, der in Camden war, an den ich mich aber einfach nicht erinnern kann. Aber ich reagiere vage genug, sodass er keinen Verdacht schöpft, und dann latscht er einfach weiter und gibt's auf.

»Hey!« Ein Assistent mit einem Handy kommt angerannt.

»Jemand möchte mit dir sprechen!«

»Ja?«, sage ich.

»Chelsea Clinton möchte Hallo sagen«, keucht der Assistent.

Ich nehme das Handy. Durch Störgeräusche höre ich Chelsea sagen: »Bist du das wirklich?«

»Ja!« Ich grinse »töricht«. Ich werde »rot«.

Ein Heureka!-Moment, souverän gemeistert.

Ich habe gewisse Schwierigkeiten zu relaxen, als die Foto-Session dann losgeht.

Der Fotograf sagt: »Hey, keine Angst – es ist schwierig, man selber zu sein.«

Ich grinse heimlich, ich habe heimliche Gedanken.

»Das ist es!«, ruft der Fotograf.

Blitzlichter zucken und zucken, während ich völlig still dastehe.

Auf dem Weg nach draußen überreicht mir ein nervöses Groupie eine Einladung zu einer PETA-Party morgen Abend, die The Gap sponsert, in einem neuen Restaurant in Morgan's Hotel.

»Ich weiß nicht, ob ich das schaffe«, sage ich zu einem Supermodel, das in der Nähe steht.

»Gehe hin, du bist ein Partytyp«, sagt das Supermodel. Ich habe kürzlich gelesen, dass diese Frau gerade mit ihrem Freund Schluss gemacht hat, einem Ex-Model, der einen neuen und sehr hippen Club betreibt, welcher Ecch heißt. Sie lächelt, ein Flirtsignal, als ich aufbreche.

»Ja?«, sage ich und flirte zurück. »Woher weißt du das?«

»Ich weiß so was.« Sie zuckt die Achseln, dann lädt sie mich zu einer Strip-Poker-Party im Haus von jemand namens Mr. Leisure ein.

5

Ein Telefonat mit Dad.

»Wann kommst du her?«, fragt er.

»In zwei Tagen«, sage ich. »Ich ruf vorher an.«

»Ja. In Ordnung.«

»Ist das Geld überwiesen?«, frage ich.

»Ja. Ist erledigt.«

Pause. »Alles in Ordnung?«

Pause. »Ja, ja. Ich bin nur … durcheinander.«

»Solltest du nicht sein. Du musst dich konzentrieren«, sage ich.

»Ja, ja. Natürlich.«

»Jemand wird dir Bescheid sagen, wenn ich da bin.«

Eine lange Pause.

»Hallo?«, frage ich.

»Ich – ich weiß nicht«, sagt er und holt tief Atem.

»Du wirst zu nervös«, warne ich ihn. »Mach keine Sachen.«

»Wir müssen uns eigentlich nicht sehen, wenn … du hier bist«, sagt er. »Ich meine … Oder?«

»Nein. Eigentlich nicht«, sage ich. »Nur, wenn du willst.« Pause. »Gibt's irgendwelche Partys, auf denen du mich vorzeigen möchtest?«

»Hey …« sagt er mit scharfer Stimme.

»Vorsicht«, warne ich. Er braucht dreiundvierzig Sekunden, um sich wieder zu fassen.

»Ich freue mich, dass du kommst«, sagt er schließlich.

Pause. Ich lasse das nachhallen. »Tust du das?«

»Ja.«

»Ich freue mich auch, dass ich dort sein werde.«

»Wirklich?« Er atmet zitternd ein.

»Alles für die gute Sache«, sage ich.

»Ist das sarkastisch gemeint?«

»Nein.« Pause. »Denk mal drüber nach.« Ich seufze. »Kümmert's dich überhaupt?«

Pause. »Wenn du irgendetwas brauchst ...« Seine Stimme bricht ab.

»Vertraust du mir nicht?«, frage ich.

Er braucht sehr lange, um schließlich zu sagen: »Ich denke schon.«

Ich lächele vor mich hin. »Ich melde mich.«

»Bis dann.«

»Bis dann.«

4

Ich treffe mich mit Damien auf einen Drink im Independent, nicht weit weg von dem Club, den er und ich in einem Monat in TriBeCa eröffnen wollen. Damien raucht eine Zigarre und hat einen Stoli Kafya vor sich, ein Getränk, das ich persönlich widerlich finde. Er trägt eine Gucci-Krawatte. Ich möchte das hier rasch hinter mich bringen. Bittersüßer Folk-Rock läuft im Hintergrund.

»Hast du das gesehen?«, fragt Damien, als ich mich auf einen Barhocker schwinge.

»Was?«, frage ich.

Er schiebt eine *New York Post* von heute über die Bartheke, aufgeschlagen ist die Seite sechs mit Klatsch und Tratsch darüber, mit welchen Frauen Victor Johnson gesehen wurde seit dem unglücklichen Tod von Chloe Byrnes in einem Pariser Hotelzimmer. Peta Wilson. Ein Spice Girl. Alyssa Milano. Garcelle Beauvais. Carmen Electra. Noch ein Spice Girl.

»Nur was für ein reiferes Publikum, hm?«, sagt Damien und stößt mich mit dem Ellbogen an, zieht die Augenbrauen hoch.

Wir umarmen uns leicht, nicht mehr.

Ich entspanne mich etwas, bestelle eine Coke, was Damien den Kopf schütteln und ein wenig zu aggressiv »O Mann« murmeln lässt.

»Du weißt wohl, warum ich hier bin«, sage ich.

»Victor, Victor, Victor«, seufzt Damien und schüttelt den Kopf.

Ich halte verwirrt inne. »Also ... *weißt* du es?«

»Ich verzeihe dir völlig«, sagt er und tut ganz lässig. »Komm schon, das weißt du doch.«

»Ich will einfach raus, Mann«, sage ich. »Ich bin älter. Ich hab die Uni.«

»Wie *ist* denn das Jurastudium?«, fragt Damien. »Ich meine, das ist nicht bloß ein Gerücht, wie? Du schaffst das wirklich?«

»Ja.« Ich lache. »Wirklich.« Ich trinke meine Coke. »Ist viel Arbeit, aber …«

Er betrachtet mich. »Ja? Aber?«

»Aber ich gewöhne mich dran«, antworte ich schließlich.

»Sehr gut«, sagt Damien.

»Meinst du?«, frage ich ernsthaft. »Also, wirklich, meinst du das?«

»Victor«, fängt Damien an und umklammert meinen Unterarm.

»Ja, Mann?« Ich schlucke, aber im Grund habe ich keine Angst vor ihm.

»Ich denke ständig über menschliches Glück nach«, gesteht er.

»Hoppla.«

»Ja«, sagt er und nippt zart an seinem Wodka. »Hoppla.«

»Und alles ist cool?«, frage ich. »Ich lass dich da nicht im Stich?«

Damien zuckt die Achseln. »Wird schon cool werden. Japanische Investoren. Es wird sich was ergeben.«

Ich lächele, zeige, dass ich seine Reaktion zu schätzen weiß. Aber ich bin immer noch sehr cool hinsichtlich der ganzen Situation hier, also gehe ich zu anderen Themen über. »Wie geht's Lauren?«, frage ich.

»Ooh, aua«, sagt Damien.

»Nein, nein, Mann«, sage ich. »Ich frage bloß.«

Damien schlägt mir leicht auf die Schulter. »Ich weiß, Mann. Ich albere bloß rum. Ich mache bloß Spaß.«

»Das ist gut«, sage ich. »Das pack ich schon.«

»Geht ihr großartig«, sagt er. »Sie ist sehr cool.«

Damien hört auf zu lächeln, winkt dem Barkeeper zu, noch einen Drink. »Was macht Alison?«

»Alles klar«, sage ich beiläufig. »Sie hängt sich wirklich stark bei PETA rein. Diese Kiste für die ethische Behandlung von … ach Scheiße, was auch immer.«

»Wie unvorhersehbar sie ist«, sagt Damien. »Wie, ähh, schwer fassbar«, setzt er hinzu. »Die Menschen verändern sich wohl tatsächlich, was?«

Nach einer vorsichtigen Pause versuche ich ein: »Was meinst du damit?«

»Na, du bist jetzt ganz der saubere athletische Strahlemann, ohne Ecken und Kanten.«

»Nicht wirklich«, sage ich. »Das ist nur die Oberfläche.«

»Gibt's noch was anderes?«, fragt er. »Nur Spaß«, fügt er hinzu, gelangweilt, automatisch.

»Das ist hier keine Bademodenpräsentation, Mann«, warne ich ihn.

»Und ich hab gerade die Wachsbehandlung hinter mir!« Er streckt die Arme sarkastisch in die Höhe.

Schließlich …

»Keine unguten Gefühle mehr?«, frage ich aufrichtig.

»Überhaupt keine Gefühle, Mann.«

Ich starre Damien bewundernd an.

»Ich gehe zum Fuji-Rockfestival«, sagt Damien, als ich wieder zuhöre. »Bin nächste Woche wieder da.«

»Rufst du mich an?«

»Was glaubst du?«

Ich mache mir nicht die Mühe zu antworten.

»Hey, wer ist dieser Mr. Leisure, von dem alle Welt redet?«, meint Damien.

3

Bill, ein Agent von der CAA, ruft mich an, um mir mitzuteilen, ich hätte die Rolle des Ohman in *Flatliners II* »gewonnen«. Ich stehe in einer neuen Wohnung, trage einen konservativen Prada-Anzug, bin auf dem Sprung, um mich auf einer Party zu zeigen, auf die ich keinerlei Lust habe, und ich verfalle in den bestimmten abgebrühten Ton, von dem Bill nicht genug bekommen kann.

»Erzähl mir, was es sonst noch gibt, Bill«, sage ich. »Solange ich mir die Haare bürste.«

»Ich versuche, Interesse für ein Drehbuch zu wecken, in dem es um einen jüdischen Knaben geht, der mutig versucht, trotz der Unterdrückung durch ein Nazi-Regime seine Bar Mitzwah zu feiern.«

»Und deine Meinung zu diesem Drehbuch?«, seufze ich.

»Meine Meinung? Kein dritter Akt. Meine Meinung? Zuviel Gefurze.«

Schweigen, während ich meine Haare zurückstreiche.

»Also, Victor«, fängt Bill listig an. »Was meinst du?«

»Wozu?«

»*Flatliners II!*«, kreischt er und fügt, nachdem er wieder zu Atem gekommen ist, mit leisem Stimmchen hinzu: »Tschuldigung.«

»Far out«, sage ich. »Baby, das ist derart cool«, sage ich.

»Dieser ganze neue Look, Victor, trägt jetzt wirklich Früchte.«

»Die Leute sagen mir alle, das kommt extrem gut«, räume ich ein.

»Du musst dir diese ganzen alten Madonna-Videos echt genau angesehen haben.«

»In der richtigen Reihenfolge.«

»Ich glaub, du bestimmst den Zeitgeist, Victor«, sagt Bill. »Ich glaube, du bist echt auf dem Fahrersitz.«

»Die Leute haben tatsächlich schon Bemerkungen fallenlassen, dass ich mich unmittelbar neben dem Lenkrad befinde, Bill.«

»Die Leute werden jetzt aufmerksam, das ist es«, sagt Bill. »Reue kommt immer gut an bei den Leuten.«

Eine kleine Pause, während ich mich im Spiegel betrachte.

»Ist es das, was ich tue, Bill?«, frage ich. »Bereuen?«

»Du bringst eine Bowie-Nummer«, sagt Bill. »Und gewisse Leute reagieren darauf. Man nennt das: Sich selbst neu erfinden. Reinventing. Steht im Wörterbuch.«

»Was willst du mir sagen, Bill?«

»Ich bekomme diverse Angebote für Victor Johnson«, sagt Bill. »Und ich bin stolz darauf, dass ich diverse Angebote für Victor Johnson bekomme.«

Eine Pause. »Bill … Ich glaube nicht …« Ich halte inne, überlege mir eine Möglichkeit, ihm die Nachricht beizubringen. »Ich bin nicht … Das bin nicht ich.«

»Was soll das heißen? Mit wem spreche ich?«, fragt Bill schnell und fügt dann mit leiser Flüsterstimme hinzu: »Nicht mit Dagby, oder?« Ich kann ihn förmlich durch die Leitung zittern hören.

»Dagby?«, sage ich. »Nein, hier ist nicht Dagby. Bill, hör mal, ich geh jetzt auf die Uni, und …«

»Aber das ist nur eine Publicitymasche, nehme ich doch an«, gähnt Bill. »Hmm?«

Pause. »Äh, nein, Bill. Das ist nicht nur eine Publicitymasche.«

»Stop in the name of love, before you break my heart«, sagt Bill. »In Zukunft möchte ich erst einen schrillen Warnschrei hören, eh du mir so einen Text vorliest.«

»Das ist kein Text, Bill«, sage ich. »Ich studiere jetzt, ich will den Film nicht machen.«

»Man hat dir die Rolle eines Astronauten in *Space Cadets* angeboten, der mit die Welt rettet – Regie Mr. Will Smith, vielen Dank. Nächstes Weihnachten kommen dann vier Hasbro-Action-Puppen von dir raus, und ich werde dafür sorgen, dass sie genitalienmäßig total intakt sind.« Bill unterbricht sich mit einem endlosen Hustenanfall und krächzt schließlich: »Wenn du verstehst, was ich meine.«

»Das klingt für mich im Augenblick etwas zu kommerziell.«

»Was erzählst du da? Dass *Space Cadets* deine Welt nicht aus den Angeln hebt?« Ich höre, wie Bill gegen sein Headset klopft. »Hallo? Mit wem spreche ich?« Pause. »Das ist doch nicht Dagby?«

»Was soll ich denn machen?« Ich seufze, untersuche mein Gesicht nach irgendwelchen Hautunreinheiten, aber ich bin makellos heute Abend.

»Ach, du könntest auch jemand mit dem Spitznamen ›Der Verräter‹ spielen, der auf einem Parkplatz durchgeprügelt wird, ein Indie-Film mit dem Titel *The Sellout*, Regie führt ein kürzlich entgifteter Italiener, den man nur als ›Vivvy‹ kennt, dein Tageshonorar bestünde aus zwanzig-Burger-King-Gutscheinen, und eine Abschlussparty gibt's bei diesen Dreharbeiten *nicht*.« Bill macht eine bedeutsame Pause. »Das ist deine Entscheidung. Das ist Victor Johnsons Entscheidung.«

»Ich sag dir dann Bescheid«, sage ich. »Ich muss zu einer Party. Muss jetzt abhauen.«

»Hör mal, lass jetzt diese Ich-zier-mich-noch-ein-bisschen-Nummer!«

»Es ist keine.«

»Ich will jetzt nicht geschmacklos werden, aber diese Tote-Freundin-Sache ist zwar ein geniales Detail, in etwa einer Woche ist das aber gestorben.« Bill macht eine Pause. »Du musst jetzt zuschlagen.«

Ich lache gutmütig. »Bill, ich ruf später mal an.«

Er lacht auch. »Nein, bleib bei mir in der Leitung.«

»Bill, ich muss weg.« Ich kann nicht aufhören zu kichern. »Mein Antlitz wird anderswo sehnlich erwartet.«

2

Eine Party für die Blinden, gesponsert von Bacardi, irgendwo midtown, und meine jüngst angeheuerten Publicityagenten bei Rogers & Cowan bestehen einfach darauf, dass ich mich hier sehen lasse. Unter den VIPs: Bono, Kal Ruttenstein, Kevin Bacon, Demi Moore, Fiona Apple, Courtney Love, Claire Danes, Ed Burns, Jennifer Aniston und Tate Donovan, Shaquille O'Neal und ein überraschend agiler Tiger Woods.

Manche scheinen mich zu kennen, manche nicht. Ich trinke eine Coke mit jemandem namens Ben Affleck, während Jamiroquai über die Boxen des riesigen höhlenhaften Clubs dröhnt, in dem wir uns alle verlieren, und Gabé Doppelt muss mich einfach Björk vorstellen, und ich muss mit Giorgio Armani posieren, und er umarmt mich, als seien wir die ältesten Freunde, und er trägt ein marineblaues Crewneck-T-Shirt, einen passenden Kaschmirpullover, passende Kordjeans und eine gigantische Jaeger-Le-Coultre-Reservo-Armbanduhr. Und es tut so vielen Leuten Leid wegen Chloe, fast als wäre es ihre Schuld, dass sie mir gestorben ist (nach meiner Information an einer »starken Hämorrhagie, zurückzuführen auf die Einnahme einer tödlichen Dosis Mifepriston – auch bekannt als RU 486«). Mark Wahlberg, diverse Feuerschlucker, eine Menge Gequassel über Generationsdepression, alles riecht nach Kaviar.

Einfach der allerletzte Mist, und derart chic dargeboten. Typische Unterhaltungen drehen sich um Serienmörder und Entziehungskuren, um die Frage, wie viele Mösen hier »very dry« – im Gegensatz zu »dry« – rumlaufen, um das spektakuläre selbstzerstörerische Verhalten eines idiotischen Models. Mir ist so unbehaglich, dass ich auf Soundbites zurückgreife wie »Ich bin im Prinzip ein gesetzestreuer Bürger.« Die Phrase »wieder auf die Schulbank«, die jedes Mal verwendet wird, wenn ein Reporter mir sein Mikrofon ins Gesicht schiebt, wird mir überwältigend peinlich, und ich muss mich entschuldigen und frage nach der nächsten Toilette.

Auf der Herrentoilette reden nebenan zwei Schwule darüber, wie es wäre, in einem planlosen Universum zu leben, und ich nehme mein Handy und checke die Nachrichten, mache mal kurz Pause. Endlich gehen die beiden, und es wird ruhig, fast ehrfürchtig still in dem Raum, und ich kann meine Nachrichten abhören, ohne die Hand hinters Ohr zu legen.

Ich murmele vor mich hin – noch einmal Damien, Alison, mein Publicityagent, gewisse Mitarbeiter einer TV-Show, die ich noch nie gesehen habe –, aber dann muss ich aufhören, weil ich merke, dass die Herrentoilette nicht mehr leer ist.

Jemand ist hier drin, und er pfeift.

Ich schalte das Handy aus, lege den Kopf schräg, weil ich den Eindruck habe, dass mir die Melodie vertraut ist.

Ich spähe angestrengt über die Toilettentür, kann aber niemanden sehen.

Das Pfeifen hallt wider, und dann singt eine Stimme, die tief und männlich ist, aber auch gespenstisch und aus einer anderen Welt – singt ein wenig stockend: »On the … sunny side of the street …«

Ich reiße die Tür auf, das Handy fällt auf die Fliesen.

Ich gehe zu den Waschbecken mit dem wandgroßen laufenden Spiegel hinüber, damit ich den ganzen Raum überblicken kann.

Es ist niemand da.

Der Raum ist leer.

Ich wasche mir die Hände und kontrolliere alle Toiletten, und dann gehe ich, werde wieder zu einem Teil der Party.

1

Zurück in der neuen Wohnung, die mir Dad auf der Upper East Side gekauft hat. Die Wände im Wohnzimmer sind blau und nilgrün, und die Vorhänge an den Fenstern auf die zweiundsiebzigste Straße sind aus handbemaltem Seidentaft. Es gibt antike Beistelltischchen. Es hängen französische Spiegel im Vestibül. Es stehen Noguchi-Lampen und abgeschabte Sessel in angenehmen Arrangements. Paisley-Kissen sind auf einer Couch drapiert. Es gibt einen Deckenventilator. Es gibt Gemälde von Donald Baechler. Ich habe tatsächlich eine Bibliothek.

Moderne Züge in der Küche: ein Mosaikboden aus Schiefer und Marmor, ein schwarz-weißes Foto-Wandbild mit einer Wüstenlandschaft, über die ein Flugzeugmodell geblendet ist. Metallmöbel aus einer Arztpraxis. Die Esszimmerfenster sind aus Milchglas. Eigens angefertigte Stühle umgeben einen Tisch, der bei einer Christie's-Auktion erworben wurde.

Ich gehe ins Schlafzimmer, um meine Nachrichten abzuhören, denn das blinkende Licht zeigt, dass fünf Personen angerufen haben, seit ich den Club vor zwanzig Minuten verlassen habe. Im Schlafzimmer hängt ein Chippendale-Spiegel, den Dad geschickt hat, über einem Schlittenbett aus Mahagoni, das im neunzehnten Jahrhundert in Virginia hergestellt wurde, behauptet man jedenfalls.

Ich denke daran, mir einen Dalmatiner zu kaufen.

Gus Frerotte ist in der Stadt. Cameron Diaz hat angerufen. Und dann Matt Dillon. Und dann hat Cameron Diaz noch einmal angerufen. Und dann noch einmal Matt Dillon.

Ich schalte den Fernseher im Schlafzimmer an. Videos, das Übliche. Ich zappe in den Wetterkanal.

Ich recke mich gähnend, die Arme hoch über dem Kopf.

Ich beschließe, mir ein Bad einlaufen zu lassen.

Ich hänge sorgfältig das Prada-Jackett auf. Ich denke: Das ist das letzte Mal, dass du das angezogen hast.

Im Badezimmer lehne ich mich über die weiße Porzellanwanne und drehe die Hähne auf, prüfe, dass das Wasser auch heiß ist. Ich schütte etwas Badesalz von Kiehl hinein und verteile es mit der Hand.

Ich denke daran, mir einen Dalmatiner zu kaufen.

Ich recke mich wieder.

Etwas auf dem Badezimmerboden fällt mir ins Auge.

Ich beuge mich hinunter.

Es ist ein kleines Scheibchen, aus Papier. Ich presse den Zeigefinger darauf.

Ich führe die Hand hoch zum Gesicht.

Es ist ein Stückchen Konfetti.

Ich starre es lange Zeit an.

Eine kleine schwarze Woge.

Sie wallt sich auf mich zu.

Ich fange harmlos an zu pfeifen, als ich langsam wieder ins Schlafzimmer zurückgehe.

Dort sehe ich, dass Konfetti – rosa, weiß, grau – in Massen über das ganze Bett verstreut ist.

Ich starre in den Chippendale-Spiegel über dem Bett, ich spanne mich an, noch ehe ich den Schatten hinter einem Paravent aus dem achtzehnten Jahrhundert erblicke, der in der Ecke ist.

Der Schatten bewegt sich ein wenig.

Er wartet. Er hat die entsprechende Haltung.

Ich gehe hinüber zum Bett.

Immer noch beiläufig pfeifend lehne ich mich zum Nachttisch, und während ich vor mich hinlache und so tue, als kämpfte ich mit den Schnürsenkeln der Schuhe, die ich von meinen Füßen zerre, lange ich in eine Schublade und ziehe eine Walther Kaliber .25 mit einem Schalldämpfer heraus.

Ich tapse zurück ins Bad.

Ich zähle innerlich.

Fünf, vier, drei ...

Schnell wechsele ich die Richtung und gehe direkt auf den Wandschirm zu, die Pistole erhoben.

Ich schätze die Kopfhöhe ab und feuere. Zweimal.

Ein unterdrückter gutturaler Laut. Ein nasses Geräusch – Blut spritzt gegen die Wand.

Eine schwarzgekleidete Gestalt, deren Gesicht zur Hälfte zerstört ist, fällt nach vorn, wirft den Schirm mit um, die behandschuhte Rechte umklammert eine kleine Pistole.

Ich will mich gerade hinunterbeugen und ihr die Waffe aus der Hand ziehen, als eine Bewegung hinter mir mich herumfahren lässt.

Lautlos über das Bett hinweg auf mich zuspringend, jetzt hoch über mir, ein überlanges Messer in der ausgestreckten Hand, greift mich eine zweite Gestalt in Schwarz an.

Sofort ziele ich aus meiner halb gekauerten Stellung.

Die erste Kugel verfehlt den Mann, fährt in den Chippendale-Spiegel, zerschmettert ihn.

Als sich der Mann auf mich stürzt, erwischt ihn die zweite Kugel mitten ins Gesicht, der Aufprall stößt ihn nach hinten.

Er liegt auf dem Teppich, die Beine treten die Luft. Ich stolpere rüber und schieße ihm schnell zweimal in die Brust. Er wird sofort still.

»Scheiße, Scheiße, Scheiße«, fluche ich, taste nach einem Handy, gebe eine Nummer ein, an die ich mich nur undeutlich erinnere.

Nach drei Versuchen das Übertragungssignal.

Ich gebe den Code ein, schwer atmend.

»Los, auf geht's, auf geht's …«
Wieder ein Signal. Wieder ein Code.
Und dann wähle ich eine andere Nummer.
»DAN«, sage ich in das Gerät.
Ich warte.
»Ja.« Ich höre zu. »Ja.«
Ich gebe den Ort an, ich sage die Wörter. »Code 50.«
Ich beende das Gespräch. Ich drehe das Badewasser
ab und packe rasch eine kleine Reisetasche.
Ich gehe, ehe der Putzdienst kommt.
Ich verbringe die Nacht im Hotel Carlyle.

0

Ich treffe mich am nächsten Abend mit Eva zum Essen, in einem neuen japanischen Restaurant, in der seit kurzem angesagten Gegend um die Houston Street, und Eva trinkt grünen Tee und wartet geduldig in einer Nische des vollgedrängten Hauptraumes, eine Frühausgabe des *New York Observer* (mit einem besonders wohlwollenden Artikel über meinen Vater und über mich, der im Grunde ein Artikel über den neuen Victor Johnson ist und all die Dinge, die er gelernt hat) liegt zusammengefaltet auf dem Tisch, gleich neben Evas bewegungslosen Händen. Der Oberkellner führt mich ein wenig zu enthusiastisch an den Tisch, hält meine Hand fest, kondoliert mir, sagt dann, ich sähe ultra-cool aus. Ich nehm's gelassen und bedanke mich, während ich mich neben Eva gleiten lasse. Sie und ich, wir lächeln einander nur zu. Ich vergesse nicht, sie zu küssen. Ich vergesse nicht, alle notwendigen Gesten durchzuführen, da uns alle ansehen, weil das ja der Zweck der Nische ist, der Zweck dieses Auftritts.

Ich bestelle einen kalten Sake, Premium, und erzähle Eva, dass ich die Rolle in *Flatliners II* habe. Eva sagt, dass sie sich sehr für mich freut.

»Und wo ist dein Freund heute Abend?«, frage ich lächelnd.

»Ein gewisser Herr ist nicht in der Stadt«, sagt Eva ausweichend. »Wo ist er?«, frage ich, ich necke sie.

»Tatsächlich ist er zum Fuji-Rockfestival«, sagt sie, rollt mit den Augen, trinkt grünen Tee.

»Ich kenne da jemand, der da hingereist ist.«

»Vielleicht sind sie zusammen hin.«

»Wer weiß?«

»Ja«, sagt sie und schaut in die Speisekarte, »wer weiß?«

»Entscheidend ist: Du weißt es nicht.«

»Ja, das ist entscheidend.«

»Du siehst wunderbar aus.«

Sie sagt nichts.

»Hast du mich nicht gehört?«, frage ich.

»Hübscher Anzug«, sagt sie, ohne aufzusehen.

»Ist das ein Insider-Gespräch?«

»Du bekommst neuerdings eine Wahnsinnspresse«, sagt Eva und klopft mit dem Finger auf den *Observer*. »Wohin du auch gehst – Großalarm für alle Paparazzi.«

»Es geht jetzt nicht bloß um Sonnenbrillen und Autogramme, Baby.«

»Was heißt das?«

»Sind diese Leute nicht lächerlich?«, sage ich und weise vage gestikulierend in die Runde.

»Ach, ich weiß nicht«, sagt sie. »Ihre Naivität ist fast beruhigend. Es ist, als wäre man noch einmal auf der High School.«

»Wieso?«

»Weil man merkt, dass man sich durch den Umgang mit Schwachköpfen selbst viel schlauer fühlt«, sagt sie. »Das war jedenfalls meine Auffassung von der High School.«

»*Where were you while we were getting high?*«, murmele ich vor mich hin und konzentriere mich darauf, mit niemandem im Raum in Blickkontakt zu kommen.

»Wie bitte?«

»Mein Bewusstsein erweitert sich eindeutig«, sage ich und räuspere mich.

»Ohne uns ist all das hier nur Schrott«, stimmt sie zu.

Ich greife nach dem Edamame.

»Wo wir gerade dabei sind«, fängt Eva an, »wie geht's Alison Poole?«

»Ich hab so das Gefühl, ich breche ihr das Herz.«

»Ich hab so das Gefühl, dass du gut im Brechen von Herzen bist«, sagt Eva.

»Sie fragt immer wieder nach Chloe Byrnes«, murmele ich.

Eva sagt nichts. Bald trinkt sie einen Stolichnaja-Limonnaja-Wodka, und ich stochere auf einem Teller mit Hijiki herum.

»Was hast du heute gemacht?«, frage ich, ehe mir klar wird, dass ich an der Antwort nicht besonders interessiert bin, auch wenn ich unter dem Tisch Evas Schenkel anfasse.

»Ich hatte einen Fototermin. Ich hab mit Salt-n-Pepa zu Mittag gegessen. Ich habe bestimmte Leute gemieden. Ich habe mich mit den Leuten in Verbindung gesetzt, die ich nicht gemieden habe.« Eva holt tief Luft. »Mein Leben ist im Augenblick viel einfacher, als ich mir das je vorgestellt hätte.« Sie seufzt, aber nicht unglücklich. »Auch wenn es ein paar Dinge gibt, an die ich mich noch nicht gewöhnt habe, ist es trotzdem sehr schön.«

»Alles klar«, sage ich. »Ich habe Sie einwandfrei verstanden, Baby«, sage ich und imitiere dabei einen Roboter.

Eva kichert, sagt meinen Namen, lässt mich fester ihren Schenkel kneten.

Aber dann schaue ich weg, und die Sache wird schwierig. Ich schütte noch eine Tasse Sake hinunter.

»Du bist irgendwie abgelenkt«, sagt Eva.

»Es ist heut Abend etwas passiert«, murmele ich.

»Was?«

Ich erzähle es ihr flüsternd.

»Wir müssen vorsichtig sein«, sagt Eva.

Plötzlich ragt neben uns ein Paar auf, und ich höre eine Stimme rufen: »Victor? Hey Mann, was läuft.«

Ich atme tief ein und schaue mit geübtem Lächeln auf.

»Oh, hi«, sage ich und strecke die Hand aus.

Ein recht hippes Pärchen in unserem Alter. Der Typ –

den ich nicht kenne – greift sich meine Hand und schüttelt sie mit einem festen Griff, der sagen will: »Bitte erinnere dich an mich, weil ich dich derart cool finde«, und das Mädchen, das er dabeihat, hüpft im Gedränge des Restaurants auf und ab und winkt ein bisschen, und Eva nickt und winkt ein bisschen zurück.

»Hey Corrine«, sagt der Typ. »Das ist Victor Ward – ach, Verzeihung«, der Typ unterbricht sich selber, »ich meine: *Victor Johnson*. Victor, das ist Corrine.«

»Hey, freut mich«, sage ich und gebe Corrine die Hand.

»Und das ist Lauren Hynde«, sagt der Typ und weist auf Eva, die lächelt und vollkommen reglos dasitzt.

»Hi, Lauren, ich glaube, wir sind uns schon mal begegnet«, sagt Corrine. »Bei dem Kevyn-Aucoin-Wohltätigkeitsevent? Im Chelsea Piers? Alexander McQueen hat uns vorgestellt. Du bist von MTV interviewt worden. Es war die Vorpremiere von dem Film.«

»Ach ja, richtig, richtig, natürlich«, sagt Eva. »Ja. Richtig. Corrine.«

»Hey, Lauren«, sagt der Typ, ein wenig zu schüchtern.

»Hi, Maxwell«, sagt Eva mit einem sexy Unterton.

»Woher kennt ihr euch?«, frage ich und schaue zuerst Maxwell an und dann Eva.

»Lauren und ich sind uns bei so einem entsetzlichen Pressevergnügen begegnet«, erklärt Maxwell. »In L.A. im Four Seasons.«

Eva und Maxwell schauen sich vertraut an. Ich könnte gleich kotzen.

»Ist das hier in?«, fragt mich Maxwell.

Ich mache eine Pause, ehe ich antworte: »Was ist das, ein Quiz?«

»Mann, du bist im Moment überall«, sagt er und bleibt zäh am Tisch stehen.

»Nur fünfzehn Minuten.«

»Eher eine Stunde«, lacht Maxwell.

»Es tut uns so Leid wegen Chloe«, unterbricht Corrine.

Ich nicke ernst.

»Geht ihr zu der Party im Life?«, fragt sie.

»Ach ja, klar sind wir dort«, sage ich vage.

Corrine und Maxwell warten an unserem Tisch, während Eva und ich sie ausdruckslos anschauen, bis ihnen schließlich klar wird, dass wir sie nicht auffordern werden, sich dazuzusetzen, und sie verabschieden sich, und Maxwell gibt mir wieder die Hand, und sie verschwinden in das Gedränge an der Bar, und die Leute, die dort warten, schauen jetzt Corrine und Maxwell mit anderen Augen an, weil sie an unserem Tisch angehalten haben, weil sie die Illusion vermittelt haben, dass sie uns kennen.

»Mein Gott, ich erkenne niemanden mehr«, sage ich.

»Du musst die Fotoalben wieder durchsehen, die man dir gegeben hat«, sagt Eva. »Du musst dir die Gesichter einprägen.«

»Muss ich wohl.«

»Ich höre dich ab«, sagt Eva. »Wir machen's zusammen.«

»Das würde mir gefallen«, sage ich.

»Und wie geht's Victor Ward?«, fragt Eva lächelnd.

»Der setzt Zeichen in diesem Jahrzehnt, Baby«, sage ich sarkastisch.

»Bedeutende Dinge werden im Nachhinein belohnt«, sagt Eva warnend.

»Ich glaube, das hier *ist* das Nachhinein, Baby.«

Wir brechen beide kichernd zusammen. Aber dann bin ich still, düster, fühle mich unfähig, Verknüpfungen herzustellen. Das Restaurant ist völlig überfüllt, und die Dinge sind nicht so klar, wie sie für mich sein müssten. Die Leute, die zu unserem Tisch herübergewinkt und Ich-ruf-dann-an-Pantomimen aufgeführt haben, diese Leute haben gesehen, dass Corrine und Maxwell das Eis gebrochen haben, und bald werden sie in Schwärmen antanzen. Ich leere noch eine Tasse Sake.

»Ach, schau nicht so traurig«, sagt Eva. »Du bist ein Star.«

»Ist es hier drin kalt?«, frage ich.

»Hey, was ist denn los? Du schaust so traurig aus.«

»Ist es hier drin kalt?«, frage ich und wedele eine Fliege beiseite.

»Wann gehst du nach Washington?«, fragt sie schließlich.

»Bald.«

6

Jamie sagte zu mir: »Du bist das einzige Tierkreiszeichen, das nicht was Lebendiges ist.«

»Was soll das heißen?«, murmelte ich.

»Du bist Waage«, sagte sie. »Bloß zwei Metallschalen.«

Ich dachte: Das ist bloß eine Nummer, oder? Ich dachte: Ich will dich noch mal ficken.

»Aber ich bin Steinbock«, seufzte ich.

Wir lagen auf einer Wiese, die von roten und gelben Bäumen gesäumt war, und ich hatte die Hand erhoben, um die Augen vor der Sonne zu schützen, die schräg durch die Zweige fiel, vor der Hitze, die mir ins Gesicht brannte, und es war September, der Sommer war vorbei, wir lagen auf dem Campusrasen, und durch ein offenes Fenster konnten wir hören, wie sich jemand in einem Zimmer im ersten Stock des Booth House übergab, und Pink Floyd – »Us and Them« – spielte irgendwo anders, und ich hatte das Hemd ausgezogen, und Jamie hatte aufs Geratewohl Bain de Soleil über meinen Rücken und meine Brust verteilt, und ich dachte an all die Girls, die ich in diesem Sommer gefickt hatte, gruppierte sie paarweise, ordnete sie nach bestimmten Kategorien, war überrascht von den Ähnlichkeiten, auf die ich stieß. Die Beine waren mir eingeschlafen, und ein Mädchen, das vorüberkam, sagte mir, die Geschichte, die ich in einem Creative-Writing-Seminar vorgelesen hatte, die hätte ihr gut gefallen. Ich nickte, ignorierte sie, sie ging weiter. Ich betastete ein Kondom, das in meiner Tasche steckte. Ich kam zu einem Entschluss.

»In die nächste Stunde geh ich nicht«, sagte ich zu Jamie.

»No future, no future, no future – for you«, sang Jamie vor sich hin.

Und nun, in dem Hotelzimmer in Mailand, erinnere ich mich daran, dass ich an jenem Tag auf der Wiese zu weinen anfing, weil mir Jamie bestimmte Dinge erzählte, sie mir so nüchtern ins Ohr flüsterte, dass es war, als sei es ihr ganz egal, wer hören könnte, dass sie die Uni ins »Reich der Scheiße« bomben wollte, dass sie verantwortlich war für den Tod ihres Ex-Freunds, dass jemand Lauren Hynde die Kehle durchschneiden müsste, und sie gab diese ganzen Sachen völlig beiläufig zu. Endlich wurde Jamie von Sean Bateman unterbrochen, der mit einem Six-Pack Rolling Rock herangestolpert kam, und er legte sich neben uns und knackte ständig mit den Knöcheln, und wir fingen alle an, Tabletten zu schlucken, und ich lag zwischen Sean und Jamie, als sie einander einen Blick zuwarfen, der etwas Geheimnisvolles bedeutete.

Sean flüsterte mir zwischendurch ins Ohr: »All die Jungs meinen, sie ist eine Spionin.«

»Du hast ein großes Potential«, flüsterte mir Jamie ins andere Ohr.

Krähen, Raben, diese fliegenden Schatten, kreisten über uns, und über ihnen flog ein kleines Flugzeug durch den Himmel, seine Abgase bildeten das Nike-Logo, und als ich mich schließlich aufsetzte, starrte ich über die Wiese, und in der Ferne stand (vor The End of the World) ein Filmteam. Es schien, als sei die Crew sich unsicher, wo sie hin sollte, aber als Jamie sie herüberwinkte, richteten sie die Kameras auf den Punkt, wo wir lagen.

1

Am nächsten Tag versorgen mich Produktionsassistentinnen von der französischen Filmcrew mit Heroin, während sie mich nach Mailand bringen, in einem Privatjet, der von jemandem namens Mr. Leisure zur Verfügung gestellt worden ist und von zwei Japanern geflogen wird. Die Maschine landet auf dem Linate-Flughafen, die PAs melden mich an einem ruhigen Freitag nachmittag außerhalb der Saison im Hotel Principe di Savoia an. Ich bleibe in der Suite eingeschlossen, bewacht von einem dreiundzwanzigjährigen Italiener namens Davide, der eine Uzi vor die Brust geschnallt hat. Die Filmcrew wohnt angeblich im Brera-Viertel, aber niemand gibt mir eine Telefonnummer oder eine Adresse, nur der Regisseur nimmt überhaupt Kontakt auf – alle drei Tage oder so. Eines Nachts bringt mich Davide ins Hotel Diana, und am folgenden Morgen komme ich wieder zurück ins Principe di Savoia. Man sagt mir, die Crew drehe jetzt Außenaufnahmen vor der Posta Vecchia ab. Man sagt mir, in einer Woche würden alle Mailand verlassen. Man sagt mir, ich solle mich beruhigen und schön bleiben.

Ich rufe meine Schwester in Washington, D. C., an.
Beim ersten Mal schaltet sich der Anrufbeantworter ein.

Ich hinterlasse keine Nachricht.

Als ich zum zweiten Mal anrufe, geht sie hin, aber es ist jetzt dort mitten in der Nacht.

»Sally?«, flüstere ich.

»Hallo?«

»Sally?«, flüstere ich. »Ich bin's. Victor.«

»Victor?«, fragt sie stöhnend. »Wie spät ist es?«

Ich habe keine Ahnung, was ich sagen soll, also lege ich auf.

Später, als ich wieder anrufe, ist es Morgen in Georgetown.

»Hallo?«, meldet sie sich.

»Sally, ich bin's noch mal«, sage ich.

»Was flüsterst du denn?«, fragt sie ärgerlich. »Wo bist du?«

Als ich ihre Stimme höre, fange ich an zu weinen.

»Victor?«, fragt sie.

»Ich bin in Mailand«, flüstere ich zwischen meinen Schluchzern.

»Wo bist du?«, fragt sie.

»Ich bin in Italien.«

Schweigen.

»Victor?«

»Ja?«, sage ich und fahre mir mit der Hand übers Gesicht.

»Ist das jetzt ein Witz?«

»Nein. Ich bin in Mailand … Ich brauche deine Hilfe.«

Sie wartet kaum, ehe ihre Stimme sich verändert, und

sie sagt: »Ich weiß nicht, wer Sie sind, aber ich muss jetzt weg.«

»Nein, nein, nein – warte, Sally ...«

»Victor, wir sehen uns um eins zum Essen, ja?«, sagt Sally. »Was zur Hölle treibst du denn?«

»Sally«, flüstere ich.

»Ich weiß nicht, wer Sie sind, aber rufen Sie bloß nicht noch mal an.«

»Warte, Sally ...«

Sie legt auf.

3

Davide ist aus Legnano, einem Industrievorort nord-
westlich von Mailand, und er hat schwarzes und
goldenes Haar und isst ständig Pfefferminzbonbons aus
einer grünen Papiertüte, während er in der Suite im
Principe di Savoia auf einem kleinen vergoldeten Stühl-
chen sitzt. Er erzählt mir, dass er früher Champagner-
auslieferer war, dass er Verbindungen zur Mafia hat,
dass seine Freundin die italienische Winona Ryder ist. Er
bläht die Nüstern und blickt durchdringend. Er raucht
Newport Lights, und manchmal trägt er ein Halstuch
und manchmal nicht. Manchmal entschlüpft es ihm,
dass sein richtiger Name Marco ist. Heute trägt er einen
Kaschmir-Rollkragenpullover in Avocadogrün. Heute
spielt er mit einem Tischtennisball herum. Seine Lippen
sind so voll, dass es aussieht, als sei er von Geburt an
unwiderstehlich gewesen. Er ist mit einem Computerspiel beschäftigt und schaut gelegentlich hinüber zu den
Musikvideos auf MTV-Italia. Ich sehe ihn ruhelos von
meinem Bett aus an, wie er posiert. Er produziert Spei-
chelbläschen. Draußen klatscht der Regen an die Scheiben, und Davide seufzt. Die Decke: eine blaugewölbte
Kuppel.

4

Wieder ein Tag. Draußen strömt ununterbrochen der Regen, das falsche Wetter. Ich esse ein Omelett, das Davide beim Zimmerservice bestellt hat, aber es schmeckt nach nichts. Davide erzählt mir, dass seine Lieblingsnachrichtensprecherin Simone Ventura ist und dass er sie einmal im L'Isola getroffen hat. In der Suite nebenan führt sich ein saudiarabischer Prinz mit einer verheirateten Frau ungehörig auf. Der Regisseur vom französischen Filmteam ruft an. Es ist eine Woche her, seit wir zuletzt miteinander gesprochen haben.

»Wo ist Palakon?«, frage ich automatisch.

»Ach«, seufzt der Regisseur. »Wieder dieser Name, Victor.«

»Wo ist er?«, frage ich keuchend.

»Das haben wir jetzt doch schon hundertmal durch«, sagt der Regisseur. »Es gibt keinen Palakon. Ich hab den Namen nie gehört.«

»Das ist jetzt einfach zu viel des Guten, ich kann das nicht akzeptieren.«

»Na, jetzt werden Sie doch wieder mal munter«, sagt der Regisseur. »Ich weiß nicht, was ich Ihnen sonst sagen soll.«

»Ich will zurück«, sage ich weinend. »Ich will nach Hause.«

»Die Möglichkeit ist immer drin, Victor«, sagt der Regisseur. »Rechnen Sie weiter damit.«

»Warum kümmern Sie sich nicht mehr um mich?«, frage ich. »Sie haben eine Woche lang nicht angerufen.«

»Es zeichnen sich jetzt Pläne ab«, sagt der Regisseur bloß.

»Sie haben sich eine Woche lang nicht gemeldet!«, schreie ich. »Was mach ich denn hier?«

»Wie … soll ich es sagen?«, überlegt der Regisseur.

»Sie glauben, das Projekt ist nicht realisiert«, stoße ich hervor, Panik überfällt mich. »Das stimmt doch? Das glauben Sie. Aber so ist es nicht!«

»Wie soll ich es sagen?«, sagt der Regisseur wieder.

»Taktvoll?«, flüstere ich.

»Taktvoll?«

»Ja.«

»Ihre Rolle ist vorbei, Victor«, sagt er. »Seien Sie nicht schockiert«, sagt er.

»Soll ich das als … Warnung nehmen?«

»Nein.« Er überlegt. »Nur als eine lange Phase der Anpassung.«

»Sie meinen, ich kann noch bis – bis wann hier sein? August? Nächstes Jahr?«

»Jemand wird Sie früher oder später hier herausholen«, sagt der Regisseur. »Wann genau, da bin ich mir nicht sicher.« Er macht eine Pause. »Davide wird auf Sie aufpassen, und in Kürze nimmt dann jemand Verbindung zu Ihnen auf.«

»Und was ist mit Ihnen?«, wimmere ich. »Warum können Sie nichts machen? Rufen Sie Palakon an.«

»Victor«, sagt der Regisseur geduldig. »Ich weiß es jetzt auch nicht. Ich fange mit einem anderen Projekt an.«

»Das können Sie nicht! Das können Sie nicht!«, schreie ich. »Sie können mich nicht einfach hierlassen.«

»Weil ich woanders weitermache, wird hier jemand eingeschaltet und sich darum kümmern, was Ihre ähhh Ihre zukünftige Rolle sein könnte.«

»Das gibt es einfach nicht«, murmele ich.

Ich fange wieder an zu weinen.

Davide schaut von seinem Computerspiel auf. Er schenkt mir einen Augenblick der Aufmerksamkeit, ein zufälliges Lächeln.

»In der Zwischenzeit ...« Die Stimme des Regisseurs sackt weg.

Ehe er auflegt, sagt der Regisseur noch, er würde versuchen, die Sache zu beschleunigen, und mich mit einem Kriegsverbrecher zusammenbringen, der »vielleicht weiß, was da zu machen ist«, was mit mir zu machen ist, und dann ist der Regisseur weg, und ich spreche nie wieder mit ihm.

5

Gelegentlich darf ich auf einen Spaziergang hinaus. Davide ruft dann immer eine Reihe von Nummern an. Wir nehmen immer den Serviceaufzug und fahren hinunter. Davide ist immer unauffällig bewaffnet. Unterwegs mustert er jeden vorbeikommenden Fremden genau. Es ist keine Saison, niemand ist in der Stadt, also darf ich in der Prada-Herrenboutique an der Via Montenapoleone stöbern. Wir nehmen einen Drink im Café L'Atlantique am Viale Umbria. Später teilen wir uns eine Sushi-Platte im Terrazza an der Via Palestro. Ich habe so viele kleine Theorien. Ich setze immer noch Indizien zusammen – es ist nur ein Umriss erkennbar, es gibt nur eine Grobskizze –, und manchmal passen sie alle zusammen, aber nur, wenn ich gerade einen Schluck aus einer kalten, sirupsüßen Flasche Sambuca nehme. Davide hat eine große Theorie, die alles erklärt. »Ich mag's, wie du dich so echt cool ausdrückst, Davide«, sage ich. Ich schaue zu Boden und füge hinzu: »Tut mir Leid.« Er sagt was über Leonardo und das *Abendmahl* und wie süß die Kellnerin ist.

Und am späten Nachmittag hängt ein verschmutzter Himmel über Mailand, es wird recht rasch dunkel, und dann wandern Davide und ich durch den Nebel, der um uns schwebt, und als wir die Via Sottocorno hinuntergehen, bemerke ich eine Limousine, die mit laufendem Motor am Gehsteig wartet, und Models mit orangerotem Haar und »frostbite«-blauem Lipstick gehen auf eine breite Front erleuchteter Fenster zu, und ich reiße mich von Davide los und renne ins Da Giacomo und sehe einen Augenblick lang Stefano

Gabbana und Tom Ford, der herüberschaut und mir gleichgültig zunickt, ehe Davide mich wieder aus dem Restaurant zerrt. Dieser Ausbruch bedeutet, dass es Zeit ist, ins Hotel zurückzugehen.

6

Als wir wieder in dem Raum angelangt sind, der die Form eines Bienenkorbes hat, wirft mir Davide einen *Playboy* zu, ehe er duschen geht. Das Playgirl vom Dezember, und was es am liebsten hat: Militärische Rangabzeichen, Waffendesign, einen Besuch im nationalen Befehlszentrum des Pentagon. Aber ich sehe fern, MTV, es läuft ein Spot über die Impersonators – der gigantische Dream-Works-Vertrag, ein Interview mit der Band, die neue Single »Nothing Happened«, ein Song aus ihrer demnächst erscheinenden CD *In the Presence of Nothing.* Ich gehe langsam zu einem Spiegel, und darin sieht mein Gesicht gespenstisch aus, durchsichtig, mein leerer Blick erinnert mich an etwas, mein Haar wird grau. Ich kann Davide in der Dusche hören, Wasserstrahlen klatschen gegen die Wand, Davide pfeift einen Pophit von vor vier Jahren. Als er aus dem Bad kommt, liege ich zusammengerollt auf dem Bett, schlaff, halb eingeschlafen, ich lutsche an einer Pastille.

»Du lebst noch«, sagt Davide, aber so, wie er den Text sagt, könnte ich schwören, dass er das Pronomen leicht betont.

Davide ist nackt, er trocknet sich achtlos vor mir ab. Großer Bizeps, grobe Haarbüschel, die aus den Achselhöhlen sprießen, die Arschbacken wie Melonen, die Bauchmuskeln drücken den Nabel raus. Er sieht, dass ich ihn anschaue, und lächelt betont. Ich sage mir, dass er da ist, um Gefahren abzuwehren.

Nachdem er sich angezogen hat, ist Davide in mürrischer Stimmung und bringt nur geringe Toleranz für die Verzweiflung auf, die von meinem Bett aufsteigt, wo ich mich wälze, endlos weine und ihn anstarre. Er starrt zurück – verwundert, desinteressiert. Er fängt an, einen Softporno anzuschauen, japanische Mädchen treiben es auf einer Schaumstoffmatratze.

Sein Handy klingelt.

Davide meldet sich gelangweilt, mit leeren Augen.

Er spricht schnell auf italienisch. Dann lauscht er. Dann spricht er wieder schnell, ehe er abschaltet.

»Jemand kommt«, sagt Davide. »Und besucht uns.«

Ich summe *Listen to the wind blow, watch the sun rise.*

Ein Klopfen an der Tür. Davide macht auf. Ein schönes junges Mädchen betritt den Raum. Davide und das Mädchen umarmen sich und sprechen freundlich auf italienisch miteinander, während ich mit stierem Blick vom Bett aus zusehe. Das Mädchen hat einen Umschlag in der Hand, und in dem Umschlag ist eine Videokassette. Ohne dass wir einander vorgestellt worden wären, gibt sie mir die Kassette.

Dümmlich starre ich sie an, dann reißt Davide sie mir ungeduldig aus der Hand und steckt sie in das Gerät unter dem Fernseher.

Davide und das Mädchen gehen in ein anderes Zimmer der Suite, während das Band läuft.

Es ist eine Episode aus »60 Minutes«, aber ohne den Ton.

Dan Rather leitet den Bericht ein. Hinter ihm eine große Illustration aus einer Magazinreportage: Das Gesicht meines Vaters. Und darunter, halb im Schatten, mein Gesicht.

Azaleen. Im Hause von Pamela Digby Churchill Hayward Harriman. Ein Diner für Samuel Johnson. Es werden Wahlkampfspenden für seine Präsidentschaftskandidatur gesammelt. Die Gäste: Ruth Hotte und Ed Huling und Deborah Gore Dean und Barbara Raskin und Deborah Tannen und Donna Shalala und Hillary Clinton und Muffy Jeepson Stout. Ben Bradlee ist da, Bill Seidman, Malcolm Endicott Peabody. Clayton Fritcheys ist da und Brice Clagett und Ed Burling und Sam Nunn. Marisa Tomeiri ist da, Kara Kennedy, Warren Christopher, Katharine Graham und Esther Coopersmith.

Und Dad steht neben einer Frau Mitte Vierzig, die ein Bill-Blass-Cocktailkleid anhat. Ich sehe sie nur kurz.

Jetzt interviewt Dan Rather meinen Vater in dessen Büro.

Dad hat sich offensichtlich liften lassen, die Entfernung zwischen Oberlippe und Nase ist kürzer geworden, die hängenden Lider sind hochgezogen, die Zähne gebleicht. Er lacht relaxed.

Dann eine rasche Serie von Fotos. Dad mit Mort Zuckerman. Dad mit Shelby Bryan. Dad mit Strom Thurmond. Dad mit Andrea Mitchell.

Plötzlich Archivmaterial. Ein Interview mit meiner Mutter, Mitte der achtziger Jahre. Ein Clip von meinen

Eltern im Weißen Haus, wie sie mit Ronald und Nancy Reagan dastehen.

Dan Rather interviewt meinen Vater weiter.

Eine Montage: Brooks Brothers, Ann Taylor, Tommy Hilfiger.

Und dann gehe ich am Dupont Circle entlang und werde von Dan Rather interviewt.

Hier werden plötzlich Sequenzen aus dem Material dazwischengeschnitten, das die »Entertainment Tonight«-Crew letzten Herbst aufgenommen hat, während ich mit Reed in seinem Studio trainiere.

Verschiedene Aufnahmen aus meiner Modeling-Mappe: Versace, CK One, ein Ausschnitt aus Madonnas Sex, Paparazzischnappschüsse, als ich aus einem Nachtklub namens Crush komme. Ich verlasse den Jockey Club.

Ich werde von Dan Rather unten im Red Sage interviewt.

Ich lache, relaxed, ich habe eine Brille mit Drahtgestell auf. Ich habe einen braven Brooks-Brothers-Anzug an. Ich nicke zu allem, was man mich fragt.

Dan Rather zeigt mir ein Foto aus einem Vogue-Layout, wo ich Calvin-Klein-Boxer-Briefs trage und Christy Tirlington die Zehennägel lackiere. Dan Rather gestikuliert, macht Bemerkungen, wie körperlich attraktiv ich bin.

Ich nicke ständig, als würde ich mich schämen.

Und dann: ein Foto von Chloe Byrnes, gefolgt von diversen Magazintitelbildern.

Das Hôtel Costes in Paris.

Verschiedene Aufnahmen von ihrem Begräbnis in New York.

Ich sitze in der ersten Reihe und weine, Alison Poole und Baxter Priestly versuchen, mich zu trösten.

Interviews mit Fred Thompson und dann mit Grover Norquist und schließlich mit Peter Mandelson.

Einstellungen, wie ich durch den Washington Square Park gehe.

Jetzt wieder Dad. Er kommt aus dem Palm heraus, mit dieser Frau Mitte Vierzig – dunkles Haar, hübsch, aber auch schlicht genug, um auf die Wähler nicht allzu überwältigend zu wirken. Sie halten sich an den Händen.

Vor dem Bombay Club ist sie auch wieder dabei, sie küsst ihn leicht auf die Wange.

Ich erkenne diese Frau wieder.

Diese Frau ist Lorrie Wallace.

Die Engländerin, die mir auf der *QE 2* zufällig begegnet ist.

Die Frau, die mit Stephen Wallace verheiratet ist.

Die Frau, die wollte, dass ich nach England gehe.

Die Frau, die Marina wiedererkannt hat.

Ich stürze zum TV und versuche, den Ton hochzudrehen, solange noch das Interview mit Lorrie Wallace läuft. Aber es kommt kein eigentlicher Ton, nur Störgeräusche.

Zum Schluss: Dad und Lorrie Wallace bei Carol Laxalts jährlicher Weihnachtsparty. Dad steht neben einem blühenden Weihnachtsstern. Er schüttelt John Warner die Hand.

Und im Hintergrund, mit einer kleinen Glastasse Punsch, die er soeben zum Munde führt: F. Fred Palakon. Ein riesiger Weihnachtsbaum glitzert hinter ihm.

Ich presse mir eine Hand auf den Mund, um das Schreien zu unterdrücken.

9

Ich rufe wieder meine Schwester an.
Es klingelt drei-, viermal. Sie nimmt ab.

»Sally?« Ich atme schwer, meine Stimme klingt gepresst.

»Wer spricht da?«, fragt sie misstrauisch.

»Ich bin es«, keuche ich. »Victor hier.«

»Mhm«, sagt sie zögernd. »Es wäre mir wirklich lieber – wer Sie auch sind –, wenn Sie nicht mehr anrufen würden.«

»Sally, ich bin es wirklich, bitte …«, keuche ich.

»Es ist für dich«, höre ich sie sagen.

Das Geräusch, wie der Hörer an jemand anderen weitergereicht wird.

»Hallo?«, sagt eine Stimme.

Ich sage nichts, ich lausche nur angestrengt.

»Hallo?«, sagt die Stimme wieder. »Hier Victor Johnson«, sagt die Stimme. »Wer ist dort?«

Schweigen.

»Es wäre wirklich cool, wenn Sie aufhören würden, meine Schwester zu belästigen«, sagt die Stimme. »Okay?«

Schweigen.

»Also dann«, sagt die Stimme. »Leben Sie wohl.«

Ein Klicken.

Meine Verbindung ist weg.

10

Davide will nicht gestört werden. Er gibt mir einen Sweater und meint, ich solle noch einen Spaziergang machen. Das Mädchen raucht eine Zigarette, es sitzt nackt auf einem braunen Plüschsofa. Es schaut wartend zu mir herüber. Dumpf füge ich mich.

Im Korridor, an der Tür, frage ich Davide: »Woher weißt du, dass ich wiederkomme?«

»Ich vertraue dir«, sagt er lächelnd und drängt mich hinaus.

»Warum?«, frage ich.

»Weil«, sagt er mit dringlichen Gesten und lächelt noch immer, »du nirgendwo hinkannst.«

Er sagt das so charmant, dass ich nur nicke und mich tatsächlich bei ihm bedanke.

»Danke«, sage ich zu Davide.

Hinter ihm geht das Mädchen aufs Bett zu. Es hält an, dreht seinen muskulösen Körper und flüstert Davide eilig auf italienisch etwas zu.

Davide macht die Tür zu. Ich höre, wie er abschließt.

11

Ich nehme den Servicefahrstuhl runter ins Foyer, und draußen ist es Nacht, und die Straßen sind nass, und Wasser tropft an den Fassaden der Häuser herab, an denen ich vorbeikomme, aber es regnet nicht. Ein leeres Taxi rollt langsam vorbei. Ich weiche schnellen Inlineskatern aus. Und ich habe immer noch das Gefühl, dass man mich filmt. Wie viele Warnungen hatte ich ignoriert?

12

Wieder im Hotel, eine Stunde später. Ich nehme den Servicefahrstuhl zu meinem Stockwerk rauf. Ich gehe langsam den leeren Korridor hinunter. Vor meinem Zimmer ziehe ich den Schlüssel heraus, vorher klopfe ich erst einmal.

Keine Antwort.

Der Schlüssel gleitet ins Schloss.

Ich stoße die Tür auf.

Davide liegt nackt und verkrümmt im Bad. Es gibt keine wirklich sichtbare große Wunde, aber die Haut ist an so vielen Stellen aufgerissen, dass ich gar nicht sagen kann, was ihm widerfahren ist. Der Fußboden unter ihm ist voller Blut, das mit kleinen Scherben von Hotelporzellan gesprenkelt ist. Dramatischer Blitzschein von draußen. Von dem Mädchen keine Spur. Ich mache mir Vorwürfe und gehe hinunter an die Bar.

13

In einem nahe gelegenen Zimmer im Hotel Principe di Savoia lädt ein Requisiteur eine 9-Millimeter-Mini-Uzi.

14

Sinead O'Connor sang »The Last Days of Our Acquaintance«, und es war entweder elf Uhr mittags oder ein Uhr oder vielleicht auch Viertel nach drei, und wir lagen alle in dem großen Haus am Ocean Drive um den Pool von Gianni herum, wir waren etwa zwanzig, und alle sprachen in ihr Handy und rauchten Dope, und ich hatte Chloe erst Anfang der Woche kennen gelernt. Sie schmorte auf einer Liege in der Sonne, ihre Lippen waren von den Collageninjektionen geschwollen, und mir brannte der Schädel von einem Kater nach einem Dutzend Mango-Daiquiris, und ich betrachtete genau den Vierzig-Karat-Diamanten, den sie trug, und alle sagten ständig: »Na und?«, und vorher waren Kakerlaken entdeckt worden, und die Leute hier drehten, alles in allem, langsam durch. Überall waren Boys – schmal, vollippig, mit heftig ausgebeulter Hose, die Wangen nach innen gesaugt – und außerdem noch ein paar Rockstars und ein schwuler Teenager aus Palästina, der mit einer echt coolen Steinigung renommierte, die er in Hebron mitgemacht hatte.

Und Sinead O'Connor sang »The Last Days of Our Acquaintance«, und ein Mädchen mir gegenüber lag so, dass ich ihren Anus sehen konnte, und sie langte in ihre Bikinihose und kratzte sich dort und führte dann die Finger ans Gesicht und roch beiläufig daran. Auf einem großen Bang-&-Olufsen-TV, das herausgerollt worden war, lief eine Episode von »Akte X«, in der der Hund von irgendjemandem von einer Seeschlange gefressen worden war, und aus irgendeinem Grund lasen alle hier ein Buch mit dem Titel *The Amityville Horror*, und alle waren von der Premiere eines neuen Films, *Autopsy 18*, gestern Abend müde – der Typ, der sich über das Ouija-Brett beugte, das Mädchen, das eben von Madonnas Babyparty zurückgekommen war, der Junge, der mit einer Kobra spielte, die er mit einer gestohlenen Kreditkarte gekauft hatte. Ein großer Mordprozess lief in jener Woche, und die Verteidigung konnte mich überzeugen, dass das Opfer – ein siebenjähriges Mädchen, das von seinem betrunkenen Vater totgeschlagen worden war – tatsächlich selbst schuld an seinem Tode war. Bei einer Schwimmtour vor der Morgendämmerung waren Seejungfrauen gesehen worden.

»Könntest du jemanden umbringen?«, hörte ich eine Stimme fragen.

Es verging ein Moment, ehe eine andere Stimme antwortete: »Ja, glaub schon.«

»Ach, na und?«, stöhnte jemand anderes.

Irgendjemand kam mit einem hechelnden Wolf an der Leine vorbei.

Und Sinead O'Connor sang »The Last Days of Our Acquaintance«, und ich hatte einen Teil des Morgens damit verbracht, mir das Schamhaar zu stutzen, und alle hier kontrollierten diverse Klatschspalten in den Zeitungen, um zu sehen, ob sie's geschafft hatten, erwähnt zu werden, aber im Grunde waren sie alle drittrangige Figuren, die ewig darauf warten konnten, und im Bad hing ein Rauschenberg, und in der Speisekammer hing ein Picasso, und der Typ, mit dem ich letzte Nacht geschlafen hatte (ein Boy, der aussah wie Paul Newman mit zwanzig), erzählte nun von einem Freund, der letzte Woche auf Maui ermordet worden war, und dann redeten alle um den Pool herum mit, und ich konnte der Unterhaltung nicht folgen. Eine kleine Auseinandersetzung mit einem Dealer? Ein zorniger Import/Export-Tycoon? Eine Begegnung mit einem Kannibalen? Wer konnte es wissen? War sein Tod schlimm? Man hatte ihn in ein Fass voll hungriger

Insekten gesteckt. Auf einer Skala von 1 bis 10 – wo kam da der Tod in einem Fass voll hungriger Insekten? Verschiedene Meinungen wurden geäußert. Ich dachte, ich würde gleich ohnmächtig. Diese Unterhaltung war der einzige Hinweis darauf, dass irgendjemand hier auch noch irgendjemand anderen kannte. Ich zündete mir eine Zigarette an, die ich von River Phoenix geschnorrt hatte. Ich war gerade dabei, berühmt zu werden, und mein ganzes Verhältnis zur Welt sollte sich ändern.

Und Sinead O'Connor sang »The Last Days of Our Acquaintance«, und jemand warf Pergola die Schlüssel zu einem von den Mercedes zu, die in der Garage standen, und es war einfach zu heiß, und ein Jet flog über uns hinweg, und ich betrachtete eifersüchtig das Gesicht von Bruce Rhinebeck, das mich auf einem Magazintitelbild angrinste, und der Typ, mit dem ich letzte Nacht geschlafen hatte, flüsterte mir zu: »Du bist ein Stück Scheiße«, und dann »erstarrte ich ungläubig« und sagte: »Na und?«, ich war so braungebrannt, dass meine Brustwarzen ihre Farbe veränderten, und ich schaute bewundernd an meinem muskulösen Körper herunter, aber eine Fliege schlief auf meinem Schenkel, und als ich sie wegscheuchte, kam sie wieder und blieb über mir in der Luft schweben. Ein brasilianischer Boy fragte mich, wie ich es denn hingekriegt hätte, dass meine Bauchmuskeln diese Eckigkeit hatten, und ich war so geschmeichelt, dass ich mich sehr konzentrieren musste, um ihm zu antworten.

Eine verletzte Fledermaus war unter einer Liege hervorgekrochen und piepste und schlug sinnlos mit den Flügeln, und ein paar von den Boys standen schweigend um sie herum. Die Fledermaus rollte auf die Seite, richtete sich auf, und als einer der Boys sie trat, schrie sie. Jemand schlug mit einem Zweig nach ihr, und eine kleine Staubwolke stieg von ihrer Haut auf. Die Lichtreflexe flackerten über das Wasser des großen Schwimmbeckens, ich beobachtete alles durchs Fernglas. Ein Hausangestellter brachte mir wie bestellt ein Stück Geburtstagskuchen und eine Dose Hawaiian Punch. Die Fledermaus wand sich auf dem Boden neben einem weggeworfenen Handy. Ihr Rückgrat war gebrochen, und sie versuchte alle zu beißen, die sich ihr näherten, und die Boys quälten sie immer weiter. Jemand zog eine Gabel heraus.

Nichts davon hatte irgendein System. Zu diesem Zeitpunkt war Chloe Byrnes für mich keine reale Person, und an diesem Nachmittag mussten in dem Haus am Ocean Drive einige Entscheidungen getroffen werden, wobei ein Gedanke Priorität hatte: Ich würde nicht im Traum jemals wieder irgendetwas von alldem hier aufgeben. Zuerst verwirrte mich, was in dieser Welt als Liebe durchging: Man ließ die Leute fallen, weil sie zu alt waren oder zu dick oder zu arm oder zu viel Haar hatten oder nicht genug, weil sie Runzeln hatten, keine Muskeln hatten, keine klare Körperlinie, keinen Tonus, weil sie sich nicht in der Szene auskannten, nicht im entferntesten berühmt waren. So wählte man Liebhaber. Das entschied Freundschaften. Und ich musste das akzeptieren, wenn ich irgendwie vorankommen wollte. Als ich zu Chloe hinschaute, zuckte sie die Achseln. Ich sah das Achselzucken. Sie formte mit dem Mund stumm: *Hau-jetzt-ab.* Am Rande der Tränen – weil ich mit der Tatsache konfrontiert war, dass wir in einer Welt lebten, wo Schönheit als Leistung galt – drehte ich mich weg und gab mir selber das Versprechen: härter zu sein, ungerührt, cool. Die Zukunft begann sich abzuzeichnen, und ich konzentrierte mich darauf. In diesem Augenblick war es mir, als verschwände ich vom Schwimmbeckenrand in der Villa am Ocean Drive und schwebte über den Palmen, am weiten leeren Himmel immer kleiner werdend, bis ich nicht mehr existierte, und die

Erleichterung überkam mich mit solcher Gewalt, dass ich seufzte.

Einer der Boys wollte sich gerade spielerisch auf mich stürzen, und der, der im Pool herumspritzte, hätte – das war mir vage klar – ebenso gut auch ertrinken können, und niemand hätte es bemerkt. Ich vermied es, weiter daran zu denken, und konzentrierte mich auf das Muster eines Badeanzugs, den Marky Mark trug. Vielleicht erinnere ich mich später gar nicht an diesen Nachmittag, dachte ich. Ich dachte, ein Teil von mir würde ihn vielleicht zerstören. Eine kalte Stimme in meinem Kopf bat mich darum. Aber ich wurde zu vielen kalten Leuten vorgestellt, ich wurde berühmt, und an diesem Punkt hatte ich noch nicht die Möglichkeit, eines zu begreifen: Wenn ich diesen Nachmittag nicht aus meinem Gedächtnis streichen und einfach durch die Tür gehen und Chloe Byrnes zurücklassen würde, dann würden Teile dieses Nachmittags in Alpträumen zu mir zurückkehren. Das versicherte mir die kalte Stimme. Das versprach sie. Jemand betete über der halbzerschmetterten Fledermaus, aber die Geste schien fern und unwichtig. Die Leute begannen, um den betenden Jungen herumzutanzen.

»Willst du wissen, wie all das endet?«, fragte Chloe mit geschlossenen Augen.

Ich nickte.

»Kauf die Rechte«, flüsterte sie.

Ich drehte mich weg, dass sie meinen Gesichtsausdruck nicht sehen konnte.

Und als die letzte krachende Strophe von »The Last Days of Our Acquaintance« erdröhnte, verblasste ich, und mein Bild löste sich auf und ging über in ein Bild von mir Jahre später, als ich in einer Hotelbar in Mailand saß und ein Wandgemälde anstarrte.

15

Ich trinke ein Glas Wasser in der leeren Hotelbar im Principe di Savoia und starre das Wandgemälde hinter der Bar an, und es zeigt einen großen Berg, und darunter breitet sich eine weite Wiese aus, wo Bauern im hohen Gras feiern, das, mit weißen Blumen übersät, den Berg bedeckt, und am Himmel über dem Berg ist es Morgen, und die Sonne strahlt bis weit über den Rahmen des Wandgemäldes hinaus, sie brennt über den Klippen und den tiefhängenden Wolken, die den Berggipfel umgeben, und eine Brücke, die quer über einen Bergpass führt, bringt einen an jeden beliebigen Punkt, zu dem man muss, denn hinter diesem Berg liegt eine Autobahn, und an dieser Autobahn stehen Plakatwände mit Antworten – wer, was, wo, wann, warum –, und ich falle nach vorn, aber ich bewege mich gleichzeitig auch aufwärts, dem Berg entgegen, mein aufragender Schatten fällt auf die gezackten Gipfel, ich stürme voran, steige auf, segele durch dunkle Wolken, ich erhebe mich, ein feuriger Wind treibt mich vorwärts, und bald ist es Nacht, und Sterne hängen am Himmel über dem Berg, sie kreisen brennend. Die Sterne sind wirklich.

Die Zukunft ist dieser Berg.

DIANA

Das anspruchsvolle Programm

David Lodge

62/107

»Witzig, geistreich und intelligent.«

Marcel Reich-Ranicki

» ... David Lodge ist einer der besten Erzähler seiner Generation.«

Anthony Burgess

»Unbedingt zur Lektüre zu empfehlen.«

Frankfurter Rundschau

DIANA-TASCHENBÜCHER

DIANA

Das anspruchsvolle Programm

David Sedaris

»Großartig, herrlich verrückt und einfach brüllend komisch.« *MAX*

»Sein schräger Humor macht süchtig.« *AMICA*

»Lese-Lust für Liebhaber saftiger Sarkasmen.«
DER SPIEGEL

62/136

Nackt
62/136

DIANA-TASCHENBÜCHER

Bret Easton Ellis
Einfach unwiderstehlich

Roman

»Das Porträt einer Generation unter Coolheitsdruck« *taz*

Bret Easton Ellis' zweiter Roman schildert ein paar Wochen im Leben einiger College-Studenten an der US-Ostküste. Es ist, als würde man bei der Lektüre in einen rasant schnell geschnittenen Film hineingeraten, der aus den verschiedenen Blickwinkeln der Figuren von Partys, Drogen & Sex erzählt. »Einfach unwiderstehlich« ist ein Abgesang auf eine Generation von College-Studenten Mitte der 80er Jahre: keine Vision, nirgends, es sei denn, man begreift den verzweifelten Sex in allen Lagen und Dröhnungsstufen als visionäres Revival von »Love an Peace«.

VERLAG
KIEPENHEUER
&WITSCH